author

valentina ferraro

D1718407

Copyright © Valentina Ferraro
Immagine di copertina: © Shutterstock
Cover: Catnip Design di Pamela Fattorelli
Editing: Veronica Pigozzo

Ogni riproduzione, totale o parziale, e ogni diffusione in formato digitale non espressamente autorizzata dall'autore è da considerarsi come violazione del diritto d'autore, e pertanto punibile penalmente.
Questo libro è un'opera di fantasia. Nomi, personaggi, luoghi e avvenimenti sono frutto dell'immaginazione dell'autore. Ogni riferimento a luoghi o persone reali, viventi o defunte, è del tutto casuale.
Tranne la parte del camper… quello è successo davvero!

 facebook.com/matchingscars
 instagram.com/valentinaferraroauthor

kiss
me
here

VALENTINA FERRARO

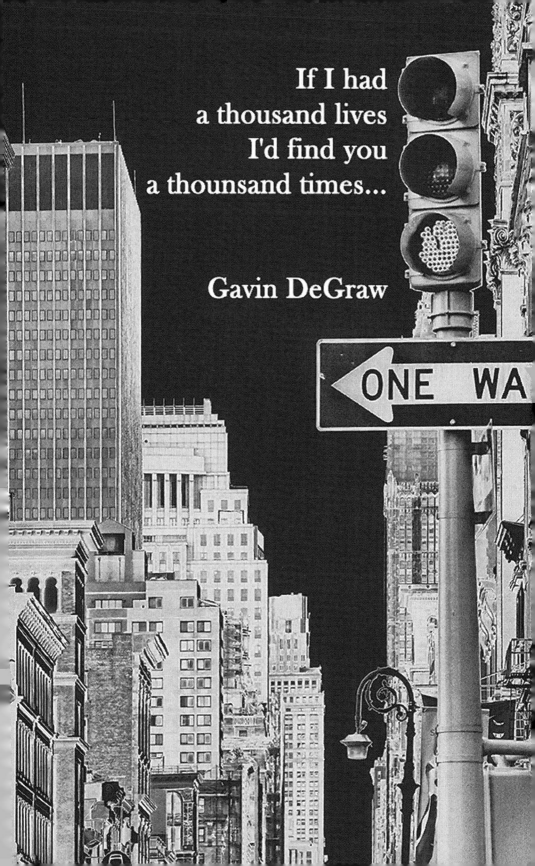

A Francesco e Mia.
Camminiamo insieme, noi tre.
Ed è un viaggio bellissimo.
Siete tutto il mio mondo.
Valentina

Ascolta la playlist su Spotify:

playlist

7 Nation Army – The White Stripes
Nightmare – Arshad
Breathe Into Me – Red
Before You Go – Lewis Capaldi
Everything They S4Y – Smash Into Pieces
City of Angels – Thirty Seconds to Mars
The War we Made – Red
Now It's Over – Oceans Divide
Parade Rain – Hedley
Ghost – Joshua Wicker
Run – Ludovido Einaudi
Star Fire – Sleeping Wolf
Numb – Dotan
Something Worth Saving – Gavin DeGraw
Drunk in Love – Beyoncé feat. Jay Z
The Sound of Silence – Disturbed
I*nvincible* – All Good Things
Over the Hill – Wax/Wane
A Monster Like Me – Mørland

prologo

Il rum è l'elisir del diavolo. Soprattutto se mischiato con la Coca-Cola. Fa fare cose sconsiderate.

Come adesso, per esempio, che ho la lingua di un perfetto sconosciuto infilata in bocca, il suo bacino premuto contro il mio... e mi sta piacendo un casino. Io e Sconosciuto siamo nascosti dentro uno stanzino per le scope, io seduta su qualcosa di traballante e ruvido, lui perfettamente a suo agio fra le mie gambe aperte. La musica che arriva dalla grande sala della Delta Kappa Delta, trasformata in pista da ballo per la serata, la sento appena, ma credo si tratti di *7 Nation Army* dei The White Stripes. Così come a malapena percepisco il rumore ovattato dell'involucro del preservativo che si lacera.

Voglio davvero fare sesso, dentro un ripostiglio, con un ragazzo appena incontrato?

Certo... Sconosciuto ci sa fare, e questo non gioca a mio favore. La sua bocca sapiente mi bacia, è impaziente, morbida e decisa. Una delle sue mani scorre lungo la mia coscia, partendo dal ginocchio e fermandosi a mezzo millimetro dai miei slip. I baci diventano lenti e sensuali, una danza di lingue che si sfiorano, si intrecciano. Poi nervosi. Poi di nuovo così sexy da mandarmi in frantumi il sistema nervoso.

In una situazione normale, non mi sarei mai fatta abbindolare da Sconosciuto. Avrei incrociato i suoi occhi penetranti, messo a fuoco il ghigno strafottente, preso atto della sua sconvolgente bellezza, classificato alla voce "Pericolo" senza pensarci due volte e mi sarei girata dall'altra parte.

È piuttosto evidente, mentre mi appresto a sbottonargli i jeans con una certa urgenza, che qualcosa è andato storto. Do la colpa al rum,

1

principalmente. Ma ho la fastidiosa impressione che il corpo mozzafiato di Sconosciuto sia stato il coefficiente determinante in questa assurda equazione.

Eravamo ai lati opposti della stanza, almeno un centinaio di studenti fra di noi. Io con il secondo Cuba Libre in mano, lui giocava con una bottiglia di birra piena per metà.

Io ero in piedi, appoggiata a una parete con la spalla. Lui, stravaccato su una poltrona consunta, una gamba oltre un bracciolo, una ragazza seduta sull'altro.

Io non la smettevo più di toccarmi i capelli con fare nervoso. Lui ha sollevato solo un angolo delle labbra e si è portato il collo della bottiglia alla bocca.

Quello scambio di sguardi è andato avanti per circa due canzoni. Lui mi ha fissata per tutto il tempo, io ho provato a ignorarlo. Fallendo miseramente. Poi si è alzato, mi ha rivolto un cenno con il mento e indicato il corridoio oltre la consolle improvvisata.

La mia testa ha urlato "non andare, cretina", i miei piedi hanno fatto l'esatto opposto.

Lo aiuto a sfilarsi la t-shirt e la lascio cadere accanto alle sue scarpe da ginnastica. Ha il petto liscio e i muscoli definiti. Una V perfetta solca la pelle chiara e finisce dentro l'elastico dei boxer, che sbucano da sotto i jeans. Gli accarezzo con lo sguardo i tatuaggi sui bicipiti. Da una parte, delle onde stilizzate e una tavola da surf abbandonata fra le acque, e dei fiori colorati, dalle linee sottili ma decise, dall'altra. Sconosciuto poggia la bustina del preservativo – aperta e pronta all'uso – accanto al mio sedere, sul trabiccolo sul quale sono seduta.

Le sue dita esperte raggiungono il bordo dei miei slip e se ne disfano con una precisione chirurgica, facendomi arricciare la punta dei piedi e rizzare i peli dietro la nuca.

Le parole "è la prima volta che faccio una cosa del genere" mi muoiono in gola, sembrano superflue vista la circostanza. A lui sicuramente non interessano le mie paranoie, non mi crederebbe neanche.

Si stacca dalle mie labbra e mi punta addosso i suoi stranissimi occhi. Sono blu? Sono grigi? Forse un mix perfetto di entrambi. Mi fissa la bocca, poi la scollatura, infine torna sul mio viso. Sconosciuto aspetta che mi decida, che gli dia il via libera.

Ha davvero bisogno del mio permesso? La situazione è piuttosto chiara: siamo chiusi in uno sgabuzzino, lui è senza maglietta, con i jeans slacciati e i boxer neri attillatissimi – che non ci provano neanche a nascondere la sua erezione – in bella mostra. Io sono seduta su Dio solo sa cosa, senza slip e con le gambe aperte.

Strofina il naso contro la mia guancia e diventa tutto fin troppo chiaro: non è colpa del rum. Sono i suoi occhi di quello strano colore sofisticato a fregarmi, è il suo bellissimo viso, dai lineamenti spigolosi eppure perfettamente armonici, il profumo costoso e mascolino che mi si appiccica sulla pelle, sono i capelli scompigliati dalle mie dita. E le sue mani sul mio corpo nudo.

Gli passo un braccio intorno al collo e lo attiro a me, soffocandolo di baci avidi. E lui non ha bisogno che gli spieghi a parole che può fare di me ciò che vuole.

Anche se siamo chiusi dentro uno sgabuzzino con il rischio che entri qualcuno da un momento all'altro.

Anche se il massimo che ci concederemo sarà una sveltina.

Anche se ci troviamo nel bel mezzo di una festa della confraternita Delta Kappa Delta.

Anche se non so il suo nome. E lui non sa il mio.

Sconosciuto, con un gesto veloce ed elegante, si libera dei boxer e dei jeans, lasciandoli entrambi ciondoloni intorno alle ginocchia. Si prende in mano l'erezione e indossa il preservativo. Io lo fisso, ipnotizzata, e a stento registro che mi sto sfilando il vestito che ha già provveduto a slacciarmi. Ha quasi strappato via la cerniera sulla schiena, cercando di abbassarla.

Si immobilizza per una frazione di secondo, gli occhi fissi in mezzo alle mie gambe.

«Cazzo…», soffia fuori dai denti. Ha una voce profonda, roca, che mi arriva dritta allo stomaco e poi scende in picchiata verso l'inguine. Ed è proprio lì che si concentra tutta la sua attenzione, sul mio minuscolo tatuaggio in stampatello che recita "BAD GIRL". Il mio personalissimo promemoria dei miei sedici anni da ragazzina ricca e ribelle. E anche molto stupida.

La sua bocca famelica si chiude intorno a uno dei miei capezzoli e succhia forte. Così forte che manda a farsi fottere tutti i miei sensi. Butto la testa all'indietro e mi lascio andare, anima e corpo.

In pochi secondi, questo strampalato incontro casuale si trasforma nel miglior sesso della mia breve vita. È intenso, rude, sfrenato. Le sue mani toccano mille nervi scoperti, il suo odore sublime mi si incastra nel cervello e i suoi gemiti incontrollati mi catapultano in un universo parallelo dove lui è il dio onnipotente e io mi piego alla sua volontà.

Il piacere arriva all'improvviso, mi stordisce, eppure mi fa sentire viva come non mai.

Sconosciuto poggia la fronte contro la mia, entrambi incapaci di riprendere fiato.

«Dio», sospira. Le sue labbra trovano le mie un'ultima volta, me le bacia appena, le mordicchia piano. Poi si allontana.

Scendo dal trabiccolo e recupero il mio vestito, lo indosso dandogli le spalle. Faccio scorrere gli slip lungo le gambe, lui si riveste in fretta e furia dietro di me.

Ora che il momento di follia è passato, che l'alcol è del tutto evaporato, l'imbarazzo ci piove addosso come una scarica di missili in zona di guerra.

Dovrei presentarmi? Dovrebbe farlo lui?

No, Sconosciuto non sembra il tipo che ti porge la mano e poi ti chiede pure il numero di telefono. Lui ha tutta l'aria di uno che si prende quello che vuole, quando vuole, e poi passa oltre.

Mi avvicino alla porta e stringo la maniglia, volto solo la testa. Sconosciuto sta finendo di allacciarsi i bottoni dei jeans. Alza appena gli occhi e mi rivolge, per la seconda volta, quella mezza specie di sorrisetto beffardo di chi ha ottenuto quello che voleva ed è soddisfatto così, pronto a voltare pagina. Mi scricchiola qualcosa nel petto.

«Ci vediamo in giro», riesco a dire.

Me ne voglio andare? No.

Vorrei sapere con chi ho appena fatto del sesso indimenticabile in una stanzetta di due metri quadri, che puzza di solvente industriale? Certo.

Gli darò la soddisfazione di liquidarmi con un "è stato bello finché è durato, ma purtroppo non sono in cerca di una cosa seria"? Mai!

«Sì, beh…», sta dicendo, ma non lo lascio finire. Esco dallo sgabuzzino, mi richiudo la porta alle spalle e mi rifugio nel primo bagno che trovo. Sistemo i capelli davanti allo specchio, passo le dita sulle labbra gonfie. Nei cinque minuti successivi alterno risatine imbarazzate a mani che nascondono il viso mentre mi do della cretina.

Con tutta probabilità non lo rivedrò mai più, quindi perché cavolo mi sto preoccupando tanto?

Guardo un'ultima volta il mio riflesso allo specchio; i capelli biondi sono di nuovo in ordine, le labbra sembrano meno turgide e il mascara è intatto. Uscirò da questo bagno a testa alta, recupererò la borsa che ho lasciato a Diane e tornerò al dormitorio.

E non penserò mai più a Sconosciuto.

«Cybil!». Mi sento chiamare alle spalle e salto in aria. Santo cielo, devo darmi una calmata.

«Ciao… Rob…».

Merda! Merda, merda.

Mi ero dimenticata di Robert. L'unico motivo per il quale sono venuta qui, stasera, era incontrare lui. Doveva essere una specie di primo appuntamento. E io ho appena fatto sesso – spettacolare – con un altro.

«Dov'eri finita?». Il suo sorriso dolce mi stende. Gli sono morta dietro per un intero semestre, l'ho tampinato a lezione come farebbe una stalker professionista, ho trovato ogni pretesto per parlargli o sedermi accanto a lui in classe. Poi finalmente mi invita a uscire e io… io marcirò all'inferno!

«Ero qui in giro». Mi avvicino di un passo e lui fa lo stesso. Robert Henderson mi accarezza una spalla con la mano. È posato e bellissimo. Quando sorride gli si forma una fossetta adorabile sulla guancia destra. È alto, e per guardarlo negli occhi devo sempre sollevare il mento.

«Beviamo qualcosa?», propone. Quando non rispondo corruga le sopracciglia e si sporge sul mio viso. «Va tutto bene?».

Annuisco. *Certo che va tutto bene! D'altronde, tu sei il ragazzo dei miei sogni.*

«Magari una Coca-Cola… possibilmente senza rum!».

Rob ride, mi poggia una mano sulla schiena e mi spinge con delicatezza in avanti. Riusciamo a fare appena due passi prima di venire travolti da un ragazzone alto quanto Rob, ma più massiccio, che ci piomba addosso da dietro nel maldestro tentativo di superarci lungo il corridoio.

«Ehi!», lo richiama Rob.

Ragazzone si volta e, che mi prendesse un maledettissimo colpo, Ragazzone è… Sconosciuto!

D'istinto abbasso gli occhi sui miei piedi, ma è troppo tardi: sono stata identificata.

Nightmare di Arshad pompa furiosa dalle casse e il mio cuore segue a tempo il ritmo dei bassi.

«Dove stai correndo?», gli domanda Rob. Io continuo a contemplare le mie scarpe con il tacco. La punta di quella di destra è un po' consumata. Magari le butto.

«Stavo… niente. Stavo cercando te. Quando sei arrivato?». La voce di Sconosciuto mi fa battere ancora più forte il cuore.

«Dieci minuti fa», risponde Rob. «Ti presento una... amica». Esita sull'ultima parola.

Chiamata in causa, sono costretta a sollevare lo sguardo e, maledizione, l'unica cosa che metto a fuoco sono le labbra di Sconosciuto. E me le immagino di nuovo sul mio seno. Nessuno dei due si muove. Io sto trattenendo il respiro e sorrido appena. Lui mi trafigge di nuovo con quel suo ghigno da mascalzone.

«Vi conoscete?!», ci domanda Robert, con un tono ambiguo.

«No», mi sento dire. «Non ci conosciamo».

Sconosciuto alza entrambe le sopracciglia, la smorfia compiaciuta si smorza appena. Mi reggerà il gioco? Da come mi sta guardando, forse sì, ma ho l'impressione che me la farà pagare.

«No... non ci conosciamo affatto. *Mai* visti». Mi porge la mano e io sono costretta a stringergliela. «Lucas».

Lu-casss...

«Piacere, Cybil», sussurro.

Lucas fa un mezzo passo all'indietro, quasi come se una mano invisibile lo avesse spintonato. «Cybil?». Pronuncia il mio nome come se fosse veleno in bocca. Poi si volta a guardare Robert. «*Quella* Cybil? La *tua* Cybil?».

La *sua* Cybil? Il cuore accelera al punto che mi soffoca.

«Ehm... sì», conferma Rob.

«Cioè, Cybil la tua compagna di corso? Quella che nomini sessanta volte al minuto? Dolce e *brava ragazza*, Cybil?».

Strabuzzo gli occhi. Robert diventa del colore della moquette di questa confraternita: una sfumatura intensa di bordeaux. E Lucas prima ride, poi si acciglia.

«Che stronzo!», sibila Rob. «Grazie per la figura di merda, fratello». Si passa una mano dietro la testa, scompigliandosi i capelli castani alla base del collo, in totale imbarazzo.

Ma non può esserlo più di me.

«Che piacere conoscerti, *Cybil*. Da come ti aveva descritta Robby, qui, ti immaginavo *molto* diversa». Lo dice con un tono che per metà mi mortifica, ma per lo più mi fa incazzare.

«Cioè? Come mi immaginavi?». Raddrizzo le spalle e sollevo il mento, fiera. Se vuole giocare a carte scoperte, facciamolo. Sono abbastanza grande per assumermi le responsabilità delle mie azioni. Vuole dire a Rob che dieci minuti fa eravamo nudi dentro lo stanzino in fondo al corridoio e ci stavamo dando dentro senza pietà? *Che si accomodi!*

Lucas mi esamina dalla testa ai piedi. I suoi occhi si velano di qualcosa che non capisco. Se un minuto fa era sorpreso e curioso, ora credo sia solo infastidito.

«Ti immaginavo molto più bella», ribatte senza esitare.

Stronzo!

«A te, invece, non ti ha mai neanche nominato».

«Ehi, ehi, ehi», si intromette Rob. «Che vi prende?».

Lucas posa una mano sulla spalla di Rob. Glielo dirà. «Ma niente», minimizza, invece. Mi tremano le ginocchia. «Vado a prendermi una birra. Vuoi qualcosa?». La domanda è solo per Rob.

«Stavo giusto andando con Cybil».

«Certo. Mi tolgo dai piedi, allora. Buona serata». Ma fa solo due passi, poi ci ripensa e riporta l'attenzione su di me. «Robert non è solo il mio migliore amico, è la mia famiglia. Ti tengo d'occhio, Cybil».

Non mi lascia neanche il tempo di replicare. Di spiegargli che si è fatto un'idea assolutamente sbagliata e ingiusta di me. Che quello che abbiamo fatto nello stanzino è capitato e basta. Non l'avevo programmato. Non posso nemmeno credere che sia successo davvero!

Ma a lui non interessa. Si allontana con passo svelto e per il resto della serata mi evita come la peste.

1

cybil

Mio padre ha sposato una stronza. Due volte.

Al primo giro si è fatto abbindolare dalla donna che mi ha messa al mondo e che, poco dopo, è scappata con il suo amante facendo perdere le sue tracce.

La seconda volta, invece, ha sposato una strega infida che non ci pensa minimamente ad andarsene. Perché dovrebbe? Viveva in un edificio fatiscente nel Bronx insieme alla sua famiglia di delinquenti e ora si ritrova a fare la padrona di casa in un attico con vista su *Madison Square Park*. Tutto di lei mi fa venire l'orticaria. Il modo in cui si veste, in cui si trucca, come muove la bocca quando parla, come sta seduta.

Anche adesso, mentre mio padre mi sta comunicando che ho dieci giorni di tempo per trovarmi un altro posto dove vivere, detesto la sua posa innaturale che la fa somigliare alla brutta copia della statua de La sirenetta di Copenaghen.

«Cybil». Sposto lo sguardo dalle gambe della strega, raccolte su uno dei cuscini del divano, al viso di mio padre. «Mi stai ascoltando?».

Forte e chiaro. Purtroppo. «Sì, papà», rispondo educata.

«Ti abbiamo accolta in casa nostra lo scorso marzo perché eri in difficoltà. Ti abbiamo lasciata vivere qui con noi perché dovevi recuperare gli esami universitari, quest'estate». Lui parla e la strega annuisce. Quando dice "casa nostra" si riferisce a casa *loro*. Non importa che io sia cresciuta fra queste quattro mura, che sia stato proprio in questa stanza che ho mosso i primi passi, il giorno che ho lasciato l'ovile per trasferirmi al campus della NYU, a quanto pare, ho perso qualunque diritto su questo appartamento. «Ma non possiamo più andare avanti così. Sei un'adulta, Cybil. Non ti ho educata per farti fare la mantenuta».

Strabuzzo gli occhi e mi mordo forte la lingua per non sputargli in faccia le domande che si affollano nella mia testa. La mantenuta? *Io*? Io sono sua figlia!

«Certo», riesco a dire. «Troverò una soluzione».

«Cara». La voce della strega è più fastidiosa dello stridere dei rebbi di una forchetta su una bottiglia di vetro. Mi impongo di rimanere calma. Conto fino a dieci. E poi ricomincio. «Noi vogliamo solo il tuo bene».

Falsa!

«Certo», ripeto.

«Cybil, tesoro». Papà addolcisce il tono, ma il colpo lo ha inferto lo stesso e ora la ferita sanguina. Nessun "tesoro" potrà rimediare a questa situazione. Io, seduta con le spalle dritte sulla poltrona Luigi XVI – quella che negli anni è stata ribattezzata come la poltrona del "ti devo parlare" –, e loro due davanti a me, impassibili e insensibili, che mi cacciano di casa. «Ti abbiamo già concesso sei mesi».

Cinque, a dire il vero… ma chi li sta davvero contando?!

«E in questi sei mesi», si intromette di nuovo l'arpia, «non hai mostrato il minimo interesse a risolvere il problema, ti sei solo approfittata della situazione. Noi abbiamo la nostra vita, le nostre abitudini…».

«Non pensavo di doverti chiedere il permesso per poter abitare in casa *mia*», obietto, e nel farlo alzo la voce.

«Andrew…», protesta la strega. Volta il viso verso mio padre e lo implora di intervenire. Lo fa sbattendo le ciglia, sporgendo appena il labbro inferiore all'infuori, quel tanto che basta per fingersi offesa a morte dalle mie *insolenti* parole.

«Cybil!», mi riprende mio padre, praticamente a comando. Sono anni che non lo riconosco più, che ho smesso di parlarci. Non è mai stato affettuoso o presente, ma almeno, quando ero piccola, sapevo di poter contare su di lui. Non ci rimango nemmeno male. Non così tanto, almeno.

«Perdonami, Daisy». Le mie parole sono vuote e false. Lei lo sa, io lo so, mio padre lo sa, ma a nessuno importa un granché. È come ha detto Daisy: loro hanno le loro vite, le loro abitudini, e io sono di intralcio. «Troverò una sistemazione entro la fine del mese». Mi alzo dalla sedia in modo sgraziato, facendo leva sui braccioli e saltando giù, solo per indispettire papà. «Grazie per la vostra *generosa* ospitalità. Posso andare, adesso?».

Papà sospira, deluso. La stronza scuote la testa. Io gli faccio l'inchino e tolgo il disturbo.

Entro nella mia camera da letto e mi lancio sul materasso, a faccia in giù. Prendo a pugni il cuscino finché non ho più forza nelle braccia. Quando sento di essermi sfogata abbastanza, mi metto seduta e mi guardo intorno. Daisy, pochi mesi dopo il suo insediamento, ha fatto imbiancare tutte le pareti dell'appartamento, comprese quelle della mia stanza, cancellando così l'unico ricordo che avevo di mia madre: un murale raffigurante Bambi, che aveva pitturato lei. Il computer, abbandonato sulla scrivania, mi rimanda l'immagine del sito dell'università. Stavo scegliendo i corsi del primo semestre prima che mio padre mi convocasse nel salone pretenzioso del nostro attico. Il *loro* attico.

Devo rimanere lucida. Riflettere alla svelta.

La prima telefonata che faccio è a Diane, ma non nutro grandi speranze. A fine giugno la sua coinquilina ha fatto le valigie e si è trasferita in un altro appartamento. La mia amica ha provato a convincermi in tutti i modi a prendere il suo posto. Le avevo detto di no, che non potevo permettermi l'affitto visto che mi hanno revocato la borsa di studio che mi serviva per pagare l'alloggio. Per vivere con Diane avrei dovuto cercare un lavoro e non avevo nessuna intenzione di farlo, visto che potevo abitare a casa mia senza spendere un centesimo. Al diavolo, ha ragione mio padre? Stavo facendo la mantenuta a sue spese?

La linea suona libera quattro volte prima che la mia amica si decida a rispondere. «Dimmi che sei tornata a New York».

«Ieri mattina», conferma lei. La sento sbadigliare e la immagino a stiracchiarsi.

«E dimmi che la tua offerta è ancora valida e che stai attualmente cercando una coinquilina».

«Cybil! Cazzo! Mi prendi per il culo?».

«Il tuo è un "mi prendi per il culo" di felicità o stai per darmi l'ennesima cattiva notizia della giornata?». Incrocio le dita e chiudo gli occhi.

«Tesoro! L'ho affittata a fine luglio! La ragazza nuova si trasferirà qui fra due giorni!». Diane, quando parla, conclude tutte le sue frasi con un'esclamazione. All'inizio mi faceva impazzire, ora non ci faccio quasi più caso. «Te l'ho chiesto mille volte!».

«Lo so». Apro gli occhi e mi passo una mano sul viso. «Le circostanze sono cambiate. Dieci minuti fa».

«Cos'è successo?».

«Mio padre mi ha sbattuta fuori di casa. A quanto pare, la mia permanenza qui aveva una scadenza di sei mesi. Ho dieci giorni di tempo per trovare un alloggio. Conosci qualcuno che potrebbe essere in cerca di una coinquilina? Mi va bene tutto. Anche un letto a castello in cucina».

Diane rimane in silenzio per alcuni istanti, fa un rumore strano con la lingua, come se la stesse schioccando ripetutamente contro il palato.

«Tuo padre è ufficialmente sulla mia lista nera!», mi avverte lei. Alzo gli occhi al cielo e spero non voglia analizzare nel dettaglio la conversazione con lui, perché potrei decidere di strapparmi i capelli dalla testa dal nervoso. «Scusa, ma perché non chiedi a Rob?».

Ah… Rob! Pensa che non ci abbia pensato? Ci ho pensato.

«Preferisco tenermelo come ultima spiaggia», taglio corto. Rob sarebbe capace di cacciare l'inquilino di uno dei suoi tanti appartamenti se sapesse che, dal primo settembre, non avrò più un letto sul quale dormire. Non posso chiederglielo.

«Potresti provare in segreteria, io avevo messo sulla loro bacheca l'annuncio per la camera libera e mi hanno contattata subito!».

«Giusto. La "bacheca degli affitti" in segreteria». Perché non ci ho pensato prima? Ah, sì, perché fino a mezz'ora fa avevo un tetto sopra la testa. Un bellissimo tetto, aggiungerei. E avevo il bagno in camera. E una cabina armadio spaziosa. «Sai che faccio? Ci vado adesso». Mentre lo dico mi alzo dal letto e mi infilo un paio di sneakers.

«Non chiedermi di accompagnarti», mi avverte lei. «Mi sono appena svegliata e ho urgente bisogno di una doccia!».

«Ti sei appena svegliata? Ma sono le tre del pomeriggio!».

«Ieri sera ho fatto tardi. E, a proposito di Rob, ho incrociato *Lucasss*!».

Ho un brivido lungo la schiena solo a sentir pronunciare quel nome, e non è un brivido piacevole. Assomiglia molto di più alla sensazione raccapricciante di un milione di blatte che ti camminano sulla testa.

«Tanto per cambiare, era più ubriaco che sobrio e sottobraccio a due stangone, troppo belle persino per lui».

«Mi fa piacere», taglio corto. Diane è l'unico essere umano al mondo a conoscenza della mia disavventura durante la festa della confraternita Delta Kappa Delta, quando ho preso la peggior decisione della mia vita: farmi Lucas nello stanzino delle scope.

L'immagine vivida della sua lingua nella mia bocca si materializza nel mio cervello, giusto per aggiungere altro fastidio a questa giornata di merda.

Se quella sera di due anni e mezzo fa avessi avuto anche solo il minimo sospetto su chi fosse, mio Dio, me la sarei data a gambe levate. Avrei corso a piedi nudi fino in Messico piuttosto che lasciarmi toccare da lui.

Per colpa di quello stupidissimo episodio mi sono preclusa la possibilità di diventare, un giorno, la signora Robert Henderson. I bambini che avevo fantasticato di avere con lui un minuto dopo averlo conosciuto a lezione? Svaniti nell'oblio. La villetta a due piani in periferia con un grande giardino, la staccionata bianca e una casetta sull'albero? Spazzata via dal ciclone Lucas.

Ero stata follemente invaghita di Rob per sei mesi, Lucas ci aveva messo poco più di quindici minuti per mandare al diavolo tutti i miei progetti per il futuro.

Mentre me ne stavo sotto il portico a chiacchierare con Rob, quella sera, lontani dalla musica assordante che fuoriusciva a tutto volume dalle casse nella sala principale, mentre mi guardava con gli stessi occhi sognanti con i quali ero certa lo stessi guardando anch'io, per un secondo avevo pensato di confessare il fattaccio. Non sarebbe stato felice di sapere che, poco prima del suo arrivo, mi ero comportata come una sgualdrina, ma forse avrebbe capito.

Insomma, ero giovane e inesperta all'epoca. Ed ero stata *chiaramente* raggirata da Sconosciuto e dal suo stupidissimo viso sexy. Senza contare che avevo in corpo due Cuba Libre piuttosto potenti. Non era stata colpa mia! Potevo essere perdonata, giusto?

Sbagliato!

Quella sera, più Robert mi parlava, più mi raccontava la sua vita, più mi rendevo conto che, fra noi, il sogno era finito ancora prima di cominciare.

La verità è che non c'era nemmeno una possibilità su un milione che mi avrebbe perdonata per essere andata a letto con suo fratello.

Gemello.

Durante quello che doveva essere il nostro primo appuntamento.

Scaccio via il pensiero alla velocità della luce. È acqua passata. Io non sarò mai la signora Robert Henderson e il mio migliore amico non saprà mai che la causa della nostra infelicità eterna è proprio suo fratello Lucas. Sangue del suo sangue.

«Okay, devo alzarmi!». Diane sbadiglia di nuovo. «Fammi sapere com'è andata con la ricerca dell'alloggio».

«Grazie per la dritta, Di-Di».

Il tempo di recuperare la mia borsa sul comò e controllare di avere abbastanza contanti nel portafogli per il taxi e sono fuori dall'appartamento.

C'è un gran via vai nel palazzo della segreteria generale, dal momento che i corsi inizieranno fra dieci giorni. La "bacheca degli affitti", in particolare, sembra presa d'assalto da una mandria di bufali. Aspetto paziente in fila… per i primi cinque minuti, dopodiché mi spazientisco e, una spallata alla volta, riesco a raggiungere la prima fila. Attaccati con delle puntine colorate, su un pannello di sughero, ci saranno almeno duecento fogli. Leggo con attenzione i primi tre volantini, ma è impossibile decifrarli tutti. Fra la calca di studenti che si sbracciano dietro di me e alcuni annunci che sembrano scritti con l'alfabeto Morse, mi arrendo subito. Inizio a staccare a caso i numeri di telefono alle estremità dei fogli e mi riprometto di chiamarli tutti. Più tardi. Possibilmente con una brocca di caffè nero davanti.

Sto sistemando qualcosa come quaranta bigliettini quando qualcuno, da dietro, mi tira la coda di cavallo. Mi volto di scatto, già pronta a strangolare il simpaticone di turno, invece sorrido da orecchio a orecchio e mi butto fra le braccia del mio amico.

«Sei tornato!», gli grido in un timpano.

Rob ride, mi stritola in un abbraccio e mi solleva da terra. «Ciao, nanerottola. Siamo atterrati ieri pomeriggio. Sono venuto a prendere i programmi di un paio di corsi. Devo ancora completare la lista per il primo semestre».

La fossetta – quella *bellissima* fossetta – sulla guancia destra si accentua e io sospiro.

«Non mi hai chiamata», lo rimprovero.

«Sei sicura? Guarda il tuo cellulare, va'».

Lo sfilo dalla borsa e trovo due chiamate perse, entrambe sue.

«Non mi hai chiamata *ieri*!», puntualizzo.

«Mi credi se ti dico che ho dormito da quando ho messo piede nell'appartamento fino a mezz'ora fa? Il jet-lag mi ammazza proprio».

Lo abbraccio di nuovo e seppellisco il viso nel suo petto. Il suo *bellissimo* petto. Rob mi avvolge con le sue braccia e mi bacia sulla testa.

«Mi sei mancato», sussurro.

«Anche tu, nanerottola». Si stacca quel tanto che basta per permettermi di sollevare il viso e guardarlo negli occhi. «Come stai? Com'è andata l'estate? E perché stavi facendo a botte davanti alla "bacheca degli affitti"?».

«È una lunga storia. Caffè?».

«Vino!».

«Andata». Usciamo dalle porte a vetri sottobraccio e ci dirigiamo verso il nostro locale preferito. Un posticino *chic* che serve vino di ottima annata in eleganti calici *balloon*, a Soho. Abbiamo talmente tante cose da raccontarci che ci parliamo sopra e inciampiamo nelle parole.

Quando ci mettiamo seduti mi racconta del suo viaggio in Italia, di come l'abbia girata da cima a fondo. Dalla magia che si respira a Capri, alla bellezza mozzafiato di Roma. Lo ascolto incantata, guardo le foto sul suo cellulare – scorrendo con una certa urgenza quelle che immortalano anche suo fratello – e sorrido quando mi dice di avere una quantità indecente di regali per me. A quanto pare me ne ha preso uno in ogni città che ha visitato nel mese e mezzo che è stato via con Lucas.

«E tu?», mi domanda al secondo giro di Pinot grigio. «Cosa mi racconti?».

«Cosa vuoi che ti racconti? Sono stata tutta l'estate a New York a morire di caldo, ingobbita sui libri».

«Sei riuscita a recuperare tutti i crediti?», chiede con una punta di apprensione nella voce.

Annuisco mentre gioco con lo stelo del calice. «Da ieri mattina sono ufficialmente anch'io una studentessa del quarto anno».

«L'hai più incontrato… *quello*?».

Mi irrigidisco all'istante, anche se mi aspettavo questa domanda da parte di Rob.

«No», ribatto, secca. «Insomma, mi hai portato un sacco di regali dall'Italia, eh?».

«Non cambiare discorso». La sua voce si addolcisce e mi costringo a guardarlo.

«È un capitolo chiuso. Sto bene, non ci penso neanche più», mento. «Mi sono rintanata a casa di mio padre per mesi, ho rischiato di perdere l'anno scolastico. Mi hanno tolto la borsa di studio per l'alloggio. Adesso si riparte da zero, non posso permettermi di piangermi ancora addosso». Mi scolo il vino in un unico sorso e mi infilo una manciata di noccioline in bocca.

«Va bene. Non ne parliamo più. A cosa ti servono tutti quei numeri di telefono che hai preso? Stai scappando dalla matrigna cattiva?».

Valuto se mentirgli oppure no. Alla fine opto per la verità, non solo per lealtà, ma anche perché mi dimenticherei la bugia fra due giorni.

«Più o meno. Vabbè, tanto lo vorresti a sapere lo stesso… Papà mi ha detto che non posso più vivere a casa con loro. Devo trovarmi un posto entro dieci giorni».

«Andrew MacBride? Il vice procuratore generale di New York City ti ha cacciata di casa?! Che cavolo hai combinato, stavolta?». Rob ridacchia, ma torna serio subito dopo, rendendosi conto della mia espressione seria.

«Non ho combinato nulla. Nulla più del solito…», aggiungo con una smorfia, per alleggerire l'aria. «Dice che lui e la stronza hanno bisogno dei loro spazi. Pare che mi stia approfittando della situazione». Faccio spallucce e mi porto il bicchiere vuoto alle labbra, succhiando via le ultime gocce di vino bianco.

«Avresti dovuto dirgli cos'è successo a marzo…».

«Mai! E avevi detto che non saremmo più tornati sul discorso».

«E dove cavolo andrai?». La voce di Robert diventa stridula. «Okay. Tranquilla. Ci penso io», conclude tutto d'un fiato, senza darmi nemmeno la possibilità di rispondere.

Un cameriere si avvicina al nostro tavolo, ma lo liquido con un cenno educato della mano. Sono solo le sei del pomeriggio, dobbiamo andarci piano con l'alcol o finiremo ubriachi marci in qualche locale underground della zona. Non sarebbe la prima volta.

«Rob, va tutto bene».

«Chiedo a mio fratello come siamo messi con gli appart–».

«No!», lo interrompo bruscamente. «Ti prego di non mettere in mezzo Lucas. Davvero, ho tutta la situazione sotto controllo. Fidati di me».

Mi guarda dritta negli occhi. Con la testa mi dice "sì", ma glielo leggo in faccia che sta già cercando una soluzione. Stavolta non gli permetterò di salvarmi il culo. Stavolta me la caverò con le mie forze. Ho qualche soldo da parte, mi troverò un lavoro, in qualche modo ne uscirò a testa alta.

Quanto difficile potrà mai essere?

Lo fanno un sacco di ragazzi della mia età. Riuscirò a rialzare la media dei miei voti e in men che non si dica mi concederanno di nuovo la borsa di studio.

Spero.

Rob mi guarda accigliato. Si preoccupa troppo per me. So che mi

vuole bene, ma certe volte mi soffoca con il suo atteggiamento appren-
sivo. Non sono abituata ad avere qualcuno che mi guardi le spalle come
un falco, che sia sempre un passo dietro a me, pronto ad afferrarmi al
volo se dovessi cadere. Lui ha bisogno di avere sempre tutto sotto
controllo: la sua vita, quella di Lucas, quella dei suoi amici.

Io, al contrario, in questo momento l'unica cosa che cerco è il
supporto di un amico fidato. E, al massimo, due braccia muscolose che
mi diano una mano con il trasloco.

«Qual è il piano?», mi domanda.

Tiro fuori i bigliettini stropicciati dalla borsa e li poso sul tavolo.
«Dividiamoceli. Tu chiami questi numeri», gliene passo una manciata,
«io chiamerò gli altri».

«Come vuoi tu. Ma ti avverto: se non ne esce niente di buono, si farà
a modo mio».

Gli dico di sì per accontentarlo.

Vuoi che non si trovi una stanza libera in tutta New York City?

2

lucas

Q uando riapro gli occhi, fuori è di nuovo buio. Ci metto un
minuto abbondante per ricordarmi dove sono.

Metto a fuoco il televisore da sessanta pollici sul mobile
davanti al letto, la PlayStation per terra. Poi le ante della cabina armadio.
Okay, sono nel mio appartamento a Soho. Ieri sono atterrato al JFK da
Roma con Rob. Poi sono andato a una festa, mentre mio fratello –
quello responsabile – è rimasto a casa.

Tasto con le dita la porzione di materasso accanto a me. Ci trovo un
corpo di donna. Conto tre mani, però.

Ho bevuto troppo, ed ero sveglio da venti ore. La festa, a un certo
punto, ha preso una brutta piega, quello me lo ricordo bene. C'era un
mangiafuoco che si stava esibendo fra i tavoli del privé, cameriere vestite
con costumi di piume colorate che continuavano a servire bottiglie di
Cristal e due equilibristi su una bicicletta senza manubrio. Uno è
caduto.

Recupero il cellulare dal comodino e constato che sono le otto
passate. Ora, mi è chiaro il perché io sia ancora nel mio letto dopo quattordici ore, ma la presenza delle due ragazze mi sfugge proprio. Hanno
dormito qua?

Quando sono rientrato con loro, stamattina all'alba, ero così ubriaco
che credevo di vederci semplicemente doppio. Quale parte del mio ego
smisurato ha creduto che, in quelle condizioni, sarei stato in grado di
soddisfarle entrambe? O anche una sola, se proprio devo essere sincero
con me stesso.

Poggio i piedi scalzi sul parquet e mi stropiccio gli occhi. Ho fame. Ho mal di testa. E ho un disperato bisogno di farmi una doccia. Ancora nudo, raggiungo la porta-finestra e scosto le tende. La via sotto casa è trafficata, come sempre. Spalanco una delle due ante e, con la scusa di cambiare aria alla stanza, me ne rimango impalato sotto la cornice e respiro la brezza umida impregnata di smog della mia città.

Mi è mancata New York.

Un rumore alle mie spalle mi fa voltare. Una delle due ragazze si stiracchia, accende una lucina sul mio comodino e poi sveglia l'altra. Si parlano in una lingua che non conosco. Forse in russo. O lituano. Non ricordavo fossero entrambe bionde, e questo dimostra quanto fossi ubriaco. Preferisco le more.

Una di loro mi sorride, poi, senza un briciolo di pudore, mi fissa in mezzo alle gambe. Quando ha finito con la radiografia e riporta lo sguardo sul mio viso, si esibisce in un occhiolino che non vuole essere un complimento e che avrei preferito tenesse per sé.

Pazienza. Posso convivere con il pensiero di essermi addormentato, con due fighe pazzesche nel letto, sabotando così la missione.

Mi avvicino ai piedi del letto e recupero i miei boxer. Nel frattempo, le due ragazze si sono rivestite e si scambiano battutine nella loro lingua. Per terra, accanto ai jeans e alla camicia bianca arrotolata, metto a fuoco gli involucri vuoti di due preservativi.

Li sorpasso e raggiungo il bagno. Nel cestino, avvolti nella carta igienica, trovo i due preservativi usati.

Il mio ego si impettisce, la mia coscienza viene scossa da un barlume di senso di colpa. Non mi ricordo niente. I loro nomi, come le ho convinte a seguirmi fino all'appartamento, come l'abbiamo fatto. Davvero un peccato, fra l'altro.

Una delle due ragazze mi porge un biglietto da visita, si tende in avanti e mi bacia sulla guancia. «Chiamaci…».

Forse, tutto sommato, l'occhiolino *era* un complimento.

Le precedo giù per le scale e le saluto in modo educato prima di richiudermi la porta alle spalle. Rob è seduto sul divano e se la sta ridendo sotto i baffi.

«Cos'hai da ridere?».

«Quanto ti ricordi di stamattina?», mi domanda.

«Poco. Perché?».

«Meglio così…». Si alza dal divano, portandosi dietro la lattina vuota di una birra. «Cucino? O ordiniamo una pizza?».

«Pizza». Mi accomodo su uno degli sgabelli davanti alla penisola e affondo le mani nei capelli. «Dai, spara. Cos'è successo stamattina?».

«Hai chiamato mamma e l'hai ringraziata per averti dotato di un, cito testualmente, "grosso pene che funziona sempre, anche quando sono ubriaco come una merda"».

Impossibile!

«Ma che cazzo dici? Non farei *mai* una cosa del genere!», salto su. Farei mai una cosa del genere? Ero parecchio ubriaco…

«Mi ha chiamato sconvolta, svegliandomi, fra l'altro. Ha intenzione di diseredarti».

Robert se la ride un mondo e io inizio a sbattere la testa contro il top scuro.

«Ti prego… TI PREGO… dimmi che stai scherzando». Si copre la bocca con la mano, lo stronzo. No, non sta scherzando. «Che cazzo le dico, adesso?».

«Ci pensiamo dopo. Ho una cosa da chiederti».

«Mi sono svegliato da dieci minuti e ti ho già regalato la mia eredità. Non pensi che possa bastare per oggi?».

La cosa deve essere seria perché Robby non ride della mia battuta. E lui ride sempre, anche solo per farmi contento.

«Come siamo messi con gli affitti degli appartamenti? Si libererà qualcosa a brevissimo?».

«Mi stai lasciando?», domando con un finto tono sconvolto, portandomi anche una mano sul cuore.

Mio fratello alza gli occhi al cielo. «Fai il serio, per un minuto. Poi torniamo a cazzeggiare. È importante».

«Okay». Mi alzo dallo sgabello e recupero il faldone nel quale tengo i contratti dei sei appartamenti che gestiamo. Lui mi passa una birra già stappata e io ne butto giù un sorso senza pensarci. Non appena il malto mi graffia le papille gustative, mi viene da rimettere. Sono digiuno da non so quante ore e basta un goccio di birra per risvegliare la sbornia. «Meglio se mangio qualcosa, prima». Abbandono la lattina e riprendo in mano i contratti, uno per uno.

«Allora?».

«Se non sbaglio, 1B non ha rinnovato e il contratto scadrà… eccolo, il trenta settembre. L'appartamento sarà libero dal primo di ottobre. Beh, magari non proprio dal primo, il tempo di ripulirlo».

«1B… sarebbe perfetto! Alla fine, si tratterebbe di temporeggiare per un mese», borbotta fra sé e sé.

«Ma per chi ti serve?».

«Una… persona».

«Ho davvero chiamato mamma e le ho parlato del mio uccello?».

«Già».

«Che testa di cazzo. Vado a farmi una doccia, poi la chiamo. Tu intanto ordina la pizza e se fra un paio d'ore mi vedi vestito per uscire, per favore, legami su quel fottuto divano».

«Sarà un piacere».

Mi alzo controvoglia dallo sgabello e, ancora scalzo e con solo i boxer indosso, mi avvio su per la scala.

«Lucas…». Mi volto appena, continuando a salire. «Se fosse necessario ospitare una persona qui da noi per… diciamo un mese, ci sarebbero problemi?».

Torno indietro e mi aggrappo alla ringhiera. «Cos'è tutto questo mistero? Di chi si tratta?».

«Non è importante. Ti basti sapere che è una persona fidata. Accetteresti di cedergli il tuo studio al piano di sopra e probabilmente condividere il bagno?».

Che domanda difficilissima da fare a un uomo che non ha ancora capito in quale fuso orario si trova e che probabilmente dovrà iniziare a chiamare la propria madre con il suo nome di battesimo. Accetterei? Boh, forse sì.

«Uomo o donna?».

«Cambia qualcosa?».

«Cambia tutto! Se devo dividerci il bagno, voglio sapere quale altro culo si siederà sul mio water!».

«Donna». L'espressione seria di Rob non mi piace neanche un po'.

«Va tutto bene?». Scendo l'ultimo gradino e, con due passi, gli sono davanti. «È successo qualcosa? Ti sei cacciato in qualche guaio?».

Robby prima ridacchia, poi si lascia andare a una sghignazzata isterica. «Me lo stai chiedendo davvero? *Tu* a *me*, Mr. Grosso Pene?».

«Chi è questa ragazza?».

«Un'amica». Rob incrocia le braccia sul petto.

«È figa?».

«Molto».

«Te la scopi?».

«No». Lo dice con tono impassibile.

«Te la vorresti scopare?».

La sua espressione imperturbabile vacilla per una frazione di secondo. «No».

«Me la posso scopare io?».

Ridacchia. «Non credo te la darebbe».

«Mhmm… una sfida! Che ti devo dire? *Mi casa es su casa*. Se questa fanciulla ha bisogno di un tetto sopra la testa, chi sono io per lasciarla in mezzo a una strada?».

«Perfetto. Vedrai… ci divertiremo».

«Non vedo l'ora».

Torno al piano di sopra facendo le scale a due a due. Prendo coraggio e decido di chiamare mia madre e levarmi subito il pensiero, prima di buttarmi in doccia.

«Ciao mamma…». Queste sono le uniche due parole che riesco a dire prima che mi piova addosso una serie di rimproveri che farebbero piangere persino un uomo adulto. È incazzata, incazzata sul serio.

Quando capisco che la telefonata durerà tutta la notte, mi lascio cadere sul letto, a pancia in su, e premo il tasto del vivavoce. Così, mentre mia madre elenca a uno a uno i motivi per i quali meriterei di essere diseredato per davvero, infilandoci in mezzo una decina di "dovresti prendere esempio da tuo fratello" e un centinaio di "dove abbiamo sbagliato con te?", io mi ritrovo a stilare mentalmente una lista delle amiche di Rob, quelle che frequenta di solito, e me ne vengono in mente un paio che non mi dispiacerebbe affatto ritrovare – per sbaglio – la mattina sotto la doccia.

E poi me ne viene in mente una che mi fa comprimere lo stomaco e ribollire il sangue nelle vene prima che riesca a scacciare l'immagine del suo viso dalla mia testa.

Mamma sta ancora abbaiando minacce dall'altra parte della cornetta, ma io sono andato, partito. Tutto quello che vedo davanti a me sono una cascata di capelli biondi e un tattoo minuscolo all'altezza dell'inguine, che rimane, ad oggi, la cosa più eccitante sulla quale abbia mai messo le mani.

Peccato che quei capelli e quel tatuaggio appartengano entrambi a una grandissima stronza!

cybil

«E questa è la cucina», conclude la ragazza del secondo anno che mi sta mostrando il suo appartamento.

Robert si è rifiutato di entrare, è rimasto a piantonare l'ingresso.

Se non mi soffermo a guardare la vernice scrostata sui muri, o l'unto intorno ai fornelli, o le mattonelle spaccate dei pavimenti, posso dire in tutta sincerità che questo appartamento non è... male.

Certo, poi c'è quel "problema" allo scarico del bagno. E la porta della camera da letto che dovrei dividere con una di loro è stata scardinata. E il divano sembra essere stato recuperato da una discarica.

Torno nell'ingresso e sorrido a Rob.

«Non ci pensare neanche», mi avverte lui, fregandosene di essere sentito dalle altre tre ragazze presenti nell'appartamento. Una di loro sta girando per casa in perizoma e reggiseno come se niente fosse.

«Non è poi così male», mi difendo.

Fa schifo, okay?! È un posto orribile, puzza di piscio e non mi stupirei se trovassi la carcassa di un topo morto in qualche angolo, ma è l'ultima opzione che mi è rimasta.

No, scherzavo, è la penultima.

L'ultima opzione è l'ostello a due isolati dal dipartimento di *Business School* che ricomincerò a frequentare fra quattro giorni, che mi costringerebbe ad abitare in uno stanzone con almeno altri ventinove studenti.

«Per favore, Cybil. Cerca di ragionare, vieni a stare da noi».

Oh, Signore! Ancora?!

«Rob...». Mi pizzico la base del naso con l'indice e il pollice. «Sto per urlare», lo avverto.

«È solo per un mese», insiste.

«Quindi, la prendi la stanza?», mi domanda la ragazza del secondo anno, con un tono scocciato che mi fa venir voglia di prendermela con lei e sfogarle addosso tutta la mia frustrazione.

«No!», risponde Rob al mio posto. Mi afferra per un braccio e mi trascina fuori da questo buco raccapricciante senza pensarci due volte.

Ostello sia!

«Sei davvero troppo testarda. Giuro, non ti capisco! Preferisci davvero stare un mese all'ostello o, peggio, in un posto di merda come questo, piuttosto che venire a casa mia?».

No, preferirei vivere sotto un ponte, in una scatola di cartone, piuttosto che vivere un mese a casa tua. E di quell'essere immondo di tuo fratello.

«Quante altre volte ne dobbiamo discutere? Già mi sento in difficoltà perché mi farai stare in uno dei tuoi appartamenti alla metà del prezzo dell'affitto, non esiste che venga a stare da te per un mese. Non. Esiste».

«Cybil, stai mettendo a dura prova la mia infinita pazienza. Ti stai impuntando su una cretinata. Anche Lucas è d'accordo».

Per poco non vado a sbattere contro il palo della luce in mezzo al marciapiede. Lucas è d'accordo che stia a casa loro per un mese? Non ci crederò mai, nemmeno se lo sentissi pronunciare quelle parole con le mie orecchie.

«Lucas vuole che *io* venga a stare da voi? Per un mese?». Alzo entrambe le sopracciglia e lo sfido a mentirmi.

«Già!». Bugiardo schifoso di un amico sleale. «E comunque avresti la tua stanza. Okay, è il suo studio, ma c'è un divano-letto e il bagno subito fuori dalla porta».

«Lucas mi cederebbe il suo studio *e* mi lascerebbe usare il suo bagno? A *me*?».

«Sai, mi offende da morire che tu non mi creda». Lo stronzo si porta una mano al petto e finge un malore improvviso.

«Perché *stai* mentendo! Lucas non...». Non mi può vedere. E io non sopporto lui.

«Non...?».

«Lo sai com'è con tuo fratello. Non andiamo d'accordo. Fine della storia».

Rob riprende a camminare e si dirige verso la sua auto. Lo seguo in silenzio, rimanendo un paio di passi indietro. So che non capisce, che odia questa situazione: io da una parte della barricata, suo fratello dall'altra. E lui in mezzo. Io e Lucas, pur non sopportandoci, tutte le volte che siamo stati costretti a condividere lo stesso spazio e respirare la stessa aria con Robert presente, ci siamo comportati in modo stoico. Ci siamo ignorati, ognuno ha mantenuto la distanza di sicurezza. Ma un conto è passare la serata nello stesso locale per far contento Rob, un altro è convivere sotto lo stesso tetto.

Sarebbe semplicemente impossibile.

«Senti…». Rob si volta all'improvviso e gli vado a sbattere addosso. «Va bene, vi state sulle palle, è una questione di pelle, bla bla bla, non me ne frega niente quale sia il problema fra di voi, ma stai mettendo me in una posizione del cazzo! Non ti lascio andare in un fottuto ostello con altri ventinove sconosciuti, e allo stesso tempo non mi permetti di prestarti i soldi per un hotel. Gli appartamenti che abbiamo visto finora fanno schifo e ti rifiuti di chiedere a tuo padre di lasciarti vivere in casa *tua* per un altro mese. Non mi lasci scelta, lo capisci?». Diventa rosso in faccia e gli si accentua la ruga in mezzo alla fronte, quella che gli si forma solo quando è particolarmente arrabbiato o deluso.

«Rob…», provo a dire, ma non ne vuole sapere. Mi afferra per la vita e incolla il mio petto al suo.

«Cybil, te lo sto chiedendo *per favore*, vieni a stare da me. Non dormirò la notte sapendoti in quel posto di merda. Se ti dovesse succedere qualcosa…».

Gli accarezzo una guancia e poggio la fronte contro la sua. «Non mi succederà niente».

«È la stessa cosa che hai detto lo scorso marzo».

Merda! Le sue parole sono una pugnalata nello stomaco.

«No, non lo è», mi difendo io, mettendo mezzo metro di distanza fra di noi. «E che razza di colpo basso è questo?».

«Per. Favore. Cybil».

«Starò benissimo», ribatto piccata.

Rob sospira, si infila le mani nelle tasche posteriori dei jeans e ondeggia un paio di volte sulle ginocchia. Ci guardiamo negli occhi senza parlare per un lunghissimo minuto.

«Sai, se fossi un qualunque altro uomo su questo dannato pianeta, ti direi "fai come ti pare!", invece sono un imbecille che non ce la fa a fregarsene e te lo chiede per l'ultima volta: vieni a stare da noi». Sono davvero poche le volte che l'ho visto così incazzato. Non che questo cambi le cose.

Io, in quell'appartamento, non ci posso proprio andare. Rob è convinto che il problema con Lucas sia soltanto un'antipatia epidermica reciproca, ma non è solo questo. Dopo quella maledetta festa, io e suo fratello ci siamo resi la vita un inferno a ogni occasione. È stato un continuo di battute al vetriolo, di insulti sussurrati, di vaffanculo plateali. Ci siamo urlati addosso parole che nessuno dei due potrà mai riprendersi. Soprattutto tre mesi dopo il fattaccio. Ci eravamo incontrati per "chiarirci", solo io e lui. Alla fine di una breve ma intensa discussione che doveva essere conciliatoria, lui mi ha dato della puttana, io l'ho accusato di essersi approfittato di me nonostante sapesse che ero mezza ubriaca.

Non era vero, ma non ero riuscita comunque a frenare la lingua. Lui mi aveva insultata e io volevo ferirlo dove sapevo avrebbe fatto più male: nell'orgoglio.

Quindi no, non posso proprio accettare l'offerta generosa di Robert. Non voglio marciare nello studio di mio padre e implorarlo di tenermi a casa ancora un mese. E non ho abbastanza soldi per permettermi un hotel o una stanza dignitosa in questa zona della città.

Se l'ostello fatiscente vicino alla facoltà è l'unico che mi posso permettere, me lo farò andar bene.

E sono irremovibile!

«Pronto?».

«Ti prego, vienimi a prendere. *Subito*!», piagnucolo contro la cornetta.

«Cybil? Stai bene?».

«Questo posto è un incubo. Ti prego, Rob, vienimi a prendere».

Invece di preoccuparsi, lo stronzo scoppia a ridere. «Arrivo. Dammi quindici minuti, aspettami fuori».

«Sono *già* fuori!», frigno.

Rimetto il telefono nella borsa e nascondo il viso nelle mani. Seduta davanti ai gradini dell'ostello, penso che nella mia vita precedente devo essere stata davvero una brutta, brutta persona, altrimenti non si spiegherebbe perché l'universo si stia accanendo in questo modo su di me.

Di minuti ne passano ventiquattro. Rob parcheggia la sua BMW davanti all'entrata dell'ostello, ma io rimango immobile. Sono circondata dalle mie valigie e mi viene da piangere non appena scende dall'auto e incrocio i suoi bellissimi occhi verdi.

«Ehi, nanerottola». Si piega sulle ginocchia così che siamo alla stessa altezza. Una lacrima mi scappa dagli occhi e mi sbrigo ad asciugarla. «Cos'è successo?», domanda, preoccupato. Guarda per un attimo l'entrata alle mie spalle, poi torna a concentrarsi su di me.

Ho un groppo in gola grande quanto una mela e l'unica cosa che riesco a fare è scuotere la testa e asciugarmi tutte le altre lacrime che scendono e che non riesco più a frenare.

«Dai, andiamo a casa», sussurra contro il mio viso bagnato di pianto.

Salgo in auto mentre lui infila le valigie nel portabagagli.

Mi sento così sbagliata in questo momento. Ho resistito solo una notte, nemmeno ventiquattro ore. Sapevo che il cambiamento sarebbe stato difficile, avevo sottovalutato *quanto*. O forse si riduce tutto al fatto che sono una debole, una ventunenne viziata e poco incline all'adattamento. Nella mia testa avevo immaginato di trovarmi a condividere il mio spazio vitale con altri studenti che, come me, non potevano permettersi di meglio. E me lo sarei fatto bastare, avrei dimostrato a mio padre che ce la facevo benissimo anche senza il suo aiuto. Ma la realtà si era rivelata ben diversa dalle mie aspettative. In quel posto non c'erano studenti. Tutto, ma non studenti. Avevo passato la notte con gli occhi sbarrati e una paura fottuta di essere accoltellata. I letti, a castello, erano gli uni attaccati agli altri e il mio vicino di brandina mi aveva piantato i suoi piedi puzzolenti in faccia per tutta la notte.

Ci penso e ricomincio a piagnucolare.

Robert, che in questi anni ha imparato a conoscermi meglio di quanto io conosca me stessa, si limita a guidare in mezzo al traffico impossibile di New York all'ora di pranzo e non fa domande.

Parcheggia la sua BMW nel garage all'angolo fra Wooster e Prince. Ancora in religioso silenzio ci trasciniamo dietro le mie valigie finché non arriviamo di fronte al portone del civico 74 di Wooster Street.

Mi fermo un secondo a contemplare la palazzina di cinque piani. Adoro questo posto, i mattoncini rossi che ricoprono la facciata, le scale antincendio arrugginite che partono dall'ultimo piano e si fermano poco prima del primo. Le biciclette legate agli alberi. I locali di aperitivi ogni due vetrine, le minuscole gallerie d'arte.

I genitori di Rob, tre anni fa, hanno comprato questa palazzina da un indiano caduto in disgrazia dopo la crisi del duemilaotto. Dopo averla ristrutturata, l'hanno messa in mano ai loro due figli con la promessa che, se avessero saputo gestirla, si sarebbero potuti tenere i soldi dell'incasso e, conseguita la laurea, l'intero immobile.

È Lucas, pare, a occuparsene a tempo pieno. Più di una volta ho sentito Rob ammettere che, se questo posto funziona, è solo merito di suo fratello. Ci credo poco. Insomma, fra i due, il mio migliore amico è quello con la testa sulle spalle, quello giudizioso, il "bravo ragazzo della porta accanto", per capirci. Lucas è un cazzone, beve troppo, il suo sport preferito è il salto-da-un-letto-all'altro e passa gli esami per il rotto della cuffia. Fatico a credere che sappia contare fino a venti, figuriamoci gestire uno stabile con sette appartamenti nel centro di Soho, in una delle vie più prestigiose della zona e di tutta Manhattan!

«Sei sicuro che Lucas mi voglia in casa vostra?», domando di nuovo mentre saliamo le strette scale fino all'ultimo piano.

«Vuoi smetterla di preoccuparti? Lucas sa che stai arrivando e non ha battuto ciglio».

«Giuro che starò il meno possibile. Troverò una soluzione al più presto».

«Sei fastidiosa, Cybil. Te l'ho mai detto? Cioè, proprio irritante. Abbiamo una stanza libera e fra poco più di un mese ti trasferirai comunque al primo piano. Che senso ha fare avanti e indietro per la città con la valigia in mano?».

Nessun senso… in una situazione normale.

Rob si ferma davanti alla porta del suo appartamento, ma esita prima di aprirla.

«Hai dimenticato le chiavi?».

«Mi vuoi bene, Cybil?».

Che razza di domanda è, questa? I suoi meravigliosi occhi si incastrano nei miei e non so come rispondergli. Certo che gli voglio bene! Insomma, se questa vita non fosse così schifosa, io e lui saremmo innamorati persi l'uno dell'altra.

«Più di bene», confesso.

«Benissimo. Ricordatelo fra due minuti», dice e subito dopo spalanca la porta dell'appartamento. «Siamo arrivati!», grida.

Il cuore mi schizza in gola, lo stomaco lo segue a ruota. È in casa…

«Finalmente. Vi stavo dando per dispersi». La voce di Lucas è squillante, troppo allegra. Anche se non è ancora entrato nel mio campo visivo, so per certo che si è stampato in faccia uno dei suoi sorrisi da pubblicità, quelli che concede solo quando è davvero felice.

E poi ci arrivo.

Non gliel'ha detto.

Cazzo!

Me lo ritrovo davanti, e il mondo si ferma. Il sorriso gli muore sulle labbra, fa un passo indietro e sbianca.

«*Tu?!*», urla, puntandomi il dito contro. «*LEI?*».

lucas

Io e Robert siamo nati a ben sette minuti di distanza l'uno dall'altro. Io sono il secondo. Ero più piccolo in tutto e lo sono stato fino ai dodici anni. Più basso, più magrolino, più estroverso.

Ma sono anche stato il primo fra i due a baciare una ragazza e il primo a sfoggiare una sottospecie di barba credibile. E ho perso la verginità prima di lui.

Rob è sempre stato quello più tranquillo, io del tutto fuori controllo. Lui è un mezzo genio quando si tratta di numeri, io preferisco i lavori manuali.

Non ci assomigliamo per niente, né esteticamente né caratterialmente. Io ho un colore di occhi di merda – una specie di grigio-blu orribile –, lui vanta due occhioni verdi scintillanti. Io ho i capelli scurissimi, lui un misto di castano chiaro-scuro per il quale le donne ucciderebbero. Io sono alto un metro e ottantasette, lui un metro e ottantaquattro. Io fumo, lui fa yoga.

Crescendo, ci siamo amati e odiati in egual misura, ma, nonostante ce ne siamo date così tante da finire un paio di volte al pronto soccorso, lui è a tutti gli effetti l'altra metà della mia anima.

È per questo che mi dispiacerà moltissimo ucciderlo.

E mi mancherà come se mi avessero strappato il braccio destro dal corpo, ma, purtroppo per lui, questo scherzetto non me lo doveva fare.

Cybil MacBride è la linea di confine fra "mi butterei nel fuoco per te, fratello" e "vaffanculo".

Per poco non mi prende un infarto quando me la ritrovo davanti. Lei, con tutti quegli stupidi capelli biondi a incorniciarle il viso, i suoi penetranti occhi azzurrissimi, le labbra carnose e imbronciate, quelle tette che farebbero girare persino i sassi, in casa mia non ce la voglio.

Punto.

«Siete fuori di testa?», sbraito contro mio fratello. Non me ne frega un cazzo se è la sua migliore amica, se la ama in gran segreto, se Cybil non ha un fottutissimo posto dove andare a dormire. Qui non rimane.

«Lo sapevo che non glielo avevi detto!», strepita lei.

«Ma va?!», le faccio il verso io. «Certo che non me l'ha detto! Gli avrei risposto *assolutamente no*!».

Cybil mi fulmina con un'occhiataccia e me ne frego. «Io me ne vado!».

«Esatto. Ciao».

«Cybil, aspetta!». Rob esce di casa e la rincorre giù per le scale.

Mi fumano le orecchie, mi va a fuoco lo stomaco. Cosa cazzo è venuto in mente a mio fratello? A malapena la tollero seduti allo stesso tavolo, io da una parte e lei lontana anni luce da me, figuriamoci vivere sotto lo stesso tetto.

Mi sento male.

La sento urlare un paio di insulti rivolti al sottoscritto nella tromba delle scale, mentre quel rammollito di mio fratello cerca di calmarla. Che diavolo ci trova in lei? Tolto il fisico mozzafiato e quel viso adorabile, rimane solo un grandissimo *bluff*. Una ragazzina viziata, acida, frustrata e… e qualcos'altro che in questo momento non mi viene in mente.

Mi tremano così tanto le mani che devo stringere i pugni più e più volte per calmarmi.

«Sei un imbecille!», mi ammonisce Rob quando rientra in casa. Da solo, per fortuna.

«Sei pazzo? Cosa ti salta in mente di portarla qua?».

«Abbassa quella cazzo di voce!». La ruga fra le sue sopracciglia si increspa sempre di più, di secondo in secondo. È molto arrabbiato. Ma io di più. Rob accosta la porta di casa e mi viene incontro. Cybil se ne è andata, ma le sue valigie sono ancora qua. Non può essere un buon segno. «Stammi bene a sentire, io non ti chiedo mai niente. Quella è la mia migliore amica». Indica oltre la porta alle sue spalle e io alzo gli occhi al cielo. «È in difficoltà e questa è anche casa mia. Lei resta».

«Col cazzo!».

«Lei. Resta».

Mi ero svegliato così di buon umore stamattina, perché mio fratello sta cercando di scatenare una rissa? Mi sono appena fatto la doccia.

«Robby…».

«No! Stavolta non farai come ti pare. Se lei non può rimanere, allora me ne vado anch'io».

Mi trattengo dallo scoppiargli a ridere in faccia. Se ne va? E quindi? Mi mordo la lingua e respiro a fondo prima di rispondergli di getto. Non siamo mica sposati, io e lui. Se se ne vuole andare, quella è la porta.

«Per quanto?», chiedo invece, contro ogni buon senso. Okay, forse non voglio che se ne vada. Mio fratello… non lei.

«Un mese».

«Un *mese*?». Trenta fottutissimi giorni con Cybil MacBride in casa? «Ci ammazzeremo prima», borbotto e non mi rendo conto di averlo fatto ad alta voce fin quando non noto l'espressione sorpresa di mio fratello.

«Che diavolo hai contro quella ragazza? È bella, è sveglia, è simpatica. Non ti capisco proprio».

No, non mi capisci proprio, fratellone.

«Va bene», cedo. E Dio mi è testimone, lo faccio solo per lui. «Falla entrare».

«Ehm…».

«Cosa?».

«Forse sarebbe meglio che andassi tu a dirglielo».

Io?

«*Io?*».

«Ti sei reso conto di come l'hai trattata? Vatti a scusare».

Le mani ricominciano a tremarmi dal nervoso. Che situazione del cazzo! Tutto, ma non implorerò Cybil di rimanere. E non mi scuserò.

Mio fratello tiene il punto, non cede di un millimetro e io sono a un bivio: mandarlo a quel paese o chiedere scusa a Cybil e accoglierla nel nostro appartamento.

Scelgo la prima opzione. «Vaffanculo, Rob!».

«Sai, mamma è ancora piuttosto incazzata con te. Quasi quasi le telefono e le dico che hai messo alla porta una ragazza in difficoltà. E sai quanto lei adori Cybil…». Lo stronzo inclina la testa di lato e si gode la mia reazione.

Gioca sporco, il ragazzo.

Vuole mettere me e Cybil a stretto contatto dentro questi ottanta metri quadri, per un mese? Perfetto.

«Hai vinto tu». Mi avvicino alla sua faccia e gli parlo naso a naso. «Non hai idea di quanto te ne pentirai. Le renderò la vita un inferno».

«Non lo farai», mi avverte lui.

Mi incammino verso la porta di casa e la spalanco. «Oh, *Cybiiiil… Tesoroooo…* stavo scherzando! *Certo* che sei la benvenuta».

Mi affaccio dalla ringhiera e la trovo al piano di sotto, seduta sull'ultimo gradino che si stringe la borsa al petto. Non mi fa neanche un po' di tenerezza. Tutti pensano che Cybil sia dolce e innocente, ma solo io la conosco davvero per quello che è e quel broncio avvilito non attacca con me.

Forse lei si è dimenticata l'espressione ripugnante che mi ha rivolto, più di due anni fa, quando ha insinuato che mi sono approfittato di lei in quello stanzino. Per pulirsi quella sua coscienza da due soldi, ha dipinto me come il mostro. Beh, io me lo ricordo ancora troppo bene quello sguardo accusatorio, le sue parole taglienti. E quella sensazione di sporco che mi ha appiccicato addosso gliela leggo in faccia ogni volta che mi guarda.

«Vieni su!», urlo da un piano all'altro.

«Non ci penso proprio. Se Rob mi porta giù le valigie, tolgo immediatamente il disturbo». Si comporta come una ragazzina capricciosa. Se posso fare un passo indietro io, allora lo può fare anche lei.

«Non comportarti sempre come una cazzo di prima donna. Io non ti voglio qua tanto quanto tu non ci vuoi rimanere. Lo faccio per Rob, lo farai anche tu». Non aspetto che mi risponda, ma soprattutto evito di incrociare i suoi occhi. Perché quella non è una ragazza, è una strega! E le streghe hanno il potere di incantarti con una sola occhiata, ti rigirano, ti rivoltano e si prendono tutto. Per poi mandarti al diavolo.

Ho già commesso una volta questo errore con lei. Non ricapiterà più.

――――――――

Mi vado a rintanare nella mia camera da letto non appena Cybil varca la soglia di casa. Il suo profumo costoso ci mette tre secondi netti a impregnare l'aria dell'open space e io fuggo. Porta sempre lo stesso da anni, è una specie di incubo, un promemoria costante di lei seduta su una pila di scatoloni, a gambe aperte, e io che penso: "Dove diavolo è stata per tutto questo tempo?".

All'inferno, probabilmente.

Decido di scendere al piano di sotto solo quando ho così tanta fame da non sopportare più il brontolio allo stomaco, ma prima ho bisogno del wc. Senza pensarci, spalanco la porta del bagno e me la ritrovo davanti mentre si tira su i pantaloni.

«Esci *subito*!», strilla.

Ha ancora il tatuaggio.

Me lo ricordavo più sexy.

Non è vero, me lo ricordavo proprio così.

«Cristo, Cybil!», sbraito. Mi volto, ma non esco dalla piccola stanza. «Non te l'hanno insegnato a casa tua che quando si va al cesso bisogna chiudere le porte a chiave?».

«Non funziona, razza di troglodita!», strepita lei.

Faccio mente locale. Potrebbe aver ragione. Questo bagno lo uso solo io, non mi chiudo mai a chiave. Cybil, dietro di me, fa scorrere l'acqua dal rubinetto mentre io fisso la serratura e faccio scattare la chiave. Gira a vuoto. Scendo le scale come una furia, poi recupero la cassetta degli attrezzi sotto il lavandino.

Torno su in tempo per vederla sbattermi la porta della sua camera da letto in faccia. No, non della *sua* camera da letto... del *mio* studio.

Perdo venti minuti per aggiustare la serratura, però quando ho finito mi sento meglio. L'ultima cosa che mi serve è ritrovarmela nuda in bagno.

«Adesso *funziona!*», grido dietro la sua porta chiusa. «Viziata del cazzo», brontolo tornando in cucina.

Chiamo mio fratello a gran voce, ma non ottengo risposta. Lo vado a cercare prima in camera sua e poi nel suo bagno. Sparito.

«Rob è uscito. Aveva un appuntamento».

Cybil – per fortuna di nuovo tutta vestita – si ferma sull'ultimo gradino della scala. Stringe la ringhiera con una mano, l'altra la tiene in tasca.

Mio fratello è uscito e ci ha lasciati da soli? In casa? Senza testimoni oculari?

Non le rispondo e lei rimane immobile.

«Grazie per avermi permesso di usare il tuo studio».

«Cybil MacBride che ringrazia, quale novità assoluta!».

Mi rivolge una smorfia disgustata. Ora sì che la riconosco. Il tono dimesso e quell'espressione umile che ha tentato di rifilarmi non le donano. «Ero seria, ma tanto con te è una partita persa in partenza».

«Esatto. Non puoi vincere», ribatto.

«O più semplicemente non mi è mai piaciuto il tuo gioco». Si avvicina di un paio di passi con fare disinvolto e, non appena il suo profumo mi pizzica le narici, il mio uccello si anima di gioia e aspettativa, senza il mio permesso. Tutto, ma non il mio permesso.

«Io dico che il mio gioco, un *pochino*, ti è piaciuto», la provoco, accompagnando le mie parole con un gesto eloquente della mano: l'indice e il pollice alla distanza di un centimetro l'uno dall'altro.

Lei sorride, ma è uno di quei sorrisi che ti mandano K.O. prima ancora di ricevere il colpo. «Hai detto bene». Imita il mio gesto. «*Pochino* è l'aggettivo giusto».

Stavolta sono io a fare un passo in avanti. E poi un altro, finché non siamo troppo vicini. Lei non abbassa lo sguardo, io non ho intenzione di dargliela vinta.

Con Cybil è sempre una fottuta guerra. Mi gratta sottopelle, così in profondità da lasciare il segno ogni volta. Tocca dei nervi che non pensavo nemmeno di avere. Lei mi provoca, io rispondo a tono. Lei alza gli occhi al cielo, io rincaro la dose. Lei mi viene sotto e io le vado incontro.

E non la capisco.

Devo uscire da questo appartamento e devo farlo adesso.

Alzo le mani in segno di resa. «Hai vinto tu», dichiaro. «Non ho voglia di sprecare la serata a discutere con te. Esco. Tu fai come se fossi, beh… a casa mia».

La supero e, trattenendo il respiro e con un'inspiegabile erezione che pulsa contro la cerniera dei jeans neri, mi vado a chiudere in camera mia.

Eccitarmi per Cybil è inaudito. È come giocare nei New York Giants e sperare che vincano i Philadelphia Eagles. Un controsenso in termini.

Ho bisogno di uscire, di una birra, di una chiacchierata sterile, di una scopata.

Quando torno al piano di sotto, Cybil è seduta sul divano, rannicchiata in un angolo, e sta cambiando canale. Non la saluto, non la guardo neanche. Semplicemente imbocco la porta d'ingresso ed esco.

Lontani è meglio. Quando ci ignoriamo, è sempre meglio.

5

cybil

Nonostante abbia seppellito la testa sotto il cuscino e me lo stia premendo con forza contro le orecchie, i loro gemiti mi rimbombano nelle orecchie lo stesso. È disgustoso!

Quanto cazzo ci vuole per raggiungere un maledetto orgasmo? Santo cielo, sono quaranta minuti che quei due vanno avanti così. La ragazza che si è portato a casa Lucas continua a invocare Dio e tutta la santissima Trinità, come se non conoscesse altre parole nella lingua inglese.

Forse non le conosce davvero.

Al minuto cinquantadue perdo le speranze. Ma soprattutto la pazienza.

Scendo in cucina con la scusa di bere un bicchiere d'acqua e dare un po' di sollievo alle mie povere orecchie. Quella cornacchia mi stava bucando i timpani. E lui… beh, lui spero che si becchi un fungo.

La porta della camera da letto di Rob è ancora spalancata e lo maledico un po'. Insomma, la mia prima sera nel suo appartamento e mi lascia da sola – con lo scopatore seriale al piano di sopra – mentre lui è chissà dove a fare chissà cosa? Che razza di amico!

Mi riempio una ciotola con il latte e ci affogo dentro una quantità indecente di cereali. Dopo un po' gli schiamazzi al piano di sopra cessano e io tiro un sospiro di sollievo. Poteva andare peggio, poteva metterci due ore per regalare alla cornacchia un orgasmo memorabile, invece ci ha messo *solo* un'ora e dieci!

Mi vado a sedere sui cuscini imbottiti del piccolo divano incastrato nell'insenatura della finestra a bovindo. Adoro questo dettaglio in stile inglese nel loro appartamento. Il balcone chiuso da vetrate che arrivano fino al soffitto, e sospeso in aria, mi fa sentire leggera. Guardo fuori e mi godo la città in perenne movimento, anche a notte fonda. Papà non mi ha chiamata, non ha idea di dove io sia e non gliene frega niente. Scuoto la testa e torno a concentrarmi sui miei cereali. La porta del bagno, al piano di sopra, si chiude e si riapre dopo qualche minuto. Nel frattempo, ho finito di mangiare e prego Dio che Lucas non sia già pronto per il secondo round.

Con mio grandissimo stupore, la luce sulle scale si accende e sento due set di passi diversi scendere i gradini: uno è un picchiettare di tacchi sul pavimento, l'altro un tonfo sordo dopo l'altro.

Quando arrivano sul pianerottolo, Lucas, che mi dà le spalle, circonda la vita della cornacchia con le braccia e le regala uno di quei baci da film che ti fanno accapponare la pelle e ribaltare lo stomaco. Cornacchia apprezza, ridacchia, si tocca i capelli neri e se li porta tutti oltre la spalla destra. È così concentrata su di lui che non si accorge di me, dall'altra parte della stanza, rannicchiata sulla cassapanca imbottita, intenta a osservarli nella penombra.

Lucas è senza maglietta e probabilmente senza mutande. Ha i capelli bagnati e indossa solo un paio di pantaloni della tuta a vita bassissima, che fanno intravedere le natiche. I suoi tatuaggi sexy sulle braccia sembrano prendere vita a ogni movimento. Finalmente apre la porta di casa e Cornacchia sparisce dalle nostre vite. Se ne va con un'espressione soddisfatta e la speranza di essere richiamata il giorno dopo.

Povera illusa. Forse non sa che Lucas Henderson non concede mai il bis.

Non appena la porta di casa viene richiusa, Lucas si accende la sigaretta che teneva spenta fra le dita. Spegne la luce sulle scale e tutto quello che riesco a vedere sono la sua silhouette definita e la punta della Marlboro che diventa incandescente al primo tiro. Non si accorge di me mentre sale le scale, non sa che lo sto spiando, che sono qui al buio a maledirlo per avermi tenuta sveglia fino a quest'ora. Ignora quanto mi feriscano le sue parole, ogni volta che scende dal piedistallo e si degna di rivolgermene. Ma soprattutto ignora quanto mi ferisca il suo sguardo pieno di biasimo se solo provo a fare un passo nella sua direzione.

Con la consapevolezza che la situazione fra noi non cambierà mai e che devo tenere duro solo per un mese, me ne torno nel piccolo studio e mi lascio cadere sul divano-letto aperto.

Rob è in cucina quando, alle dieci passate, mi avventuro al piano di sotto. Mi sono fatta una doccia veloce – chiudendo la porta a doppia mandata – e ho eliminato ogni traccia di occhiaie, regalino della nottata insonne che ho passato.

«Sei tornato», lo rimprovero, neanche fossi sua madre.

«Buongiorno, nanerottola. Vuoi delle uova strapazzate?». Il profumino che arriva dalla zona cucina è invitante, ma non mangio mai uova a colazione. L'unica cosa che mi serve, in questo momento, è un secchio di caffè amaro.

«Meglio solo un caffè». La brocca, accanto ai fornelli, è vuota. «Posso?», gli domando.

«Sì, certo. Ma se aspetti cinque minuti dovrebbe tornare Lucas con il caffè. Lo prende sempre di rientro dalla sua corsa».

Aspettare Lucas? Non ci penso neanche.

Apro i pensili a casaccio alla ricerca dei filtri per la macchina del caffè e li trovo al terzo tentativo.

«Com'è andata la prima notte? Hai dormito bene?».

«No», rispondo di getto. Addolcisco il tono e gli rivolgo un sorriso. «Scherzo, certo che ho dormito bene». Non voglio comportarmi da ingrata. Se non fosse per lui, in questo momento sarei ancora in quello squallidissimo ostello, circondata da criminali, a fare la fila per il bagno. Un brivido mi percorre la schiena.

«Lucas ha fatto il bravo?».

No!

Stavolta, il commento me lo tengo per me. «Non ci siamo accoltellati, se è questo che stai chiedendo».

Rob si infila una forchettata di uova strapazzate in bocca e parla mentre mastica. «Te l'ho detto che sarebbe andata bene. Vedrai, fra qualche giorno andrete d'amore e d'accordo. Il vostro problema è che non vi conoscete».

Sollevo le sopracciglia e rimango con il filtro in mano. «Non credo, Rob. So che è tuo fratello, che odi questa situazione, che vorresti vederci ridere e scherzare, ma non succederà. Mi dispiace, io e Lucas non andremo mai d'accordo. Possiamo non ucciderci, ma non possiamo diventare amici».

Rob sospira, non è d'accordo. Ma ho ragione io, e la conferma arriva un paio di minuti dopo, quando suo fratello entra in casa con i bicchieri giganti pieni di caffè fumante… ma sono solo due. E il secondo non è destinato a me.

Non ci salutiamo, non ci guardiamo quando si avvicina ai fornelli e si riempie il piatto di uova, ci ignoriamo anche quando si siede su uno degli sgabelli del tavolo della penisola. E non batte ciglio quando Rob gli fa notare che non ha preso il caffè per me.

«Non so cosa le piace», ribatte con tono asciutto, come se fosse ovvio.

Nel frattempo, la brocca si riempie e l'aroma forte del caffè appena fatto invade la stanza e copre quello delle uova che stanno mangiando.

«Che hai da fare, oggi?», mi domanda Robert.

Con la tazza fumante in mano, mi appoggio contro il lavandino e mi godo il liquido bollente che mi scivola in gola e regala un po' di sollievo al mio stomaco in subbuglio. «Devo iniziare a cercare un lavoro».

«C'è un McDonald's in fondo alla strada. Ti vedrei bene con una cuffia di rete in testa, a friggere patatine fritte», interviene Lucas, senza alzare lo sguardo dal suo piatto. Trovo disgustoso che si sia seduto al tavolo della cucina tutto sudato.

«Io sto bene con tutto», ribatto piccata.

«Beh, quei leggings che indossi dicono il contrario. Ti accentuano i fianchi… e non in modo sexy».

Rob sbuffa, io divento viola. «Non cominciate…».

«Un po' come la tua faccia, che accentua la tua grandissima testa di…». Mi fermo in tempo, prima di sputargli addosso l'insulto. Non mi farò trascinare in questa stupida guerra. Non gli darò la soddisfazione di farmi vedere irritata. Senza contare che sono un'ospite in questo appartamento.

«Testa di…?», mi rimbecca Lucas, con tono innocente. Quando capisce che non finirò la frase, mi rivolge quel suo fottutissimo ghigno strafottente, e sappiamo entrambi che il punto è suo.

«Come dicevo, *Rob*, sono alla ricerca di un posto di lavoro. Suggerimenti?».

Lucas apre la bocca, ma la gomitata nelle costole di suo fratello lo mette a tacere.

«Ci sono un sacco di locali qui in zona, sempre alla ricerca di cameriere part-time. Oppure le gallerie d'arte. Qualche settimana fa ho visto un'insegna fuori da Bowery. È due portoni più in giù».

«C'è ancora», conferma Lucas, probabilmente sovrappensiero. Si accorge che lo sto guardando e alza gli occhi per incrociare i miei. «Cosa?! L'insegna c'è ancora».

«Non serve un po' di esperienza per lavorare in una galleria d'arte?

Che ne so, magari conoscere la differenza fra un acquarello e un dipinto a olio? Perché io non la conosco».

Ridacchiano entrambi, non volevo fare una battuta. Si scambiano un'occhiata complice per poi tornare a concentrarsi su ciò che rimane delle loro uova.

«Perché ridete?», chiedo di nuovo.

«Il Bowery è una galleria d'arte un po'… particolare», dice Rob.

«Cioè?».

«Vendono sculture a forma di cazzo», sputa fuori Lucas. Moriva dalla voglia di dirlo.

«Scusa?».

«Lucas!», lo rimprovera suo fratello. «Non vendono sculture a "forma di cazzo", Cybil. Vendono opere d'arte ispirate all'erotismo».

«Come ho detto io: sculture a forma di cazzo».

«Sei così grezzo». Mi sposto i capelli dietro la spalla con un gesto sofisticato e lo guardo storto.

«Oh, scusa, Cybil. Ho urtato la tua sensibilità? I tuoi occhi innocenti e casti non hanno mai visto un pene?». La sua espressione da canaglia sembra volermi dire: "Lo sappiamo entrambi che l'hai visto. Eccome se l'hai visto! Il mio!".

Rob ridacchia di nuovo, ma ci ripensa quando incrocia il mio sguardo assassino.

«Credo che andrò proprio a dare un'occhiata, invece».

«Bambolina, ma se hai bisogno di rifarti gli occhi, che ti devo dire, mi offro volontario. È triste che tu debba ricorrere a uccelli finti». Lo stronzo mi fa l'occhiolino e per poco non mi cade la mascella a terra.

«Piuttosto la sifilide! Che probabilmente mi prenderei anche solo a guardarlo, il tuo cosino».

«Il mio "cosino". Sei una burlona tu, eh?».

Il "vaffanculo" me lo legge in faccia.

«Andrete avanti così ancora per molto?», ci domanda Robert e ci voltiamo entrambi a guardarlo. Io mi ero dimenticata della sua presenza e, da come lo sta scrutando Lucas, ho il sospetto che valga lo stesso anche per lui.

«Vado a vestirmi».

«Vuoi che ti accompagni giù?», mi domanda Rob.

«No!».

Aveva ragione Lucas: al Bowery vendono sculture a forma di genitali maschili. Quando finalmente mi decido a entrare, mi rendo conto che le "opere d'arte" in vetrina sono niente in confronto a quelle esposte all'interno. Sono ferma davanti a un pene gigante, più alto di me, in marmo. O qualcosa che sembra marmo.

«Buongiorno, posso aiutarla?». Da dietro un altro pene, stavolta di legno, sbuca un signore di origini asiatiche, più basso di me. Ha una testa minuscola e degli occhiali con le lenti così piccole e spesse da sembrare un giocattolo per bambini.

«Salve». Mi avvicino e gli porgo la mano. «Ho letto il cartello sulla porta. Volevo candidarmi per la posizione part-time».

Il signore mi scruta dalla testa ai piedi e deve alzare il mento di parecchio per incrociare i miei occhi. Io sono un pochino più alta della media, ma lui è davvero piccolo! Non mi stringe la mano, così la riabbasso.

«Hai esperienza?».

Nel mondo dell'arte? Nemmeno un po'. Con i genitali maschili? Anche lì, non molta.

«Dipende cosa sta cercando», rispondo io, sfoggiando uno dei miei sorrisi rassicuranti. Non attacca.

«Ho aperto altra galleria d'arte nell'Upper East Side, serve qualcuno che stia qui durante la settimana, quando io sono al Bowery Second. Il lavoro è semplice». Ha un accento molto marcato. «Studi?».

«Sì, signore».

«Frequenti lezioni?».

«Certo».

«Starai qui quando non hai lezione. Puoi portare tuoi libri. Mi darai gli orari delle tue classi e io mi organizzerò il resto del tempo. Sabato e domenica liberi. Ci stai?».

Mi sembra tutto troppo semplice. «Ma cosa dovrei fare?».

«Niente. Controllare che non rubino. Non entra nessuno durante la settimana, ma se entra qualcuno e vuole comprare, tu vendi. Se vuole parlare con me, tu dici di tornare il fine settimana. Se vogliono portare via qualcosa, tu chiami polizia».

Mi immagino due ladri, incappucciati, che fanno irruzione in questo locale minuscolo e cercano di portarsi via il pene gigante in marmo, e mi scappa da ridere.

«Tutto chiaro», riesco a dire.

«Galleria aperta dalle dieci di mattina alle sette di sera. Se vuoi contratto, la paga è di centocinquanta dollari a settimana. Se non vuoi contratto, allora duecentocinquanta dollari. Cosa preferisci?».

Deve davvero chiedermelo?

«Senza».

«Ragazza intelligente».

Forse intelligente non è la parola giusta. "Evasore delle tasse" mi sembra più appropriato.

«Inizi prossimo lunedì».

«Mi scusi, ma mi sta davvero dando il lavoro? Così, senza chiedermi niente? Nemmeno il mio nome?».

Il signore mi guarda come se fossi un mostro a tre teste. Non ha voglia di perdere tempo con me. «Come ti chiami?».

«Cybil MacBride».

«Nome molto strano. Ti chiamerò "ragazza del Bowery First". Tu usi droga?».

«Certo che *no*!», ribatto, anche un po' offesa. Insomma, mi ha vista? Sono vestita in modo elegante e professionale, truccata neanche dovessi presenziare agli Academy Award, i capelli acconciati in morbide onde.

«Benissimo. Sei assunta. Ti pagherò ogni venerdì sera».

Rimango ferma a guardarlo. Non ho mai conosciuto una persona eccentrica come lui.

«Ma…», inizio a dire, però vengo interrotta.

«Sai quante persone entrate a chiedere un lavoro?».

«Cinquanta?», dico il primo numero che mi passa per la testa.

«Zero. Tu sei bella ragazza. Io ho bisogno di bella ragazza».

Discorso che non fa una piega…

«Okay», mi sforzo di dire.

Ho davvero appena accettato di lavorare per questo tipo strano nella sua galleria d'arte strana, circondata da riproduzioni fedeli di peni di misure e materiali diversi? Evidentemente sì.

Il proprietario del Bowery *adesso* mi porge la mano e io la stringo.

«Assunta. Fammi avere in settimana lista dei tuoi orari e dividiamo turni».

Senza aspettare una risposta da parte della sottoscritta, si allontana e, così com'era arrivato, sparisce dietro una scultura in legno.

Questo lavoro non può portare a niente di buono.

lucas

Il primo giorno di lezioni è sempre stato, in qualche modo, affascinante. Non come l'ultimo giorno di lezioni, chiaramente, ma mi è sempre piaciuta la sensazione che provo la mattina quando mi sveglio, mentre mi faccio la doccia, mentre scelgo con attenzione cosa indossare. Anche il caffè che bevo in cucina prima di uscire ha un sapore diverso. Questa euforia, di solito, si spegne nel giro di un paio d'ore, ma per ora me la godo.

Io e Robert sapevamo già dal secondo anno di liceo che avremmo frequentato entrambi la *Stern School of Business* della NYU, quando nostro padre ci portò con lui alla riunione decennale degli *alumni*.

Rob vuole sfondare nel mondo della finanza, io mi accontento di una laurea in Economia con indirizzo in *Management and Organizations*. Nonostante la diversa specializzazione, per i primi tre anni io e mio fratello abbiamo seguito molti corsi insieme. Il che mi ha permesso di arrivare al quarto anno con una media appena dignitosa e la concreta possibilità di laurearmi con il resto della mia classe.

Scendo in cucina trotterellando, mi sono anche rasato la barba. Robert è in camera sua e lo sento ridere con Cybil, che non vedo da più di quarantotto ore. Siamo stati bravissimi a evitarci dopo lo scontro in cucina, un paio di mattine fa. È un po' come se, di comune accordo, avessimo deciso di starci alla larga. Quindi se lei è sul divano a guardare la TV, io me ne sto in camera mia a fare un po' di pesi. Se lei è al piano di sopra, io sono al piano di sotto. Se lei cena a casa, io esco.

La sua risata si amplifica nell'open space, ma resisto alla tentazione di voltarmi a guardarla. Al contrario, rimango di spalle e prendo una tazza dalla credenza per versarci dentro il caffè. So che è stata Cybil a prepararlo, visto che mio fratello ne fa uno che assomiglia a una brodaglia annacquata schifosissima. Ecco una cosa che abbiamo in comune io e Cybil MacBride: ci piace il caffè che sa di caffè.

Punto.

«Buongiorno». La sua voce allegra mi colpisce alla schiena.

Giro appena la testa, giusto per essere sicuro che stia parlando proprio con me. «Ciao», rispondo, più per educazione che altro.

Si sistema accanto a me, con la sua tazza vuota in mano.

Non è rimasto molto caffè nella brocca… così lo verso tutto nella mia tazza. Lei trattiene il fiato, io faccio finta di niente.

«Il caffè è finito», la informo con un tono innocente e una convincente alzata di spalle.

«Lo vedo».

È troppo tardi per rifarlo, lo so io, lo sa lei. Senza darmi la soddisfazione di dirmi che sono un prepotente del cazzo – e un po' mi ci sento –, mette la sua tazza sporca nel lavandino e torna al piano di sopra.

«Siete pronti?!», urla Rob uscendo dalla sua camera da letto. Siamo vestiti uguali. Ma che cazzo!

«Scusa, ma verrai in facoltà conciato così?», gli domando.

Lui si guarda prima le scarpe, sale con lo sguardo sui suoi jeans scuri e infine liscia la camicia bianca. «Sì, perché?».

«Cristo, sembriamo gemelli!».

«*Siamo* gemelli», mi ricorda lui.

«Non puoi cambiarti la camicia? Mettertene una di un altro colore?».

«No». Mio fratello recupera il suo zaino e ci infila dentro l'agenda nuova di zecca.

«Beh, allora mi vado a cambiare io».

«Hai tre minuti di tempo, dopodiché io e Cybil usciamo».

Ritorno nella mia stanza, saltando i gradini a due a due. Scelgo una camicia azzurra dall'armadio e mi sfilo quella bianca, per poi abbandonarla sul letto sfatto.

«Mi aiuti?». Mi volto di scatto e trovo Cybil sulla soglia della mia camera da letto, con una collanina in mano e il viso tirato. «Ho chiesto a Rob, ma dice che ha le dita troppo grandi e non riesce a infilare un uncino dentro l'altro».

I suoi occhi si fermano sul mio petto, come se si fosse resa conto solo ora che sono mezzo svestito. Alza appena gli occhi per incrociare i miei ed è piuttosto chiaro che si è già pentita di avermelo chiesto.

44

Non le rispondo a voce, mi limito solo ad avvicinarmi. Lascia cadere la catenina d'oro sul mio palmo aperto e si volta. Con un movimento aggraziato raccoglie la sua cascata di onde in una mano e se la sistema oltre una spalla. Ha il collo liscio e profuma in modo divino. Per la prima volta leggo da vicino il minuscolo tatuaggio alla base dell'attaccatura dei capelli. Mi sono sempre chiesto cosa ci fosse scritto, ma ora che lo so avrei preferito rimanere ignorante.

Kiss me here.

Baciami qui.

E, porca puttana, un bacio *lì* glielo stamperei volentieri. E scenderei fino all'altro tatuaggio. Le sfioro il collo con le dita, ci metto un po' a capire come diavolo si incastrano quei due ganci e quasi mi dispiace quando ci riesco.

«Grazie», sussurra e io faccio un passo indietro. Esce dalla mia camera da letto e mi incanto a osservarla tutta. Indossa una maglietta bianca, un po' larga, che le lascia una spalla scoperta; pantaloni neri, attillati sul sedere, e un paio di stivaletti con il tacco. È elegante e sofisticata, ma questa non è una novità. Era stato proprio quel suo modo aggraziato di muoversi a farmi perdere la testa quella sera di tanto tempo fa. Annoiato, avevo iniziato a guardarmi intorno finché i miei occhi non l'avevano trovata in mezzo alla folla. La stavo guardando da un po', quando finalmente si era accorta di me.

Era bella da star male. Portava i capelli biondi proprio come oggi: sciolti e pettinati in morbide onde che sobbalzavano a ogni movimento, a ogni risata, a ogni sorso del suo drink. Oggi, come due anni e mezzo fa, mi fanno venir voglia di attorcigliarli tutti intorno al polso e tenerla ferma contro una parete. O seduta su una qualsiasi superficie piana. Possibilmente nuda.

«Lucas! Sei pronto?!», grida Rob dalla sala e io scuoto la testa, cancellando in fretta l'immagine dalla mia memoria. Mi allaccio i bottoni della camicia mentre scendo le scale e tengo gli occhi fissi su tutto tranne che su di lei.

Sono il primo a lasciare l'appartamento. Mi piazzo in mezzo alla strada e fermo il primo taxi che mi passa davanti. Non prendiamo mai l'auto di Rob per andare in facoltà, è molto più economico spendere cinque dollari di taxi che pagarne venti per il parcheggio custodito. Entro per primo in macchina, Cybil subito dopo di me. Mi ritrovo schiacciato contro il finestrino, la sua spalla addosso alla mia, e tutti quegli stupidi capelli riversi sulla mia camicia. Mi appiattisco ancora un po' verso lo sportello e lei lo prende come un invito ad allargarsi.

Non ci siamo. Non ci siamo proprio.

Trattengo il fiato per tutti e otto i minuti che ci mettiamo per arrivare davanti all'entrata principale della *Stern School of Business*. Il profumo di Cybil è talmente forte che riesce a coprire l'odore rancido di cipolla e qualcosa di veramente troppo speziato che sta mangiando il conducente.

Scendo prima ancora che l'auto si sia fermata del tutto. Questa tortura, due volte al giorno, per un mese, fanno un numero spropositato di probabilità che le salti addosso come un animale e mi dimentichi del tutto quanto la detesti.

«Ci vediamo dopo», dico a mio fratello. Salgo i pochi gradini che separano il marciapiede dalla parete a vetri dell'ingresso e incrocio lo sguardo di alcune persone che conosco. Le saluto con un cenno del mento, ma non ho voglia di fare conversazione, così varco le porte girevoli e mi ritrovo nell'atrio brulicante di studenti. Matricole, per lo più. Quelle le riconosci subito: hanno tutte la stessa espressione a metà fra l'eccitato e lo spaesato. So già dove devo andare, così mi avvio su per la grande scala centrale, in plexiglas, e raggiungo il terzo piano. Temporeggio fuori dall'aula e aspetto Bird, un compagno di università che, come me, non si spiega ancora come sia arrivato indenne al quarto anno. Lui è un mago nello scovare classi facili-facili con professori gentili-gentili e assistenti disponibili-disponibili, di ambo i sessi. La classe della professoressa Margot sembra proprio fare al caso nostro.

«Lucas!».

«Ehi, amico. Eccoti». Ci salutiamo con una stretta di mano amichevole ed entriamo in aula. Senza bisogno di dirci nulla, saliamo fino all'ultima fila e ci accomodiamo ai posti centrali per evitare di scappare dopo mezz'ora. Sembra una stronzata, ma è un deterrente efficace contro la "fuga di metà lezione".

«Sei pronto per la nuova stagione dell'NFL[1]?», mi domanda quando siamo entrambi seduti. Gli altri studenti posizionano sul banco i loro computer, le agende, le penne nuove. Io e Bird abbiamo solo un blocchetto per gli appunti, io anche una matita spuntata.

Con Bird è facile andare d'accordo. A lui piacciono la birra e il football. Non gli piace la figa, ma non avrei comunque parlato con lui di donne, quindi poco male.

«Giants contro Cowboys. Vediamo la partita da me, domenica pomeriggio?».

«Posso portare degli amici?».

«Basta che siano tifosi dei Giants», lo avverto.

«Sempre». Bird annuisce in modo solenne e poi si lancia in una telecronaca dettagliata sui nuovi acquisti della squadra, io non lo sto più ad ascoltare perché una testa bionda e una spalla scoperta che riconoscerei fra mille attirano la mia attenzione.

Cybil è seduta in seconda fila.

Che. Cazzo. Ci. Fa. Lei. Qui?

Non posso alzarmi, perché l'ultima fila è già tutta occupata e dovrei scomodare dieci persone, così sfilo il cellulare dalla tasca posteriore dei jeans e le scrivo.

LUCAS: Sei nella mia classe.

Alterna lo sguardo da quello che ha sotto il naso allo schermo del cellulare, posato sul banco, alla sua sinistra.

Lo prende in mano e un brevissimo e insignificante brivido mi corre lungo la schiena quando mi rendo conto che sta leggendo il mio messaggio. Digita i tasti con foga, qualche secondo dopo mi vibra il telefono fra le mani.

CYBIL: La TUA classe? Sei il proprietario anche dell'università, adesso?

LUCAS: Esatto! Che ci fai qui dentro? Il dipartimento di Finance è al piano di sotto.

CYBIL: Davvero? Menomale che ci sei tu, genio!

LUCAS: Sono serio. Perché sei qua?

CYBIL: Non sono affari tuoi.

Piccola strega impertinente. Davanti a Robert, quando siamo all'appartamento, fa tutta la gattina dolce. Quando siamo solo io e lei, invece, tira fuori gli artigli.

LUCAS: Ti ho aiutata ad allacciare la collanina, potresti essere un pochino più carina con me...

CYBIL: Hai finito di proposito tutto il caffè che avevo preparato IO e non ti ho rotto la brocca di vetro in testa. Ecco, hai visto quanto sono "carina" con te?

La professoressa entra in aula, ma non metto via il cellulare. È la prima volta che affrontiamo una conversazione di più di dieci parole di seguito. Voglio continuare.

LUCAS: Perché sei in questa classe?

Il suo messaggio successivo è un adesivo: un gattino dagli occhioni supplichevoli che mostra il dito medio.

Stronza!

CYBIL: HO CAMBIATO SPECIALIZZAZIONE, OKAY?!

LUCAS: E HAI SCELTO LA MIA???

CYBIL: LA TUA... E QUELLA DI ALTRI TREMILA STUDENTI ALLA NYU! QUANTO SEI EGOCENTRICO.

LUCAS: E TU SEI IRRITANTE.

CYBIL: E TU SEI INFANTILE DA MORIRE.

Solleva il cellulare in aria, così che possa vederla bene anche se sono all'ultima fila, e lo spegne. Conversazione finita.

Io sono infantile?! E *lei*?

La professoressa inizia a spiegare e sono talmente concentrato sulla schiena di Cybil che a stento noto l'assistente carina alla sua destra. Le rivolgo giusto un paio di sorrisi e un'occhiata eloquente. Cybil mi distrae e questo potrebbe compromettere la buona riuscita del corso di *Decision Models and Analytics*. È fondamentale creare un feeling iniziale con le assistenti, così che quando, a metà corso, le implori di non bocciarti, loro si mettono una mano sulla coscienza. A volte, la mano, la infilano anche da altre parti, ma non succede più tanto spesso come durante i primi due anni di università. O sono io che sto perdendo il mio smalto o loro sono diventate più professionali, in ogni caso non posso permettermi di sprecare le mie energie con Miss MacBride.

Cybil sposta quei suoi capelli ondulati da una spalla all'altra senza sosta, finché il suo vicino di posto non si spazientisce e le rivolge un paio di occhiatacce ostili che mi indispettiscono.

Che poi non mi spiego come quell'essere insignificante che le siede accanto riesca a concentrarsi sulla lezione con Cybil così vicina. Non lo sente il suo profumo? Non gli viene voglia di morderla? O di strapparle la maglietta di dosso?

Forse no. E io devo aver battuto la testa – forte – altrimenti non si spiegherebbero i pensieri incoerenti che continua a produrre il mio cervello da quando ha messo piede nel mio appartamento.

Potrei contarle sulla punta delle dita le volte che io Cybil ci siamo visti negli ultimi due anni e mezzo. Un'occhiata di sfuggita in facoltà, qualche compleanno di amici in comune, al massimo me la ritrovavo seduta al tavolo della sala da pranzo mentre studiava con Rob. Adesso è sotto i miei occhi costantemente. Nel mio bagno, nella mia cucina, nel mio studio. Ed è irritante.

Soprattutto perché il mio uccello non riesce a scindere la sua bellezza sconvolgente dalla sua personalità indisponente. Rimarrà molto deluso quando si renderà conto che stavolta non ho nessuna intenzione di accontentarlo.

Cybil MacBride è intoccabile.

Lo è da quella festa alla Delta Kappa Delta, quando l'ho vista con Rob e ho capito chi fosse. La mia ragazza misteriosa era proprio la donna per la quale mio fratello aveva perso la testa. E non sarebbe stata la prima volta che ci capitava di condividere la stessa ragazza, ma con lei non sarebbe stato possibile.

Lui non faceva altro che parlare di Cybil da settimane, mentre io la conoscevo da dieci minuti. E anche se erano stati dieci minuti indimenticabili, mi era stato subito fin troppo chiaro che Cybil, fra tutte, non era una di quelle conquiste del sabato sera che puoi scambiare con tuo fratello quando ti sei stufato e sei pronto a passare oltre.

Ricordo che quella sera avevo tremato al pensiero di mio fratello e la miglior scopata della mia vita, insieme. Mi faceva male lo stomaco. E se avessi voluto farci coppia fissa io, con lei? Gliel'avrei portata via?

Avevo sottovalutato un dettaglio: Cybil non voleva essere portata via. Non da mio fratello, sicuro non da me.

La osservo un'ultima volta, solo un secondo, giusto il tempo che mi serve per ricordarmi quale razza di doppiogiochista sia, di come si è rigirata mio fratello fra le sue abili manine per mesi, quanto lo abbia fatto soffrire, illudendolo prima e mettendolo da parte poi.

E lui se l'è comunque tenuta come migliore amica. Non lo capirò mai. Avrebbe dovuto darle un bel calcio nel sedere e spedirla dove si meritava: al diavolo!

Quando l'ora finisce, Cybil esce dall'aula in fretta e furia e io ricomincio a respirare. E non mi ero nemmeno reso conto che stessi trattenendo il fiato.

cybil

Dio, rivoglio la mia minuscola stanza al dormitorio. O la mia camera a casa di mio padre e della stronza. Ogni tanto mi convinco che anche il letto a castello nell'ostello più triste del pianeta sarebbe meglio che condividere l'appartamento con questi due.

Sono entrambi molto ordinati per essere uomini, ma portano a casa una quantità scandalosa di donne. E sono rumorosi. Tutti e due.

Lucas, poi, sembra farmelo apposta. Okay che ci divide una sottilissima parete di cartongesso, ma non potrebbe ricordarsi, ogni tanto, che dormo proprio a due metri da lui?

A quanto pare è chiedere troppo al suo minuscolo cervello.

Quando domenica mattina decido finalmente di alzarmi dal letto e scendere al piano di sotto, sono felice che stiano ancora dormendo e di avere l'appartamento tutto per me.

Sono qui da una settimana e non vedo l'ora che il famoso 1B sia libero e pronto. Non l'ho ancora visto, ma Rob dice che si tratta di un monolocale spazioso, con un letto a una piazza e mezza incastrato in una nicchia e separato dall'open space da una serie di ante scorrevoli in vetro satinato. Le ha chiamate pareti *shoji*. Credo siano giapponesi. Me lo farei andare bene anche se il letto fosse intrappolato fra il bagno e la porta d'ingresso.

Armeggio con il filtro per il caffè e fisso la brocca di vetro mentre si riempie, goccia dopo goccia, di liquido scuro.

Lucas – e l'oca che lo segue come un animaletto ammaestrato – è il primo a comparire in cucina. Oca indossa una camicia, ma non è di Lucas. Lui ne possiede solo di bianche e celesti. Questa è verde bottiglia, un colore che solo Rob avrebbe il coraggio di indossare con nonchalance. Perché Oca ha una camicia di Rob addosso?

Sai che c'è? Non mi interessa. Ciò che fanno quei due con le ragazze che portano a casa dai locali che frequentano nel fine settimana non è affare mio. E più li conosco, più mi rendo conto di quanto siano immaturi.

Anche se gestiscono un intero condominio; anche se puliscono l'appartamento il sabato mattina neanche fossero delle donne delle pulizie professioniste; anche se Lucas stira – il ragazzo stira... – i suoi vestiti e quelli del fratello; anche se Rob cucina meglio della cuoca di mio padre; anche se studiano insieme tutti i pomeriggi, l'uno di fianco all'altro, per non rimanere indietro con il programma, rimangono due maschioni pieni di muscoli e zero maturità.

Soprattutto il mio vicino di stanza. Lui è il Principe degli Immaturi. No, rettifico, lui è il Re degli Immaturi. L'Imperatore degli Immaturi.

E me lo dimostra ancora una volta mentre afferra la brocca del caffè che ho appena preparato e ne svuota il contenuto in due tazze. Una per lui, e l'altra, tanto per cambiare, non è destinata a me.

Lui e Oca si siedono sugli sgabelli della penisola per fare colazione.

«Perché non sono pronti i pancake?», domanda Lucas con tono sconvolto. Non so a chi lo stia chiedendo. Di sicuro non a me. «Cybil!?».

Ah... ce l'ha con me. Poverino!

«Scusa?», domando scocciata.

«Che razza di cameriera sei?! Non ti pago mica per girare mezza nuda nella mia cucina!».

È impazzito?

Sto per dirgli che i pancake se li può infilare tutti nel suo bellissimo didietro quando lo becco a trattenere una risata. Si morde le labbra, così forte che penso si farà uscire il sangue. Oca, accanto a lui, guarda prima Lucas, poi me. Così decido di stare al gioco... perché se c'è una cosa che ho imparato negli anni è che se vuoi battere il nemico devi imparare le regole del suo gioco. E poi ucciderlo. O qualcosa del genere.

«Certo, padrone, provvedo subito». Gli rivolgo un sorriso così innocente da sembrare credibile. «Arrivano anche le uova strapazzate, il bacon, le patate al forno, un litro di sciroppo d'acero – raccolto personalmente nelle foreste del Québec – e, mi faccia pensare... ah sì, anche un bel "vaffanculo" di contorno. Vuole che le serva la colazione qui o preferisce mettersi comodo sul tavolo della sala da pranzo?».

Poggio entrambe le mani sul top della penisola, mostro un sorriso esagerato. Il cretino ridacchia, Oca trattiene un respiro in modo teatrale.

«La tua cameriera è maleducata», dice senza fiato. Mi volto appena a guardarla.

«Non preoccuparti, dolcezza, per te la licenzio», ribatte lo sbruffone con un tono così melenso da farmi venire voglia di vomitare. «Scegli quello che vuoi».

Mercoledì mattina ha detto alla sua sciacquetta di turno che ero una barbona trovata all'angolo della strada e che mi aveva accolto in casa sua perché gli facevo pena; venerdì mattina ero la terza gemella alla quale mancava qualche rotella e lui e "nostro" fratello erano costretti a tenermi in casa per evitare che mi tagliassi le vene. Di nuovo. Oggi sono la sua cameriera. Sta tirando la corda.

«Per me bastano il caffè e un uovo strapazzato, solo albume», ordina Oca, come se fossimo in una tavola calda.

Fulmino Lucas con gli occhi e lui si deve coprire di nuovo la bocca per non scoppiare a ridere.

«Come ti chiami, "dolcezza"?», chiedo, spostando tutta l'attenzione sul suo viso ossuto. Immagino che ieri notte, quando Lucas l'ha rimorchiata, fosse uno schianto. Con i capelli acconciati, il trucco perfetto e i vestiti stirati, scommetto che non le ci sia voluto molto per farsi notare. Ora, tutte quelle ciocche nere che le ricadono sulle spalle sono in disordine e non in modo attraente. Ha dei rimasugli disgustosi di trucco sotto gli occhi e le labbra screpolate. Mi avvicino al frigorifero e tiro fuori un cartone da dodici uova. Con la coda dell'occhio becco Lucas ad aggrottare le sopracciglia e mettersi dritto sulla schiena. Non se l'aspettava questa mossa. Bene, un punto per me.

«Buffy», risponde la ragazza alla mia domanda.

«Come l'ammazzavampiri?», chiede Lucas con tono sorpreso prima che possa farle la stessa domanda.

«Sì». Buffy – e comunque Oca era più carino – si sporge verso di lui e gli arruffa i capelli sopra la testa. «Me lo hai chiesto anche ieri sera al locale. Non ti ricordi più?».

«Già, Lucas, non ti ricordi più?».

«Lucas? Pensavo ti chiamassi Robert».

Scuoto la testa e mi lascio scappare una risatina nasale.

«Sì, scusa. Devo essermi confusa io, Buffy. Sai, prima di lavorare qui come cameriera ero una barbona. Vivevo proprio all'angolo fra Spring e Sullivan. Non farci caso, mi manca qualche rotella in testa e una volta ho anche cercato di tagliarmi le vene». Mentre lo dico recupero un coltello affilato dal secondo cassetto. Uno di quelli che si usano per spaccare a metà un cocomero intero.

Buffy mi guarda con gli occhi di fuori, Lucas si copre il viso con entrambe le mani e fa un pessimo lavoro nel nascondere la sua risata.

«Allora? Solo un albume, *Buffy*?», domando con un sorriso da orecchio a orecchio, il coltellaccio saldo nella mano sinistra.

Lei deglutisce, io inclino la testa di lato con fare innocente.

«Forse è il caso che io vada», annuncia, spostando lo sgabello indietro.

«Ma no! Ti prego, resta». Metto via il corpo contundente e rompo un uovo – solo il bianco – in una padellina antiaderente. Poi, senza pensarci, ne rompo altre tre in un'altra padella. Perché stia preparando la colazione anche per Lucas va contro ogni logica universale del buon senso. Mi ci finisce dentro un pezzetto di guscio. *Ooops*! Mescolo tutto lo stesso.

Sento Buffy parlottare di me alle mie spalle, e Lucas è ridicolo mentre cerca di tranquillizzarla. Le sta dicendo che non ero una *vera* barbona, solo una a cui piaceva dormire sui marciapiedi e non farsi la doccia per cinque giorni, ma che poi tornavo sempre a casa.

Giuro, non so da dove gli venga tutta questa fantasia!

Impiatto le uova per entrambi e le servo con un bel sorriso. Lucas guarda me, poi il piatto, poi di nuovo me.

A che gioco stai giocando?, sembra chiedermi.

Al tuo, stronzo!, gli rispondo nella mia testa.

«Insomma, quando vi siete conosciuti, piccioncini?», domando a Buffy, fingendomi molto interessata. Lei, adesso, ha un po' paura di me, ma non sa che sono innocua. È della canaglia che le sta seduta accanto che dovrebbe avere un certo timore. È lui che le spezzerà il cuore.

«Ieri sera». Buffy esita qualche secondo, poi però non si lascia sfuggire la possibilità di raccontarmi per filo e per segno l'incontro "più epico" di tutta la sua vita. Parole sue. «Insomma, sono lì con le mie amiche, lui è in mezzo alla pista che balla e i nostri occhi si incrociano. È stato un istante, una scintilla potentissima. Come due anime che si riconoscono al primo sguardo. Hai presente, cameriera?».

Per un attimo, per un brevissimo attimo, trattengo il fiato. Sento gli occhi di Lucas addosso, ma mi rifiuto di guardarlo. Lui ha smesso di ridere e questo gioco non mi piace più.

«Vagamente», rispondo con un filo di voce.

Mi volto verso il lavandino e ci infilo dentro le padelle sporche. Buffy, alle mie spalle, fa stridere il suo sgabello e un momento dopo riconosco il rumore di labbra che si baciano, di corpi che si accarezzano.

«Dille la parte più divertente», la incita Lucas e io sospiro, mentre riempio il lavello con acqua e detersivo per i piatti.

«Quale?».

«Quando mi hai detto che, oltre al vestito, l'unica cosa che avevi addosso erano due gocce di Chanel No. 5 e io ti ho detto che era *impossibile*. Che riconoscerei quel profumo anche se mi trovassi dentro un porcile, immerso fino al collo nel letame».

Volto la testa di scatto verso Lucas e lui mi sorride in quel modo assurdo che mi incasina la testa.

«Ah, sì... Quello non è stato molto divertente...», ribatte Buffy, ma nessuno dei due le sta più prestando attenzione.

Si ricorda il nome del profumo che porto?

E poi ci arrivo. Certo che se lo ricorda! Tengo la boccetta in bagno, sull'unica mensola che ha avuto l'accortezza di liberarmi.

Che bastardo, per un attimo ci sono cascata.

Immagino di non poterlo battere al suo stesso gioco. Non ancora.

«Dolcezza, forse è il caso che tu vada. Mio fratello *Lucas* fra poco si sveglierà e non gli piace trovare gente estranea in casa. Anche a lui manca qualche rotella... e ha tentato il suicidio, una volta».

Buffy si alza con una certa urgenza dallo sgabello, al punto che lo fa schiantare a terra, costringendomi a guardarla di nuovo. Non ha nemmeno assaggiato l'uovo! Si sfila la camicia verde dalla testa e rimane con un tubino blu aderentissimo indosso.

«Robert... forse è il caso che la chiudiamo qui», lo informa, categorica.

«Dolcezza, così mi spezzi il cuore!», replica il fantoccio, ma Buffy è irremovibile. Arriva davanti alla porta d'ingresso con poco meno di tre passi e si infila le sue scarpe con il tacco che deve aver lasciato lì stanotte.

Ci saluta con un "siete tutti matti" e se ne va sbattendo la porta di casa.

«Sei un idiota!».

Lucas mi sorride, tanto che gli si illumina tutto il viso. I suoi occhi, stamattina, complice il brutto tempo, sono di un blu scurissimo, quasi neri.

Si alza dal bancone della penisola e si porta dietro entrambi i piatti. Io ritorno a dargli le spalle e continuo a sciacquare le padelle in ammollo nel lavandino. Trattengo il fiato quando me lo ritrovo addosso. Butta l'uovo intatto nella pattumiera, poi infila entrambi i piatti nel lavabo e, nel farlo, mi circonda con le braccia.

«Cameriera... le uova erano buone, ma la prossima volta niente guscio dentro». Il suo respiro caldo mi solletica dietro l'orecchio e mi fa rizzare anche l'ultimo pelo sul corpo.

È troppo vicino, la sua pelle troppo calda, il suo respiro troppo irregolare. Con la scusa di lavarsi le mani sotto l'acqua corrente si avvicina finché la mia schiena si incolla al suo petto e il mio sedere entra in contatto con il suo bacino. Senza rendermene conto, mi lascio sfuggire dalle labbra un respiro. Lucas, ormai incollato al mio corpo, mi scosta i capelli da una parte e mi scopre la nuca. Mi sfiora con il naso l'incavo del collo, e le sue labbra strusciano appena contro la mia carne nuda.

«Il tatuaggio è sexy», mormora, e io perdo una quantità infinita di respiri.

D'istinto sollevo una spalla e lui, finalmente, si allontana di qualche centimetro. Lo sento ridacchiare e poi salire le scale, a piedi scalzi.

Lavo i piatti due volte. Poi, nel dubbio, una terza volta.

Cosa cavolo è appena successo?

lucas

«M a ci basterà quella birra?», mi domanda Robert quando mi raggiunge in cucina. Ho riempito la ghiacciaia con cinque chili di ghiaccio e ci ho infilato dentro una ventina di birre.

«Queste sono solo le nostre», specifico.

Mio fratello strabuzza gli occhi. Finché la partita della domenica la guardiamo solo con Bird e Dex, un compagno di corso di mio fratello, al bere provvedo io. Ma stasera, per l'inaugurazione della stagione, a quanto pare ci sarà una quindicina di persone qui dentro. La regola è che ognuno provvede a se stesso.

«Dieci birre a testa?».

«Beh…». Mi chiudo la bocca. In realtà avevo pensato anche a Cybil. Mi rendo conto solo adesso quanto sia ridicolo questo pensiero. «Sì. È la prima partita della stagione, bisogna onorarla».

«Insomma, chi verrà?».

Gli rispondo mentre svuoto due buste extra large di patatine dentro quattro ciotole diverse. «Bird ha detto che porterà degli amici. Un certo Mason, che a sua volta porta tre persone. Dex verrà con due amici della Columbia. Ah, anche Carlton porta tre amici».

«Basta che siano tutti tifosi dei Giants», mi avverte Rob e io ridacchio. È la prima cosa che ho detto a Bird. Mio fratello si infila un paio di patatine in bocca, poi mi dà una mano a spostare il divano e a sistemare qualche sedia intorno alla TV, infine buttiamo una serie di cuscini per terra.

«Dov'è Cybil?», domando tornando in cucina. Afferro una confezione di cetrioli sottaceto e li sciacquo sotto l'acqua corrente nel lavandino.

«È uscita con Diane. Non credo che tornerà per la partita».

«Meglio! Sai come la penso sul football e le donne».

«Sono un po' preoccupato per lei…», dice Rob e io volto solo la testa. Talmente preoccupato che sta ingurgitando patatine al gusto barbecue come se non mangiasse da giorni.

«In che senso?».

«Non ti sembra triste?».

No. Mi sembra sempre uguale: insopportabile.

«Neanche un po'».

Rob si rigira una patatina fra le mani. «Domani è il suo primo giorno di lavoro…». Continua a lasciare le frasi a metà e mi fa perdere la pazienza.

«Vedrai che si troverà bene circondata da tutti quegli uccelli. Dovrebbe esserci abituata». La critica sprezzante mi esce dalle labbra prima che possa fermarla. Rob aggrotta le sopracciglia. «Cosa?».

«Sai, sta iniziando a infastidirmi questo tuo tono, soprattutto i commenti. Cybil non è una che va a letto con il primo che le capita, se è questo che stai insinuando».

Devo mordermi la lingua per non ribattere. Cybil è proprio questo: una che va a letto con il primo che le capita. Una che si è fatta scopare da un perfetto sconosciuto in uno stanzino e poi è uscita per tre mesi con suo fratello.

«Sei tu che la tratti come se fosse la reincarnazione della Vergine Maria. Ti ha usato per mesi e le sbavi ancora dietro. Mi hai costretto a cederle il mio studio, a ospitarla qui dentro. Non posso credere che tu sia ancora innamorato di lei… sei ridicolo», gli sputo addosso con troppo astio.

«Innamorato di lei? Sei completamente fuori strada». Rob non si scompone più di tanto. Mi aspettavo che mi ruggisse addosso un qualche insulto, invece continua a ingozzarsi di cibo.

«Ah, no?!», insisto io. Non so neanche perché mi interessi così tanto continuare a parlarne. «Vuoi farmi credere che siete migliori amici nonostante ti abbia trattato a pesci in faccia? Cosa c'è fra voi?».

«Per essere uno a cui non frega niente di questa ragazza "facile", fai un sacco di domande. Quello che c'è stato fra di noi non ti riguarda. Quello che *c'è* fra di noi non ti riguarda. Non ne hai voluto sapere niente due anni e mezzo fa, non vedo perché dovrebbe interessarti adesso».

«Infatti non mi interessa», ribatto piccato.

«Meglio così, perché stanno arrivando i nostri ospiti». Una manciata di secondi dopo suona il citofono. Rob si avvicina all'interfono e la conversazione finisce lì.

Le sue parole, però, mi rimbombano in testa: *non ti sembra triste?*

Solo perché se ne sta tutto il giorno seduta sulla cassapanca a guardare fuori dalla finestra? O perché la sera, finito di mangiare, si rinchiude nella sua stanzetta e non esce fino al mattino dopo?

Riconosco la voce di Bird dal piano di sotto, così mi asciugo le mani con un canovaccio e mi avvicino alla porta d'ingresso per accogliere i nostri ospiti insieme a Rob.

Cybil? Dimenticata.

«Ciao, ragazzi», ci saluta Bird. Entra in casa e si fa da parte per presentarci i suoi amici. Il primo a varcare la soglia è una specie di armadio travestito da ragazzo, alto più di me e con i capelli rasati. È pieno di tatuaggi. Tiene in mano una ghiacciaia, grande il doppio della mia, come se pesasse niente e la posa accanto all'ingresso.

«Piacere, Mason», si presenta.

«Lucas».

«Amico, grazie per l'ospitalità. Ho portato un po' di birre». Dalla sua espressione ho l'impressione che "un po' di birre" stia per "ho svaligiato il negozio di liquori all'angolo".

Ha l'aspetto di un gangster che starebbe bene nel peggior vicolo del Queens e l'educazione di un piccolo Lord. Sto per ringraziarlo, ma i miei occhi si fermano su una bionda mozzafiato che entra nel mio appartamento come se stesse sfilando su un tappeto di rose rosse. Indossa una maglietta dei Giants così corta che le lascia scoperta la pancia di parecchi centimetri.

Dietro di lei, un'altra ragazza, con un viso grazioso e l'aspetto di un folletto. Mi concentro di nuovo sulla bionda.

«Benvenuta», le dico, porgendole la mano.

«Ciao». Mi rivolge uno sguardo languido e sappiamo entrambi come finirà la serata. Non mi sono mai fatto una ragazza con solo la casacca dei Giants indosso, sembra interessante. «Piacere, Erin».

«Lucas».

Entra altra gente in casa. Un Max, un Rod, uno Stewart, e poi non saprei. Erin e il folletto – Nikky, mi sembra si chiami – sono le uniche due ragazze. Una volta tanto potrei pensare di contravvenire alla mia rigidissima regola sulle donne e il football, perché *questa*, di donna, si merita un posto in prima fila sul mio divano.

«Birra?», domando a entrambe.

«Per me acqua, grazie», risponde il folletto.

«Sempre», ribatte invece la bionda, con un tono sfacciato e sensuale. Stappo una Bud in bottiglia e gliela passo. Lei se la porta alle labbra e mi guarda per tutto il tempo che ci mette a buttarne giù un sorso.

Potrei aver appena trovato la donna della mia vita. Okay, magari non della mia *vita* vita, ma sicuro di questa sera.

Il chiacchiericcio diventa assordante fino a spegnersi del tutto non appena l'arbitro lancia in aria la monetina. Solo dopo il *kick-off* ricominciamo tutti a parlare.

Erin si rivela un'esperta in materia, anche un po' troppo in alcuni frangenti. Inizia a discutere con un tipo che non ho mai visto – e di cui non ricordo il nome – sulla scelta della giocata dopo il secondo *down*. Ehi, sono d'accordo con lei, la ragazza sa quello che dice e il suo ragionamento non fa una piega. E io non sono un maschilista, ma… il suo intervento mi riporta al punto di partenza: football e donne vanno tenuti separati. È divertente – per i primi cinque minuti – spiegare a una ragazza la differenza fra un *touchdown* e un *field goal*, ma quando ne sa più di te… non fa più ridere.

«Altra birra?», le domando, interrompendola di proposito. Siamo seduti l'uno accanto all'altra, gomito a gomito. Erin allunga una mano e afferra la lattina che recupero dalla ghiacciaia, strategicamente piazzata accanto a me.

Un movimento alle mie spalle mi fa distogliere l'attenzione dalla partita e mi rendo conto che Nikky si è del tutto isolata dal resto del gruppo. Sta leggendo una rivista e si è seduta al posto di Cybil. Non il suo posto… solo quello che preferisce quando è nell'appartamento.

«Alla tua amica non piace il football, eh?», chiedo a Erin.

«No, povera! Ma a nessuna delle mie amiche piace, così ogni tanto si sacrifica e viene a farmi compagnia. Certo, poi se ne sta da una parte per tutto il tempo a leggere le sue riviste sui videogames, ma non fa niente».

Donne e videogiochi… ecco un'altra combinazione improbabile.

Sto ancora adocchiando il folletto quando mi accorgo della porta d'ingresso che si apre e di Cybil sulla soglia. Le rivolgo un cenno con il mento, poi torno a guardare lo schermo della TV.

Erin, non so come, ora è più vicina. Allargo un braccio e lo poggio sulla spalliera del divano, proprio dietro la sua schiena.

«Ehi, Cyb», la saluta Rob. «Vuoi una birra?».

«Ciao», saluta lei un po' impacciata.

Dex si alza da uno dei cuscini che abbiamo sistemato a terra e le va incontro, abbracciandola poi con tanto trasporto che per un attimo penso che le pianterà un bacio sulla bocca.

Per guardarla mi sto torcendo il collo. Dex finalmente la lascia libera e la invita a sedersi con noi.

«No, grazie», ridacchia lei. «Non ci capisco proprio niente di football, vi darei solo fastidio con mille domande».

Ecco, così deve essere! *Lei* potrebbe essere la donna della mia vita.

Come!?

Erin, con la scusa di recuperare i cetriolini sott'aceto sul tavolino davanti al divano, si sporge in avanti e mi sfiora un ginocchio. Mi guarda di sottecchi e mi piace quello che vedo. È bellissima e sexy, sfrontata al punto giusto.

«Piacere, Cybil». La sento presentarsi alle mie spalle.

«Nikky».

Le ascolto parlottare dietro di me, e un po' del mio buonumore va a farsi fottere. Non poteva rimanersene in giro con la sua amica? Cosa è tornata a fare così presto? Alla fine del secondo quarto mi alzo dal divano con la scusa di una sigaretta.

«Vado a fumare», dico ad alta voce.

«Vuoi compagnia?», mi domanda Erin.

«Certo».

Le faccio strada al piano di sopra e spalanco la piccola porta davanti all'ultimo gradino. Prima ancora di richiudermela alle spalle ho già acceso la cicca.

«Fumi?», le chiedo, porgendole il pacchetto di Marlboro con dentro l'accendino.

«No, grazie. Avevo solo bisogno di un po' d'aria».

Certo... aria...

«Non hai l'accento newyorkese». Espiro il fumo dalle narici e faccio cadere un po' di cenere dentro uno dei vasi vuoti che circondano il perimetro del terrazzino.

«Sono californiana».

Erin si appoggia alla balaustra. La vista non è un granché ma sufficientemente suggestiva. In lontananza si scorgono i grattaceli del *Financial District* e sotto di noi New York che corre e si rincorre senza sosta.

«Questo posto è bellissimo. Davvero un privilegio avere questo spazio all'aperto a New York City». Volta solo la testa e una ciocca di capelli biondi, quasi bianchi, le nasconde il viso per metà. Ultimamente sto rivalutando le bionde…

«È il mio posto preferito di tutto l'appartamento».

Erin, a differenza di quanto avevo immaginato quando ha chiesto di venire su con me, non si avvicina neanche di un passo. Rimane a braccia conserte a godersi la vista e l'aria tiepida di inizio settembre.

«Che ci fai a New York City? Perché non sei su una tavola da surf in mezzo alle onde di Del Mar?».

Ridacchia. «Studio alla NYU. Vivo in un appartamento al Greenwich Village».

In una situazione normale – cioè, se *io* fossi un ragazzo normale – le farei le domande di rito: cosa studi, perché, ti piace? Invece tronco il discorso in partenza perché proprio non mi interessa il suo percorso scolastico. È chiaro che stasera la voglio nel mio letto, è altrettanto evidente che lei sarà felice di entrarci, senza perdere tempo con inutili dettagli che non interessano a nessuno dei due. Erin mi piace. Se da una parte mi fa capire quali sono le sue intenzioni, dall'altra aspetta che sia io a prendere lei. È abituata a farsi corteggiare, non farebbe mai la prima mossa.

Mi avvicino di un paio di passi, le rivolgo un mezzo sorriso e poi spengo la sigaretta nel vaso dietro di lei, il tutto senza neanche sfiorarla.

«Rientriamo?», le domando e lei mi sorride.

«Certo».

Al piano di sotto la partita è già ricominciata e sono tutti seduti in punti diversi rispetto a prima. Erin prende comunque posto sul divano, fra l'armadio di nome Mason e quello mingherlino che è arrivato con loro. Max, forse?

Porto in cucina una decina di bottiglie e lattine vuote che hanno disseminato in giro e non posso fare a meno di adocchiare Cybil. Sta confabulando con il folletto, si respira una tale confidenza fra le due che sembra si conoscano da una vita.

Che cavolo si stanno dicendo?

Mason si alza dal divano ed entrambe smettono di parlare.

Okay.

Lo seguo con gli occhi finché non sparisce in camera di Robert, probabilmente per usare il bagno. Iniziano a ridacchiare e sembrano due ragazzine. Due ragazzine cretine.

Cybil si porta una mano sul cuore e sospira. *Per un tipo del genere?*

Invece di tornare davanti alla TV e godermi la stramaledettissima partita di football che aspetto da mesi, rimango nello spazio fra il frigorifero e la penisola e cerco di decifrare la loro conversazione. Dopo qualche minuto e osservando la reazione di entrambe quando Mason rientra in sala – ma soprattutto l'occhiata che Mason gli rivolge –, capisco due cose: Nikky se lo potrebbe fare, ma non ne ha nessuna intenzione, mentre Cybil se lo vorrebbe fare, ma se lo può anche scordare!

È proprio per questo che il football e le donne andrebbero tenute lontane anni luce. O ti concentri su uno o ti concentri sull'altra.

Non possono coesistere.

E mi sono appena perso tutto il terzo tempo.

cybil

«È un puttaniere», mi sta ripetendo Nikky.

«Non lo sono tutti?», domando con tono sarcastico.

Nikky ridacchia e poggia la testa contro la parete dietro di lei. Siamo entrambe sedute nella nicchia della finestra a bovindo, estraniate da tutto quello che succede intorno a noi. Vedere un gruppo di energumeni prendersi a spallate per recuperare una palla ovale non rientra fra le mie attività preferite. Vedere il tipo con i capelli rasati e due occhi blu zaffiro, impegnato a seguire tutte le azioni di gioco, invece, si sta rivelando interessante.

«Vuoi qualcosa da bere?».

Nikky ci pensa su qualche secondo. «Sì, ma niente birra».

«Ci penso io». Mi alzo dalla cassapanca imbottita e mi avvicino alla penisola. Lucas sta sistemando non so cosa. «Non la guardi la partita?», gli domando. Mi rendo conto solo ora che è la prima volta che gli parlo da stamattina.

«Finisco di mettere in ordine. C'è troppo casino», risponde brusco.

«Abbiamo alcol in casa che non sia birra?».

«Tipo?».

«Non lo so, vodka?».

Non mi risponde. Si china fino a scomparire dietro i pensili e riemerge con una bottiglia nuova in mano.

«Non ho il *lemon*», dice.

«Meglio! Solo vodka, allora». Gli faccio l'occhiolino, ma tutto quello che ricevo in risposta è una smorfia infastidita. «Tranquillo, me li preparo da sola i *drink*».

«Sono appena le cinque del pomeriggio», mi fa notare, neanche fosse mio padre.

«E allora? A Seattle sono le otto di sera. È l'ora dell'happy hour!».

Addolcisce i lineamenti del viso e si lascia sfuggire una risatina. «Cybil... nello stato di Washington sono tre ore indietro, non avanti. Sono le due di pomeriggio laggiù».

«Oh, mio Dio! Chi cavolo sei? Il poliziotto del fuso orario?».

Stavolta ride davvero e io mi mordo le labbra per non dargli soddisfazione. Non so perché sia sempre così di cattivo umore, lo preferisco di gran lunga quando sorride.

«Con cosa la vuoi la vodka? Abbiamo solo succo d'arancia o succo alla pesca».

«Arancia... se proprio devo scegliere».

Si volta per recuperare due bicchieri e io controllo il suo fondoschiena. Già, ancora perfetto!

«Ti stai annoiando a morte?», chiede con la testa china.

«No. Abbonda, abbonda...», lo incito con la mano quando noto che ha versato meno di un dito di vodka.

«Ti vuoi ubriacare?».

«E se anche fosse?». Ci guardiamo dritto negli occhi, nessuno dei due disposto ad abbassarli. Cosa gliene frega se bevo e mi ubriaco?

«Lascia stare». Riempie i bicchieri fino all'orlo di succo d'arancia. Me li sta per passare entrambi, poi ci ripensa. «Anzi, no. Non lasciamo stare. Stai facendo gli occhi dolci a quel tipo che neanche conosci da quando sei arrivata. Cosa vuoi fare? Portartelo a letto?».

Le sue parole mi spiazzano, ma mai quanto il suo tono accusatorio. Come se fossi una che abitualmente si ubriaca e porta uomini nella sua stanza. Mi trema il labbro inferiore tanto sono arrabbiata. Mi avvicino al suo viso, sporgendomi del tutto sul bancone che ci divide.

«Hai il suo profumo addosso. Davvero vuoi darmi lezioni di vita? Puzzi di fragola e gomma da masticare».

Lo stronzo imita il mio gesto, si tende sul bancone e ora il suo stupido viso è a un paio di centimetri dal mio. «Che c'è, piccola e innocente Cybil? Vorresti che avessi il tuo?».

«Neanche morta». Le parole mi escono di bocca, ma il respiro corto le rende poco credibili. «Grazie per i drink. Ma ti consiglio di tornare da lei, mi sembra meno oca di tutte le altre che ti porti a casa. Potrebbe fraintendere nel vederci così e non concedersi, stasera...».

«Fraintendere cosa?». Dio, siamo ancora troppo vicini. «Io che ti parlo a un centimetro dalla bocca? O tu che non ti scansi?».

Io che ho voglia di baciarti...

Non appena quel pensiero si materializza nella mia testa, balzo all'indietro, spaventata.

«Ecco, mi sono scansata». Stavolta i bicchieri li recupero e mi allontano alla svelta. Torno da Nikky, le passo il suo Vodka Orange e lascio che sia lei a condurre la conversazione. Lucas torna in sala, mi sfila davanti, non mi degna di uno sguardo. Si va a sedere su uno dei cuscini per terra e, dopo poco, *magicamente*, l'amica bionda di Nikky è seduta accanto a lui. *Sopra* di lui. Lo stronzo le accarezza i capelli, la pelle dietro il collo, le braccia. È estenuante ignorarli, sono proprio davanti ai miei occhi, e Nikky si è lanciata in una spiegazione dettagliata delle varie tipologie di consolle e giochi di ruolo che vanno di moda fra gli appassionati. Cerca anche di convincermi a entrare nel suo gruppo di Dio solo sa cosa.

Quando la partita finisce, e dopo un'accesa discussione per analizzare i motivi della sconfitta, i ragazzi iniziano a lasciare l'appartamento. Gli ultimi ad andarsene sono Nikky e Mason, insieme al loro amico Max.

La bionda, che scopro solo ora chiamarsi Erin, rimane.

A quanto pare le farebbe *davvero tanto piacere* fermarsi per mangiare una pizza. A me è passata la fame.

Saluto tutti e vado a chiudermi in camera mia. Sono solo le sette di sera, che diavolo faccio ora?

Decido di aggiungere altro tormento a questa giornata e chiamo mio padre. Stranamente mi risponde al primo squillo, di solito devo fare almeno tre tentativi.

«Ciao, Cybil», risponde con voce posata.

«Ciao, papà».

Quando l'ho informato che avrei vissuto a casa di Robert e di suo fratello per un mese, non ha battuto ciglio. Non ha chiesto niente. Si è limitato a dirmi che aveva accreditato sul mio conto un po' di soldi per le spese di tutti i giorni.

«Come stai?», chiede.

«Bene. Tu?».

«Noi stiamo bene».

Noi... «Sei con Daisy?».

«Certo. Stiamo cenando».

«Oh, scusa, non volevo disturbare».

Il silenzio che segue le mie parole mi fa raggelare l'anima. Li sto disturbando. «Nessun problema. Avevi bisogno di qualcosa? Ti sono arrivati i soldi sul conto?».

«Sì, certo. Grazie».

«Prego».

Mi si forma un groppo in gola e vorrei solo piangere. Chiedergli perché è diventato così freddo con me. Non mi vuole più bene?

«Magari ti chiamo con più calma… quando non state mangiando».

Spero che mi dica che non c'è nessun problema, che sono sua figlia, posso chiamare quando voglio, invece mi uccide con parole che non sembrano nemmeno sue. «Sarebbe meglio. Lo sai che mangiamo alle sette in punto».

«Certo. Ovvio. Allora ciao».

«Ciao, Cybil. Buona serata».

Sto per dirgli "anche a voi", ma ha già attaccato.

Mi lascio cadere con la schiena sul materasso e stringo forte gli occhi combattendo con tutte le mie forze per non piangere. E forse ci sarei anche riuscita se, poco dopo, Lucas non avesse deciso di anticipare il dopo cena e portarsi in camera da letto quella Erin.

Le loro risate spietate echeggiano nella stanza, i loro gemiti strazianti rimbalzano fra queste quattro mura e mi lascio scappare dagli occhi una lacrima di pura frustrazione. Poi un'altra.

Finché diventa un pianto incontrollato e senza senso. Non so nemmeno perché sto versando tutte queste lacrime.

Esco dal piccolo studio e mi rifugio in bagno. Dopo essermi sciacquata il viso con l'acqua fredda e solo quando i miei occhi non sembrano più due palle infuocate, mi faccio coraggio e scendo al piano di sotto.

Robert è sul divano, con un libro di testo posato sulle ginocchia, ogni tanto infila la mano in una ciotola di patatine e se ne porta alla bocca una manciata.

«Ehi, nanerottola. Che ci fai ancora sveglia? Pensavo stessi già dormendo».

«Sono le otto e trenta…».

«Vuoi mangiare? Ti ho lasciato un po' di pizza. È solo da scaldare al microonde».

Scuoto la testa e lo raggiungo sul divano. Lui solleva un braccio e io mi rannicchio contro il suo petto, inspirando forte il suo profumo.

«Stai bene?».

Per niente. «Ho chiamato mio padre. Mi ha liquidata in due battute». Lo dico, ma non sono sicura che sia solo quello il problema. «E tuo fratello credo sia nel bel mezzo di un incontro sadomaso all'ultimo sangue, altrimenti non si spiega perché stia per venire giù la parete che ci separa».

Rob ridacchia, poi mi bacia sulla testa. Il suo tocco è dolce e rassicurante. E vorrei che fosse sempre così: io sul divano accoccolata contro il suo petto, lui che mi difende dal mondo intero e mi fa dimenticare quanto mi senta sola.

«Vuoi dormire in camera mia?».

La sua domanda mi coglie impreparata. Sollevo appena la testa e lo guardo accigliata. «Con te?».

Alza le spalle, come a dire che non ci sarebbe niente di male, e io deglutisco a vuoto. Due anni e mezzo fa, dopo aver scoperto il suo imprescindibile grado di parentela con Sconosciuto, mi sono comportata male con lui, l'ho illuso. Da una parte morivo dalla voglia di sapere quanto perfetti avremmo potuto essere l'uno per l'altra, dall'altra ero cosciente che tutta l'attrazione provata per Robert fino a quel momento era semplicemente svanita. Effetti collaterali del ciclone Lucas. E non ci potevo credere, non mi davo pace. A giorni alterni mi convincevo che quella smania che sentivo dentro la pancia per Lucas sarebbe passata, sarebbe stato tutto come doveva essere: io con il fratello giusto! Potevo parlare con Lucas, spiegargli che fra noi era stato solo un gigantesco equivoco. E poi avrei vuotato il sacco con Rob. Non sarebbe stata una conversazione facile, probabilmente mi avrebbe mandata al diavolo, ma ci dovevo provare. E Lucas mi avrebbe dato una mano a spiegare a suo fratello quale incredibile malinteso si fosse creato. Invece l'incontro con Sconosciuto aveva preso una brutta piega dopo soli pochi minuti. L'aria diventata elettrica, le nostre parole taglienti. Ci eravamo insultati, sfidati, vomitati addosso accuse esagerate. Avevo smesso di vedere Rob da quel preciso istante, ignorato le sue chiamate, voltato l'angolo quando me lo ritrovavo davanti, solo per diventare la sua migliore amica dopo qualche tempo.

«Non sarebbe la prima volta che dividiamo un materasso», sussurra contro la mia fronte.

«No. Grazie… aspetterò che finiscano».

Rob sogghigna e il mio corpo sussulta contro il suo petto. «Potrebbe volerci un bel po' di tempo».

«Vorrà dire che mi farai compagnia».

«Sempre».

I sensi di colpa si moltiplicano e forse non è la serata giusta per affrontare certi discorsi, ma proprio non riesco a stare zitta.

«Perché ci sei sempre per me? Se ti chiamo, corri. Se ti cerco, ti trovo». Non riesco a guardarlo negli occhi mentre gli faccio queste domande scomode.

«Perché sei tu…», risponde senza esitare, «… e perché hai davvero bisogno di un amico. Guardati adesso, sai benissimo com'è fatto tuo padre, eppure ci rimani male come se fosse la prima volta, e quando sei triste, mi fai venir voglia di prendere la macchina, correre a casa sua e dargli un pugno sulla mascella».

Ridacchio, anche se non dovrei. Credo sia serio. «Siamo solo amici, vero?».

«Credo proprio di sì».

«Cioè, tu non… voglio dire…».

«Provo ancora qualcosa per te? Non è una cosa brutta, me lo puoi chiedere».

«Te lo sto chiedendo». Trattengo il fiato e, anche se una parte di me crede ancora che in un'altra vita potremmo essere felici, spero davvero che mi dica di no.

«No, non in quel senso. Ci ho messo una pietra sopra un sacco di tempo fa. E sono contento di averlo fatto, perché come ragazza saresti stata una palla megagalattica. Non ti piacciono i film horror, non ti piace la Formula Uno, non ti piace il football. E ci metti una vita a prepararti. Sei puntigliosa, orgogliosa, vuoi sempre dire l'ultima…». Mi accarezza una guancia con il mignolo.

«Buono a sapersi», ribatto con tono ironico.

«Qualunque cosa sia successa fra di noi, immagino dovesse andare così e basta».

«Il destino…», dico sovrappensiero.

«Non lo so, non credo a queste cose, lo sai che sono troppo razionale. Le cose o vanno o non vanno. Ci saremmo stancati l'uno dell'altra e ora saresti sotto un ponte, dentro una casetta fatta di cartoni e giornali, invece che sotto il mio tetto al calduccio. C'è andata meglio così. Come amici funzioniamo meglio».

Lo abbraccio con più forza. Nemmeno io credo nel destino.

Lucas non faceva parte di un piano astrale creato ad arte per farci incontrare; non è stata una forza invisibile a spingerci l'uno contro l'altra, quella sera. È capitato, e io ho lasciato che fosse. E forse ha ragione

Rob, io e lui funzioniamo molto meglio come amici che come potenziali amanti, ma ciò non toglie che mi sia comportata in modo ambiguo con lui. Che per i primi mesi dopo quella festa alla Delta Kappa Delta abbia cercato di combattere contro quella sensazione di fastidio che provavo alla bocca dello stomaco ogni volta che ripensavo a suo fratello. E per i tre successivi l'ho eliminato dalla mia vita.

Rob posa il libro sul cuscino del divano e accende la televisione; io rimango immobile, rannicchiata contro il suo petto, e dopo un po' mi addormento.

È il suono squillante della voce di Erin a svegliarmi di soprassalto. Lucas la sta accompagnando alla porta d'ingresso. La bionda indossa ancora quella sottospecie di casacca dei Giants alla quale mancano tre quarti di tessuto. Ha i capelli arruffati e un sorriso soddisfatto stampato in faccia.

Addio, Erin, a non rivederci mai più!

Robert, accanto a me, si sveglia e si stiracchia.

«Buonanotte», ci saluta Erin dallo stipite e io vorrei contraccambiare il saluto con il dito di mezzo alzato. È mezzanotte passata, diavolo!

Mi alzo dal divano e stendo una mano verso Rob, che l'afferra e si tira su. Mi abbraccia forte e mi accorgo che Lucas ci sta fissando. Non ha la stessa espressione compiaciuta che aveva Erin due secondi fa, prima di uscire dall'appartamento.

«Grazie per avermi fatto compagnia», sussurro nel suo orecchio. Mi chino sul suo viso e gli bacio una guancia. «Buona notte».

«Buona notte, nanerottola».

Supero Lucas, ancora fermo immobile davanti alla porta di casa, e inizio a salire le scale. Non mi guarda quando gli passo davanti e imbocco la rampa di scale, sta fissando suo fratello.

Entro in bagno per lavarmi i denti e lascio la porta aperta. Un secondo dopo essermi infilata lo spazzolino in bocca, mi ritrovo Lucas appoggiato contro la cornice. Indossa una t-shirt nera che nasconde solo per metà i boxer attillati e se ne sta lì, con le braccia conserte, senza dire una parola, a guardarmi. Poi fa un paio di passi dentro il bagno, afferra il suo spazzolino e ci spalma sopra una dose generosa di dentifricio.

Ci laviamo i denti in silenzio, ed è imbarazzante. Mi sciacquo la bocca e lo sfioro nel tentativo di afferrare il mio asciugamano. Lui non si muove, quando ha finito lancia lo spazzolino nel bicchiere accanto al rubinetto e mi guarda di nuovo attraverso il riflesso dello specchio.

«Che c'è?», gli domando quando la sua espressione insistente diventa troppo da gestire. «Ti lascio subito il bagno».

Provo a superarlo, ma mi blocca il passaggio. Il suo sguardo è impossibile da decifrare, ci passano dentro troppe emozioni. Con un movimento brusco arretra di un passo e afferra il bordo della mia canottiera. La strattona verso l'alto e il suo gesto è così veloce e repentino che a malapena mi rendo conto che lo sto assecondando.

Dentro strillo "ma che cavolo fai?", fuori mi ritrovo ad alzare le braccia, come se il mio corpo non fosse più mio ma suo. Come se il mio cervello rispondesse a lui e non più a me.

Dura una manciata di secondi; il tessuto liscio del top che mi scorre lungo il busto, le mie braccia che si sollevano, quel pezzetto di stoffa che finisce a terra, io che rimango con il seno nudo davanti a lui.

Mi copro con entrambe le braccia, talmente sotto shock da non riuscire a formulare nemmeno una parola.

«Hai il suo odore addosso». Mentre lo dice si sfila la sua t-shirt, con un gesto fluido e talmente sexy da farmi accapponare la pelle. I pensieri si accavallano, non capisco nulla di quello che succede, non riesco a dargli una collocazione temporale. Non so se passano dieci secondi o dieci minuti. «Non lo sopporto».

Siamo entrambi nudi dalla vita in su, adesso. E siamo vicini. E io non sono mai stata tanto confusa in vita mia.

Mi ritrovo con la sua t-shirt nera intorno al collo. Infilo le braccia dentro le maniche a una a una, con il suo aiuto. Mi sistema le spalline, ne liscia il cotone tracciando il profilo della mia vita. Solo che ora io sono coperta, lui è ancora mezzo svestito.

Senza aggiungere altro, senza darmi una spiegazione, mi volta le spalle ed esce dal bagno.

Rimango immobile a fissare il vuoto davanti a me, le palpebre che si chiudono e si riaprono a un ritmo incessante.

E la cosa assurda è che tutto ciò a cui riesco a pensare è che adesso è il *suo* di profumo che ho addosso. E lo sento ovunque.

cybil

Il primo giorno di lavoro si rivela il più noioso della mia vita. Il secondo va anche peggio. Dopo aver spolverato tutte le sculture falliche presenti nella piccola galleria d'arte – e sono davvero tante –, dopo aver passato la scopa, dopo essermi chiesta mille volte chi mai comprerebbe questi cosi a prezzi da capogiro, mi ritrovo, verso sera, a voler sbattere la testa contro il muro. Aveva ragione il Signor Wan: durante la settimana non entra proprio nessuno.

Mentre mi preparo per andare a lezione, mercoledì mattina, penso a quanto sia cambiata la mia vita negli ultimi sei mesi. Non ho più frequentato molti locali e mi tengo alla larga dalle feste universitarie. Le mie amiche del dormitorio dove ho abitato fino allo scorso marzo, dopo aver declinato un paio di inviti da parte loro, non mi hanno più cercata, vivo in casa con due ragazzi – uno dei quali mi odia a morte! – e ho dovuto trovare un lavoro.

Lego i capelli in uno chignon tirato e mi infilo una felpa con il cappuccio sopra la t-shirt sportiva che ho deciso di mettere. Ho anche perso la voglia di vestirmi in modo carino per uscire.

E tutto per colpa di quel...

Chiudo gli occhi e sospiro. Non ci devo pensare, non posso ripercorrere per la millesima volta quel pomeriggio che ha cambiato tutto.

Robert è già pronto e mi sta aspettando in cucina, così recupero la tracolla ed esco dalla mia piccola stanza. Lucas è in bagno, con la porta aperta, e si sta sistemando il ciuffo con il gel davanti allo specchio.

«Buongiorno», dico mentre gli passo davanti, ma non ottengo alcuna risposta.

«Come faccia mio fratello a metterci più tempo di te a prepararsi è un mistero!», brontola Robert quando lo raggiungo davanti alla penisola della cucina. Per qualche strana congiunzione astrale favorevole, c'è ancora del caffè nella brocca e me lo verso tutto in una tazza.

«Ah, è colpa mia, adesso?», sbraita Lucas, fra un gradino e l'altro, scendendo. Deve aver sentito il commento piccato di suo fratello. «Parla con la tua amichetta, che ci mette due ore per farsi la doccia e tre per truccarsi! Falle usare il tuo bagno la prossima volta».

«Sono proprio qui, sai?», lo saluto con la mano libera. Non lo sopporto quando parla di me come se non fossimo nella stessa stanza.

«Sì. Ti vedo. Sei *sempre* qua», sbuffa.

Bevo il caffè, ormai tiepido, in pochi sorsi e mi ricordo di mettere la tazza in lavastoviglie. Altro motivo di litigio fra me e Lucas? A quanto pare non è consentito dimenticarsela nel lavandino senza essere apostrofata con un "ragazzina viziata che pensa che arriverà la cameriera a pulire al posto suo".

Alzo gli occhi al cielo e mi avvicino alla porta dell'appartamento. La spalanco senza difendermi, senza dirgli che i suoi commenti mi hanno davvero sfiancata. Giuro che, se sapessi dove andare, farei le valigie e toglierei il disturbo. Sono così stanca di ricevere da parte sua insulti velati e commenti al vetriolo ogni volta che me lo ritrovo davanti.

Mi odia. Non posso farci niente.

Il viaggio in taxi fino in facoltà è un'agonia, tanto per cambiare. Lucas si spalma contro la portiera e io faccio di tutto per non toccarlo, perché non ci vuole Einstein per capire che il contatto fisico, con me, lo ripugna.

Tranne quando si permette di spogliarmi in bagno, adducendo a scuse ridicole e senza capo né coda.

Scende dall'auto senza salutare e si incammina verso un gruppo di amici, mentre io entro nell'atrio con Rob e salgo con lui fino al secondo piano. Poi, per paura di ritrovarmi davanti l'uomo nero dei miei incubi, scappo su per le scale e mi vado a sedere al solito posto nella classe della professoressa Margot. Lucas entra poco dopo, con la sua inconfondibile espressione arrogante e il portamento da "qui comando io". Calamita su di sé l'attenzione di tutti i presenti. Uomini, donne, indifferente. Quando Lucas Henderson entra in una stanza, ho sempre la sensazione che il mondo smetta di girare per un secondo, che le persone trattengano il fiato. È inevitabile, è sexy da far schifo! Abbasso lo sguardo sui miei appunti prima che si renda conto che lo sto spiando. Ci manca solo che si monti ulteriormente la testa, come se non fosse già sufficiente-mente borioso così.

Prima che la professoressa entri in classe, la sua assistente sta già consegnando le verifiche. Mi passa un foglio e sopra c'è una bellissima B+ con un commento a margine: "Puoi fare di meglio". La ragazza, che avrà sì e no un paio d'anni più di me, mi fa l'occhiolino. Esamino le risposte sbagliate e vengo distratta da una specie di ululato alle mie spalle. Come tutti, mi volto per capire cosa stia succedendo.

Non mi stupisco quando capisco che al centro dell'attenzione c'è Lucas, con la sua copia della verifica in mano e l'assistente, paonazza, davanti a lui.

«Che succede?», domando alla mia vicina di posto. Ha il busto girato di centottanta gradi verso il fondo dell'aula e sorride.

«Henderson ha preso un brutto voto, l'assistente gli ha detto che vuole vederlo a fine lezione e lui ha fatto una delle sue battute». La moretta accanto a me ridacchia. «È sempre il solito». Scuote la testa, ma continua a partecipare, seppur passivamente, allo Show Henderson.

«Lo conosci?», le domando, e giuro che la stavo solo pensando la domanda.

«Chi non *conosce* Lucas Henderson?». Il tono che usa è malizioso e la mia faccia si contrae in una smorfia schifata senza il mio permesso.

Io. *Io* in realtà non lo conosco. Perché ogni volta che penso di averlo decifrato, fa qualcosa che mi spiazza. Tutte le volte che mi convinco che per me prova solo un enorme fastidio, i suoi occhi dicono il contrario. Quando mi guarda, mi spoglia. Quando mi parla, mi ferisce.

Prima che la lezione cominci, invio un messaggio a Diane e le chiedo di incontrarci per pranzo. È da venerdì scorso che non la vedo e le devo raccontare dello stupido incidente in bagno con il troglodita. Lei avrà sicuramente una spiegazione plausibile, ce l'ha sempre.

«No, scusa, fammi capire! Ti ha levato la canottiera di dosso?!».

«Già».

«E non avevi il reggiseno?».

«Esatto», confermo per la terza volta. Parlo con la bocca piena e finisco il mio toast in poco più di tre morsi. Diane, al contrario, ha smesso di mangiare la sua insalata di pasta. «La mangi quella?», domando indicando il suo piatto.

«Non comprendo!», strepita.

«Quello che ha fatto Lucas o me che voglio mangiare i tuoi avanzi?».

Per tutta risposta mi avvicina la sua scodella di plastica. «Lucas!».

«Sì, beh, è andata così: ci siamo lavati i denti e poi mi ha tolto la canottiera di dosso e infilato la sua t-shirt. Poi ha detto che avevo il profumo di suo fratello addosso e non lo sopporta».

«Si comporta come uno di quei bambini dell'asilo. Gli piace da morire la bambina con le trecce e gliele tira per farle un dispetto e per non far capire a nessuno che in realtà è pazzo di lei!».

Rimango con la forchetta a mezz'aria.

«Cos'hai appena detto?». Scoppio a ridere così forte che attiro l'attenzione di due studenti seduti alla nostra destra. «Tu sei pazza!».

«Sono seria, Cybil! Pensaci! È proprio il classico atteggiamento di uno che ti ama e ti odia con la stessa intensità!».

Mi asciugo le lacrime da sotto gli occhi. «Sei matta! Cioè, proprio fuori di testa. Lucas mi odia e basta. Me l'ha detto in tutti i modi consentiti dalla lingua inglese. Se potesse, mi lascerebbe a marcire all'angolo fra Broadway e Houston. Non gli importa proprio niente di me! È maleducato, scontroso, *crudele*». Metto particolare enfasi sull'ultima parola.

«Perché ti ama!», insiste la mia migliore amica.

«Ma cosa cavolo c'era in quel succo al mirtillo?». Afferro il suo bicchiere e l'annuso.

«Sì, sì. Prendimi pure in giro, ma lo sai che non mi sbaglio mai su queste cose».

Mi porto gli indici alle tempie e premo forte. «Diane... non ha cinque anni. Cioè, è immaturo come un ragazzino di cinque anni, ma sei fuori strada. Quello che prova per me, me l'ha spiegato senza troppi giri di parole due anni fa e lo pensa ancora. E forse è stata soprattutto colpa mia...».

«Oh, ti prego! Niente discorsi da martire! Ti ha dato della puttana!».

«L'ho accusato di essersi approfittato di me», le ricordo.

«Eri arrabbiata!», mi difende lei e l'adoro. Un'amica fa anche questo: ti assolve dai tuoi peccati quando tu non ci riesci. Quando sai che hai passato la linea e hai mandato tutto a puttane. Se potessi tornare indietro, farei tutto il contrario di tutto. Non mi farei fregare dal mio orgoglio, andrei a quello stupido appuntamento per chiarirmi davvero con lui, invece di tirare fuori gli artigli alla prima parola fuori posto. Mi comporterei da adulta.

«Sì, ero arrabbiata». Ma, a differenza sua, non lo sono più. Pensavo di esserlo, eppure mi sono bastate due settimane a stretto contatto con lui per rendermi conto che tutto ciò che è rimasto di quel fastidio alla bocca dello stomaco è solo il rimpianto di non aver gestito meglio quell'incontro. Non gli direi più che è stato l'errore più grande della mia vita, non lo accuserei di aver mandato al diavolo la mia immaginaria storia d'amore con suo fratello. «Dai, paghiamo il conto. Devo tornare a casa e prepararmi per andare al lavoro».

Ci alziamo, ma Diane non lascia cadere il discorso. «C'è solo un modo per capire se gli interessi ancora o no!».

«Sentiamo…». Spalanco le porte del piccolo *bistrot* dove abbiamo pranzato e mi avvio a piedi lungo La Guardia PI, Diane alle calcagna.

«Devi provocarlo!».

«Provocarlo?», domando ironica. «Mi accompagni per un pezzo?».

Non mi risponde all'ultima domanda, semplicemente si incammina insieme a me. «Provocarlo, Cybil! È proprio quello che ho detto! Sguardi languidi, frasi a doppio senso, toccalo quando non se lo aspetta. Se ti odia davvero come dici, lo capirai! Se invece gli viene un'erezione, è fatta!».

Dio, non ha alcun senso quello che dice. «Supponiamo tu abbia ragione – e non ce l'hai –, nella migliore delle ipotesi mi odia e io mi rendo ridicola. Posso sopravvivere. Succede il contrario: gli viene un'erezione. Dopo cosa facciamo?».

«Cybil… non fare la verginella con me!». Il suo sguardo ammiccante mi fa roteare gli occhi.

«Non intendevo quello! Un'erezione non significa nulla. Non è amore, non è niente. Sono due persone che al massimo vanno a letto insieme. E, nella fantascientifica ipotesi che mi ami davvero, cosa me ne faccio di quella informazione? Io non lo amo di certo!».

«Te l'ho mai raccontata la teoria della bambina con le trecce che, al parco giochi, si fa tirare i capelli dal bambino più carino e, invece di andare a piangere dalla maestra, passa al contrattacco e combatte con le unghie e con i denti?».

Scoppio a ridere di nuovo. «Sì, come minimo hai corretto il succo al mirtillo con il whiskey, altrimenti non si spiega come, alla fine di tutta questa storia, la tua migliore ipotesi sia che lui ama me e io amo lui».

«Vedrai se non ho ragione!».

È pazza come un cavallo imbizzarrito!

La scena che mi si presenta davanti quando metto piede dentro casa è bizzarra: Lucas è chino sui libri e Robert sta sbraitando.

«Ma perché non ti fai aiutare da Cybil?!».

«Mai. Piuttosto mollo l'università», risponde Lucas con un tono neutro e impersonale.

«Beh, io non ci capisco niente di questa roba».

«Ho preso una F al primo compito. Impegnati! Mi serve il tuo aiuto. Che razza di fratello sei?».

«Uno al quale non va di studiare una materia, di un altro corso, al posto tuo!», strepita di nuovo.

«Qualcuno ha bisogno di me?», domando con tono innocente.

«No!», risponde Lucas tutto d'un fiato.

«Sì! Il caprone qua, ha preso una F nella verifica, dagli una mano».

«Non mi serve!», ribatte Lucas. Una persona normale si risentirebbe delle sue parole, io, al contrario, penso che gli procurerei molto più fastidio se mi sedessi accanto a lui e facessi la maestrina.

«Ti aiuto volentieri», dico, ed entrambi si voltano a guardarmi. Non si somigliano molto fisicamente, ma fanno le stesse espressioni facciali, come se si trovassero davanti a uno specchio e fossero l'uno il riflesso dell'altro.

Mi avvicino al tavolo in sala e poso su una sedia la mia tracolla con dentro i libri e gli appunti.

Robert si alza e mormora un "grazie, Signore".

«Me la cavo da solo», insiste Lucas appena mi accomodo al posto di Rob.

«Non essere sempre così scontroso. Facciamo finta che questo sia il mio modo per sdebitarmi della tua ospitalità».

«Una lezione privata non basterà», parlotta lui.

«Iniziamo da questa e vediamo cosa succede».

Recupero la mia verifica e la posiziono accanto alla sua. Lucas storce il naso quando legge il mio voto.

«Pensavo avessi preso almeno una A-», mi provoca.

«Non sono perfetta». Gli servo la battuta sul piatto d'argento, eppure una volta tanto non controbatte.

Gli spiego il primo esercizio, ma solo arrivati al terzo inizia a rilassarsi. Ci mette un po' a capire i grafici, però quando la formula gli è chiara, quando tutti i pezzi del puzzle si incastrano nella sua testa, sorride e butta fuori dai polmoni l'aria che tratteneva.

«Okay, credo di aver capito».

«Bene». Sto per alzarmi dal tavolo quando la sua mano intercetta il mio polso.

«Aspetta. Fanne uno insieme a me». Le sue dita sulla mia pelle sono morbide, le lascia lì finché non mi risiedo. Sposta la sedia di alcuni centimetri e ora siamo spalla contro spalla, profuma di dopobarba e colonia. Mi incanto a guardare il suo profilo dai lineamenti perfetti, le sue labbra piene e il naso dritto.

Sguardi languidi, frasi a doppio senso, toccalo quando non se lo aspetta.

Non so nemmeno io perché le parole di quella sciroccata di Diane mi rimbombino in testa, e non riesco a fermare la mano prima che si muova da sola e si posi sulla sua, aperta sul foglio scarabocchiato del bloc-notes.

«Stai attento a questo passaggio», dico.

Lucas guarda le mie dita, poi volta la testa e i suoi occhi si incastrano nei miei. Dura solo un secondo, un brevissimo istante in cui lui non mi odia e io non ho appena cercato un contatto fisico fra noi.

Ritrae la mano e sposta la sedia dalla parte opposta. Mi do della sciocca. Cosa cavolo stavo cercando di fare?

Aspetto che finisca l'esercizio, lo faccio insieme a lui per ammazzare il tempo.

«È giusto?», mi domanda, posando la penna sul foglio.

«Sì. È giusto», confermo con un filo di voce. Mi sporgo in avanti, ma faccio molta attenzione a non sfiorarlo più. Perché Diane pensa che sia un gioco fra noi, una stupida sfida per decretare il vincitore, ma è molto di più. La sua pelle contro la mia rilascia una serie di scariche elettriche che mi prende in pieno, mi fa vacillare. Eppure, lui mi odia ancora e io non capisco come faccia a sopravvivere a questa assurda tensione fra noi. Come riesca a rimanere impassibile, a non aver voglia di alzare le mani in segno di resa e dichiarare qualcosa tipo: "Okay, ci abbiamo provato a odiarci, per un sacco di tempo ci siamo pure riusciti, ma è evidente che qualcosa non funziona più. Forse sono i tuoi occhi che si incastrano nei miei o alla peggio sono le tue labbra che ti ostini a mangiucchiare quasi come se volessi impedirti di mordere le mie". Ma lui rimane impassibile, la bolla nella quale siamo rimasti protetti per alcuni minuti scoppia e io rinsavisco.

Lui mi odia e io…

«Grazie», mormora fra i denti.

«Prego». Stavolta mi alzo davvero, raccolgo i miei libri e li rimetto nella tracolla che uso per l'università. «Vado a prepararmi».

«Lavori, oggi pomeriggio?».

«Già».

Non aggiungiamo altro. Io mi levo dai piedi e lui torna a concentrarsi sui suoi libri.

Prima di imboccare la scala che porta al piano di sopra mi fermo a osservarlo. È di spalle, con la testa china sui suoi esercizi e si sta grattando la nuca. Forse pretendo troppo da lui. Forse dovrei solo limitarmi a guardare il bicchiere mezzo pieno: non ci siamo sbranati, non ci siamo offesi. Qualcosa, alla fine dei conti, è cambiato davvero.

lucas

Queste formule mi stanno facendo impazzire. Cybil mi ha dato l'illusione di poterci arrivare da solo. Sotto le sue dita, questi esercizi sembravano semplici e scontati, eppure, non appena è uscita dall'appartamento, è come se si fosse portata via anche quei due neuroni spaesati che mi rimanevano in testa.

Con un tonfo, richiudo il libro di testo e mi stiracchio. Sfilo il cellulare dalla tasca, che ho lasciato silenzioso, e scorro fra i vari messaggi in entrata.

ERIN: Birra, stasera?

BIRD: Partita di basket alle sei. Ci sei?

ROBERT: Cybil ha dimenticato le sue chiavi, rimani a casa? Io torno tardi.

CYBIL: Ho dimenticato le chiavi di casa... Se esci, me le porteresti in negozio?

BIRD: Allora? Ci sei per la partita? Mi manca il quinto. West 4th Street Courts.

BIRD: Che fine hai fatto, amico?

ERIN: Come non detto! Cambio di programma... stasera tutti al Village Underground. Ti aspetto lì?

ROBERT: Sei vivo?

Quante domande da fare a uno che ha appena passato due ore su un cazzo di esercizio di statistica.

Rispondo prima a Bird, poi a Cybil, per ultimo a mio fratello. Erin la lascio in sospeso. Mi va di andare al Village? Perché no. Mi va di rivederla così presto? Forse...

LUCAS: Street Courts alle sei.
LUCAS: Te le porto fra dieci.
LUCAS: Vivo. Sto uscendo. Chiavi okay.

Infilo nella sacca da palestra una maglietta pulita, la borraccia piena d'acqua, un asciugamano e una felpa. Quando ho finito di vestirmi, scendo al piano di sotto e recupero le mie chiavi e quelle di Cybil dal portachiavi attaccato al muro. Fra il primo piano e il piano terra incontro l'inquilino dell'1B. Robert l'ha ribattezzato "il Professore"[1], perché ha quell'aria a metà fra un sociopatico e uno che sta progettando la rapina del secolo. All'apparenza insospettabile, ma sul quale io non scommetterei dieci dollari.

«Ehi», lo saluto.

1B si gratta la barba del mento. «Ciao».

«Ho ricevuto la lettera con la quale ci comunichi che lascerai l'appartamento il trenta settembre». L'ha lasciata sotto la porta...

«Sì. Lascio».

«Okay. Perfetto. Ci vediamo il trenta per il sopralluogo e la consegna delle chiavi, allora».

«Sì».

Okay...

Scappa su per la rampa di scale e io scuoto la testa. Esco in strada e svolto a sinistra, verso il Bowery. Prima di entrare sbircio dentro il negozio dall'unica vetrina e cerco Cybil con gli occhi. È seduta su uno sgabello, con un libro sulle ginocchia e il cellulare in mano, intenta a digitare i tasti sul display. Rimango per alcuni secondi a guardarla e lei se ne accorge. Alza la testa di scatto e mi trova lì, a spiarla oltre la vetrata, con le mani sepolte nelle tasche degli shorts che uso per giocare a basket.

Nessuno dei due sorride, ma nemmeno smettiamo di guardarci. I capelli raccolti in uno chignon le lasciano il collo scoperto. Si passa la lingua sulle labbra e scende dallo sgabello. E io ancora non mi muovo. La osservo mentre avanza verso di me, senza mai togliermi gli occhi di dosso, con una camminata spavalda e l'espressione seria.

Prima che possa aprirmi la porta, lo faccio io. Entro nel locale e le vado incontro.

«Grazie».

Non rispondo, mi limito a sventolarle davanti al viso il suo mazzo di chiavi per poi lasciarlo cadere sul suo palmo aperto.

«Non sono mai entrato qui dentro». La supero e mi addentro nella piccola galleria d'arte. Dalla vetrina non ci si rende conto fino in fondo degli oggetti che ci sono. «Interessante».

Volto solo la testa e la trovo immobile a scrutarmi. La musica è troppo alta, riconosco *Breath Into Me* dei Red.

«Sono felice che trovi questa roba "interessante". Saprò cosa regalarti al tuo compleanno. Ho lo sconto dipendenti».

«Tu non mi fai mai regali di compleanno. E non hai nemmeno la scusa di non ricordare la data».

«Neanche tu mi fai regali al mio compleanno», ribatte.

Smetto di guardarla e sfioro una scultura a dir poco inquietante. È un cactus, ma a forma di pene. Alto quanto il mio busto, in vetro verde trasparente, con tanto di spine.

«Ti piace *Cazztus*?», domanda.

Mi mordo le labbra, forte, per non ridere. Gli avrei dato lo stesso nome.

«È magistrale», ironizzo. «Insomma, guarda i dettagli. Molto credibile».

Cybil mi affianca e inclina la testa di lato. «Le spine sono state realizzate con materiale riciclabile, i raggi delle ruote delle biciclette, mi pare. È vetro di Murano originale, lavorato a mano».

«Ah, si vede che è lavorato *a mano*». La guardo di nuovo, e non dovrei. È vicina, è bellissima. Con i capelli raccolti, il trucco nero intorno agli occhi, il portamento sofisticato, è impossibile rimanere indifferenti.

«Una mano esperta, aggiungerei». Lo dice senza malizia, ma sappiamo entrambi che la battuta a doppio senso è voluta.

«Cybil MacBride... una brava ragazza come te che fa certe insinuazioni...».

Adesso sono tutto girato verso di lei, le sono davanti, le sono a meno di mezzo metro di distanza.

«*Brava* ragazza? Sicuro?». Si sporge in avanti solo con il viso. «Perché ero convinta di essere una poco di buono, io. Tu no?».

Sto per rispondere, ma la porta del negozio si apre e fa suonare il campanellino appeso al soffitto. Cybil balza all'indietro e si volta, quasi spaventata. Entra un ragazzo, forse sulla trentina, in abito scuro elegante e con una valigetta in mano. Una di quelle rigide in pelle, che ormai si vedono solo nei film.

«Buona sera. Sto cercando Mr. Wan».

Cybil gli va incontro, io rimango accanto a *Cazztus*.

«Buona sera. Il signor Wan non è in negozio al momento. Lo può trovare sabato e domenica».

James Bond sospira, piuttosto contrariato. Solo quando alza lo sguardo da Cybil si accorge di me. Mi squadra dalla testa ai piedi, ma non lo biasimo: con i pantaloncini da basket, la canotta dallo scollo profondo, un paio di scarpe da ginnastica sdrucito e le cuffie giganti intorno al collo non sono presentabile. Non come lui, almeno.

«Sabato devo partire per Hong Kong. E solo lui ha quello che mi serve».

«Okay…», dice Cybil.

«Forse può aiutarmi lei?».

So che me ne dovrei andare e lasciarle fare il suo lavoro, sono anche in ritardo per la partita, ma Cybil sembra nervosa e non lo è mai. Lei è un sacco di cose – stronza, arrogante, altezzosa, fiera –, ma mai nervosa. Decido di girovagare per la galleria d'arte, solo qualche minuto. James Bond posa la sua cartelletta sulla scrivania e fa scattare i ganci contemporaneamente, producendo un tonfo sordo che rimbomba nella stanza.

«Sto cercando l'unica riproduzione autorizzata della Princess X di Constantin Brâncuşi».

Cybil rimane impassibile, non ha la più pallida idea di cosa abbia appena blaterato il ragazzo che le sta davanti, ma non perde la calma.

«Certo». Deglutisce. «Può attendere solo un minuto?».

«Un minuto».

«Princess X, ha detto?».

«L'unica riproduzione autorizzata».

«Certo… ovvio…».

Mi lancia un'occhiata preoccupata mentre recupera il telefono portatile dalla sua base e si allontana, raggiungendo con pochi passi il fondo del negozio.

«Un appassionato di Constantin, eh? Bella roba, la sua. Anche se niente batte questo esemplare unico di cactus». Indico con entrambe le mani l'oggetto più brutto che abbia mai avuto la sfortuna di vedere.

«DuChamp è un maestro indiscusso nella lavorazione del vetro di Murano associato a immagini falliche. Anzi, è *il* maestro. Il "cactus", come l'ha chiamato lei, rimane ad oggi la sua opera di maggior drammaticità e la più quotata nell'epoca neo-fallica. Un oggetto unico nel suo genere. Sono anni che i collezionisti corteggiano DuChamp, ma lui si rifiuta di metterlo in vendita. E Mr. Wan ha il privilegio di esporlo nella sua galleria d'arte».

«Sì, beh, io preferisco la figa». Lo dico senza pensarci, senza un filtro fra la bocca e il cervello. E Cybil mi sente. Se potesse, mi incenerirebbe con un lanciafiamme, per poi svuotare le mie ceneri giù per lo scarico del cesso. Mimo un "scusa" con le labbra, ma non credo le basti.

«Mi sono consultata con il Signor Wan». La sua voce ora è pacata e di nuovo padrona della situazione. «Venga, le mostro il Princess X».

«*La* Princess X. Al femminile».

Cybil non replica, si limita a fare lo slalom fra un pene e un altro mentre legge qualcosa sul post-it che tiene in mano.

Quando si ferma, James Bond è proprio dietro di lei e io devo sporgermi con la testa per vedere 'sta Princess X.

«Questa?», domanda Cybil un po' frastornata.

«Esattamente. È ancora più bella dal vivo».

E finalmente la vedo. È un pene. Un grosso pene in bronzo, su una base quadrata. È così lucido che ci vedo il riflesso di Cybil dentro, e la sua smorfia parla da sola: sta per scoppiare a ridere.

Allunga le braccia e James Bond perde tutto il suo savoir-faire. «Non lo prenda con le mani!», sbraita e Cybil le ritira, spaventata, nascondendo poi le braccia dietro la schiena.

E con cosa cavolo dovrebbe prenderlo?

Come non detto... ritiro la domanda.

Il ragazzo torna sui suoi passi e lo osserviamo senza fiatare. Tira fuori dalla sua valigetta un piccolo astuccio e afferra un paio di guanti di seta, che si infila, e una pezza immacolata, come quelle che si usano per pulire gli occhiali.

Si avvicina cauto al pene in bronzo e lo solleva come se stesse estraendo la milza da un paziente incosciente. Lo fa con una naturalezza straordinaria, anche da qui riesco a capire che quel coso pesa un accidente.

«Stupefacente», dichiara.

Cybil si porta l'indice alle labbra e preme fortissimo. Ci guardiamo per una frazione di secondo, complici. E credo sia la prima volta da quando ci conosciamo che siamo entrambi dalla stessa parte della barricata.

James Bond infila una mano guantata nella tasca interna della sua giacca e recupera una lente di ingrandimento. Esamina il pene da vicino, da tutte le angolazioni possibili. Nel frattempo, sono in ritardo pazzesco, ma non ho nessuna intenzione di andarmene e lasciarla qui con questo squilibrato.

«Quanto?», domanda, esaminando ancora una volta la Princess X.

«Trentaduemila dollari».

Trenta. Due. *Mila.* Dollari?

«È la sua offerta migliore?». Non le sta prestando molta attenzione. Sembra più una domanda di rito che un tentativo di trattare con lei.

«È l'unica che ho».

«Assegno?».

«Non posso consegnargliela adesso», si affretta a precisare Cybil. «Il signor Wan mi ha dato istruzioni precise in merito».

«Non avevo nessuna intenzione di portarmela via stasera». Le fa l'occhiolino e io mi spazientisco. «È nuova?».

«Sì». Cybil non perde la calma, rimane distaccata e professionale. Mi dà le spalle e io mi dimentico per un attimo di tutte le sculture falliche e mi concentro sul tatuaggio alla base della sua nuca.

Kiss me here…

«Passerò venerdì a ritirarlo, nel tardo pomeriggio». Scarabocchia il prezzo sull'assegno e glielo consegna.

«Signor *Hishura*?», domanda Cybil sorpresa, leggendo l'intestazione sull'assegno.

«È il mio cliente. È da lui che andrò sabato a consegnare la Princess X. Io mi chiamo Edward».

Cybil gli sorride, ma non solo con la bocca. Ci mette gli occhi, il corpo, ci mette tutto. «Cybil».

«Nome interessante. Ha origine greca. Se non sbaglio significa "la grande madre degli dei"».

Esperto di cazzi *ed* etimologia greca. Che fenomeno da baraccone! E lei cosa fa? Arrossisce.

«Io sono Lucas». Si voltano entrambi a guardarmi e li saluto con la mano alzata, a debita distanza.

Potrei andarmene, *dovrei* andarmene, invece, ancora una volta, scelgo di rimanere. Per la sicurezza di Cybil, sia chiaro.

«Cybil, è stato un piacere conoscerla. Ci vedremo venerdì?». Lo stronzo le stringe la mano che lei gli sta porgendo e la trattiene per un paio di secondi di troppo.

«Certo».

«Lucas», mi saluta lui, educato. Educatissimo.

Io, invece, non ce la faccio a pronunciare il suo nome, mi limito a sollevare il mento e a seguirlo con lo sguardo finché non sparisce dalla nostra vista.

«Che tipo!», sussurra Cybil.

«Già… assurdo».

«Assurdo?! Io lo trovo affascinante da morire».

«L'esperto di uccelli?», domando sconvolto. È seria?

«Si vede che è un uomo colto. Un artista. Scommetto che è anche molto sensibile in certi frangenti».

«Sensibile?! Cioè uno che, mentre siete a letto, ti chiede cento volte il permesso per toccarti una tetta? O per leccartela? O per metterti a…».

«Okay!», mi interrompe lei. «Il concetto è chiaro, Lucas».

«Ne sei sicura? Perché mi sembri un po' confusa al riguardo. Un uomo non deve essere "sensibile in certi frangenti". Un uomo ti deve prendere…». Mi avvicino a lei di proposito, quel tanto che basta per innervosirla. Fa un passo indietro e va a sbattere contro il tavolo da lavoro. Allungo le mani e, senza mai perdere il contatto visivo con lei, l'afferro per la vita e la metto seduta sul ripiano in legno scuro. Sfioro il suo orecchio e accarezzo appena la carne tenera del lobo con le labbra. «E ti deve far godere. Senza chiederti cosa ti piace. Lo deve sapere e basta». Cybil si lascia sfuggire un lieve lamento e manda in cortocircuito il mio intero sistema nervoso. Mi aspettavo un calcio in mezzo alle palle, di certo non un sospiro fremente.

«Tutto chiaro. Ora levati». Mi spinge via con forza e io le rido in faccia.

«Cybil, tesoro, quanto tempo è passato dall'ultima volta che ti sei trovata in "certi frangenti" con un uomo?».

Diventa livida in volto. Così incazzata che sputa fumo dalle narici. «Sparisci».

«No, sono serio. Se ti ecciti per un paio di parole sconce e una strusciata di labbra da parte del diavolo in persona, direi che sei piuttosto disperata». Mi infilo le mani in tasca e distolgo lo sguardo. Perché vederla così, seduta su un tavolo, io fra le sue gambe, lei bella da star male, mi fa perdere la testa.

«La mia vita sessuale va alla grande. Grazie per l'interessamento. Ora, se non ti dispiace, levati dalle palle. Non hai nessun altro posto dove andare?».

«Proprio no, e comunque preferisco rimanere qui a darti fastidio».

«Ci stai riuscendo molto bene».

«Era quello che speravo».

«Sei insopportabile». Arriccia il naso e si porta dietro l'orecchio una ciocca di capelli sfuggita allo chignon impeccabile.

«Mi hai detto di peggio».

«Cosa voleva da te l'assistente della professoressa Margot?», chiede, cambiando discorso.

Aggrotto le sopracciglia. «E tu che ne sai di Vanessa?».

«Vanessa? Siete già così in confidenza?».

«Sbaglio o è una punta di gelosia quella che sento nel tuo tono?». Mi riavvicino a lei. È più forte di me. La sua voce è come un maledetto richiamo, un fischio muto che sento solo io e che non riesco a ignorare. Le poso le mani sulle ginocchia, lei rimane immobile. Solleva di poco il mento, mi guarda dall'alto al basso, con quella sua aria supponente.

«Sbagli. Come sempre, del resto».

«Si è offerta di darmi una mano… per evitare che prenda un brutto voto alla prossima verifica».

«Ah, sì? E allora a cosa ti serviva Rob oggi pomeriggio? O io?».

La ciocca le sfugge di nuovo da dietro l'orecchio e io devo stringere i pugni per evitare di toccarla.

«Diciamo che Vanessa voleva qualcosa in cambio… e io non ne avevo voglia».

«Oh, povero ragazzo irresistibile!», mi prende in giro. «L'universo femminile ti cade ai piedi e tu non riesci a stare dietro a tutte. Deve essere davvero estenuante essere Lucas Henderson!».

«Ragazzo irresistibile… carina, questa. Comunque, sì, è davvero estenuante essere Lucas Henderson. Purtroppo per Vanessa, non mi piacciono le bionde. Tranne una…». Cybil sgrana gli occhi e io ne approfitto per avvicinarmi di un altro centimetro. «Che c'è, Cybil? Sei così tesa».

«Non sono tesa, solo infastidita dai tuoi modi da troglodita». Prova di nuovo a spingermi via, ma non mi muovo. Il suo profumo mi fa perdere i sensi. Mi fa venir voglia di spogliarla, di dirle che la detesto tanto quanto la desidero.

Mi tiro su e mi guardo intorno, annoiato. «Ora vado. Mi aspettano per una partita di basket».

«Addio». Cybil scende dal tavolo e gli gira intorno, mettendo una notevole distanza di sicurezza fra noi.

«Ci vediamo a casa, dolcezza». Recupero il borsone che avevo lasciato all'ingresso e mi fermo un secondo prima di spalancare la porta. «Ah, quando ho detto che non mi piacciono le bionde tranne una… intendevo Erin».

Esco dalla galleria d'arte e ricomincio a respirare.

Attraverso *Washington Square Park* a passo svelto, ma quando arrivo davanti al *Washington Square Arch* mi fermo. Ripercorro, per quella che sembra la milionesima volta, il nostro incontro di due anni e tre mesi prima. È come un disco incantato nella mia testa, rivedo le scene, risento le parole, riprovo le stesse emozioni. La disperazione, l'aspettativa, il fastidio e la delusione. Soprattutto la delusione.

Prima o poi passerà. Quella morsa allo stomaco quando me la trovo davanti, quel fastidio che mi striscia nelle viscere a tradimento, prima o poi passerà.

E lei... lei passerà.

Solo altri venti giorni e poi tornerà tutto alla normalità: io per la mia strada e lei abbastanza lontana affinché io non possa toccarla.

lucas

Cybil, come ogni mattina, è già in piedi quando scendo al piano di sotto. Ha preparato il caffè, l'aroma impregna l'aria nella stanza e lei se ne sta, con una tazza in mano, seduta sotto la finestra a bovindo. Tiene le gambe distese sui cuscini, la schiena contro il muro, e guarda fuori, del tutto assorta nei suoi pensieri.

«Buongiorno». Si irrigidisce, ma non si volta. E non risponde. «Già sveglia?», le domando.

«Sì», ribatte, lapidaria.

«Qualche problema? Hai le tue cose e sei più scontrosa del solito?».

«Fottiti», borbotta.

Perché ce l'ha con me? È da mercoledì pomeriggio che ci evitiamo, non ho fatto o detto niente per farla incazzare in questo ultimo giorno e mezzo. Inclino la testa di lato e rimango a osservarla. In realtà non sta facendo nulla di diverso rispetto al solito. Se ne sta seduta su quei dannati cuscini a contemplare l'infinito, risponde alle mie provocazioni con insulti a mezza bocca, mi ignora il più possibile, eppure qualcosa è cambiato. Forse solo il modo insolito in cui io percepisco la sua presenza. Forse il problema sono io.

Sono passate quasi due settimane da quando si è trasferita nel nostro appartamento e a occhio e croce, fra il trasloco e la ritinteggiatura dell'1B, ne dovranno passare altre tre.

«Dormito male?», insisto.

«Non ho dormito per niente, se proprio lo vuoi sapere». Cybil si alza bruscamente dalla cassapanca e si ferma davanti a me. «Lo so che questa è casa tua, ti sarò grata fino alla fine dei miei giorni per avermi messo un tetto sopra la testa… ma è proprio necessario portarti a casa una ragazza diversa ogni sera? Ti rendi conto di quanto sei rumoroso?».

I suoi bellissimi occhi divengono due fessure, le guance si incendiano e le labbra si chiudono in un'unica linea tesa.

Cybil si scosta con rabbia una ciocca da davanti al viso. I suoi lunghi capelli sono tutti raccolti oltre la spalla destra. La guardo negli occhi, per non rischiare di abbassare lo sguardo sul suo corpo slanciato, sul seno a punta che preme contro la canottiera bianca, sulle gambe lisce.

«Che ti devo dire? Mi piace il sesso e mi piace farlo così».

Cybil scuote la testa, si copre il viso con entrambe le mani e soffoca un gridolino di pura frustrazione, poi torna a guardarmi. Io rimango impassibile.

«Ti sto solo chiedendo di lasciarmi dormire, la notte. Portati a letto chi vuoi, sperimenta tutte le posizioni del kamasutra, sai quanto me ne frega, ma fallo entro la mezzanotte». Respira a pieni polmoni. «Per favore», aggiunge.

«Mettiti le cuffie», ribatto e sono certo che voglia scuoiarmi vivo. «Va bene, ci proverò», mi arrendo.

Un rumore di passi la distrae e fissa un punto oltre le mie spalle. Io, invece, non riesco a guardare altro se non lei.

«Buongiorno, tesoro». Un paio di braccia mi circonda la vita da dietro.

«Buongiorno», saluto Heather, ma il mio centro di gravità rimane Cybil, davanti a me, sempre più imbarazzata, sempre più infuriata. «Heather, ti presento Cybil. Vive con me e mio fratello. È una profuga, la stiamo tenendo nascosta qui per evitare che venga deportata e fucilata sulla pubblica piazza». Volto solo la testa e l'espressione scioccata della moretta con i capelli corti che ho conosciuto ieri sera mi fa sorridere. La bacio, ci metto anche la lingua. «Vuoi del caffè?».

Heather si stacca da me e fa due passi indietro. Riporto l'attenzione su Cybil, sta sorridendo anche lei. Non è più arrabbiata, solo divertita. Questo stupido gioco era nato per infastidirla, ora, invece, è diventata una piccola abitudine. Una cosa solo nostra.

«Magari delle uova?», interviene Cybil. «In prigione, prima di scappare, ero l'addetta alla cucina. Le mie omelette sono imbattibili».

«Devo andare», replica Heather con un filo di voce. «Ma grazie lo stesso».

«Già vai via, dolcezza?».

«Devo preparare il materiale per le dirette di oggi». Heather raggiunge la porta d'ingresso e si infila le scarpe con il tacco che indossava ieri sera.

«Le dirette? Cosa fai di bello nella vita?», insiste Cybil, spostandosi con grazia verso la penisola. Posa la sua tazza sul bancone e si accomoda su uno sgabello, accavallando le gambe. Tutta quella pelle nuda mi fissa, è come se mi stesse invitando a toccarla. A cadere ai suoi piedi e venerarla. E spero che Dio mi fermi, perché sono a tanto così dal cedere.

«Sono un'*influencer*!», ribatte Heather, sprezzante. Come se lei fosse migliore di Cybil. Non lo è.

«Wow! Lucas, non avevi mai portato un'*influencer* a casa. I tuoi gusti si stanno raffinando. Ben fatto!».

«Ho già portato a casa un'*influencer*», mi difendo. «Te la ricordi Mearcela? Lei sì che era importante. Qualcosa come cinquantamila followers su Instagram. Heather, tu quanti hai detto di averne? Mille?».

«Vaffanculo!», grida Heather e io sgrano gli occhi, fingendomi sorpreso dal suo insulto. Esce di casa sbattendo la porta e Cybil scoppia a ridere.

«Mi sa che abbiamo esagerato…». La sua voce è dolce e genuinamente pentita. Poggia un gomito sul bancone e fa riposare il viso sul palmo aperto della mano. Mi incanto a guardare i micro-tatuaggi sul suo avambraccio; ne ha tantissimi sul corpo, uno dei miei preferiti è proprio quello che sto fissando adesso. La parola "fearless", impavida, cattura tutta la mia attenzione. Beh, il mio preferito è quello che nasconde per metà sotto gli slip, ma anche questo non è male.

«Vuoi fare colazione?», le domando.

«Già fatto. Vado a svegliare Rob o faremo tardi per andare a lezione».

«Rob non c'è».

Cybil increspa le sopracciglia. «E dove diavolo è andato?».

«Non è tornato, stanotte. Ha dormito fuori, credo si stia vedendo con una».

«Rob? Si sta *vedendo* con "una". *Una* chi?».

Il suo tono mi infastidisce. «Una ragazza che ha conosciuto quest'estate in Italia, a Roma. Abbiamo fatto il viaggio di ritorno insieme».

«A Roma? Impossibile, me ne avrebbe parlato. Cioè, lui mi dice tutto. E chi sarebbe *questa*?». Incrocia le braccia sul petto, sembra una fidanzatina gelosa più che una migliore amica apprensiva. E questo mi manda fuori asse.

«Una figa spaziale, se proprio lo vuoi sapere. Simpaticissima, tette giganti. Peccato non averla vista per primo».

«Fai schifo! E *tu,* comunque, "una figa spaziale, simpaticissima e con le tette giganti" non te la puoi permettere. Non a caso ti porti a letto una quantità infinita di donnette e usi me per farle scappare la mattina dopo e non doverle rivedere mai più».

«Beh, mi sono portato a letto te». Il sangue mi ribolle nelle vene, mi fa perdere il controllo. La voce rimane calma e impassibile, lo stomaco si accartoccia e il cuore mi schizza in gola. «Quindi forse hai ragione sulla storia delle "donnette"».

«Pensi di ferirmi?», domanda ironica, sbuffando una risatina falsa dalle labbra. «Non hai più così tanto potere su di me».

Mi avvicino lentamente, lei si mette dritta, pronta al contrattacco. «Non sapevo di averne avuto, in passato». Mi piego in avanti e poso le mani sul bancone della penisola. Senza toccarla, la circondo.

«Ne hai avuto anche troppo», confessa, decisa, nessuna vergogna. Avvicina il viso al mio, a tradimento, e mi disarma.

Impavida...

Stavolta sono io a indietreggiare, a prendere le distanze.

«Facciamo tardi a lezione». Rinuncio all'idea di bere il caffè e, tre scalini alla volta, torno in camera mia.

Qualunque cosa volesse dire con quella frase non ha importanza. Non mi interessa saperlo. Lei è pericolosa, imprevedibile. Lei mi spiazza come nessun altro che conosco, capovolge il mio universo e mi fa dimenticare perché non la sopporto.

***

Una volta tanto riesco a fare il viaggio fino all'università senza sembrare un geco attaccato al finestrino. Cybil scende dall'auto per prima, io la seguo fin dentro l'atrio e poi su per le scale. Ogni volta che gira la testa, mi trova dietro di lei. Ogni volta che mi trova dietro di lei, sbuffa. Entriamo in aula senza dirci una parola, lei va sedersi in seconda fila, io punto all'ultima. Bird è già arrivato e mi sta tenendo il posto, sta ripassando qualcosa sul suo quaderno degli appunti.

«Ehi, amico, ciao». Non mi risponde, a malapena solleva la testa. «Preoccupato?», domando.

Bird, con un gesto di stizza, allontana il quaderno con la mano e ci lancia la matita sopra. «Come minimo prenderò un'altra F».

Per un attimo mi ero dimenticato della verifica, ma non sono nervoso. Cybil mi ha lasciato le sue dispense per studiare e dopo la lezione improvvisata di mercoledì scorso mi sento invincibile.

«Ti do una mano io». Solo quando risento le parole con le mie stesse orecchie mi rendo conto di quanto sembri stupida la mia affermazione. Bird, infatti, ridacchia e mi molla una pacca sulla spalla a mano aperta.

«Certo, amico. Sei proprio la persona dalla quale copierei durante una verifica». Non ci rimango male, nemmeno io copierei da me stesso.

Mentre recupero una penna blu dallo zainetto, i miei occhi si posano su Cybil. Si sta legando i capelli in uno chignon alto e ci incastra dentro una matita. Non è il gesto di per sé ad attirare la mia attenzione, è una cosa che fa spesso, quello che mi infastidisce è il ragazzo dietro di lei che si sporge in avanti, probabilmente per leggere il tatuaggio alla base della sua nuca. Lo vedo mentre dà di gomito al suo compare, mentre con il mento indica il collo di Cybil, sento fino a qua la risatina complice che scambia con il suo amico, ma quello che mi fa davvero incazzare è il modo sfacciato con il quale tira fuori la lingua – alle sue spalle – e finge di leccarla. Stringo forte la penna fra le dita, si spezza a metà. La poso sul banco, respiro profondo, ma non lo perdo di vista.

«Dove la guardiamo la partita, domenica?», mi domanda Bird.

«Dove vuoi tu», ribatto secco.

«Ma cosa diavolo stai guardando?». Bird segue la traiettoria del mio sguardo. «Ma quella è Cybil?».

«Già».

«Che ci fa nella nostra classe?».

Sposto solo la testa verso il mio amico. «Non ti sei mai accorto di lei? Frequenta questa classe dal primo giorno».

Bird solleva le spalle. Com'è possibile che la stia notando solo adesso? Tutti si accorgono di Cybil quando entra in una stanza. E non mi riferisco solo alla sua bellezza sfacciata – e già quella basterebbe a far girare un milione di teste –, è tutto di lei che attira l'attenzione delle persone. I capelli lunghissimi, sempre perfettamente acconciati, il suo portamento sofisticato, le borse firmate, il look ricercato anche quando indossa una semplice maglietta e un paio di jeans. E poi il suo sorriso, che non concede molto spesso, ma quando lo fa è capace di stenderti al primo tentativo.

«Ci sarà anche lei domenica?».

«E a te cosa te ne frega? Non eri gay fino a due minuti fa?».

«Non chiedevo per me!».

Deglutisco a vuoto. «E per chi chiedevi?».

«Per il mio amico, quello che è venuto domenica scorsa a casa tua con me».

«Quale dei tre?», indago con un nervosismo che non dovrebbe esistere, ma cercando di sembrare indifferente.

«Quello che si è portato dietro la biondina che, voci di corridoio, pare sia rimasta a casa tua per il "dopo-partita"».

«Mason? Mason ha chiesto di Cybil?».

«Sì... problemi?». Credo sia la mia espressione stupita a tradirmi. O forse il mio tono isterico. Già, credo proprio sia il tono da squilibrato.

«No. E cosa cazzo vuole da lei?».

Bird ridacchia. «Non chiederlo a me! Davvero non riesco capire cosa possa mai volere un uomo da una donna!».

La sua battuta non mi fa ridere. L'imbecille dietro Cybil che continua a guardarla come se volesse mangiarsela non mi fa ridere. Mason che vuole portarsi a letto Cybil non mi fa ridere.

«Beh, digli che è impegnata».

Bird mi guarda accigliato. Non è uno stupido, al contrario, sa essere una persona davvero intuitiva, ma questo è un terreno nuovo per noi e la mia reazione spropositata non è passata indifferente.

«Te la scopi?».

«Col cazzo!», rispondo di getto, sulla difensiva. «Proprio no. Mio fratello. Credo se la scopi lui», taglio corto.

Bird forse ci crede, forse no, in ogni caso lascia cadere il discorso e io mi impongo di non guardarla più per il resto della lezione.

Consegno la verifica prima della fine dell'ora, restituisco il mio compito a Vanessa, l'assistente carina della professoressa Margot, ed esco dall'aula. Nemmeno una volta controllo il posto dov'è seduta Cybil. Scendo al piano terra e imbocco la porta che dà sul giardino interno. Mancano ancora dieci minuti alla fine delle lezioni e una volta tanto il carretto del caffè non è assediato da studenti che si scavalcano l'un l'altro per guadagnare un posto in prima fila. Ne ordino uno in tazza extra-large, bollente e nero come la pece, e vado a sedermi sul muretto che delimita il piccolo giardino.

Perdo tempo con il cellulare, controllo le notifiche sui vari social e rispondo a qualche messaggio, compreso quello di mia madre, la quale, dopo lo scherzetto di ormai tre settimane fa, ce l'ha ancora un po' con me.

MAMMA: *Tu e il tuo grosso pene pensate di venire a cena, domani sera?*

Adoro questa donna. Ridacchio mentre rileggo le sue parole. È sempre stato facile parlare con lei. Era giovanissima quando è rimasta incinta di me e Robert, e dice sempre che è stato un po' come crescere insieme a noi. Solo una donna forte e determinata come lei sarebbe riuscita a laurearsi con due bambini di un anno e mezzo fra i piedi.

LUCAS: *Io e il mio grosso pene ti ringraziamo per l'invito. Non mancheremmo per nessun motivo al mondo.*

MAMMA: *Perché non sei a lezione?*

LUCAS: *Ho finito la verifica con dieci minuti d'anticipo. Sto bevendo un caffè nell'atrio.*

MAMMA: *Hai finito il test prima? Hai messo le risposte a caso?*

So che sta giocando, che rispetto a Santo-Robert mi dà un sacco di filo da torcere, ma sto al gioco. Me lo merito, considerando che, crescendo, gliene ho fatte passare di tutti i colori.

LUCAS: *No, ho copiato dalla mia vicina di banco. Speriamo abbia studiato. Incrocia le dita, madre.*

MAMMA: *Avremmo dovuto spedirti su un peschereccio a sedici anni...*

LUCAS: *Meglio un campo di patate. Sai, non impazzisco per il pesce, ma la patata...*

MAMMA: *Ti diseredo sul serio, figlio!*

LUCAS: *Domani ti porto un mazzo di fiori per farmi perdonare.*

MAMMA: *Ti diseredo lo stesso.*

LUCAS: *Orchidee rosa.*

MAMMA: *Bianche e viola.*

Ancora ridendo, metto via il telefono e alzo lo sguardo in tempo per vedere Cybil raggiungere la fila per prendere un caffè. Il buonumore che riesce sempre a mettermi addosso mia madre evapora in una manciata di secondi. Non faccio in tempo ad alzarmi dal muretto che Cybil sta già parlando con qualcuno. Il ragazzo che faceva finta di leccarle la nuca in classe, per inciso. Mi avvicino lo stesso e mi fermo a pochi passi da loro.

«Mi dispiace, lavoro», gli sta dicendo lei.

«Mica lavorerai tutti i giorni dell'anno! Scommetto che riuscirai a trovare un paio d'ore per me. Vorrei...», le sussurra all'orecchio qualcosa che non sento e lei si indispettisce. Cybil è come le tigri: si muove sinuosa, sembra innocua, indifferente, poi le dici una parola fuori posto e ti sbrana vivo, tira fuori gli artigli e sono cazzi tuoi.

«Non è un invito per te, il mio tatuaggio». Inclina la testa di lato e lo tramortisce con una smorfia a metà fra il sexy e il "se ti avvicini di nuovo ti caverò gli occhi. A mani nude".

«Sei pronta?». Si voltano entrambi a guardarmi. Cybil confusa, l'imbecille accanto a lei piuttosto contrariato.

«Vorrei un caffè, prima di andare», ribatte lei, ancora poco convinta dal mio intervento.

«Bene. Ti aspetto». Continuo a guardare solo Cybil, come se non mi fossi accorto del bamboccio che ci sta provando con lei.

Cybil sgrana appena gli occhi, le sopracciglia arcuate e l'espressione da "ma che cavolo vuoi anche tu?".

«Ti serve qualcosa?», domando al bamboccio e me l'aspetto la sua reazione, è così prevedibile.

«Ci stavo parlando prima io!», sbotta, neanche avesse tre anni.

Sto per replicare a modo mio, ma Cybil non me ne lascia il tempo. Si porta le mani ai fianchi e perde del tutto la pazienza. Non che ne abbia mai molta.

«Oh, Dio», brontola, sempre più irritata. «Senti, "coso", apprezzo lo sforzo, ma hai continuato a sussurrarmi porcate per tutta la lezione. Durante la verifica! Quando mi sono voltata per mandarti a quel paese, avevi la lingua di fuori e un po' di bava agli angoli della bocca. Cosa ti fa pensare che io abbia voglia di uscire con un San Bernardo? Sul serio, illuminami!».

«Ritira gli artigli, Cat Woman», le sussurro all'orecchio, sfiorando di proposito la sua guancia con la mia.

Cybil chiude gli occhi e sospira.

«Guarda, lasciamo stare», ribatte il tizio, l'espressione di colpo ostile. «Eri comunque più carina da dietro. Di faccia non sei un granché».

Io scoppio a ridere, Cybil diventa bordeaux. Le passo una mano intorno alla vita e la fermo un secondo prima che si scagli contro questo essere inutile.

«Sparisci». Nonostante io stia ancora ridendo, mi esce un tono di voce minaccioso.

«Mi so difendere da sola, sai?!», sbraita Cybil, liberandosi dalla mia presa, quando rimaniamo soli. Come se niente fosse, nell'arco temporale di un battito di ciglia, si ricompone. Liscia la maglietta, sistema i capelli e materializza un sorriso.

«Ho visto».

«Che idiota, quello!».

«Su una cosa aveva ragione, però… il tuo didietro è molto carino», cerco di ironizzare. Non funziona.

Nel frattempo, si è riformata una fila chilometrica davanti al carretto dei caffè e Cybil sbuffa per la centesima volta. «Ho lezione fra cinque minuti». Guarda prima il mio bicchiere, poi la fila.

«Vorresti il mio caffè?», le domando, sarcastico.

«Forse».

«Berresti dal mio stesso bicchiere?».

«Userei una cannuccia… giusto per non rischiare uno scambio di salive».

«Non sarebbe la prima volta…», la provoco.

«No, ma sono una che non commette lo stesso sbaglio due volte».

«Ah, davvero?». Non so come sia possibile, quando sia successo, ma ci ritroviamo naso a naso. Lei, con i suoi tacchi, è poco più bassa di me; io sento il suo profumo persino nel cervello.

«Che ti devo dire? Forse di faccia non sono un granché, ma sono piuttosto sveglia».

«Piuttosto…», le faccio eco. «Lo vuoi davvero così *tanto* il mio caffè?».

«*Tantissimo*».

Forse la mia domanda poteva nascondere un sottilissimo doppio senso, forse la sto sfidando perché è l'unica cosa che facciamo l'uno con l'altra, ma il tono da micetta che usa lei, il modo sfacciato in cui muove le labbra e mostra la lingua nel pronunciare quell'unica parola, me lo fanno diventare duro. E se il mio era un innocente tentativo di darle fastidio, il suo è un agguato in piena regola. Si alza sulla punta dei piedi e mi ritrovo le sue labbra a un centimetro dalle mie. Il suo respiro è caldo, i suoi occhi sono incandescenti. E lo so che lo sta facendo apposta, che combatte al mio stesso gioco ad armi pari, ma riesce comunque – per qualche brevissimo istante – a fregarmi.

«Allora? Lo finisci?». Mi accarezza il bicipite con la punta dell'indice. Lo fa scorrere dalla spalla giù fino al gomito.

«Lo finisco!». Ne butto giù due sorsate, rimanendo stoico nonostante mi sia appena ustionato la mia fottutissima lingua, e mi allontano. Borbotta qualcosa che non afferro e, maledizione, per l'ennesima volta mi ritrovo a pensare che Cybil MacBride è pericolosa.

E mi sono sbagliato: il diavolo in persona non sono io. È lei.

cybil

«Lavori anche oggi?», mi domanda Diane, dall'altra parte della linea. «Sì, sto andando adesso». Mi infilo un paio di scarpe da ginnastica e mi lego i capelli in una coda alta. Poi mi ricordo che oggi rivedrò Edward, il tipo un po' bizzarro che due giorni fa si è presentato al Bowery per comprare il... pene.

«Stasera però vieni con me da Buzz!».

«Va bene», replico distratta. Apro la valigia – dove tengo le mie cose, visto che non ho un armadio – e ci frugo dentro alla ricerca di qualcosa che mi faccia sembrare più professionale.

«E non scapperai alle undici e trenta!».

«Sì, okay». Scelgo una camicetta a fiori rosa e bianchi e un paio di pantaloni panna. Poi mi infilo sotto la scrivania di Lucas e recupero un paio di décolleté di vernice rosa dal tacco vertiginoso. Un po' eccessivo per il Bowery, ma non ho molta scelta. Appunto mentalmente di passare a casa di mio padre per rifornirmi di vestiti. Non lo vedo da quindici giorni, da quando ho lasciato l'attico.

«Come sta andando con il tuo amante segreto?».

Ora ha tutta la mia attenzione. «Chi?».

«*Lu-casss*!».

«Ma la smetti con questa storia? Sei fuori strada».

«Sì. Sì. Come no! Allora?».

«Sto seguendo il tuo consiglio», confesso.

«Cioè?».

«Sguardi languidi, toccarlo quando non se lo aspetta e tutte quelle stronzate da prima media».

«E…?», chiede, impaziente.

«Ed è ufficiale: mi odia e basta. E ti dirò di più, questa settimana sono stata molto paziente con lui. Mi sono prestata ai suoi giochini demenziali, ho mandato giù gli insulti e non è cambiato niente fra noi. Quindi credo proprio che riprenderò a disprezzarlo alla luce del sole, e non solo nella mia testa». Incastro il cellulare fra la spalla e l'orecchio e mi appoggio contro il petto prima una collana di Tiffany con il ciondolo a cuore e poi una fila di catenine in oro rosa, abbellite da piccole stelline. Scelgo le stelle.

«Davvero molto strano!».

«Di-Di, devo proprio andare. Oggi torna quel tipo che ti dicevo a ritirare il Brâncuși e non voglio fare tardi».

Pronuncio quel nome con tono solenne, perché non posso dirle che ho venduto la mia prima opera d'arte in assoluto: un pene in bronzo su una base di marmo.

«Uno di questi giorni vengo a trovarti!».

«Non farlo», rispondo con troppa urgenza. «Nel senso che Mr. Wan non vuole che intrattenga i miei amici lì dentro. Ha le telecamere». E spero non guardi le registrazioni…

Mi slego i capelli e li riavvio con la mano. Ancora con il telefono incollato all'orecchio, recupero la mia borsa e scendo giù per le scale.

L'appartamento è silenzioso e non mi accorgo subito di Rob e Lucas che studiano sul tavolo in sala.

«Ti mando un messaggio più tardi con i dettagli per stasera!».

«Aggiudicato», dico e i fratelli Henderson alzano contemporaneamente lo sguardo dai propri libri.

«Dove vai così in tiro?», mi domanda Rob quando ho attaccato con Diane.

«Al lavoro».

«Non sei un po' troppo elegante?».

Faccio una piroetta su me stessa. «Dici?».

«Su chi devi fare colpo? Su Wan?», ridacchia Rob.

Lucas si irrigidisce, ma ha di nuovo la testa china sui suoi appunti e non mi presta alcuna apparente attenzione.

«Forse…».

«Con chi ti stai vedendo?». Il mio amico mi rivolge un mezzo sorriso complice e io alzo un sopracciglio.

«E tu? Con chi ti stai vedendo?».

«L'ho chiesto prima io», insiste Rob. Rimango a fissarlo per alcuni secondi. Non posso credere che stia uscendo con la stessa ragazza da qualche settimana e non me ne abbia parlato. Che l'abbia fatta entrare e uscire dall'appartamento senza farmela incontrare. Non è da lui. E non mi riferisco solo al fatto che da quando lo conosco non l'ho mai visto fare coppia fissa con una donna, quello che mi fa rimanere male è sapere che non sente l'esigenza di confidarsi con me.

«Non mi vedo con nessuno, Rob. Perché, se lo facessi, *tu* saresti il primo al quale lo direi». Lui rimane impassibile, mentre a me si attorciglia lo stomaco e una stupida sensazione di tradimento si fa strada nel mio cuore. E non ha senso, so che non ce l'ha. «Vado».

Senza aspettare una sua risposta, senza salutare nessuno, prendo le mie chiavi di casa ed esco dall'appartamento.

Sono ancora di cattivo umore quando la porta della galleria d'arte si apre con un soffio e il silenzio monotono nel piccolo negozio viene interrotto prima dal suono del campanellino sul soffitto e poi dal rumore di clacson e pneumatici che stridono sull'asfalto fuori dal Bowery.

Mi aspetto di trovarmi davanti Edward, o un qualsiasi curioso, invece è Robert.

«Senti», esordisce prima ancora che possa domandargli che ci fa qui. È rosso in viso. «Io te ne voglio parlare. Davvero. Ma non so come fare. Perché finora ti ho raccontato di storie senza senso, di sveltine in qualche locale. E tu mi racconti dei tuoi appuntamenti disgraziati. Nessuno dei due ha mai avuto una storia… importante. E io non so come affrontare il discorso con te».

«Hai una storia importante?». Dentro sono sotto shock, le mie parole, però, vengono fuori come un'accusa.

«Non lo so ancora». Il respiro accelera e non riesce a stare fermo. «Forse sì».

«Non capisco». Sento di nuovo quel tono di rimprovero uscirmi dalla bocca e non vorrei che fosse così. Vorrei essere felice per lui, abbracciarlo, fargli mille domande, invece rimango paralizzata.

«Lei mi piace. E non mi piaceva nessuna così tanto da… beh, da te. Non c'è stata nessuna, Cybil, *nessuna* che mi abbia fatto girare la testa come facevi tu… fino a Tory».

Un brivido gelido mi formicola lungo la spina dorsale e devo allungare una mano e appoggiarmi alla scrivania per non stramazzare al suolo. Questa ragazza ha un nome. E io non riesco a capire come mi sento. Perché la gelosia, fra noi, è fuori discussione, ma mentirei persino a me stessa se cercassi di autoconvincermi che si tratta solo di istinto di protezione.

«Sono felice per te», riesco a dire, ma non mi crede. Come potrebbe? Sono una statua di sale, le parole mi escono di bocca soffocate.

Rob scuote la testa. È deluso e non lo biasimo. Nemmeno io sono molto orgogliosa di me al momento. E solo perché noi una possibilità non ce la siamo concessa, non significa che lui non abbia il sacrosanto diritto di trovare l'amore della sua vita. Lui sta andando avanti…

«Mi stai facendo sentire in colpa», sussurra e io mi avvicino di un paio di passi.

«No!», quasi gli urlo in faccia. «No! Non pensarci neanche. Io sono davvero felice per te. Tu sei…».

«Cosa? Cosa sono per te, Cybil?». Mi implora con gli occhi, ma non so quale sia la risposta giusta, cosa si aspetta che gli dica. Probabilmente la verità, ma quella non la so nemmeno io. Per trovarla dovrei scavare troppo a fondo e ogni volta che lo faccio gli unici due occhi che si materializzano nei miei pensieri, l'unica pelle che sento addosso, l'unico viso che distinguo, sono quelli del fratello sbagliato.

Gli poso le mani sulle spalle, poi ne sollevo una e gli accarezzo una guancia. «Sei il mio migliore amico».

«Già».

«Non è così?», gli domando.

«Certo. Lo abbiamo chiarito anche l'altra sera. Solo che…». Robert fa un passo indietro e poi due in avanti, e le sue labbra sono sulle mie.

Trattengo il fiato, non mi muovo. Lascio che mi baci, che le sue mani si intrufolino nei miei capelli. La sua lingua mi accarezza appena le labbra e, come se fossimo stati entrambi colpiti in pieno dalla più potente delle scariche elettriche, rimbalziamo all'indietro.

«Che…?».

Il sorriso a mezza bocca che mi rivolge mi fa tremare la terra sotto i piedi. Suo fratello mi guarda allo stesso modo, solleva sempre l'angolo delle labbra quando mi provoca, proprio come sta facendo lui adesso.

«Sì. Cazzo, sì. Siamo migliori amici», sentenzia. Sorride, sospira di sollievo, si gratta la testa ed è come se vedessi il peso sul suo cuore librarsi in aria e sparire per sempre.

«Sei impazzito?». Sono furiosa. Potrei prenderlo a sberle fino al ponte di Brooklyn, maledizione! Mi pulisco la bocca con un gesto di stizza e lui che fa? Ride. «Cosa cavolo hai da ridere?».

«Sono felice». Solleva le spalle e sospira di nuovo.

«Ti droghi?».

«Qualche sera fa mi hai chiesto se fossi ancora innamorato di te e ti ho risposto di no. Vuoi sapere la verità? Avrei dovuto rispondere "non lo so". Perché non lo sapevo, Cybil, fino a due secondi fa ti giuro che non l'avevo ancora capito».

«Marijuana, vero? Ho indovinato? Ti sei dato alla cannabis?».

Rob ridacchia, scuote la testa e si avvicina di nuovo. Stendo un braccio e lo fermo. «Non so perché tu non ci abbia voluto provare con me, non mi sono dato pace per anni. E poi è diventata un'abitudine averti accanto senza poterti toccare. O baciare. O spogliare. E ti sei insinuata così in profondità che non sapevo più dove finiva la fantasia e iniziava la realtà. E tu... tu sei stata bravissima a mettermi addosso l'etichetta di migliore amico senza ripensarci mai. E io avevo bisogno di baciarti, perché se voglio girare pagina, se voglio innamorarmi di Tory, devo capire cosa fare con te».

«Che razza di spiegazione idiota è mai questa?». Sono furibonda, e lui continua a sorridere. «Il nostro primo – e ultimo – bacio, e tu me lo dai così? Vuoi anche che allarghi le gambe per te, giusto per essere sicuro che non ti faccia proprio nessun effetto?». Uso un tono da stronza, che si merita tutto, e mi trattengo dal cacciarlo a pedate dalla galleria.

«Non c'è bisogno che tu faccia la dura, sai? O che ti nasconda dietro all'ironia. Sono io, Cybil. Con me puoi essere te stessa».

«E questo cosa vorrebbe dire?».

«Che puoi dirmi quello che pensi senza tirarti indietro. Puoi incazzarti, o piangere, o urlare fino a domani».

«Okay, facciamo a modo tuo. Baciarmi a tradimento per "capire" se provi qualcosa per me che vada oltre l'amicizia è un atteggiamento da stronzo! Lucas si comporterebbe così, tu no. Tu sei... Chi diavolo è questa? Cosa vuole da te? Io non voglio perderti. Tu sei... un po' mio».

Robert mi circonda il viso con le mani e poggia la sua fronte contro la mia. «E tu sei un po' mia».

«La sposerai?». La domanda mi sfugge dalle labbra prima che possa fermarla.

«Ora non esageriamo». La bellissima fossetta che ha sulla guancia destra si accentua e io mi porto una mano sul cuore. «Dobbiamo andare avanti, Cybil. Sai perché non ti ho detto di Tory?».

«Perché sei un amico sleale?».

Rob scuote la testa e si mordicchia gli angoli della bocca prima di parlare. «Perché una piccolissima, minuscola parte di me ha sempre pensato che, a un certo punto, saremmo finiti insieme».

Mi si riempiono gli occhi di lacrime. È quello che penso io da due anni e mezzo.

«Ma non succederà. E Tory mi piace, e io mi sento come... come se stessi tradendo *noi*».

Come se stesse tradendo "noi".

Le sue parole assumono un significato assoluto nel mio cuore. Non abbiamo mai voltato pagina perché, da qualche parte, a un certo punto chissà dove, esisteva un "noi". Solo che non mi ama... e io non amo lui.

L'attrazione che provo per Rob è sempre stata solo questo: attrazione. Non ci sono mai state le farfalle nello stomaco, la smania travolgente di baciarlo, di chiudermi con lui in uno stanzino e lasciarmi andare anima e corpo...

«Me la farai conoscere?». Deglutisco e metto un po' di distanza fra noi.

«Che ne dici di domenica sera?». La sua voce è melodiosa, una carezza sulla pelle.

«Devo controllare l'agenda».

«Okay, Miranda Priestly, controlla la tua agenda».

«Lo sa, questa Tory, che il tuo film preferito è *Il diavolo veste Prada*?», lo prendo in giro e quella tensione assurda fra me e Rob, così com'è arrivata, svanisce nel nulla. Perché parlare con lui è facile, lo è sempre stato. Noi ci capiamo, ci guardiamo e tutto torna al suo posto.

«Nah, aspetterò almeno il primo anniversario per confessarglielo».

La porta del negozio si apre di nuovo e mi ricordo improvvisamente di essere al lavoro. Merda, spero che Wan non guardi sul serio le registrazioni delle telecamere, o mi licenzierà prima ancora di avermi pagato il mio primo stipendio.

«Buonasera».

Mi ritrovo Edward davanti e sorrido. Non sono farfalle nello stomaco, ma sono felice di vederlo. È tutto il giorno che penso al nostro incontro.

«Buonasera, Edward. Sarò subito da lei». Afferro il mio migliore amico per un gomito e lo trascino verso il fondo del locale. «Appurato che siamo amici e che ci siamo scambiati il bacio alla francese più pietoso della Storia... secondo te sono troppo sfacciata se lo invito a uscire?», bisbiglio.

Rob solleva entrambe le sopracciglia. «Cos'hanno appena sentito le mie orecchie! Cybil MacBride che corteggia un ragazzo?».

«Prima di tutto, non è un ragazzo... è un uomo. E poi, non lo so, un po' mi piace».

«Ma lo conosci?», mi domanda allibito.

«È venuto mercoledì a comprare una... cosa. È carino».

«Cosa è venuto a comprare qui dentro?». Rob si guarda intorno, ma non mi lascio scoraggiare.

«Una scultura per un suo cliente. Smettila di ridere».

«Scusa. È solo che... cioè, che razza di clienti ha?».

«Glielo chiedo o no?», insisto.

«Solo se posso assistere. E filmarti. Perché questa non me la voglio perdere».

Mi spazientisco. Sbircio oltre la sua spalla e osservo Edward. È in piedi accanto a *Cazztus*, tiene le mani in tasca e la giacca sbottonata. È ancora più affascinante di quanto ricordassi.

«Allora?».

«Buttati!».

«*Buttati*? Che razza di parola è "buttati"».

«*Buttati* nella mischia. Esci e divertiti. Alla fine, se io posso innamorarmi di una ballerina di danza del ventre, tu puoi innamorarti di uno che compra piselli per i suoi clienti».

«Tory è una danzatrice del ventre?».

Rob mi stritola le guance fra le sue mani. «Lo scoprirai domenica sera. Cena alle sette e trenta da Babbo».

«Babbo? Quanto pensi che mi paghino in questa topaia?».

«Offro io».

«Ora devi andare. Come sto?».

«Nervosa».

Sì, ha ragione lui, sono nervosa. Faccio un lungo respiro e mi spalmo un sorriso raggiante sulle labbra.

Robert sta per voltarsi, ma lo blocco afferrandogli il polso con la mano. «Rob?».

«Sì?».

«Baciami di nuovo e ti stacco le palle».

Mi fa il saluto militare e si avvia alla porta. Quando supera Edward lo scruta dalla testa ai piedi, come farebbe un fratello geloso, e mi si riempie il cuore. Forse quel bacio, alla fine dei conti, era necessario per entrambi.

«Mi scusi per l'attesa», dico a Edward quando Rob lascia finalmente la galleria. Mi sudano i palmi delle mani senza motivo. Il nostro primo incontro è stato imbarazzante, ma do la colpa a Lucas e alle sue battute demenziali.

Ora, però, ci siamo solo io e lui.

«Nessun problema. È pronta la Princess X?».

«Prontissima».

Prontissima? Cybil, calmati. È solo un uomo. Attraente, ma comunque solo un uomo. Non morde mica. Spero...

«L'assegno è stato incassato?».

«Sì». Mi abbasso sotto la scrivania e cerco di sollevare il pacco che ha preparato Wan. È pesantissimo. «Credo che dovrà prenderlo lei. È un po' pesante per me».

«Certo. Ci mancherebbe, lasci fare a me».

È così formale che mi imbarazza. Non troverò mai il coraggio di chiedergli di uscire. Mi sposto all'indietro e gli concedo un po' di spazio per recuperare la sua opera d'arte.

Edward solleva il pacco e lo sorregge con una naturalezza invidiabile.

«Bene», dice.

«Bene», ribatto.

«È stato un piacere, Cybil».

«Si ricorda il mio nome».

Edward sorride e inclina appena la testa di lato. «Sono bravo con i nomi».

«Che lavoro fa?».

Fissa il suo pacco, poi guarda me. «Se le dicessi che questo affare pesa un quintale e che sto facendo uno sforzo incredibile per sembrare disinvolto, lei mi giudicherebbe molto male?».

«No!», mi affretto a rispondere.

«Allora posso poggiarlo un secondo sulla scrivania?». Libero il piano di lavoro per fargli spazio in tempo record. «Molto meglio».

Qualcosa si smuove nella mia pancia e mi convinco che sono le farfalle. Magari solo una, piccolina, che si è persa, ma non ho dubbi: è una cazzo di farfalla! Deve esserlo.

«Non voglio trattenerla», mento. Voglio proprio trattenerlo.

«Non ho fretta. Possiamo usare un tono più informale?».

«Credo proprio di sì».

«Sono un cacciatore d'arte. Ho molti clienti "particolari" in giro per il mondo. A volte sono loro a commissionarmi opere d'arte, come in questo caso, altre volte seguo le loro direttive e cerco io l'oggetto giusto».

«Sembra una cosa interessante».

«Suona solo molto meglio sulla carta di quello che è davvero. E mi fa guadagnare punti con le ragazze quando faccio vedere il biglietto da visita». Fa una cosa strana con l'occhio destro. Forse un tentativo maldestro di strizzarlo.

«Anche il kit del piccolo archeologo non era male…», ironizzo.

«Ah, e non hai visto il pennello con le setole in vera piuma di struzzo».

Ridacchio e lui mi imita.

Glielo chiedo! A costo di sembrare sfacciata, lo invito a bere un aperitivo.

«Hai detto che partirai per Hong Kong domani, giusto?». Dio, sono un disastro. Anche volendo, non riuscirei a prenderla più alla lontana di così.

«Già. Senti, so che non mi conosci e magari hai un ragazzo, o un marito, o una marea di bambini a casa che ti aspettano, ma se non avessi nessuno dei tre di cui sopra, ti andrebbe di venire a cena fuori con me, stasera? Un invito all'ultimo minuto non è galante, me ne rendo conto, ma tornerò a New York fra due settimane e…».

«Mi piacerebbe molto». Sorrido così tanto che mi stanno per scoppiare le gote.

«Sono i guanti in seta, vero? Sono quelli che hanno fatto colpo». Edward perde un po' del suo atteggiamento solenne da uomo in carriera e mi piace ancora di più.

«Ero molto più interessata a tutta quella storia del pennello con le piume di struzzo». Lui solleva le sopracciglia, io sgrano gli occhi. «Voglio dire… è uscita male la battuta. Non intendevo che voglio vedere il tuo pennello… Dimmi che hai capito!». Sto per sotterrarmi.

La sua risata nervosa mi fa tremare le ginocchia. «Sì, credo di aver capito».

«Perché non voleva essere una battuta a doppio senso».

«Immagino di no».

«Alle otto?», cambio discorso.

«Dove ti passo a prendere?». Edward si abbottona la giacca e torna a vestire i panni dell'uomo d'affari tutto d'un pezzo. E, in tutta sincerità, lo trovo attraente in entrambe le versioni. E forse non è il mio tipo ideale, con tutti quei capelli mossi in testa che sembrano un nido di rondine, gli occhi scuri e piccoli, le spalle appena ricurve in avanti, ma è il primo uomo che attira la mia attenzione dopo tanto tempo e non ho voglia di negarmi questa uscita. «Abito due portoni più giù». Indico con la mano verso destra e lui annuisce.

«Alle otto, allora».

Faccio di sì con la testa e lo studio mentre solleva di nuovo il pacco e si volta per raggiungere la porta d'ingresso. Lo supero e la spalanco.

«Cybil, per la cronaca, non mi porterò a cena il kit del piccolo archeologo», ammicca.

«Peccato…». Lo stordisco con un sorriso malizioso – giusto per ricordare a me stessa che sono ancora in grado di flirtare con un essere umano di sesso maschile – e mi richiudo la porta alle spalle.

Ora devo solo trovare le parole giuste per dare buca a Diane. E decidere cosa mettermi per l'appuntamento con il mio personalissimo cercatore d'arte.

lucas

Giocare a NBA2K20 con mio fratello è uno spreco di tempo. Mai visto un ragazzo più impedito di lui con l'Xbox. O con la Play-Station. Sono due ore che giochiamo e l'ho battuto ogni singola volta con almeno cinquanta punti di scarto. Ma lui non si arrende, così lo assecondo.

«Esci, stasera?», gli domando dopo un canestro da tre punti.

«Sì. Vanno tutti da Buzz. Vieni?».

«Credo di sì. Però adesso cambiamo gioco. Proviamo con Gran Turismo».

«Continuiamo dopo». Rob posa il suo controller sul tavolino davanti a noi e si stiracchia. «Fra poco arriva Cybil».

Lo guardo con la coda dell'occhio. «E quindi?». Allungo il braccio per afferrare la birra, ormai calda, e ne butto giù un sorso.

«Volevo prepararle qualcosa per cena», dice, alzandosi e dirigendosi in cucina. «Oggi pomeriggio abbiamo avuto una discussione un po'... *animata*. E poi l'ho baciata». Rob si gratta la testa e arriccia il naso. «Volevo fare qualcosa di carino per farmi perdonare».

Mi soffoco con la Bud e inizio a tossire in modo convulso.

Che cazzo ha fatto?

«Che cazzo vuol dire che l'hai *baciata*. Cioè... perché? Quando? E lei?».

Rob corruga le sopracciglia e arriccia le labbra. «Che ti prende?».

«Niente!». La voce esce così stridula da non sembrare neanche la mia. «Perché cazzo l'hai baciata?».

«Mi sono fatto prendere la mano».

Mi gira la testa. Non capisco. Senza pensarci afferro il pacchetto di sigarette dal tavolino davanti al divano e me ne accendo una. Mi sento come se mi stessero prendendo a pugni a tradimento. Prima lui, poi lei. Una serie di colpi ben assestati senza che io provi neanche a schivarli. Le prendo e basta.

«State insieme? Cioè, era quello che volevi, no?! Ci hai messo tre anni, ma alla fine te la sei presa». Mi esplode il cuore. Non doveva succedere, non adesso. Era prevedibile, cazzo! Prevedibile. L'ha portata dove voleva lui: sotto il suo tetto, accanto a lui. Perché Rob è il suo eroe, il suo fottutissimo angelo custode.

«Non capisco se sei preoccupato *per* me o incazzato *con* me». Robert poggia entrambe le mani sul top della penisola e si sporge in avanti con il busto. Io adesso sono in piedi e continuo a fare su e giù per il salone. Non mi sono nemmeno reso conto di essermi alzato dal divano.

E sono incazzato. Decisamente incazzato.

«Preoccupato», sputo fuori dalle labbra. «Pensi che potrà davvero funzionare fra di voi? Andiamo, Rob, è la tua migliore amica, davvero vale la pena rischiare di mandare tutto a puttane? Cosa cazzo ti è saltato in mente di baciarla?!», alzo di nuovo la voce e lo raggiungo nella zona cucina.

«Datti una calmata!». Si aggrappa al bordo del bancone e ci fissiamo a lungo negli occhi. «Non stiamo insieme. Non succederà mai fra noi. Contento, adesso?».

Ci metto qualche secondo per rispondere. Riprendo fiato, mi scrollo di dosso la rabbia. Ci provo, quantomeno. «Indifferente», ribatto, alla fine, come se non avessi appena dato di matto. Ma l'ho fatto, perché Cybil mi fa sempre comportare come uno squilibrato. Si insinua sotto-pelle, fino in fondo, si prende tutto, cazzo!

«Indifferente...». Mio fratello ripete le mie parole con stizza. «Sai, invece mi sa che non lo sei poi così tanto. Sono anni che non fai altro che scoraggiarmi quando si tratta di lei. Potrei scoparmi mezza Manhattan e non batteresti ciglio, ma non appena nomino Cybil diventi un demonio».

Di riflesso stringo il labbro inferiore fra i denti e nascondo una mano tremolante dentro le tasche dei pantaloni della tuta. Non mi piace la sua espressione. Mi sento braccato, come se stesse cercando di entrarmi nel cervello, di leggermi nel pensiero, di capire perché diavolo mi interessa così tanto sapere cosa c'è fra lui e la sua migliore amica.

«E sai cosa ti dico?».

«Cosa, fratellone?». Gli sorrido a mezza bocca, in modo sfacciato, sperando che ci caschi, che non si renda conto che dentro sto bruciando.

«Che se non sapessi per certo che tu, quella ragazza, la odi con tutto te stesso, inizierei a pensare che, sotto sotto, un po' ti piace».

Scoppio a ridere. Dal nervoso, soprattutto. Mi copro il viso con le mani e, ancora ridendo, cerco di riprendere fiato. Di formulare nella testa una risposta credibile. Io "quella ragazza" la odio e la desidero in egual misura. Ed è sempre stato così. Quello che provo per lei va oltre il piacere, va oltre il buonsenso, va oltre tutto. Ma a lui non posso dirlo.

«Tu vaneggi».

«Non credo». Non ho mai visto Rob così teso e sul piede di guerra. La ruga in mezzo alle sopracciglia gli diventa un solco profondo, una linea tesa che divide la sua fronte a metà.

«Non me la farei andare bene neanche per una scopata». Aggiungo quel commento con un tono di sufficienza e lo faccio guardandolo dritto negli occhi, senza un minimo di esitazione, perché ho bisogno che mi creda, che nemmeno per un secondo dubiti delle mie parole.

«Beh, anche perché non hai il permesso di portartela a letto».

Scusa?!

«Non ho il *permesso*? E chi me lo impedirebbe? Tu?». Rob non mi risponde, si avvicina ai pensili della cucina e afferra un bicchiere. «Rispondi, Rob».

«Mettiamola così… ci sono ragazze che possiamo condividere. Lei no. Lei è troppo importante per me».

Il cuore prende a battere a un ritmo incessante e stritolo la stoffa dei pantaloni. Infilo Le mani in tasca e tiro fuori il pacchetto di sigarette che ci avevo infilato dentro. Me ne accendo un'altra. «Hai appena detto che non state insieme».

«Hai appena ammesso di odiarla», ribatte.

«Ed è così. Sinceramente non capisco nemmeno perché stiamo affrontando questo argomento».

«Dimmelo tu. Perché sei tu quello che è saltato su come una molla. Sei tu quello che tira su il muro e poi, *voilà*, il muro non c'è più».

Ignoro la sua provocazione. «Io non la sopporto, tu non ci stai insieme, nessuno dei due se la scopa o se la scoperà mai. Fine del discorso».

«E se fosse già successo?».

Mi arriva una pugnalata a tradimento dritta al cuore. Sbarro gli occhi e inizia a tremarmi lo stomaco. C'è stato a letto?

«Tu...». La voce mi si strozza e la bile mi arriva in gola. Non può essere vero. Lei non è... *sua*. «Tu e... lei?». Non respiro più. «Sei stato a letto con Cybil?», domando, contro ogni logica, contro ogni briciolo di buon senso. Glielo chiedo anche se non lo voglio sapere. E in fondo spero che mi dica di sì. Una parte di me, quella che ancora troppo spesso si rifugia in quello stanzino impolverato, che sente il suo profumo ovunque, che vorrebbe tornare indietro nel tempo e fare tutto diversamente, spera che Rob dica di sì.

Perché se Cybil mi ha mentito, se alla fine con mio fratello c'è stata davvero, io potrei cancellarla una volta per tutte dalla mia vita. Non dovrei più sforzarmi di detestarla o di ricordare al mio corpo che lei non è roba per noi. Diventerebbe indifferente. Mi libererei definitivamente di lei.

E Rob ci arriva.

«Non parlavo di me», risponde con una calma glaciale che mi paralizza. Quattro parole che hanno il potere di distruggere tutto, di riportare a galla un milione di bugie, di ricordarmi che, fra i due, sono io il traditore.

Mio fratello non fa scenate. Non batte i pugni. Non chiede spiegazioni. Gli è bastato guardarmi in faccia per capire che qualcosa non quadrava, farmi le domande giuste per scoprire la verità. Come se fossimo collegati l'uno all'altro da un filo invisibile. Lui mi scruta dentro e si prende le risposte che vuole, anche se io non voglio dargliele.

Spengo la sigaretta nel posacenere e disegno dei cerchi nella cenere con il mozzicone.

«È già successo. Giusto, Lucas?». Non è davvero una domanda e io non ho abbastanza palle per affrontare lui o i miei demoni.

È proprio Cybil a salvarci. La porta alla mia destra si apre e io volto la testa. Robert, invece, continua a fissare me.

«Robby!», cinguetta Cybil. Posa la sua borsa e le chiavi su un piccolo ripiano all'ingresso e si precipita da mio fratello.

«La conversazione non finisce qua», sussurra, così che possa sentirlo solo io. Non appena la mette a fuoco, Rob le sorride e distende i lineamenti del viso. «Ciao, nanerottola».

«Mi ha chiesto di uscire! Stasera! Viene a prendermi fra un'ora». Cybil saltella sul posto mentre io devo trattenermi dal chiederle di cosa cavolo sta parlando.

«Il tuo esperto di opere d'arte?».

«Ciao, comunque», mi intrometto. Si è resa conto che ci sono anch'io?

Cybil volta la testa quel tanto che basta per guardarmi con la coda dell'occhio. «Ah, sei qui».

Simpatica!

Sono pronto per ribattere, ma qualcosa mi cuce la bocca: l'occhiata assassina di Robert. Decido di sedermi su uno degli sgabelli. Potrei andarmene, ma non ci penso neanche. La stronza ha baciato mio fratello e adesso è tutta pimpante perché ha un appuntamento con chissà chi. Fanculo, io resto!

«Allora?», insiste mio fratello. Ha ritrovato tutto il suo buon umore, come se non avesse appena scoperto che, a un certo punto, mi sono fatto l'amore della sua vita. Me la farà pagare, ma non so come e non muoio dalla voglia di scoprire quando.

«Lui ha fatto una battuta sui suoi guanti in seta, io sul suo pennello, e alla fine mi ha chiesto di uscire. Solo che domani partirà per Hong Kong. Ma non ci devo pensare, giusto? Insomma, me lo hai detto anche tu, è tempo di ributtarmi nella mischia».

«No, scusa, fammi capire...», mi intrometto di nuovo. «Esci con il tipo strambo che mercoledì è venuto a comprare il pene in bronzo?».

«C'è qualche problema, Lucas?», mi domanda mio fratello, inclina la testa di lato e la sua voce è così incredibilmente innocente che risulta finta dalla prima all'ultima parola.

«Sì! Proprio lui», pigola di nuovo Cybil. «È venuto oggi in negozio a ritirare il Brâncuși».

«Ma è un pazzo, quello!», protesto.

«Un pazzo», mi fa eco Robert, a metà fra il sorpreso e il divertito. «E tu che ne sai?».

«Te l'ho detto, c'era anche lui mercoledì in negozio quando è venuto Edward», gli spiega Cybil. «E non è pazzo! È un tipo colto ed estremamente elegante».

«Giusto... quello "sensibile in certi frangenti"». Gli occhi indagatori di Rob mi bucano la nuca, così mi volto e lo fronteggio. Sai che c'è? Che non mi piacciono le sue insinuazioni, e mi sta bene affrontare il discorso con Cybil qui presente. Tiriamolo fuori una volta per tutte, questo fottuto segreto, e non pensiamoci più. «Che c'è? Hai qualcosa da dire? Da chiedere? Qualcosa che muori dalla voglia di sapere?», domando irritato a mio fratello.

«Io? Nah, oggi lascio parlare te. A quanto pare hai un sacco di cose interessanti da confessare».

«Mai quante te, fratello. Cybil, mi stava raccontando Rob che prima è venuto a trovarti in negozio e…».

«Non ci provare!», mi avverte Rob, interrompendomi.

«Che vi prende?», domanda Cybil, finendola finalmente di saltellare come un grillo per tutta la cucina.

«*Dicevo…* mi stava raccontando il nostro Robby, qui, che… stasera andiamo tutti al Buzz. Verrai anche tu con l'uomo noioso?», chiedo all'ultimo.

Cybil alza di nuovo gli occhi al cielo. Sa fare altro? «No, non verrò a ballare. Andrò a cena fuori in un locale elegante, berrò vino di classe e una volta tanto avrò una conversazione interessante con un uomo maturo».

«Mi stai facendo addormentare solo ad ascoltarti». Poggio la guancia sul pugno chiuso e sbadiglio.

«Sei insopportabile».

Sbadiglio di nuovo. Mio fratello mi sta ancora guardando.

«Dove ti porta?», domanda Rob, riportando la conversazione su un terreno neutrale.

«Non ne ho idea. Ora, però, se non vi dispiace, io vado a prepararmi».

A dirla tutta, un po' mi dispiace. Cybil scocca un bacio rumoroso sulla guancia di Rob, poi fa una mezza piroetta e marcia su per le scale, lasciandomi di nuovo da solo con mio fratello.

«La lasci uscire con un perfetto sconosciuto?».

Non mi risponde subito. Apre l'anta del frigorifero e recupera due birre. «La *lascio* uscire? Non è mia figlia!».

«Ma tu l'hai visto questo tipo?!».

«L'ho visto», conferma. Afferra il mio accendino dal tavolo e stappa entrambe le bottiglie, poi me ne passa una.

«E…?».

«E mi sembra un tipo tranquillo».

«Lo sai cosa fanno i tipi tranquilli? Uccidono le ragazze bionde!».

«Dovresti esserne sollevato. Insomma, visto che la odi… quale modo migliore per sbarazzarti di lei?».

«Non dire stronzate!».

«Sai cosa ti dico? Visto che Cybil cenerà fuori, credo che uscirò anch'io».

«Da solo?».

«Sì, da solo, perché in questo momento la tua faccia da stronzo mi fa imbestialire. A differenza tua, io non mi incazzo per ogni cosa, ma quando lo faccio non rispondo di me. E se riprendessimo il discorso da dove lo abbiamo lasciato dieci minuti fa, sono certo che finirebbe male, *fratellino*».

Rimango in silenzio. Guardo fuori dalla finestra e sospiro.

«Ci vediamo al Buzz?», domando distratto.

«Sì». Finisce la sua birra con sorsi avidi e poggia la bottiglia vuota nel lavandino. «Cybil...». Si passa una mano sulle labbra e aspetta che lo guardi. «Non so neanche perché te lo sto dicendo, cazzo. Cybil non è una stupida. Si fa prendere dall'entusiasmo, ma svanisce nel giro di qualche ora. Sarà a casa, sana e salva, entro la mezzanotte».

Ci scambiamo uno sguardo strano. Passa un milione di parole fra noi. Non mi sta dando il via libera con lei, al contrario. Sono certo che, piuttosto di avere conferma che io e Cybil siamo stati a letto insieme, si farebbe castrare, ma cerca comunque di tranquillizzarmi.

Perché lui è l'uomo più altruista che conosco, mentre io sono la più grande testa di cazzo del pianeta.

Sono le undici e cinquantacinque minuti e di Cybil nemmeno l'ombra. Rob è uscito di casa mezz'ora dopo la nostra conversazione strampalata, mentre Cybil ha fatto il suo ingresso trionfale in sala alle otto in punto.

E sembrava una cazzo di dea.

"Come sto?", mi ha chiesto con ancora le scarpe con il tacco in una mano. Poggiata alla ringhiera per sorreggersi, si è infilata prima una décolleté e poi l'altra. Meglio di un fottuto film porno.

Ho alzato le spalle e mi sono voltato dall'altra parte. Quando è uscita di casa ho spento le luci e mi sono affacciato alla sua finestra preferita, quella che dà su Wooster Street.

C'erano solo due macchine ferme in seconda fila: una vecchia Ford Focus e una Maserati. Edward, ovviamente, è sceso dalla Maserati.

Con le braccia incrociate sul petto e una sigaretta accesa che mi penzolava dalle labbra, l'ho guardata uscire dal portone, avvicinarsi al suo fantastico uomo noioso, salutarlo con un bacio sulla guancia e salire in macchina.

Il mio cellulare continua a squillare neanche fosse un cazzo di centralino, ma ignoro tutti. Vorrei dire che non sono rimasto quattro ore a fissare fuori dalla finestra, ma, a parte la doccia veloce che mi sono concesso e un toast al formaggio, è proprio quello che ho fatto.

Due fari allo xeno illuminano la via, poco trafficata a quest'ora, e capisco che sono loro prima ancora di vedere il muso grigio metallizzato di quello spettacolo di macchina. Mi accendo l'ennesima sigaretta e li spio dal quinto piano. Cybil scende dalla macchina, lui fa lo stesso e la raggiunge sul marciapiede. Per vederli devo sporgere la testa di parecchio e credo di essermi appena stirato un muscolo del collo.

Non li vedo più, sono entrambi nascosti dalla tettoia sopra il portone d'ingresso. Domani, quanto è vero Dio, la smantello!

Passano cinque minuti, poi sei, poi sette. All'ottavo, però, la porta di casa si spalanca e io sono nella merda. Sono al buio, la televisione è spenta e lei mi vedrà di sicuro appostato come un pervertito alla finestra.

Accende la luce e faccio appena in tempo a sedermi sui cuscini della cassapanca.

«Gesù! Mi hai fatto prendere un colpo!». Cybil sussulta e si porta una mano alla gola.

«Gesù?! Ora non esageriamo».

Ignora la mia battuta e mi osserva stranita. «Che cosa ci fai al buio?».

Aspettavo te...

«Ho un po' di mal di testa. Mi stavo rilassando».

Il mal di testa? Che cazzo dico?!

Cybil entra nell'appartamento e si dirige al bancone della penisola. Non si toglie le scarpe, come facciamo sempre quando entriamo in casa, posa la sua minuscola borsetta tempestata di pietre eleganti sul top in granito e si avvicina al frigorifero. Spalanca l'anta di destra e non vedo cosa sta cercando, sento solo il rumore di bottiglie che tintinnano l'una contro l'altra.

«Dimmi che abbiamo una bottiglia di vino bianco, qui da qualche parte».

Afferro il posacenere stracolmo di mozziconi di sigarette e mi avvicino alla penisola. «Bevi per dimenticare?». Fisso lo sguardo sul suo sedere perfetto. È piegata in avanti, il tessuto elasticizzato del vestito che indossa la fascia come un guanto di pelle. «La roba buona Rob la nasconde nella cantinetta in lavanderia».

Cybil si rimette dritta. «C'è un piccolo frigo in lavanderia?», domanda sospettosa.

«Dentro l'armadio bianco», confermo. Cybil guarda prima le scale, poi me. «Devo andare io?», le domando con un tono a metà fra il sarcastico e il "non ci pensare neanche".

«Per favore!». Cybil si porta le mani giunte davanti alla bocca e io sbuffo.

«Aspettami qua».

«Dove vuoi che vada?».

Ritorno in cucina trenta secondi dopo, con una bottiglia di bianco comprato in Italia. Rob si incazzerà tantissimo quando scoprirà che l'abbiamo aperta… Pazienza! «La sai stappare?».

«Tu mi sottovaluti sempre, Lucas». Il mio nome, sulle sue labbra, assume un colore tutto nuovo. Apre il secondo cassetto e trova un cavatappi. Con estrema calma, prima si disfa della capsula di protezione intorno al collo della bottiglia, poi infila la punta della vite nel tappo di sughero.

«Che c'è, a mezzanotte la carrozza dell'uomo monotono si è trasformata in una zucca e si è sbrigato a riportati a casa?».

«Non volevo fare tardi». Oltre al suo respiro – e probabilmente al mio cuore in tumulto –, l'unico suono che percepiscono le mie orecchie è quello del tappo di sughero che schizza fuori dalla bottiglia. Un colpo secco. Mortale.

«È così noioso?». Il tono è ironico e lei sbuffa.

«No. Cioè… è interessante. Ma è astemio e, per educazione, non ho ordinato alcol nemmeno io. E ho fatto male. Ha parlato per quarantacinque minuti di un dipinto a olio che andrà a ritirare a Parigi dopo essere stato a Hong Kong. Forse pensava che, siccome lavoro in una galleria d'arte, fossi anch'io un'artista. O qualcosa del genere».

Mi avvicino alla credenza e recupero due calici da vino. «Tu non lavori in una galleria d'arte. Quello è un sexy shop pretenzioso con uccelli che non si possono nemmeno usare perché costano e pesano troppo», le ricordo.

Cybil ridacchia. È solo un secondo, ma ripeto quella risata nella mia testa all'infinito.

«Come mai non sei uscito?». Versa il vino nei calici, ma esita prima di passarmi il mio. «Se hai mal di testa, non credo sia il caso di bere. Vuoi un'aspirina?».

Scuoto la testa. «Sto meglio».

«Dov'è Rob?».

«Al Buzz».

«Non lo raggiungi?».

«Stai cercando di cacciarmi da casa mia?», le domando. Perché mi sta facendo un interrogatorio?

«Certo che no!». Butta giù un sorso di vino e chiude gli occhi. «È divino!». Si lecca le labbra e io rimango ipnotizzato a fissarle.

«Fra poco esco».

«Okay…».

«Oppure rimango qua…».

«È casa tua, fai quello che vuoi».

«Ti ha baciata?».

«Sei pazzo? Certo che no. Non mi ha baciata e, prima che tu possa farti venire qualche strana idea in testa e mi strappi il vestito di dosso, sappi che non mi ha sfiorata nemmeno con un dito, quindi ho solo il mio profumo addosso».

Scuoto la testa. «Non parlavo del tipo noioso. Parlo di Robert. Ti ha baciata?». Mi gira la testa tanto sto male. Lo stomaco si ribalta e non riesco a stare fermo. Mi alzo in piedi e, anche se c'è un bancone da ottanta centimetri a dividerci, io la sento tutta. Sottopelle, nelle viscere, addosso.

«Ah…».

«Ti ha baciata?», insisto.

Cybil mi guarda in faccia, ma distoglie subito lo sguardo. Si porta di nuovo il bicchiere alle labbra e fa finta di bere un sorso. «Se lo sai, perché me lo chiedi?».

«A che cazzo di gioco stai giocando con lui?», perdo del tutto la pazienza. Mi sporgo in avanti e le strappo il calice dalla mano.

«Ehi!», protesta lei. «Che cavolo ti prende?».

«Lui ha una ragazza. Perché non riesci a stargli alla larga? Perché non ti fai una vita tua e lo lasci in pace una buona volta? Te lo sei rigirato per anni, sei un'egoista, Cybil. E magari non era nemmeno la prima volta. Te lo ricordi quello che mi hai detto al parco, una vita fa? "Se non posso dirgli la verità, allora non lo rivedrò mai più". E invece sei qua. Sotto il suo tetto, e lo provochi, lo baci. Te lo scopi, anche?».

Gli occhi di Cybil diventano due palle di fuoco. Il viso si tinge di rosso e la rabbia l'acceca. Bene, era esattamente quello che volevo. Una discussione alla pari, perché io sono incazzato nero e lei mi darà tutte le spiegazioni di questo mondo.

«*Lui* ha baciato *me*!», mi urla in faccia. «*Lui*, Lucas. Io non ho fatto niente. Sono stanca delle tue insinuazioni, delle tue accuse continue. E sei uno stronzo, perché continui a trattarmi come una puttana e non hai ancora capito niente di me!».

Odio sentirle pronunciare quella parola. Non l'ho mai pensato di lei, anche se, tanto tempo fa, le ho fatto credere che fosse proprio così che appariva ai miei occhi.

«E cosa dovrei capire?».

«Io, a tuo fratello, voglio bene come se fosse il mio!». Esce dal piccolo spazio della cucina e punta dritta verso la scala, ma le blocco il passaggio. Non la tocco, non la sfioro nemmeno.

«Sei una bugiarda».

«E tu credi solo a quello che ti fa comodo. Etichetti le persone, vivi secondo le tue regole e calpesti tutto ciò che ti passa davanti, senza un briciolo di compassione». Torna in cucina, perché non ha altra via di scampo. È un leone in gabbia, ma io non mollo. Non andrò da nessuna parte finché non mi avrà detto, una volta per tutte, come stanno davvero le cose.

«Cybil, maledizione, dimmi la verità!», le urlo addosso.

«Questa *è* la verità», la sua voce è poco più di un sussurro. Si appiattisce contro il frigorifero e io le sto addosso. La bracco, invado il suo spazio vitale, respiro il suo profumo.

Faccio scivolare la mano sul suo collo e la lascio lì, a circondarle la gola senza stringere. «Mi stai facendo andare fuori di testa. Il pensiero di te con mio fratello mi annulla. Saperti a cena fuori con un perfetto sconosciuto mi fa fermare il cuore. E non ha senso, perché *tu* chi cazzo sei?».

Mi scansa la mano con forza dalla sua gola e cerca di aggirarmi. Non glielo permetto. La tengo inchiodata al frigorifero, la mia stazza imponente su di lei, i suoi occhi sconvolti, le mie labbra tese.

«Siamo passati agli insulti?». E stavolta la voce la alza, ma non mi scompongo.

«Chi cazzo sei, Cybil MacBride? Come ci sei riuscita?».

«Io non ho fatto proprio niente!».

«Sei sicura? Perché io ricordo che quando hai messo piede in questa casa, due settimane fa, ero sano di mente. Non vedevo l'ora che te ne andassi dal mio appartamento, che uscissi dalla mia vita. E adesso sto dando di matto. Ti guardo e do di matto. Baci mio fratello e io do di matto». Le afferro i capelli e li strattono appena verso il basso, costringendola a sollevare il mento per guardarmi.

La sua bellissima bocca si schiude e il mio cuore scalpita.

«Se vuoi baciarmi, fallo e basta», mi provoca. «Supera il limite, mettimi le mani addosso e levati lo sfizio».

«Sei appena stata a cena con un altro! Hai baciato mio fratello, cazzo!». E mentre lo dico, le mani gliele metto addosso davvero: imprigiono il suo viso fra le mie dita e respiro sulle sue labbra. Sono arrabbiato, ma sono soprattutto disperato. Perché lei era solo mia, e adesso è anche un po' sua.

Il suo sguardo è impossibile da decifrare, ci passano sopra troppe emozioni. Lascio la presa sul suo viso e trattengo il respiro.

«Vuoi sapere la verità?», mi sfida, ma io non le rispondo. Non so se la voglio sapere, la sua verità. «Io, quel bacio da Rob, non lo volevo. E non l'ho mai voluto. Perché quella sera, durante quella festa, tu sei spuntato dal nulla e hai cambiato tutte le carte in tavola. E non mi interessa se non mi credi, se pensi che stia giocando sporco con tuo fratello. Io non ho nemmeno un rimpianto su di noi. E non lo avevo capito fino a qualche ora fa. Ma una cosa deve esserti chiara: potessi tornare indietro, tornerei in quel dannato ripostiglio con te. Nonostante tutto quello che è successo dopo, nonostante le accuse e gli insulti, ti seguirei di nuovo. E non significa niente, non cambia niente, ma è così e basta. Non ho nessun rimpianto, Lucas».

Mi sputa addosso quella sua verità con una tale forza da tramortirmi. E non capisce quanto le sue parole siano sbagliate, o quanto vorrei baciarla, trascinarla in camera da letto e scoparla fino all'oblio. Lei non lo capisce perché non è stata costretta a guardare suo fratello negli occhi e leggerci dentro tutto il suo biasimo.

Io, Cybil MacBride, non posso averla. E non me la sarei dovuta prendere nemmeno due anni e mezzo fa. Robert non mi perdonerebbe e lui viene prima di tutto. Anche prima di lei, che mi guarda piena di aspettativa, che, forse, questo bacio lo desidera tanto quanto me. Che probabilmente mi seguirebbe nella mia camera da letto, si stenderebbe sulle mie lenzuola e mi lascerebbe morire dentro di lei.

«Non hai capito proprio niente, Cybil», le sussurro all'orecchio. Il suo profumo mi fa seccare la gola, la sua pelle morbida, che sfioro a ogni parola, mi fa tremare le gambe. «Se potessi tornare indietro, io non ti degnerei nemmeno di uno sguardo».

Cybil trattiene il fiato e io chiudo gli occhi, consapevole che non può vedermi. Questa breve parentesi fra noi finisce qua. Se per un attimo mi sono fatto fregare di nuovo da lei, dalla sua risata elegante, dal suo corpo perfetto e dal suo viso bellissimo, adesso so che non posso avere niente di lei. E se voglio uscire di scena una volta per tutte, devo sferrare l'ultimo colpo.

Mi stacco da lei e, senza voltarmi, raggiungo la porta d'ingresso. Indosso le scarpe, infilo le chiavi di casa nella tasca posteriore dei jeans e controllo di avere il porta documenti e il cellulare addosso.

Ancora di spalle, le dico: «Non ti ho levato la canottiera di dosso perché mi dà fastidio l'odore di un altro uomo sul tuo corpo, puoi scoparti chi vuoi, è quello di mio fratello su di te che non sopporto. Perché lui si merita di meglio».

Non mi guardo indietro, registro il silenzio alle mie spalle ed esco dall'appartamento. Ho bisogno di affogare nell'alcol, stasera. Di dimenticare tutto. Di dimenticare lei. E poi quel maledetto pomeriggio al parco ritorna a galla, e giuro su Dio che sarà l'ultima volta che mi lascerò tormentare.

lucas

Due anni e tre mesi prima

Cybil mi ha dato appuntamento alle diciassette in punto sotto al *Washington Square Arch*, sono in ritardo di venti minuti e ce ne metterò altri dieci prima di arrivare. Ho pensato per tutto il giorno che le avrei dato buca, che l'avrei semplicemente lasciata lì e non mi sarei presentato.

Mi ripeto in testa che spero di non trovarcela in piedi sotto l'arco, che si sia stufata di aspettare e se ne sia tornata al suo dormitorio. Eppure, mentre cerco di convincermi che non la voglio rivedere mai più, accelero il passo. E quando la noto, in piedi e con le mani in tasca a guardarsi intorno, il cuore ha un sussulto strano che mi sconvolge.

Rallento solo quando le sono abbastanza vicino. Mi sfilo le cuffie dalle orecchie e metto a tacere la canzone sdolcinata di Lewis Capaldi, *Before You Go*, che sta trasmettendo la stazione radio della NYU.

Cybil si accorge di me e si irrigidisce. Ho anch'io le mani in tasca e mi fermo a un paio di metri da lei. Dalla sera della festa alla Delta Kappa Delta, l'ho rivista solo una volta: ieri. Ed è stato proprio mentre stavo raggiungendo il bagno del locale nel quale ci siamo incontrati che mi ha seguito e chiesto "udienza". Lei era lì con mio fratello, io mi sono portato a casa la prima che mi è capitata sotto tiro.

«Sono tutto tuo», le dico, senza salutare. Le lenti scure degli occhiali da sole mi fanno da scudo e ne approfitto per osservarla tutta. I capelli ondulati che le ricadono davanti alle spalle, lunghi fin sotto il seno. La maglietta con lo scollo a V che mette in mostra un seno spettacolare. I jeans larghi e a vita bassissima. Un paio di Adidas bianche e rosa, con i lacci argentati.

«Ciao», mi saluta con un filo di voce, come se stesse trattenendo il fiato o controllando un'emozione che non riesce a gestire. Non saluto nemmeno questa volta. Voglio che arrivi al punto il prima possibile, che mi dica quello che deve dire così da archiviare in fretta la nostra conoscenza.

Cybil si rigira un elastico fra le dita, poi si lega i capelli, solo per scioglierli qualche secondo dopo e rinfilare l'elastico intorno al polso. Ha le braccia sottili, bianchissime e lisce. Me le ricordo bene, quelle braccia. La sensazione delle sue mani intorno al collo, le sue labbra sulle mie.

Lascio andare un po' d'aria dai polmoni e mi sfilo gli occhiali per poi sistemarli sopra la testa.

«Che ci faccio qua? Cosa devi dirmi?».

Lei scuote la testa, apre la bocca ma poi la richiude. Questo incontro non ha senso. Lei esce con mio fratello da tre mesi e io non dovrei essere qua. È già abbastanza grave che ci sia andato a letto e mi sia tenuto questa informazione per me. Starmene qui con lei, da soli, è da teste di cazzo. Infrange almeno cento regole del codice di fratellanza.

«Ho intenzione di dire a Rob quello che è successo fra noi tre mesi fa», blatera fuori dai denti.

Il cuore batte appena più forte e i polmoni si chiudono.

Non lo farà.

«No, non lo farai».

«Certo che lo farò!», mi contraddice.

Stavolta sono io a scuotere la testa. «È passato troppo tempo, non capirebbe. Si sentirebbe tradito. E anche se non vedo l'ora che ti scarichi, con la tua inutile confessione rischieresti di mandare a puttane il mio rapporto con lui, e non te lo lascerò fare». Sta per ribattere, ma io proseguo: «Avresti dovuto dirglielo subito, cazzo!». Alzo la voce, un rumore sordo nelle orecchie non mi fa ragionare.

I suoi occhi si spalancano e fa un passo indietro, mentre io ne faccio mille in avanti e mi piazzo proprio davanti a lei. È così vicina che mi basterebbe allungare il collo di un centimetro per baciarla. Baciarla di nuovo, alla luce del sole, in mezzo a una piazza piena di turisti.

«Pensi che non ci abbia provato? Non esistono le parole giuste per dire a un ragazzo che ti piace da morire che sei appena stata a letto con suo fratello!», urla lei di rimando.

Mi manca il fiato. «Vuoi sapere cosa penso? Penso che ti sia fatta scopare in uno stanzino da me senza farti troppi scrupoli e poi ti sia messa con mio fratello così da poter continuare a recitare la parte della brava ragazza!», l'accuso.

«Non è andata così, razza di imbecille. Non sto con Robert!». Mi spintona all'indietro, ma non mi sposta di un passo.

«Non state insieme, eh?! Bugiarda».

«Ti sto dicendo la verità. Non stiamo insieme! Non ci siamo mai neanche baciati e io non so più cosa dirgli. Ogni volta che si avvicina e io mi scanso, mi scoppia il cuore», sbraita.

Serro forte la mandibola e volto il viso di lato. Mi vortica la testa e concentro tutte le mie attenzioni su tre ragazzi che stanno suonando musica classica con i loro strumenti, vicino a una panchina. È una bugiarda! È una fottuta bugiarda!

«E cosa te lo impedisce?». Perché non bacia mio fratello? Per me?

«Scherzi, vero? Dio, gli sono morta dietro per sei mesi, poi arrivi tu e rovini tutto. Doveva essere il nostro primo appuntamento, quello, invece… invece ho fatto un casino. Non riesco nemmeno a guardarlo negli occhi, tanto mi sento ipocrita. Lui è dolcissimo con me, e l'unica cosa alla quale riesco a pensare è che mi sono fatta fregare da te!».

«Da me?», ironizzo. «Come pensi che mi sia sentito io quando Rob ci ha presentati? Hai idea di quanto sia perso per te mio fratello? Ho passato gli ultimi sei mesi a sentirgli dire quanto sei spettacolare! E non posso neanche dirgli che razza di falsa tu sia, perché dovrei spiegargli di come mi sono portato a letto l'amore della sua vita».

Cybil si porta una mano sul cuore. «Non sono l'amore della sua vita…». La sua voce diventa un sussurro e io mi maledico mille volte per essermi fatto scappare quelle parole di bocca. Ma è così. Robert è convinto che lei sia quella giusta, che un giorno metterà la testa a posto e la sposerà. Ho sentito mille volte la storia di come sia rimasto folgorato da lei la prima volta che l'ha vista a lezione.

E io non posso raccontargli di come sia successa la stessa identica cosa anche a me. Di come Cybil sia riuscita a prendersi tutto ancora prima di guardarmi in faccia. E lo fa anche adesso. In piedi, davanti a me, si prende tutto e se lo tiene per sé. Non mi dà niente in cambio. Né una speranza né un appiglio dove attaccarmi per non precipitare nel vuoto.

«Lo sei, sei l'amore della sua vita, Cybil». È la prima volta che pronuncio il suo nome ad alta voce e mi fa formicolare la lingua.

«Devo dirgli cosa è successo. Non ce la faccio più a tenermelo per me».

«Perché mai dovresti fare una cosa del genere? Non vorrebbe più vederti».

«Correrò il rischio. Se non mi perdonerà, me lo sarò meritato. Se lo farà, avrò una vera possibilità con lui. Potrò prendermi il suo amore senza sentirmi in colpa, senza questo stupido segreto che mi fa impazzire. Potrebbe perdonarmi quel maledetto sbaglio».

Prendersi il suo amore...

Diventa tutto così chiaro che mi piega. Vuole lui, ha sempre voluto lui. Io sono stato un "maledetto sbaglio", sono l'ostacolo alla sua storia d'amore con Robert.

«Uno sbaglio, eh?! Comodo». Mi volto di spalle e me ne vado. Cybil, però, non ha finito di parlare. Io non ho più niente da dirle, non mi interessa ascoltare un'altra parola, ma lei ha tutt'altra intenzione. Non le basta ferirmi a morte, vuole il mio cadavere.

«Non è comodo, Lucas. È tutto ma non comodo». Mi ferma posandomi entrambe le mani sul petto. «Io non l'avevo programmata quella serata. Non avevo mai fatto una cosa del genere».

«È quello che dite tutte», ribatto, velenoso.

«Ma è la verità! Non so cosa sia successo, perché ti abbia seguito in quello stanzino quella sera».

L'afferro alla base della nuca, l'attiro a me e schianto le mie labbra sulle sue, contro ogni logica. Resiste per qualche istante, eppure, non appena la mia lingua accarezza la sua, si arrende. E io la bacio.

Cazzo, quanto la bacio.

Si stacca dal mio attacco brusco e mi molla uno schiaffo a mano aperta sul braccio.

«Che diavolo fai!?», sbraita.

«Ti stavo rinfrescando la memoria. Sembrava proprio che ne avessi bisogno». La mia voce è tranquilla, dentro sto impazzendo. Il sapore di questo bacio inaspettato mi si incastra sulle labbra e ho lo stomaco in subbuglio.

«Ti sbagli!».

«Andiamo, Cybil. Puoi dire quello che vuoi, ma le brave ragazze non seguono i ragazzi come me negli stanzini delle confraternite e non si fanno spogliare senza neanche presentarsi, prima. Sei stata la scopata più facile della mia vita, non ho dovuto nemmeno far finta di convincerti».

Non so nemmeno io cosa le sto dicendo. So solo che se non posso averla io, allora non l'avrà nemmeno Robert. Non lo sopporterei. Tutto, ma non vederla mano nella mano con lui, o sentirli mentre ci danno dentro nella sua camera da letto al piano di sotto. E lui... lui è talmente buono che potrebbe anche passarci sopra. Se Cybil gli raccontasse tutto, se io gli spiegassi che non sapevo chi fosse, che non ha significato nulla, se la riprenderebbe. Solo che, per me, ha significato tutto.

Il suo sguardo ferito mi annienta, ma non riesco a fermarmi. Mi ha detto che vuole raccontare tutto a mio fratello, così da potersi prendere il suo amore. Che razza di stronza farebbe mai una cosa del genere?

«Mi stai dando della puttana?». Me lo domanda con la voce che vibra, gli occhi lucidi e le mani che tremano.

«È proprio quello che sto facendo».

Fermati, Lucas. Cristo, fermati subito. Dille che non è vero.

«Sei crudele».

«Stai per metterti a piangere?». Non riesco a frenare la lingua. Mi sto comportando da bullo. Qualunque cosa sia successa quella sera di tre mesi fa, è evidente che ha significato molto di più per me che per lei, ma non per questo si merita di essere trattata come l'ultima delle sgualdrine. Sto per confessarle tutto, sto per abbracciarla forte e dirle che non lo penso, che mi dispiace. Che non faccio altro che pensare a lei da quella notte. Che sono corso fuori da quello stramaledetto ripostiglio subito dopo di lei e l'ho cercata ovunque, che sono quasi morto quando Rob ci ha presentati. Sto per dirle che l'ho osservata per tutto il resto della serata e che a ogni sorriso, a ogni sguardo complice, ogni volta che ha sfiorato mio fratello, li ho odiati entrambi un po' di più. Sto per chiederle di provarci con me, di dimenticarsi di lui e provarci con me!

Sto per farlo, ma Cybil mi guarda dritto negli occhi e quello che ci leggo dentro mi gela. Non stava per mettersi a piangere, stava solo riprendendo fiato prima di sferrare il morso velenoso.

«Ti sei approfittato di me, quella sera. Sapevi che avevo bevuto, non mi hai lasciato neanche il tempo di dirti che non volevo farlo che mi avevi già spogliata. È colpa tua se io e Rob non staremo mai insieme. Perché io *sono* una brava ragazza, mentre tu sei un vigliacco. Sei un mostro».

Trattengo il fiato e mi si ferma il cuore. Che sta dicendo?

Mi supera con una spallata. Mi lascia immobile ad ansimare e a ripercorrere quel primo scambio di sguardi fra di noi, quell'attimo indelebile da dove è partito tutto. Per me aveva significato il mondo... per lei no.

L'afferro per un polso e le impedisco di andare via. «Non gli dirai niente. Non rovinerai il mio rapporto con lui», sibilo a denti stretti. Si volta un ultimo istante e il disprezzo che prova per me glielo leggo a caratteri cubitali in fronte.

«Se non posso dirgli la verità, allora non lo rivedrò mai più». Gli occhi le si riempiono di nuovo di lacrime e io lascio la presa. Basta uno sguardo fra di noi per mettere un punto a tutto questo casino. Lei andrà per la sua strada e io vivrò per sempre con la sensazione di aver tradito mio fratello nel peggior modo possibile. Ma soprattutto sarò costretto a fare i conti con una verità sconvolgente: Cybil non è mai stata mia. Nonostante tutto, è sempre appartenuta a mio fratello. E io sono di troppo.

cybil

Quando mi sveglio, sabato mattina, mi ritrovo con il filo delle cuffie attorcigliato alla gola e al braccio destro. La musica, troppo alta per le otto di mattina, sta ancora suonando. Riconosco *Everything They S4Y* degli Smash Into Pieces e clicco sul tasto "pausa".

Mi sento svuotata e fuori luogo. Le molle di questo minuscolo materasso mi si sono conficcate nella schiena per tutta la notte. Altre tre settimane su questo divano-letto e mi giocherò la spina dorsale!

Altre tre settimane di Lucas che fa sesso dietro la sottilissima parete che ci divide e impazzirò. Quando è rientrato a casa, verso l'alba e con l'ennesimo trofeo sottobraccio, dalla disperazione mi sono sparata la musica a tutto volume nelle orecchie per non sentirli.

Scendo in cucina mezz'ora dopo, pronta per uscire. Non preparo neanche il caffè, ne prenderò uno strada facendo.

Stamattina ho bisogno di shopping, avverto il bisogno impellente di farmi un altro tatuaggio e aggiungerlo alla mia infinita collezione, di andare dall'estetista e passare a casa di mio padre a rifornirmi di vestiti, scarpe e borse. La porta della camera di Robert è spalancata, così, prima di lasciare l'appartamento, ci sbircio dentro, solo per trovarla deserta e con il letto ancora fatto.

Mi fermo al primo Starbucks che trovo sulla Broadway – direzione Madison Square Park – e proseguo dritta. Entro in ogni singolo negozio che cattura la mia attenzione. Soprattutto in quelli di scarpe. Finisco per comprare due paia di sandali dal tacco vertiginoso – in saldo – e una tuta a vestito nera, senza spalline, con i pantaloni a sigaretta. La indosserò domani sera alla cena con Robert e questa Tory, sbucata dal nulla. Spendo più di quello che avevo in mente, ma non mi interessa.

Ho ancora la testa nel pallone dopo la discussione con Lucas, le sue parole taglienti mi rimbalzano in testa, il suo sguardo crudele fa aumentare il magone a ogni passo. Non posso credere di avergli confessato come mi sento, ancora meno riesco a metabolizzare il suo comportamento. Mi sento una stupida. E per colpa sua entro nel terzo negozio di scarpe e compro, senza neanche misurarlo, il millesimo paio di décolleté. Stavolta di vernice blu. Che non saprei neanche come abbinare, ma sono praticamente regalate e lo shopping compulsivo sembra essere l'unica cosa in grado di calmarmi i nervi in questo momento.

Se potessi tornare indietro, io non ti degnerei nemmeno di uno sguardo.

Mi fermo al primo *tattoo-shop* che trovo per strada e mi accordo sul prezzo del tatuaggio con il biondino dietro il bancone. Due parole mi vorticano in testa da ieri sera e le voglio marchiate di nero sulla mia pelle. Prova a dirmi di ritornare più tardi, anche se il negozio è vuoto e ci vorranno poco più di quindici minuti. Con due moine riesco a convincerlo a mollare la sua colazione e accontentarmi.

Arrivo nei pressi di casa di mio padre verso le undici e mi infilo nel piccolo beauty saloon che frequento da quando ho quindici anni. C'è poca gente, così riesco a farmi fare una *mani-pedi* e una ceretta *total-body* senza aspettare un'eternità, visto che gli sono piombata dentro senza appuntamento.

Quando saluto Gilda e le estetiste che lavorano da *Beauty Is Possible* mi sento rinata e molto più coraggiosa rispetto a quando sono uscita di casa. E ho intenzione di chiedere a mio padre se ha voglia di pranzare con me. Solo io e lui, visto che non ci vediamo da più di due settimane. Gli racconterò che ho ripreso le lezioni e che i nuovi corsi sono difficili ma stimolanti.

Saluto il portiere e mi faccio annunciare. Salgo direttamente al dodicesimo piano e vengo accolta dalla nuova cameriera. La stronza della mia matrigna ne licenzia una ogni venti giorni, così ho smesso di imparare i loro nomi da un pezzo.

«Buongiorno, Miss Cybil».

«Buongiorno. Mio padre è in casa?».

L'arredamento in stile Luigi XVI è un pugno in un occhio, ma è casa, così sorrido fra me e me mentre mi guardo intorno e respiro a pieni polmoni la fragranza dolciastra che sprigionano i pot-pourri.

«No, signorina. C'è solo la padrona».

«La *padrona*?». Mi lascio sfuggire una risatina sarcastica, ma vorrei replicare con una battuta tagliente. La "padrona"... dovrà passare sul mio cadavere!

«Buongiorno, Cybil». La voce arcigna di Daisy mi fa rabbrividire. «Cosa ci fai qui?». Non è davvero una domanda, è un'accusa bella e buona.

Non perdo la calma, non gliela do la soddisfazione. «Buongiorno, Daisy. Come stai? Sono venuta a prendere delle cose e a salutare mio padre. Sai a che ora tornerà?».

«No, ma farà tardi».

«Magari lo aspetto». Sollevo le spalle e la supero, dirigendomi verso la mia camera da letto. Sento la stronza alle calcagna, ma non me ne preoccupo.

«Come ti ho detto, farà molto tardi». Rimane sulla soglia della mia stanza mentre io poso a terra i miei sacchetti e recupero da sotto il letto una valigia vuota.

«Il messaggio è chiaro, Daisy», ribatto acida.

«E io fra poco uscirò».

«Non ti trattengo». Mi volto a guardarla e non resisto. «Ci stai prendendo gusto con quelle punture di *Botox*, eh?! Attenta a non esagerare, non vorrai sembrare un gatto fra qualche anno».

Lei si indigna, io le restituisco l'espressione più innocente possibile. Non se ne va, rimane lì impalata a fissarmi.

«C'è qualche problema?», le domando dopo aver piegato due paia di pantaloni e averli ficcati in valigia.

«Sto solo controllando».

Perdo del tutto la calma, a dimostrazione del fatto che non sono proprio capace di fingere o di farmi scivolare addosso le insinuazioni maligne di questa donna. «Cosa, esattamente? Quello che metto in valigia? Hai paura che rubi qualcosa in casa *mia*?».

«Non si sa mai».

«Allora ti consiglio di sederti, perché ci metterò *mooolto* tempo». Afferro una t-shirt, me la rigiro fra le mani, la indosso, me la tolgo, poi la indosso di nuovo. E ho intenzione di andare avanti così per tutte e cento quelle che possiedo. E poi procederò con i pantaloni, i vestiti, le giacche, le scarpe e forse anche i costumi da bagno. Io non ho fretta, non ho nessuno che mi aspetta a casa e so essere infantile fino al midollo quando mi ci metto. «Questa è un po' stretta. Meglio l'altra. Aspetta, me la riprovo».

«Pensi di metterci tutta la mattina?».

«Già».

«Sei una ragazzina insopportabile e viziata».

«Lo so».

Mi spoglio dei miei jeans e infilo una gonnellina a fiori che non indosso da almeno cinque anni e che non sapevo nemmeno di avere ancora. Mi lascia il sedere completamente scoperto. Questa la mettiamo nella pila delle cose da dare in beneficenza. «Sai, è un po' inquietante questa cosa che mi fissi mentre mi spoglio. Sei gay?».

Ed è così che faccio traboccare il vaso.

«Come ti permetti, piccola strega?!», mi urla addosso, ma non si permette comunque di entrare in camera mia. Mi avvicino con fare annoiato, la guardo dritta negli occhi – sta fumando di rabbia – stendo un braccio, afferro la porta e gliela sbatto in faccia.

Passano trenta secondi, un minuto al massimo, e il mio cellulare squilla. Il faccione serio di mio padre si materializza sullo schermo e alzo gli occhi al cielo.

«Fammi indovinare. La tua adorabile mogliettina ti ha chiamato in lacrime per dirti che la figliastra cattiva le ha risposto male».

«Cybil». Papà sbuffa così forte che mi sembra di essergli davanti. «Perché non riesci mai a comportarti come una persona adulta?».

«Vuoi sentire anche la mia versione o ti basta quella del gatto Sphynx[1]?».

«Non ho bisogno di ascoltare la tua versione, so bene come sei fatta».

Mi si forma un buco nello stomaco. Vorrei urlargli in faccia che lui, di me, non sa proprio niente. Se non fosse per la sua segretaria, non si ricorderebbe nemmeno il giorno del mio compleanno. Quando mi è venuto il ciclo per la prima volta mi ha spedito al supermercato a comprare assorbenti con la cuoca, a quindici anni mi ha portata da un ginecologo e fatto prendere la pillola perché "non si sa mai", non si è presentato al mio diploma, non si è posto mezza domanda sul perché abbia mollato l'università da un giorno all'altro lo scorso marzo. Si è limitato ad accreditare soldi sul mio conto in banca per tutta la vita e a guardarmi come se fossi la più grande delusione al mondo a ogni bravata. «Al contrario, mi fido molto di Daisy».

«Ti fidi più di lei che di me?». Vorrei che le parole uscissero di bocca decise, invece sono poco più di un sussurro.

«Lei non mi ha mai dato motivo di dubitare della sua lealtà. Tu…».

Io?

«Io, *cosa*?».

«Non è il momento di parlarne, Cybil. Sono a un pranzo di lavoro, ti ho chiamata solo per dirti che la prossima volta che vorrai passare a casa sei pregata di avvertire, prima».

«Ma cosa stai dicendo?».

«Quello che ho detto, Cybil. Non tollero che tu, con i tuoi modi sconsiderati, possa urtare ancora la sensibilità di Daisy».

«È perché assomiglio a mamma, vero? È quello che ti manda in bestia». Stavolta, invece di abbassare la testa e ripetere "sì, Signore" a pappagallo, gli dico tutto quello che penso. Parto in quarta e non mi fermo. «Perché ti ricordo lei da giovane, perché ho il suo carattere? Tu odi lei e di conseguenza odi anche me. Solo che io non sono quella donna, io sono tua figlia. Lei non ha abbandonato solo te, ha lasciato indietro anche *me*. Significavo così poco che ha fatto le valigie e non ha aspettato nemmeno che compissi tre mesi di vita. E tu? Tu mi dovevi proteggere, invece ti sei comportato peggio di lei: eri presente fisicamente, ma non mi hai mai vista. Mi avete abbandonata due volte. E adesso? Mi stai mettendo alla porta, perché? Per *chi*? Perché te lo chiede Daisy? Conto così poco, papà?».

Mi si chiude la gola e una serie di lacrime inizia a inzupparmi le guance e poi la maglietta. Papà rimane in silenzio.

Nemmeno per un attimo penso di averlo impietosito o di aver smosso un briciolo di rimorso nel suo cuore algido. Lo conosco troppo bene, le sue risposte distaccate, quel modo assurdo che ha di rimanere indifferente. Eppure ci rimango male ogni volta. Quando mi risponde «Ti ho detto che sono a pranzo fuori, Cybil. Ne parliamo un altro giorno» mi fa sanguinare il cuore.

«Va bene», riesco a pronunciare e lui attacca.

Mi siedo sul letto, piego con cura la maglietta che tengo in mano e poi la scaravento dall'altra parte della stanza.

Finisco di fare la valigia e prometto a me stessa che non lo cercherò mai più. Se qualche soldo per tirare avanti è tutto ciò che è in grado di offrirmi, me lo farò bastare. E lo farò finché non avrò più bisogno di lui, poi ci metterò una pietra sopra. Smetterò di avere aspettative irragionevoli su mio padre e andrò per la mia strada.

Esco dalla camera trascinandomi dietro la mia grossa valigia stracolma di vestiti e tutto ciò su cui sono riuscita a mettere le mani. Mi avvicino all'ingresso, Daisy mi sta spiando dalla porta della cucina e non ho bisogno di guardarla in faccia per scoprire che se la sta godendo tutta.

Battaglia dopo battaglia, vincerà la guerra. Si è insinuata nel mio già molto precario rapporto con mio padre dal primo giorno che ha messo piede in questa casa. L'ho sentita sussurrare frasi come "Ormai è un'adulta, non è più una tua responsabilità", "Non le devi niente" o "Hai fatto anche troppo per quella ragazza" così tante volte da averci fatto l'abitudine. Si è presa anche quel pizzico di affetto che mio padre nutriva per me e ora non mi è rimasto niente.

Spero di non dover tornare fra queste quattro mura per tanto tempo.

Fermo un taxi e comunico all'autista l'indirizzo di casa dei fratelli Henderson. Mi appiattisco contro lo sportello e poggio la testa sul finestrino. Le lacrime sono finite, tutto ciò che mi rimane è un macigno sul petto e la solita sensazione nauseante alla bocca dello stomaco che mi ricorda che non ho una madre, ma non ho davvero neanche un padre.

Sono sola al mondo.

***

Proprio quando penso che questa giornata di merda non possa peggiorare, appena metto piede nell'appartamento mi ritrovo davanti il ciclone Lucas, e quel briciolo di lucidità al quale mi stavo aggrappando va a farsi fottere. Col senno di poi sono certa che vedrei questa situazione con occhi completamente diversi, ma in questo momento? No, in questo momento trovarmi Lucas davanti, a petto nudo, perfettamente scompigliato – come se fosse reduce dalla miglior notte di sesso della sua vita – mi manda fuori di testa.

Ma il colpo mortale lo infligge la voce squillante di Erin. È lei che si è portato a casa, stanotte? Se ne sta seduta su uno degli sgabelli della penisola, le gambe nude, con solo la camicia di Lucas indosso – sbottonata quel tanto che basta a mostrare le sue tette anche a me – ed è arruffata in modo divino, così perfetta da sembrare un cazzo di angelo caduto dal cielo direttamente nella nostra cucina.

E sta usando la mia fottutissima tazza.

Mi concedo un lungo respiro silenzioso prima che si accorgano di me e abbandono la valigia pesante all'ingresso. La scena che mi si presenta davanti è rivoltante. E mi fa ingelosire come non pensavo fosse umanamente possibile.

Lucas è piegato in avanti su Erin, con le mani salde intorno al cuscino imbottito dello sgabello dove è seduta, e le sta mordicchiando il mento. E lei ride. Butta la testa all'indietro e ride. I suoi capelli biondissimi sono ovunque. Quando Lucas, con le labbra, risale lungo il mento e le infila la lingua dritta dritta nell'esofago, trattengo il fiato. Ma è quando Erin gli avvolge le gambe nude intorno alla vita che sono costretta a palesarmi.

«Non avete una camera?». Il tono mi esce esattamente come speravo: a metà fra il velenoso e il "adesso vomito".

«Oops! Ciao… Ehm…».

Cybil, stronza! Mi chiamo Cybil.

Anche Lucas si rende conto che la bionda senza cervello non si ricorda il mio nome e va in suo soccorso. Peccato lo faccia a discapito mio. E peccato che Erin non sia senza cervello.

«Cameriera. Puoi chiamarla *cameriera*».

Lui sta solo scherzando, io mi sento come se mi avesse dato un pugno in faccia.

Erin ridacchia, gli molla una pacca affettuosa sulla spalla e gli dice di smetterla. «Scusami!», cinguetta. Si copre il viso con le mani per poi sbirciarmi da dietro un paio di dita. «Sono pessima con i nomi».

In tutto questo io sono ancora ferma immobile a un metro dalla porta d'ingresso – spalancata – e a un passo dalla scala che conduce al piano di sopra.

«Cybil», dice Lucas, rendendosi conto che, alla fine, io non risponderò.

E non so perché io rimanga in silenzio, cos'è che mi stia annientando lentamente dall'interno. Se la vista del corpo mozzafiato di Lucas avvinghiato a quello di un'altra; se Erin, circondata dalla sua aura di perfezione; o il fatto che sia qui per la seconda volta quando Lucas non concede *mai* una seconda volta. Tranne che a lei, a quanto pare. Lei la sta baciando, la guarda come se fosse una delle sette meraviglie del mondo antico, la accarezza, le fa l'occhiolino.

E io ci sto male.

«Tutto bene?», mi domanda Lucas, inclinando appena la testa di lato.

«Sì», riesco a dire.

«Perfetto, allora preparaci la colazione, cameriera. Non ti pago mica per andartene in giro a dare da mangiare ai piccioni». Erin scoppia a ridere, a me si contrae lo stomaco. «Devi sapere che Cybil, prima che la prendessimo in casa nostra, viveva a Central Park circondata da colombi. Tipo la vecchietta di *Mamma ho perso l'aereo 2*, hai presente? Erano i suoi migliori amici. Certo, l'odore che emanava era sgradevole, ma è bastata una bella doccia per renderla presentabile».

È quella risata stridula a frantumarmi il cuore una volta per tutte.

E lo so – Dio, lo so – che Lucas sta solo facendo il cretino. Che probabilmente si è rotto le palle di avere Erin fra i piedi stamattina e vorrebbe andarsi a fare una doccia e buttarsi sul divano a giocare con l'Xbox, ma stavolta ha superato il limite.

Mi sento tradita e umiliata. E più lei ride, più lui la bacia, più il mio mondo si sgretola in mille pezzi.

«Vaffanculo, Lucas!», lo insulto mettendoci tutto l'astio di cui sono capace.

La sua testa scatta di lato e incrocia i miei occhi, che probabilmente sono lucidi e stracolmi di lacrime. Salgo su per le scale due gradini alla volta e sbatto la porta del piccolo studio.

Ho fatto la figura della perdente.
Ho fatto la figura della perdente.
Ho fatto la figura della perdente.

Ogni volta che me lo ripeto in testa, il respiro si mozza in gola e io annaspo. Mi porto una mano all'altezza del petto e con l'altra mi copro la fronte. Non devo piangere, non ha senso piangere.

È stata solo una mattinata estenuante. Non è successo niente. Domani me ne sarò già dimenticata. Poi, però, una lacrima scende dagli occhi e le ultime ventiquattro ore mi piombano addosso senza il mio permesso. Piango senza emettere un suono, sono sempre stata bravissima a farlo. Dentro implodo, fuori mantengo un contegno degno di nota.

La porta dello studio si apre senza il mio permesso e mi rendo conto che, no, domani mattina non mi sarò dimenticata di questa giornata infelice. Posso sopportare tutto, ma Lucas che si prende gioco di me davanti a Erin e poi mi vede piangere è un'offesa troppo grande alla mia persona.

Mi volto così da dargli la schiena e mi asciugo le lacrime in fretta e furia.

«Che cazzo ti prende?». Alza la voce e io trattengo il respiro. Mi giro solo quando sono riuscita a riprendermi del tutto.

«Non ti ho dato il permesso di entrare».

«Non mi serve il tuo permesso. Che cavolo hai?». Non importa se i miei occhi sono rossi, se mi trema una gamba, se mi sto massacrando le dita delle mani, il suo tono rimane aspro.

«Non ho niente. Per favore, esci».

«Perché stai piangendo?».

«Non sono affari tuoi», ribatto. Mi aspetto che esca dalla stanza imprecando, non che si chiuda la porta alle spalle e mi raggiunga davanti alla sua scrivania. Ci si siede sopra parzialmente e incrocia le braccia sul petto nudo. «Dico sul serio, esci da questa stanza. Non sono dell'umore giusto».

«Nemmeno io sono dell'umore giusto per farmi mandare affanculo, quindi siamo pari».

Ma non lo siamo. Lui è sempre un passo avanti, ha sempre un vantaggio su di me. Perché lui sa essere freddo e spietato, mentre io sento che, pezzetto dopo pezzetto, giorno dopo giorno, mi sta crollando il mondo addosso.

Tutti vanno avanti con la propria vita, io ho l'impressione di andare indietro. Ogni giorno, perdo qualcosa in più. Perdo l'affetto di mio padre, perdo la complicità con Robert, e perdo Lucas. Che non ho mai avuto, ma lo perdo lo stesso. Ed è un pensiero ridicolo, così assurdo che mi fa riempire di nuovo gli occhi di lacrime.

«Come ti viene in mente di umiliarmi in questo modo davanti a Erin?», esplodo.

Lucas solleva le sopracciglia e raddrizza la schiena.

«Il tuo stupido gioco mi sta bene se mi usi per cacciare dall'appartamento la cretina di turno, ma con lei? Lei frequenta la nostra università, le feste alle quali vado anch'io, abbiamo amici in comune! Lei non è una scirocca che non rivedremo mai più. E tu mi hai fatto passare per un'idiota. Le hai permesso di ridermi in faccia. Chi cazzo fa una cosa così meschina?».

Lucas, per la prima volta da quando lo conosco, respira prima di parlare. Mi sembra quasi di sentirlo contare fino a tre. «Stavo solo giocando».

Mi asciugo una lacrima con stizza e chiudo gli occhi. Faccio un respiro profondo, poi un altro, poi un altro ancora. «Okay. Ora, per favore, esci».

«Cybil, ma che hai? Cosa è successo?». Si alza in piedi e me lo ritrovo davanti. Alza una mano, forse per toccarmi, ma all'ultimo ci ripensa e la lascia ricadere lungo i fianchi.

«Non è successo niente. Lascia stare, okay?».

«No, non lascio stare. Chi cazzo ti ha fatto piangere? E non dirmi che è per Erin, perché è una stronzata». Abbasso lo sguardo sui miei piedi, lui mi solleva il mento con un dito. «Okay, mi potevo risparmiare la battuta sui piccioni. E hai ragione tu, lei è una persona che fa parte del nostro giro, dovevo evitare. Ma non è per lei che stai così…».

E invece è un po' anche per lei. E per lui, che la stava guardando come se fosse ipnotizzato da tanta bellezza.

E per Rob che non ha dormito in camera sua e sta frequentando una donna "importante".

E per mio padre che preferisce Daisy a me, che la difende a spada tratta e non mi concede neanche il beneficio del dubbio. Che mi tratta come se fossi un'estranea da anni.

E l'appuntamento di ieri con Edward, che non sono riuscita a godermi perché troppo spaventata per lasciarmi andare.

«Ma cosa te ne frega?». Scaccio via la sua mano con un gesto di stizza e mi vado a sedere sul divano.

«Mi interessa», ribatte, con una faccia tosta che si meriterebbe mille schiaffi.

«No, col cazzo!», sbraito. «Per favore, esci. Torna al piano di sotto e lasciami in pace. Non è giornata».

«Chi ti ha fatto piangere?», insiste, e stavolta la sua voce è tesa e autoritaria.

«Nessuno, Lucas. Nessuno!».

«Cybil».

«*Esci!*», grido.

Lucas fa un passo in avanti, poi si inginocchia davanti a me. Non l'ho mai visto così supplichevole. «Per favore…». Poggia le mani sulle mie ginocchia e stringe appena. «È stato il tipo noioso di ieri?».

Scuoto la testa, incapace di parlare, ma riuscendo a tenere a bada le lacrime.

«Dove sei stata? Perché avevi quella valigia?». Scuoto di nuovo la testa e ci arriva da solo. «Tuo padre?».

Mi mordo le labbra, i miei occhi ancora persi dentro i suoi, ma non proferisco parola. Cosa cavolo vuole? Mi ha trattata da schifo ieri sera, si è preso gioco di me stamattina e ora fa finta che gliene freghi qualcosa? Ho comprato tre paia di scarpe che non potevo permettermi per colpa sua!

Non ci credo a questa messinscena, lo conosco bene, a lui interessa solo di se stesso. E di Robert, forse.

«Ho litigato con mio padre. Contento?», riesco a dire.

Lucas scuote piano la testa. «Non molto».

«Ora vai. Sei l'ultima persona con la quale ho voglia di confidarmi».

«Perché la prima è Robby, giusto?».

«In questo momento, a dire il vero, non ho voglia di parlare neanche con lui. Siete una specie di maledizione, voi Henderson».

Lucas mi sorride a mezza bocca e io alzo gli occhi al cielo. Lui a petto nudo, io piuttosto vulnerabile, lui inginocchiato davanti a me, io che lo trovo bello da infarto… non può essere una combinazione vincente.

«Ho una proposta: vieni a cena con noi, stasera».

«Eh?».

«Sì, dai miei. Le cene a casa loro sono sempre uno spasso. Poi mia madre è incazzata con me per una cosa che ho detto e sono certo che passerà l'intera serata a ricordarmi quale razza di figlio disgraziato sia. Puoi rincarare la dose finché vuoi, io non batterò ciglio. E poi mamma ti adora e mio padre… beh, mi sa che se avesse vent'anni di meno ci proverebbe con te».

«Stupido!».

«Ti guarda il culo», afferma. «Che ti devo dire… sei una specie di maledizione per noi Henderson». Mi fa l'occhiolino. Si alza in piedi e si stiracchia.

«Ci penso», taglio corto. Non abbiamo più molto da dirci, ma Lucas non sembra intenzionato ad andarsene. «Vuoi che ti dia una mano a liberarti della modella al piano di sotto?».

Lucas si rabbuia, intrappola il labbro inferiore fra i denti, fa sì con la testa, ma poi dice esattamente il contrario: «No, non fa niente. Erin mi piace».

«Bene». Ma non va bene per niente. Di cosa mi stupisco? Certo che gli piace, è bellissima e una decina di spanne sopra le donne che è abituato a frequentare.

«Nel senso che va bene così. Lei non cerca una storia seria, ha già i suoi casini e…».

«Non ti devi giustificare», mi affretto a replicare.

«Non lo sto facendo. Era giusto per fare conversazione. Torno da lei».

Annuisco, Lucas continua a non muoversi. Mi fissa e mi mette a disagio. Mi afferra un polso e si avvicina. Scosta la manica della t-shirt che indosso, probabilmente attirato dal cellophane trasparente che sbuca da sotto il bordo, e ci passa un dito sopra. Sfiora il tatuaggio appena fatto, mi guarda negli occhi e poi rilegge quelle due parole.

No regrets. Nessun rimpianto.

«Ho esagerato ieri sera». Solleva piano lo sguardo, fino a incastrarlo nel mio. I suoi occhi sono incandescenti, sono il mio punto debole. «E comunque avevi ragione tu: nessun rimpianto. Tornassi indietro, sono certo che ci ricascherei con te».

È l'ultima cosa che dice, poi apre la porta del piccolo studio. Torna da Erin.

lucas

«Per chi sono le orchidee?», mi domanda Robert quando lo raggiungo in salone.

«Per mamma».

«Per mamma?».

«Sì. Gliele ho promesse».

Rob alza le spalle e prende una bottiglietta d'acqua dal frigorifero. «Sei pronto?».

«Io sì, ma credo che Cybil si stia ancora truccando».

«Che c'entra Cybil?», chiede.

«Viene con noi», taglio corto. Mi accendo una sigaretta e mi siedo su uno sgabello. Lancio l'accendino sul top della penisola e recupero il cellulare dalla tasca posteriore dei pantaloni blu. Quando ceno a casa dei miei faccio sempre un piccolo sforzo nel vestirmi. Così stasera mi sono calato nei panni del "bravo ragazzo universitario": camicia bianca, pantaloni stirati, mocassini in pelle di Prada.

Robert mi guarda, ma non parla. È la prima volta che lo incontro da quando, ieri sera, è uscito di casa incazzato come una biscia velenosa. E non credo che nel frattempo abbia avuto modo di parlare con Cybil.

«Sarà una serata interessante», ironizza. Mi scrollo le sue parole di dosso. So che dobbiamo parlare, ma sinceramente non ne ho nessuna voglia.

Il tonfo dei piedi nudi di Cybil sulle scale fa alzare lo sguardo di entrambi. È impeccabile.

Anche lei si è calata nei panni della "brava ragazza universitaria" per presenziare a cena a casa dei miei.

«Mamma lo sa?», mi domanda Robby a bassa voce.

«Certo».

«Okay».

«Ciao, Rob», lo saluta Cybil con il solito entusiasmo, mentre lui le rivolge un sorriso tirato.

«È tardi», ribatte, lapidario.

Cybil mi guarda e io alzo le spalle, come a dire che non so niente, non ho visto niente, non ho sentito niente.

«Prendiamo la BMW o andiamo in taxi?».

«BMW».

Speravo che ventiquattro ore gli sarebbero state sufficienti per sbollire la rabbia. A quanto pare non bastano.

Cybil esce di casa dopo Rob e per tutti e cinque i piani io le fisso il culo fasciato da un paio di pantaloni grigio chiaro. Lei si volta fra il secondo e il primo a guardarmi, fissa la mia orchidea.

Non pensavo che alla fine sarebbe venuta, era troppo sconvolta quando ci siamo parlati. Credo lo faccia per Rob, di certo non per me.

Solo che non sa che Rob forse sa, e non dovrebbe sapere. È probabile che abbia fatto una cazzata colossale a invitarla, stasera.

Il traffico è impossibile a quest'ora, soprattutto se devi attraversare tutta Manhattan.

«Forse sarebbe stato meglio prendere la metro», dice Cybil quando il semaforo davanti a noi scatta sul rosso per la terza volta senza che ci siamo mossi di un centimetro.

«La metro? Io non la prendo la metro», ribatto.

Sono seduto accanto a Robby, che guida, mentre lei è dietro, sul sedile centrale. La sua testa è fra noi e ogni tanto allunga una mano per cambiare brano alla radio. Mio fratello non ha proferito mezza parola da quando abbiamo lasciato l'appartamento, e Cybil se ne accorge.

«Va tutto bene?», gli domanda, e nel farlo gli accarezza una spalla con un gesto amorevole.

«Sì».

«Sei così silenzioso…».

«Ho un po' di pensieri. È successa una cosa strana ieri sera e sto ancora cercando di mettere insieme i pezzi del puzzle nella mia testa».

Sul serio vuole affrontare il discorso adesso? In mezzo al traffico indecente fra Park Avenue e la quarantasettesima? Senza vie di fuga?

«Avresti dovuto prendere la strada federale e fare il giro largo, Rob», dico io, provando a cambiare discorso.

«Cosa è successo? Tu e Tory vi siete già lasciati?», gli domanda.

«Ti piacerebbe proprio, eh!?», ribatto ironico senza riuscire a fermarmi.

«Io e Tory non ci siamo lasciati. Sai, una persona a me molto cara ha detto delle cose che mi hanno fatto riflettere. Mi sa che, a un certo punto, si è comportato come una grandissima testa di cazzo e ha infilato il suo uccello dove non doveva».

Mi va la saliva di traverso e inizio a tossire.

«Oh, santo cielo!», ridacchia Cybil, e non le servono grandi spiegazioni per capire che Rob si riferisce proprio a me. «Come non detto, non lo voglio sapere. Vi scambiate così tante ragazze, voi due, che mi stupisce anche ve ne ricordiate».

«No, stavolta è diverso. *Lei* non ce la scambiamo. Col cazzo che ce la scambiamo!».

«Sei stato a letto con Tory?», mi accusa Cybil, disgustata. Piccola ragazzina ingenua, mi fa quasi tenerezza. Si lancerà fuori dall'auto in corsa quando capirà che stiamo parlando di lei. Le dice bene che siamo fermi.

«No».

«No», conferma Rob. «Non si è portato a letto Tory. O forse sì, a questo punto chi può dirlo?».

«Finiscila», lo avverto, e lui scuote la testa.

«La finisco». Mi guarda dritto negli occhi e odio il suo sguardo deluso. Ma non è questo il momento più adatto per affrontare il discorso.

«Avete litigato?». Stavolta Cybil lo chiede con tono preoccupato.

«Non ancora. Voglio prima vederci chiaro, ma, se è come penso, se non mi sto sbagliando – e prego che sia così –, "litigare" sarà un po' riduttivo».

Merda! Devo avvisare Cybil.

«L'hai fatta davvero grossa stavolta, eh, Lucas?».

«Cosa ti fa pensare che sia solo colpa mia?». Mi volto a guardarla e spalanco gli occhi, sperando che capisca che deve stare zitta.

«Non ho mai visto Rob così incazzato. Ed è sempre colpa tua».

No, non ha capito.

Prendo il cellulare e digito un messaggio. Un secondo dopo un *bip* dal telefono di Cybil riempie l'abitacolo.

LUCAS: Dobbiamo parlare. Intanto TACI, CAZZO!

Robert si volta a guardarmi, ma io sono più veloce e ho già fatto sparire lo smartphone.

Cybil, finalmente, si mette tranquilla. Si risiede al suo posto e poggia la schiena contro il tessuto in pelle della BMW. Per grazia divina, il traffico inizia un po' a scorrere e rimaniamo tutti in silenzio fino a casa dei miei genitori. Io con questa cazzo di orchidea in mano, Robert che fissa la strada davanti a sé, Cybil con lo sguardo perso oltre la città che scivola via al rallentatore.

Mia madre ci accoglie con un sorriso smagliante. È vestita come Jackie Kennedy, con tanto di collana di perle e maglietta di un rosa sbiadito. Unica eccezione: mamma indossa un grembiulino bianco da cucina, sporco di sugo e altra roba gialla.

«Cybil, tesoro». Saluta prima l'ospite d'onore, poi Rob, lascia me per ultimo. Ha adocchiato i fiori e, anche se sta cercando di non darmi soddisfazione, glielo leggo in faccia che è stupita. E felice.

«Bianche e viola».

«Sono bellissime». Mi accarezza una guancia e mi bacia l'altra. «Stai bene?», sussurra.

Come faccia a capire da un solo sguardo che sono un miscuglio di sentimenti contrastanti, lo sa solo lei.

«Certo». Le rifilo un sorriso convinto e lei annuisce. Non ci è cascata.

«Papà è in salone. Ha pensato lui all'aperitivo. Io vado in cucina a finire di preparare la cena».

«Vuoi una mano?», le domanda Cybil. Posa la sua pochette all'ingresso e la segue in cucina.

Io rimango ad ammirarla. È sempre così a suo agio, padrona della situazione. Ed è bellissima. Bellissima in modo drastico. Bellissima oltre ogni ragionevole dubbio.

«Vieni?», mi domanda mio fratello, risvegliandomi da questo breve attimo di follia.

Lo precedo lungo il corridoio e nel salone arredato con mobili pregiati e dallo stile moderno. Papà sta versando dello champagne nelle flûte.

«Siete arrivati!», ci saluta. Ci concediamo un mezzo abbraccio, poi lui ci passa i calici e io ne butto giù un sorso. «Dov'è Cybil?», domanda.

Rimango in silenzio, anche perché la domanda è rivolta a Robert. «È in cucina con mamma. Vedrai che adesso arriva».

«È da tantissimo che non la porti a casa».

«Già».

«Tua madre… si è lasciata scappare una cosa. Su una ragazza…».

Non capisco se sia più imbarazzato mio padre nel tirare fuori questo argomento o Rob che viene messo alle strette. Una cosa è certa: io sono imbarazzato per entrambi!

Con papà parliamo di football, di macchine, di edifici da comprare, non conversiamo di donne. Sono certo che c'è lo zampino di mia madre.

«E quindi?», domanda Rob.

«Beh… visto che hai portato Cybil…».

Il cuore mi schizza in gola. «Sei fuori strada», mi sento dire.

Cazzo! Devo smetterla di intromettermi nei discorsi altrui. Soprattutto quando sto già camminando sul filo del rasoio.

«Ha ragione Lucas, sei fuori strada. Cybil non sarà mai una Henderson… almeno non credo. *Fratellino*, tu che ne pensi?».

Alzo le mani in segno di resa. «Credo che andrò a fumarmi una sigaretta. Papà, vieni con me? Ti voglio parlare di una cosa».

Mio padre non si lascia sfuggire l'occhiata assassina che mi rivolge Robert, ma credo si stupisca soprattutto del fatto che non ribatto. Ho fatto una cazzata ieri, mi sono fatto prendere dal panico e gli ho permesso di scoprirmi. Avevo giurato di portare il segreto nella tomba, invece mi rendo conto che non sarà così. Ne pagherò le conseguenze. Ma non qui, non a cena con i miei, non adesso.

Papà mi segue sul terrazzo e io mi avvicino al cornicione per guardare la città dal ventesimo piano. Central Park è illuminato quel tanto che basta a renderlo unico nel suo genere. Ho girato il mondo in lungo e in largo, ma nessun posto è bello come la mia città.

«Robert ha qualche problema?», mi domanda papà mentre accende la sua sigaretta.

«Lascia perdere, niente di grave. Ce l'ha con me, l'ho fatto incazzare». Inalo il tabacco e lascio che la nicotina mi avveleni il sangue, ed è una sensazione divina. Mi rilassa all'istante. «C'è questo edificio, a Brooklyn. È messo piuttosto male all'interno, ma la facciata è perfetta. Un po' com'era la palazzina a Wooster, per capirci».

«Ti ascolto».

«Andrà all'asta fra un mese. Ho un buon aggancio interno, penso che dovremmo fare un'offerta».

«Piani?».

«Cinque. Quindici appartamenti. Il prezzo è alto, ma so che ci saranno parecchie offerte. Sono anni che aspettano che venga messo all'asta. Ho i dati catastali, le planimetrie, mi sono fatto fare un progetto da una persona che conosco per capirne le potenzialità. È un buon investimento».

«Mi sembra che tu abbia fatto i compiti». Papà, come me, è appoggiato alla balaustra. Voltiamo la testa allo stesso tempo per guardarci ed è un barlume di orgoglio quello che gli leggo negli occhi. A mio fratello non interessa l'impresa di famiglia, a lui piacciono i numeri, i soldi, la finanza. Ma io voglio affiancare mio padre una volta laureato. Lui si è costruito da solo e si aspetta che io faccia lo stesso. Non esistono scorciatoie per gli uomini di casa Henderson.

«Già, un po' di compiti. Ci sono ancora alcune carte che voglio studiare, ma, se ti andasse di dargli un'occhiata uno di questi giorni, sono certo che capiresti subito se vale la pena continuare o lasciar perdere».

«Fissa un appuntamento».

«Me lo dici così? Non vuoi nemmeno che ti convinca un po'?», lo provoco.

«Mi fido. So che non mi faresti perdere tempo». Mi molla una pacca sulla spalla e si volta verso casa. «Ecco Cybil. Andiamo a salutare?».

Mi lascio sfuggire un sospiro stanco e me ne pento subito. «Arrivo».

«Cosa sta succedendo?».

«Non lo so», rispondo sinceramente. «Ne parliamo un altro giorno, semmai».

«Sai dove trovarmi, se hai bisogno».

«Entra, vai a salutarla. Io finisco la sigaretta». Papà annuisce e spalanca la porta a vetri. «Ah, papà?».

«Sì?».

«Non guardarle il culo in modo troppo sfacciato». Lo dico a bassa voce così che solo lui possa sentirmi, e lo dico ridacchiando.

Lui sgrana gli occhi. «Potrebbe essere mia figlia!».

«Sì, sì. Come no. Però ti capisco, ha un gran bel culo».

«Spero che il problema fra te e tuo fratello non sia quella ragazza», dice tornando indietro. È serio, molto più di quello che richiederebbe la conversazione.

«No. Il problema sono io». *E quello che provo per lei*, ma quest'ultima parte la tengo per me.

143

La cena è un disastro. Rob ha un muso lungo fino ai piedi, ogni tre parole mi insulta neanche troppo velatamente; Cybil continua a fissare il piatto, mia madre fa finta di niente, papà ha perso il filo del discorso un'ora fa. E io mi sono rotto i coglioni delle sue insinuazioni. Sono a tanto così dal blaterare ai quattro venti una frase tipo "Sì, io e Cybil abbiamo scopato in uno stanzino due anni e mezzo fa. Ed è stato fantastico. Fattene una cazzo di ragione" quando il cellulare di Rob squilla e lui si alza da tavola, scusandosi.

Cybil finalmente solleva gli occhi e incrocia i miei. "Che succede?", mima con le labbra.

Mentre mamma si allontana dal tavolo, con la scusa di prendere il dolce, io faccio cenno a Cybil di seguirmi. Rob è fuori sul terrazzo, così imbocco il corridoio che porta alle camere da letto, dalla parte opposta dell'appartamento. Aspetto Cybil nascosto dietro il muro e, prima ancora che riesca a vederla del tutto, la prendo per mano e la trascino dentro la piccola lavanderia.

Accendo la luce e lei si appiattisce contro la parete. Siamo circondati da scope, detersivi e una serie di camicie appese alle stampelle, pronte per essere stirate.

«Déjà-vu?», dico, dandogli l'intonazione di una domanda ironica. Cybil alza gli occhi. «Tu no? Allora devo essere solo io».

Sbuffa in modo adorabile. «Che cavolo sta succedendo? Perché Rob continua a fare queste battute? E che diavolo voleva dire il tuo messaggio in macchina?».

Cerco nella mia testa un modo affabile per dirle la verità. Non esiste. «Rob ha capito che abbiamo scopato».

Cybil sgrana gli occhi. «No, scusa, non ho capito».

«Quale parte?».

«Che… chi… come… che cazzo dici!?».

«Colpa mia», confesso allargando le braccia. «Anzi, colpa sua. Quel bastardo mi conosce bene, due domande mirate e ha capito tutto». Mi gratto il mento e fisso lo sguardo sul lampadario. «Vabbè, non è un problema. Gli passerà. Andiamo?».

E dobbiamo uscire sul serio da qui dentro, perché lo spazio è troppo poco, e lei troppo vicina. Afferro la maniglia della porta, ma Cybil mi spinge via la mano con uno strattone. Mi prende per le spalle e, con una forza che non mi aspettavo, mi costringe a fare tre passi indietro.

«Che cavolo gli hai detto?». È pallida e le tremano le mani.

«Non gli ho detto niente. Ci è arrivato da solo».

«Da solo? Così, dal nulla, lui ci è arrivato da solo?».

«Intanto abbassa la voce, Cristo!». Mi avvicino di nuovo alla porta e ci appoggio sopra l'orecchio. «Senti, stavamo parlando di te…».

«Di me? Perché cavolo parlavate di me?!». La sua voce è così acuta che credo scoppierà a piangere. E mi è bastato oggi, non sopporterei di vederla disperata una seconda volta in meno di dodici ore.

«Non me lo ricordo, okay?! Non mi ricordo perché parlavamo di te», mento. Mi passo una mano fra i capelli e li scompiglio. La sua frustrazione sta contagiando anche me. «Sospetta qualcosa, non lo sa nemmeno lui cosa, ma vorrà i dettagli. Quindi possiamo dirgli la verità o inventarci una storia adesso, su due piedi, e attenerci a quella. La scelta è tua».

«Una bugia?». Mi guarda scioccata, come se le avessi suggerito di uccidere un cucciolo di Labrador. «Vuoi che ci mettiamo d'accordo e gli raccontiamo un'*altra* bugia?».

«Senti, io lo faccio per te. Sono suo fratello – *gemello* –, ce l'avrà con me per un po', ma a un certo punto ci metterà una pietra sopra. Ho qualche dubbio che perdoni te, quello sì. Sto cercando di salvarti il culo».

Cybil mi si scaglia addosso e mi molla un pugno fortissimo sul braccio.

«Ahi!».

«Lo fai per me!? Razza di cretino! Io te l'avevo detto dall'inizio che avremmo dovuto dirgli la verità, ma tu *"nooo, Cybil, per carità! Mio fratello non mi perdonerebbe maaai! Non possiamo confessare"*», mi fa il verso, neanche troppo bene, e si porta una mano al petto in modo teatrale. «E adesso, due anni e mezzo dopo, mi dici che tanto ti perdonerebbe a prescindere?».

«Senti, cosa vuoi che faccia? Lascio che mi prenda a pugni? Okay, mi faccio prendere a cazzotti da mio fratello. Contenta?».

«No, non sono contenta!», sbraita. Cybil è nel panico più totale. Si porta entrambe le mani in testa e passeggia su e giù dentro la lavanderia. «Lucas…». Il suo tono è implorante e per un brevissimo attimo provo a mettermi nei panni di mio fratello. A parti inverse, io la odierei. La cancellerei dalla mia vita. Non vorrei sentire spiegazioni. Ma Rob non è me, non rinuncerebbe mai a lei.

«Qualunque cosa tu voglia fare, sarò dalla tua parte», le dico. «Mi prenderò la colpa. Gli dirò che sono stato io a costringerti a non rivelargli nulla».

«Questa giornata è un incubo!». La sua voce trasuda sofferenza e io allungo una mano e l'accarezzo. La tocco. Senza una logica, senza riuscire a fermarmi, sfioro la sua pelle.

Cybil solleva i suoi occhioni tristi su di me, vengo investito da tutto quell'azzurro violento, e odio vederla così. Ho fatto un casino.

Sospiro. «Gli diremo che ci siamo solo baciati. Che è successo una vita fa in discoteca, che quando lui ci ha presentati alla festa della confraternita non sapevamo cosa fare. Ci ha presi alla sprovvista e poi i giorni sono diventatati due, poi tre e poi sono passati due anni e mezzo. Non c'è bisogno che sappia la verità».

«Altre bugie… non se le merita».

«E allora gli diremo la verità, e io farò in modo che ti perdoni».

«Mi sento come se qualcuno mi avesse dato un pugno nello stomaco, non riesco a respirare».

«Ehi». Mi avvicino e le circondo il viso con le mani. «Non è successo niente, okay!? Quella sera… è andata così e basta. Tu non sapevi di me e io non sapevo di te».

Cybil annuisce, è grigia in faccia tanto sta male.

«Lo abbiamo tradito». Tira su con il naso.

«*Io* l'ho tradito. Però adesso calmati».

«Perché stavate parlando di me?».

Faccio mezzo passo indietro. «Ha insinuato che, sotto sotto, un po' mi piaci. Mi sono sentito in dovere di smentirlo categoricamente… mi sa che ho esagerato. Ci ho messo troppa enfasi».

Cybil si lascia sfuggire una risatina. È così vicina, così bella. Così assolutamente intoccabile.

«Rob pensa che io un po' ti piaccia? Tuo fratello vive su un mondo tutto suo! Non so molto di te, ma una cosa è certa: tu mi odi dal profondo del cuore».

Già…

«Non proprio dal profondo *profondo*! Alla fine, queste due settimane in casa con te non sono state così male. Fai un caffè decente e asciughi le piastrelle del bagno dopo esserti fatta la doccia». Faccio spallucce e mi infilo le mani in tasca.

Una parte del mio cervello sta cercando di mettermi fretta, vorrebbe che mi ricordassi che sono nascosto in uno stanzino con Cybil a casa dei miei genitori; l'altra parte è in pappa totale, non gliene frega niente se verremo scoperti, se Robert si incazzerà, se scoppierà la terza guerra mondiale in questa casa. Contano solo Cybil, i suoi occhi assurdi e il fatto che non stia scappando.

E magari il tempo, per un attimo, si è fermato e nessuno si è accorto che siamo spariti. E posso averla tutta per me per altri cinque minuti. Tre al massimo.

«Dovremmo tornare di là».

«Certo…». Il passo in avanti che faccio non è verso l'uscita, è verso di lei. Neanche il tempo di posarle le mani sui fianchi che la porta si spalanca così forte che la maniglia sbatte contro la parete.

Cybil sussulta, io non devo nemmeno guardarlo in faccia per sapere che è Robert.

Cazzo!

«Fate sul serio?», tuona.

Scarto la prima frase che mi balena in testa – *non è come pensi* – e vado direttamente con la seconda: «Ne parliamo a casa. Non facciamo scenate a casa di mamma e papà».

Robert non mi guarda, i suoi occhi sono fissi su Cybil, che, se potesse, correrebbe fuori da questo stanzino, lungo il corridoio, dentro il salone e salterebbe giù dal terrazzo.

«E tu?», le domanda Robert con un tono così deluso da far accapponare la pelle anche a me.

Gli occhi di Cybil si riempiono di lacrime e non ne posso più di vederla così, oggi. Mi paro davanti a lei e le faccio da scudo, bloccando il contatto visivo fra lei e mio fratello. «Lasciala in pace. Ti ho detto che ne parliamo a casa». Il mio tono è asciutto e non ammette repliche.

Rob mi viene sotto, il suo naso a mezzo centimetro dal mio. «Benissimo. Andiamo via adesso».

Gira i tacchi e sparisce oltre il corridoio. Cybil è ancora dietro di me e quando mi volto a guardarla non ha più lo sguardo sconfitto di trenta secondi fa. Si sta massaggiando le tempie e tiene gli occhi chiusi.

«Gli diremo la verità», sentenzia.

«Sei sicura?».

«Sì. Se un po' lo conosco, si starà immaginando il peggio del peggio, e non voglio altri segreti. Come ti ho detto ieri… non ho nessun rimpianto. Tranne quello di aver gestito malissimo tutta questa situazione». Annuisco. «Adesso, per favore, andiamo».

cybil

Saluto i genitori di Robert e Lucas con un bel sorrisone finto sulle labbra. Leslie mi consegna una terrina con dentro il dolce che non abbiamo fatto in tempo a mangiare e la ringrazio mille volte, scusandomi ancora per questo improvviso cambio di programma. Lucas si è inventato che ci aspettano a una festa. Il patibolo, ecco cosa ci aspetta, invece.

Robert è già dentro l'ascensore, Lucas mi fa cenno di precederlo e due secondi dopo siamo tutti e tre chiusi in questa scatola di acciaio. Il tragitto fino al piano terra dura in eterno e Rob ce lo fa pesare di metro in metro. Ha lo sguardo fisso su entrambi. Lucas gli restituisce l'occhiataccia, io sono troppo codarda, così contemplo i numeri sulla tastiera che si illuminano di piano in piano.

Usciamo su Park Avenue e, in religioso silenzio, seguiamo Rob. Cammina alla svelta, come se avesse uno sciame di api alle calcagna e troppa fretta di liberarsene. Io, fra i tacchi a spillo e il contenitore trasparente avvolto in un sacchetto di un negozio di marca, arranco dietro di lui.

Quando ci fermiamo davanti alla sua macchina, Rob, con una calma innaturale, si volta verso di noi e dice semplicemente: «Ci vediamo a casa».

«Che cazzo vuol dire?», ribatte Lucas, anche lui sorpreso dalle parole del fratello.

«Quello che ho detto, ci vediamo a casa».

«E come pensi che torneremo *a casa*?», sbotta Lucas.

«Prendete la metro. Ho bisogno di darmi una calmata».

«La metro?», la voce di Lucas è a dir poco scandalizzata.

«Già, la metro. Che c'è, sei troppo prezioso per abbassarti ai sevizi pubblici?».

«Rob, guarda che…», provo a dire io.

«Cybil!», mi interrompe con fare brusco. «Ci. Vediamo. A. Casa».

«Benissimo. Ciao Robby», lo saluta Lucas. Mi prende sottobraccio e mi strattona in avanti incoraggiandomi a camminare.

«No! Aspetta!», protesto.

«Fidati di me», sussurra Lucas e decido di non insistere con Rob. Mi libero dalla sua stretta e metto un metro abbondante di distanza fra di noi. Mi volto per guardare il mio amico, ma lui sta già salendo sulla sua BMW e se ne frega di noi.

«Prendiamo davvero la metro?».

«Già».

«Perché?».

«Perché mi sta mettendo alla prova».

«Avremmo dovuto insistere, chiarire subito la situazione», persevero. «Pensa che stiamo insieme, che ci frequentiamo di nascosto».

«Meglio. Più galopperà la sua fantasia, più facile sarà dirgli la verità».

Deglutisco. «Tu odi la metro…».

«Esatto».

Imbocchiamo la rampa e scendiamo sottoterra. Lucas si ferma a studiare la cartina con le fermate, io nel frattempo compro due biglietti.

«Da questa parte», gli dico.

«Sei sicura?».

«Sono newyorkese, la conosco a memoria la metropolitana. Dobbiamo prendere la linea 6».

«Anch'io sono newyorkese, che c'entra?».

«Tu sei troppo viziato», ribatto.

Lucas si lascia sfuggire una risatina nasale. «*Io* sono troppo viziato, eh? Sei la figlia del vice procuratore generale di New York City», mi fa notare.

«Mio padre non mi ha mica fatta crescere come una principessina!».

Il treno arriva dopo una manciata di minuti ed è stracolmo. Non ho mai visto Lucas così a disagio. Mi avvolge un braccio intorno alle spalle e mi schiaccia la schiena contro il suo petto con fare protettivo. Non c'è niente di romantico nel suo gesto, ma riesce comunque a farmi sentire importante. Importante per lui. Come se sapermi al sicuro lo tranquillizzasse.

Non protesto, mi lascio cullare dal suo abbraccio e dai sobbalzi del vagone a ogni curva sottoterra. Ci vuole circa mezz'ora per arrivare alla fermata di Spring Street e solo quando siamo nei pressi di Union Square Park la metro inizia pian piano a svuotarsi e noi riusciamo a sederci.

Davanti a noi, un barbone è disteso su una fila intera di posti. Lucas allunga le gambe davanti a sé e raccoglie le mani in grembo.

«Sei troppo tranquillo», dico dopo un po'. Davvero non so cosa aspettarmi. Il mio calmissimo amico Rob è una furia; il suo impulsivo fratello, al contrario, sembra in uno stato zen. In pace con se stesso e con il mondo. Persino con me, che tengo questa stupida torta in grembo e che vorrei lanciare fuori dal finestrino in corsa. Probabilmente neanche si apre, il finestrino.

«Sto riflettendo».

Ci starebbe bene una battuta sarcastica, ma me la tengo per me. Non è il momento di discutere con lui.

«Su cosa?».

«Su quello che dovrò dire a Robert».

«Pensavo avessimo già chiarito questo punto. Gli diremo la verità».

«Già, ma la tua verità non coincide con la mia», ribatte con veemenza.

Mi spazientisco. «E questo cosa vorrebbe dire?».

«Cybil, ti prego, dammi altri cinque minuti».

«Vuoi la torta?», gli domando, a quanto pare incapace di stare zitta.

Lucas mi guarda e accenna un sorriso. «Ho lo stomaco chiuso».

«Peggio per te». Infilo la mano nella busta e sollevo il tappo ermetico del contenitore Tupperware che protegge la crostata che ha fatto Leslie. Ne stacco un pezzo con le dita e mi rendo conto che è davvero la cosa meno igienica del mondo, visto che ho toccato di tutto in questo schifo di vagone, ma ho bisogno di zuccheri. Dopo il primo boccone sospiro in piena estasi, ma è il secondo che mi manda in visibilio.

«Magari solo un pezzetto», dice Lucas. Abbassa la testa e mi ruba dalle dita un pezzo di dolce. Con la bocca. «È la mia preferita», dice, come se niente fosse.

Io sono ancora con la mano a mezz'aria e la bocca semiaperta, a fissarlo. Lui riporta la testa dritta davanti a sé, si infila le mani in tasca e chiude gli occhi.

Dov'è finito il Lucas Henderson scontroso e arrogante che conosco da due anni e mezzo? Cos'è che lo rende tanto "umano", stasera? È davvero così preoccupato per la reazione di Robert? Lo sono anch'io, ma conosco bene il mio amico: darà di matto, non mi rivolgerà la parola fino a data da destinarsi, ma a un certo punto tornerà, perché il nostro legame è troppo profondo, troppo speciale per essere cancellato con un colpo di spugna. Eppure, Lucas si comporta come se fosse a conoscenza di chissà quale segreto, come se da questo incontro dipendesse la sua intera esistenza.

«Di cosa stavate parlando tu e Robert quando ha capito che fra noi c'è stato qualcosa?».

«Te l'ho detto», sbuffa.

«No, mi hai rifilato una mezza battuta ironica per distrarmi. Voglio sapere cosa vi siete detti. Perché se lo devo affrontare, se devo rischiare di perdere per sempre la sua amicizia, voglio avere tutti gli elementi in mano. Giocare ad armi pari».

Lucas apre gli occhi, ma non mi guarda. «Mi ha raccontato di averti baciata. Non l'ho presa bene».

«Perché dovrebbe fregartene se ci baciamo?! No, anzi, non rispondere. So già quello che pensi: io non sono alla sua altezza. Gli giro intorno per i miei interessi e chissà quale altro sordido motivo». Richiudo il contenitore ermetico e incurvo le spalle.

«Non doveva farlo».

«Perché ti interessa tanto?», insisto. È esasperante il modo in cui mi risponde, le sue mezze frasi che non hanno alcun senso. «Dimmelo!».

Lucas si volta di scatto e mi afferra il viso fra le mani. Mi scivola la terrina dalle ginocchia e non faccio in tempo a prenderla, così si schianta a terra. «Non deve farlo e basta!», sentenzia. Si alza come una furia, recupera il sacchetto di Chanel con dentro la crostata ormai distrutta e si avvicina alle porte del treno. «La prossima fermata è la nostra».

Scendiamo in silenzio, e sempre senza proferire parola risaliamo in superficie.

Lucas mi precede, butta in un secchio della spazzatura la busta e mi fa davvero perdere la pazienza. «Che cavolo fai? Devo restituirla a tua madre, quella tortiera!», sbraito.

«Gliene comprerò un'altra».

«Adesso basta!». Mi pianto davanti a lui e lo costringo a fermarsi. «Dimmi cosa sta succedendo».

«Succede che devo marciare in quella casa e spiegare a mio fratello il vero motivo per il quale non sta con l'amore della sua vita! Ecco cosa succede, Cybil!».

«Ma cosa vai blaterando!? Dopo tutti questi anni sei ancora convinto che fossi l'amore della sua vita?! Ti sbagli, Lucas. Ti sei sbagliato quel pomeriggio a Washington Square Park e ti stai sbagliando di nuovo adesso!».

Sono fuori di me. Possibile che non ci arrivi? Se Robert fosse stato davvero l'amore della mia vita, ora staremmo insieme.

«Beh, immagino che lo scopriremo fra esattamente cinque minuti». Cerca di superarmi, ma glielo impedisco.

«Guardami», insisto. «Quel bacio non ha significato niente, per nessuno dei due. Ha solo confermato quello che io e Rob sappiamo da sempre: non siamo anime gemelle. E mai lo saremo».

Non mi crede, glielo leggo in faccia che dubita di ogni parola che mi esce di bocca. Così faccio l'unica cosa che possa spiegargli senza troppe parole ciò che provo: mi sollevo sulla punta dei piedi e premo le mie labbra sulle sue. Solo un attimo, il tempo che basta a dimostrargli che fra me e suo fratello non c'è niente. Perché baciare lui significa mettere una croce su Robert. Sono io che tento il tutto per tutto, io che mi espongo, io che butto giù il muro.

«Ricordatelo quando saremo in quell'appartamento. Io non sono mai stata sua». Lo guardo dritto negli occhi, lo sfido a contraddirmi, a mettere in discussione quello che provo.

Mi volto per andarmene, ma davvero pensavo di baciarlo a tradimento e farla franca? Mi strattona in avanti, le sue mani si insinuano nei miei capelli, li stritola fra le dita e un secondo dopo la sua bocca si schiude sulla mia. E se il mio era solo un contatto innocente di labbra, il suo è un incontro spietato di lingue, è feroce, è istinto primordiale, tanto sbagliato quanto giusto, ed è unico al mondo. Ci mette tutto quello che ha, in questo bacio: la testa, la passione, tutte le sue contraddizioni e se ne frega delle conseguenze.

Quando si stacca dalla mia bocca mi rivolge uno sguardo possessivo che mi fa barcollare. Sta ansimando, io ho smesso di respirare.

«Ricordatelo *tu* quando saremo in quell'appartamento».

E così dicendo, senza aspettare una mia reazione, senza darmi il tempo di decifrare le emozioni contrastanti che provo dentro, allunga il passo e raggiunge il portone di casa.

E se il bacio di Rob mi ha fatta arrabbiare, quello che mi ha appena dato Lucas, in mezzo alla strada, davanti a un portone qualunque, circondati dal trambusto del traffico di questa città, è stato febbricitante. Mi ha stordita e ha capovolto il mio mondo.

E so che pagherò molto cara questa mia debolezza.

lucas

M i stacco dalle sue labbra a forza, raggiungo il civico 74, spalanco il portone e lo lascio aperto per Cybil. Due gradini alla volta, tre gradini alla volta, quattro gradini alla volta, scappo fino al quinto piano, solo per trovarlo vuoto una volta entrato.

Ficco le mani nei capelli e li strattono forte. Che cazzo ho fatto?! Devo ancora confessare il primo peccato e ne ho già commesso un altro. E quando Cybil varca la soglia, con le labbra arrossate e il viso paonazzo, mi tremano ancora le mani, perché con lei ne commetterei altri mille di peccati così.

«Vado a mettermi il pigiama e a struccarmi. Avvertimi quando arriva Robert».

Annuisco e recupero due birre dal frigorifero. Le stappo entrambe e me le porto dietro. Mi metto seduto sul divano e aspetto.

Passa un po' di tempo, non saprei dire quanto, ma alla fine la porta di casa si apre con un cigolio e mio fratello entra nell'appartamento. Io fisso il televisore spento davanti a me e respiro lentamente. Dovrò guardarlo in faccia e dirgli che mi dispiace, che non volevo mentirgli, ma che non gliel'avrei mai lasciata.

Tutte.

Ma non lei.

Seguo i suoi movimenti con la coda dell'occhio, lo vedo avvicinarsi al frigorifero, spalancare l'anta.

«La birra è qua», lo precedo. La mia voce viene fuori più roca e profonda del solito. Sono immobile, apparentemente rilassato, ma il cuore scalpita e non ne vuole sapere di battere a un ritmo regolare.

È tutto un gran casino.

«Cybil non c'è?», mi domanda Rob avvicinandosi al divano. Gli porgo la sua birra, che tenevo in mano, e lui l'afferra senza guardarmi negli occhi.

«Credo sia in bagno».

«State insieme?».

«È proprio necessario rendere tutto così *drammatico*?», domando.

«No, in realtà no. Tu mi dici come stanno le cose e la finiamo qua. Ma vedi di dirmi la verità».

«Non stiamo insieme», rispondo alla sua prima domanda. «Non facciamo finta di starci sul cazzo davanti a te e poi scopiamo quando non ci sei. Non scopiamo affatto».

«Ma qualcosa è successo…».

Già, qualcosa è successo.

«Sì. Due anni e mezzo fa. Non eravate ancora amici e io non avevo la più pallida idea di chi fosse. E nemmeno lei. Ci siamo incontrati a una festa e siamo finiti in un ripostiglio. Non ci siamo neanche presentati».

Cybil l'avrebbe fatto sembrare meno torbido, ma non sono in vena di particolari.

Rob si lascia sfuggire una risatina ironica. «Tu e Cybil avete scopato senza neanche presentarvi? In uno stanzino? Ma chi cazzo vuoi prendere in giro?», alza la voce e io sollevo gli occhi su di lui. «È questo che stavate facendo nella lavanderia di mamma? Vi stavate mettendo d'accordo per rifilarmi questa stronzata?».

«È andata così», taglio corto.

«Vaffanculo, Lucas. Mi hai preso per scemo? Dove diavolo è Cybil? Perché questa cosa me la deve dire lei, guardandomi in faccia».

«Lasciamola fuori da questa storia. Il problema è mio e tuo».

«No, ti sbagli. Perché per anni avete fatto finta di detestarvi e invece stavate scopando. Dio, sei mio *fratello*!».

«Lo so».

«No, non sai proprio un cazzo! Quando vi ho presentati a quella festa, eravate già stati insieme?».

«Sì», rispondo. Butto giù un paio di sorsi e cerco di schiarirmi la voce.

«E avete fatto finta di non conoscervi?», domanda incredulo.

«Ci hai preso alla sprovvista. Erano mesi che parlavi di questa fantastica Cybil e io me l'ero appena portata a letto! Cosa cazzo avrei dovuto dirti?».

«Non lo so, Lucas, vediamo un po'… La verità, per esempio?».

Scuoto la testa. «Sì. Già, avrei proprio dovuto dirti la verità».

«E lei?». Gli occhi di Rob si riducono a due fessure, il respiro ansante. «Non posso crederci!». Inizia a passeggiare su e giù per la stanza e io mi alzo in piedi. Infilo le mani in tasca e tiro fuori il pacchetto di sigarette e l'accendino. Il primo tiro è sempre quello che riesce a calmarmi i nervi.

«È colpa mia». Gli offro il pacchetto di sigarette e lui esita per alcuni secondi. Non è un gran fumatore, ma credo che in questo momento ne abbia bisogno. Ne prende una e io gliel'accendo.

«No, è anche colpa sua!», sentenzia.

Scuoto la testa. «Lei voleva dirtelo, sono stato io a impedirglielo. Mi sono giocato la carta del "mio fratello non mi perdonerebbe mai" e lei ha smesso di frequentarti per un po'. È andata così. Sapevo che l'avresti perdonata, e te l'ho portata via lo stesso. Quindi, se te la devi prendere con qualcuno, sono io l'uomo giusto».

«Perché?», sussurra. Solo che io non so come rispondergli. Ci sono mille "perché" e nemmeno uno ha senso. «Perché cazzo hai lasciato che questa storia si trascinasse per anni? Dio, è tutto così chiaro adesso. Ogni volta che ho provato a baciarla, ogni volta che l'ho invitata fuori, ogni volta che ha rifiutato, è stato per colpa tua!». Mi punta il dito contro e lo sbatte contro il mio petto.

«O forse la colpa è tua!», mi lascio sfuggire dalle labbra. La mia tolleranza ha una soglia di appena cinque minuti, e il tempo è scaduto. «Forse la volevo *io* tutta per me! Forse quando ho capito chi fosse mi sono girati parecchio i coglioni! E magari sei stato *tu* a portarmela via e non viceversa», sbraito.

Mio fratello mi mette le mani addosso, mi spintona all'indietro e mi punta di nuovo il dito contro. «Non provarci. Non con me, Lucas. Io ti conosco meglio di quanto immagini. A te non frega un cazzo di niente e di nessuno. Né di me, né di lei, né di *nes-su-no*. Prendi quello che vuoi e calpesti tutto ciò che ti trovi davanti. Ti saresti stufato dopo cinque minuti, perché tu sei così. Sei come i bambini, che vogliono a tutti i costi il nuovo giocattolo e poi lo buttano quando si sono stufati».

«Ti sbagli».

«No, non mi sbaglio! Lei era importante per me e tu lo sapevi. E siccome non potevi averla, hai fatto in modo che non fosse di nessuno dei due. Che faccia di merda che sei». Mi guarda schifato, come se mi vedesse per la prima volta, come se non mi conoscesse da prima ancora che fossimo due esseri umani in carne e ossa.

«È andata proprio così», confermo.

«E adesso?».

«Adesso, cosa?». Spengo la sigaretta nel posacenere e me ne accendo un'altra.

«Che succede fra voi?».

Lo guardo colpevole. Non può averci visti baciare per strada, non può aver capito che quella ragazza mi fa ribollire il sangue nelle vene. Che vorrei marciare al piano di sopra e ricominciare da dove abbiamo interrotto.

«Non succede proprio niente». Allargo le braccia verso il cielo.

«Bene. E vedi di fare in modo che la situazione rimanga così. Perché anche se sono incazzato da morire con Cybil, lei è la mia migliore amica e non ti permetterò di prenderti gioco di lei».

«Ricominciamo con la storia che mi dici quello che posso o non posso fare? Davvero pensi di avere tutto questo potere?».

Lo sguardo di Robert si incendia, ma io non ho intenzione di abbassare la guardia. E so di non poterla avere, e so anche che forse ha ragione lui: c'è il rischio che finisca per stancarmi dopo qualche giorno. Eppure, non riesco a fare a meno di pensare che sono passati due anni e mezzo, ma lei non è mai passata.

Anche quando la detesto, quando mi irrita al punto da farmi venire voglia di strapparmi i capelli, il pensiero torna sempre a lei e a quell'assurda serata. A quando sono uscito da quel fottuto stanzino come una furia e l'ho cercata ovunque. Mi sarei presentato, le avrei chiesto di bere qualcosa, le avrei estorto il numero di telefono, se fosse stato necessario. E ogni volta che torno indietro con il pensiero a quell'incontro, finisce sempre allo stesso modo: io e lei a ridere e chiacchierare sotto il porticato. E non lei e Rob a ridere e chiacchierare sotto il porticato.

Quindi lui non sa un cazzo. E io non posso dirglielo.

Robert mi supera ed entra in camera sua. Ritorna dopo pochi minuti con uno zainetto in mano e l'espressione tetra.

«Non posso cambiare il passato. E non ho intenzione di ritornare su questo argomento, mai più. Ma a una condizione: io mi dimentico di tutto, faccio finta che non sia mai successo, però tu la lasci in pace, tu non ti avvicini a lei, non la guardi, non la tocchi e, quanto è vero Dio, non me la porti via per la seconda volta. Lei è la mia migliore amica e tu le starai alla larga».

Smetto del tutto di respirare. Sollevo appena lo sguardo e vedo Cybil seduta sul gradino più alto della scala, le gambe rannicchiate al petto e la guancia adagiata sul ginocchio. Da quanto tempo è lì? Quanto ha sentito?

È uno spettacolo nel suo pigiamino striminzito, i capelli raccolti in uno chignon disordinato, il viso struccato, i piedi scalzi, i piccoli tatuaggi che sembrano dei puntini da questa distanza.

E io non posso toccarla, guardarla, avvicinarmi a lei. Mai più.

«Ho la tua parola?», rincara Robert.

Guardo di nuovo Cybil e non capisco cosa devo fare. Non capisco se ha ragione mio fratello, se mi sto comportando come un ragazzino viziato che vuole tutto e subito, solo per passare oltre una volta che si sarà stufato della novità, o se lei è l'eccezione che sto aspettando da tutta la vita. Ma Cybil non mi aiuta. Se ne sta lì, ferma immobile, a spiare la nostra conversazione e non interviene.

Quel bacio non ha significato niente, per nessuno dei due. Ha solo confermato quello che io e Rob sappiamo da sempre: non siamo anime gemelle. E mai lo saremo, mi ha detto solo pochi minuti fa. E poi mi ha baciato.

E io e te, Cybil? Io e te eravamo anime gemelle?

Mentre questa stupida domanda mi ronza in testa, la vedo alzarsi e tornare sui suoi passi, finché sparisce dalla mia vista.

Non mi lascia altra scelta.

Annuisco appena. «Hai la mia parola», dico guardando Rob dritto negli occhi.

«Bene. Dormo da Tory, ci vediamo domani mattina».

E poi se ne va, portandosi dietro una promessa che non volevo fargli.

cybil

Il volume della televisione è troppo alto, e va avanti così da ore. Alla fine, decido di alzarmi e scendere al piano di sotto. Robert se ne è andato, Lucas non è più tornato in camera sua.

Scendo in punta di piedi e arrivata a metà scala riesco a vedere Lucas sdraiato sul divano in una posizione improbabile, con una bottiglia di non so cosa in mano e la replica di una qualche partita di football che gira a vuoto sullo schermo piatto.

Mi avvicino cauta, sembra stia dormendo. Gli sfilo la bottiglia vuota dalle mani e leggo l'etichetta: Jack Daniel's.

«Se proprio devi ubriacarti, almeno fallo con un whiskey decente!», esclamo ad alta voce. Mi inginocchio davanti a lui e il cuore accelera come ogni singola volta che siamo così vicini. Con l'indice gli sposto una ciocca di capelli dalla fronte e rimango per qualche secondo a contemplarlo.

«Ehi», sussurro contro il suo viso. «Stai bene?».

L'odore pungente del whiskey permea l'aria e mi fa arricciare il naso.

«Vai via», sbiascica Lucas. «Via», ripete. Non credo mi abbia messo a fuoco, dubito si ricordi anche il suo nome.

«Vieni, ti porto a letto». La prima cosa che faccio è afferrare le sue gambe e posarle a terra. È inerme e il suo peso morto rende tutto estremamente difficile. «Lucas, ti prego. Vieni a letto». Spengo la televisione e rimaniamo avvolti dal silenzio più assoluto, immersi nel buio fitto. Corro fino alle scale e accendo la luce, poi torno da lui. «Lucas!», stavolta la mia voce è perentoria.

Finalmente solleva la testa di qualche centimetro e mi mette a fuoco. «Ciao!», esulta.

Cristo, ma quanto è ubriaco?!

«Dai, andiamo a letto».

Lucas si solleva appena e inizia a ridere. «Impossibile!», blatera. «Gliel'ho promesso».

Lo so... ti ho sentito...

«Per favore, prova ad alzarti. Ti accompagno io».

«Voglio rimanere qua!», sentenzia. È irritante come un bambino.

Non gli presto alcuna attenzione, infilo un braccio sotto la sua spalla e con un po' di pressione lo faccio alzare. «Starai più comodo a letto».

«Sei bugiarda. Ma lo sei sempre stata».

«Lucas...», il mio tono è bonario, ma c'è una punta di avvertimento che spero colga. «Sei ubriaco fradicio, io no. Qualunque cosa dirai, domani probabilmente te la sarai dimenticata, ma *io no*. Quindi...».

«Meglio. Voglio dimenticare tutto», sbiascica di nuovo.

Riesco a fargli fare un paio di passi, si aggrappa a me e pesa un accidenti. È troppo alto, troppo muscoloso, non riuscirò a fargli salire le scale se non collaborerà.

Sale il primo gradino e ride in modo misterioso. «Mi stai toccando. E io sto toccando te».

Non so se farlo parlare o ignorarlo del tutto. Voglio solo che si metta a letto, che sia al sicuro.

«Non è consentito».

«Mancano solo sedici gradini», ironizzo.

«E ti sto guardando... e neanche quello posso fare. Capisci, *Cybilll*, non ti posso neanche guardare. Come dovrei fare? Mettermi una benda?», dice e si copre gli occhi con le mani.

«Lucas...».

«Sono d'accordo. È una stronzata». La sua voce diventa atona, ma riesce a salire le scale con più decisione. Forse, passato il primo momento di stordimento, si sta riprendendo. «E tu non hai detto niente, sei rimasta a guardare. E io gliel'ho promesso».

Raggiungiamo a fatica la sua camera da letto e cade sul materasso con un tonfo, a pancia in su.

Valuto se lasciarlo dormire tutto vestito, poi mi impietosisco. Gli sbottono la camicia partendo dal colletto.

«Se mi spogli, non vale», sussurra. Posa la sua grossa mano sulla mia e mi impedisce di andare oltre. «Se mi spogli, poi io vorrò spogliare te, e non si può».

«Adesso basta», bisbiglio. Non l'ho mai visto così, lo sguardo perso, gli occhi vitrei. «Lascia che ti aiuti».

Annuisce appena, così finisco di svestirlo. Ha un petto bellissimo, definito, muscoloso. I suoi tatuaggi sono fenomenali. Resisto a stento alla tentazione di sfiorarglieli.

«Perché ti sei ridotto così?».

«Non è ovvio?!», sogghigna. Si slaccia da solo i pantaloni eleganti e si contorce tutto per sfilarseli. Io li afferro dalle estremità e li tiro via. «No, immagino di no», si risponde da solo.

Mi siedo sul materasso, accanto a lui. «Ti vado a prendere dell'acqua».

«Non mi serve l'acqua». Con un prontezza di riflessi invidiabile in queste condizioni, mi afferra un polso prima ancora che possa pensare di alzarmi. «Mi servi tu. E tu non puoi rimanere. Non si può». Ci pensa su un attimo. «Si può?», domanda con un filo di voce. Quel suo sguardo così disarmante mi annienta.

Scuoto la testa.

«Giusto. Perché io sono un ragazzino capriccioso. E lui è convinto che ti voglia solo perché non ti posso avere. Mi sa che ha ragione lui, sai? Perché alla fine io ti odio. Sì, è così. Io ti detesto proprio, Cybil MacBride! Tu e i tuoi bellissimi occhi siete la mia rovina. E non dovevi venire a vivere qui, non dovevi entrare nella mia vita!».

Lucas si nasconde gli occhi dietro il braccio e ridacchia mentre io rimango in silenzio. Dovrei alzarmi come una furia, sbattere la porta, augurargli di marcire all'inferno, invece mi sdraio accanto a lui e lo abbraccio. Perché in fondo lo capisco. Tutto quel risentimento lo capisco e lo conosco.

Lui sospira. «Che cazzo fai?».

«Dormo vicino a te. Ma se non mi vuoi, me ne vado».

Per tutta risposta, Lucas si gira su un fianco e mi stritola fra le sue braccia. Incastra la testa fra il mio collo e la spalla e inspira forte.

«Non ti voglio», sostiene. «Non ti voglio mai». Rimaniamo zitti per qualche minuto, è di nuovo lui a spezzare il silenzio. «Ti ho cercata quella sera. Mi hai detto "ci vediamo in giro" mentre io mi stavo ancora abbottonando i jeans. Non mi hai dato nemmeno il tempo di parlarti. Te ne sei andata e basta. E io ti ho cercata ovunque».

Ogni parola è una pugnalata al cuore. Soprattutto perché so che, domani mattina, passata la sbornia, non si ricorderà niente. E se lo farà, fingerà che non sia mai successo.

«Cosa volevi dirmi?», gli domando. Lo sussurro appena, invece ho l'impressione che la mia voce rimbombi all'infinito fra queste quattro mura.

«Non lo so».

Intreccio una gamba alla sua, siamo troppo vicini, troppo intimi. I nostri corpi sono avvinghiati e io gli sto accarezzando i capelli alla base della nuca. Movimenti lenti e ondulatori. Li sfioro appena. «Non avresti dovuto prenderti tutta la colpa, prima. Con Rob, intendo».

Lucas sospira di nuovo. «Sembriamo i protagonisti di una soap opera. Mi sa che sono ubriaco».

Ridacchio, prima piano, poi sempre più forte. «Mi sa di sì».

«E ho voglia di scoparti».

Mi irrigidisco, ma non perdo la calma. «Non credo riusciresti a fare un granché. Sei davvero, *davvero* ubriaco!».

Lucas solleva la testa e, maledizione, anche da sbronzo riesce a tramortirmi con quel ghigno insolente che solo lui sa fare. Mi afferra dalle natiche e con un gesto deciso fa aderire perfettamente il suo inguine al mio. E si struscia su di me piano, in modo divino. «Non sottovalutare il mio Grosso Pene. È riuscito in imprese titaniche, in condizioni peggiori di queste. Chiedi a mia madre se non mi credi».

«A tua madre?!». Okay, ora inizio a preoccuparmi sul serio.

«Mi sa che non l'ho raccontata bene, la storia. Domani chiediamo a Rob, lui se la ricorda». Smette di muoversi, mi lascia con il cuore in gola e un desiderio sconosciuto che mi infesta le viscere.

«Adesso dormi».

Lucas si riaccoccola contro il mio collo.

«Non dormire qua», mi avverte, anche se poi mi stinge a sé ancora più forte, impedendomi di muovere persino le dita dei piedi.

«Non ci penso neanche. Puzzi di alcol da far schifo e chissà chi ci ha dormito fra queste lenzuola. Potrei prendermi le piattole».

Sogghigna a bocca aperta contro il mio collo. La sua lingua mi sfiora per un attimo, un minuscolo millimetro di pelle che si incendia. «Sei schizzinosa».

«Un po'».

«Gliel'ho promesso…», ripete per la terza volta, cambiando del tutto discorso. È l'ultima cosa che dice prima di precipitare in un sonno profondo.

Rimango accanto a lui per quasi tutta la notte, a fissare il soffitto, a farmi mille domande senza mai trovare le risposte, giuste o sbagliate che siano.

Lucas è così complicato, così dannatamente difficile da capire. Mi odia, ma mi vuole. Mi caccia, ma non mi permette di allontanarmi.

Vuole venire a letto con me, ma non vuole che rimanga a dormire nel suo.

E io? Io ci voglio rimanere in questo letto?

Nemmeno stavolta riesco a darmi una risposta sincera, così lascio che sia l'istinto a guidarmi, a decidere per me.

Me lo scrollo di dosso con delicatezza, lo copro con il lenzuolo, mi sporgo in avanti e gli accarezzo i capelli un'ultima volta.

«Gliel'avrei promesso anch'io», sussurro.

Poi scendo al piano di sotto e mi vado a sdraiare sul letto di Robert.

cybil

Mi sveglio di soprassalto, ho la sensazione che mi stia camminando un ragno sulla faccia. Mi do uno schiaffo per scacciarlo e solo quando apro gli occhi mi rendo conto che è opera di Rob. È seduto sul suo letto, la schiena contro la testiera e le gambe distese.

«Sei matto?!», strillo, impaurita. Mi stava sfiorando il viso con una specie di piuma all'estremità di una penna. Perché sono nel suo letto?

Non faccio in tempo a domandarmelo che la serata di ieri mi piomba addosso sotto forma di allucinazione.

«Buongiorno», dice. Mi fa di nuovo il solletico con la sua piuma e io gli blocco il polso.

«Pensavo fosse un ragno».

«Invece è struzzo».

«Sei di buon umore…». Se lo ricorda anche lui quello che è successo ieri sera? Perché sono certa di non essermelo sognato.

«Ho dormito bene».

Mi tiro su e poggio anch'io la schiena contro la testiera. Guardiamo entrambi dritto davanti a noi, oltre la vetrata. Ieri sera ho lasciato le spesse tende color crema aperte. Ero così stanca quando finalmente ho preso sonno che non mi sono preoccupata di chiuderle.

«Quanto sei arrabbiato con me, da uno a dieci? Uno è "non così tanto", dieci è "raccogli i tuoi quattro stracci e sparisci dalla mia vita"».

Rob ci pensa su, incrocia le braccia sul petto e accavalla le gambe all'altezza delle caviglie. «Cinque. E cinque sta per "con Lucas? Sul Serio?"».

Sorrido appena e mi appoggio contro la sua spalla. «In uno sgabuzzino», confermo.

«Senza neanche dirgli il tuo nome. Sai qual è stata la prima cosa che mi è venuta in mente ieri sera, mentre Lucas me lo raccontava? Il povero Tyle. Te lo ricordi Tyle?».

Senza guardarlo gli mollo uno schiaffetto sul braccio. «Sei un bastardo!».

«Siete usciti insieme per quattro mesi e non gliel'hai nemmeno fatta vedere. Quattro. Mesi. Quel poveretto non sapeva più che fare! Ti ha presentato i suoi parenti fino alla settima generazione per dimostrarti che aveva intenzioni serie, e tu niente. E poi vai con Lucas…».

«Me lo rinfaccerai per tutta la vita?».

«In eterno, Cybil. In eterno».

«Non sei arrabbiato?», domando cauta.

«Non sono felice. Ma non sono arrabbiato. Non posso farci niente, è andata così. Ce lo siamo detti mille volte, non ha funzionato fra noi perché non doveva funzionare. A prescindere dal fatto che tu ti sia fatta abbindolare da mio fratello». Gli mollo un'altra sberla. «Però la bugia faccio fatica a mandarla giù…».

Gli passo un braccio intorno alla vita e stringo forte. «Se ti preparo la colazione, mi perdoni almeno un po'?».

«Pancake e uova strapazzate?».

«Solo le uova… i pancake non sono il mio forte».

Ci alziamo dal letto e, abbracciati, entriamo nell'open space ordinato. La bottiglia vuota di Jack Daniel's è ancora sul tavolino davanti al divano, dove l'ho posata io ieri sera. Immagino che Lucas sia in coma al piano di sopra. Recupero la boccia e la porto in cucina, per buttarla.

«Avete fatto festa, dopo che me ne sono andato?». Il tono infastidito che usa tradisce tutta la sua calma apparente, ma faccio finta di niente.

«Lucas non era in gran forma, ieri sera». Spalanco l'anta del frigorifero e recupero le uova. «Ha bevuto un po'».

Rob non replica, così mi volto a guardarlo e lo becco a mordersi il labbro inferiore e a giocare con la sua stupida penna.

«Ha fatto scenate?», mi domanda.

«No, certo che no! Ha guardato una partita di football, poi verso le due sono scesa al piano di sotto e l'ho convinto ad andare a dormire».

«E sei andata a dormire nel mio letto?».

«Quel piccolo materasso mi sta uccidendo. Ne ho un po' approfittato…». Non voglio dirgli che speravo rientrasse nel cuore della notte e che avremmo potuto parlare. Non voglio nemmeno dirgli che avevo bisogno di mettere una distanza planetaria fra me e Lucas. Soprattutto questa seconda parte, vorrei che non la scoprisse mai.

«Ha detto una cosa strana ieri sera…».

Mi irrigidisco e spero non se ne accorga. Con disinvoltura rompo quattro uova nel tegame e le mescolo con un cucchiaio di legno. «Tipo?».

«Lascia stare. Non è importante».

Non insisto, mi avvicino alla macchina del caffè e riempio lo scomparto laterale d'acqua.

«Lucas non è nella sua stanza, credo sia andato a correre. Vedrai che tornerà lui con il caffè», mi informa Rob.

Lo ignoro e posiziono il filtro con la polvere nera nella fessura in alto. «Pensavo stesse ancora dormendo. Era conciato piuttosto male».

«A maggior ragione credo sia andato a correre. A lui basta una decina di chilometri di corsa per smaltire una sbornia colossale e tornare come nuovo. Sarà qui fra poco».

Neanche lo stesse monitorando con un'app del cellulare, Lucas entra in casa qualche minuto dopo. Con i caffè in mano. Due…

Vorrei arrabbiarmi e invece sorrido. So che il secondo caffè non è per me, e so che ieri sera abbiamo entrambi fatto un passo indietro.

Qualunque cosa sia successa fra noi nelle ultime due settimane, qualunque fragile tregua avessimo tacitamente sigillato, è rimasta incastrata fra un sorso e l'altro del suo whiskey.

«Ehi», dice, sfilandosi le cuffie dalle orecchie.

È bagnato di sudore come se si fosse lanciato in una piscina. Così rosso in viso da sembrare ustionato. Ed è bellissimo. La t-shirt a maniche corte lascia scoperti i suoi tatuaggi, disegnati su un paio di bicipiti gonfi e ben definiti. Tutto è attraente di lui: le spalle toniche, il viso liscio, le labbra piene.

Avanza verso la cucina, guarda prima Rob, poi me, e nel suo sguardo leggo solo tanta indifferenza. Consegna il caffè a suo fratello, come se fosse la cosa più normale del mondo, un gesto che ha ripetuto un'infinità di volte.

Rob scuote la testa, divertito.

«Cosa?», gli domanda Lucas. «Non so cosa le piace!». Lui è serissimo, io e Robert ridiamo. «Vado a farmi una doccia».

Sale su per le scale e io mi ritrovo a fissarlo. Rob se ne accorge, ma non fa domande. Non su suo fratello, almeno.

«Allora? Com'è andato il tuo appuntamento con il tipo degli uccelli?».

Ci metto qualche secondo a capire la sua domanda. Possibile che non siano passate nemmeno quarantotto ore da quando sono uscita con Edward?

«Non lo vuoi sapere», lo avverto. Prendo due piatti dalla credenza e li poggio sul tavolo della penisola.

«Come no? È stato pesantissimo?».

«No... è stato solo strano». Finisco di cuocere le uova, mentre Rob versa il caffè che gli ha portato suo fratello in due tazze. «Non serve che ce lo dividiamo. Tra due minuti sarà pronto anche il mio».

Fa spallucce e si rimette seduto. «Intanto beviamo questo».

Prelevo dal frigorifero due pomodori e un cetriolo, che poi taglio a fette per il mio amico.

«Anche un finocchio», precisa Robert.

«Sì, padrone!», gli faccio l'inchino, poi apro di nuovo l'anta del frigorifero. Prendo anche due gambi di sedano per me e un sacchetto di carotine baby.

Le uova, nel frattempo, sono pronte e si stanno freddando nella padella. Non sono un asso in cucina, ma la composizione di verdure che mi impegno a confezionare è davvero strepitosa.

«Cosa vuoi sapere?». Rimango in piedi dalla parte opposta del bancone e assaggio le uova, che finalmente mi decido a servire.

«Dove ti ha portata? E manca il sale», mi rimprovera bonariamente.

«Da Le Bernardin».

«Però...». È Lucas a parlare, me lo ritrovo alle spalle e non l'ho nemmeno sentito scendere le scale. Gli guardo i piedi, è scalzo e lascia impronte di umido sul parquet. Indossa un paio di pantaloni neri, morbidi, e ha pensato bene di non mettersi la maglietta. Si strofina i capelli bagnati con un piccolo asciugamano, per poi abbandonarlo oltre la spalliera di uno degli sgabelli. «Cucina francese», specifica.

«*Ottima* cucina francese», ci tengo a precisare.

«Io però voglio sapere i dettagli!», insiste Robert. «So che non glie-l'hai data...».

Gli lancio un tovagliolo in faccia e lui ride.

«Non fare l'impiccione. Ero stanca e lui aveva un volo per Hong Kong, la mattina dopo. Molto presto. Sarebbe potuto succedere benissimo».

«Sì, certo. È proprio quello il motivo...».

«Aveva l'alito pesante?», domanda Lucas, intromettendosi nella conversazione come se fosse stato invitato da qualcuno.

«Cybil non la dà a nessuno», specifica Robert e cala il gelo nella stanza. «Beh… tranne a te, a quanto pare».

Lucas ridacchia, io vorrei tagliarmi le vene e morire dissanguata qui, nella loro cucina di design, proprio sul parquet lucidissimo.

«Giusto. E non per ostentare, ma è stata anche una gran bella scopata. Vero, Cybil?».

«*Lucas*!», strepito.

«Cosa? Non possiamo parlarne?», chiede con tono innocente, accomodandosi poi accanto al fratello.

Con gli occhi ancora sgranati volto appena la testa per guardare Robert. Sta ridacchiando anche lui. Certo, è un risolino esasperato, il suo, ma non mi lamento. Insomma, ieri sera per poco non arrivano alle mani e ora ci scherzano su? A mie spese?

«Edward *non ha* l'alito pesante. È affascinante, interessante e brillante».

«Quanti "ante"…», mi fa il verso Lucas. «Fatto sta che sei tornata a casa e hai aperto una bottiglia di vino, dalla disperazione. Una delle tue, Rob, fra l'altro». Che grandissimo figlio di… «Pare che il tipo sia astemio», spiega al fratello.

«Ah! Astemio… non ci voleva. Gli piace il pene e non beve. Almeno è arrivato in macchina?».

«Maserati, se proprio lo vuoi sapere».

«Luc, lo sai che, una volta, Cybil è uscita con un tipo che l'è venuta a prendere al dormitorio con una roulotte?».

«Sapete cosa vi dico? Andate a farvi fottere tutti e due!». Allontano il piatto davanti a me con un gesto di stizza e Lucas lo afferra.

«Se non le mangi…». Non faccio in tempo a dirgli che gli pianterò i rebbi della forchetta nella mano se toccherà le mie uova strapazzate che ne ha già ingurgitate metà.

«Una roulotte?», domanda Lucas con la bocca piena. «Ah, manca il sale nelle uova».

«Oh, fanculo!».

So cosa sta facendo Robert: ci sta mettendo alla prova. Si sta assicurando che fra me e Lucas non ci sia proprio nulla. Che ci odiamo proprio come il primo giorno, che quel piccolo incidente di percorso di due anni e mezzo fa è morto e sepolto e non ha cambiato niente: io sono ancora la sua migliore amica e non vado a letto con suo fratello. E io sto al gioco, anche se la mia dignità ne uscirà ammaccata.

Prendo una ciotola e ci infilo dentro i miei cereali preferiti. «Non era una roulotte… era un camper. Saputello!».

Robert ride di gusto; Lucas mi sorride, complice, senza farsi vedere. Perché è arrivato anche lui alla mia stessa conclusione.

«Praticamente si è portato dietro la casa mobile sperando che Cybil non facesse tanto la difficile, e invece…».

«Denver era così carino», dichiaro mentre verso il latte nella scodella fino al bordo. «Un po' troppo rozzo per i miei gusti».

«Perché sei schizzinosa», sostiene Lucas e basta una parola, una stupidissima parola, a riportarci entrambi nella sua camera da letto, abbracciati al buio, lontani dal mondo.

«Perché sono selettiva», puntualizzo. Solleva appena gli angoli della bocca e io alzo gli occhi al cielo. «Tranne quell'unica volta con te, a quanto pare».

«Ehi, che ti devo dire? Felice di averti soddisfatta! Ma, giusto per capire, sei più stata a letto con uno straccio di uomo da quella sera? Mi rendo conto che il confronto con il sottoscritto sia pressoché impossibile, ma non dovresti comunque praticare astinenza per così tanto tempo. Non è salutare. Sei già abbastanza insopportabile così».

«Rob, raccontami la storia di Lucas e del suo Grosso Pene». Poggio entrambe le mani sul top della cucina e mi sporgo in avanti, gli occhi di Lucas fissi nei miei.

«Non ci provare!», lo avverte Lucas.

«E tu che ne sai del Grosso Pene di Lucas?». Rob prima lo chiede, un secondo dopo alza le mani in segno di resa. «No, no, no. Non ho nessuna intenzione di addentrarmi in questa conversazione. Anzi, direi che per me si è fatto tardi. Ho appuntamento con Tory e un paio di suoi amici per il brunch, e devo ancora farmi una doccia».

«Ma sei appena tornato da casa di Tory!», piagnucolo.

«E poi chi sono questi amici? Perché a noi non l'hai chiesto? Non possiamo conoscerla?».

«Tu la conosci già!», gli ricorda Robert, con tono esasperato.

«Io invece la conoscerò stasera a cena. Rob ci porta da Babbo», cinguetto.

Lucas ostenta un'espressione offesa a morte. «E io non sono stato invitato? Io sono tuo fratello! *Gemello!*».

«Scordatelo», sentenzia Rob alzandosi da tavola. «La incontrerai un altro giorno. Non stasera, non a cena in un ristorante stellato, non con Cybil a mezzo metro. Siete troppo imprevedibili».

«E questo cosa vorrebbe dire, scusa?», intervengo io. Pensa che non siamo in grado di comportarci da adulti?

«Non siete in grado di comportarvi da adulti!». Ecco! «E non me ne frega niente se vi odiate più di prima, meno di prima, se state diventando amici, se adesso sono a conoscenza del vostro triste segreto: una cena a quattro è fuori discussione!».

Lucas sospira. «Noi siamo *molto* maturi. E sappiamo comportarci da adulti. Vero, Cybil?».

Alzo un sopracciglio. Cosa vuole che gli dica? Perché la verità è che, no, non ne siamo capaci. Nella migliore delle ipotesi finiremmo per litigare e lanciarci accuse per tutta la sera, nella peggiore... non voglio nemmeno pensarci alla peggiore delle ipotesi.

«Sì, beh... forse...», balbetto. Lucas sgrana gli occhi e io mi arrendo. L'idea di averlo lì non mi entusiasma, ma fare il terzo incomodo ancora meno. «Rob, secondo me ha ragione Lucas. Mettici alla prova. E poi è proprio come hai detto tu: siamo diventati amici».

Lucas scoppia a ridere e lo trafiggo con un'occhiataccia. «Sì, giusto. Io e Cybil siamo... com'è che hai detto? Amici? Confermo, siamo amici».

Rob ci pensa su per qualche secondo, studia prima me e la mia espressione innocente, poi suo fratello e il suo ghigno impertinente. «Me ne pentirò amaramente». Si allontana e si dirige verso la sua camera da letto. «Sette e trenta da Babbo. Puntuali, Lucas, *puntuali*». Poi si chiude la porta della sua camera da letto alle spalle.

«Non siamo amici», specifico.

«Non saremo *mai* amici», conferma lui.

«Tregua per una serata?».

«Tregua».

«Lo facciamo per Rob», lo avverto.

«Come sempre».

«E non parleremo mai di quello che è successo ieri notte».

«Perché, cos'è successo ieri notte?». Sgrana gli occhi in modo innocente, poi si morde le labbra per non ridere.

Lo ignoro. «E tu non farai battute idiote su di noi che possano innervosire Rob».

«E tu non penserai al mio Grosso Pene».

«*Yack!* Sei disgustoso!».

«Certo, certo. Cameriera, adesso fa' silenzio e preparami altre uova. Ho ancora fame».

Gli mostro il dito di mezzo e me ne torno al piano di sopra.

Stupido cavernicolo presuntuoso!

Recupero il cellulare che ieri sera ho lasciato sulla scrivania dello studio e lo accendo.

CYBIL: Ho bisogno di un pomeriggio solo donne. Ci stai?

DIANE: Cosa avevi in mente? Sono un po' incasinata oggi.

CYBIL: Sauna, bagno turco, massaggio. Ho baciato Lucas.

CYBIL: E lui ha baciato me.

CYBIL: E Rob sa quello che è successo a quella festa.

DIANE: Prenoto.

lucas

Finisco di annodarmi la cravatta davanti allo specchio del bagno.

«Ti manca tanto?», mi domanda Cybil, appoggiata alla cornice della porta, che ho lasciato aperta.

«Due minuti».

Lei entra senza chiedermi il permesso e recupera la sua borsetta – con dentro un quantitativo esagerato di trucchi – e la posa nel lavandino. Mi scanso perché non mi lascia altra scelta.

«Devo lavarmi i denti», la informo.

«Prima ti vesti e poi ti lavi i denti?».

«Sì. Qualcosa in contrario?».

«No, no, sei solo un po' strano». Recupera un tubetto di non so cosa, ma proprio non ce la fa a stare zitta. «Non sei un po' troppo elegante?», domanda mentre si impiastriccia il viso con una crema verdastra.

«Babbo è un ristorante un po' pretenzioso. Rob, conoscendolo, avrà prenotato la saletta privata e credo si aspetti mi vesta elegante».

Cybil esamina il suo abbigliamento e io seguo il suo sguardo attraverso il riflesso dello specchio.

«Forse, allora, io non vado bene così. Mi sa che mi cambio». Si guarda dalla testa ai piedi. Indossa una specie di tuta intera, nera. È sofisticata, bellissima.

Ovviamente mi tengo il commento per me e disfo il nodo per la seconda volta. Mi sta distraendo.

Si riprende la borsetta con i trucchi e la poggia sul coperchio chiuso del water. Scappa nella sua piccola stanza e ritorna dopo qualche minuto. Io sono riuscito nell'impresa di annodare la mia Gucci blu notte e lei è pazzesca.

«Che te ne pare?», mi domanda. Fa una piroetta su se stessa e io deglutisco a fatica. Ha scelto un abito nero, semplicissimo, lungo fino ai piedi ma con uno spacco generoso sulla coscia destra. «Non ti piace?». Si acciglia e io cerco di ricordare al mio cervello come si fa a parlare.

«È carino».

«Carino?! Carino non è sufficiente. Carino è un aggettivo che non rientra nel mio vocabolario», sostiene con una certa drammaticità. Scappa di nuovo via e io mi lavo i denti.

«Questo?».

Quando mi decido a guardarla, per poco non ingoio il dentifricio con tutto lo spazzolino. «Sì, beh... un po' corto?», mi esce fuori come una domanda.

Si è infilata un tubino dorato, con le bretelle finissime e così corto da farmelo venire duro. Se si vestirà così, dubito che arriveremo mai da Babbo.

«Perché lo vedi senza tacchi. Aspetta».

E chi si muove?!

«Adesso?».

Adesso è peggio. Perché oltre alle gambe scoperte, al seno a punta che preme contro il tessuto liscio, ha calzato un paio di sandali dorati con il tacco alto e finissimo, che me lo fa diventare ancora più duro.

Prima che se ne accorga, recupero la sua trousse e mi siedo sul cesso, coprendomi poi con la sua borsetta l'erezione che preme contro la cerniera.

«Riprova il vestito nero», suggerisco.

«Questo non ti piace?».

«Questo mi fa venire voglia di scoparti. Adesso. In questo bagno, contro la parete». Cybil sgrana gli occhi e schiude le labbra. «Hai altri cinque secondi».

«Non fare il...».

«Quattro...».

«Lucas!».

«Tre...».

Esce di corsa dal piccolo bagno e ridacchio. Merda, quanto è bella. E io non dovrei nemmeno guardarla? Cosa stava pensando mio fratello ieri sera quando mi ha imposto le sue regole?

Dopo un paio di minuti Cybil appare come una visione sotto la cornice della porta. Si è cambiata il vestito ma ha lascito le stesse scarpe dorate ai piedi.

Forse sono le scarpe. O i suoi piedi, con lo smalto rosso. Forse sono un feticista e non lo sapevo.

«Così, va meglio?».

«Un pochino. Ma ho comunque voglia di scoparti». Glielo dico come se mi trovassi davanti al bancone di Taco Bell e stessi decidendo se ordinare un burrito con il pollo o con il manzo.

In realtà mi sento come se fossi stato catapultato dentro una concessionaria di auto di lusso. *Signor Henderson, preferisce una Ferrari o una Lamborghini?*

Tutte e due. Le preferisco tutte e due.

«Non essere ridicolo!».

«È la verità. Solo che con questo indosso ti scoperei prima contro l'armadio e *poi* ti stenderei sul letto. A pancia in giù. Già, ti prenderei da dietro», e mentre lo dico, gesticolo per farle capire bene il concetto.

Il tono che uso è scherzoso, ma non si immagina nemmeno quanto io sia dannatamente serio.

«Hai finito?».

Finito? Non abbiamo nemmeno cominciato…

«Senti, mettiamola così: io non ti sfiorerò nemmeno con un dito – forse –, ma devi anticipare i pensieri di tutti gli uomini che incontrerai stasera se ti vesti così. Insomma, vestito oro grida "sveltina in bagno senza nemmeno perdere tempo a infilarmi il preservativo. Rude e al limite del pornografico". Vestito nero, invece, mi viene da dire "ti do il tempo di tornare a casa, indosso anche il preservativo, ma, quanto è vero che Tom Brady è il miglior quarterback di tutti i tempi nella NFL, non ti faccio alzare da quel cazzo di letto per le prossime dodici ore. E ti scopo da dietro, da davanti, di traverso. Come capita, insomma. E poi ricomincio". Sono stato abbastanza chiaro?».

«Sei diabolico!». Cybil inclina la testa di lato e se ne torna in camera sua. Io non mi posso alzare. Probabilmente mai più. Sarà costretta ad andare da Babbo da sola e a portarmi la cena in un sacchettino di plastica.

Rientra in bagno per l'ennesima volta e la stronza si è rimessa il vestito oro.

«Sveltina in bagno sia», dichiaro.

«Com'è questa Tory?», domanda lei ignorando il mio commento.

Cybil si avvicina come una pantera, allunga le mani e il mio cervello va in tilt. Mi lecco le labbra senza riuscire a frenare quello stupido impulso e capisco che vuole solo riprendersi la sua trousse dei trucchi, lasciando quindi la mia erezione in bella mostra. Non so se ne accorga, ma se lo fa è bravissima a far finta di niente.

Cosa mi ha chiesto? Ah, sì. Com'è Tory. *Non è bella nemmeno la metà di te.*

«Te l'ho detto. Una figa spaziale».

«Sì, okay. Ma è elegante? Sofisticata? Intelligente?». Si guarda allo specchio mentre applica con precisione geometrica la matita nera sugli occhi. Ha i capelli legati alla buona e indossa un paio di orecchini di diamanti che brillano sotto la luce dei faretti.

«Non lo so, mi sono concentrato sulle sue tette per tutto il tempo».

«Riesci mai a fare un discorso serio?».

«Sì, ma la tua non è una domanda seria. Ti stai comportando come una ex ragazza gelosa che teme il confronto con quella nuova e mi stai dando sui nervi».

«Perché voglio sapere com'è questa misteriosa ragazza per la quale Rob sembra aver perso la testa?».

«Esatto».

«Magari sono solo preoccupata».

«No, sei solo gelosa». La mia erezione non ne vuole sapere di calmarsi e io sono costretto a rimanere seduto sul mio cesso, ad ascoltare Cybil che farnetica scuse, il tutto mentre si trucca come una diva.

Rimaniamo in silenzio per un po', io la spio di sottecchi e lei sfuma l'ombretto sulle palpebre. Fisso le sue gambe lisce, conto tutti i tatuaggi sui quali riesco a posare gli occhi. Nove. Ma so per certo che sono almeno dieci. E il decimo è il mio tallone d'Achille.

Contemplo quello sulla nuca.

Kiss me here.

Mi immagino di alzarmi in piedi, stringerle la vita con le mani, baciarle il collo e sfilarle gli slip lentamente. Un centimetro alla volta. Me la farei contro il lavandino, lei di schiena, i nostri occhi che si incrociano attraverso il riflesso nello specchio. E lei me lo lascerebbe fare, sono sicuro che me lo lascerebbe fare.

La situazione all'altezza del cavallo dei pantaloni peggiora, e più lei si tende in avanti per avvicinarsi allo specchio e sfumare quel cazzo di ombretto, più il suo sedere sporge all'infuori, più io perdo la testa.

Quando cazzo è stata l'ultima volta che ho fatto sesso? Perché, da come sta reagendo il mio corpo, sembra essere passata una vita.

Decido di alzarmi, fanculo se noterà la mia erezione, mi sta mandando al manicomio.

«Posso chiederti un favore?», domanda senza guardarmi.

«Cosa?».

«Sulla tua scrivania ho lasciato una catenina d'oro bianco con un ciondolo. Me la prenderesti, per favore?».

«Non te ne stai un po' approfittando? E poi non eri tu la mia cameriera?».

«E dai, siamo in ritardo».

Sbuffo, ma decido di accontentarla. Recupero quello che mi ha chiesto e torno in bagno. Sta applicando il lucidalabbra, un colore chiaro e scintillante che la fa sembrare una bambola di porcellana.

Senza che mi chieda niente, le circondo il collo con un braccio e le faccio scivolare la collanina sulla gola. Ci guardiamo negli occhi, io riesco ad agganciare le due estremità senza difficoltà.

«Anch'io avrei scelto il vestito oro», dico, un po' per prenderla in giro, un po' per smorzare la tensione.

«Se vuoi, una di queste sere te lo presto».

«Sarebbe fantastico. Dovrò depilarmi le gambe, però».

«Darei una sfoltita anche ai peli sulle braccia…».

«Perché no? Ma quelli sul petto non si toccano!».

Cybil si volta e adesso siamo faccia a faccia, occhi negli occhi. «Nah, quelli sono sexy». Mi stordisce con un'occhiata che lascia poco spazio all'immaginazione. Si avvicina al mio viso e, come se fosse una cosa normale, mi bacia la guancia, posando appena le labbra sul viso. «Andiamo?».

No. Non andiamo.

Ho promesso a mio fratello che l'avrei lasciata in pace, che non mi sarei avvicinato, che non l'avrei toccata, guardata.

Fanculo a mio fratello.

Le faccio scivolare una mano dietro la schiena, le tocco il sedere e afferro il bordo del suo vestitino. Cybil mi guarda, sfrontata e fiera. Non si muove di un millimetro.

Ricalco il percorso all'indietro, solo che stavolta lo faccio da sotto il tessuto dorato, le accarezzo l'interno della gamba con la punta dell'indice, arrivo fino al bordo dei suoi slip.

Cybil fa cadere lo sguardo di lato, subito dopo riporta i suoi occhi nei miei. E sono occhi bellissimi, così azzurri da sembrare finti. Le circondo la vita con la mano libera e la faccio spostare di un paio di passi per poi appoggiarla contro la parete. I nostri corpi aderiscono in modo divino l'uno contro l'altro e lei mi dà il via libera che speravo: mi cinge il collo con le sue mani e mi attira a sé.

Scosto gli slip con un dito mentre con l'altro le accarezzo la pelle liscia in mezzo alle gambe, che divarica appena per lasciarmi spazio. È una sensazione spettacolare, il mio uccello che le preme contro l'inguine, il suo respiro corto sulle mie labbra e la sua eccitazione sulle dita.

Dobbiamo fermarci.

Non vogliamo fermarci.

La penetro con il medio e Cybil si lascia sfuggire il gemito più liberatorio e provocante che abbia mai sentito.

Mi morde piano le labbra, gioca con la mia lingua e io mi struscio contro di lei come un disperato.

È calda e stretta, bagnata. Le scivolo dentro e fuori e ogni volta la piccola Cybil, così impertinente, così sfrontata, perde un po' di lucidità. E io precipito nel vuoto.

Lei mi bacia e rimette tutto in discussione. Accorcia le distanze fra noi e io non la fermo. Voglio di più, stasera. Adesso. Voglio sentire la sua bocca ovunque, i suoi lamenti, la sua pelle nuda contro la mia.

Il sapore delle sue labbra, quando le tocco con le mie, il pugno che mi arriva dritto allo stomaco quando sfioro la sua lingua, ha sempre lo stesso effetto devastante su di me.

Chiudo la porta del bagno con un calcio e spengo la luce, lasciando accesi solo i due faretti sopra il lavandino. Cybil sussulta, ma si lascia comunque trascinare dal momento. E adesso siamo praticamente al buio, e lo spazio è davvero poco per due corpi.

La mia erezione preme contro il suo ventre e lei ci si struscia contro. Affonda le dita nei miei capelli, e io fra le sue gambe, facendola contorcere di piacere.

«Dobbiamo fermarci», ansima fra le mie labbra.

«Sì», dico, ma poi continuo ad entrarle dentro con le dita, a prendermi tutto quello che mi concede. Ed è così brutale, frettoloso. «Sì», ripeto. Perché Robert ci sta aspettando al ristorante. Eppure mi dimentico di tutto: di mio fratello, di quanto mi abbia ferito Cybil in passato, di quanto la detesti – o finga di farlo –, me ne frego delle conseguenze. Ho solo un pensiero: lei. Tutta per me.

Cybil MacBride, chiusa in questo bagno con me, mentre la faccio godere, la sua carne umida che mi pulsa addosso e il mio uccello che sta soffocando intrappolato dentro i pantaloni del vestito elegante, è uno spettacolo sconcertante.

I suoi capelli biondi, ormai sfuggiti all'elastico, mi sfiorano il viso, i suoi occhi spalancati si incastrano nei miei, la sua bocca bellissima si mangia la mia.

«Lucas…», ansima e quando viene, Dio, quando viene penso di esplodere anch'io.

Cybil ha i capelli sconvolti quando la libero dalla morsa soffocante nella quale la tenevo stretta, ha gli occhi lucidi e fa fatica a respirare. Io sono in apnea. La guardo e sto male. Male fisicamente. Continuo a sfiorarla in mezzo alle gambe, con movimenti lenti. E vorrei sprofondare dentro di lei, rimanerci per sempre.

«Forse è meglio se metto un paio di pantaloni», sussurra a corto di ossigeno quando finalmente mi decido a sfilare le dita da sotto la sua gonna.

Rido in modo quasi isterico. Le stritolo i capelli fra le mani e la bacio di nuovo. Stavolta senza fretta, me lo godo fino in fondo.

Faccio due passi indietro e recupero un briciolo di lucidità.

«Adesso, però, dobbiamo andare davvero», mi rimprovera.

Si sistema i capelli davanti allo specchio, afferra il lucidalabbra e si avvicina alla porta. La blocco un'ultima volta, incapace di parlare, di lasciarla andare.

E mentre la guardo, mentre solleva una mano e mi sfiora la guancia con una carezza, capisco che questa notte non sopravvivrò. O morirò di infarto o morirò dentro di lei.

In entrambi i casi, sono fottuto.

cybil

C osa. Cazzo. È. Appena. Successo.

Scendo al piano di sotto con le guance in fiamme e le ginocchia che tremano. Mi avvicino con qualche difficoltà alla cucina e recupero un bicchiere dalla credenza. Lo ficco sotto l'acqua corrente del lavandino, riempiendolo fino all'orlo, per poi trangugiarne il contenuto in pochi sorsi.

L'acqua è inutile. Mi serve l'alcol!

Lo sento scendere le scale prima ancora di vederlo e mi concedo un lungo, lunghissimo respiro.

Va tutto bene. Non è successo niente. Possiamo rimediare.

«Io sono pronto», mi informa. La sua voce è pacata e mi impongo di sorridergli. Si sta raddrizzando la cravatta, si è infilato la giacca. È talmente bello che mi fa seccare di nuovo la gola. Tiene in mano le sue scarpe lucidate ad arte e se le infila seduto sull'ultimo gradino della scala.

«Sono pronta anch'io». Non è vero. Tutto, ma non pronta.

«Vuoi che andiamo a piedi?». Guarda i miei tacchi e fa una smorfia, poi alza lo sguardo lentamente, esplorandomi il corpo con estrema attenzione. Mi fa sentire nuda.

«Meglio un taxi», esclamo.

Si comporta come se niente fosse, e un po' lo apprezzo. Un po', invece, mi fa incazzare.

«Dopo di te». Spalanca la porta d'ingresso e il sorriso da stronzo che mi rivolge mi stende per la millesima volta stasera.

Scendiamo al piano terra senza parlare, sostiamo sul marciapiede senza parlare, ferma un taxi senza parlare, entriamo nell'auto senza parlare.

«Babbo. 110 Waverly Pl».

«Subito», gli risponde l'autista.

«Tutto bene? Sei un po' arrossata».

Alzo gli occhi al cielo. «Bravo, falle tutte adesso le tue battutine infantili, così magari davanti a Rob ti limiterai».

«Ehi, non sto facendo nessuna battuta. Era una constatazione».

«Certo, certo». Lo liquido con un cenno della mano e guardo fuori dal finestrino.

Sussulto quando la sua mano mi sfiora una gamba e volto la testa di scatto.

«Che diavolo fai?». Mi esce una voce stridula che proprio non riesco a controllare.

«Niente», ridacchia. «Rilassati».

Rilassati...

Se non mi toccasse, se non mi guardasse come se volesse scoparmi sui sedili posteriori del taxi, forse ci riuscirei.

A differenza di tutte le altre volte in cui ci siamo trovati in auto insieme, mi sta vicino. Appiccicato. Le nostre braccia si toccano, le nostre gambe anche, e vengo colpita da una vampata di calore improvvisa. Gli blocco la mano e gliela scanso.

«Dovevi metterti il vestito nero», mi rimprovera.

Dovevo mettermi un kimono, altroché!

«Devi tenere le mani a posto».

«Certo, certo», mi fa il verso. Si libera dalla mia presa e mi posa di nuovo la mano sulla gamba nuda. La lascia lì, immobile, e guarda dritto davanti a sé. «Però mi sa che non sarà possibile».

Si appropria della mia pelle un centimetro alla volta, finché non è di nuovo dove non dovrebbe *assolutamente* essere: troppo vicino all'orlo della mia gonna.

Respiro lentamente, cerco di rimanere lucida, ma le sue dita che mi accarezzano mi distraggono. Mi fanno venir voglia di ordinare all'autista di mettere la retromarcia e riportarci subito a casa.

«Non doveva succedere», dico, voce ferma e tutto.

«Sono d'accordo». Ha di nuovo smesso di accarezzarmi, non mi degna di uno sguardo. È un gioco al massacro: mi accarezza, poi si ferma. Mi accarezza, poi si ferma. Mi accarezza, poi si ferma.

179

«Insomma, è evidente che c'è un po' di attrazione fisica fra noi...», provo a dire.

«Pochissima», ironizza.

«E ci siamo fatti prendere dal momento. Ma fra noi non può esserci niente».

«Niente». Scuote la testa e riprende ad accarezzarmi: disegna minuscoli cerchi invisibili sulla mia pelle. «Anche perché io ti odio».

«E io odio te!».

«Problema risolto, allora». Lucas alza le spalle, poi si volta verso di me e mi annienta con un sorriso che farebbe capitolare anche Crudelia Demon. «Certo... due persone potrebbero odiarsi a morte e fare comunque il miglior sesso della loro vita. Non credi?».

Credo...

Con la testa dico sì, con le parole urlo: «*Assolutamente no!*».

«Voglio rivedere *questo* tatuaggio». Le sue dita si intrufolano del tutto sotto la mia gonna e in una frazione di secondo mi sta sfiorando l'inguine. Balzo sul posto neanche avessi una tarantola nelle mutande. Spingo via la sua mano con forza e irrigidisco i muscoli della schiena.

«Tu sei matto! Siamo già andati ben oltre il consentito. Non ti faccio vedere proprio niente!».

Lucas ride e scuote la testa. «Dai, Cybil, sto solo giocando. Davvero pensi che voglia infilarmi di nuovo nelle tue mutande?».

«Io credo proprio di sì».

Si morde le labbra, poi si avvicina al mio orecchio. «Okay, forse hai ragione tu. Ho una voglia folle di spogliarti... ma non lo farò». Basta il suo respiro sulla mia pelle a mandarmi fuori orbita. «Perché non possiamo».

«Esatto».

«Anche se vogliamo...».

«Esatto... cioè, no! *Non* vogliamo».

«Va bene, non vogliamo...». Cerca le mie labbra con le sue e io sono cretina al punto che volto la testa e gli facilito il compito. Mi bacia in modo sensuale, mettendoci solo la punta della lingua. Mi accarezza, mi lecca piano e risveglia la voglia pazza che ho di lui. Il suo profumo costoso è inebriante, la sua bocca perfetta una tortura. «Siamo quasi arrivati», si lamenta fra le mie labbra.

«Era ora», ribatto. Risulterei molto più credibile se riuscissi a pronunciare le parole senza morire soffocata a ogni lettera.

«Mi sa che non possiamo scendere, però». Mi rivolge un'occhiata maliziosa che mi fa perdere l'ultimo battito di cuore. È talmente bello che rimarrei a contemplarlo per ore. Vestito elegante, poi, è così sofisticato e distaccato da sembrare un miracolo.

Alzo gli occhi al cielo. «Non sei capace di controllarti?».

«E tu?», mi pungola.

«Non ti aiuterò con il tuo problemino», lo avverto mentre il taxi si ferma davanti al ristorante. Non scendo subito, rimango incastrata nel suo sguardo e ci precipito dentro. L'autista si volta verso di noi e solleva un sopracciglio, in attesa. Recupero il portafogli dalla borsetta, ma Lucas mi blocca il polso.

«Staremo a vedere. Ora scendi», ordina. «Non pensarci nemmeno a tirare fuori i soldi».

Faccio come mi dice, lo vedo pagare la corsa e poi raggiungermi sul marciapiede. «Non devi pagare sempre tu», protesto.

Mi ignora e mi prende sottobraccio. Mi costringe a entrare così nel ristorante. Cerco di divincolarmi, ma il sorriso complice che mi rivolge mi spiazza e smetto di opporre resistenza. «Dimostriamo a mio fratello quanto siamo bravi e maturi».

«Non sarà felice di vederci così».

«E io non sono felice quando mi dice chi posso e non posso guardare. Se ne farà una ragione».

Aveva ragione Robert: si pentirà amaramente di averci invitati entrambi a cena.

Robert non ha prenotato la saletta privata, ma siamo comunque seduti in disparte. Il ristorante è proprio come me lo ricordavo: tovaglie di lino color crema, fiori freschi sui tavoli, sedie rivestite da tessuti pretenziosi e camerieri agghindati come pinguini che servono piatti sofisticati ai commensali.

L'ultima volta che ho cenato qui è stato con mio padre, sei anni fa. Voleva informarmi che si sarebbe sposato di lì a quindici giorni, alle Bahamas. Una cerimonia privata, intima, solo lui, la stronza e i loro testimoni. E io non ero invitata.

Scaccio via il pensiero e mi sforzo di sorridere. Lucas, adesso, ha poggiato la mano dietro la mia schiena, con fare elegante. Robert si alza quando ci vede arrivare, ma i miei occhi stanno già facendo la radiografia a Tory.

Si alza anche lei e sorride da orecchio a orecchio. Santo cielo, è vestita come… come… la mamma di Rob e Lucas! Sfoggia una collana di perle e un cardigan color carta da zucchero, abbottonato, sopra una gonna panna a pieghe che le arriva al ginocchio. È imbarazzante!

Io, invece, con questo maledetto vestito inguinale starei meglio in un bordello. Tory si sofferma a ispezionare la mia gonna inesistente, poi passa a contemplare i sandali vertiginosi. Io non scendo oltre la sua orribile gonna.

Ci basta un'occhiata per renderci conto che io e lei non andremo d'accordo. Quella sua aria da timorata di Dio non mi convince.

Mi porge la mano e io gliela stringo.

«Ciao, che piacere conoscerti. Robert mi ha parlato così *tanto* di te».

Sì, mi odia.

«Piacere tutto mio, Tory». Le restituisco il sorriso artefatto e mi faccio da parte per salutare Rob, mentre lei si sbraccia per attirare l'attenzione di Lucas… che poi stringe un po' troppo calorosamente per i miei gusti.

Mi ritrovo a toccare la schiena di Lucas e a tirare appena la giacca, così che si stacchino da questo abbraccio ridicolo. Quando lui si volta a guardarmi lo fulmino con un'occhiataccia, che, ovviamente, non capisce.

«Sediamoci», dice Robert. Da bravo gentiluomo qual è, aspetta che io e Tory siamo entrambe sedute prima di accomodarsi. «Siete in ritardissimo».

«Cybil non riusciva a decidersi su cosa indossare. E poi c'è stato quel piccolo incidente in bagno…».

Bene, ci siamo. Inizia lo Show Henderson!

Non lo degno di uno sguardo, lo ignoro del tutto e mi concentro sul tovagliolo di lino sul piatto, piegato a forma di cigno. Lo srotolo e me lo poso sulle ginocchia.

«Perché ho l'impressione di non volerne sapere nulla?», domanda Rob, il suo tono si alza di un'ottava.

«Oh, niente di che. Qualcosa a che fare con l'ombretto. Cose da femmine», ribatte suo fratello. Continuo a far finta di nulla, sorrido come se avessi una paresi facciale e con la coda dell'occhio studio Tory, che si sta lisciando il cardigan da Nonna Papera.

Menomale che faceva la danzatrice del ventre! Quello stronzo di Rob…

«Ordiniamo?», suggerisco.

Non faccio in tempo a pronunciare quell'unica parola che un

cameriere si avvicina al nostro tavolo e ci posa sopra quattro calici da champagne. Due secondi dopo sta versando il liquido frizzante nei bicchieri.

«Cosa festeggiamo?», domanda Lucas.

Robert e Tory si scambiano un'occhiata complice che mi fa rabbrividire. Che cavolo sta succedendo?

«Niente», dice lui, ma l'occhiolino che rivolge alla sua ragazza non passa inosservato. Mi sposto sulla sedia con fare nervoso, trattengo il respiro. Giuro che se le chiederà di sposarla uscirò dal ristorante urlando e strappandomi i capelli.

La mano di Lucas, da sotto il tavolo, si posa sul mio ginocchio, fasciato dal tovagliolo in stoffa. Mi volto al rallentatore a guardarlo e la sua espressione scaltra mi riscuote. Distendo i lineamenti del viso e mi allungo per afferrare il mio calice.

«Brindiamo, allora», dico. Facciamo tintinnare i bicchieri gli uni contro gli altri e mi rilasso. Non so cosa stia succedendo fra Robert e la sua Tory ma, onestamente, non è un mio problema. Se lui è felice… beh, io imparerò a essere felice per lui.

Nei venti minuti successivi, dopo aver ordinato e riempito i bicchieri di champagne una seconda volta, la conversazione langue.

Quei due non la smettono più di scambiarsi occhiatine dolci e Tory avrà pronunciato cinque parole in tutto. Che sono comunque più di quelle che ho proferito io.

«Tutto okay?». La voce suadente di Lucas mi arriva dall'orecchio direttamente in pancia.

«Benissimo», sussurro.

Mi sfiora di nuovo il ginocchio, stavolta da sotto il fazzoletto, e io mi irrigidisco. D'istinto sollevo lo sguardo su Robert, ma lui è troppo impegnato a venerare Tory per accorgersi dei tentacoli da polipo di suo fratello che mi accarezzano la gamba nuda.

«Sei distratta».

«È perché mi stai toccando», bisbiglio pianissimo.

«Bugiarda».

Volto solo la testa, pronta a insultarlo a mia volta, invece rimango in silenzio, imbambolata dalla sua espressione imbronciata, dai lineamenti delicati, dai suoi occhi ardenti che mi fanno sempre perdere la cognizione del tempo e dello spazio.

«Ho fame», dico la prima cosa che mi passa per la testa. «E sonno».

Non mi crede, però non insiste. Sta per spostare la mano, ma gliela blocco da sotto il tovagliolo, guardandolo ancora dritto negli occhi. E poi lascio il mio palmo aperto sul suo dorso.

«Okay», dice solo.

Le nostre dita, a un certo punto, si intrecciano in modo naturale, come se fosse scontato che sarebbe andata a finire così.

«Non avevo capito che steste insieme». La voce pacata di Tory mi arriva alle orecchie, mentre il cervello ci mette qualche secondo in più a processare il senso delle sue parole.

Io e Lucas, che ci stavamo ancora guardando, spostiamo l'attenzione su di lei. Io allargo le dita della mano e lui ritira la sua lentamente, per poi farla riemergere da sotto il tavolo e usarla per sistemarsi la cravatta.

«Ma chi?», chiede con tono innocente Lucas. «Io e Cybil?», la sua domanda viene fuori con una punta di disgusto.

Lo sguardo di Robert saetta da me a suo fratello, poi da suo fratello a me. Io, invece, guardo solo Tory. Tory uscita dal nulla, con la sua aria da santarellina e che non si fa gli affaracci suoi.

«Non stiamo insieme». Il mio tono è categorico, la mia occhiataccia un avvertimento. Non mi interessa se Robert la ama alla follia, se lei pensa di essere scaltra o forse solo simpatica, la distruggerò.

Qualunque cosa stesse per aggiungere, la ingoia, poi si avvicina a Robert, strusciando il naso nell'incavo del suo collo.

«Come vi siete conosciuti?», domando, anche se non mi interessa, per spostare il discorso su di loro.

«A Roma, eravamo in fila per entrare ai Musei Vaticani. Ci sei mai stata?».

«Sì, da piccola. Con mio padre».

«Affascinante, non trovi?».

«Avevo sette anni». Faccio spallucce. «All'epoca non mi interessavo di arte».

«Peccato». Mi guarda come se fossi una causa persa. Non la sopporto. «I miei studenti di seconda elementare sono brillanti e quando ho portato in classe dei libri comprati proprio ai Musei Vaticani ne sono rimasti affascinati».

Lucas, accanto a me, si passa una mano sulle labbra, forse per trattenere un sorriso.

«Che ti devo dire? In seconda elementare mi piacevano le Barbie. Invece, adesso, l'arte mi piace tantissimo. Lavoro in una galleria d'arte, sai?».

Lucas si schiarisce la voce con un colpo di tosse, Robert solleva appena le sopracciglia. Che c'è? Ha paura che sconvolga la sua maestrina?

«Davvero? Tu?», mi domanda sorpresa.

«Già. Proprio questa settimana ho venduto l'unica riproduzione autorizzata di una famosa scultura di Brâncuși. Un'opera unica nel suo genere. Conosci Brâncuși?».

Lucas ridacchia, Robert scuote la testa.

«No, purtroppo».

«Peccato», le faccio il verso. «Insomma, eravate in fila per entrare ai Musei Vaticani, e poi?». Mi sporgo in avanti e le sorrido.

L'antipatia è reciproca, talmente evidente che, mentre Lucas si sta divertendo un mondo, Robert è piuttosto contrariato.

«Poi Lucas ha attaccato bottone con la mia compagna di viaggio», ridacchia, coprendosi la bocca con una mano.

Strano!

«Giusto. Come sta Cassandra?», chiede Lucas. Smette di giocare con la cravatta e la sua mano è di nuovo sulla mia gamba.

«Cassandra?! Calliope, vorrai dire».

«Sì, scusa, certo. Calliope».

«Sta bene. Sarebbe tanto voluta venire anche lei stasera, ma Rob ha detto che Cybil si sarebbe sentita in imbarazzo, visto che è da sola».

Vuole la guerra, non c'è altra spiegazione. Le dita di Lucas si stringono intorno alla mia coscia, ma non è un avvertimento a comportarmi bene, è un invito a continuare. E io non me lo faccio ripetere due volte.

«Sto bene da sola, a dire il vero. Credo che Rob non la volesse a cena per evitare l'imbarazzo generale quando Lucas l'avrebbe salutata con un "ehi, ciao Cassandra. Come butta?"».

«Credimi, ha detto proprio: "Cybil si sentirebbe a disagio. È sempre sola"».

Stavolta la strizzata che mi dà Lucas sotto il tavolo sembra voler dire: "Respira. E ritira subito gli artigli, Cat Woman".

Se lo può scordare.

«Davvero?! Robert, non dovresti dire le bugie alla tua ragazza. Okay che state insieme da due minuti, mentre io ti conosco da anni, ma non è comunque carino mentirle per difendere Lucas».

«Io non…».

Tory è livida, io la guardo con innocenza. Voglio proprio vedere come ne uscirà.

«Robert?». La voce di Tory diventa stridula e io non mi sento nemmeno un po' in colpa.

Okay, la serata sta andando a puttane. E Lucas continua a toccarmi, incurante della situazione. Lui ha solo un obiettivo: arrivare dal punto A al punto B. Dove "A" è il bordo della mia gonna e "B" il mio tatuaggio. E io lo lascio fare.

«Ha ragione Cybil». A difendermi è Lucas. «Perdonaci, Tory, ma io e mio fratello abbiamo un patto: lui non mi dice con chi devo uscire o chi devo frequentare. Non l'avrebbe mai portata sapendo che non avevo piacere a rivederla. Giusto, Rob?».

I due si lanciano occhiate taglienti neanche si trovassero all'interno di un'arena, pronti a duellare circondati da leoni inferociti e spettatori urlanti.

«Più o meno», ribatte Rob.

Scende di nuovo il silenzio al tavolo e io sono costretta a bloccare la mano di Lucas che sta puntando dritta dritta alla meta, senza ritegno.

«Ho bisogno del bagno». Tory si alza in piedi, piuttosto infastidita. Si allontana come una furia e a quel punto anche Rob è costretto ad alzarsi.

«Che cazzo!», sbraita.

«"Cybil è sempre sola"?! Vaffanculo, Rob!», strepito di rimando.

«Non c'era bisogno di reagire così».

«Non c'era bisogno di farmi passare per un'idiota».

«Ehi, ehi, datevi una calmata. Ci stanno guardando tutti», ci rimprovera Lucas.

«Vado da Tory».

Alzo gli occhi al cielo e lo saluto con la mano.

«Tuo fratello è un imbecille. *E smettila di toccarmi*!».

Lucas sbuffa. «Che c'entro io, adesso? Perché devi prendertela con me?».

«Non me la sto prendendo con te! Mi stai facendo… Smettila e basta».

«Ti sto facendo…?». Le labbra morbide di Lucas si avvicinano al mio viso, mi sfiorano la guancia. «Cosa ti sto facendo, Cybil?».

«Mi stai facendo incazzare anche tu. Ma cosa ci trova Robert in quella? È odiosa. E non dirmi che la trovi *simpaticissima* perché ti tiro un bicchiere in testa».

Lucas si rimette seduto, sposta la sedia verso sinistra e ripristina una distanza accettabile fra di noi. Allunga una mano e recupera il suo bicchiere di vino. Non parla più, non mi considera più.

«Cosa? Adesso mi tieni il muso?».

«Io ti tocco sotto il tavolo e tu pensi a mio fratello e alla sua ragazza. Che cazzo, Cybil!».

«Le due cose non sono connesse», protesto. *Lo sono?*

«Non le stai dando nemmeno una possibilità».

«Ah, ecco. Allora è colpa mia?».

Svuota il contenuto del suo bicchiere in un sorso, per poi riempirlo di nuovo. «Sì, è colpa tua. Mettiti nei suoi panni. Rob ti avrà dipinta come la Madonna scesa in Terra, mi ci gioco le palle che le avrà anche raccontato di quanto fosse innamorato di te, ma di come adesso siete solo amici. Amici che abitano sotto lo stesso tetto, tra l'altro. Poi arrivi tu, vestita come una cazzo di diva, talmente bella che si sono girate anche le posate quando sei entrata in questo fottuto ristorante. E sei sicura di te, elegante, sofisticata, sexy da far schifo. Cazzo, ma ti sei vista?».

Balzo all'indietro e vado a sbattere con la schiena contro lo schienale. Ma lui non ha finito.

«Lei è insignificante accanto a te, e lo sa. E non credo ne sia felice. Quindi il minimo che tu possa fare è la brava, sorridere e concederle una possibilità. Se Rob è *solo* il tuo migliore amico, allora dimostraglielo invece di fare la gelosa. Sei ridicola».

«Non sono ridicola», protesto con un tono infantile che mi rimangerei in un secondo. Ignoro tutto quello che ha detto prima e mi concentro solo sull'ultima frase. Robert è il mio migliore amico e io… sono un po' gelosa. Ma non nel modo in cui pensa Lucas. Non sono gelosa di *lui*. Forse sono gelosa di *loro*.

«Lo sei».

«E tu?».

«Io *cosa*? Cosa ho fatto io?».

«Stai marcando il territorio. Mi tocchi per dar fastidio a tuo fratello, per ribadire il fatto che lui non può farlo ma tu sì. Per dimostrargli che non può dirti cosa fare e con chi». Le idiozie che mi escono dalle labbra non riesco a fermarle in tempo. Procedo a ruota libera, una mina vagante.

«Sì, io posso farlo e lui no. Ma non ti sto toccando per quel motivo. Sai che c'è? Se te lo devo spiegare, allora non ne vale neanche la pena. Credimi, non ti sfiorerò più neanche con lo sguardo».

È evidente che mi sfugge qualcosa, perché sono certa che Tory stava facendo la stronza con me, invece adesso sono tutti arrabbiati con la sottoscritta. Soprattutto Lucas. E non mi va che lo sia.

«Le darò una possibilità», dico. «E non voglio che tu smetta di toccarmi».

«Certo», ribatte, scontroso.

Mi sporgo in avanti e mi fermo a un paio di centimetri dal suo viso. «Non mi va che tu smetta». Stavolta sono io a toccare lui. Con movimenti lenti e calcolati gli accarezzo la gamba fasciata dai pantaloni eleganti e lui si irrigidisce. «Dico sul serio».

«Cosa stai facendo?».

«Ti dimostro che le due cose non sono collegate. Non penso a Rob quando mi metti le mani addosso. E lei non mi piace. Posso odiarla e apprezzare comunque le tue… attenzioni».

Lucas mi guarda, socchiude appena gli occhi e schiude le labbra. Io continuo ad accarezzarlo, ma con la coda dell'occhio controllo che Rob non torni con Tory.

«Tu non sei capace di trattenerti, Cybil. Non sopravvivrai mai a questa cena senza scatenare una sceneggiata».

«Scommettiamo?».

«Quello che vuoi, bambolina».

«Se ho ragione, se riuscirò a controllarmi, potrei aiutarti con il tuo "problemino", stasera. A casa. Da soli». Mentre lo dico gli accarezzo l'interno coscia; abbastanza vicino all'inguine da fargli trattenere il fiato, sufficientemente lontano per non sembrare troppo sfacciata. Anche se un po', mi ci sento. Perché la verità è che non mi importa nulla di restarmene seduta a questo tavolo a comportarmi da brava ragazza. In questo momento, l'unica cosa che vorrei fare è uscire dalla porta d'ingresso sottobraccio a Lucas e correre fino al suo appartamento. E baciarlo. E lasciare che mi spogli. Ed è sbagliato, sbagliatissimo, non dovrei nemmeno pensarla una cosa del genere, ma è successo qualcosa in quel bagno, un'ora fa. Una cosa che non mi succedeva da una vita, dalla volta che siamo stati insieme in quello sgabuzzino, da quando mi ha baciata sotto l'arco di *Washington Square Park* tre mesi dopo: sento le farfalle. O forse è fame, ma voglio comunque le sue mani addosso. La sua bocca sulla mia.

«Non lo faresti mai», mi sfida. Si morde il labbro inferiore per poi passarci la lingua sopra. Guardo oltre le sue spalle, quei due sembrano essere spariti. Così lo faccio, mi avvicino alla sua bocca e gli mordo il labbro che si stava massacrando fino a un secondo fa. Lo accarezzo con la punta della lingua e lui mi sospira addosso.

«Lo sto facendo».

«Non provocarmi», mi avverte. Mi respira sulla bocca, mi fa arrivare il cuore in gola.

«Sarò bravissima, vedrai». Lucas scuote la testa e io mi rimetto seduta in modo composto, le mani in grembo. «Ma se cercherà di farmi passare ancora per una povera ragazza sfortunata, la prenderò a unghiate».

Lucas ridacchia. «Sei la mia cazzo di rovina, Cybil MacBride».

lucas

Nemmeno per un secondo ho creduto che Cybil sarebbe stata in grado di fare buon viso a cattivo gioco, invece se ne sta seduta composta, risponde a tono, ma non è mai aggressiva. Al contrario di Tory, che continua a provocarla senza motivo.

Il mio sguardo rimbalza dall'una all'altra neanche stessi assistendo a una finale di tennis a Wimbledon fra Nadal e Federer. Cybil non cede alle provocazioni, non esplode. Il suo autocontrollo è ammirevole, anche se mi sta stritolando la mano sotto il tavolo. Quello che era nato come un gioco sensuale di mani che si sfiorano si è trasformato in una serie di unghie conficcate nella mia carne. E potrebbe scoppiare, ne avrebbe tutti i diritti, ma non lo fa... perché vuole vincere la scommessa contro di me.

Stasera vuole stare con me.

Riesco a liberarmi dalla sua presa assassina e mi riapproprio del suo interno coscia. Non ne posso più di sentirle bisticciare, la voce di Tory, poi, mi sta graffiando i timpani senza sosta.

Me la ricordavo molto diversa: più pacata, più simpatica, più docile. Invece è una cazzo di iena. E, okay, probabilmente si sente minacciata dalla bellezza esagerata della ragazza che mi siede accanto, dalla sua personalità travolgente, ma sta comunque passando il segno.

«E cosa vuoi fare nella vita, Cybil?», le domanda come se stesse parlando con una scema.

«Sono indecisa fra la casalinga e la personal shopper. Tu cosa mi consigli?», le domanda con un tono da stronza che solo lei è in grado di ostentare così bene.

«Beh… ti vedo meglio come casalinga».

«Non ti piace come mi vesto?».

Robert è verde in faccia, del tutto a disagio, e ha lasciato il secondo di pesce intatto. Non so cosa abbia raccontato a Tory su Cybil, ma resta il fatto che le sta permettendo di massacrare la sua migliore amica. Beh, non proprio *massacrare*, Cybil sta al gioco, ma non le permette di passare il segno che lei stessa ha tracciato.

«Preferisco il mio stile».

«A Lucas piace il mio vestito», annuncia senza remore. Poi allarga di poco le gambe e io trattengo il fiato.

Cazzo, se mi piace il suo vestito!

«Non stento a crederci. Lucas, caro, non ti offendi se racconto a Cybil della tua "estate romana", vero?». Ridacchia in modo fastidioso e io le sorrido.

«Fai pure, *cara*. Cybil mi conosce da un sacco di anni, non credo riusciresti a scandalizzarla».

«E condividiamo una parete», mi ricorda lei.

«Giusto».

Robert è sempre più silenzioso, gioca con l'ultima fetta di pane rimasta sul tavolo e tiene lo sguardo basso. Non lo capisco. Non è da lui comportarsi in questo modo così remissivo.

«Diciamo solo che ha fatto un po' di fatica a tenerlo nei pantaloni. Soprattutto dentro i Musei Vaticani…».

«E cosa è successo ai Musei Vaticani?», gli domanda Cybil spalancando occhi e bocca. È una cazzo di attrice! Si avvicina con il sedere al bordo della sedia e le mie dita, ora, la stanno toccando in mezzo alle gambe.

«Si è messo a parlare con una delle guide e poi… *puff*… sparito. Per tutto il resto della giornata».

«Sei un ragazzaccio», mi sfotte Cybil. L'accarezzo con più insistenza e lei stringe le cosce.

«Posso portarvi il dolce?», domanda un cameriere che mi compare accanto, facendomi sussultare. Non ho dubbi che si sia reso conto di dove è sparita la mia mano.

«No, grazie. Ci porti pure il conto». La mia voce è più stridula di quella di Tory.

«Io lo vorrei, a dire il vero», si intromette la ragazza di mio fratello e io scuoto la testa, esasperato. Siamo seduti qui da quasi due ore, non ne posso più.

«Io, salto. Grazie. Credo lo mangerò a casa... il dolce», sussurra Cybil.

«Anch'io salto», dico tutto d'un fiato.

«Io faccio compagnia a Tory. Per me un tiramisù, grazie».

«Due», gli fa eco lei.

«Hai fretta di andare?», mi domanda Robert e io smetto per un attimo di giocare con le mutandine di Cybil.

«Abbastanza», ribatto lapidario.

Cybil ridacchia, si copre la bocca con il palmo per poi posare sul tavolo il tovagliolo che teneva in grembo, esponendo la mia mano sotto la sua gonna. «Ho bisogno della toilette», dice.

«Il bagno. Ottima idea. Ti accompagno».

Gli occhi di Robert me li sento addosso, sono piccole lame conficcate nella pelle, ma me ne sbatto. È colpa di Cybil: vestito oro uguale sveltina in bagno. È così e basta. L'avevo avvisata.

«Non mi serve la scorta», puntualizza Cybil, scocciata, ma so che è una messinscena, così rincaro la dose.

«Posso svuotare anch'io la vescica o devo chiederti il permesso?».

«Sei un troglodita!».

«Quello che vuoi tu, bambolina».

«Vuoi andare a vedere se c'è una cameriera con la quale sparire per qualche ora?».

«Nah, ho solo bisogno del bagno. Dopo di te».

Cybil si alza dalla sedia e mi rivolge un'occhiataccia che in qualunque altro momento mi avrebbe fatto incazzare da morire, adesso, invece, mi eccita come non mai.

Non le lascio neanche il tempo di svoltare l'angolo che porta ai bagni che ho già la mia lingua nella sua bocca.

«Non ne posso più», ansimo fra le sue labbra.

«Quella Tory è odiosa».

La trascino nell'unico bagno del ristorante e chiudo la porta a chiave, costringendola poi a poggiare la schiena contro il legno scuro. «Continui a farlo...».

«Cosa?».

Le tiro su la gonna mentre lei armeggia con la mia cintura in pelle, slacciandola. «Pensi a Tory mentre ti metto le mani addosso».

«È solo per te se mi sto trattenendo dal mandarla a quel paese. Dovresti essere fiero di me».

«Lo sono. Ma dobbiamo andarcene».

«E Rob? Che diavolo ha tuo fratello? Sembra imbalsamato! Ma dove l'avete pescata questa?». Cybil tira giù la zip dei miei pantaloni e io perdo il contatto con la realtà. Le scosto i capelli dal viso, li raccolgo tutti dentro una mano. La bacio prima piano, poi come se avessi bisogno delle sue labbra per respirare.

«Non farlo», l'avverto, bloccandole il polso prima che possa infilarmi la mano nei boxer. Smetto di baciarla e poggio la fronte contro la porta chiusa, accanto alla sua testa. «Se mi tocchi, finisce male».

«Non posso toccarti?».

La guardo negli occhi e commetto l'errore più grave di tutta la mia esistenza, perché quello che ci leggo dentro da una parte mi spaventa a morte e dall'altra mi fa venir voglia di tenerla qui dentro per sempre.

«Insomma, è tutta la sera che mi provochi, che mi sfiori, e ora che sono io a toccare te mi impedisci di farlo». È sensuale nel dirlo, è un pugno allo stomaco dato a tradimento.

«Voglio un letto», confesso.

«Non ti facevo così tradizionalista… Non ti sei fatto troppi problemi in passato», mi provoca con la voce, con il corpo, con le sue mani che, delicate, conquistano di nuovo il bordo dei miei boxer e ci finiscono dentro.

«Merda!», la blocco di nuovo, deglutisco aria, faccio un passo indietro. «Non ho i preservativi. E… ti voglio in un cazzo di letto. Non nel cesso di Babbo, non in piedi contro la porta. Nel mio letto, chiaro?!».

Cybil sorride, mi studia da sotto le lunghe ciglia truccate e annuisce appena. Si stacca dall'uscio e mi circonda il collo con le sue braccia sottili. «Chiaro».

«Sei diversa, stasera», glielo dico come se la stessi accusando di qualcosa. E forse lo sto facendo, perché lei, stasera, è diversa. È esattamente come me la ricordavo dentro quello sgabuzzino: complice, disinibita, bellissima. E solo mia.

«Lo sei anche tu», bisbiglia sulle mie labbra, poi le bacia usando solo la bocca.

«Domani tornerà tutto come prima». Più che un avvertimento a lei, è un monito per me stesso. Qualsiasi cosa stia succedendo fra di noi, in questo momento, domani sarà acqua passata. Deve. Lei tornerà a essere la mia insopportabile coinquilina, la fastidiosa migliore amica di mio fratello, e io me la toglierò dalla testa una volta per tutte. Mi leverò lo sfizio di portarmela a letto e me la sarò dimenticata prima ancora di infilarmi sotto la doccia.

«Come se non fosse successo», conferma. E la odio per averlo detto, e non ha senso. Le afferro le guance fra il medio e il pollice e la bacio come se dovesse sfuggirmi da sotto le dita da un momento all'altro.

«Sei sicura, Cybil?».

«Pensi che non sia capace di venire a letto con te stasera e far finta di niente domani?», mi domanda ironica.

«Penso di sì, ne saresti capace. Sei una stronza colossale quando ti ci metti».

«Allora è deciso! Adesso, però, andiamocene». Si stacca dalla mia presa senza esitare e con due passi è davanti allo specchio. Si aggiusta il vestito, prima; i capelli, poi. «Vado prima io».

«Arrivo».

Esce dal bagno e lascia la porta aperta. Mi avvicino al lavandino e poggio entrambe le mani sul top di finta pietra. Alzo appena lo sguardo e il riflesso che mi rimanda lo specchio non mi piace. Ho abbassato la guardia con lei, le ho permesso di avvicinarsi troppo, e tremo al pensiero di passare i prossimi due anni e mezzo a domandarmi: "Cosa sarebbe successo se…?".

Raggiungo il resto del gruppo dopo pochi minuti. Per fortuna hanno già portato il dolce e mio fratello ha finito il suo. Tory, al contrario, sembra intenzionata a volermi vedere morto, stasera. Sta leccando il cucchiaino a ogni boccone da uccellino che ingurgita.

Mi siedo senza guardare nessuno, tiro fuori il cellulare e rispondo a qualche messaggio. Compreso quello di Erin, che mi chiede se ho voglia di raggiungere lei e i suoi amici al Peculier domani per la partita del *Monday Night Football*.

LUCAS: Ci vediamo lì.

Perché domani mattina mi sveglierò e sarò tornato in me. Cybil non sarà più così provocante. Mi volto a guardarla, sta sorridendo a Robert, risponde a qualcosa che gli sta domandando, poi ride di gusto.

Le poggio di nuovo la mano sulla gamba, fregandomene del tovagliolo ormai abbandonato sul tavolo che non ci fa più da riparo, fregandomene un po' anche di mio fratello. Stasera è mia, solo mia. E voglio che sorrida solo a me, che rida solo delle mie battute, che le sue attenzioni siano tutte mie.

Mi alzo da tavola, intenzionato a mettere un punto a questa cena infinita.

«Torno subito», dico. Sfilo il portafogli dalla tasca interna della giacca e porgo la carta di credito alla ragazza seduta dietro la cassa.

«Glielo portiamo a tavola, il conto, se preferisce». È educata, ma io ho fretta.

«Va bene così». Stavolta faccio in modo che la carta la prenda sul serio e aspetto che mi passi la ricevuta da firmare. Non guardo nemmeno l'importo, firmo e mi infilo lo scontrino nella tasca, insieme al portafogli.

«La cena è stata di vostro gradimento?».

«Sicuramente meglio della compagnia». Lo dico sovrappensiero, lei la interpreta come una battuta a doppio senso. Mi allontano alla svelta, mi rimetto seduto e incrocio le braccia sul petto. Fisso Tory e il suo cazzo di cucchiaino, che risplende da quanto lo sta leccando. È insopportabile. E lenta. Dio, quanto è lenta!

Forse l'universo sta cercando di dirmi qualcosa, forse è il suo modo fastidioso di ricordarmi che ho fatto una promessa a mio fratello, che Cybil è intoccabile. Che con lei non esiste "domani tornerà tutto come prima".

Con lei è una montagna russa costante, è arrivare sul ciglio del burrone e pensare seriamente di saltare giù, pur sapendo che ti schianterai. Questa ragazza, all'apparenza innocua, rimescola i punti cardinali della mia bussola, senza saperlo. Smussa i confini e mi disorienta.

«Va tutto bene?», mi domanda Cybil in un sussurro. Tory ha finito il suo stramaledetto tiramisù, Robert le sta scostando la sedia per farla alzare.

Sto per dirle di no, che ci ho ripensato. Che una scopata con lei, per quanto fantastica, non vale tutto il casino nel quale ci stiamo per infilare. Le sto per confermare che sono un grandissimo pezzo di merda egoista, che novantanove volte su cento me ne frego delle conseguenze, ma che lei, purtroppo, è proprio quell'uno mancante. Una stupida eccezione che non so e non voglio gestire.

Non ne vale la pena.

Poi mi sorride e, fanculo, con lei perdo in partenza.

«Benissimo». Le rivolgo un ghigno furbo e mi alzo anch'io. «Andiamo?». Le porgo il braccio e lei non se lo fa ripetere due volte: ci si aggrappa e si lascia scortare fuori dal ristorante.

Sta piovendo e si è alzato un vento freddo che fa rabbrividire persino me. Non mi levo la giacca per coprirla, non le faccio da scudo, fingo fino all'ultimo che non mi importi di questa ragazza: è solo sesso. È solo lo sfizio di averla nel mio letto un'altra volta.

L'ultima.

«Grazie per la cena». Tory bacia mio fratello sulle labbra, Cybil li fissa con un'espressione disgustata. Ridacchio mio malgrado e mi rilasso un po'.

«Rob, noi andiamo», lo avverto. Faccio due passi oltre la tettoia e l'acqua mi inzuppa in pochi secondi. Sporgo il braccio con l'intento di fermare il primo taxi che passa. «Fa freddo e Cybil è praticamente nuda».

«Già», borbotta Tory e credo che sarà la goccia che farà traboccare il vaso. Invece Cybil la ignora, si stringe le braccia intorno al corpo e mi spazientisco. Altri trenta secondi e si ammalerà.

«Vengo con voi», ci informa Robert e per poco non stramazzo al suolo.

«Vieni con noi? Perché?», domanda Cybil. Io sono fermo in mezzo alla strada, il braccio teso all'infuori e l'espressione da pesce lesso.

«Domani ho lezione», si giustifica mio fratello grattandosi la testa. «E Tory va al lavoro presto».

«Sei sicuro, Rob?», insisto io. «Insomma… io, fossi in te, la riaccompagnerei a casa».

«Non ce n'è bisogno, davvero», ribatte Tory, ma non ha idea di quanto ce ne sia *bisogno*. «Ci metterebbe più di un'ora con questa pioggia».

«Più di un'ora va benissimo! Cioè, due sarebbero state molto meglio, ma un'ora… cosa vuoi che sia un'ora? Il tempo di andare e tornare. Davvero».

Mio fratello mi guarda come se fossi impazzito – lo sono! –, Cybil si copre il viso con i capelli per non farsi scoprire a ridere, e intanto io sono fradicio dalla testa ai piedi.

«Stai bene?», mi domanda Rob.

«Certamente!».

«Davvero la lasci andare da sola con questo tempo?», ribadisce Cybil rivolta a Robert.

Io sto per implodere. Tutta la sera a toccarla, l'ultima mezz'ora a farmi mille paranoie e finisce che non abbiamo casa libera, neanche avessimo sedici anni. Che serata di merda!

«Non ho mica paura di prendere un taxi da sola! Non mi serve la guardia del corpo», ribatte Tory, piccata.

Cybil respira a pieni polmoni e io mi preparo al peggio. Nel frattempo, un taxi si è fermato e io gli faccio cenno con la mano di aspettare un attimo.

«Adesso posso dire quello che penso?», mi domanda Cybil, la voce acuta come non mai, gli occhi fiammeggianti.

«Sfogati pure, dolcezza».

È evidente che questa scommessa l'abbiamo persa entrambi, tanto vale che le dica in faccia quello che sta ingoiando da due ore e trenta.

«Tory, tesoro, il taxi ti sta aspettando. Prendilo tu, questo. Noi prendiamo il prossimo».

Prima che Cybil possa anche solo pensare di aprire bocca, Robert sta già trascinando via la sua ragazza per un braccio, le fa da riparo con la sua giacca per evitare che si bagni e la ficca dentro l'auto.

«Non dire niente», avverto Cybil, quando mi piazzo accanto a lei sotto la tettoia. «Non. Dire. Niente».

«Non ho parlato». Stiamo entrambi fissando mio fratello, con le braccia conserte.

Robert la saluta con una mano, poi si sbraccia per attirare l'attenzione di un'altra auto gialla.

«Tuo fratello è un idiota».

«No, quello non è più mio fratello».

«E non è più neanche il mio migliore amico».

Ci guardiamo di sfuggita, mi sorride in quel modo assurdo che mi manda il cervello in pappa, poi si stringe nelle spalle, infreddolita.

«Lo sai, vero, che non posso darti la mia giacca?».

«Non la vorrei comunque».

«*Venite!*», urla quello scellerato di Rob dall'altra parte della strada.

Prendo Cybil sottobraccio e, mio malgrado, cerco di coprirla con il mio corpo e la mia giacca per evitare che si bagni anche le ossa. E me la stringo addosso, respiro il suo profumo, la sostengo così che non scivoli e si sloghi una caviglia. Robert è già nel taxi, si è seduto davanti, mentre io e Cybil ci accomodiamo dietro.

«La tua ragazza è odiosa», dice Cybil dopo un minuto di silenzio. Robert non replica, una volta tanto. «Mi hai sentita?».

«Sì».

«E non dici niente?».

«No». Poi, però, si volta verso di noi e scuote la testa. «Non so cosa le sia preso, va bene?! Tory è… determinata e sicura di sé. Ed è simpatica, alla mano. Sapeva quanto fosse importante per me farvi conoscere. Sa quanto tengo a te, Cybil. Lo sa perché gliene ho parlato, le ho spiegato tutto. Le ho raccontato anche del nostro bacio di venerdì pomeriggio…».

197

«*Cosa?!*», salta su Cybil.

«Dio, sei proprio un deficiente!», mi intrometto io e non riesco a trattenere la risata.

«Non mi va di avere segreti con lei», si giustifica mio fratello. Non l'ho mai visto così perso, così sconvolto.

«Avresti dovuto dirmelo! Cavoli, Rob, voleva cavarmi gli occhi... e avrebbe fatto bene», protesta Cybil. «E il nostro *non* è stato un bacio!».

«È quello che le ho detto anch'io!».

«Ti mancano le basi, fratello. Non si dice mai alla ragazza con la quale stai uscendo che ne hai baciata un'altra. Cazzo, mi sorprendo che tu sia ancora vivo».

«Cosa avrei dovuto fare?», strepita lui.

«Stare zitto, per esempio?!», butta lì Cybil.

«Eh, grazie, adesso lo so». Robert torna a fissare la strada davanti a sé mentre Cybil si copre il viso con le mani. «La cena non è andata bene...».

«Ma va?!», intervengo di nuovo io.

«Forse dovresti andare da lei...», dice Cybil e, Dio, ho voglia di baciarla. Le stringo la mano, al buio, e lei intreccia le sue dita alle mie.

«Anche solo un paio d'ore», insisto. Le nostre spalle si toccano, le ginocchia si sfiorano.

«Meglio di no», risponde il babbeo seduto al posto del passeggero. Mi ha rovinato la serata... due volte! «Le parlerò domani con calma. Sono stati tre giorni di merda. Ho solo voglia di andare a dormire e mettere fine a questa settimana stranissima. E la colpa è vostra».

«Nostra?», chiediamo allo stesso tempo.

«Sì, cazzo. Vostra!». Robert si volta di nuovo a guardarci, beccandosi un'occhiataccia dall'autista. Smettiamo immediatamente di tenerci per mano. «Siete stati a letto insieme, porca puttana!».

«Cosa c'entra?». Mi sta facendo perdere la pazienza.

«C'entra!».

«Sai, ti stai rendendo ridicolo».

Mio fratello, per tutta risposta, mi mostra il dito di mezzo e Cybil, accanto a me, alza gli occhi al cielo.

«Quindi eri serio, ieri sera, quando mi hai detto che non posso scopare con Cybil mai più?», lo provoco.

«*Lucas!*». Mi arriva una sberla sul petto da Cybil e l'autista inizia a ridere. Io lo imito, perché, ammettiamolo, la situazione è comica. Si fanno tutti troppi problemi. La stanno facendo diventare una questione di Stato e non lo è.

«Azzardati», mi avverte Robert.

«E tu, smettila di dare ordini a tutti! Anzi, smettetela entrambi! Non vi sopporto più».

Il taxi si ferma davanti al nostro portone su Wooster Street e Cybil scende come una furia, fregandosene della pioggia che le sferza le gambe e il viso. Raggiunge la tettoia mentre Robert paga la corsa. Io rimango fermo ancora un paio di secondi.

«Quello che decidiamo di fare io e Cybil non è affar tuo». Rimango immobile, pronuncio le parole a una a una con estrema calma. Voglio che capisca una volta per tutte che non deve intromettersi.

«E questo cosa vorrebbe dire?».

«Quello che ho detto: stanne fuori. Sono serio».

«Non me la porterai via…».

«L'ho già fatto».

Scendo dall'auto e seguo Cybil su per le scale. Si è sfilata i tacchi e batte i piedi nudi con stizza sui gradini fino al quinto piano.

Varchiamo la soglia dell'appartamento in fila indiana. Cybil si avvicina al lavandino per prendere un bicchiere d'acqua; Robert attraversa il salone e lancia sul divano la sua giacca elegante, fradicia sulle spalle, poi si va a chiudere in camera sua sbattendo la porta.

«Guarda un po'… siamo finalmente soli», ironizzo io. Rimango impalato all'ingresso, con le mani in tasca e i capelli gocciolanti.

«Dovrei andare da lui?».

No, dovresti essere già nuda!

«E dirgli cosa? La tua ragazza è odiosa? Ah, no, aspetta… gliel'hai già detto!».

Cybil sbuffa rumorosamente, abbandona i sandali che teneva in mano ai piedi di uno sgabello. «È la verità. Prima ha cercato di farmi ingelosire servendosi di Rob e poi, quando ha capito che non attaccava, si è servita di te».

Sollevo le sopracciglia e mi avvicino al frigorifero. Spalanco un'anta, riuscendo comunque a non perdere il contatto visivo con Cybil, e mi prendo una birra. «Si è servita di me?».

«Già!». Allarga le braccia come a dirmi: "Sei scemo? Non c'eri arrivato da solo?". «Quante donne ti sei portato a letto mentre eri in Italia? Perché a sentire lei sono state parecchie».

Nascondo il sorriso dietro il collo della bottiglia. «Qualcuna», replico con sufficienza.

«Qualcuna di troppo...», mi accusa lei. «Sei davvero sparito tutto il giorno con una guida dei Musei Vaticani?».

Faccio spallucce e decido di non risponderle. «Rob non è incazzato con te ma con Tory. E con me, ma questo è all'ordine del giorno, ormai».

«Con Tory?! No, ce l'ha con me. Non mi ha neanche guardata in faccia prima di rintanarsi in camera sua».

«Fidati». Butto giù un paio di sorsate, poi poso la bottiglia sul bancone della penisola e mi sfilo prima la giacca, infine la cravatta. Abbandono entrambi sullo schienale di uno degli sgabelli.

«E tu che ne sai? Ti ha detto qualcosa? No, è impossibile, siamo stati sempre insieme». Cybil incrocia le braccia sul petto mentre sul suo viso passa una serie di smorfie pensierose.

«Lo conosco e basta. Tory si è presentata vestita come mia madre – ma peggio – e ti ha trattata come una stupida per tutta la sera, mentre lui è rimasto a guardare senza prendere una posizione. Sarà in camera sua a fustigarsi con il cilicio».

«Ma figurati!».

«Non dimenticarti mai che sei l'amore della sua vita e non ti ha difesa». Non so perché torno su quello stupido discorso, forse perché i piani per la serata sono andati a farsi fottere, forse sono solo masochista, o forse voglio vedere la sua reazione.

«Giusto... sono l'amore della sua vita. E continui a ricordarmelo. Sembra quasi che tu stia cercando in tutti i modi di spingermi fra le sue braccia. Il che mi confonde un po' le idee, visto quello che è successo fra di noi nelle ultime ore, ma, ehi, dov'è il problema? Tanto voi condividete tutto, no?!».

Rimango impassibile di fronte alle sue provocazioni.

«Quindi sai cosa faccio, adesso? Vado in camera sua, mi spoglio e gli dico che anche lui è l'amore della mia vita. Fanculo a Tory, fanculo anche a te. Ma tranquillo, sul mio comodino troverai un paio di cuffiette nuove di zecca... ti consiglio di usarle, stasera, perché ho tutte le intenzioni di far divertire un sacco tuo fratello».

Mi sorpassa, ma non fa nemmeno due passi che la blocco per un polso. «Se stai cercando una reazione da cinema da parte mia, non succederà».

«Non voglio niente da te», dice, ma i suoi occhi raccontano tutta un'altra storia. Vorrebbe che la prendessi fra le braccia, che le dicessi che l'idea di lei con mio fratello mi fa impazzire, ma non posso farlo.

«Meglio».

«Buona notte, Lucas». Si libera dalla mia presa e fa esattamente quello che ha detto: attraversa il salone e bussa alla porta della camera di Rob. Prima di entrare si volta un secondo a guardarmi e io faccio l'unica cosa per la quale già so che mi maledirò da qua all'eternità: non la fermo.

«Buona notte, Cybil», le dico con strafottenza, stampandomi in faccia un mezzo sorriso del cazzo.

Si chiude la porta della stanza alle spalle e mi lascia fuori dalla sua vita per l'ennesima volta, con una domanda del cazzo a farmi compagnia: quanto ancora potrò tirare questa fottuta corda prima che si spezzi definitivamente?

cybil

M i richiudo la porta alle spalle e mi ci appoggio contro. Robert è seduto sul suo letto, i piedi distesi sul materasso e la schiena contro la testiera. Sono entrata senza aspettare il suo "avanti", ma non sembra infastidito. Solleva appena lo sguardo dal display del cellulare, per riabbassarlo subito dopo.

«Parliamo», gli dico. Perché con lui è sempre stato facile farlo.

«Non sono dell'umore giusto», ribatte.

«Non lo sei da un sacco di tempo, a dire il vero. E prima che tu possa dirmi che sei stanco, che è stata una settimana orribile, che domani abbiamo lezione, sappi che sono stanca anch'io, che anche la mia settimana non è stata un granché e che mi risparmierei volentieri questa conversazione. Quindi siamo pari».

«Riprendi fiato, nanerottola», mi prende in giro. «Sei una palla al piede, lo sai!? E devono sempre fare tutti quello che dici tu».

«Non tutti», lo contraddico. «Ma tu sì».

Cerca di rifilarmi una smorfia infastidita, invece finisce per sorridermi. Posa il cellulare sul comodino, poi strofina la mano sull'orribile copriletto color lampone e mi invita a raggiungerlo.

Balzo sul letto e mi siedo sulle sue ginocchia. Mi copro come meglio posso, ma il suo sguardo finisce comunque un paio di volte sotto la mia gonna. Si sfila la maglietta che usa per dormire e me la lancia addosso.

«Copriti!», mi rimprovera. Il suo gesto non mi sorprende nemmeno, perché lo conosco troppo bene, da lui me le aspetto queste attenzioni e odio il fatto che le dia sempre per scontate.

«Sì, ma girati. Voglio levarmi questo cavolo di vestito».

Mi ha vista in costume mille volte, qualche volta anche in reggiseno, eppure l'idea di spogliarmi davanti a lui mi sembra *sbagliata*. Non protesta, volta la testa di lato e chiude gli occhi.

Mi libero dell'abito dorato e infilo la sua t-shirt che profuma di lui. Mi arriva fin sotto le ginocchia e la sistemo così che mi copra il sedere e buona parte delle gambe.

«Ho fatto».

Quando torna a guardarmi ha un'espressione strana sul viso, abbattuta, troppo seria. «Cosa stai combinando, Cybil?».

Non gli rispondo. Mi limito a guardarlo e cerco nei suoi occhi la risposta che vuole sentirsi dire. Ma lui non parla, aspetta.

«Di cosa mi stai rimproverando?».

Rob scuote la testa, mi afferra dalla vita e ora siamo troppo vicini, troppo intimi. «Sei così cambiata in questi mesi, non ti riconosco più».

«O forse sei cambiato tu… perché il Robert che ho visto stasera io non lo conosco proprio». Si copre il viso con le mani e io gliele scanso. Mi deve guardare, mi deve parlare.

«Ti sei fatta mettere le mani addosso da Lucas per tutta la sera, Cybil. Forse pensate che io sia stupido, o voi molto scaltri, ma il risultato non cambia: mio fratello è stato tutta la sera con la sua mano sotto la tua gonna».

Mi manca il fiato, mi defluisce il sangue dal viso. Non penso che sia stupido e di certo io e Lucas non siamo scaltri, ma non credevo comunque che se ne fosse accorto.

«Non dici più niente?». La sua voce è un sussurro, mentre io non riesco a mandare ossigeno ai polmoni.

«Non c'è niente da dire. Sono un'adulta, nel caso questo concetto ti fosse sfuggito». Il tono meschino che uso non se lo merita, non lui. Tutti, ma non lui.

«Dio, Cybil! Dimmi che non vuoi andarci a letto!».

«E se anche fosse?». Mi trema la voce, mi trema persino il cuore. «Fino a prova contraria vado a letto con chi voglio».

«Non con *lui*!», urla Robert, perdendo del tutto il suo atteggiamento pacato. Perché lui è così: sta sempre a uno, ma riesce ad arrivare a cento in due secondi. «Cazzo, Cybil. Non hai ancora capito com'è fatto mio fratello? Due anni e mezzo fa ti ha rinchiusa in uno stanzino durante una festa e non ti ha più guardata in faccia, Cristo. E lo farà di nuovo. Ti stai facendo trattare come una bambolina scema. Ti insulta, ti prende per il culo e tu non te ne accorgi nemmeno».

Devo trattenermi dallo scendere dal letto e uscire dalla sua camera da letto come una furia.

«Tu non sai proprio niente». Mi vibra la voce dal nervoso e stringo i pugni così forte da farmi male. «Sono stata io a non guardare più Lucas. Sono stata *io*... per te! Per il bene che voglio a *te*! E non è lui a prendermi per il culo. Sei tu, e hai permesso che lo facesse anche la tua ragazza. Sei rimasto a guardare per tutta la sera senza alzare nemmeno un dito. Posso ammettere di essere partita prevenuta nei confronti di Tory, ma lei è stata oltremodo meschina. E tu l'hai lasciata fare. Sai che c'è? Sono stanca di fare da punching ball a tutti quanti per poi passare comunque per la stronza. È tutta la vita che abbasso la testa al cospetto di mio padre e gli rispondo "sissignore". Adesso basta».

Provo ad andarmene, ma me lo impedisce. La presa intorno alla mia vita aumenta e il suo petto si schianta contro il mio.

«Tory è un problema mio», obietta lui, infuriato. «Me la vedo io con lei».

«E quello che faccio con Lucas è un problema mio».

«Ne uscirai distrutta», sussurra dopo qualche secondo di silenzio. Lascia la presa intorno al mio corpo e mi spinge un po' all'indietro.

«Ma di cosa cavolo parli?».

«Ti stai innamorando di lui, nanerottola». La voce di Rob diventa un soffio, quasi paterna, mentre il cuore mi schizza in gola e mi manca la terra sotto i piedi. «Tu non sei capace di fingere, Cybil».

«Ti sbagli», ribatto con forza.

«No». Scuote forte la testa. «Te lo leggo in faccia che ci sei cascata».

«Non è vero», sostengo schiarendomi la voce.

«Lui non ha bisogno di te, Cybil. Non come pensi tu. Sei uno sfizio, sei il capriccio del momento, la scopata a portata di mano. Gli ho detto che deve starti alla larga e lui cosa fa? Prova a portarti a letto. E lo fa per infastidire me, non pensare nemmeno per un secondo che non sia quello lo scopo finale. Scordati che provi qualcosa per te».

Le parole di Rob mi fanno impazzire. «E allora?». Sollevo il mento e unisco le labbra fino a farle diventare un'unica linea tesa.

Le mani del mio migliore amico si stringono intorno al mio viso e mi trascina in avanti, così tanto che penso che mi bacerà.

«Mi farei uccidere per Lucas. Se dovessi scegliere fra la mia vita e la sua, sceglierei sempre la sua. Ma non se farà del male a te. Ti prego, Cybil, stagli alla larga».

«Ti stai preoccupando per niente. So gestire tuo fratello». O forse non lo so gestire, ma sono comunque affari miei. Sono così stanca di sentirmi dire come mi devo comportare, di rimanere chiusa nel mio guscio a guardare il resto del mondo che semplicemente *vive*. E probabilmente ha ragione lui, quello che sento per Lucas, fin dentro lo stomaco, è ridicolo e assomiglia troppo a un sentimento che mi si ritorcerà contro e mi distruggerà.

Ma non mi interessa.

Perché stasera io volevo lui. E non ho mai voluto nessuno come voglio lui. Gli eventi delle ultime quarantotto ore mi piombano addosso come una secchiata di acqua gelida a tradimento. Il bacio che mi ha rubato Robert, venerdì pomeriggio al Bowery, ha scatenato una reazione a catena che non sono in grado di fermare. E non voglio farlo. Lucas Henderson ama solo se stesso, non è un mistero. Non cado dalle nuvole mentre Robert mi dice che sono solo il capriccio di un ragazzino viziato, una scopata facile, a portata di mano.

Non mi ferisce, perché non mi importa. Nessuno mi fa sentire impavida come fa Lucas, nel bene e nel male. Lui ha un modo tutto suo di insinuarsi sottopelle, di farmi girare la testa finché non perdo il contatto con la realtà, di prendermi e trascinarmi nel suo mare di contraddizioni, senza possibilità di salvarmi. E Rob si sbaglia, Lucas vuole me. Anche se non lo ammetterebbe mai, lui vuole me. Anche se aspetterà che sia io a fare il primo passo, lui vuole *me*.

E io vorrei essere al piano di sopra, in questo momento. Vorrei essere con lui, nel suo letto, invece che a cavalcioni sul corpo di suo fratello, a sentire i suoi rimproveri e i suoi avvertimenti.

«Vado a dormire».

«Un'ultima cosa...». Robert mi afferra la mano prima che scenda dal letto. «Mi dispiace per come si è comportata Tory, ha esagerato. Le parlerò. E mi dispiace per come mi sono comportato io, non succederà più».

Annuisco e mi rimetto in piedi. «E a me dispiace che tu abbia dovuto assistere alla scena di tuo fratello che cercava in tutti i modi di sfilarmi gli slip da sotto il tavolo...». Rob si copre gli occhi con le mani e sbatte la testa contro il muro. «Ma non posso prometterti che non succederà più», finisco di dire.

«Avrò gli incubi, stanotte».

Lo zittisco con la mano prima che possa aggiungere altro. «So che mi vuoi bene, ma non puoi proteggermi da tutto».

«Finirà male...».

«Finirà come deve finire». Mi sporgo sul suo viso e gli bacio la guancia.

Recupero il vestito dorato, che avevo buttato a terra, ed esco dalla sua stanza senza guardarlo, con il cuore in gola e il respiro corto. Le sue parole vorticano come una spirale nella mia testa, mi fanno perdere l'equilibrio, perché so quello che devo fare. Non voglio perderlo, non di nuovo. Sono stata troppo codarda in passato, ho convinto entrambi che non poteva funzionare. Mi sento soffocare dall'aspettativa e la sensazione di morte imminente si amplifica quasi fino a farmi perdere i sensi quando raggiungo la mia camera e trovo Lucas seduto sul mio divano-letto. Tiene le mani giunte, posate sulle ginocchia, e si guarda i piedi.

«Ero venuto a recuperare le tue cuffiette…». Alza lo sguardo su di me e il sorriso beffardo gli muore sul viso. Mi squadra dalla testa ai piedi: fissa i miei capelli ribelli raccolti alla rinfusa, la maglietta di suo fratello indosso, le gambe nude, i piedi scalzi. «Ma forse non ne avrò bisogno. Avete già finito?».

«Che ci fai qui?», mentre lo dico mi chiudo la porta del piccolo studio alle spalle, poso il vestito sulla sedia.

«Te l'ho detto». Apre una mano e mi mostra le piccole cuffie arrotolate, adagiate sul palmo. Si alza in piedi, abbandona il filo rosa sulla scrivania e si stiracchia. «Sono stanco, vado a letto».

Lui fa un passo verso l'uscita, io ne faccio uno verso di lui, poi un altro, e poi l'ultimo che ci separa. Senza dargli il tempo di protestare o dare a me stessa il tempo di pensare, mi sollevo sulle punte dei piedi e lo bacio.

Lo bacio piano, un po' impacciata, ma mi stacco quando mi rendo conto che lui è immobile, non ricambia. Sollevo appena lo sguardo e i suoi occhi sono offuscati dal desiderio, velati di pura eccitazione mista alla confusione più totale.

Se fosse una serata diversa, se lui non fosse *lui*, batterei in ritirata. Scapperei a gambe levate da questa stanza, mi scuserei per aver dato per scontato di poterlo fare, mi mortificherei, invece lo bacio di nuovo. Stavolta con più trasporto, mettendoci tutto: anima, corpo, labbra, lingua e quel bisogno disperato che ho di sentirlo mio. Anche se non lo è e non lo sarà mai, per stasera possiamo fingere di essere due persone diverse, nuove. Due persone che non si sono vomitate addosso accuse e insulti perché non sanno come parlarsi.

Stasera sono di nuovo in quello sgabuzzino e mi ritrovo a pregare che lui voglia rimanerci insieme a me.

E quando la punta della sua lingua sfiora la mia, quando solleva una mano e mi avvolge la vita, per poco non crollo. Il suo bacio è disperato, è lava rovente sulle mie labbra. Lo spingo all'indietro fino al bordo del divano e lo costringo a sedercisi sopra, mentre io rimango in piedi di fronte a lui.

I suoi occhi sono puntati nei miei, così limpidi e scuri allo stesso tempo. Mi guarda con sospetto, il petto che si alza e si abbassa vistosamente a ogni respiro, le mani che scivolano sulle mie gambe fino al bordo della t-shirt di Robert. Me la solleva piano, mi scopre la pancia e ci lascia sopra una scia di baci umidi.

«Odio il suo profumo sulla tua pelle». La sua voce è più roca del solito, strozzata dal piacere.

Con ancora i suoi occhi nei miei, mi sfilo la maglietta, la lascio cadere ai nostri piedi e rimango con solo gli slip indosso. Ed è stupefacente il modo in cui mi guarda, la sensazione che mi fa provare mentre mi accarezza il corpo con lo sguardo. Il fremito che provo quando mi sfiora piano la carne sopra l'ombelico.

«Vieni qui», ordina. Io non riesco a parlare, mi lascio trascinare dal suo tocco delicato, e mi ritrovo a cavalcioni sulla sua erezione. Con un colpo deciso mi sfila l'elastico e corruga appena le sopracciglia quando la cascata di boccoli mi finisce sulle spalle, sulla schiena, sul seno.

Mi fa strusciare su di lui, un moto circolare che mi costringe a chiudere gli occhi per un paio di secondi. Le sue labbra si posano delicate in mezzo al mio seno, mi bacia appena, a bocca aperta, poi si stacca di nuovo.

«Io non…». Mentre lo dice smette di toccarmi, rimane immobile.

Ma io no, io sono rimasta ferma per troppo tempo. Sono stata a guardare senza alzare un dito. Sono rimasta barricata dietro le mie convinzioni per non ammettere che *lui*, da quasi tre anni, è l'unico che voglio. Io mi butto in questa follia con tutta me stessa.

Sollevo le palpebre lentamente, sbatto le ciglia e mi si ferma il cuore.

«Tu, cosa? Tu non puoi?», lo anticipo quando capisco che quel desiderio così intenso nel suo sguardo è volato via. Svanito. Perso nel nulla. Mi stringo nelle spalle e mi copro il seno con le braccia.

Sono una stupida.

«Non voglio farlo con mio fratello al piano di sotto». La sua espressione è severa, non ammette repliche. «Dio! Non… non è il caso», quasi balbetta e io non me lo faccio ripetere due volte. Mi alzo dalle sue ginocchia e gli do le spalle, chinandomi poi ai piedi della mia valigia alla disperata ricerca di un qualsiasi indumento capace di coprirmi tutta, la mia vergogna compresa.

«Forse è meglio se vai», dico di getto, senza pensare. La voce mi esce ferma e controllata, il mio cuore scalpita mentre la rabbia mi acceca la vista.

«Cybil...».

«Hai ragione tu. Robert è al piano di sotto. Ora, però, vai!». Non mi sarei dovuta esporre così, non avrei dovuto cedere. Tutto, ma non dare questo vantaggio proprio a lui. Lasciarmi umiliare da Lucas non era contemplato.

«Cazzo, aspetta un attimo!», impreca Lucas.

Dopo essermi rivestita e aver ritrovato un briciolo di coraggio, mi alzo in piedi e mi volto a guardarlo. Incrocio le braccia al petto e sollevo il mento. Lucas, al contrario, è ancora seduto sul divano-letto, le gambe divaricate, la testa china e le mani chiuse in un unico pugno.

«Vai! Dico sul serio».

Lucas si morde gli angoli delle labbra, non si muove di un centimetro. E non mi guarda. Il bastardo non ha neanche il coraggio di dirmelo in faccia che non mi vuole.

Non lo sapevi già, Cybil? Non la senti la voce di Robert che ti ripete all'infinito che a Lucas, di te, non importa niente? Cosa pensavi che sarebbe successo, Cybil? Che ti avrebbe detto che anche lui non fa che pensare a te da quella notte alla Delta Kappa Delta? Illusa.

Stupida e illusa!

«Non rialzare il muro, diamine!», sbraita, neanche mi avesse letto nel pensiero. Si alza in piedi e me lo ritrovo a un soffio dal viso. «Non alzare ogni volta questo maledettissimo muro!».

«Non c'è nessun muro, Lucas. Ci sei tu che cambi idea ogni cinque minuti, e ci sono io che sono un'imbecille». Non so dove trovo la voce, ma, maledizione, quelle parole le pronuncio con tutta la forza che ho. «Come ha detto Robert, è stata una settimana orribile. Meglio andare a dormire e metterci una pietra sopra». Mi martella il cuore nel petto, mi gira la testa. Ha ragione Rob, sono il suo ennesimo capriccio e, quando ha capito che poteva avermi senza doverlo nemmeno chiedere, ha fatto cento passi indietro.

«Non ci arrivi proprio, vero?». La sua bellissima bocca è di nuovo sulla mia, possessiva, famelica, mi trascina con lui all'inferno, dove io brucio di desiderio, mentre lui non viene nemmeno sfiorato dalle fiamme. Me lo scrollo di dosso con stizza.

«Oh, ma io ci arrivo benissimo», ribatto con un tono sgradevole che mi lascia l'amaro in bocca. Non riesco a frenare il fiume di parole che gli riverso addosso. È come se mi fosse calato un velo nero sugli occhi, lo voglio fuori da questa stanza, fuori dalla mia vita una volta per tutte. «È proprio come ha detto Robert: era tutta una messinscena per infastidire lui. Ti sei preso la tua rivincita. Quella stupida di Cybil si è resa ridicola, di nuovo. Si è spogliata per te, di nuovo».

La rabbia che leggo negli occhi di Lucas non appena nomino suo fratello mi fa vacillare, mi impedisce di continuare. «E io che volevo fare il gentiluomo…», sghignazza, ma il suono che gli esce dalla gola non ha niente di divertente. «Perché, stupido io, ho pensato di volerti su un cazzo di letto, senza doverci trattenere, senza dover far piano, senza il pensiero di qualcuno che potrebbe entrare in stanza da un momento all'altro. Alla fine, erano solo due anni e mezzo che aspettavo questa serata con te! Però sai che c'è? La tua versione e quella di mio fratello mi piacciono di più. Perché tanto voi due avete capito tutto, no? È proprio così, ti sei resa ridicola e ti sei spogliata senza che nemmeno te lo chiedessi. Non cambi mai, piccola Cybil: sei e sarai sempre una ragazzina malleabile, che si fa influenzare da tutti, che non ragiona con la propria testa», mi sfotte e io perdo del tutto la testa.

«Sei un essere spregevole».

«Ti ha detto anche questo mio fratello o ci sei arrivata da sola?». Le sue mani mi bloccano le spalle. «Eh? Mentre eri in camera sua, mentre ti spogliavi e ti mettevi la sua maglietta, ti ha detto che sono feccia?».

«Sparisci!». Lo scanso via con una manata.

«Con grandissimo piacere». Lo stronzo mi fa l'inchino, mi mostra di nuovo quel suo ghigno strafottente e poi apre la porta dello studio. Prima di uscire, però, non mi risparmia l'ultima stoccata. «L'imbecille sono io, che per un attimo, per un fottutissimo attimo, ci stavo cascando di nuovo con te. Continuo a dimenticarmi che, in questa "storia", siamo sempre stati in tre».

cybil

Con i palmi delle mani mi copro le orecchie e premo così forte che per un attimo riesco a non sentirli. Poi Tory grida un nuovo "sssìì" così stridulo da riuscire ad abbattere il muro del suono e mandare del tutto a farsi fottere il mio lunedì mattina.

La giornata non è partita bene. Come prima cosa, Lucas è piombato in bagno mentre uscivo dalla doccia, mi ha vista nuda e mi ha rivolto un'espressione a metà fra l'annoiato e il "ah, tutto qui?". Poi abbiamo discusso perché quel maledetto lucchetto è di nuovo rotto e lui non si decide ad aggiustarlo. Io l'ho accusato di averlo fatto di proposito, lui mi ha risposto che la principessa deve scendere dal piedistallo. Io l'ho cacciato via, lui ha risposto che ero in bagno da una vita e che doveva svuotare la vescica. Poi ha ritenuto opportuno sfilarsi i pantaloncini – e i boxer –, rimanendo nudo dalla vita in giù.

Nudo come un verme. Un verme molto dotato, ma pur sempre un infimo verme!

Io gli ho urlato addosso un infantilissimo "ti odio!" e lui ha risposto con un'alzata di spalle e un "anch'io".

Sono passate due settimane dalla nostra discussione. Due lunghissime settimane da quella domenica sera, nelle quali io ho dormito quasi sempre da Diane e lui ha smesso del tutto di parlarmi. E non mi guarda mai. Tranne stamattina, ma quello non conta, perché la sua smorfia disgustata me la sarei risparmiata volentieri.

Sto ancora cercando di bucarmi i timpani per non sentire i gemiti di Tory, quando me lo ritrovo davanti. Ha i capelli umidi e profuma in modo divino. Svuota nel lavandino il caffè rimasto nella brocca di vetro

– che ho preparato io – e riempie di nuovo il bollitore con l'acqua e la polvere scura.

Quanto è infantile!

Non commento, mi infilo una cucchiaiata di Froot Loops in bocca e lo ignoro. Perché si merita solo questo da parte mia: il silenzio. Silenzio spezzato da quei due che ci stanno dando dentro come conigli dalle sei del mattino.

Perché in questa casa, se non è Lucas a dare spettacolo, allora ci pensa Rob a ricordarmi che, alla fine dei conti, l'unica a non fare sesso sono io!

Gli schiamazzi cessano e Lucas, che mi dà le spalle, alza la testa e drizza l'orecchio.

«Forse hanno finito», commenta, ma non ce l'ha davvero con me, quindi faccio finta di non averlo sentito parlare.

Quando il caffè è pronto si viene a sedere accanto a me, con la sua tazza fumante e un bagel appena tostato, in un piattino.

Rob ci raggiunge in cucina, con un sorriso da orecchio a orecchio stampato sulla sua faccia da schiaffi, e mi saluta con un bacio umido sulla guancia. Mi pulisco il viso con un gesto di stizza e lo guardo mentre riempie due tazze di caffè e si sbriga a tornare in camera da letto.

«Anche il caffè a letto…», mi lascio sfuggire dalle labbra. E se io ignoro Lucas, lui è ancora più crudele, perché mi risponde e mi ferisce.

«Gelosa, eh?».

«Sì, guarda. Penso che mi strapperò i capelli dal dispiacere», ribatto, acida.

Lucas sghignazza, un suono aspro che è senza ombra di dubbio una presa per il culo. «Sei assurda».

Potrei ribattere, la risposta ce l'ho sulla punta della lingua, invece mi barrico dietro il mio muro di indifferenza e faccio finta che non esista, che non abbia parlato, che non mi feriscano le sue parole, ogni giorno, ogni minuto, ogni fottutissima volta. E lui scalpita, perché è lo scontro che cerca, gode nel vedermi andare a fuoco, mi riversa addosso tutto il suo risentimento, e io non ci sto più a fare il suo gioco.

Mi alzo dallo sgabello e lascio di proposito la tazza nel lavandino.

«Non abbiamo la cameriera», ribatte.

E io lo ignoro.

Recupero dal tavolo della sala la tracolla con dentro i miei libri e mi avvicino alla porta. Sento i suoi occhi addosso, il suo rancore bucarmi la schiena. Mi infilo un paio di scarpe da ginnastica, slego la felpa da intorno alla vita e la indosso. Poi mi sbatto la porta di casa alle spalle.

Arrivo in facoltà prima del solito, Diane mi sta aspettando nel piccolo atrio all'aperto, già in fila per comprare i nostri caffè.

«Buongiorno!», cinguetta e io mi sforzo di sorriderle.

«Ciao». Mi sistemo accanto a lei, in fila, e recupero una banconota da cinque dollari dal portafogli. «Oggi tocca a me offrire». Le passo i soldi e lei se li infila nel reggiseno per fare la scema.

«Ho un test del cavolo stamattina, sono stata sveglia fino alle due a studiare».

«Io sono stata sveglia fino alle due perché Lucas si è portato una delle sue conquiste della domenica sera a casa, poi mi ha svegliata Robert alle sei per una maratona di sesso mattutino con la *fantastica* Tory».

«Hai le occhiaie, infatti», mi prende in giro lei.

«Non ne posso più. Spero davvero di riuscire a prendere possesso dell'appartamento entro venerdì. 1B dovrebbe andarsene domani mattina». Incrocio le dita e gliele mostro.

«1B?».

«Sì, l'inquilino del primo piano. Credo sia proprio quello il suo vero nome!», ironizzo e Diane ridacchia.

Recuperiamo i nostri caffè e ci incamminiamo all'interno, verso la scala.

Diane mi sta raccontando che Patty, la sua coinquilina, è sempre più stramba. Una finta maniaca dell'ordine e della pulizia, visto che la sua stanza è un campo di battaglia. Lei sta parlando, io l'ascolto per metà, mi guardo intorno come se dovesse sbucare un mostro a tre teste da uno dei corridoi da un momento all'altro. Solo che il mostro che sto cercando di evitare io non ha tre teste.

«Dovresti trasferirti da me», dice a un certo punto. «Cacciamo via Patty e prendi il suo posto».

«Chi lo sa, magari prima o poi succederà. Sai che non ho grandi programmi per il futuro. Ho sempre pensato che avrei lavorato a Wall Street, in qualche super ufficio al ventesimo piano, circondata da broker e azioni societarie, invece...».

«Puoi ancora farlo», si affretta a dire Diane. «Chi te lo impedisce? Solo perché hai cambiato specializzazione non vuol dire che tu non abbia le competenze per lavorare nel mondo della finanza».

«È un capitolo chiuso». Sollevo le spalle, Diane alle calcagna. «Troverò qualcos'altro che mi appassioni in egual misura».

«Lo stai facendo di nuovo...».

Mi volto a guardarla al rallentatore. «Cosa sto facendo?».

«Stai ripiombando nel tuo tunnel senza via d'uscita. Non ti interessa di niente, non pensi al tuo futuro, non sorridi più! Hai anche ricominciato a vestirti come una senzatetto».

Guardo gli abiti che indosso e non trovo il coraggio per contraddirla. «Ho freddo», mi stringo nelle spalle. «Questa felpa mi tiene al calduccio».

«Lucas non se lo merita di ridurti in questo stato».

Sentirle pronunciare il suo nome mi provoca una fitta al petto. «Non è per lui». Credo sia la mia espressione spaventata a tradirmi, o forse solo il tono sprezzante che non riesco a controllare. Diane mi blocca per un braccio e mi costringe a fermarmi, ma io non voglio fermarmi. Voglio attraversare l'atrio e salire di corsa al terzo piano.

«Che succede?». Incrocia il mio sguardo e mi tiene inchiodata con i piedi al pavimento, gli occhi nei suoi.

Non volevo dirglielo per non farla preoccupare, ma ha ragione lei: sono ripiombata nel mio tunnel senza via d'uscita e non so come tirarmene fuori. Non so nemmeno se *voglio* tirarmene fuori. Questo stato di autocommiserazione nel quale mi sono rifugiata mi fa sentire... protetta.

«Cybil!».

«È tornato».

O forse non se ne è mai andato. Forse sono stata io a non vederlo, ad abbassare la guardia. Forse mi sono solo illusa di poterlo eliminare dalla mia testa, dai miei ricordi, dalla mia vita. Il mio subconscio mi ha fatto credere che sarebbe bastato cambiare specializzazione, seguire le classi al terzo piano invece che al secondo, per mettere una distanza infinita fra di noi.

Non ha funzionato. E ora mi sento in balia degli eventi, così spaventata da non riuscire a razionalizzare.

«L'hai visto?», mi domanda Diane, la voce le trema appena. Sa benissimo di chi sto parlando, e il viso che diventa esangue di colpo mi fa vacillare.

Annuisco. «Venerdì, dopo le lezioni. Ma non credo lui si sia accorto di me».

Altrimenti si sarebbe avvicinato, non si sarebbe lasciato sfuggire un'occasione del genere.

Ritrovarmi Halbert davanti ha riaperto la voragine nella quale ero precipitata lo scorso marzo. Un buco nero che ero convinta di aver richiuso. Come ho potuto dimenticarmi di lui?

Lucas...

Già, perché nell'ultimo mese tutto quello a cui sono riuscita a pensare è stato Lucas Henderson. Alle nostre discussioni, ai momenti di complicità, alle sue mani addosso, alle sue labbra. Ho rivissuto la nostra litigata di due settimane fa nella mia testa all'infinito, e mentre perdevo tempo a compatirmi, a ripetermi che aveva sbagliato lui quella domenica sera, Halbert era proprio vicino a me. Troppo vicino. Così vicino che ne avrei dovuto fiutare il pericolo, invece non l'ho fatto.

«Okay. Non è successo niente!», ribatte Diane con convinzione. «Insomma, ci lavora in questo edificio. Sapevamo che sarebbe potuto capitare! Ma tu sei pronta ad affrontarlo nel caso si avvicinasse. Giusto? Ricordati che il tuo *Ashi Guruma* è micidiale».

Riesce a farmi ridere per una frazione di secondo.

«Devo andare in classe», taglio corto.

«Ti accompagno».

«Mi accompagni? Ma se la tua prima lezione è dall'altra parte! E hai anche una verifica. Di-Di, davvero, non ce n'è bisogno. Non mi farà niente».

La mia migliore amica mi fa segno con la mano di incamminarmi. «Sì, beh, la prudenza non è mai abbastanza».

Una volta tanto non protesto, perché averla accanto riesce a farmi respirare regolarmente. Non appena mettiamo piede al secondo piano, un attimo prima di salire il primo gradino della scala che ci porterà al terzo, mi ritrovo Halbert a due metri di distanza. È di spalle e io mi pianto sul linoleum come un albero.

È sempre stato qua...

Questa consapevolezza mi annienta.

Diane mi afferra per un braccio e mi incita a salire, ma io sono paralizzata. È esattamente come aveva detto il maestro Joe: la paura produce adrenalina. E l'adrenalina, se non la sai gestire, può diventare il tuo peggior nemico.

Halbert si volta, nella mia testa lo fa al rallentatore, ed è un attimo. Un secondo di troppo nel quale Diane non riesce a farmi da scudo, e lui mi vede. Mi rivolge un sogghigno che mi raggela, per poi darmi di nuovo le spalle e proseguire la sua conversazione con una studentessa del mio stesso anno.

Scappa!, sbraita una voce stridula nella mia testa, ma io continuo a non muovermi.

«Cybil! Cybil!», mi richiama Diane. La metto a fuoco, sbatto le palpebre, poi guardo di nuovo verso Halbert, ma lui non c'è più. E non me lo sono sognato, ho smesso da tempo di avere le allucinazioni, di avere la sensazione che mi stia seguendo, spiando, braccando.

«Tutto bene?». La voce di Lucas la sento appena e il cuore mi schizza in gola.

«Sì, tutto bene. Addio, Henderson», ribatte brusca Diane.

«Non ho chiesto a te».

Qualcosa nel suo tono di voce mi riporta alla realtà. Sbatto per l'ultima volta le ciglia e torna tutto nitido intorno a me. Risento il chiacchericcio degli studenti, la presa salda della mano di Diane sul mio braccio, gli occhi bellissimi di Lucas a mezzo centimetro dal mio viso.

«Va tutto bene?». Stavolta me lo domanda con un filo di voce.

«Sì», riesco a dire. Sospiro a pieni polmoni e scosto delicatamente la mano di Diane dal mio braccio. «Mi girava un po' la testa», invento.

Lucas non mi crede, e lo capisco da come solleva le sopracciglia, da come mi scruta, da come sposta lo sguardo a destra e a sinistra per capire se c'è qualcuno nei paraggi.

«Diane, grazie di avermi accompagnata. Ora sto molto meglio. Ci vediamo a pranzo?».

La mia amica annuisce, forse pensa che voglia rimanere da sola con Lucas. La verità è che voglio che se ne vada, che se ne vadano entrambi. Ho bisogno di aria, di rimettere in ordine i pensieri in testa, di rimproverarmi mille volte per essermi fatta fregare dalla paura.

«Ti aspetto alla fine delle lezioni», dice la mia amica. «Ciao, Lucas».

«Ciao, Di».

Lucas rimane davanti a me, e io lo guardo. Sono così confusa e stordita che per un attimo, per un millesimo di secondo, vorrei buttarmi fra le sue braccia. Ma il secondo passa, e io non mi azzardo a muovermi.

«Andiamo in classe?», chiede.

«Certo». Gli do le spalle e mi incammino al terzo piano, poi dentro l'aula della professoressa Margot. Lucas mi cammina dietro, non dice più niente. E quando arrivo alla seconda fila, lui prosegue verso l'ultima.

«Quindi è questo il tuo piccolo sporco segreto, eh, MacBride?».

Sussulto sullo sgabello, non ho sentito la porta del Bowery aprirsi tanto ero concentrata sul mio esercizio di statistica. Guardo prima Diane, poi la campanellina sopra la porta… dove cavolo è finita quella stramaledetta campanella?

«C-ciao». Mi alzo in piedi e nascondo le mani dietro la schiena.

«Lo sapevo che nascondevi qualcosa, amica bugiarda!». Diane mi punta il dito contro, poi allarga le braccia. «Non ci credo che lavori nel magico mondo di Wan! Sono molto gelosa!».

«Che ne sai tu di Wan?».

«Scherzi, vero? Tutti conoscono la "galleria d'arte" di Mr. Wan!».

Non me la bevo. Non me la bevo neanche per un secondo. «Chi te lo ha detto?».

«Okay, okay… è stato Rob».

«Quell'impiccione!». Diane mi viene incontro e mi abbraccia come se non mi vedesse da mesi. «Che ti prende? E che ci fai qua?».

Mi libera dall'abbraccio forzato e inizia a guardarsi attorno. «Mi hai dato buca a pranzo, ho pensato di venirti a fare un saluto».

Non la contraddico, anche se sappiamo entrambe che sta mentendo. È preoccupata per me e io mi sento in colpa, perché non posso permettermi di trascinarla di nuovo in questo tunnel. Non succederà, così mi scrollo di dosso l'apatia e riempio i polmoni d'aria.

Come succede a chiunque metta piede qui dentro, l'attenzione viene rapita da *Cazztus*. Diane lo tocca e si punge l'indice con una delle spine appuntite. «Ahi!».

«Non toccare! Non li leggi i cartelli?».

«Questo è interessante», continua la mia migliore amica. Adesso sta ammirando una scultura in legno alta circa trenta centimetri, di due uomini abbracciati pronti a unirsi. Io vado a risedermi sul mio sgabello e poso sulle ginocchia il libro sul quale stavo studiando. «Molto artistico». Alzo un sopracciglio. «Scherzo, è una scultura orribile. E questi due poveretti hanno il pene corto, come potrebbero mai darsi piacere?».

«La smetti?», le domando, ma la risata non la trattengo.

«Sono venuta a salvarti!», dichiara Diane, in tono teatrale.

«Salvarmi? Da chi?».

«Da te stessa, perlopiù. Stasera andiamo al Peculier per la partita del *Monday Night Football*», lo dice canticchiando, come se fosse il *jingle* di una pubblicità.

«Scordatelo». Chino la testa e riprendo a leggere.

216

«Eddai! Mi hai già dato buca lunedì scorso e non sono potuta andare nemmeno io».

«Io odio il football! E poi, chi lo dice che non puoi andare?».

«Certo, mi presento lì e cosa faccio? Mi vado a sedere al tavolo con i tuoi amici come se niente fosse? Ti *pregooo*, voglio rivedere Max».

Alzo gli occhi al cielo, esasperata. «L'amico di Mason?».

«Proprio lui!».

«Di-Di, sono io a pregare te. Non voglio andare. È troppo imbarazzante. Mason penserà che sia lì per lui. E, ancora peggio, *Lucas* penserà che sia lì per lui».

Neanche lo avessi evocato, il fratello Henderson che mi fa girare la testa e ribaltare lo stomaco ogni-singola-volta sfreccia davanti all'unica vetrina del Bowery, con la sua sacca sportiva in spalla e un paio di pantaloncini da basket neri che gli arrivano sotto il ginocchio. Non volta la testa nella mia direzione, semplicemente passa davanti alla vetrata del negozio e tira dritto.

Guardami!, urlo nella mia testa, ma lui non lo fa.

«Sono felice che tu lo abbia nominato».

«Lucas?!».

«Ma *nooo*! Mason! Ti ha dato il suo numero di telefono due lunedì fa e tu? Tu cos'hai fatto? Niente! Proprio niente».

Sbuffo e metto via il libro. È evidente che Diane non mi lascerà studiare. «Sono andata al Peculier perché speravo di trovare il coraggio per parlare con Lucas», le ricordo. «Mason mi ha presa in contropiede, non era previsto».

«E cosa ha fatto Lucas?», domanda, ma la risposta è ovvia. «È stato tutta la sera appiccicato a Erin. E lo ha fatto di proposito, perché è uno stronzo. Perché la sera prima ti stava infilando le mani ovunque e il giorno dopo faceva una gastroscopia con la lingua alla modella».

Inclino la testa di lato. «Sei una stronza, lo sai, vero?».

«Ah-ah, molto simpatica». Diane svolta dietro un muretto basso in pietra ed esamina da vicino un pene in cristallo Swarovski. «Questa cosa mi mette l'ansia».

«Dopo un po' non ci fai più caso. Vuoi un caffè? Ho la Nespresso».

«Stiloso!».

«Wan dice che posso berne massimo due al giorno… perché le cialde costano».

«Tirchio».

Diane, dopo aver contemplato da vicino tutti i peni nella piccola galleria d'arte, smette di vagare in giro e si mette seduta sullo sgabello accanto al mio, ma non ha intenzione di mollare l'osso.

«Credo che dovresti dare a Mason una possibilità», insiste. «Lo sai cosa dicono di lui?».

«Sì, la sua amica Nikky è stata molto specifica in proposito: è un puttaniere, e io non voglio sbatterci la testa».

«La sua amica Nikky?! Tesoro, Nikky è una brava ragazza, bravissima, *dolcissima*, ma lasciamo i bambini fuori da questa conversazione! Lei la mettiamo un attimo davanti alla TV a giocare con i suoi videogames e io e te parliamo da donna a donna!».

Mi fa ridere, al punto che devo pizzicarmi le labbra con le dita per non darle troppa corda. Le porgo il suo caffè e mi rimetto seduta al mio posto.

«Sentiamo, cosa dicono di Mason?».

«La leggenda narra che Mason Lewis...», lascia la frase in sospeso per creare un po' di suspense, «... faccia vedere la Madonna, se sai cosa intendo». Ammicca.

Stavolta la risata non la trattengo. E mi strozzo con il mio caffè. E me ne rovescio qualche goccia sui jeans puliti. «Mi hai fatto sporcare», l'accuso, senza smettere di ridere.

«Pensi che stia scherzando? Non scherzerei mai su una cosa *così* seria!».

«Immagino...». Butto il bicchierino di plastica vuoto nel cestino sotto la scrivania e recupero delle salviette umidificate dal cassetto per pulire i pantaloni. La macchia si allarga ancora di più e già so che dovrò perdere venti minuti a smacchiarli.

«No, tu non immagini! E lo sai perché?».

«Stiamo facendo il gioco delle venti domande e non me n'ero accorta?».

«Perché non vuoi uscirci insieme?!».

«Non sarei di compagnia. Hai finito?». Allungo una mano e afferro il suo bicchierino. Ce n'è ancora mezza tazzina dentro, ma non protesta.

«Questo caffè è una merda. Come fai a berlo?».

«Mi piace», taglio corto.

«È per *lui*?».

«Per Lucas?».

«No! Per Halbert!».

Il suo nome mi fa partire una scarica di adrenalina che arriva dritta al cuore. E neanche questa volta riesco a gestirla: mi paralizza.

«Stai passando da un discorso all'altro. Non ti seguo più. Senti, le cose stanno così: io voglio Lucas, Lucas vuole Erin e tutte le donne di Manhattan, a quanto pare. Mason è un bellissimo ragazzo e sono certa che faccia vedere la Madonna – anche se sono atea –, ma dubito che sia davvero interessato a me. E Halbert... lui... lui è un fantasma nella mia testa, nient'altro. E non gli permetterò di rovinarmi l'ultimo anno di college. Si è già preso sei mesi della mia vita. Ho lasciato l'università, il dormitorio, ho rischiato di perdere l'anno. La prossima volta che me lo troverò davanti, reagirò. Se si avvicinerà, lo manderò via. Se mi metterà le mani addosso, mi difenderò».

«Sì, ma...».

«Non ricadrò nel baratro. Te lo prometto. So che sei preoccupata, ma non succederà di nuovo. E stasera possiamo andare al Peculier. E se Mason mi chiederà di nuovo di uscire... gli dirò di sì».

Diane mi regala un mezzo sorriso, poi abbassa gli occhi sulle sue mani intrecciate. «Adesso ti riconosco!», bisbiglia. «Oggi mi hai spaventata».

«Mi sono spaventata anch'io».

«Pensavo che...».

«Non succederà di nuovo», ribadisco, categorica. «Adesso, però, basta parlarne». Le sorrido e aspetto che lei ricambi. «Max, eh? Ti ci vedo con un tipo del genere. Tu dici tremila parole al minuto, lui tre. Sareste una coppia bellissima».

Di-Di ridacchia. «È così *carino*!», pigola.

Se lo dice lei...

Rimane a farmi compagnia fino alla chiusura, discutiamo per una buona mezz'ora perché vorrebbe che mi cambiassi per andare al Peculier, mentre io mi rifiuto. Alla fine accetto di scambiare la mia felpa extralarge con il suo golfino rosa, ma mi tengo i jeans macchiati di caffè.

A malapena respiro quando entro nel pub. Il cuore si è incastrato in gola e mi mozza il respiro. È una reazione prevedibile, succede tutte le volte che so che incrocerò Lucas, eppure mi stupisco. Lo cerco con gli occhi e lo trovo stravaccato su una sedia, in prima fila di fronte allo schermo più grande. Ed Erin è accanto a lui, i lunghi capelli biondi a incorniciarle il viso e le gambe magre in bella mostra. Ma è il sorriso complice che le rivolge a stordirmi, a farmi fare un passo indietro. Un sorriso che non regge confronti, è ampio, luminoso, quasi sfacciato.

Le piace davvero. Le piace come non gli è mai piaciuta nessuna. Anche se poi si porta a letto una quantità indecente di altre donne.

Si sporge sul suo viso privo di imperfezioni e sposto lo sguardo prima che le sue labbra tocchino quelle di Erin. Saperli insieme mi annienta, vederli baciarsi mi fa raggiungere un livello tutto nuovo di autocommiserazione. In queste ultime due settimane, Erin ha frequentato l'appartamento di Lucas molto più di me, perché io, da brava codarda, sono scappata ogni volta che me la sono trovata davanti. Sono bellissimi insieme, la perfezione racchiusa in un abbraccio, quello che sono sicura si stanno scambiando. I miei occhi si rifiutano di assistere al loro ennesimo scambio di saliva e vagano altrove, ma non fanno molta strada perché trovano – e si fermano – su Mason.

Mi sta sorridendo.

E io sorrido a lui, perché me lo devo.

lucas

E rin mi accarezza una guancia, poi mi sistema una ciocca di capelli sopra la fronte.

«Birra?», mi domanda Mason, seduto accanto a me. Non aspetta che gli risponda, riempie il mio calice e poi il suo. La partita non è ancora iniziata e io e lui ci siamo già fatti fuori una pinta a testa. È un tipo a posto.

Mi guardo intorno e proprio in quel momento la porta del locale si apre e riconosco Diane, l'amica di Cybil. Il cuore perde un battito e istintivamente stringo i pugni. Mi volto prima di accertarmi che ci sia anche La Stronza e sorrido a Erin. Poi la bacio, anche se non ne ho voglia. È una reazione istintiva, una presa di posizione. Se bacio Erin, non corro il rischio di baciare Cybil.

La sento dietro di me, la intravedo con la coda dell'occhio. Mason si alza in piedi e la saluta con un abbraccio, io rimango fermo immobile. Le scosta una sedia, lei si accomoda, io fisso il maxischermo. Io non la saluto, lei non mi considera.

Che diavolo è venuta a fare? Cybil odia il football, e odia me ancora di più. Mason le dice qualcosa all'orecchio che la fa ridere. Mi agito sulla sedia, butto giù la birra in un sorso, mi scrocchio le nocche, guardo ovunque, tranne lei. Cybil non riesco a guardarla perché ogni volta che lo faccio, ogni volta che penso di essere finalmente immune alla sua presenza, mi si spezza qualcosa dentro.

«Sei distratto», mi richiama Erin.

«In che senso?».

«Ti ho fatto una domanda, non mi stai ascoltando», mi rimprovera, ma lo fa sorridendo.

«Sì, scusami. Stavo pensando… alla partita. Dimmi».

Erin si passa una mano fra i lunghi capelli, sistemandoli poi tutti da una parte. Rannicchia le gambe nude al petto, poggia il mento sulle ginocchia. «Ti stavo chiedendo se dormi da me».

«No», ribatto, convinto.

«Perché? Hai da fare?».

«Devo visionare delle carte per un edificio che stiamo pensando di comprare», taglio corto. Non le chiedo se vuole venire lei da me. Non glielo chiedo perché non avrebbe senso, perché anche lei è distratta, stasera. Solo che, a differenza sua, io non chiedo spiegazioni. È stata un'ora a scambiarsi messaggi con qualcuno che riesce sempre a metterla di cattivo umore. La nostra relazione è semplice: stiamo insieme quando ne abbiamo voglia, nessuna domanda, e non abbiamo l'esclusiva. Quindi mi sta bene la sua distrazione, vorrei che non mettesse il becco nella mia. Io scopo con chi voglio e immagino lei faccia lo stesso. Beh, non proprio con chi voglio… *lei* non la posso toccare.

Cybil, a due sedie di distanza, ridacchia di nuovo ed è più forte di me: la guardo. E me ne pento.

Sono state due settimane interminabili, quattordici giorni che ho passato a rimproverarmi per averle permesso di allontanarsi di nuovo da me. Con lei, la mia vita è un eterno "se". Cosa sarebbe successo se quella sera me ne fossi fregato di mio fratello al piano di sotto? Cosa sarebbe successo se, invece di comportarmi come un bambinetto orgoglioso, le avessi spiegato come stavano le cose? Cosa sarebbe successo se, invece di perdere il controllo, mi fossi messo per un fottuto attimo nei suoi panni?

Non sarebbe successo niente. Questa è l'unica verità.

Io e Cybil viaggiamo su orbite parallele: io gravito da una parte e lei nel senso opposto. Io vado avanti con la mia vita e lei fa lo stesso con la sua. E non ci incontriamo mai.

Bird mi schiocca le dita davanti alla faccia. «Amico, è iniziata la partita».

Già. È iniziata la partita. E a me non frega un cazzo della partita. Erin mi tiene il muso, Bird vorrebbe commentare le azioni di gioco, il quarterback dei Giants perde la palla, la birra è finita, e a me non frega un cazzo perché Cybil continua a ridere con Mason. La sua risata è perfetta, di pancia, un po' artefatta, e lui – che a quanto pare nascondeva un animo da giullare sotto tutti quei muscoli – se la gode tutta.

Robert arriva in ritardo, ha il fiatone. Recupera una sedia da un tavolino accanto al nostro e si sistema fra me e Mason, mettendo ancora più distanza fra me e Cybil.

«Cosa mi sono perso?».

«Niente di che», rispondo distratto. «Sei venuto correndo?».

«C'è un traffico pazzesco. Ho lasciato la macchina in garage e sono venuto a piedi». Una cameriera ammiccante posa un vassoio pieno di birre sul tavolo di legno e mio fratello ne afferra una, poi me la passa.

«Non saluti?», gli domanda Cybil e neanche questa volta mi guarda. I suoi bellissimi occhi sono tutti per Rob.

«Ciao, nanerottola. Non ti avevo vista. Che ci fai qui?».

Cybil solleva le spalle, io riprendo a concentrarmi sulla partita. E vado avanti così fino a cinque minuti dalla fine del secondo tempo. Intorno a me, i miei amici si divertono, esultano, si incazzano quando perdiamo la giocata; io fisso lo schermo per impedirmi di osservare Cybil. Ed è da imbecilli comportarsi così. Non ha alcun senso questo groppo perenne che sento in gola. La mia vita funzionava molto meglio quando la odiavo e basta, quando me ne fregavo di lei, del suo carattere superbo, quando non le permettevo di scavarmi un buco in pancia. Quando non la baciavo.

Adesso, invece, mi ritrovo a spiarla quando posso, riconosco i suoi occhi, capisco dalle smorfie che fa se sta bene oppure no. E qualcosa non va, qualcosa stasera non torna.

Sorride, ma si sforza di farlo. Ridacchia, ma non è sincera. È silenziosa, è spaesata, è… triste.

Lo è da qualche giorno, ha smesso persino di raccogliere le mie provocazioni. E oggi, all'università, aveva un colorito verdastro. Le girava la testa, ha detto.

Il secondo tempo finisce, mi alzo in piedi e mi stiracchio.

«Vado a fumare», dico ad alta voce, a nessuno in particolare.

Attraverso a gomitate la sala gremita del Peculier, esco per strada e mi riparo sotto la tettoia di un negozio chiuso. Accanto a me alcuni ragazzi si scolano i loro drink e discutono della partita. Partita che praticamente non ho visto.

Invece loro li individuo subito. Mason sta fumando una sigaretta e Cybil, davanti a lui, dondola sulle ginocchia.

Cazzo! Quando diavolo si sono allontanati?

Mason mi nota, solleva le sopracciglia, e tutto di lui, la sua espressione, le labbra tese, la sua postura, sembrano dire: "Non ti avvicinare".

Il bastardo vuole rimanere da solo con lei. Col cazzo.

Mi avvicino e si ammutoliscono entrambi, io faccio finta di niente e mi accendo la mia sigaretta.

Dopo tre minuti buoni di silenzio imbarazzante, dopo l'ennesima occhiataccia di Mason, dopo che Cybil ha continuato a guardare ovunque tranne che nella mia direzione, sono io a rompere il ghiaccio.

«Mi sa che questa partita la perdiamo».

«Mi sa», replica Mason.

«Gli Eagles sono forti quest'anno».

«Molto forti». Mason aspira dalla sua sigaretta, poi butta fuori il fumo con calma dalle narici. La mia, invece, si sta lentamente consumando al vento. Mi guarda di traverso, mima qualcosa con le labbra che scelgo di non capire. Guarda Cybil, poi guarda me, con gli occhi sgranati.

«Io rientro. Scusate, ma ho davvero troppo freddo». Cybil si stringe nelle spalle, rabbrividisce, sorride a Mason e ignora me, poi torna dentro il pub. Io le guardo il culo, i suoi capelli raccolti, il tatuaggio alla base della nuca.

«Che cazzo, amico!», impreca Mason un secondo dopo che Cybil si è richiusa la spessa porta di legno scuro alle spalle.

«Cosa?», domando con tono innocente.

«Non hai capito che ci volevo provare?».

Oh, l'ho capito. E, indovina un po'? Col cazzo!

«Ah, davvero?! Scusa, non ci ero proprio arrivato».

«No, eh?». Mason getta a terra il mozzicone della sigaretta e la calpesta con la punta del piede. Non è davvero incazzato, ma rimane comunque un po' spaventoso. Santo Dio, è l'equivalente di una cabina armadio.

«Senti, mi dispiace. Volevo fumare, non pensavo di interrompervi», mento.

«Sei il peggior bugiardo del fottuto universo! Senti, se ti piace, dillo e basta, io mi levo dalle palle senza problemi».

Fuori ridacchio, dentro vengo avvolto dalle fiamme. *Lui* si fa da parte? Lui non esiste. Lui non ha nemmeno una minuscola chance con lei. Mai.

«Non mi interessa». Mi mordo la lingua non appena le parole mi escono di bocca e mi maledico mille volte perché il mio carattere di merda si rivela essere, ancora una volta, il mio peggior nemico.

«Eppure non la perdi di vista un secondo», mi fa notare.

Non gli rispondo, faccio l'ultimo tiro dalla Marlboro, poi la getto a terra, in mezzo alla strada.

Mason si gratta i capelli cortissimi, pensieroso, e sferra il suo attacco a tradimento: «Ho intenzione di scoparmela». Il tono che usa è così brutale che mi fa trattenere il fiato. Mi sta provocando. «Chiaro? Quindi questa è la tua unica occasione: se c'è qualcosa fra voi, mi faccio da parte. Se non ti interessa, mi faccio avanti».

«Accomodati». Quell'unica parola esce di bocca senza il mio permesso. Sono così abituato a negare con tutto me stesso quello che provo per Cybil che non ho più il controllo sulle mie facoltà mentali.

Il mio cervello prende decisioni, la mia bocca le esprime senza esitare.

Ti piace Cybil? No.

Ti fa incazzare sapere che uscirà con un altro? No.

Hai paura di perderla? No.

La ami? No...

«Perfetto. Rientriamo?».

«Dopo di te». Gli faccio cenno con la mano di accomodarsi e lui scuote la testa.

Cybil si alza in piedi e recupera la sua borsa da terra. Se la mette in spalla e saluta prima la sua amica Diane, poi Mason. Lui le afferra una mano e gioca con le sue dita. Non lo vedo in faccia, ma sono certo che il bastardo le stia sorridendo. Poi Cybil si piega in avanti e gli sussurra qualcosa all'orecchio, lui la bacia sulla guancia.

Mi ribolle il sangue nelle vene.

Sto per alzarmi anch'io, al diavolo la partita. Sto per seguirla, accompagnarla a casa, dirle che mi manca non scherzare più con lei la mattina, dichiarare che sono pronto a sventolare bandiera bianca e deporre le armi, chiederle di tornare a due settimane fa, quando chiusi nel bagno al piano di sopra le stavo addosso e lei si lasciava baciare.

Sto davvero per farlo, ma Rob mi precede.

«Nanerottola, vengo con te».

«E la partita?», gli domanda lei.

«Tanto stiamo perdendo». Rob posa una banconota da cinquanta dollari sul tavolo, accanto al mio boccale vuoto. «Ci pensi tu?».

Annuisco e torno a fissare lo schermo. Il quarterback ha sbagliato l'ennesimo lancio, e io mi sento fuori dal mondo. Mi dà fastidio tutto.

Rimango seduto sulla mia sedia, le gambe allungate sotto il tavolo, le mani in tasca. Diane si è defilata insieme all'amico di Mason, Mason sta facendo lo stupido con la cameriera ammiccante dalle tette giganti, Erin è di nuovo intenta a mandare mille messaggi al minuto a Dio solo sa chi.

«Io vorrei andare. Tu che fai?», le chiedo.

«Rimango ancora un po'». Prova a baciarmi sulla bocca, ma volto appena la testa e le sue labbra finiscono sulla mia guancia.

«Diane?», la richiamo quando mancano tre minuti alla fine della partita più penosa di tutto il campionato. «Come torni a casa?».

Abita in un appartamento minuscolo a Chinatown, in una delle vie meno raccomandabili della città, soprattutto a quest'ora della sera. Sapere che Cybil si è rifugiata a casa sua nelle ultime due settimane, per colpa mia, e che avrebbe potuto correre dei rischi mi fa incazzare.

Diane mi guarda come se fossi impazzito. Non ha idea di quanto. «Andrò a piedi».

«Ti accompagno io, andiamo», dico, alzandomi.

«Posso accompagnarla io», si intromette Max e gli occhi di Diane brillano neanche le avesse chiesto di sposarla. «Non ho la macchina, ma possiamo andare a piedi. Se Diane vuole...».

«Okay», si affretta a rispondere lei.

Annuisco. «Ci vediamo in giro». Provo ad allontanarmi, ma Mason allunga un braccio e mi blocca il passaggio.

«Siamo a posto io e te, vero?».

No, cazzo! Non lo siamo affatto!

«Certo», ribatto ironico. «Ah, la cameriera è carina. Buona serata».

Cammino fino a Wooster Street con la testa china, le mani sepolte nelle tasche e *City of Angels* dei Thirty Seconds to Mars sparata nelle orecchie. Odio sentirmi in questo modo, come se non riuscissi a pensare ad altro che non sia Cybil e al fatto che se ne sia andata con mio fratello.

Salgo i gradini fino al mio appartamento e apro la porta al rallentatore. Mi aspetto di trovarli entrambi seduti sul divano a confessarsi, invece il salone è buio e silenzioso.

Possibile che siano già andati a dormire? Abbandono le scarpe all'ingresso e, senza esitare, salgo al piano di sopra.

Andrò da lei. Cazzo, andrò da lei e le dirò che non ne posso più di fingere che non esista, che questa situazione mi fa impazzire, che quando vado a dormire e so che lei è sdraiata sul suo materasso, a una parete di distanza, devo legarmi al letto per impedirmi di entrare nel suo.

Mi fermo sull'ultimo gradino della scala, la porta che dà sul terrazzino è socchiusa. Ci accosto l'orecchio e li sento parlottare, prima, e ridere di gusto un secondo dopo.

Il suono della voce di Cybil è straziante, non la sentivo ridere in quel modo da troppo tempo. Non sta male, non è triste. Sono io che vorrei vederla sofferente, che non mi spiego come faccia ad andarsene in giro così bella e perfettamente a suo agio nella sua pelle, mentre io sto dando di matto. Ha la capacità di escludere le persone dalla sua vita con uno schiocco di dita. Lei ti prende e ti lascia con la stessa velocità. È spietata.

Poso la mano sulla maniglia, poi la ritraggo e vado a rintanarmi in camera mia. Lascio la porta aperta, mi sfilo la t-shirt e mi siedo sul fondo del letto. Le mani giunte e i gomiti sulle cosce. Una volta tanto, semplicemente, aspetto.

E aspetto per un tempo che sembra infinito, ma alla fine mio fratello scende al piano di sotto, mentre Cybil me la ritrovo davanti.

«Ciao», sussurra. Rimane fuori dalla mia camera da letto, davanti alla porta della sua.

«Ciao».

«Com'è finita la partita?». È una domanda così semplice, così priva di significato che mi fa comprimere il petto. Me lo chiede come se non ci fossimo vomitati addosso di tutto in queste due settimane, come se non ci stessimo facendo la guerra. Lei se ne sta lì, spensierata, le guance arrossate e i capelli in disordine a chiedermi come cazzo è finita la partita.

Dio, cosa me ne frega della partita?!

«Abbiamo perso. Brutalmente».

«Mi spiace. Buona notte».

«Aspetta». Mi alzo in piedi, ma non mi muovo. Cybil inclina la testa di lato, in attesa che parli, ma le parole mi muoiono in gola, così sto zitto. La guardo e basta, la guardo tutta. Indossa un golfino rosa leggerissimo e un paio di jeans con una grossa macchia sopra il ginocchio. È bellissima.

«Devi chiedermi qualcosa?».

Sì...

Come cazzo fai?

Come fai a ridere e a guardarmi come se niente fosse?

Perché non stai implodendo anche tu?

«Sei dimagrita», rispondo.

Cybil abbassa il mento e si guarda il corpo. «Grazie».

«Non era un complimento».

«Non lo sono mai, i tuoi...», ribatte, velenosa.

Affila le unghie e spero che non ci penserà due volte a piantarmele nel cuore. E io ne ho bisogno, ho un disperato bisogno di scontrarmi con lei, di portarla al limite e trovare quel maledetto punto d'incontro fra di noi.

Per un attimo penso che mi risponderà a tono, che raccoglierà la sfida, ma il lasso di tempo che passa fra i suoi occhi che diventano di ghiaccio e poi indifferenti è troppo breve. Non basta.

«Vado a dormire», mi informa, la sua voce calma e controllata. Si chiude nel mio studio e io sbatto forte la porta della mia camera da letto.

E la lascio fuori, proprio come sta facendo lei con me da due anni e mezzo. Perché Cybil ci è arrivata prima di me: tra di noi non è mai stato possibile, non ci abbiamo mai creduto davvero e finisce così.

cybil

Chiudo a chiave le sette serrature del Bowery e mi affretto ad aprire il portone del civico 74. Stasera si muore dal caldo, sulla città si è depositata una spessa coltre di nuvole carica di umidità e io sono vestita come se dovessi affrontare una tempesta di neve. La porta dell'appartamento 1B è spalancata quando salgo al primo piano e non resisto alla tentazione di sbirciarci dentro. La delusione mi colpisce dritta allo stomaco. Questo posto è un porcile!

Un'anta del piccolo cucinino penzola da un lato, il pavimento è ricoperto di sporcizia e le pareti sono piene di buchi che sono certa non dovrebbero esserci. Da dove mi trovo non riesco a vedere l'altra metà del salone. E non c'è il letto.

Salgo di corsa al quinto piano e apro la porta con le mie chiavi. Ancora prima di spalancarla del tutto li sento discutere.

«Come ti è venuto in mente?», sta sbraitando Lucas. «Hai visto che cazzo c'è lì dentro?».

«Scusa, okay? Andavo di fretta e gli ho fatto firmare il foglio che hai lasciato sul tavolo».

«Di fretta? E cosa avevi da fare di così urgente, di grazia? Cazzo, Rob, ci costerà migliaia di dollari rimettere in ordine quello schifo!».

«Ciao», li saluto, ma solo Rob si volta a guardarmi. Mi rivolge un cenno con il mento. Lucas sta passeggiando su e giù nello spazio fra il tavolo della sala e la penisola. Il mio migliore amico, invece, è seduto su uno degli sgabelli, la testa china in avanti. «Che succede?».

Lucas sospira e finalmente si degna di guardarmi. «Succede che Rob, qui, si è rincoglionito. 1B è andato via e lui gli ha fatto firmare il verbale di riconsegna senza ispezionare prima l'appartamento. Quindi, ora, toccherà metterci soldi di tasca nostra per sistemarlo. Che cazzo!», impreca di nuovo.

Mi limito ad annuire, neanche per un secondo penso di confessare che ci ho sbirciato dentro e che, sì, quel posto fa schifo. Piuttosto che dare ragione a Lucas mi farei tagliare la lingua.

«Posso vederlo?», domando.

Rob alza le braccia in segno di resa. «Veditela con Lucas, io mi tiro fuori da questa storia».

«Io non capisco perché non sei sceso un attimo a controllare!», strepita di nuovo Lucas.

«Te l'ho detto! Avevo da fare!».

«Lasciamo perdere, guarda. Perché sono a tanto così dal metterti le mani addosso». Lucas si avvicina a me. «Andiamo».

Lo seguo senza protestare e devo scapicollarmi giù per le scale per stargli dietro.

«Si può essere più imbecilli di così!?», grida di nuovo al vento quando mette piede dentro all'1B. «Quel tipo ha distrutto l'appartamento. Guarda che schifo! I pavimenti sono una discarica, i muri sfasciati, la cucina distrutta. Per non parlare del bagno».

Metto un piede dentro e faccio un bel respiro. La puzza è nauseante, ma non voglio farmi condizionare. Basterà disinfettare, imbiancare le pareti, aggiustare gli sportelli… insomma, tornerà perfetto.

Lucas si sposta da una parte all'altra nel piccolo monolocale e impreca ogni tre passi. Mi avvicino alla parete in fondo e trovo il letto. È incastrato in una nicchia davanti a una vetrata cielo-terra. È spettacolare!

«Di chi è quel terrazzino? Mio?». Indico il minuscolo vano appena fuori la grande vetrata e conto i vasi vuoti posati sul cornicione. Dodici.

«Sì, fa parte dell'appartamento. Si entra da qua». Mi mostra una specie di porticina per cani sulla parte bassa della finestra e la spalanca. «Stai attenta», dice prima di ficcarcisi sotto e riemergere dall'altra parte.

Mi accuccio e lo seguo. Rimango senza fiato.

«È bellissimo». La vista in realtà è ridicola: affaccia sulla camera da letto di qualcuno che abita nel palazzo accanto, ma il muretto è abbastanza alto e una volta riempiti i vasi con terra e fiori avrò tutta la privacy di cui ho bisogno. Potrei metterci un tavolino, delle sedie, forse anche una sdraio – fra poco, a New York City, arriverà il freddo, ma posso ancora sfruttarlo –, e quest'inverno, anche un albero di Natale esterno.

«Ti accontenti di poco». Lucas recupera da un angolo una busta con dentro dell'immondizia. «Giuro che se sapessi dov'è andato quello stronzo lo trascinerei qui dentro e gli farei ingoiare questa schifezza!».

Gli poso una mano sul braccio, senza pensarci. «Non fa niente, lo sistemeremo e sarà bellissimo».

Si irrigidisce e io ritiro la mano. «Ti piace davvero?», domanda sollevando un sopracciglio.

«Da impazzire!».

«Okay». Si infila le mani in tasca, si concentra su qualcosa oltre le mie spalle, come se guardarmi in faccia gli provocasse un fastidio tangibile. «Non sarà pronto per venerdì. Dovrò chiamare una ditta di pulizie, contattare un muratore, un piastrellista, probabilmente cambiare la cucina».

Rientra nel monolocale e io, prima di seguirlo, mi guardo di nuovo intorno e respiro l'aria soffocante di questa città. E la adoro. Avrò un appartamento tutto per me, un terrazzino dove prendere una boccata d'ossigeno, un letto matrimoniale nel quale rotolarmi.

«Forse non c'è bisogno di cambiare la cucina», dico avvicinandomi ai pensili. «Non sono rotti, solo smontati. Il pavimento è sporco ma non è rovinato. E i buchi si possono tappare con un po' di stucco».

«Stucco? E tu cosa ne sai dello stucco?», chiede Lucas, divertito. Intreccia le braccia al petto e inclina la testa di lato. Stavolta, però, solleva il viso quel tanto che basta per incrociare i miei occhi. Esito un paio di secondi, rimetto ordine nei pensieri, mi costringo a non abbassare lo sguardo sui miei piedi. Stavolta lo fisso, lo sfido a rimanere incastrato in questo brevissimo attimo insieme me. E lui lo fa, mi restituisce l'occhiata, solo che, mentre la mia è implorante, la sua è fatta di pura diffidenza.

«Poco, a dire il vero, ma quando ero piccola ho lanciato il monopattino contro la parete del salone di casa di mio padre facendo un buco grande quanto una mela. Era imbestialito, ma alla fine ha detto che sarebbero bastati un po' di stucco e una bella mano di pittura». Sollevo le spalle e mi infilo le mani in tasca anch'io. Gli sbrodolo addosso quelle parole con urgenza, perché sono stanca dei nostri monosillabi. Mi piace la sua voce, mi piace quando è pacata, mi piace quando la usa per parlare con me.

«Hai voglia di darmi una mano?», mi domanda. «Potremmo imbiancare noi, sistemare un po', e forse per domenica avrai il tuo appartamento».

«Sì, mi va di aiutarti».

«Sei felice di andartene?». Usa un tono neutro, ma una luce strana nei suoi occhi mi fa capire che teme la mia risposta.

«Mi mancherà litigare con te la mattina, per il bagno o per il caffè, ma, sì, sono felice di avere un posto tutto mio». Sostengo il suo sguardo e lui annuisce.

«Allora sarà il caso di metterci subito al lavoro. Posso far venire la ditta di pulizie già domani. Giovedì stuccherò i buchi, sabato potremmo imbiancare. Per il bagno chiederò a uno dei dipendenti di mio padre».

«Non l'ho visto, il bagno».

«Meglio! Lo vedrai quando sarà sistemato. E ti ordinerò un materasso nuovo».

«Non serve», dico, ma non è vero. Il pensiero di stendermi sul letto dove ha dormito un tizio capace di ridurre questo appartamento in un tale letamaio mi fa venire i brividi.

«Serve. Non voglio che tu dorma lì. Chissà che cazzo ci ha fatto sopra. Mi viene il vomito».

«Potrei comprarlo io». A rate. Sessanta, se possibile.

«Lascia stare».

«Ci devo dormire io», insisto.

«Sì, e non te lo puoi permettere». Mi mortifica, mi costringe a fare un passo indietro, letteralmente. «Scusa. Volevo solo dire che non è un problema, che non ti lascio dormire su quello schifo, e non serve che lo compri tu». Addolcisce il tono, ma è troppo tardi.

«Quanta premura», replico, acida.

«Non è premura, è una questione pratica. L'appartamento lo affittiamo arredato, e io te ne sto dando uno decente. Se più avanti te ne andassi, saresti costretta a portarti via il materasso e io a comprarne uno nuovo. Quei soldi li spenderei comunque». È così sereno nel dirlo che mi spiazza.

«Grazie, allora».

«Non c'è di che», mentre lo dice si volta di spalle e continua a ispezionare il monolocale. Stavolta se la prende con il divano. Borbotta un "dovrò ricomprare anche questo" e lo alterna a un "quell'imbecille di Rob!".

Mi fa sentire di troppo, un elemento di disturbo. Il fastidio epidermico che gli provoco me lo sento addosso. Mi odia al punto che non riesce a guardarmi in faccia per più di qualche secondo di fila.

«Torna su, ho seriamente paura che tu prenda qualche malattia infettiva sconosciuta al genere umano. Faccio un paio di telefonate e arrivo».

«Grazie», dico di nuovo, perché non ho altre parole per lui.

Mi avvicino alla porta d'ingresso, lo osservo un'ultima volta e poi mi tolgo dai piedi.

Ritorno al quinto piano con il cuore che scalpita. Rob è in cucina, sta tagliando delle verdure e ha messo sul fornello una pentola a pressione che solo lui sa usare.

«Ehi».

Rob guarda oltre le mie spalle e sospira quando capisce che sono sola. «L'uomo scontroso è rimasto giù?».

«Sì, ha detto che doveva fare delle telefonate».

«Prima che inizi a sbraitare anche tu, avevo davvero un'emergenza, per questo ho fatto firmare il foglio a 1B senza controllare». Con un colpo secco del coltello trancia a metà una zucchina rotonda, di una specie che non ho mai visto.

«Non ho parlato».

Rob mi studia con la coda dell'occhio. «Ti piace?».

«Da impazzire». Finalmente riesco a lasciarmi andare e a godermi il momento.

«Mi sa che non riuscirai a entrarci venerdì. So che ci tenevi».

Scuoto la testa. «Non fa niente. Ci entrerò domenica, non scappa mica!».

Robert afferra un pezzo di pane, lo spezza a metà e me ne lancia un pezzo. «Mangia! Sei dimagrita troppo, non pensare che non me ne sia accorto».

Divoro il pane e realizzo che non mangio da stamattina a colazione. «Sono un po' sotto pressione». Non gli parlo di Halbert, servirebbe solo a farlo preoccupare, e che io sia maledetta se gli dirò che è colpa di suo fratello se non riesco a ingurgitare più di una foglia di insalata per volta.

«Università?».

«Già».

«Tuo padre?», domanda, cambiando discorso.

«Ho provato a chiamarlo qualche giorno fa, non ha risposto. Magari riprovo stasera». La faccio sembrare una cosa di poco conto, e Rob è troppo elegante per farmi notare che sto mentendo e lo sto facendo guardandolo in faccia. Mi lascia passare la bugia e cambia di nuovo discorso.

«Viene Tory a cena».

233

«Ah». Io sono molto meno "elegante" di lui, non riesco proprio a fingere.

«Ti prego, Cybil. Cercate di andare d'accordo. Questa situazione fra voi sta diventando ingestibile».

«Ehi, ma io *sono* carina con lei. Non è colpa mia se la tua ragazza mi odia».

«Non ti odia!», la difende Rob.

«Sarà…», lascio la frase appesa e mi tappo la bocca con il pane.

«Puoi farlo per me?».

«Io faccio tutto per te!», sbotto. «Sei tu che mi hai sostituita. Non ci vediamo mai, non siamo più usciti insieme a meno che non ci portiamo dietro anche lei. Dormi sempre a casa sua e quando la porti qua ti tiene in ostaggio in camera da letto. Cosa vuoi che faccia?».

Rob alza lo sguardo dalle sue zucchine, sta sorridendo. «Ti senti trascurata, nanerottola?».

«Sì!», sbotto. Sì, diamine.

«Okay, hai ragione. Domani sera, io e te, ristorante cinese. Prima andiamo in quel localino al Greenwich Village che ti piace tanto e dopo, se farai la brava e mangerai tutto, ti comprerò il gelato».

«Domani sera, hai detto? Mi dispiace, ho un appuntamento», mento.

«Ah, sì?!».

«Ho intenzione di farmi Mason Lewis e di capire se le voci che girano su di lui sono vere. Pare sia superdotato!».

La porta di casa si apre, ma io me ne accorgo quando è troppo tardi, Lucas ha sentito tutto.

Merda!

«Superdotato, eh?! Ne dubito, ha la testa troppo piccola rispetto al busto», commenta Rob. Forse non si è accorto di suo fratello, ma io sì. Io lo vedo con la coda dell'occhio, immobile all'ingresso.

«E gli piacciono le donne con le tette grandi», si intromette Lucas. Ci raggiunge nel cucinino e spalanca l'anta del frigorifero. Recupera due birre – una per sé e una per suo fratello – e le stappa con l'accendino.

«E tu che ne sai?», gli domando, annoiata.

«Beh, ieri sera, un secondo dopo essertene andata via, si è lavorato per bene la cameriera. Tu non reggi minimamente il confronto».

«Smettila», lo ammonisce Rob, ma sta ridacchiando sotto i baffi.

«Sono piatta, e allora? Ho altre doti».

Lucas si porta il collo della bottiglia alle labbra, si poggia al top della penisola con i gomiti e si abbassa fino ad allineare i suoi occhi ai miei. «Altre doti?». Si lecca le labbra in modo sfacciato, la sua allusione è chiara, talmente insolente da farmi trattenere il fiato. Dovrei scandalizzarmi, di sicuro offendermi, piantargli un coltello fra gli occhi, invece rimango ipnotizzata dalla sua bocca.

Mi schiarisco la gola. «Ho un tatuaggio che fa uscire di testa i ragazzi».

«*Bad Girl…*», ridacchia Rob, sovrappensiero, senza alzare lo sguardo dal tagliere.

La testa di Lucas scatta in direzione del fratello, ed è qui che lo frego. È proprio in questo preciso momento, mentre il sorriso gli muore sulle labbra, mentre solleva il mento e irrigidisce la schiena, che lo metto spalle al muro e mi vado a prendere il punto in questa partita estenuante.

Stavolta sono io a rivolgergli un mezzo sorriso stronzo, inarco un sopracciglio e, fanculo, la sua espressione è impagabile. Si sta domandando come faccia Rob a sapere del mio tatuaggio. Lo ha visto? Lo ha toccato? E mentre queste domande gli passano in sovraimpressione sulla fronte io mi stiracchio, come se non fosse successo niente.

«Che mangiamo?», domando a Rob. Lucas mi sta ancora guardando, è rosso in volto e sento sulla pelle la sua collera.

«Risotto zucchine e gamberetti».

«Il profumino è fantastico. Ceni con noi?», domando a Lucas, come se *io* stessi invitando *lui* a sedersi al tavolo di casa sua.

«No. Esco». Ingurgita la birra con sorsi avidi, butta il vetro nel cestino e sparisce al piano di sopra.

È incredibile come lo spazio fra di noi diventi infinito a ogni parola che ci rivolgiamo. Ogni volta che discutiamo ci feriamo e, anche se il taglio si rimargina, anche se lo squarcio smette di sanguinare, rimane la cicatrice a deturpare la pelle.

Le potrei contare le nostre cicatrici, le ricordo tutte.

Stavolta Lucas Henderson ha passato il segno. Stavolta gli caverò gli occhi.

Sono quasi le tre e neanche con i My Chemical Romance sparati nelle orecchie riesco ad annullare le ridicole grida di piacere della cretina che si è portato a casa verso l'una. E la musica nella sua stanza è troppo alta perfino per una discoteca, figuriamoci per un appartamento a Soho, nel cuore della notte.

Scaravento le cuffie sulla scrivania, mi alzo in piedi e faccio un respiro profondo. Ma non basta. Voglio strozzarlo.

Rob, tanto per cambiare, ha riaccompagnato Tory a casa e si è portato dietro un trolley pieno di vestiti per rimanere da lei. Dalle dimensioni della valigia sospetto voglia trasferirsi dalla sua ragazza per tutta la settimana. Quindi lo scopatore seriale è un problema mio, uno che ho intenzione di risolvere *adesso*.

Le urla cessano, la musica rimane a un livello da denuncia. Riconosco *The War we Made* dei Red ed esco dallo studio. Nello stesso istante la porta della camera da letto di Lucas si spalanca e mi ritrovo davanti una donna più alta di me. Ha il trucco sbavato sotto gli occhi e mi viene incontro... nuda.

«Il bagno è qui?», mi domanda come se fosse normale andarsene in giro a casa della gente con i genitali in bella mostra. Sta per entrare nella mia camera da letto e ritrovo la voce.

«No, è la porta dopo», ribatto, lapidaria.

Senza darmi il tempo di pensare o anche solo di calmarmi, entro in camera di Lucas e sbatto la porta alle mie spalle.

Lo stronzo è in piedi davanti alla porta-finestra spalancata, anche lui nudo. È di schiena, ma sono certa che sappia che sono qui dentro con lui. Fa un tiro dalla sua sigaretta e un rivolo di fumo si perde nell'aria.

«Ti serve qualcosa?», mi domanda.

«Sì, mi serve che abbassi questo cazzo di volume e che metti un bavaglio alle tue ospiti! Hai passato il segno. Sono le tre di notte, Lucas. Le. Tre. Di. Notte!», sbraito.

Lui si volta, con una calma invidiabile, come se niente lo toccasse. Tengo gli occhi fissi nei suoi, nemmeno per un attimo penso di far scendere lo sguardo sul suo petto scolpito o sulle braccia tornite, o sugli addominali tesi.

«Pensavo avessi comprato le cuffie», mi prende in giro.

«Non ci provare!», sbraito di nuovo. Mi avvicino allo stereo e spengo la musica. Lui è ancora davanti alla porta-finestra, del tutto a suo agio con il suo corpo. Fa un paio di passi in avanti e lo odio. Lo odio con tutta me stessa, perché lo odio al punto che lo amo, e a lui non interessa.

Si porta a letto chi vuole, se ne frega di me, dei miei sentimenti, di farsi sentire. Non mi rispetta, non mi considera. Per lui non esisto.

Mi si forma un groppo in gola e più lui si avvicina incuriosito, più io mi sgretolo. È tutto sbagliato con lui. I tempi non coincidono mai.

«Rivestiti, Cristo!».

E lui lo fa. Mi rivolge un sorriso malizioso, recupera dal fondo del letto un paio di boxer e se li infila.

«Meglio, adesso?».

«No, non è meglio».

«Okay, allora me li ritolgo». Afferra il bordo dell'elastico e ci infila dentro i pollici, pronto a sbarazzarsi nuovamente dei suoi boxer.

«Non azzardarti!». Gli punto il dito contro e lui ridacchia.

«Sei un po' nervosa?». Inclina la testa di lato e io chiudo il pugno.

Lo imito, inclino la testa nello stesso modo e gli rifilo il medesimo sorrisetto da schiaffi. «E tu sei un po' stronzo?».

«Un po'». Lucas si gratta una spalla, poi fa un passo avanti. «Facciamo una cosa a tre?».

Quasi mi cade la mascella a terra. «Scusa?!».

«*Bad Girl*... la tua fama ti precede. Esattamente, quanti ragazzi hanno visto il tuo tatuaggio?».

«Vuoi una lista dettagliata o ti basta un numero a spanne?». La mia collera raggiunge livelli impensabili. «Davvero pensavi di avere l'esclusiva?».

«No, certo che no. Hai spento lo stereo, mi sono rivestito. Hai bisogno di altro?».

«Sei...».

«Cosa? Cosa sono, Cybil? Sentiamo».

«Sei una perdita di tempo». L'accusa mi esce dalle labbra con una furia che non pensavo di poter provare, non per lui. «Non hai rispetto per nessuno, non hai regole».

«E allora vattene». Le sue parole mi piegano. «Se non ti sta bene come vivo, vattene. Quella è la porta».

Mi fa fermare il cuore. «Sei orribile».

«Sono quello che sono», ribatte con asprezza. Ci fissiamo per un tempo infinito. «Sapevi chi ero dal primo istante, perché ti stupisci?».

Perché non posso credere di essere innamorata di un essere spregevole come te...

«Non mi stupisco, infatti. Domani mattina toglierò il disturbo».

Lucas si morde il labbro inferiore, socchiude le labbra, si prende il suo tempo. «Non intendevo che devi andartene dall'appartamento. Intendevo adesso, vattene *adesso*!».

Esco dalla sua camera da letto sbattendo la porta ancora più forte di prima. Recupero il cellulare dalla scrivania con le mani che tremano.

CYBIL: POSSO STARE DA TE PER QUALCHE GIORNO? FINCHÉ IL MIO APPARTAMENTO NON SARÀ PRONTO?

Non mi aspetto che Diane mi risponda a quest'ora, ma so che non mi dirà di no. Preparo le valigie e ci ficco dentro alla rinfusa tutto quello che trovo. Aspetto che l'amichetta di Lucas esca dal bagno e poi faccio piazza pulita della mia roba anche lì.

Ancora con il cuore che batte a mille e le lacrime che premono per uscire, mi infilo sotto le lenzuola. Riprendo le cuffie e faccio partire *Now It's Over* degli Oceans Divide. L'ascolto a ripetizione, l'ascolto finché il cuore non ricomincia a battere a un ritmo regolare e trova pace.

Lucas Henderson è una *colossale* perdita di tempo. Una delusione prevedibile. E io, in fondo, l'ho sempre saputo.

Da questo istante smetto di amarlo.

lucas

Se ne è andata davvero.

Ha svuotato lo studio, lasciato un set di lenzuola piegate sulla scrivania e se ne è andata.

Mi copro il viso con le mani e butto fuori un sospiro di pura frustrazione dai polmoni. «Merda!»

Robert mi appenderà per le palle quando Cybil gli dirà cos'è successo. Stavolta l'impiccagione non me la toglie nessuno.

Entro in bagno e, anche lì, nessuna traccia di lei. Il ripiano accanto al lavandino è sgombro di tutti i suoi trucchi, il suo spazzolino non è più accanto al mio.

Mi vesto con le prime cose che mi capitano sotto mano, scendo al piano di sotto e mi fermo al centro del salone. È come se si fosse portata via un pezzo di questo appartamento. Come se non vedere la sua tracolla abbandonata sul tavolo in sala o le sue scarpe vicino alla porta mi catapultasse in un luogo che a stento riconosco.

Manca tutto. Manca il caffè nella brocca, la sua tazza nel lavandino, il suo profumo in cucina, il suo libro sulla cassapanca a ridosso della finestra.

Manca lei.

Chiudo gli occhi e rifletto. Devo riportarla a casa prima che Rob se ne accorga. Devo riportarla a casa prima di impazzire.

Sono in ritardo pazzesco. Recupero il cellulare e il portadocumenti al piano di sopra, poi mi ricordo di prendere le chiavi della BMW di mio fratello. Subito dopo la prima ora ho appuntamento a Brooklyn con mio padre per vedere l'edificio su Hicks Street e devo, in ordine: raggiungere l'ateneo, parcheggiare l'auto, cercare Cybil e implorarla – in ginocchio, se necessario – di tornare a casa, consegnare la tesina al professor Genkins, supplicare di nuovo Cybil di tornare a casa – perché sono certo che mi dirà di no la prima volta –, correre a Brooklyn, tornare in facoltà e pregare Cybil una terza volta di riportare le sue fottutissime chiappe all'appartamento.

E ho poco tempo per fare tutto.

Parcheggio la macchina nel primo buco libero che trovo, infilo le monetine nel parchimetro e corro verso l'ingresso della *Stern*. Mi mangio i gradini fino al terzo piano, le lezioni sono iniziate da dieci minuti e i corridoi sono deserti. Sento la sua voce prima ancora di vederla e il tono che usa mi fa arrivare il cuore in gola.

«Non toccarmi!».

La testa scatta verso destra, seguendo la direzione del suo avvertimento, e la trovo schiacciata contro una parete, un uomo con la giacca elegante davanti a lei le sta bloccando il passaggio.

Il primo istinto è quello di afferrare il tipo dalle spalle e scaraventarlo giù dalle scale, invece mi prendo cinque secondi per respirare.

«Non ti sto toccando», la prende in giro lui. Alza le mani come a dimostrare che non la sta neanche sfiorando ma, quando lei si muove da una parte, lui le piomba addosso di nuovo.

«Lasciami passare».

«Esci con me».

«Ti ho detto di no!».

«Continui a fare la difficile», la deride lui, con un tono viscido che riconosco subito.

Halbert Roys.

«E tu continui a non lasciarmi passare».

Mi ritrovo dietro di lui senza sapere come ci sono arrivato. Halbert l'afferra dal gomito e sento il cuore battere persino nelle orecchie.

«Roys». Basta quell'unica parola a fargli fare un balzo all'indietro. L'assistente del professor Genkins mi guarda dalla testa ai piedi. Mi sorride, un po' impacciato, come se lo avessi beccato a flirtare con una studentessa nei corridoi. Ma non era quello che stava facendo. Non riesco a guardare Cybil, ho gli occhi fissi su questo stronzo.

«Buongiorno», mi saluta. Volta appena la testa verso Cybil. «Ci vediamo in giro, miss MacBride». Cerca di superarmi, ma gli blocco il passaggio, sono fuori di me.

Il bastardo è più basso di una spanna, potrei dargli un pugno in testa e piantarlo come un chiodo nella parete.

«C'è qualche problema?», mi domanda quando prova di nuovo a superarmi e di nuovo glielo impedisco.

«Dimmelo tu». Le parole escono minacciose, soffocate.

«Lucas, andiamo». Cybil si aggrappa al mio braccio, la sento tremare al contatto con la mia pelle e mi fa infuriare ancora di più.

«Ti diverti a fare il duro?», gli domando. I suoi occhi diventano un pozzo nero senza fondo, ma io ho un vantaggio su di lui: non ho niente da perdere.

«Mi lasci passare, signor Henderson».

«O magari non ti lascio passare. Magari ti blocco contro la parete e ti riempio di pugni».

«Attento a come parli, Lucas», mi avverte.

Mi avvicino di un passo, lui indietreggia. La stretta di Cybil, implorante, si intensifica, ma io vedo solo la mascella di Roys e me la immagino fratturata in più punti.

«E tu attento a come ti muovi. Guardala di nuovo, toccala di nuovo e ti rovino quel bel faccino».

«Mi stai minacciando?». Roys si impettisce, solleva il mento, allarga le spalle e io pregusto la sensazione del mio pugno che gli spacca la faccia.

«Sì».

«Lo sai che se voglio posso renderti la vita un inferno?», gli trema appena la voce mentre lo dice. Io, al contrario, sono impassibile.

«Non lo farai. Non hai abbastanza palle».

Non reagisce alle mie provocazioni e i campanelli d'allarme nel mio cervello trillano all'infinito. Perché non reagisce? Perché ho appena assistito alle molestie di un assistente universitario a una studentessa nei corridoi della facoltà di Economia? Mi va a fuoco il petto.

«Mi divertirò tantissimo con te, Henderson». Quasi balbetta.

«Mai quanto mi divertirò io. Ora sparisci, pezzo di merda».

Halbert fa un passo di lato, guarda prima me, poi Cybil. Si aggiusta la giacca, passa la mano sulla cravatta e senza aggiungere altro raggiunge la scala che porta al piano di sotto e scende.

Riprendo a respirare, poggio il palmo contro la parete e chiudo gli occhi. Cybil, accanto a me, è a corto di fiato.

«Cosa cazzo hai appena fatto?». La voce le vibra al punto da riscuotermi. È bianca come un fazzoletto, spaventata a morte.

La prendo per mano e la conduco verso i bagni in fondo al corridoio. Spalanco la porta e la trascino dentro.

Non l'ho mai vista così sconvolta, mi si annebbia il cervello. Per un attimo penso di mollarla qua, trovare Roys e mettere in atto le mie minacce. Poi la guardo e capisco che non la lascerei mai.

Cybil si avvicina al rubinetto, fa scorrere l'acqua e ci passa sotto i polsi.

«Non dovevi intrometterti», sibila.

Questa è bella. Non dovevo intromettermi, dovevo lasciare che le mettesse le mani addosso?

«Cosa vuole da te?».

«Non vuole niente», ribatte.

«Cybil, non farmi incazzare. Ti stava braccando, ti stava addosso. Guardati, sei terrorizzata».

«Non sono terrorizzata!», mi contraddice. La voce ora limpida, il suo bellissimo viso di nuovo colorito. «Lui è... mi mette ansia, okay?! È un po' inquietante, tutto qua», minimizza.

«Cosa cazzo vuole da te?», le domando di nuovo alzando la voce.

«Ti ho detto che non vuole niente!», grida lei di rimando. «Mi so difendere. Ti assicuro che non gli avrei permesso di farmi *niente*».

«Ci hai scopato e adesso non ti lascia in pace?», provo a indovinare.

Cybil mi guarda come se il lurido verme fossi io. «No!».

«Ti ha fatto... cose... contro la tua volontà?», domando con la voce che si incrina e prego che mi dica di no, che non mi costringa a passare il resto della mia vita in galera.

«No!».

«Però ti spaventa».

I suoi occhi si spalancano per una frazione di secondo. «Non è come pensi».

«Lo spero per lui».

«Mi sento meglio, adesso. Devo tornare a lezione».

«Parlami, Cybil, cazzo! Parlami! Dimmi cosa diavolo è appena successo davanti a quell'aula!».

«È successo che un figlio di puttana non capisce il significato della parola "no" e il fratello del mio migliore amico mi sta tenendo rinchiusa in un cazzo di bagno! Ecco cosa succede!».

«Il fratello del tuo migliore amico?». Una pugnalata al cuore, ecco cosa mi infligge. «Sono questo per te? Riduci tutto a "il fratello del mio migliore amico?"».

«Non sei niente per me».

No, non me la bevo. Cybil MacBride è un'abilissima bugiarda. Una che, guardandomi dritto negli occhi, tanto tempo fa, è stata capace di dirmi che mi sono approfittato di lei durante una festa universitaria, pur di non ammettere la verità: quella cazzo di notte ci ha cambiati entrambi, ci ha legati per sempre.

«Cosa ti ha fatto?», le domando di nuovo, ignorando il suo commento sprezzante. Mi avvicino, afferro una ciocca dei suoi capelli e la attorciglio sull'indice. Cybil fa cadere lo sguardo sul pavimento, trattiene il fiato, ma non replica. «Rob lo sa?».

Annuisce.

Certo che lo sa. D'altronde lui sa tutto di lei.

«Andiamo via», dico quando mi rendo conto che non mi dirà niente.

«*Via*, dove?».

«Via dall'università. Via da questo posto, lontano anni luce da quel bastardo. Qualcosa è successo e tu non ti fidi abbastanza di me per raccontarmelo. Mi sta bene, solo che nemmeno io mi fido molto di me stesso in questo momento e lo costringerei a vuotare il sacco a suon di calci. Quindi, adesso, io e te andiamo via di qua».

«Devo tornare a lezione!», protesta.

«Ti giuro che non risponderò di me».

Ci pensa un attimo, soppesa le mie parole. Cerca di capire quale sarà il male minore. Perché lo sa che sono serio, mi conosce abbastanza bene da sapere che quando perdo il lume della ragione vado dritto come un treno e mi trascino dietro tutto quello che mi trovo davanti.

«Okay, andiamo via. Ma non fare stronzate». Lascio la presa sui suoi capelli e mi avvicino alla porta. «Promettimelo».

«Finché non mi dirai cosa è successo, non ti prometterò proprio niente». Spalanco l'anta e aspetto che mi raggiunga. Dopodiché la prendo per mano e gliela lascio solo quando siamo entrambi nell'auto di mio fratello.

Mi è sempre piaciuto questo quartiere di Brooklyn. Parcheggio l'auto dietro una vecchia Chevy Camaro rossa su Hicks Street e cerco altri spicci nel portabicchieri fra i nostri sedili.

Cybil, imperterrita nel suo gioco del silenzio, mi passa una manciata di quarti di dollaro che recupera dalla sua tracolla. Li fa cadere sul mio palmo aperto, poi scende dall'auto e mi aspetta, con le braccia conserte, sotto la tettoia malandata in tessuto verde di un edificio.

Mi tiene il muso.

«Da questa parte», la informo. Sempre con le braccia incrociate al petto, mi cammina accanto. «Hai deciso di non rivolgermi più la parola?».

La sua risposta è eloquente, pur non aprendo bocca: volta la testa dall'altra parte e sbatte i piedi a ogni passo.

Alzo gli occhi al cielo. «Okay, allora parlerò io. Sei cocciuta e sei la persona più orgogliosa che io conosca. E non sai chiedere aiuto. Un bastardo come Roys si approfitta del suo ruolo e tu non fai una piega, ma ti incazzi se qualcuno prova a difenderti. Se *io* provo a difenderti». Ho bisogno che mi parli, che mi spieghi, che esploda. «E ti comporti come una bambina. Hai fatto le valigie e sei scappata prima ancora che mi alzassi dal letto. Non lasci parlare le persone, arrivi alle tue conclusioni in base a qualche strampalato processo mentale che nessuno capisce e sbatti tutti fuori dalla tua vita».

Cybil continua a camminare con la testa rivolta alla strada, accelera anche il passo, superandomi.

«E già che siamo sul discorso, vorrei chiederti – per favore – di tornare a casa».

Mi ignora.

«Va bene, rimani zitta. Tanto ho una marea di cose da dirti e una volta tanto mi fa comodo che tu te ne stia in silenzio. Dicevamo… sei superba. E altezzosa. Lasci quella dannata tazza nel lavandino per farmi un dispetto, intasi lo scarico della doccia con i tuoi capelli e impregni il mio accappatoio del tuo profumo. E io odio il tuo profumo! In conclusione, sei insopportabile».

Attraversiamo la strada, le poso una mano sulla schiena come se fosse la cosa più naturale a questo mondo e lei si irrigidisce.

«Puoi dirmi cos'è successo con Roys?».

La sua risposta? Mi scansa la mano e mette un metro abbondante di distanza fra di noi.

«Tanto lo verrò a sapere. Mi basterà fare una telefonata a mio fratello per farmi raccontare tutto».

Cybil continua a ignorarmi, prende il cellulare dalla sua borsa e digita qualcosa sul display. Quasi in contemporanea mi vibra il telefono in tasca.

Lo prendo e trovo un suo messaggio.

CYBIL: *Non te lo direbbe mai senza il mio permesso.*

«Un SMS? Molto maturo da parte tua», commento.

CYBIL: *Grazie.*

«Non era un complimento». Sospiro, esasperato. «Puoi tornare all'appartamento, per cortesia?».

CYBIL: *Fottiti!!!*

Che stronza!

«Almeno a mio padre rivolgerai la parola o invierai messaggi anche a lui?».

Cybil mi guarda di traverso. «Che c'entra tuo padre?».

«Oh, guarda! Qualcuno ha ritrovato la lingua».

«Dove siamo? Che ci facciamo qua?», mi domanda come se si fosse resa conto solo ora che ci troviamo a Brooklyn, in una via residenziale, e che non stiamo semplicemente passeggiando senza meta per la città.

«C'è un edificio interessante più avanti. A breve lo metteranno all'asta e io conosco l'esecutore testamentario che lo gestisce. Sono riuscito a organizzare un appuntamento prima di fare un'offerta formale, mi deve un favore».

«Mi hai portato a un appuntamento di lavoro?», domanda frastornata. «Con tuo *padre*?».

«Volevi rimanere in macchina?».

«Okay, hai parlato tu, ora parlo io». Si ferma sotto l'ombra di un albero e io mi accendo una sigaretta. Ho l'impressione che non ci andrà giù leggera, ho bisogno di nicotina. «Sei arrogante. E prepotente. Tu non chiedi, tu ordini. Pensi che il mondo ruoti intorno a te, te ne freghi dei sentimenti degli altri. Mi prendi, mi lasci, mi spogli, mi cacci via... Sono stanca dei tuoi stupidi giochini infantili».

«Sono stanco anch'io».

«Non mi hai parlato per due settimane!», mi accusa.

«Non mi hai guardato per due settimane», ribatto. A differenza sua, la mia voce esce pacata, distante, anche se dentro scalpito. Se non sapessi che mio padre sarà qui a minuti, inscenerei la litigata del secolo con lei.

«Tu sei fuori di testa».

«Già, ma è colpa tua». Mi strofino il mento, la squadro dalla testa ai piedi.

Cybil si volta, fa due passi verso il portone, poi torna indietro. E sapevo che l'avrebbe fatto, perché quando siamo vicini ci facciamo male. Ma quando ci allontaniamo troppo, l'assenza diventa ingestibile. E odio i nostri silenzi, odio quando prende le distanze, odio doverlo ammettere a me stesso che, nemmeno troppo in fondo, sono pazzo di lei.

«Certo, perché è sempre colpa di qualcun altro, vero, Lucas? Non ti prendi mai le tue responsabilità».

«Torna a casa», dico.

«No». Scuote forte la testa, abbassa lo sguardo sui suoi piedi e si morde le labbra. «Non posso».

«Te lo chiederò in ginocchio, se necessario: torna a casa».

«Altrimenti Rob si arrabbia?», mi schernisce lei.

Altrimenti andrò fuori di testa, è l'unica risposta sensata che avrei per lei, quella più vera. L'unica che conta e la sola che non posso darle.

«Sì. Non sarà contento di sapere che abbiamo litigato e te ne sei andata. E io non ho voglia di discutere con lui, per te. Ancora».

«Me ne sarei andata via comunque fra quattro giorni».

Già… ma io non ero pronto a perderti, stamattina.

«Appunto. Solo quattro giorni. Torna e basta. Terrò il volume basso, imbavaglierò le ragazze che porto in camera, se necessario. Ti concedo anche un secondo ripiano in bagno».

«Lo fai solo per Robert?».

Mi inchioda nei suoi occhi azzurri, mi fa perdere il filo del discorso, mi fa persino dimenticare, per un attimo, come si dicono le bugie.

«Sempre e solo per lui».

«Se è solo questo il motivo, allora gli dirò che Diane ha bisogno di me». Il tono deluso che mi rivolge mi fa vacillare. «Non gli racconterò della nostra discussione. Mi inventerò qualcosa. Credo sia arrivato tuo padre». Indica un punto oltre le mie spalle e mi costringe a voltarmi.

Papà sta arrivando insieme all'esecutore testamentario – una rossa mozzafiato con un vestito attillato lungo fino al ginocchio – e la sua assistente strana, con i rasta e il piercing ad anello al setto.

«*Quello* è l'esecutore testamentario?». So che parla della rossa, perché Cassandra, l'assistente personale di papà, l'ha vista più di una volta negli anni.

«Eh, sì!».

«Che razza di favore ti deve?».

«Non lo vuoi sapere».

«Sei disgustoso!».

«E tu pensi sempre male».

Mio padre ci raggiunge e non mi sfugge la sua espressione interrogativa.

«Ciao, Cybil».

«Buongiorno, James». Trattiene il fiato. «Volevo dire, signor Henderson».

Papà le sorride, sarebbe impossibile non farlo. Mi guarda di sfuggita, poi torna a concentrarsi su di lei. Io, nel frattempo, saluto Cloe Bernard: sangue francese e un accento esotico che in qualsiasi altro giorno me lo farebbe diventare duro, invece adesso, accanto a Cybil, la trovo insignificante.

Bella ma insignificante.

«Lucas», mi saluta lei. Mi bacia le guance senza davvero toccarle, poi si sistema i capelli ramati oltre una spalla.

«Cybil, ti presento una cara amica di famiglia: l'avvocato Cloe Bernard. Cybil è… la migliore amica di mio fratello», dico per restituirle il favore.

«Che ci fate, voi due, insieme?», domanda papà. Non è tanto il tono che usa, quanto l'accusa sottintesa a innervosirmi.

«Siamo andati a ordinare il materasso per l'appartamento di Cybil». Uso la prima scusa che mi passa in testa.

«E Robert?», insiste mio padre.

«Robert odia Sleep City», taglio corto. «Entriamo? Fa un caldo pazzesco qui fuori».

Allungo una mano e trovo quella di Cybil… che me la stringe fortissimo. Probabilmente sta cercando di bloccarmi la circolazione così da staccarla dal polso con più facilità, ma potrebbe andare peggio. Potrebbe castrarmi.

«Non voglio entrare», sussurra Cybil un secondo prima di varcare la soglia del portone.

«Perché no? Non sei curiosa di vedere questo edificio? Sai quanti anni sono che i costruttori del Paese aspettano che venga messo all'asta? Non c'è mai entrato nessuno». Solleva entrambe le sopracciglia al cielo. «Okay, non te ne frega niente. Vieni e basta. Per favore».

«Tuo padre non è felice di avermi qua».

«Mio padre ti adora… solo che…».

«Che…?», mi incoraggia.

«Non si aspettava di trovarti qui. Con me. Senza Robert. È una cosa da uomini, va bene?!».

«Da uomini?».

«Ti fidi di me?», le domando, sporgendomi così tanto in avanti che i nostri nasi si sfiorano.

247

«No!».

«E fai bene. Adesso andiamo». Rafforzo la presa sulla sua mano e la conduco all'interno dell'edificio.

Cassandra mi consegna una torcia. «Mi dispiace, non ne ho una anche per Cybil. Pensavo saremmo stati in quattro». Si giustifica e la biondina accanto a me si affretta a dirle di non preoccuparsi, che userà quella del cellulare.

«Se un topo schifoso mi camminerà sui piedi, ti ucciderò a mani nude». Vorrebbe sussurrarlo, così da farsi sentire solo da me, invece la sua voce rimbomba nell'androne delle scale e mio padre ridacchia.

«Impavida, la ragazza», commenta Cloe, puntandole il fascio di luce negli occhi. Cybil si copre il viso con una mano e lei continua: «Tesoro, se un topo ti camminerà sui piedi, la colpa sarà solo tua. Le ballerine di Gucci andavano di moda tre anni fa». Le fa l'occhiolino e mi scappa da ridere.

Cybil, al contrario, non è divertita per niente, mi pizzica il braccio e mi costringe a guardarla. Tira fuori il cellulare e digita un messaggio, che un secondo dopo arriva sul mio telefono.

CYBIL: SE TI PORTI A LETTO ANCHE JESSICA RABBIT, NON TI RIVOLGO MAI PIÙ LA PAROLA.

cybil

Siamo parcheggiati sotto casa di Diane, a Chinatown, io non scendo dall'auto, Lucas non sembra intenzionato a ripartire.

«Io vado», dico a un certo punto. Dopo aver ispezionato ogni metro quadrato di quella che sembrava la casa dei fantasmi, siamo risaliti in macchina e non ci siamo più parlati.

Lucas ha collegato il cellulare al bluetooth dell'auto, così, quando squilla per la quinta volta da quando siamo partiti, io, per la quinta volta, guardo il display in mezzo al cruscotto.

Le prime due chiamate erano di donne alle quali, a quanto pare, non è concesso un nome in rubrica. Qualcosa come "Tipa Le Bain" e "Tipa Paradise Club". Poi Erin… tre volte.

«Forse dovresti risponderle».

«Ti ho ordinato il materasso, ieri», ignora il mio commento e cambia discorso. «E anche il divano».

«Tuo padre non ci ha creduto che siamo stati da Sleep City, prima di andare a Brooklyn».

«Mi sa di no». Lucas armeggia con lo stereo, cambia stazione, poi abbassa del tutto il volume. «Il divano arriverà domani. Il letto, sabato».

«Grazie».

«Esci con Mason, stasera?», mi domanda guardando oltre il parabrezza, come se fosse particolarmente interessato alla vecchietta che sta cercando di attraversare la strada con una quantità infinita di buste appesa alle braccia, ma non alla mia risposta.

Ci metto qualche istante per fare mente locale. Ieri sera mi ha sentito dire a suo fratello che sarei uscita con Mason. Non era vero.

«Mi ha invitato a una festa», invento. «In realtà è un po' che mi chiede di uscire, ma non ero dell'umore giusto».

«E ora lo sei?», chiede, spavaldo. I suoi occhi, oggi, sono di un blu notte iridescente. Uno specchio d'acqua scura che ti impedisce di vedere il fondale. Sono bellissimi, sono feroci.

«Oh, sì. Ed è merito tuo, a dire il vero».

«Mio?».

«Tuo! Insomma, mi hai ricordato cosa vuol dire farsi toccare da un uomo, lasciarsi andare, dormire mezzi nudi… tutto quel calore sprigionato da corpi che strusciano l'uno contro l'altro». Fingo di rabbrividire di piacere, mi scappa anche un *mhmm* estatico. «Comunque, ora devo proprio andare. Grazie di tutto, Lucas».

«Sei una strega». Soffia quelle tre parole a fior di labbra.

«*Io*? Oh, no, ti sbagli. Questo gioco l'hai iniziato tu, io seguo le tue regole».

Il suo dannato telefono squilla di nuovo e mi ritrovo a sbuffare ad alta voce.

«Mi sa che è ancora Erin. Forse vuole sapere a che ora passerò a prenderla stasera».

«E allora sbrigati a risponderle. Non teniamola ancora sulle spine, povera ragazza».

Lucas cerca di trattenere un sorriso, si morde le labbra e io vorrei sostituire i suoi denti con i miei. «Può aspettare».

«Non rispondi perché ci sono io o perché non vuoi?».

«Entrambe». Si sporge in avanti, tanto che la sua bocca finisce a un millimetro dalla mia. «Penserai a me, stasera?».

«Tanto quanto tu penserai a me». Poso le mie mani sul suo petto e lo spingo via.

«Allora non molto», mi provoca lui.

«Immagino di no». Afferro la maniglia della portiera e la apro.

«Cybil», mi richiama, mentre poso entrambi i piedi sull'asfalto. «Torna a casa».

Gli do le spalle, stringo forte le palpebre, poi mi schiarisco la voce con un colpetto di tosse. «Non posso».

«Fallo per Rob».

Per Rob… Solo che a me non interessa farlo per Rob. È da Lucas che sto scappando, dalle donne che fa infilare nel suo letto ogni giorno. Vederlo nudo, ieri notte, così rilassato, con la sua stupida sigaretta in bocca dopo una sessione di sesso sfrenato con la sconosciuta di turno, mi ha strappato l'ennesimo pezzo di cuore.

E se è vero che non si può decidere chi amare, è altrettanto vero che si può decidere di non soffrire più. E lui mi fa soffrire. Ogni volta che mi ignora, io sto male. Ogni volta che si allontana, si porta via un grammo della mia anima. Anche adesso, mentre mi chiede per la centesima volta di tornare a casa e di farlo per Rob, mi ferisce. Sminuisce i miei sentimenti, sminuisce me.

Per lui sono solo un gioco, un diversivo nelle sue giornate tutte uguali. E mentre io sono innamorata di lui, a lui non frega niente di me.

Mi cade la maschera. Per la prima volta dopo tanto tempo smetto di nascondermi dietro una facciata che non so più gestire e lo affronto.

Rientro in macchina e chiudo lo sportello. Lucas sorride, pensa di aver vinto. Io credo che, alla fine dei conti, abbiamo perso entrambi.

«Rob ha la sua vita, una ragazza che ama tantissimo. Non si accorgerà nemmeno della mia assenza. Chiarito questo, voglio che mi dici perché, da stamattina, non fai altro che ripetermi di tornare a casa».

«Te l'ho detto...», prova a dire lui, ma lo interrompo.

«No, non l'hai fatto. Ieri sera mi hai trattata da schifo, di nuovo. Mi hai detto di andarmene e l'hai fatto guardandomi dritto in faccia, dopo essere andato a letto con la prima che ti è capitata sottomano. Quindi spiegami cosa vuoi da me. Spiegami come fai a chiedermi di tornare se poi hai intenzione di portarti a letto ogni singola donna di Manhattan».

«È quello il problema? Non vuoi che porti a casa altre donne? Okay, consideralo fatto. Ti lascerò dormire e non entrerà più nessuna nell'appartamento».

Scuoto la testa. Non ci arriva, o forse sono io che mi aspetto sempre un finale diverso. Poggio il capo contro il poggiatesta e sospiro. «Starò bene da Diane. Fammi solo sapere quando hai intenzione di imbiancare l'1B, così potrò darti una mano». Mi stringo al petto la tracolla e spalanco di nuovo lo sportello del passeggero.

«Cybil...».

«Va tutto bene, Lucas». Stavolta sono io a sorridere a lui, a sorridergli davvero. «Grazie per avermi ospitata a casa tua per un mese. Alla fine è stato divertente».

«Cosa stai facendo?», mormora.

«Ti sto offrendo una tregua». Allungo una mano e lo invito a stringermela. Lui esita, annuisce poco convinto, ma alla fine la mano me la stringe. «Vuoi un passaggio al Bowery?».

«Nah, mancano ancora tre ore. Mi farò una passeggiata».

«Okay».

Mi sporgo verso di lui e lo bacio sulla guancia. Un bacio veloce e amichevole, un bacio che avrei dato a chiunque altro al mondo, ma che dare a lui mi provoca una fitta di dolore che si posa sul cuore.

Scendo dall'auto e smetto di sorridere solo quando sono al sicuro nell'androne delle scale. Lì, da sola, praticamente al buio, fingere diventa impossibile.

Io amo lui. Lui ama solo se stesso.

«Buongiorno, stellina…». Il suono che mi arriva alle orecchie parte da lontano, mi riporta lentamente al presente. «Il caffè è pronto!».

Provo a sbattere le ciglia un paio di volte, ma queste strusciano contro un sottile strato di stoffa. E poi ricordo: è giovedì mattina, sono sul divano di Diane e ho una mascherina calata sugli occhi.

La alzo quel tanto che basta per riuscire a sollevare le palpebre.

«Buongiorno», sbiascico. Mi fa male la schiena, mi si è addormentato un braccio. Odio questo divano a due posti, è talmente scomodo da farmi rimpiangere il divano-letto di Lucas.

«Facciamo tardi a lezione», sussurra la mia amica. Mi accarezza i capelli con fare materno e lascia una tazza di caffè bollente sul tavolino accanto al divano.

«Mi alzo. Grazie».

Patty, la coinquilina di Diane, entra nel piccolo salone, già truccata e vestita, senza prestarmi la benché minima attenzione. Mi affretto a piegare le lenzuola e a sistemare il soggiorno. Poi, con la mia tazza in mano, entro in bagno e mi concedo una doccia veloce. Velocissima, a dire il vero. In quindici minuti sono pronta a levarmi dai piedi.

Busso contro la porta aperta della minuscola stanza di Diane, ma non entro. «Sono pronta», la informo. Diane sta cercando di farsi una treccia laterale con scarsi risultati. «Lascia fare a me. Sei un disastro».

«Devo decidermi a tagliarli». La mia migliore amica mi porge la spazzola e un elastico verde. «Hai dormito bene?».

«Benissimo».

«Ho una verifica stamattina», si lamenta.

«Anch'io, alla prima ora».

Non le ho raccontato cosa è successo ieri mattina con Halbert, non le ho detto neanche di Lucas, di quante volte mi abbia implorato di tornare a casa per poi confermare i miei sospetti: lo faceva solo per Robert.

Robert che non sento e non vedo da martedì sera, e che ancora non sa che me ne sono andata via.

Afferro la tracolla accanto alla porta d'ingresso e la spalanco. Scendiamo le scale fino al portone, Diane sbadiglia e io mi infilo gli occhiali da sole per schermare la luce accecante. Il cielo è azzurro come non lo vedevo da giorni e fa caldo. Camminiamo a passo svelto verso il dipartimento di Economia, ci fermiamo a uno Starbucks per prendere il caffè e sarà il tempo, o l'aria tiepida ma pulita che si respira stamattina a Soho, o solo la presenza della mia amica accanto che mi mette sempre di buon umore, ma ho la sensazione di essere rinata.

Ieri sera, tornata dal Bowery, Diane mi ha costretta a uscire. Siamo finite in un locale a Greenwich che suonava musica jazz e nel quale servivano cocktail alla frutta deliziosi. È stato bello, una volta tanto, godermi una serata normale, ridere di cretinate e non pensare a niente.

Siamo in anticipo di quasi mezz'ora quando entriamo alla *Stern School of Business* e Diane ha finito il suo caffè.

«Me ne serve un altro!». Sbadiglia di nuovo e io la seguo verso il carretto situato nel cortile interno. Ci mettiamo in fila e riconosco, due persone più avanti, Mason.

«Arrivo subito», dico a Diane, poi lo raggiungo. «Ciao, che ci fai qui?».

Mason sposta solo lo sguardo, quando mi riconosce mi manda K.O. con un sorriso contagioso. «Ciao. Ho lezione fra un po', sono passato a salutare un mio amico».

Il suo amico è di una bellezza imbarazzante. Un viso da copertina su un fisico mozzafiato. Da dove sbuca? Il biondino sta scrivendo qualcosa sul suo cellulare e Mason attira la sua attenzione con un colpetto di gomito. E se di profilo è bellissimo, quando si volta a guardarmi per poco non mi cade la mascella.

Dovrebbero farne di più di ragazzi come lui. Con lo stampino. In serie.

«Evan, lei è la mia amica Cybil».

Evan... che nome meraviglioso...

«Ciao». Evan mi porge la mano, io ho perso l'uso della parola. «Piacere».

«Cia-o». Mi si incarta la lingua nel pronunciare quell'unica parola.

253

«Stai andando a lezione?», mi domanda Mason.

«Ho una verifica».

«Senti...». È così alto che deve abbassare il mento di parecchio per guardarmi negli occhi. «Domani sera facciamo una festa a casa nostra. Ti va di venire?».

«Ehm... sì. Certo. Mi farebbe piacere».

«Bene! Ti mando l'indirizzo e i dettagli».

«Non hai il mio numero!», dico ad alta voce, rendendomene conto per la prima volta. Lui mi ha dato il suo, ma io non l'ho mai cercato.

Sfilo il cellulare dalla tasca interna della tracolla e faccio squillare il suo telefono.

«Perfetto. Ti scrivo più tardi, allora. Invita anche Diane».

«Lo farò». Saluto entrambi con la mano e torno accanto a Diane, che ha l'espressione da pesce lesso più autentica mai vista.

«Chi. Cazzo. È. Quello?», domanda, scandendo le parole a una a una.

«Dio!», ribatto e lei scoppia a ridere. «Domani sera siamo state invitate a una festa... a casa loro».

«Ci sarà anche Max?».

Alzo gli occhi al cielo. «Io ti porto a una festa a casa di Dio e tu mi domandi di Max? Sei un'ingrata», la prendo in giro.

«Dio è un figo, ma è troppo curato, guardalo. Guarda le sue sopracciglia. E i capelli, non ne ha uno fuori posto».

«Quindi?».

«*Quindiii...*», trascina la "i" e aspetta che io ci arrivi.

«Nooo! Mi stai dicendo che è gay?».

«Molto probabile!», sentenzia Diane, e un po' la odio in questo momento, perché lei non si sbaglia mai su queste cose.

Stiamo ancora ridendo quando prendiamo i nostri caffè e ci avviamo verso il terzo piano. Smetto all'istante di farlo quando mi ritrovo davanti i gemelli Henderson. Il mio buonumore va a farsi fottere e con lui la consapevolezza che Evan sarà anche Dio, ma solo un ragazzo al mondo è capace di farmi comprimere lo stomaco e attorcigliare le budella di desiderio: Lucas. Anche quando lo detesto a morte, lo voglio da impazzire.

I suoi occhi blu si piantano nei miei, la sua camminata spavalda trasuda una sicurezza innata. Sembra voler dire: "Lo so, sono irresistibile. E tu non puoi avermi".

«Perché cavolo te ne sei andata?», mi accusa Robert quando siamo abbastanza vicini.

«Buongiorno anche a te, Rob». Lo bacio sulla guancia, ma non basta a tranquillizzarlo.

«Allora? Sono arrivato a casa stamattina e ho scoperto che ti sei trasferita da Diane».

Diane, accanto a me, sospira. «Le ho chiesto io di trasferirsi per qualche giorno», mente. «La mia coinquilina è partita e volevo la mia amica tutta per me!». Mentre lo dice lancia un'occhiata furibonda a Lucas e lui è costretto a guardare altrove.

«Potevi almeno avvertirmi», mi accusa Rob.

«Hai ragione, mi sono dimenticata». Lo prendo sottobraccio e lo trascino su per le scale. Diane, dietro di me, sta borbottando qualcosa contro Lucas, mentre lui rimane in silenzio. Se un po' la conosco, probabilmente lo sta minacciando di morte.

Arrivati al secondo piano, ci ritroviamo davanti Halbert. Il mio cuore si cristallizza, le gambe fanno fatica a muoversi. Rob stringe la presa sul mio braccio, io mi costringo a respirare. Halbert non mi guarda, ma fissa Lucas, dietro di me. Giro la testa solo di alcuni centimetri, quanto basta per accorgermi che Lucas gli sta restituendo lo sguardo minaccioso, poi l'assistente del professor Genkins ci sorpassa e continua a scendere le scale.

«Stai bene?», sussurra Rob contro il mio orecchio.

Sto bene? Non lo so. Quando ieri mattina sono arrivata in facoltà, in ritardo per aver perso tempo a portare le valigie a casa di Diane, e me lo sono trovato davanti, pensavo di morire soffocata. Una sequenza di ricordi penosi si è fatta strada prepotentemente nella mia testa e per un attimo ho creduto che non mi sarei mai liberata di lui, che non sarei mai stata abbastanza forte da affrontarlo.

Invece lo stavo facendo, ero a tanto così dal metterlo al tappeto, quando è intervenuto Lucas.

Mi sarei difesa da sola. Stavolta mi sarei difesa da sola.

«Sto bene», confermo. «Pranzi con me? Ho promesso a Wan che sarei arrivata in negozio per le due e mezza, oggi, ma se non finisci tardi potremmo mangiare insieme».

La sua risposta è un bacio adorante sulla tempia. «A dopo, nanerottola».

Rob e Diane si avviano insieme in aula, io e Lucas proseguiamo al terzo piano.

«Cosa ti ha detto Diane?», gli domando prima di entrare in aula.

«Vediamo un po'. Ha usato le parole "bastardo senza cuore",

"bugiardo patologico" e credo abbia concluso con un "non te la meriti affatto"».

Strabuzzo gli occhi.

Cosa?!

«Credo si riferisse a te», ironizza Lucas. Io ho smesso di camminare, ho smesso persino di respirare. «Non fare quella faccia. Non ha tutti i torti, è un dato di fatto. Soprattutto l'ultima parte».

Lucas mi fa l'occhiolino e, come se niente fosse, entra in aula e mi pianta in mezzo al corridoio.

lucas

«Hai ripristinato lo studio». La voce di Rob mi arriva alle spalle, ma non mi volto, continuo a infilare nella sacca della palestra quello che mi serve per la partita di basket.

«Non torna», ribatto. «E comunque ci metterei due minuti a spostare la scrivania».

«Avete litigato? Perché non me la bevo la storia di Diane che la vuole "tutta per sé"».

Valuto se mentirgli oppure no, alla fine decido che non ha senso farlo. «Sì».

«Per cosa, questa volta? Ha dimenticato di mettere il cappuccio al dentifricio? Ha lasciato un piatto sporco nel lavandino? No, aspetta, fammi indovinare… ha messo una maglietta rossa nella tua lavatrice di magliette bianche».

«Mi stai facendo passare per una casalinga disperata. Come se me ne fregasse del piatto in lavastoviglie». Recupero le cuffie nere e verdi della Beats dal comodino e me le infilo intorno al collo. «Avevo un'amica a casa, abbiamo un po' esagerato e lei si è incazzata».

«L'hai fatta scappare», deduce.

«No, se ne è andata di sua spontanea volontà». *Più o meno.*

«E a te sta bene».

Sono costretto a voltarmi. «No, non mi sta bene, ma è così e basta. Se ne sarebbe andata comunque fra qualche giorno, quindi che differenza fa? E poi tu non ci sei mai».

«È la mia migliore amica, se vive qua o da un'altra parte, non cambia il nostro rapporto. Io non ho *bisogno* di averla qui, sotto il mio tetto».

«Nemmeno io», replico, categorico. Lo supero e mi avvio giù per la scala, lo sento seguirmi.

«Lucas», mi richiama.

«Cosa?», domando allargando le braccia. Adesso mi sbrodolerà addosso una delle sue perle filosofiche e io non sono dell'umore giusto.

«Farò sempre parte della sua vita...».

Alzo gli occhi al cielo – tic nervoso che mi ha attaccato Cybil, fra l'altro. Certe volte stento a credere che io e lui siamo imparentati.

«Ma posso sopravvivere al pensiero che farà per sempre parte anche della tua», conclude.

«E questo cosa vorrebbe dire?».

«Non fartelo spiegare». Mi sorpassa e si dirige in camera sua, io rimango fermo al centro della scala.

Esco di casa e passo davanti alla vetrina del Bowery. Cybil sta parlando con qualcuno. Supero il negozio e poi torno indietro. Maserati è tornato e la sta facendo ridere.

Ripeto nella testa la conversazione con Rob e cerco di dargli un senso.

Lui non ha bisogno di averla nel nostro appartamento... io sì.

Lui farà per sempre parte della sua vita... e io?

Le sue parole sono un monito, un avvertimento che mi ricorda che con Cybil non si scherza, che con lei o si fa sul serio o non si fa per niente. Lui è quello che inconsapevolmente mi dà il permesso di provarci, ma detta le sue regole: per sempre.

Perché la frase era chiara: "Posso sopravvivere al pensiero che farà *per sempre* parte anche della tua". Non solo oggi, non solo domani, per sempre!

E "sempre" non è un impegno che sono sicuro di potermi prendere, è una promessa che non posso fare a nessuno dei tre.

Eppure, anche se non vorrei, anche se cerco di spegnere il cervello, di andare oltre, di concentrarmi su *Parade Rain* di Hedley che mi sfonda i timpani attraverso le cuffie, rimango a fissarla oltre la vetrata, ipnotizzato. Mi concentro sui suoi movimenti aggraziati, sul modo delicato con il quale solleva un oggetto di forma fallica e lo passa a Maserati. La sento dentro come un pugno quando scoppia a ridere, quando abbassa lo sguardo imbarazzata, mentre raccoglie la sua cascata di boccoli e la ferma sopra la testa con una matita.

Ma il momento che preferisco in assoluto è quello in cui i suoi occhi trovano i miei e ci cadono dentro. Stringo la maniglia e spalanco la porta.

Il campanello sopra la mia testa non trilla, e non so perché ci faccio caso. Perché fra tutte le cose che potrei notare mi accorgo proprio di quella.

«Buon pomeriggio», saluto.

Cybil rimane ferma immobile, sorpresa, mentre Maserati si volta di scatto a guardarmi. Indossa i suoi ridicoli guanti di tessuto, ha una lente da orafo incastrata in un occhio e tiene in mano un pene da – a occhio e croce – trentacinque centimetri.

«Che ci fai qua?», mi domanda Cybil, riuscendo a mascherare la sorpresa.

«Passavo». Faccio spallucce.

«Lucas, giusto?», mi domanda Edward. Il fatto che anch'io mi ricordi il suo nome mi indispettisce. «Sono bravo con i nomi», mi spiega.

«Mi dispiace, io invece non ricordo neanche cosa ho mangiato a pranzo».

«Edward», risponde.

Annuisco. «Cybil, avrei bisogno di parlarti un attimo».

«Vieni». Cybil indica il retro del locale, è nervosa. «Cosa c'è?», mi domanda quando siamo abbastanza lontani da *Edward!*

Già… cosa le devo dire?

«È arrivato il divano, un paio d'ore fa», improvviso. «Magari quando stacchi ti va di venire a vedere l'appartamento. Hanno ripulito tutto, sembra un altro posto».

«Ah, certo. Sì, grazie». Guarda oltre le mie spalle per un secondo, poi torna a fissare me.

«Che succede?».

«Niente», risponde senza pensarci.

«Ti sta dando fastidio?».

«No, paladino della giustizia, non mi sta dando fastidio!», ridacchia. «Solo che… Reggimi il gioco, okay?!».

La sua richiesta mi mette uno strano senso di inquietudine addosso. Cybil torna da Edward, io mi concentro sul suo tatuaggio dietro la nuca: *Kiss me here.*

«Pensi che potrebbe fare al caso del tuo cliente?», gli domanda Cybil.

«Più o meno. Questo graffio non ci voleva». Indica la punta del pene e costringe Cybil a fare altrettanto. «Ne abbassa di molto il valore».

«Sono d'accordo», mi sento dire. «Un pene non dovrebbe avere graffi. Non quelli finti, almeno». Incrocio le braccia al petto e mi siedo sulla scrivania di Cybil.

«Hai un tatuaggio interessante», dice Edward, fissandomi l'avambraccio.

«I fiori?», domando studiando il mio tatuaggio colorato.

«Soprattutto la rosa dei venti in mezzo ai fiori. Secondo l'iconografia dei mari, la bussola è uno strumento che poteva fare la differenza tra la vita e la morte dell'equipaggio di una nave. L'unico strumento al quale fare riferimento. Un punto fisso, fermo, la sola guida nei momenti di difficoltà. I fiori, secondo l'iconografia pompeiana, invece, sono per lo più decorativi, ma quando associati a un elemento così predominante simboleggiano la passione, la ricerca dell'amore eterno. Ma la bussola l'hai disegnata dopo».

«E io che pensavo che i fiori rappresentassero il mio "io" femminile».

«Affatto. I fiori richiamano la virilità e la bussola la libertà. Certo, il tuo Nord punta dritto a *lei*».

Mi irrigidisco. «Cosa?».

«Lei: *"Her."*». Indica la scritta che ho fatto tatuare sopra la freccia del nord e trattengo il fiato. «Notevole. Di solito i tatuaggi sono banali, simboli messi a caso senza una logica, per il mero piacere di apparire. Il tuo è sensato, pensato».

Con la coda dell'occhio vedo Cybil passarsi una mano sul braccio, nell'inutile tentativo di coprirne alcuni dei suoi.

«Edward, ti ho mai raccontato del passato di Lucas?», dice. Mi mordo le labbra per non scoppiare a ridere. «Adesso è un essere umano decente, uno studente universitario modello. Non farti ingannare dal suo aspetto trasandato in questo momento, sta andando a giocare a basket...».

Aspetto trasandato? Solo le mie cuffie costano trecento dollari!

«Lucas», prosegue lei, «prima di mettere la testa a posto, era uno spacciatore. Anfetamine?», mi domanda inclinando la testa di lato.

«E coca», ribatto stando al gioco.

«Giusto. Anfetamine e cocaina. È stato in galera per *due* anni. Ha condiviso la cella con un tipo che si mangiava le unghie dei piedi e poi le sputava nel suo piatto. Un vero schifo. Io gli portavo le sigarette. È in prigione che si è fatto il tatuaggio».

Mi copro le labbra con la mano. È impazzita!

Edward, in prima battuta, rimane impassibile, poi si schiarisce la gola con un colpo di tosse. «La galera spesso porta chi sta scontando una pena a marchiarsi la pelle», minimizza.

«Lui è stato costretto», insiste Cybil. «Ma non posso scendere in particolari, troppo brutali». Scuote la testa.

Edward posa la scultura fallica sulla scrivania dove sono seduto io. «Capisco».

«Lo prendi?», domanda Cybil con tono innocente, indicando il pene.

«Ci penso. Quel graffio non mi convince. Magari passo nel fine settimana e parlo con Wan».

«Sarà felicissimo di vederti». La faccia tosta di Cybil non ha eguali.

Maserati recupera la sua valigetta, si sfila i guanti, si toglie quella specie di monocolo, non guarda più in faccia nessuno dei due. Poi saluta con un cenno della mano ed esce dalla galleria d'arte.

«Ho esagerato?», mi domanda, ma non sembra pentita o mortificata.

«Giusto un po'. Il mio compagno di cella si mangiava le unghie dei piedi e me le sputava nel piatto?». Finisco di dirlo e lei scoppia a ridere. «Cosa ti frulla in quella testa, bambolina?».

Cybil, ancora ridendo, si avvicina fino ad aggrapparsi con entrambe le mani alla scrivania. Io sono in mezzo alle sue braccia.

«Odio quando mi chiami "bambolina". Mi fa sentire un'inetta. Una cretina della quale non ti ricordi il nome. Una delle tante. E debole...». Sta ancora sorridendo, io perdo il contatto con la realtà. Il suo profumo invade le mie narici, il suo viso bellissimo tutta la mia visuale.

«Lo so. Lo faccio di proposito», ribatto. Il suo naso mi sfiora la guancia, rimango immobile. «Quante telecamere ha Wan?», le chiedo a corto di fiato.

«Troppe».

«Sei una stronza», dichiaro non appena le sue labbra carezzano il mio collo. «E il tuo gioco è pericoloso».

«Se ti ecciti per una strusciata di labbra da parte di "bambolina", direi che sei piuttosto disperato».

Sono certo di averle rivolto le stesse parole non troppo tempo fa. Ed eravamo proprio qua. Solo che quella volta *lei* era seduta sulla scrivania, mentre *io* conducevo il gioco.

«Faccio tardi alla mia partita», dico, poi le afferro le guance fra il medio e il pollice, me la trascino addosso e le pianto un bacio sulla bocca. Un bacio perfetto, veloce, violento, uno di quelli che dovrebbero durare in eterno, invece finisce troppo presto.

Un attimo prima sto giocando con la sua lingua, quello dopo mi ritrovo al campo di basket allo *Street Court* sulla quarta e Bird mi sta urlando qualcosa contro.

«Cosa?».

«Henderson, dove cazzo hai la testa? Hai mancato un tiro da principiante». Batte le mani due volte, mi fa segno di darmi una mossa.

Mi asciugo il sudore dalla fronte con il polso, cerco di entrare con la testa nella partita, ma a quanto pare il mio cervello ragiona a compartimenti stagni in questo momento: o penso a infilare la palla nel canestro o penso a lei.

E *lei* ha due labbra che mi fanno eccitare ogni volta che mi immagino di averle addosso. Non c'è storia, perdo in partenza.

cybil

C YBIL: *SONO DI SOTTO, AL PORTONE, MI APRI?*
Qualche secondo dopo scatta la serratura e io salgo al primo piano. Sento i passi di Lucas scendere di corsa i gradini e prima ancora di trovarmelo davanti si lamenta.

«Abbiamo un citofono», mi rimprovera. «Oppure potresti riprendere le tue chiavi». Me lo trovo davanti e un mazzo di chiavi sfreccia in aria. Lo afferro prima che cada... e mi faccio anche male.

«Non sono le mie chiavi», dico, rendendomi conto che sto tenendo in mano quelle del suo appartamento.

«Lo sono. Solo che tu non vuoi più usarle. Andiamo?».

Spalanco la porta dell'1B ed esito prima di entrare. L'ultima volta che ho messo piede qui dentro sono stata investita da un tanfo nauseabondo e una delusione difficile da mascherare.

Il primo passo è incerto, il secondo è sufficiente a farmi sorridere. È tutto perfetto, pulito, profumato. I pensili della cucina sono stati sistemati, il pavimento splende, le vetrate non sono più incrostate di sporco. E un divano rosso, nuovo di zecca, è stato sistemato davanti a un mobile moderno. Sopra, un televisore gigantesco.

«Wow», mi lascio sfuggire. I buchi sono spariti e, anche se le pareti non sono state ancora imbiancate, l'appartamento è bellissimo.

«Il letto non è ancora arrivato». Indica delle porte scorrevoli che non avevo notato la scorsa volta. Immagino siano le pareti *shoji*, o come cavolo si chiamano loro, di cui mi ha parlato Rob.

Mi avvicino e le spalanco. Il letto è sparito e al suo posto trovo quattro sacchi di terriccio.

«Ti ho preso la terra. Per i vasi», spiega Lucas, dietro di me.

Lucas Henderson, se di buon umore, è capace di trattarti come una regina, ma se non ha il suo tornaconto ti calpesta senza farsi scrupoli. In questo momento sta dando il meglio di sé, ma rimango con la guardia alta, in attesa della sua prossima mossa, che molto probabilmente mi catapulterà di nuovo in fondo al baratro.

«Non ho ancora visto il bagno».

«Lascia stare, non è ancora pronto. È pulito, ma domani monterò degli scaffali nuovi».

«Stai facendo tutto tu?».

«Beh, non posso contare su Robert», mi schernisce. «Forse domenica potrai entrare».

«È giovedì pomeriggio…», gli faccio notare.

«Devo solo imbiancare».

Rimaniamo l'uno di fronte all'altra fra la nicchia dove dovrebbe esserci il letto e il piccolo salone, il suo bacio di prima che mi pizzica sulle labbra.

Mi sono chiesta per tutto il pomeriggio cosa mi avesse spinto ad avvicinarmi in quel modo a lui, a eliminare la distanza per prendermi quel bacio senza esitare, e la risposta è così scontata da sconvolgermi: ho sempre voluto lui.

«Ceni con me?». Lucas tiene le mani in tasca, mi guarda impassibile. Mi stupisce con la sua domanda, mi fa formicolare il sangue nelle vene. Non so come faccia a mantenere la calma in questo modo, mentre io mi arrovello il cervello e sento lo stomaco andare a fuoco.

«Dipende, cucini tu?». La voce esce incerta e lui se ne accorge.

«Figuriamoci! Ordiniamo tailandese. O greco. Hai mai mangiato greco?».

«Pylos?».

«È il migliore». Mi concede un mezzo sorriso storto, uno di quelli che non preannunciano niente di buono. E mi erano mancati come non ammetterei mai.

«Ma la mia *moussaka* ai carciofi non la divido con te», lo avverto, imboccando la porta dell'appartamento e dirigendomi al piano di sopra.

«La moussaka è sacra», mi fa eco lui, seguendomi.

Senza pensarci apro la porta di casa con le mie chiavi e la sensazione di pace che provo mettendo piede in questo posto mi travolge in pieno. Due paia di scarpe di Rob sono abbandonate sotto il porta abiti; quelle di Lucas, ordinate su una delle mensole della scarpiera. La foto dei fratelli Henderson insieme a Leslie e James, durante una vacanza fatta dopo il diploma della scuola superiore, al suo posto, appesa al muro accanto all'entrata.

Lucas è l'unico che non guarda verso la telecamera. È di profilo, una sigaretta penzolante fra le labbra, gli occhiali da sole calati sul naso e i suoi capelli ribelli al vento.

Mi piace l'effetto del bianco e nero. Mi piace il viso dolce di Leslie, in pace con il mondo. E mi piace James con la sua polo bianca appena stropicciata, non da lui. E poi Rob, sorriso genuino e fossetta sulla guancia.

Sono una famiglia bellissima, l'essenza della felicità racchiusa in uno scatto.

«Ti stavano bene i capelli, così».

Lucas si sistema a fianco a me. «Avevo un cespo di insalata in testa! Rob mi aveva sfidato. Se avesse preso un voto più alto del mio all'esame di maturità, non mi sarei potuto tagliare i capelli per tutta l'estate. Sapevo che avrei perso, ma mi piacciono le sfide».

«Anche quelle che sai che perderai?».

«Soprattutto quelle. Ho studiato come un matto, ho preso un punteggio che mai avrei sperato di ottenere. Certo, non è bastato a battere Genio-Robert, ma non mi lamento».

Mi tolgo le ballerine e cammino a piedi scalzi sul parquet lucido.

«Chiamo il ristorante. Tu scegli il vino. Saccheggia pure la cantina di Rob, se lo merita».

Mentre fa partire la chiamata mi avvicino al televisore, lo accendo e mi collego al suo account iTunes tramite l'Apple TV. Tutto è tecnologico in casa sua, anche il modo di ascoltare la musica. Parte *Ghost* di Joshua Wicker e lascio che suoni in sottofondo.

«Sì. Tutto senza cipolla, grazie». Mi rivolge un occhiolino impertinente che mi fa aggrottare in modo furioso la fronte. «Fra tre quarti d'ora andrà benissimo… sì, pago con la carta. Grazie».

«Tutto senza cipolla?», gli domando ironica quando mette giù.

«Non si sa mai…».

Ignoro il suo commento allusivo e salgo al piano di sopra. Mi intrufolo nella lavanderia e recupero dalla cantinetta la prima bottiglia di vino che mi capita sottomano, senza leggere l'etichetta. Non so neanche se ho scelto un bianco o un rosso. Poi, in punta di piedi, entro nello studio di Lucas. La piccola stanza è di nuovo in ordine, la scrivania è stata rimessa davanti al divano, il che rende impossibile trasformarlo in un letto. Mi crepita il cuore nel petto. Mi ha chiesto di tornare a casa mille volte, ieri. Ventiquattro ore dopo è già passato oltre. Si è ripreso la sua camera, la sua vita, i suoi spazi.

Mi siedo sul piccolo divano e butto la testa all'indietro. Qui dentro mi sono spogliata per lui, e sono stata rifiutata brutalmente. Qui dentro è dove ho assistito, notte dopo notte, alle sue imprese erotiche nella stanza accanto. Qui dentro ho pianto fino ad addormentarmi più volte di quelle che mi fa piacere ricordare.

Mi rannicchio per qualche minuto contro i cuscini e chiudo gli occhi. Due anni e mezzo fa, quando siamo stati insieme in quello stanzino, lo avevo inquadrato perfettamente. Sapevo che era un bastardo senza cuore, non mi ero fatta nemmeno un minuscolo scrupolo nel non concedergli il beneficio del dubbio. E ho continuato a pensarlo per tutti e trenta i mesi successivi, finché non mi sono ritrovata a vivere con lui. Non che lui sia cambiato, non che la mia opinione su di lui sia migliorata, ma il mio cuore ha deciso che non gli interessa. Decenni di lotte femministe per rimarcare la nostra indipendenza e forza, e io mi ritrovo rannicchiata su un divano a piangermi addosso perché Lucas Henderson non mi ama.

Bisogna essere davvero imbecilli per comportarsi come mi comporto io. E non lo capisco. Si avvicina, torna indietro. Mi guarda adorante e poi mi sbrana senza pietà.

«Tutto bene?», urla dal piano di sotto.

«Una meraviglia…», borbotto.

Torno giù e gli consegno il vino. Si rigira la bottiglia fra le mani, poi legge l'etichetta. «Ti piace il vino italiano», constata.

«Ho preso il primo che mi è capitato. Ma spiegami la storia della cipolla… cosa pensi che succederà, stasera?». Lo provoco anche se non dovrei, anche se so come finirà questa conversazione.

«Beh, vediamo un po'. Siamo a casa, da soli, e abbiamo sancito un armistizio. Potrebbe succedere di tutto…».

Arrogante e presuntuoso. «Non verrò a letto con te». Anche se la voce mi scappa decisa e risoluta, il cuore accelera i battiti nel petto.

«Vedremo», dice come se fosse a conoscenza di un segreto oscuro. Mi guarda da sotto le lunghe ciglia mentre riempie una ciotola di plastica con i popcorn appena fatti al microonde. Se ne infila un paio in bocca, mi squadra dalla testa ai piedi. Prima si concentra sulla scollatura, poi sulla gonna multicolore che indosso. Quel suo modo di spogliarmi con gli occhi riesce sempre a farmi fare cose stupide.

«Hai parlato con Rob, ultimamente? Di Tory, intendo?», provo a cambiare discorso, a spostare l'attenzione su qualunque cosa che non siano i suoi occhi sul mio seno.

«Ahhh… Rob e Tory, il tuo argomento preferito». Stappa il vino e recupera due calici.

«Non essere insopportabile. Sono seria».

«Hai una visione un po' bizzarra del nostro rapporto. Non ci mettiamo seduti a tavola e parliamo delle nostre scopate». Usa un tono greve, uno che mi fa indispettire.

«Tory non è solo una "scopata". È una storia seria. E lui è tuo fratello, non posso credere che non parliate di certe cose».

«Non lo facciamo». Lucas alza le spalle e mi passa il mio bicchiere. «A Rob e Tory, che si amano alla follia, e a me che non frega niente». Prova a far tintinnare il suo calice contro il mio, ma glielo impedisco.

«Non c'è bisogno che ti comporti sempre… così!», lo accuso, Lucas solleva un sopracciglio. «Come se fossi superiore a tutti, come se queste cose fossero talmente banali da non meritare nemmeno di parlarne».

«Ma lo sono», insiste. «È innamorato di Tory, punto. Non c'è bisogno che me lo dica, lo vedo. Non è mai qui e quando c'è è con lei. Non si è portato a letto nessun'altra da quando si sono messi insieme. Cammina a un metro da terra e la vuole presentare a mamma. Non me lo deve dire, è palese». Poggia prima il calice sul top della penisola, poi i palmi. «Senti, sono contento per lui. Se lui è felice, ehi, io sono felice per lui! Ma non capisco come questo c'entri con me. Non parliamo di donne, tutto qua».

Una frase, fra tutte, mi rimbomba in testa: "Non si è portato a letto nessun'altra da quando si sono messi insieme". Perché è così che dovrebbe essere. Se ami una persona, non vai a letto con il resto dell'universo femminile. E non so nemmeno perché io mi stupisca così tanto: non è innamorato di me, non ha mai detto di esserlo, non ha mai neanche contemplato l'idea.

«Di me avete parlato, però», dico.

«Tu sei un'altra cosa», butta lì, d'impeto, probabilmente senza pensarci. Sospira. «Tu sei… ingombrante. Sei una specie di muro fra me e mio fratello».

«Immagino non sia un complimento», ribatto sarcastica. Afferro il mio calice e trangugio qualche sorso. Lui mi sta guardando, io gioco con il tappo di sughero.

«Un po' lo è. Tu sei l'unica che si sia mai messa fra di noi. E se potessimo eliminarti dall'equazione, credimi, lo faremmo. Invece tu sei qui, anche se non dovresti esserci. Sei qui, e io non dovrei volertici».

«Posso andarmene».

«Oppure puoi rimanere. Puoi dormire qua».

«Non c'è spazio nello studio. Hai rimesso la scrivania al suo posto...».

«Intendevo nel mio letto».

Una vampata impossibile da gestire mi parte dalla bocca dello stomaco ed esplode sulle mie guance.

Fa il giro della penisola, me lo ritrovo davanti. Mi scosta una ciocca di capelli dal viso, mi accarezza una guancia.

«La tua Erin ti ha dato buca?», lo provoco.

«Esatto».

Le mani di Lucas scendono fino ad accarezzarmi il sedere, mi sfiora la bocca con la lingua, cerca la mia. Il suo petto si alza e si abbassa frenetico a ogni respiro corto.

Gli parlo sulle labbra, ma non lo tocco. «Fot-ti-ti». Pronuncio ogni sillaba con una calma snervante e lo stronzo allarga il sorriso.

Mi spinge all'indietro finché non vado a sbattere contro il granito scuro del top della penisola, poi mi ci ritrovo seduta sopra. Mi allarga le gambe e ci si sistema in mezzo. Un secondo dopo la mia maglietta vola dall'altra parte della stanza, quello dopo ancora sono senza reggiseno e lui si è impossessato di uno dei miei capezzoli.

Dovrei fermarlo. Ma non ci penso proprio.

Mi divora la bocca, io gli sbottono i pantaloni, presa da un raptus incontrollato. Al diavolo il mondo intero, al diavolo tutte le femministe del pianeta, al diavolo il mio buon senso e anche quel briciolo di amor proprio rimasto intatto.

Al diavolo tutti.

Il maledetto citofono squilla e quel suono stridulo si amplifica come un'onda d'urto nella stanza, ci travolge in pieno.

Io mi sposto all'indietro, Lucas lo prende come un invito a mordermi sul collo.

«Lucas!», lo richiamo. Mi succhia la pelle, mi fa rovesciare gli occhi. Il campanello trilla di nuovo, stavolta lo sposto via con decisione. «Il citofono!».

«Ignoralo». Le sue mani si piazzano sui miei seni, sembra posseduto, come se fosse riuscito finalmente a mettere le mani sul suo premio e ora non avesse nessuna intenzione di rinunciarci.

«È la nostra cena», la voce mi esce strozzata. La sua lingua bollente mi sta martoriando la pelle sopra l'ombelico, le sue dita mi alzano la gonna, si intrufolano sotto e mi accarezzano il tatuaggio sull'inguine.

«Digiuniamo», ribatte a corto di fiato.

Ma il fattorino di Pylos sembra intenzionato a consegnarci la nostra fottutissima cena greca e si attacca al campanello.

«*Argh!*», sbraita Lucas. «Dio mi odia!», impreca. Mi lascia mezza nuda, sdraiata sul top della cucina, e fa scattare la serratura del portone all'ingresso. «Non rivestirti», mi avverte, puntandomi il dito contro.

Io non ci penso nemmeno per un attimo a fare come mi dice, scendo con un balzo e recupero i miei vestiti. Faccio in tempo anche a sistemarmi i capelli prima che un ragazzo di origini messicane si affacci alla porta di casa.

«Avevate detto quarantacinque minuti», lo rimprovera Lucas strappandogli le buste dalle mani. «Ne sono passati trenta al massimo».

«Ci... scusi!?».

Lucas gli passa la sua carta di credito. «Ti sei giocato la mancia, ragazzino».

Recupero dieci dollari dal portafogli e mi fiondo alla porta. «Tieni», gli dico, porgendogli i soldi.

Il fattorino li prende un po' esitante, poi scappa giù per le scale.

«Sei pessimo».

«E tu non sei nuda».

«Ho fame», ribatto, annoiata.

«Anch'io...». Prova ad avvicinarsi, ma io sono più veloce di lui e raggiungo il tavolo della sala da pranzo. Sposto i libri che ci sono sopra e recupero una tovaglia pulita.

Mangiamo in silenzio per il primo quarto d'ora, beviamo il vino, poi è Lucas a spezzare questa calma apparente fra noi.

«Ti sei servita di me per liberarti dell'artista pazzo».

«E allora?».

«Niente». Versa quello che rimane del vino nei nostri calici, poi sposta con la mano il suo piatto. Ha finito di mangiare, io ho sbocconcellato metà della moussaka e appena assaggiato il pollo con l'uva passa.

«Era lì da un'ora. Mi stava facendo scoppiare la testa con le sue lezioni di Storia dell'Arte. E quel maledetto graffio... è andato avanti per quindici minuti. Ha anche detto che sarebbe potuto passare sopra a una scalfittura orizzontale, ma verticale... non volesse mai il Signore!».

Lucas ridacchia. Si alza dalla sedia e recupera un pacchetto di sigarette e un posacenere. Si rimette seduto, spostando la sedia all'indietro. Lancia l'accendino sul tavolo, espira lentamente.

«Che ci fai qua, Cybil?».

Lui lo sta domandando a *me*? «Ceno».

«Ceni…».

«Mi hai invitata tu».

«Potevi dire di no», puntualizza.

«Potevi uscire con Erin».

Lucas scuote la testa. «No, non potevo».

«Faccio sempre più fatica a capirti. Sul serio. Passo dall'essere incazzata nera con te all'accettare inviti a cena con tanto di mani addosso come aperitivo. Ci sono giorni che ti prenderei a schiaffi fino a Tijuana, altri che ti bacerei fino a soffocare. E il vino mi sta dando alla testa, forse è meglio se torno da Diane».

«Te ne sei andata…».

«Mi hai cacciata», ribatto. «E risparmiami il "intendevo fuori dalla mia stanza, non dall'appartamento", perché è una cazzata».

«Diventi sboccata quando bevi», ridacchia. «È sexy».

«Non sei autorizzato a usare parole come "sexy" quando parli di me».

Lucas alza gli occhi al cielo. «Non posso chiamarti bambolina, non posso dirti che sei sexy. Se ti chiedo di tornare a casa, mi ridi in faccia; se ti dico di andartene, te la prendi a morte. Anch'io faccio fatica a capirti, sai?».

«Questa non è casa mia».

«Lo è». Scuote la testa. «Non hai idea di quanto lo sia». Lucas spegne la sigaretta nel posacenere e gioca con il pacchetto stropicciato.

«Devo andare». Mi alzo in piedi e lui fa lo stesso.

«Dormi qua».

«Perché mai dovrei fare una cosa del genere?».

«Perché è tardi», insiste.

«Non sono neanche le dieci di sera!».

«Perché è tardi per andartene…».

Mi esaspera. Il suo tono mi esaspera, il modo in cui mi guarda mi esaspera. La sua voce cadenzata *mi esaspera*.

«Fottiti». La voce si abbassa a ogni lettera. Quello che speravo venisse fuori come un insulto imperdonabile, suona come una preghiera.

«Lo farò, ma tu rimani lo stesso». Allunga una mano e afferra la mia. «Solo stanotte».

«Non verrò a letto con te. Sono seria», metto in chiaro.

Il suo sorriso sbieco mi neutralizza, mi fa venir voglia di dirgli che sto scherzando, *certo* che andrò a letto con lui!

«Non te l'ho mica chiesto». Lascia la mia mano, si volta e imbocca la scala che porta alla sua stanza. «Io dormo sul lato di destra».

Mi lascia lì, in piedi, al centro del salone, circondata da avanzi di cucina greca e una bottiglia di vino vuota, abbandonata nel secchiello del ghiaccio. E io non so cosa devo fare.

Il mio orgoglio se la ride, è certo che imboccherò la porta di casa e me la sbatterò forte alle spalle, il problema è che tutto il resto di me – cuore, testa, corpo – vuole rimanere.

Mi mordo le labbra, mi guardo intorno, spengo la TV, ci ripenso mille volte, alla fine prendo l'unica decisione possibile. L'unica che mette a tacere la mia anima.

lucas

I suoi passi sulle scale mi sorprendono al punto che, per un attimo, penso di essermeli solo immaginati. Che il mio subconscio mi stia giocando brutti scherzi? La voglio talmente tanto che mi immagino di vederla comparire sulla soglia della mia camera da letto.

Invece non è un sogno, non è un'allucinazione.

Mi avvicino al letto e tiro via le lenzuola, le appallottolo e le butto per terra. Cybil poggia la spalla contro lo stipite della porta, incrocia le braccia al petto, non mi perde di vista.

Recupero dalla mia cabina armadio delle lenzuola pulite, le rimetto sul letto. Non mi azzardo a chiederle di darmi una mano, lei non si offre. Così continuo a girare intorno al materasso finché non ho finito.

Ancora senza parlare, senza guardarla, prendo una vecchia t-shirt dei Miami Dolphins – che risale a quando non ci capivo un cazzo di football – e la poso sul letto, per lei. È l'unica che probabilmente non le arriverebbe alle caviglie.

Cybil si avvicina al letto e, con una grazia che mi arresta i pensieri, si sfila prima la gonna, poi la maglietta che indossa. Si slaccia il reggiseno, rimane nuda dalla vita in su. Io rimango fermo.

Mi sta mettendo alla prova, e io ho bisogno di dimostrarle che si può fidare di me. Mi volto di spalle e mi disfo dei miei vestiti. Una volta tanto indosso una maglietta sui boxer, anche se niente batte la sensazione delle lenzuola pulite sul petto nudo. Beh, non è vero, lei la batte. Lei vince sempre.

Quando mi infilo a letto, Cybil è già sotto il lenzuolo, si sta coprendo fino al mento, ma so che ha indossato la mia t-shirt. Allungo una mano contro la parete e spengo la luce. Veniamo inghiottiti dal buio.

«Ripensandoci, è un po' presto per mettersi a dormire». A tentoni trovo l'interruttore della piccola lucina sul comodino e lascio che prenda vita, che ci levi un po' di imbarazzo di dosso.

«Non sfidare la sorte, Henderson».

«Non ho insinuato proprio niente».

Mi rivolge un'occhiataccia. «Ti conosco».

La sua risposta mi fa sorridere e mette a tacere un po' di insofferenza. Dio, quanto mi era mancata. Averla nel mio letto, stanotte, scatena una serie di reazioni contrastanti nella mia testa.

Non mi lascia scampo, ancora una volta mi piega come solo lei sa fare. Una vocina nella mia testa mi ricorda che con Cybil MacBride non può funzionare, che perderò interesse per lei un secondo dopo essermela portata a letto. Mi aggrappo a quella voce, mi ripeto le parole nella testa, mi autoconvinco che sarà così. Eppure fisso il suo profilo in attesa di una sua parola che mi costringa a rimangiarmi tutto, ma quella non arriva.

Rimango sul filo del rasoio, con lei sdraiata accanto a me, mezza nuda, con tutti quei boccoli riversi sul cuscino, e scalpito.

Ti devi solo levare lo sfizio, ripete, insistente, la voce.

E se poi non fosse così? Ieri sera, per esempio, ho provato a uscire, sono andato al solito pub, ho fatto due chiacchiere con Bird, ma quando una ragazza seduta al tavolo con lui e i suoi amici mi ha puntato, sono scappato. Questo dovrebbe darmi la misura di quanto mi sia bevuto del tutto il cervello: ho messo davanti alla concreta possibilità di scoparmi una brunetta niente male la remota eventualità che Cybil tornasse a casa. Non l'ha fatto.

Mi strofino il viso con la mano, scaccio il pensiero, gli impedisco di prendermi. Non è il momento di farmi domande, di darmi risposte. Non poterle parlare per due settimane è stato devastante; non poterla guardare, ancora peggio. E non voglio perderla di nuovo, non voglio che questa tregua finisca.

Perché finirebbe.

Quando finalmente riuscirò ad averla tutta per me, nuda e bellissima, l'armistizio finirà. Io dirò una cosa stupida per allontanarla e lei aprirà gli occhi e capirà che non ne vale la pena. Che io non ne valgo la pena.

O forse a lei non frega proprio un cazzo di me e si vuole solo divertire.

Il silenzio diventa soffocante. Afferro il telecomando dello stereo dal comodino e lascio che *Run* di Ludovico Einaudi suoni all'infinito.

«Non pensavo ti piacesse la musica classica».

«È molto più che musica classica, questa», ci tengo a precisare. «L'ho ascoltata a Roma la prima volta. Mi sconvolge». *Ma non quanto te. Tu vai oltre.*

Cybil si adagia su un fianco, infila una mano sotto la guancia e rannicchia le gambe. Io faccio lo stesso, non ci stiamo toccando.

«A Roma... dove sei sparito per un sacco di tempo con una guida dei Musei Vaticani».

«Non proprio», confesso.

«Tory sembrava molto convinta al riguardo».

«Tory non sa un cazzo. Ha messo gli occhi su mio fratello dal primo istante e ha cercato di mollarmi la sua amica».

«Come se ti dispiacesse», commenta Cybil.

«Era davvero brutta!». Ridiamo entrambi. «Dai, su, dimmi che sono un bastardo. Un verme schifoso che meriterebbe di strisciare all'inferno».

«Non sei un bastardo se dici quello che pensi». La sua voce è un soffio, pacata e sincera.

«Comunque, la sua amica era inguardabile. E petulante. Così li ho mollati lì tutti e tre e sono andato in giro per i fatti miei. Che poi io non ci volevo nemmeno andare a quei cavolo di Musei. Invece è stato... posso dire *spettacolare* senza che questa cosa mi venga rinfacciata da qui all'eternità?».

«Assolutamente no!», ribatte Cybil, ed è talmente sensuale, così perfetta, che sto male al solo pensiero di poterla baciare. Perché la posso baciare, giusto?

«Va bene. Allora diciamo che è stato "carino". Talmente *carino* che il tempo è volato. Rob mi ha costretto ad affittare uno di quegli auricolari che fanno da guida, e tra un dipinto e l'altro suonava questa musica. *Shazam* non riusciva a riconoscerla, così mi sono messo su internet e, duecento tentativi dopo, l'ho trovata. Mi rilassa».

Run ricomincia di nuovo, io mi perdo negli occhi azzurri di Cybil, così grandi, così espressivi da tramortirmi a ogni suo battito di ciglia. Mi avvicino di un paio di centimetri, sento il suo profumo addosso, il suo respiro sul viso.

Lei allunga una mano e mi accarezza i capelli.

«È bellissima».

«Non mi sono scopato la guida turistica».

«Potevi farlo».

«Potevo, ma non è quello che è successo. Sono stato due ore dentro la Cappella Sistina, con il mento all'insù. E sai a cosa ho pensato per tutto il tempo che ero lì a contemplare il Giudizio Universale?».

«Se mi dici qualcosa di davvero sdolcinato, mi alzo e me ne vado», mi avverte lei, divertita.

«Gelato!».

«Gelato?».

«Sì. Avevo una voglia pazza di gelato. Tutti quei colori sgargianti, mischiati insieme, sembravano palline di gelato l'una accanto all'altra».

«Michelangelo si starà rivoltando nella tomba».

Non le racconto tutta la storia sulla Cappella Sistina, mi limito a contemplarla. Distendo una mano e le sfioro il braccio, passo il dito sul suo tatuaggio che recita *fearless*. Poi salgo piano e accarezzo una freccia stilizzata. Scendo sul mento, le sfioro la clavicola e poi la pelle sopra il seno.

Cybil chiude gli occhi, sospira. «Fa venir voglia di ballare».

«Fa venir voglia di fare l'amore».

I suoi occhi si spalancano, ma io non mi muovo. Lei è di nuovo l'unica capace di sconvolgere tutta la mia esistenza e io sono di nuovo incastrato fra un suo bacio e la certezza che scapperebbe il più lontano possibile da me. Anche se la voglio da impazzire, rimango immobile.

Sdraiata accanto a me, così bella, così impavida, è unica. Mi accarezza ancora i capelli, io le circondo la vita con un braccio. Me la trascino addosso, respiro la sua pelle, intreccio la mia gamba alla sua. La mia erezione è ingombrante fra di noi e lei se ne accorge.

«Che ci faccio qui?», sussurra contro il mio orecchio.

«Dormi», ribatto, come se fosse scontato, come se non stessi impazzendo all'idea di averla nel mio letto, sapendo che non la posso toccare. Non come vorrei.

La sento sorridere contro la mia spalla, abbandonare la testa, e io non resisto, le sollevo il viso, mi avvicino alle sue labbra e le sfioro con le mie. Le sue si schiudono, le mie ci si tuffano dentro.

Il bacio se lo prende, me lo restituisce e io mi costringo a fermarmi.

Chiudo gli occhi e semplicemente mi addormento con lei addosso, con lei che mi accarezza i capelli e il mio braccio che l'avvolge tutta.

Quando mi sveglio, la mattina dopo, lei se n'è già andata. E ha lasciato le sue chiavi di casa sul bancone della penisola.

Erin è in ritardo di quindici minuti, che sommati ai miei venti riassumono alla perfezione la voglia che abbiamo di vederci, stasera. Io ho ancora la testa appoggiata sul cuscino sul quale ha dormito Cybil, Erin è sempre più impelagata nella sua storia parallela, al punto da essersi confusa e aver inviato a me un messaggio destinato a *lui*, oggi pomeriggio.

Ho trascinato questa cosa fra noi per troppo tempo. Non mi diverto più, non ne ho più voglia.

La vedo scendere dal taxi, mettere via il cellulare nella borsetta, sistemarsi un soprabito leggero argentato sulle spalle e avanzare verso di me con la sua camminata sicura. Ha raccolto i capelli in una coda bassa, indossa un tubino nero che le sta alla perfezione e un paio di scarpe col tacco che la slanciano ancora di più. È bella, tutta.

«Ciao», mi saluta. Si sporge in avanti e mi bacia su una guancia.

«Hai trovato molto traffico?».

«Sì, scusa. È tanto che aspetti?».

«Non importa. Spero solo che non abbiano dato via il nostro tavolo».

Erin annuisce, i suoi occhi sono più tristi del solito, continuano a guardare il marciapiede invece che me.

Devo finirla qua. Dovrei andare da Cybil, trovare il coraggio di spiegarle come mi sento, come *lei* mi fa sentire quando c'è, ma soprattutto quando se ne va.

Stamattina l'ho incrociata alla fine della lezione della professoressa Margot, mi ha salutato con un cenno della mano e poi è scappata via. Come se niente fosse, come se non fossi rimasto sdraiato accanto a lei per più di un'ora a contemplarla, a contare i suoi respiri. E se da una parte, stanotte, avrei voluto svegliarla e ritrovare me stesso dentro di lei, dall'altra mi sono sentito invincibile con lei nel mio letto.

Erin si aggrappa al mio braccio e mi rifila un sorriso tirato. Ha insistito per cenare in un ristorante italiano nel cuore di Tribeca. È un posto elegante, ma non eccessivamente pomposo. Lei è vestita come se dovesse presenziare al matrimonio dei Reali di Inghilterra, io ho fatto lo sforzo di mettermi la giacca elegante su una camicia bianca, ma ho ripiegato su un paio di jeans e scarpe comode.

È nervosa quando entriamo, si guarda intorno con insistenza, mi stritola l'avambraccio.

«Tutto okay?».

«Eh?». Il suo sorriso si allarga, ma non è abbastanza convincente, soprattutto perché sposta di nuovo lo sguardo per poi incantarsi a guardare qualcosa alle mie spalle.

«Che ti prende?».

«Niente!».

«Chi stai cercando?». Seguo la direzione del suo sguardo, nessuno ci sta prestando attenzione, eppure Erin è rigida come uno stecco.

«Nessuno!», ribatte categorica. Mi fermo e la costringo a fare altrettanto. Non c'è bisogno che le rifaccia la domanda e lei capisce che non ho voglia di giocare. «È complicato».

«Complicato», ripeto. «Chi è? Dov'è?», chiedo, arrivando dritto al punto.

Erin sospira, si passa una mano sulla coda di cavallo, poi intorno al collo. «È seduto a un tavolo da due accanto alla finestra più grande».

Non mi volto subito, anche se la curiosità di dare un volto all'uomo che le sta facendo perdere il lume della ragione – e la mia pazienza – è incommensurabile.

«Non mi piacciono le sceneggiate», l'avverto. «Se mi hai portato qui per far ingelosire il tuo uomo, con me non funziona».

«Non è il mio uomo», blatera, la voce si spegne sul finale. «E lui è qui con un'altra. Ho fatto una cretinata, scusa. Non so a cosa cavolo stessi pensando. Dovremmo andarcene».

Erin prova ad allontanarsi, ma riesco a bloccarla afferrandole un polso. «Prima spiegami».

Continua a tormentarsi i capelli, si morde un'unghia, poi cede. «Questo è il nostro posto. Mio e *suo*. E lui ci ha portato *lei*. Voglio solo fargliela pagare, dimostrargli che non me ne sto a casa il venerdì sera a piangere per lui».

«Avresti dovuto avvertirmi», ribadisco categorico. «Ormai siamo qua. Tanto un ristorante vale l'altro».

Erin inclina la testa di lato. «In che senso?».

«Sediamoci. Non dargliela vinta».

Mi avvicino alla hostess e le spiego che abbiamo prenotato un tavolo, ma che abbiamo trovato traffico. Lei mi dice che non c'è problema, che hanno posto per me e la mia ragazza.

Attraversiamo la sala mano nella mano, Erin sceglie la sedia che dà le spalle al tavolino dov'è seduto quell'uomo che la fa soffrire e io, per la prima volta, lo guardo in faccia.

E lui sta guardando me.

Distolgo lo sguardo e mi concentro sulla donna che mi sta seduta davanti, sui lineamenti tirati del viso.

«Ci ha visti», la informo.

Erin si irrigidisce, poi mi sorride. «Bene».

«Chi è?».

«Il mio amante», ribatte, brusca. «È l'uomo che mi prende e mi molla a suo piacimento. Quello che un giorno mi promette la luna e poi porta la sua donna nel ristorante del nostro primo appuntamento, e dei cento successivi. È un bastardo, ecco chi è».

«Eppure sei qua».

Una cameriera ci riempie i bicchieri d'acqua, poi ci lascia di nuovo da soli.

«Perché sono una sciocca. E perché, nonostante tutto, sono innamorata di lui. Malgrado quello che mi ha fatto, che ancora oggi mi fa passare, lo amo». Sospira, poi si porta il bicchiere alle labbra.

«Mi sembra una stronzata».

«Che io sia innamorata di lui?».

«Che ti faccia trattare in questo modo. Non mi hai mai dato l'impressione di una che perde il sonno per un figlio di puttana che la tratta come una pezza da piedi». Il mio commento è brutale ed esce con molto più fastidio di quello che in realtà provo. Non mi interessa se mi sta usando per far ingelosire il suo amante, non mi interessa essere qui con lei.

«Ah, sì? A te non è mai successo?». La sua domanda è ironica.

«Cosa?».

«Di amare una donna a prescindere da tutto, anche se sai che è quella più sbagliata del mondo. Non ti è mai capitato, Lucas, di volere una ragazza al punto da andare contro tutto e tutti? Di fare cose stupide, di ricascarci ogni volta, di guardarti allo specchio e pensare "da domani, basta"?».

«No».

«Sei un bugiardo». Erin ridacchia, scuote la testa, mi tiene inchiodato ai suoi occhi.

La cameriera di prima si avvicina al nostro tavolo e ci elenca le specialità del giorno. Erin ordina un'insalata con il tonno, io opto per un piatto di pasta, il primo che ha descritto. Non ho fame, non so nemmeno cosa ho scelto.

«Perché dovrei mentirti? Mi hai portato in un ristorante a Tribeca per farti vedere con un altro dall'uomo di cui sei innamorata, non ti devo spiegazioni. Non ti devo niente».

«Non essere meschino con me e non far finta di essere geloso. Io e te stiamo bene insieme, ma siamo entrambi innamorati di altre persone. È così, anche se non vorremmo», ribatte.

«E di chi sarei innamorato, io?».

Erin ridacchia di nuovo, solo che stavolta lo fa mettendoci la voce, gli occhi e tutto il suo fascino. Il suo sorriso si allarga, gli occhi azzurri diventano limpidi. Poggia il gomito sul tavolo, il mento sul palmo. «Non farmi passare per una cretina, lo sai che non lo sono. Anche se faccio finta di essere superficiale, se sembra sempre che cada dalle nuvole, io vedo tutto. E ho visto te… con Cybil».

Sentirle pronunciare quel nome mi fa avvampare. «Ti sbagli».

«Da quanto tempo? Da quando si è trasferita nel tuo appartamento o da prima?». Si sporge appena verso di me. «Tuo fratello lo sa?». Mi tempesta di domande, mi manda in confusione.

«Che c'entra Rob? Non ho bisogno del suo permesso», mi tradisco, e lo faccio senza provare alcun rimorso.

«E lei? Ti ama?».

«No». Stavolta sono io a ridacchiare. «Lei proprio no». Come diavolo siamo finiti a parlare di Cybil prima ancora che ci abbiano versato il vino nei calici? Come diavolo ci è arrivata?

«Lo vedi? Io e te siamo uguali: con il cuore incastrato in una storia impossibile».

«Non lo siamo affatto, Erin».

«Sei sicuro? Perché siamo seduti insieme a un tavolo mentre le persone che ci fanno "perdere il sonno" sono entrambe in giro per New York con qualcun altro. *Lui* è a quattro tavolini di distanza con la sua donna, Cybil è a casa di Mason».

Trattengo il fiato, strizzo le palpebre. «Di che parli?».

«Mason sta dando una festa nel suo appartamento e stasera farà la sua mossa».

Mi agito sulla sedia, la sposto all'indietro e allungo le gambe sotto il tavolo. «Non posso farci niente».

«Puoi andare a prendertela», sussurra.

«Vedi, è qui che ti sbagli. Io non posso prendermi proprio niente, perché lei non si lascia prendere. Infatti, in questo momento è con Mason… che a quanto pare farà la sua mossa. E non so neanche perché ne stiamo parlando, sinceramente».

Ci viene servito un antipasto che non abbiamo ordinato – omaggio della casa, dice la cameriera –, ma io ho perso quel poco di appetito che avevo.

«Cybil è… una stronza», dico sorridendo, per alleggerire la conversazione. «Lei è orgogliosa, ottusa. Lei non mi lascia spazio».

«E tu? Le lasci spazio?».

«Ma non stavamo parlando di te?».

«Non c'è molto da dire. Io, con *lui*, non ho speranze. Ma tu e Cybil, sì. Lo vedo come ti guarda, come guarda *me*! Quanto ci rimane male quando rimango a dormire da voi. E tu sei qui a cenare con una ragazza che è caduta talmente in basso da essersi presentata nel ristorante dove il suo amante sta amabilmente cenando con sua moglie…».

«È sposato?», domando sorpreso.

«Già. E non ti sembrano davvero *felici* insieme?».

«Non lo so, Erin. Non li sto guardando».

«Forse hai ragione tu, io e te non siamo uguali. Tu sei molto più simile a *lui*. Potresti rovesciare il mondo per stare con la donna di cui sei innamorato, invece perdi tempo a cena con me». Erin sposta il piattino in avanti con una manata e incrocia le braccia sul petto.

«Non ho mai detto di essere innamorato di Cybil».

Erin solleva un sopracciglio. «Dai, Lucas…». Prende il tovagliolo dal tavolo e lo sistema sulle gambe. «Cos'è che ti frena? La tua boria?».

«Offendermi ti fa sentire meglio?», ironizzo.

«No. Prenderti a schiaffi mi farebbe sentire meglio, ma ci sono troppi testimoni». Mi sorride e io mi sforzo di ricambiare.

«Cybil mi ha… come posso metterla senza sembrare l'essere più patetico del mondo? Preso per il culo?».

«Spezzato il cuore?», suggerisce lei.

Sì, beh, quello lo ha fatto.

Annuisco. «Siamo stati a letto insieme, tanto tempo fa, durate una festa. Solo che Cybil era lì per incontrare Rob, e mio fratello era pazzo di lei. Io ero il terzo incomodo, lo sono sempre stato fra loro. Da quel giorno ci siamo fatti la guerra. Non c'è modo di aggirare il problema. Se lei si avvicina, io scappo. Se provo anche solo ad allungare un braccio verso di lei per prenderla, lei svanisce. È un gioco al massacro. E non so cosa voglia. È impossibile decifrarla».

«Glielo hai mai chiesto?». Erin afferra la sua acqua e ne butta giù due sorsi generosi, fino a svuotare il bicchiere.

«No».

«Perché pensi che ti direbbe che anche lei è innamorata di te e poi dovresti provarci sul serio?».

«Perché penso che mi riderebbe in faccia», ammetto, più a me stesso che a lei, a dire il vero. «L'ha già fatto, in passato».

«Andiamo a casa di Mason», suggerisce. Posa il tovagliolo di stoffa che teneva in grembo e recupera la sua borsetta.

«Non serve, Erin. Se non c'è arrivata fino a ora, non lo capirà mai».

«E come ci sarebbe dovuta arrivare? Leggendoti nel pensiero? Tu sei ermetico, niente ti tocca, niente ti turba. Cosa dovrebbe capire? Ti porti a letto me, con lei nella stanza accanto!».

Lei... e altre donne di cui a stento ricordo la forma del viso o il nome.

«Io vado a casa di Mason, tu rimani pure qui con lo stronzo e la sua perfettissima mogliettina, se vuoi», sentenzia, alzandosi.

«Non abbiamo ancora cenato», insisto.

«E allora?». Fa il giro del tavolo e mi porge la mano. «Se poi dovesse riderti in faccia, beh, ho casa libera...». Mi fa l'occhiolino.

«Erin, io e te...».

«Te l'ha mai detto nessuno che sei davvero fastidioso quando non finisci le frasi? Riesco quasi a vederli, quei cavolo di puntini di sospensione. Io e te abbiamo chiuso. Non ci vuole tanto a dirlo». Non so come faccia a sorridere, io ho lo stomaco sottosopra. «E comunque un messaggio sarebbe bastato, ma sei stato carino a portarmi a cena fuori per dirmelo. Allora, andiamo?».

«Che te ne frega se parlo con Cybil?». Lei è ancora in piedi davanti a me, il braccio teso in avanti, mentre io tengo le mani posate sulle cosce.

«Al contrario di quello che vuoi far credere alla gente, sei un esemplare di maschio decente. Uno dei due si merita il lieto fine. E poi, vuoi mettere la soddisfazione di scappare con te dal ristorante prima ancora che ci abbiano servito la nostra cena? *Lui* andrà fuori di testa».

«*Lui* è un ipocrita. E probabilmente non lascerà mai sua moglie, Erin. Non lo fanno mai».

Erin si imbroncia, i suoi occhi si appannano e io mi decido ad afferrarle la mano. Mi alzo in piedi, la bacio sulla bocca, diamo spettacolo.

«Grazie», sussurra.

«Non c'è di che». Le prendo la mano e, senza guardarci indietro, senza degnare nessuno di uno sguardo, ci avviciniamo al bancone. Lascio una banconota da cento dollari sul ripiano. «Per il disturbo», informo la cassiera.

Fermiamo un taxi, ma esito prima di entrare.

«Ci stai ancora pensando?», mi domanda lei, già dentro l'abitacolo.

Ci penso sempre...

«Non credo di poter andare da Cybil.».

«Quante scuse, Henderson. Sali su questo taxi e andiamo da lei prima che Mason le metta le mani addosso. Fidati, non vuoi che succeda».

«Che vuoi dire?».

«Non sai le voci che girano su di lui...».

Alzo gli occhi al cielo. «Cybil non ci andrebbe mai a letto. Lo conosce appena. Ci potrei mettere la mano sul fuoco», dico, convinto delle mie parole.

«Ti bruceresti. *Andiamooo!*».

Mi ritrovo in auto, con Erin che continua a suggerirmi frasi sdolcinate da dichiarare a Cybil. Se le dicessi qualcosa tipo "io e te siamo anime gemelle che aspettavano solo di incontrarsi", mi ritroverei senza un occhio e probabilmente senza genitali.

Cerco di annullare la voce di Erin, di resettare i pensieri, di concentrarmi solo su Cybil. Che è a casa di Mason.

Non so cosa le dirò, immagino che dovrò improvvisare. E lei non mi renderà la vita facile, non l'ha mai fatto.

Ci fermiamo di fronte a un'elegante palazzina su Washington Square, le luci nell'appartamento sono tutte accese e dalle finestre aperte la musica fuoriesce a ondate.

Erin paga la corsa, io ho il cervello in panne. Salgo quei gradini come se stessi procedendo verso un cazzo di patibolo, e non ha senso.

Non sono mai servite tante parole con Cybil, le basterà vedermi per capire che sono qui per lei. Me la prendo e me la porto via, stavolta non la lascio scappare. Stavolta le dico tutto.

La sala da pranzo è piena di gente, ognuno con un bicchiere in mano. Si servono dai fusti di birra posizionati sul tavolo della penisola, ridono, qualcuno balla sulle note di *Star Fire* dei Sleeping Wolf e lei non è da nessuna parte.

Una porta in fondo al corridoio si apre e Mason esce da una stanza. Si sistema i capelli, si aggiusta la maglietta. Sto per spostare lo sguardo, per cercare di nuovo Cybil in sala, quando la vedo uscire a testa bassa dalla stessa stanza dalla quale è appena uscito Mason.

Il cuore mi va in blocco, le gambe stanno per cedere.

Cybil, dopo essersi sistemata a sua volta il top nero che indossa, solleva lo sguardo e mi vede, a pochi passi da lei, le mani lungo i fianchi, gli occhi vitrei, immobile.

«Lucas…».

cybil

Un secondo fa *Star Fire* dei Sleeping Wolf stava risuonando a tutto volume nell'appartamento, quello dopo ho l'impressione che qualcuno abbia strappato i fili della radio mettendola a tacere di colpo. Invece è solo il fischio sordo che mi stride nelle orecchie a darmi la sensazione che sia calato il silenzio intorno a me.

Lucas mi è davanti, mi ha vista uscire dalla camera da letto di Mason, mi guarda come se volesse cancellarmi dalla faccia della Terra.

«Lucas…», inizio a dire, avanzando verso di lui. Poi però Erin, dietro di lui, gli si affianca e io richiudo la bocca. Qualunque cosa stessi per dirgli, me la dimentico.

Lui fa un passo verso di me, io mi fermo. Poi ne fa un altro più deciso, un terzo, un quarto passo, e adesso siamo faccia a faccia.

Mi prende per un braccio e mi trascina di nuovo nel corridoio. Senza dire una parola, spalanca la porta della stanza di Mason e mi costringe a entrarci. Non mi sta facendo male, ma la sua presa salda è comunque impossibile da contrastare.

Chiude la porta con un tonfo, rimane a fissarla per alcuni secondi. Quando si volta mi costringe a indietreggiare. È sconvolto. I suoi occhi blu diventano grigi di colpo e quando si posano sul letto sfatto di Mason ho l'impressione che potrebbero andare a fuoco.

Sto per dirgli che non è successo nulla, che il letto era già così quando sono entrata in questa camera, che ha provato a baciarmi, che gli ho detto di no, ma non me ne dà il tempo. E non me ne stupisco neanche, perché lui è così: impulsivo e ingiusto.

«Sai qual è la cosa ridicola?», mi domanda, ma non mi permette di aprire bocca. «Che non sono neanche sorpreso! Che io ti conosco come nessun altro, eppure per un attimo mi hai fregato. Di nuovo. Ti piace far credere alla gente di essere una santarellina indifesa, invece sei…». Stringe le labbra fra i denti, scuote la testa.

«Sono? Continua, cosa *sono*, Lucas?».

Indica il letto dietro di me. «Una delle tante», mi sputa addosso. «Sei solo una delle tante».

«Sei arrivato con Erin!», sbraito.

«Ti sei fatta scopare da Mason!», urla così forte che mi fa tremare la terra sotto i piedi. «In una casa piena di gente! Ieri sera eri nel mio letto e adesso nel suo! Ma di cosa mi stupisco? Sei venuta con me senza neanche prenderti il disturbo di chiedermi il nome».

Perdo del tutto il controllo. «Sei un bastardo. Continui a rinfacciarmi quella maledetta festa, continui a non capire chi hai davanti e neanche ti interessa farlo».

«E chi ho davanti, eh?», mi afferra dalle spalle e mi parla sulla bocca. «Perché io vedo solo una stronza che continua a fare il doppio gioco, e io sono sempre nel fottuto mezzo. Io ci ricasco sempre».

Mi allontano da lui e punto alla porta. «Pensa quello che vuoi». Afferro la maniglia, poi torno indietro. «Anzi, no. Sono stanca delle tue accuse, stanca di farmi insultare. Tu non hai nessun diritto di incazzarti con me. Tu sei uscito con *Erin* e ti sei presentato qui con *lei*!».

«Eri nella camera da letto di Mason!».

«E tu non vuoi sentire ragioni!».

«Perché non c'è più niente da dire! Non ci sono ragioni che tengano!».

Mi passo le dita sulle tempie. Stiamo urlando come se fossimo nel bel mezzo del deserto e non ci sentisse nessuno. Invece ci sentono, stiamo dando spettacolo.

«Non sono stata a letto con lui! Come fai a non capirlo?». Lucas mi raggiunge davanti alla porta e io allungo una mano, per fermarlo. «Non provare a toccarmi. Sei una pianta velenosa, infesti tutto quello che tocchi. Rovini tutto. Ti sei fatto un'idea di me dal primo giorno e non l'hai mai cambiata. Mi tratti come se valessi meno di zero, mi dai della puttana tra le righe, ma non hai le palle per dirmelo in faccia. Ti presenti qui con la tua ragazza e fai una scenata di gelosia a *me*. E sai cosa succederà fra esattamente cinque secondi? Io me ne andrò e tu ti porterai a letto un'altra, e poi un'altra, e poi un'altra ancora. E lo farai finché non mi avrai allontanata del tutto, finché non ci sarà più niente da salvare».

Sono senza fiato, combatto le lacrime e stringo forte i pugni per placare il tremore. E lui se ne rimane immobile davanti a me, con il petto che si gonfia a ogni respiro irregolare, ma non mi contraddice. Come sempre, mi lascia andare. Come sempre, mi ferisce e se ne frega.

«Torna a casa», dice all'improvviso, prima che possa imboccare l'uscita. «Torna a casa con me e ricominciamo da zero».

«Ma di che cavolo parli?».

«Vieni via con me, adesso».

«No!», ribatto. *No!* Non mi basta. «Non verrò da nessuna parte finché non mi dirai quello che vuoi da me».

«Lo sai cosa voglio da te, Cybil».

Mi fa girare la testa, mi spezza il cuore una volta per tutte.

Annuisco. «Giusto. Certo, che stupida».

«Non fraintendere sempre, cazzo!».

«E allora tu impara a parlare chiaro! Cosa. Vuoi. Da. Me?», sbraito. Ma lui non risponde, si stropiccia gli occhi con i palmi, non mi guarda più. «Te lo dico io, scopriamo le carte una volta per tutte: vuoi portarmi a letto un'altra volta, vuoi levarti lo sfizio. È sempre stato solo questo fra noi. Tu che vuoi tutto, tu che non ci stai al pensiero che io due anni e mezzo fa abbia preferito Robert a te, e vuoi farmela pagare, hai *sempre* voluto farmela pagare. Mi hai portata esattamente dove volevi tu, alla dimostrazione che, dopo tutto questo tempo, alla fine hai vinto tu. E hai ragione, hai vinto tu. E io adesso me ne vado».

Esco dalla stanza come una furia, la delusione che mi mangia viva e la collera che mi aiuta a mettere un piede davanti all'altro, che mi impedisce di fermarmi e guardarmi indietro.

Supero a spallate chiunque mi trovi davanti, individuo Diane e, senza dire una parola, le strappo dalle mani la mia borsa e la giacca di pelle.

«Ehi, dove vai?», le sento chiedermi, ma io sono già fuori dall'appartamento di Mason.

E quando sono finalmente da sola, non mi trattengo più, mi lascio andare a un pianto inconsolabile. Mi allontano alla svelta dall'ingresso, attraverso il parco e cammino a testa bassa, con gli occhi pieni di lacrime e il cuore che non sento più battere nel petto.

Come si permette di presentarsi a casa di Mason e trattarmi come se fossi feccia umana? Era con Erin, con la sua fatina bionda che si porta a letto da un mese. Quante altre volte ancora dovrò farmi umiliare prima di arrivare alla conclusione che Lucas Henderson mi odia sul serio?

E ho mentito, a entrambi: se potessi tornare indietro, io, a quella festa di due anni e mezzo fa, non ci metterei nemmeno la punta del piede.

«Chi era quel ragazzo?», domando a Rob quando siamo sotto il portico, al riparo dalla musica assordante.

«Chi?».

«Il tuo amico. Lucas, mi pare abbia detto di chiamarsi». La parte della finta tonta mi è sempre riuscita benissimo. Stasera, al contrario, ho paura che Rob smascheri la bugia. Che si accorga del cuore che scalpita nel petto, che si sia reso conto di come stavo guardando Sconosciuto, che mi legga in faccia quello che abbiamo fatto, che senta il suo profumo su di me.

«Ah, lui! È mio fratello».

Mi strozzo, tossisco così forte che mi manca il respiro. «Cosa?!».

«Ehi, tutto bene?». Gli occhi verdi di Rob si appropriano dei miei, mi scava dentro. Mi appoggia la mano sulla spalla e io tossisco un'ultima volta.

«Sì, scusa», la voce esce roca, innaturale. *«Mi è andata di traverso la Coca-Cola. Tuo fratello...».*

«Gemello, a dire il vero». Rob sorride, la sua stupidissima fossetta si accentua e, invece di sciogliermi come sempre, mi fa venir voglia di scappare via urlando.

Suo fratello. Gemello. Cazzo!

«Non vi assomigliate», lo accuso.

Perché diavolo non vi assomigliate? Com'è possibile che siate fratelli gemelli? Quante possibilità c'erano, al mondo? Una? Due?

Fanculo!

Rob si passa una mano dietro la nuca, sorride ogni secondo di più, mentre io vorrei evaporare. Puff! Sparire...

«No, non ci assomigliamo molto. Quando eravamo piccoli un po' di più, ma siamo sempre stati diversi in tutto. Fisicamente, caratterialmente. Tu hai fratelli?».

Scuoto la testa. «Figlia unica». Credo...

Chiacchieriamo del più e del meno per un po'. Io mi ritrovo a guardarmi intorno più spesso di quello che dovrei, a cercare lui. *È un riflesso incondizionato, uno che non riesco a controllare. Rob mi parla, e io cerco suo fratello.*

Gemello.

Che cavolo di problemi ho?

Osservo Rob, è bellissimo. È l'essenza della perfezione. È elegante, educato e mi ha finalmente notata. Mi ha invitata qui, stasera. E, okay, non era un appuntamento galante, non come lo sarebbe stato andare a cena fuori o al cinema, ma era comunque un appuntamento.

Ed è così diverso da Lucas, che grida sesso e arroganza da tutti i pori. Che con un'unica occhiata mi ha fatta cadere fra le sue braccia.

Deve esserci abituato, ad avere tutto quello che vuole, intendo. A schioccare le dita e ritrovarsi con una sconosciuta, nuda, in uno stupido sgabuzzino.

Avrebbe dovuto invitarmi a cena fuori. Rob, non Lucas. Lucas non doveva capitare, non doveva incrociare il mio cammino.

Robert mi odierà quando scoprirà quello che è successo, non staremo mai insieme, non vorrà più avere niente a che fare con me.

Eppure, questo pensiero non mi sconvolge come dovrebbe, non mi rende triste, non mi fa venir voglia di implorare il suo perdono.

«Prima, quando sei arrivato…», inizio a dire. Mi schiarisco la voce. «Ti stavo cercando», mento alla fine, troppo codarda per dirgli la verità.

«Scusami, sono un maleducato. Ho fatto tardi e non ti ho avvisata. Era tanto che mi aspettavi?».

«No». Non abbastanza da giustificare quello che ho fatto, comunque.

Attraverso le finestre che danno sulla sala principale scovo di nuovo Lucas. È seduto sulla poltrona logora di prima, una ragazza diversa seduta su uno dei braccioli e una nuova bottiglia di birra in mano.

Non faccio in tempo a spostare lo sguardo, mi becca a fissarlo. E quando lo fa, rimango incastrata nei suoi occhi, come se fosse impossibile guardare altrove, come se ci fossimo solo noi due, e al diavolo le trecento persone intorno a noi.

Rob sta parlando, io non lo sto ascoltando. Ritorno in me solo quando gli sento dire qualcosa tipo: "Ti va se ce ne andiamo da qua?".

Gli sorrido, riempio i polmoni d'aria. «Sono un po' stanca, a dire il vero. Mi sono svegliata prestissimo stamattina, perché avevo un esame. Ti va se facciamo un altro giorno?».

Rob ci rimane male, io mi sento sollevata. Io ho bisogno di andarmene da questa festa e dimenticarmi di Lucas il prima possibile. Di mettere una distanza infinita fra noi.

Lo guardo un'ultima volta e lui sta di nuovo fissando me e suo fratello. È impassibile, del tutto indifferente, talmente bello da farmi trattenere il fiato.

Saluto Rob con un bacio sulla guancia e scrivo un messaggio a Diane per informarla che sto tornando al dormitorio. Solo che quando trovo l'uscita mi ritrovo Lucas davanti.

Un rivolo di fumo gli scappa dalle labbra perfette, un mezzo sorriso furbo ne altera i lineamenti spigolosi del viso.

«Stai scappando?», chiede con una punta di freddezza.

Mi si secca la gola, mi sudano i palmi delle mani. «Sto solo andando al dormitorio».

«Da sola?».

«Così pare». Lo supero.

«Ti sei divertita?», mi domanda con un ghigno che mi fa tremare lo stomaco.

Non capisco la sua domanda. È una battuta di cattivo gusto? Vuole sapere se mi sono divertita con suo fratello? O con lui?

Mi costringo a guardarlo negli occhi, a non abbassare la guardia. «Moltissimo. Tuo fratello è un ragazzo meraviglioso. Buona notte».

«Cybil...», mi richiama e io smetto di scendere i gradini, ma stavolta non mi volto, non commetto due volte lo stesso sbaglio. «Sei una stronza!».

DIANE: Dove cavolo sei andata?

Fisso lo schermo del cellulare, faccio appena in tempo a mandarle un vocale per informarla che sono a un isolato dal suo appartamento che il cellulare si spegne.

Avrei dovuto riflettere due secondi in più prima di scappare dalla festa di Mason, da sola. Non ho le chiavi di casa, ho il cellulare scarico e questo quartiere è una merda. Mi siedo sui gradini davanti al portone e mi stringo le gambe al petto con le braccia. Diane starà correndo a casa, devo solo aspettare.

Solo che aspettare equivale a pensare, e pensare mi fa ricominciare a piangere.

«Tu mi devi almeno mezzo milione di spiegazioni!».

Sollevo il mento dalle ginocchia e mi ritrovo Diane davanti. Non l'ho nemmeno sentita arrivare, tanto ero presa a compiangermi. Non so quanto tempo sia passato da quando le ho inviato il vocale. Ho gli occhi impastati di lacrime, sento le guance andarmi a fuoco. Mi alzo di scatto e mi butto fra le sue braccia.

«Ehi, ehi, calmati», sussurra la mia amica fra i miei capelli.

Scuoto la testa. Non voglio calmarmi, voglio solo piangere e farmi abbracciare da lei.

«Entriamo?», mi domanda con un sussurro. Stavolta annuisco, prova a sciogliersi dalla mia presa, ma glielo impedisco. Saliamo fino al suo appartamento e non so come faccia Diane a sorreggermi, ma lo fa, mi fa sedere sul suo divano e si rannicchia accanto a me che non la smetto di singhiozzare.

«Vuoi un bicchiere d'acqua?», chiede.

Riesco a pronunciare un tiratissimo "no", mi asciugo il viso e mi libero del giubbino in pelle.

«Vuoi parlare?».

«Non c'è molto da dire». Tiro su con il naso, provo a pulirmi il viso dal mascara che sento colarmi sulle guance. Le squilla il cellulare e la sento sbuffare. «Chi è?».

«Secondo te?! È Lucas… di nuovo».

«Ignoralo».

«Vuole solo sapere se ti ho trovata».

«Perché? Vuole insultarmi di nuovo?».

«Cybil, ma che cazzo succede fra di voi?».

Scuoto la testa. Niente, non succede proprio niente. «Avevi torto: al bambino dell'asilo non piace da morire la bambina con le trecce, non gliele tira per non far capire a nessuno che in realtà è pazzo di lei, lo fa perché non gliene frega un cazzo!».

Il cellulare riprende a squillare e Diane manda indietro la chiamata.

«È la quinta volta che chiama…».

«Perché si sente in colpa, ma gli passerà fra una manciata di secondi. Troverà qualcuna da portarsi a letto e si dimenticherà di me». Un'altra lacrima mi scappa dagli occhi, la scaccio via con stizza.

«Ha litigato con Mason», dice. «Dopo che te ne sei andata in quel modo, Lucas ti stava venendo dietro e Mason gli ha bloccato il passaggio. Gli ha detto qualcosa tipo "mi hai fatto scappare di nuovo la ragazza" e sono quasi arrivati alle mani».

Scuoto la testa, vorrei alzare gli occhi al cielo. «Sono ridicoli, a nessuno dei due interessa un accidente di me. Il primo vuole solo portarmi a letto, e l'altro, ma guarda un po', *anche*».

Diane ha messo il cellulare in modalità silenziosa, ma ci accorgiamo entrambe che ha ripreso a squillare e il nome di Lucas compare sullo schermo.

«Era fuori di testa…», prova a convincermi Diane. Prende lo smartphone in mano, ma non accetta la chiamata, lascia che lampeggi finché non smette.

«Tanto per cambiare…», borbotto.

«Non lo sto difendendo».

«Perché è indifendibile!», protesto, e nel farlo mi alzo in piedi. «Perché è uno stronzo, perché si prende gioco di me. Vivere con lui è stato un incubo». Queste maledette lacrime non accennano a finire. «Rispondigli e digli di andare al diavolo. Che non sai dove sono e che si fottesse».

«Sei sicura?».

Annuisco. «Ho bisogno di una camomilla». Mi avvicino al cucinino, le do le spalle e la sento rispondere all'ennesima chiamata di Lucas. Il cuore mi balza in gola, lo stomaco fa una capriola.

Mentre riempio il bollitore la sento rispondere a singhiozzi.

«Ciao… no… no… certo… forse è scarico… sì… ti ho detto di sì!».

Premo il pulsante di accensione, fisso l'acqua dentro la brocca iniziare a bollire, recupero una tazza e ci infilo dentro la prima tisana in bustina che trovo.

«Okay… va bene… sì, ma… va bene! Sì, ciao».

Volto solo la testa, la domanda "che ti ha detto?" stampata in fronte.

«Tutto okay», risponde Diane.

«Tutto okay… cosa?».

«Ha detto… di avvertirlo quando torni».

Avrei dovuto capirlo che mi stava mentendo, soprattutto quando mi sono riseduta accanto a lei sul divano e ha insistito per farmi pulire il viso dal trucco stropicciato. Quando è corsa in bagno ed è tornata con una spazzola per capelli, dischetti di cotone e struccante, avrei dovuto immaginare che stava – *stavano* – tramando alle mie spalle.

E forse mi sarei dovuta infuriare con entrambi, mandarli al diavolo, invece quando quello stupido citofono ha emesso un unico, lacerante squillo mi sono ritrovata a pregare con tutta me stessa che fosse *lui*.

lucas

Ad aprirmi la porta è Diane, la schiude di qualche centimetro, mi fa "no" con la testa.

No… non vuole parlarmi?

No… non è a casa?

No… ho esaurito le mie possibilità con lei?

«Per favore», sussurro.

Diane sospira, si guarda alle spalle. «Ha chiesto per favore!», dice ad alta voce.

Cybil brontola qualcosa di incomprensibile. Mi infilo le mani in tasca per impedirmi di buttare giù la porta. Mi mordo il labbro, dondolo sul posto, non riesco a stare fermo.

Cybil compare dietro la sua amica, è più alta di lei di quasi una testa. Ha i capelli sciolti, è ancora vestita con il top striminzito che indossava alla festa di Mason, ma è del tutto struccata.

«Solo un minuto», mi concede e io annuisco.

Diane sparisce, Cybil spalanca la porta, fa un passo in avanti e se la richiude alle spalle. Incrocia le braccia al petto, inclina appena la testa di lato. È incazzata, è bellissima.

«Io e te abbiamo un problema».

«Solo uno?», ribatte, scontrosa più che mai.

«Hai ragione, io e te abbiamo *mille* problemi». Per un attimo penso di prenderle il viso fra le mani, di baciarla e basta.

«Hai intenzione di dirmeli o devo tirare a indovinare?».

«Vedi, questo tuo modo di rispondere, per esempio, è un problema. Tu sei orgogliosa, io permaloso. Tu mi tagli le gambe in partenza con queste frecciatine e io rincaro la dose, e moltiplico per cento. E finiamo per litigare. Io ti insulto, poi me ne pento, tu per un attimo mi fai credere che scoppierai a piangere, invece ti stai solo preparando a distruggermi. E ricadiamo sempre nello stesso errore».

Cybil solleva di poco le sopracciglia, poi sbuffa, annoiata. «Okay, abbiamo due caratteri di merda. Poi?».

«E poi... Poi c'è il fatto che alla prima difficoltà scappi», l'accuso.

«Non scappo, semplicemente me ne vado. E tu, comunque, non mi hai mai fermata».

«E questo ci riporta al primo punto: abbiamo due caratteri di merda».

«Almeno siamo d'accordo su qualcosa...». Cybil si accarezza le braccia, guarda ovunque, tranne me. «C'è altro?».

«Sì. C'è il problema più grande di tutti, quello che mettiamo al primo posto».

«Sono pronta».

«Tu mi...». *Cazzo!* So cosa le devo dire, solo che con lei divento una contraddizione vivente. *Mi manchi!* Merda, sono due stupide parole: Mi. Manchi. Eppure non riesco a dirgliele. «Mi fai impazzire. E non in senso buono».

Cybil annuisce, sporge le labbra all'infuori, ostenta una smorfietta sagace, di chi ha capito tutto, di chi ci è arrivata molto prima di te. «Wow, Lucas». Si porta una mano al petto, sospira in modo teatrale. «Anche tu mi fai impazzire, e non in senso buono». Mi prende per il culo, me lo dice con un tono ironico e il sorriso sulle labbra. «Grazie per essere passato. Ora vai al diavolo!».

«E mi manchi», sputo fuori dai denti, prima che se ne ritorni dentro. «In senso buono», cerco di farla ridere, non funziona.

«Hai finito?».

«No». Scuoto la testa. «Che cazzo ci fai qui da Diane? Hai una casa, hai una stanza, hai... me».

«Io ho te?». Stavolta ride più forte. «Io ed Erin, vorrai dire. Io, Erin, la tipa di mercoledì sera, quella di martedì sera, quella di lunedì sera. Io e tutte le donne di Manhattan abbiamo Lucas Henderson... Come siamo fortunate! Con l'unica differenza che io ti faccio "impazzire", perché rispetto a tutte le altre non mi strappo i capelli per cinque minuti delle tue attenzioni».

«Cinque minuti? Eppure ci divide una parete...». L'occhiataccia di

Cybil mi fa deglutire a vuoto. «Okay, la smetto di dire cazzate. Sono serio».

«Non sei mai serio».

«Non c'è più nessuna Erin. O una tipa del mercoledì sera, del martedì sera, lunedì sera e via dicendo. Era questo che ero venuto a dirti a casa di Mason. Ci sei tu».

«Interessante...», ribatte, indifferente.

«Smettila di fare la stronza a tutti i costi».

«E tu smettila di *darmi* della stronza!».

Faccio un passo in avanti, la costringo a farne uno indietro. Poi mi allontano e mi siedo sull'ultimo gradino della scala che porta al piano di sotto. Le do le spalle, mi accendo una sigaretta.

«Ho esagerato, prima. La verità è che se anche ci fossi andata – a letto con Mason, intendo – non avrei dovuto trattarti in quel modo o dirti certe cose. Che poi neanche le penso. Non le ho mai pensate. Tu... beh, tu sei libera di fare quello che vuoi, di andare con chi vuoi. Anche se... preferirei che non lo facessi».

Viene a sedersi sul mio stesso gradino, poggia la schiena contro la parete, io contro la ringhiera, così che possa guardarla. «Non mi conosci affatto».

«Ti conosco meglio di quello che pensi. Solo che sarebbe più facile se tu fossi un po' più come me. Potrei davvero incazzarmi, archiviarti una volta per tutte. E invece... guarda un po' dove sono?!».

«Hai lasciato Erin?», mi domanda con un filo di voce. La lampadina sopra la porta di casa di Diane è fulminata, così ci facciamo bastare la luce che arriva dal piano di sopra e quella al neon dal piano di sotto.

Annuisco, soffio lentamente il fumo dalle labbra. «Torni a casa?».

«No», risponde, senza prendere minimamente in considerazione la mia supplica.

«Pensi che ci sia una cura? Per quelli come noi, intendo».

«Che malattia abbiamo?». Allunga la mano e mi ruba la sigaretta. L'ho vista fumare pochissime volte, è sexy da impazzire quando lo fa. Si porta la cicca alle labbra, inspira con decisione, butta fuori il fumo con calma.

«Una di quelle degenerative, che partono piano, quasi senza sintomi. Tu pensi che sia solo un fastidio, all'inizio, poi ti mangia da dentro, ti consuma, si prende tutto. E non ti lascia niente».

Cybil mi ripassa la sigaretta. «Sai, da quando sei arrivato mi hai dato dell'orgogliosa, della stronza, mi hai detto che ti faccio impazzire – e non in senso positivo – e ora mi stai paragonando a una malattia degenerativa».

«Certo che tu non mi hai mai reso la vita facile, eh?!». Spengo la sigaretta sul gradino, mi alzo in piedi e mi inginocchio davanti a lei. Sapevo che sarebbe finita così: io ai suoi piedi. «Ti diverti, vero? E il mio paragone fa schifo, okay?! Che razza di stronzo paragonerebbe una donna a una malattia degenerativa? Probabilmente solo io. Non sono bravo in queste... cose. Mi si intrecciano i pensieri, apro bocca, le do fiato e anche se sto cercando di dirti una cosa "carina" esce fuori come un fottuto insulto. Quindi, bene, sono pessimo. Sono un idiota che sta cercando di dirti che... cazzo! Ha ragione Erin». Cybil mi rivolge una smorfia schifata. «Li vedi anche tu i puntini di sospensione in aria quando parlo?». Mimo tre punti al vento e l'espressione di Cybil si fa sempre più confusa.

«No, vedo solo tu che cerchi di arrampicarti sugli specchi».

«Potresti darmi un minuto di tregua? Dieci secondi?».

«Ci posso provare».

«Io e te...», mi schiarisco la voce. «Noi. Ecco, "noi" suona meglio. Siamo...».

«Una malattia degenerativa?». Cybil cerca di trattenere la risata, io lascio cadere la testa in avanti e rido insieme a lei.

«Sì. Segui il mio ragionamento. Quella sera, alla Delta Kappa Delta, è bastata un'occhiata fra... *noi*. Siamo entrati in quello sgabuzzino senza dirci una parola, ed è lì che ci siamo ammalati. E lì per lì sembrava tutto a posto, io baciavo te, tu baciavi me. Miglior sesso della nostra vita. Beh, sicuramente della tua...».

«Non tirare la corda, Henderson», mi avverte. Mi sporgo ancora un po' sul suo viso, le poggio mani sulle ginocchia, guadagno qualche centimetro verso le sue cosce.

«Insomma, "sesso spettacolare", poi tu decidi di andartene, così, senza una spiegazione. Prendi e te ne vai. Lì ho avvertito il primo sintomo, un leggero fastidio alla bocca dello stomaco. Poi ti trovo e – *sorpresa!* – sei la ragazza di mio fratello».

«Non ero la sua ragazza», mi corregge.

«Posso raccontarla io, la storia?». Mi approprio di un altro centimetro delle sue gambe, lei è costretta ad aprirle per me, per permettermi di avvicinarmi. «Quindi, ti vedo con mio fratello e, diamine, il fastidio si moltiplica. Ogni volta che ti ho davanti perdo un po' di Lucas e lascio un po' di spazio a te. E, sia chiaro, faccio di tutto per allontanarti, per tornare a respirare, per riprendermi Lucas, al quale tengo tantissimo, fra l'altro. Ma tu, niente. Tu ti sei insinuata così in profondità che ormai ci sei e mi tocca tenerti».

Cybil sbatte le ciglia come se fosse la protagonista di un cartone animato giapponese. Apre la bocca, poi la richiude, alla fine si decide a parlare: «Se questo è il tuo tentativo di chiedermi scusa, fattelo dire, non sta andando bene. Ci sono più insulti in questo discorso che in tutti quelli che mi hai fatto in passato, e sono stati tanti».

«Cerca di leggermi fra le righe…».

«Io le tue righe non le capisco. E mi sto sforzando, te lo giuro, ma credo che l'unica malattia che tu abbia sia un disturbo bipolare». Lo dice sorridendo, mi accarezza una mano, poi si lecca le labbra.

«Non ti sto solo chiedendo scusa. Ti sto chiedendo di tornare da me. Di restarci…».

Senza darle il tempo di ribattere, la bacio.

Ed è un bacio irripetibile. È la somma di mille baci che avrei voluto darle in questi anni e che ho dovuto ingoiare.

È liberatorio.

È il bacio che mi spedirà dritto dritto all'inferno. E glielo do come se fosse l'ultimo della mia vita.

La sua bocca è delicata, è un incontro di labbra tanto erotico da farmi eccitare quando la sua lingua sfiora la mia usando solo la punta. Mi sdraio su di lei, non riesco a sentirla abbastanza vicina, non la sento abbastanza mia. Non è solo una questione di sesso, alla fine non l'è mai stata. È tutto di lei che mi spedisce fuori orbita.

Ansima fra le mie labbra, butta la testa all'indietro e io ne approfitto per morderle il mento, per leccarle piano la pelle liscia del collo.

La bacio finché sono costretto a fermarmi, perché la giacca elegante mi sta soffocando, perché stiamo andando oltre, nella mia testa siamo già nudi, ma siamo nell'androne puzzolente di un edificio fatiscente.

E invece io la voglio su-un-cazzo-di-letto!

Mi alzo lentamente, cerco di sistemare il cavallo dei jeans con indifferenza, le porgo la mano e l'aiuto a rialzarsi. Cybil è sul gradino più alto, siamo naso contro naso.

«E quando troverai la cura?», mi domanda sulle labbra.

Scuoto la testa, le parole di Robert mi rimbombano in testa all'infinito.

Posso sopravvivere al pensiero che farà per sempre *parte anche della tua vita.*

«Magari non esiste». E so che non è quello che vuole sentirsi dire, ma è la verità. Magari una cura non esiste, o magari oggi sono innamorato di lei, ma domani non lo sarò più. È così e basta.

La bacio di nuovo, l'avvolgo fra le mie braccia fino a farla scomparire dentro di me.

Infilo una mano nella tasca interna della giacca e recupero il suo mazzo di chiavi. La costringo a guardarmi, a prenderle.

«Che differenza fa se torno stasera? O domani? Domenica andrò via comunque».

«Tu vuoi tornare, Cybil? Anche solo per un giorno? Perché in questo casino ci siamo in due. Ci sono io che corro da te dopo l'ennesima scenata da squilibrato e che in qualche modo cerco di farti capire come mi sento, e poi ci sei tu che rimani in silenzio, che non mi fai capire un cazzo».

«Non sono brava nemmeno io con le parole», si giustifica, si irrigidisce di nuovo. Lo spacco fra di noi si allarga, ma io me la tengo stretta contro il petto, perché non voglio che scappi, perché deve capire che io ci sono. Che io, almeno, ci sto provando. «Vabbè, magari meno imbranata di te».

«E allora non parlare. Fai solo… un passo verso di me. Se vuoi, ecco. Queste sono le tue chiavi. Puoi farci quello che vuoi». La bacio un'ultima volta, poi mi stacco e scendo un gradino. Infilo le mani nelle tasche posteriori dei jeans, abbasso anche lo sguardo. «Domani imbiancherò il tuo appartamento».

«Grazie».

La saluto con un cenno del capo, poi ricomincio a scendere. Me la ritrovo alle spalle, mi abbraccia da dietro, poggia la fronte contro la mia spalla.

«Quel fastidio alla bocca dello stomaco… so di cosa parli». Mi bacia una guancia, poi torna di corsa su e si chiude in casa.

E io me ne vado, con la testa leggera e il cuore che pesa come un fottuto macigno nel petto. La sensazione strisciante di non averla convinta mi accompagna fino a casa. Quando apro la porta, mi ritrovo nel mio bellissimo appartamento, immerso nel buio e nel silenzio irreale.

Solo, come non mi ero mai sentito prima.

cybil

Quando entro in casa di Lucas e Rob, dopo aver trascinato le valigie su per cinque piani, ho il fiatone e sono accaldata. Le abbandono all'ingresso, salgo di corsa al piano di sopra e mi fermo davanti alla porta chiusa di Lucas.

E se fosse con qualcuna? Chiudo gli occhi e riempio i polmoni di ossigeno. Non lo farebbe, non dopo ieri sera, non dopo il bacio che entrerà nella storia come Il Bacio.

Poso la mano sulla maniglia, poi la ritraggo. Alla fine decido di bussare. Non arriva nessun suono dalla stanza, neanche quando accosto l'orecchio contro il legno liscio riesco a percepire rumori. Così apro la porta e mi ritrovo a sospirare di sollievo nel constatare che Lucas non c'è.

Il letto è sfatto e un paio di boxer giace inerme sul parquet. Torno al piano di sotto e preparo il caffè, giusto per perdere un po' di tempo.

Dopo essermi riempita una ciotola con il latte e una montagna di Froot Loops, mentre aspetto paziente che esca il caffè, la porta di casa decide finalmente di spalancarsi e Lucas di fare il suo ingresso trionfale. È sudato ma bello da impazzire.

Rimane con la mano a mezz'aria, le chiavi che penzolano dalle dita.

«Ciao», lo saluto.

«Ehm... ciao».

Forse avrei dovuto avvisarlo. Mi aspettavo una reazione ben diversa da lui, un po' infantile magari – tipo un bacio a perdifiato di benvenuto –, ma di certo non lui che mi guarda come se avessi appena commesso una violazione di domicilio.

«Sei qua», constata. Chiude la porta alle sue spalle e si avvicina di qualche passo. Si accorge delle mie valigie e gli angoli delle labbra scattano all'insù. «E mi sa che siamo da soli...».

Il cuore prende fuoco, l'idea di averlo tutto per me mi rende nervosa al punto che mi muovo in modo maldestro e rovescio sul bancone il cucchiaio con dentro latte e cereali.

«Ho fatto un casino», quasi balbetto.

Lucas respira come un toro, si avvicina un lentissimo passo alla volta finché lo spazio finisce e io trattengo il fiato.

Per quanto lo trovi sexy da far schifo, mi rendo conto che è davvero, *davvero* troppo sudato.

«Non avvicinarti», lo avverto, puntandogli il dito contro.

Lo stronzo si lecca le labbra, al rallentatore. Prima quello inferiore, poi quello superiore. «Che c'è, *bambolina*, fai la difficile? Passerò tutta la giornata a imbiancare il tuo appartamento, dovresti essere un po' "gentile" con me», mi prende in giro, ammicca, mi rivolge quel suo mezzo sorriso che mi fa perdere la capacità di mettere due parole una in fila all'altra.

«Prima fatti una doccia, poi, forse, sarò gentile con te».

«Oppure, potresti fartela insieme a me, la doccia. Io insapono te, tu insaponi me...».

Gli scoppio a ridere in faccia, non perché lo trovi particolarmente spiritoso, ma perché sono un fascio di nervi. «Questa dove l'hai sentita? In qualche film porno scadente? E quella vocina?».

Mi sorride quasi fino a farsi esplodere le gote. «Non hai mai visto un film porno, vero?». Faccio sì con la testa, ma è chiaro che sto mentendo. Si sporge in avanti, io appiattisco la schiena contro il top della penisola. Afferra il bordo del bancone con entrambe le mani, mi sconvolge il modo in cui mi guarda. «Se questo fosse un film porno, avrei detto qualcosa tipo» si schiarisce la gola e usa un tono profondo che mi ricorda Terminator: «"Piccola, facciamoci la doccia insieme, così tu lo puoi succhiare a me e io—"».

La porta di casa si apre con un cigolio e Lucas balza all'indietro. Io volto solo la testa e i miei occhi incrociano quelli dell'ultima persona che avrei voluto incontrare stamattina: Robert.

«Ma che cazzo!», strepita Lucas.

«Buongiorno», ci saluta lui, cinguettando.

Scherzavo, l'ultima persona che volevo vedere, stamattina, è Tory, che entra subito dopo Rob con un trolley al seguito e i suoi capelli scuri raccolti in una treccia inguardabile.

Mi alzo dallo sgabello e recupero un paio di fogli di carta assorbente per pulire il latte e i cereali, diventati ormai una poltiglia arcobaleno.

«Come mai *già* qua?», domanda Lucas, incrociando le braccia sul petto.

«Oggi pomeriggio partiamo per gli Hamptons e devo preparare la borsa. Nanerottola, sei tornata!».

Robert mi viene incontro e mi abbraccia fortissimo. Oltre la sua spalla, la sua ragazza mi rivolge una smorfia da stronza. E io, che so essere immatura fino al midollo quando mi ci metto, rafforzo la presa intorno alle spalle di Rob e lo sbaciucchio sulla guancia. Rumoro-samente.

«Quindi non mi dai una mano a imbiancare?», gli domanda Lucas, e non mi sfugge lo sguardo assassino che mi rivolge. Mi ricorda Jack Nicholson in *The Shining*, solo che, al posto dell'accetta, lui ha un caffè in mano.

Mi stacco dall'abbraccio con suo fratello e mi affretto a pulire il bancone.

«No», ribatte pacifico Rob. «Andiamo al mare».

«A che ora vi levate dai piedi?», gli domanda ancora Lucas.

«Ora mi faccio una doccia, ci guardiamo un po' di TV, mangiamo qualcosa e poi andiamo».

«Anche io volevo farmi una doccia», ribatte Lucas. «Avevo *grandissime* aspettative sulla mia doccia, a dire il vero». Le guance mi vanno a fuoco, non ho nemmeno il coraggio di sollevare lo sguardo.

«Non ti tratteniamo», si intromette Tory. Gli sorride, lo esamina dalla testa ai piedi, poi storce il naso. «Non emani un buon odore».

Il suo tono da superiore mi indispettisce. *Lei* non emana un buon odore, ha impestato la cucina con il suo profumo scadente alla frutta.

Mi rimetto seduta sul mio sgabello, Lucas è dietro di me, posa una delle sue grandi mani sulla mia spalla, poi mi sposta i capelli tutti da un lato e sfiora il tatuaggio alla base della nuca con la punta delle dita. E Rob se ne accorge. E non sembra felice.

«Quindi? Avete novità?».

«Chi?», domanda Lucas, distratto. Rob indica la mano di suo fratello, io mi infilo una cucchiaiata di cereali in bocca.

«Vi siete messi insieme?», chiede Tory, ma non aspetta la risposta.

Con la sua camminata da Nonna Papera attraversa il salone e sparisce in camera di Robert.

Mastico lentamente, Lucas smette di accarezzarmi la nuca.

«Vi siete messi insieme?», stavolta è Rob a fare la domanda.

«Non che io sappia. Ci siamo messi insieme, Cybil?». La faccia da culo di Lucas non ha paragoni. Mentre io credo di essere bordeaux dall'imbarazzo, lui è pacifico, e così anche il tono che usa.

«No!», ribatto categorica.

«Visto? No», conferma Lucas. Rob non dice più niente, si limita a guardarci. «Ma se lo avessimo fatto, non sarebbero cazzi tuoi».

«Un po' lo sono», borbotta Robert. «State giocando con il fuoco».

Lucas sospira. «Sei noioso. E ripetitivo». Si porta il bicchiere di cartone alle labbra e butta giù un paio di sorsi di caffè. Io non ho ancora aperto bocca, odio trovarmi in mezzo alle loro discussioni.

«Come ti ha convinta a tornare?», mi chiede Rob.

«Non l'ha fatto. Sono tornata perché volevo farlo». Sollevo le spalle.

Rob scuote la testa, stavolta sorride. «Mi fate paura, insieme. A pensarci bene, siete una bella coppia. Ci sarà da divertirsi».

«Non siamo una coppia», insisto io.

«Capisco. Non ne avete ancora parlato e vi sto mettendo in imbarazzo», ci stuzzica. Si avvicina alla macchina del caffè e recupera una tazza dalla credenza.

«Sì, ci stai mettendo in imbarazzo!», ribadisco.

«Neanche un po', fratello», ribatte Lucas, parlandomi sopra. Mi circonda le spalle con le sue braccia e mi stampa un bacio in testa. «Chiedi quello che vuoi», lo sfida.

Rob si appoggia contro il frigorifero e fa vagare lo sguardo da me a suo fratello un paio di volte prima di far detonare la bomba. «Okay. Sei sicuro?».

«Tutto quello che vuoi, dolcezza», lo istiga Lucas.

«La ami?». La sua domanda è così diretta che fa smettere di respirare entrambi.

«Cosa?», domanda Lucas, per prendere tempo.

«Non sono affari tuoi», intervengo io.

«È una domanda semplice, fratello». Rob gli sorride.

«Pensavo volessi sapere qual è la posizione a letto che preferiamo», cerca di sviare Lucas.

«E invece voglio sapere se la ami». Mi gratto la testa, mi va in fiamme il petto. «Cioè, se posso far pace *io* con il fatto che la ami, non capisco perché non possa farlo tu. Dillo e basta».

«Rob, falla finita. Sei fuori strada, okay?!». Mi alzo in piedi e costringo Lucas a lasciarmi passare. Recupero la mia ciotola ormai vuota e mi avvicino al lavandino. Non ho il coraggio di guardare Lucas negli occhi, perché ho paura della risposta che ci leggerei dentro.

«Sono fuori strada?», domanda ancora Rob a suo fratello.

«Sapete cosa vi dico...», dice. Volto solo la testa, quel tanto che basta per guardare Lucas con la coda dell'occhio. «Ho un appartamento da imbiancare e a quanto pare *tu,* fratello, non sei di nessun aiuto. Quindi ora vado a farmi una doccia e poi scendo al primo piano». Solleva le mani in segno di resa, si avvicina alla scala, recupera le mie due valigie e se le porta al piano di sopra.

«Sei proprio un idiota!», sibilo a denti stretti.

Rob mi abbraccia, mi bacia sul collo, ci ridacchia contro. «Non so come tu ci sia riuscita, ma, cazzo, l'hai proprio mandato K.O.! Non l'ho mai visto così».

Mi stacco dal suo abbraccio. «Ti diverti un sacco, vero?».

«Nah, neanche tanto».

«Beh, hai appena fatto un casino. Eppure lo conosci da tutta la vita. Ora farà mille passi indietro. E non mi ama!».

«E tu sei cieca! E lui è un fratello bastardo, ma così stanno le cose. E, nel caso in cui te lo stessi chiedendo, no, non sono particolarmente felice di sapervi insieme, ma se è quello che volete, andate con Dio. Basta stronzate. E non mi riferisco solo alle sue, parlo anche di te».

«Di me? E cosa ho fatto io?».

«Non parli chiaro, Cybil. Ti chiudi a riccio, ti nascondi. Lui è complicato, e lo so che non sembra, ma è profondamente insicuro. O almeno lo è quando si tratta di te, e tu metti mille paletti impossibili da schivare».

Infilo la ciotola nella lavastoviglie e mi congratulo con me stessa per essermene ricordata. «Vaneggi», lo dico senza guardarlo in faccia.

«Sai cosa mi ha detto qualche settimana fa, quando ho scoperto il vostro piccolo sporco segreto, dopo quella prima cena disastrosa con Tory?».

«Che ti devi fare i fatti tuoi?», tiro a indovinare e lui scuote la testa, mi sorride.

«Anche. Ma soprattutto che se non state insieme è colpa mia. Che non è stato lui a mettersi fra noi, ma *io* a mettermi fra *voi*. Che ti voleva tutta per sé».

Scoppio a ridere. «Certo, come no!».

«Non te lo direi mai se non fosse vero». Le sue mani sono di nuovo sulle mie spalle, mi costringe a guardarlo negli occhi, a prestargli attenzione. «Quella sera me ne sono andato sbattendo la porta di casa, con il cuore in gola e una rabbia impossibile da gestire perché avevo capito. Cazzo, è sempre stato innamorato di te! E sapevo che ci saresti finita a letto, quella sera. Lo sapevo e me ne sono andato comunque perché era giusto così».

«Non ci sono andata a letto… mai. Cioè, non più dopo quella sera di due anni e mezzo fa».

«Okay». Rob ci riflette su. «Perché?».

«Prima di tutto avrei dovuto prendere un numerino come si fa al supermercato per assicurarmi un turno, e poi… beh, il problema è proprio quello: non voglio fare sesso con uno che salta da un letto a un altro come fa Lucas. Come faccio a fidarmi di lui?».

«E se smettesse di farlo?».

«Dai! Lo conosci! Non riuscirebbe a tenerlo nei pantaloni per più di due settimane». Mi porto una mano allo stomaco. Dirlo ad alta voce mi fa stare male.

«Potrebbe stupirti…».

Sentiamo dei passi sulla scala e ci ammutoliamo entrambi. Lucas scende scalzo, indossa un paio di jeans sdruciti, macchiati di pittura bianca, rossa e blu e una canottiera bianca che su qualunque altro essere umano risulterebbe grottesca. E ridicola. Ma lui no, lui è bellissimo. Ha i capelli bagnati, ci passa le dita in mezzo per districarli.

«Vado a imbiancare», dichiara. «Ah, il letto arriverà fra un paio d'ore».

«Ti serve una mano?», domando impacciata.

«Come vuoi. Ci vediamo».

Non aggiunge altro, si infila un paio di infradito e si chiude la porta alle spalle.

«Lo vedi che hai fatto un casino!?», mollo una manata sulla spalla a Rob e me ne torno a sedere sul mio sgabello.

«Fidati di lui», dichiara Rob. «Fidati e basta. Fallo tu un passo, stavolta».

Un passo verso di lui… e poi? E quando avrà ottenuto quello che vuole e mi scaricherà alla prima occasione, cosa farò?

«Pensavo non ci volessi insieme».

«Lo pensavo anch'io». Mi fa l'occhiolino. «Senti, venerdì prossimo l'università ha organizzato una cena con i vecchi *alumni* e sia io che Lucas andremo. Dovresti venire con noi, possiamo portare chi ci pare. Ci saranno un sacco di persone importanti, sarà ottimo per fare un po' di networking».

«Okay, grazie. Verrò».

Mi sorride. «Non sprecate altro tempo, okay?». E così dicendo, se ne torna in camera sua.

Un passo verso di lui.

Ce la posso fare.

Perché forse ha ragione Rob: abbiamo già sprecato troppo tempo.

Tengo una busta in mano con cibo cinese da asporto e un secondo sacchetto con dentro quattro birre. Questo è il mio passo: sto portando il pranzo a Lucas.

E mi sono infilata un vestitino troppo corto e troppo scollato per fingere che sia lì per aiutarlo a imbiancare. E mi sono truccata, arricciata i capelli. Potrei aver esagerato con il profumo. Dio, sembra che stia andando a un party in spiaggia!

Per un attimo penso di tornare al piano di sopra e cambiarmi, ma la dannata porta dell'1B si apre e mi ritrovo Lucas davanti, sporco dalla testa ai piedi di pittura bianca, scalzo e senza maglietta.

«Ehi», mi saluta. «Stavo venendo su a farmi un panino».

Non dico niente, sollevo i sacchetti e glieli mostro. «Cibo», riesco a dire.

Mi guarda dalla testa ai piedi. «Stai uscendo?». Scuoto la testa. «Sono per me?».

«Per noi».

«Okay». Si fa da parte e mi lascia passare. Ha ricoperto i mobili con dei teli trasparenti, e il pavimento con dei cartoni marroni. «Ho quasi finito».

«Tutto l'appartamento?». Poso le buste a terra.

Lo sento frugarci dentro, stappare una birra e poi un'altra. «Sì, ho iniziato dalla nicchia. È arrivato il letto». Il materasso è ricoperto di cellophane, le pareti brillanti. «Che te ne pare?».

Me lo ritrovo accanto, mi passa una lattina.

«È... wow».

«Il materasso è comodo», mi informa.

Butto giù un sorso di Bud, respiro a pieni polmoni.

Un passo verso di lui...

Numb di Dotan risuona a tutto volume nel piccolo monolocale. Poso la birra a terra, mi siedo sul materasso, poi mi lascio cadere all'indietro, chiudo gli occhi. «Hai ragione, è comodo».

Quando li riapro, Lucas è davanti a me, mi sta mangiando con gli occhi, ma non si azzarda a muovere un passo.

«Hai fame?», gli domando.

«Parecchia».

Mi tiro su a sedere. Afferro l'orlo dei suoi jeans e lo trascino in avanti. Lucas non dice niente, mi guarda e basta. Sollevo lo sguardo su di lui e l'unica cosa che ci leggo dentro è desiderio puro, smania incontrollata.

Slaccio il primo bottone dei suoi pantaloni, poi tiro giù la zip. Lui continua a rimanere in silenzio, fa un sorso dalla sua lattina, non mi perde di vista. Con le mani che non la smettono di sussultare, glieli tiro giù. Accarezzo gli addominali tesi, il petto asciutto.

«Cosa stai facendo?», sussurra. Il torace si gonfia a ogni respiro.

Non lo so cosa sto facendo, a dire il vero. Forse voglio solo dimostrare a Rob, a Diane, a me stessa, che ho ragione io. Che quando Lucas avrà ottenuto quello che vuole, passerà oltre. Si dimenticherà di me.

Perché io lo amo davvero, lui no.

Perché se lui ricambiasse anche solo metà dei sentimenti che provo, allora saremmo fregati entrambi. E lo voglio sapere. Mi spingerò così oltre che non potrò più tornare indietro. Poi raccoglierò i cocci e volterò pagina.

E lo farò prima di lui.

Ma se mi guarda così... potrei dimenticarmi persino il mio nome. Potrei innamorarmi ancora di più e allora non ci sarebbe più niente da raccogliere, non rimarrebbe più niente della vecchia Cybil.

«MacBride...», mi avverte lui quando infilo gli indici nell'elastico dei suoi boxer e gli faccio fare la stessa fine dei jeans: abbandonati intorno alle caviglie. «Che cazzo fai?».

«Tutto quello che vuoi tu», sussurro. «Adesso, qui».

«Se è il tuo modo carino per ringraziarmi, io...», ma non finisce la frase perché la mia bocca lo sfiora in mezzo alle gambe e la mia lingua gli lecca la punta. «Cazzo!».

lucas

La lingua di Cybil mi sfiora l'uccello e io per poco non perdo il controllo. La sua bocca mi circonda la punta e io credo seriamente che l'orgasmo che mi sta montando dentro avrà la meglio sul mio auto-controllo.

Le avvolgo i capelli con una mano e, per quanto abbia aspettato questo momento per anni, nonostante le svariate volte in cui ho fantasticato di trovarmi in piedi davanti a lei con le sue labbra su di me, la spingo via.

I suoi occhi sono di un azzurro limpido impossibile da replicare in natura, sono di una bellezza assoluta.

E lei è qui, per me. E non so perché.

Mi si affollano in testa mille domande. Perché adesso? Perché qui? Perché così?

«Che succede?», le domando. La voce esce strozzata, ho il cuore a mille. Mi sorride appena, le guance che le diventano rosa a ogni secondo che passa. La faccio sdraiare sul cellophane, mi distendo sopra di lei. Sono nudo, lei è tutta vestita. Le prendo le guance fra una mano, le parlo sulla bocca. «Che cazzo succede?».

Ho il cuore in tumulto, ma il suo batte più forte, così tanto che penso si sentirà male.

«Non vuoi?», sussurra.

«Non voglio?! Cazzo, sì, voglio. Voglio eccome! Lo voglio così tanto che il mio amico, lì sotto, mi sta maledicendo in tutte le lingue del mondo». Le infilo la lingua in bocca, mi muovo sopra di lei, che allarga le gambe per permettermi di accomodarmi contro il suo inguine. Sono eccitato al punto che potrei venire su di lei, invece voglio farlo *dentro* di lei.

Cybil infila le mani nei miei capelli, li strattona, mi viene incontro con il bacino. Le sollevo il vestito, raccolgo la gonna in vita, ma non mi basta. Lo alzo un altro po', le scopro il seno, poi glielo sfilo via. Mi isso di poco, facendo leva su un gomito. La guardo in mezzo alle gambe, il tatuaggio del diavolo sbuca da sotto i suoi slip e la mia erezione si irrigidisce come non pensavo fosse possibile.

«Vuoi scopare, Cybil?». La voce mi esce strozzata, incastrata fra la gola e la voglia folle che ho di lei. Le bacio un seno, succhio piano la pelle morbida e calda del suo petto. «Vuoi scopare con me? Qui?».

«Sì…».

Numb continua a suonare indisturbata nel monolocale, io sto perdendo la testa, mi rifugio nei baci caldi e famelici di Cybil, ci nuoto dentro.

«E domani?», le domando.

«Dimmelo tu…».

Mi sollevo appena per guardarla negli occhi. Davvero vuole che glielo dica? Sul serio non ci arriva? Io, dentro di lei, ci morirei ogni giorno, ogni minuto, fino alla fine. Se potessi scegliere, sceglierei sempre lei.

Cybil mi rivolge una smorfia saccente, una di quelle che ti uccidono e poi ti riportano in vita. È bella da star male, sexy senza eguali. Approfitta del mio momento di distrazione e mi ribalta sul letto. La plastica, sotto di me, scricchiola, mi si appiccica alla schiena. Sono sudato, sporco di vernice, e lei se ne frega.

Mi sembra di essere tornato in quello stanzino, sento le sue carezze, rivedo il suo sguardo malizioso. Due anni e mezzo e lei è di nuovo mia. Su un cazzo di letto…

«Domani io sarò ancora qua», mi sento confessare.

«E allora ci sarò anch'io».

Mi bacia il petto, scende di un centimetro alla volta. Butto la testa all'indietro e chiudo gli occhi. Stavolta non la fermo, stavolta lascio che si prenda quello che vuole, che prenda me, nella sua bocca rovente.

La pressione è divina, la sua lingua che mi circonda la punta, un pugno allo stomaco. Mi costringo a guardarla, a memorizzare i lineamenti del suo viso mentre si impegna a darmi piacere, e quando sparisco nella sua bocca la vista si annebbia, non ci capisco più niente. La stanza vortica in modo pericoloso, i suoi gemiti mi arrivano dritti al cervello.

La lascio fare finché non ne posso più, finché diventa tutto troppo intenso.

«Cybil!», l'avverto. Lei non si sposta, se possibile ci mette ancora più sentimento, aumenta il ritmo. Costringerla a sollevare la testa mi costa uno sforzo sovraumano. Fosse qualunque altra donna, me ne fregherei, mi prenderei tutto il pacchetto. Mi godrei il momento fino alla fine, ma con lei non posso. Con lei è diverso. Mi ritrovo seduto sul letto, lei a cavalcioni sul mio inguine.

La bacio come se dovessi morire da un momento all'altro, come se la fine fosse vicina e solo lei potesse salvarmi. Cybil annaspa nella mia bocca, le labbra che conducono una danza spietata sulle mie. La stendo sul letto, la accarezzo in mezzo alle gambe, mi incanto a guardare le mie dita che le scostano gli slip, che si intrufolano e spariscono sotto quel minuscolo strato di stoffa. È così eccitata da mandare il mio corpo in blocco.

Le sfilo il perizoma, lo lancio e va a sbattere contro la vetrata. Con gesti poco romantici riesco a sbarazzarmi anche dei miei pantaloni e dei boxer. Siamo entrambi nudi, io faccio schifo, lei è profumatissima. Lei è sempre profumata. Il trucco perfetto, i capelli riversi sulla plastica di protezione del materasso. È a tutti gli effetti una *bambolina*, una di quelle preziose che non vuoi dividere con nessuno. Una di quelle che vuoi proteggere dal mondo intero, e soffro al pensiero di altri uomini che, prima di me, l'hanno toccata, si sono ritrovati sopra di lei e hanno goduto delle sue labbra gonfie o delle guance arrossate dal piacere. Ed è un po' colpa mia. Quella sera, me la sarei dovuta tenere tutta per me.

Scaccio il pensiero e mi tuffo in mezzo alle sue gambe. Il pensiero che non possiamo andare oltre mi annienta. Non ho un preservativo. Perché cazzo non ho un preservativo?

«Nel sacchetto con il pollo alle mandorle», sibila.

«Cosa?».

«Secondo te, cosa? Le alghe fritte?», mi prende in giro.

«Hai portato i preservativi?», domando, allibito.

«Uno dei due doveva pensarci…».

«Perché oggi? Perché adesso?», glielo chiedo mentre la bacio. La bacio fino a farmi esplodere il cuore. Non voglio davvero saperlo, lei è qua e il motivo, a dirla tutta, neanche mi interessa.

«Non lo so perché *adesso*! È così e basta. Ma se non vuoi…», prova ad alzarsi dal letto, glielo impedisco.

«Bambolina… non azzardarti. Spero tu ne abbia portata una scatola».

«Una scatola nuova di zecca», conferma e stavolta è lei a baciarmi. Mi morde piano il labbro inferiore, per poi regalarmi sollievo con la lingua.

Scendo dal letto, riluttante. Non voglio staccarmi, non voglio perdere tempo. Sto per tornare nel piccolo open space quando la voce di mio fratello, che sta scendendo le scale, mi fa diventare isterico. Abbiamo lasciato la porta dell'appartamento spalancata e quel bastardo mi sta chiamando.

«Lucas?!».

«Merda!», strillo.

Cybil si mette in ginocchio sul letto, recupera il suo vestito, se lo infila alla velocità della luce.

«Un attimo!», grido. Indosso i jeans, non trovo le mutande.

«Ehi, ma dove sei?».

«Non entrare!», lo avverto.

Cybil si è sdraiata sul letto, incrocia le caviglie, ha il fiatone, guarda il soffitto e si morde l'interno delle guance. Il suo perizoma è disperso da qualche parte. Rob, ovviamente, non fa come gli dico e me lo ritrovo davanti mentre mi sto tirando su la zip dei jeans. Incrocio le braccia al petto, mi appoggio con la spalla contro una delle porte *shoji*. Credo mi stia per venire un infarto.

«Che fate?», ci domanda. La mia occhiataccia assassina gli fa fare un passo indietro. «Oh, capisco. Sono capitato in un brutto momento?».

«Tempismo di merda, fratello!».

«Okay, mi levo dai piedi. Volevo solo dirvi che io e Tory stiamo partendo».

«Bravo, ciao. Chiudi la porta quando esci». Faccio un passo in avanti e lo costringo a voltarsi, lo sposto via con una spinta energica. «Divertitevi. Addio».

«Cybil, sei viva? L'hai uccisa?», mi domanda Rob, ridacchiando.

Giro la testa e trovo Cybil ancora sdraiata, gli occhi fissi sul soffitto. Solleva un pollice, non guarda nessuno dei due.

«Cercate di non farmi diventare zio».

«Fottiti. Sparisci». Stavolta lo accompagno alla porta, lo stronzo perde tempo, sta cercando di mandarmi al manicomio. Ci sta riuscendo. Ci sta riuscendo come solo lui sa fare.

Tory è sul pianerottolo, mi squadra dalla testa ai piedi con disappunto. Rob sta ancora dicendo qualcosa quando gli chiudo la porta in faccia. Tornando da Cybil alzo il volume della radio, poi mi avvicino al sacchetto con dentro il cibo e i preservativi. E, cazzo, il momento è passato.

Chiudo gli occhi un istante, poi sfilo i contenitori di alluminio dal sacchetto e ci lascio la scatola dei preservativi dentro.

Torno da Cybil con due set di bacchette in mano e il pranzo ancora tiepido. Recupero la mia birra da terra e la finisco d'un fiato.

«Fame?», le domando.

Cybil puntella i gomiti sulla plastica, mi sorride. Al diavolo il pollo, al diavolo le mandorle...

«Moltissima».

«Allora mangiamo?». Esce fuori come una domanda cretina. E lei annuisce.

Appoggio dei tovaglioli sul materasso, Cybil si siede con le gambe incrociate e i miei occhi finiscono in mezzo alle sue gambe. Lei se ne accorge e si sistema, così che non possa sbirciare sotto la sua gonna.

Ingurgito pollo e riso fino a sentirmi male, fin quando non sento più l'erezione pulsarmi contro la cerniera dei jeans.

Sono io il primo a parlare. «Cosa fai, stasera?».

Cybil si alza dal letto, trova la sua birra e poi ne prende una nuova per me. «Ho promesso a Diane che l'avrei accompagnata a una festa alla Columbia».

«Devi andare per forza?», le chiedo senza guardarla, come se non mi interessasse davvero. Domani si trasferirà in questo appartamento e io sento che il mio tempo con lei sta scadendo. È un ragionamento senza senso. Quello che abbiamo appena combinato su questo letto dovrebbe essere l'inizio per noi, invece ho la sensazione che sia la fine.

«Devo proprio», conferma. «Tu?».

«Mi vedo con Bird. Il ragazzo l'ha mollato e dice di aver bisogno di una serata birra e biliardo», invento. E ricado nello stesso errore, lascio che si allontani.

«Pensi che domani potrò trasferirmi qua?».

«Sì, perché no? La pittura si sarà asciugata e basterà tenere le finestre aperte, stanotte».

Cybil gioca con le bacchette, le fa roteare fra le dita. Sto per chiederle se farà tardi, se dormirà a casa, se dormirà con me, ma mi precede.

«Non faccio tardi. Stasera, intendo».

Deglutisco a vuoto. «Okay».

Si pulisce la bocca con un tovagliolo, poi scende dal letto. Recupera i contenitori vuoti e li butta. Mi lancia addosso la scatola dei preservativi. «Tienila tu, okay?».

Annuisco.

«Vuoi che ti dia una mano a finire?».

La sua domanda, nella mia testa, ha un doppio senso grande quanto questo palazzo, ma per fortuna riesco a mantenere la calma.

«Nah. Mi manca solo la parete della cucina».

«Allora io vado?». È una domanda?

«Certo. Grazie per il pranzo».

«Grazie per l'appartamento».

Si infila le ballerine, ai piedi del letto, e se ne va.

Ricado con la testa sul materasso, mi porto le mani al viso. «Che cazzo!».

Quando sono certo che non tornerà, che l'unica cosa che farò oggi pomeriggio sarà finire di imbiancare questo fottuto appartamento, mi alzo in piedi e recupero il cellulare.

Mando prima un messaggio a Bird, poi uno a Rob. Riprendo il rullo in mano e cerco in tutti i modi di levarmi dalla testa l'immagine di Cybil che me lo divora e gode nel farlo.

LUCAS: BILIARDO E BIRRA, STASERA. CI STAI?

LUCAS: STAVOLTA TI UCCIDO!

cybil

«E sci vestita così?».

Guardo i vestiti che indosso, prima di incrociare lo sguardo di Lucas nello specchio del bagno. «Cos'hanno i miei pantaloni che non va?».

Porto un paio di jeans di Cavalli strappati sulle ginocchia, abbelliti da una striscia laterale di *glitter* rosa.

«Mi riferivo alla maglietta. Anche se dubito si possa definire così».

«Non è una maglietta, è un top. La maglietta ci va sopra», specifico.

Sul suo viso passa un sospiro di sollievo. Davvero credeva che sarei uscita così? Okay, immagino che ci siano ragazze in questa città che troverebbero il coraggio per sfoggiare questa specie di reggiseno di pizzo mascherato da top in qualche locale *underground*, ma io non ho abbastanza seno per potermelo permettere.

Mi avvicino con il viso allo specchio e finisco di applicare la matita nera intorno agli occhi.

«E ti trucchi così? Dov'è questa festa?».

«Mi stai facendo una scenata di gelosia?», domando, come se non fossi turbata dalle sue attenzioni, come se fosse normale, per noi, chiacchierare in bagno intenti a prepararci per uscire. Ognuno per i fatti suoi, si intende.

«La fai sembrare una cosa strana».

«Lo è. Ecco, mi hai fatto sbagliare, ora dovrò ricominciare». Recupero un cotton fioc e lo imbevo di struccante.

«Insomma? Questa festa?».

«È in una delle confraternite della Columbia. Pike, mi sembra. Conosci?».

«No», ribatte, lapidario.

Lucas si sistema accanto a me, lo specchio è abbastanza ampio affinché possiamo starci dentro in tre, ma lui rimane comunque appiccicato alla sottoscritta. Mi molla una gomitata mentre si sistema i capelli con il gel e mi vola la matita dalle mani, finendo a terra accanto al piatto doccia.

«Sei serio?».

«Scusa», dice ma non lo pensa, e nemmeno si preoccupa di recuperarla da terra. Alzo gli occhi al cielo e quando torno davanti allo specchio lui si è messo proprio in centro.

«Sei infantile», lo accuso.

«Hai occupato il bagno per più di un'ora. Cosa cavolo fai sotto la doccia?».

«Devo tenere in posa la maschera per i capelli almeno mezz'ora», mi giustifico. «E abbiamo due bagni».

«Già, ma questo è il mio».

«Si può sapere perché sei così di cattivo umore?».

Lucas mi rivolge un'occhiataccia. «Non lo sono».

«Sì, lo sei. E stai mettendo di cattivo umore anche me». Mi slego i capelli e li riavvio con le dita. «Sciolti o legati?», gli domando, distratta.

«Fa lo stesso».

«Vabbè, vado via, perché hai la luna storta e non ti sopporto quando fai lo stronzo per il solo gusto di innervosirmi».

Lucas non reagisce al mio insulto, continua a massacrare lo stesso filo di capelli portandolo prima a destra, poi a sinistra, all'infinito. Esco dal bagno e mi rifugio nella mia minuscola stanza. Stamattina, mentre parlavo con Rob in cucina, Lucas ha portato le mie valigie qui dentro e ha spostato la scrivania così che potessi aprire il divano-letto.

Quindi stasera dormo qua. La frustrazione mi stritola lo stomaco. I pensieri partono per la tangente e mi immagino di rientrare a casa, stendermi sul minuscolo letto e ascoltare in silenzio l'ennesima prodezza sessuale di Lucas, nella stanza accanto.

Continua a dirmi che sono io quella che scappa, ma ancora una volta, oggi pomeriggio, è stato lui a lasciarmi andare. Io mi sono offerta, lui ha preferito il pollo alle mandorle.

Non so nemmeno perché me ne stupisca, perché io ci rimanga male.

Eppure succede di nuovo: gli permetto di rovinarmi l'umore, di lasciarmi un buco nello stomaco.

Mi infilo una maglietta dalla scollatura così profonda che alla fine il reggiseno si vede comunque. È avvitata, quasi trasparente.

Quando oggi pomeriggio, davanti al mio nuovo letto, gli ho detto che sarei uscita ha fatto una faccia strana, ma è tornato subito il Lucas di sempre: indifferente. Io avevo un pacco di preservativi da dodici nel sacchetto con il suo pranzo e lui è rimasto indifferente.

Stasera è l'ultima sera in questo appartamento e stiamo entrambi uscendo, ma con altre persone. Da domani non lo rivedrò più, non come l'ho visto in questo ultimo mese. Non litigherò più con lui sulla lunghezza delle mie docce, non me lo troverò più a petto nudo in cucina, non aspetterò più sveglia di sentirlo rientrare, pregando che sia da solo.

Finisce qua, punto e basta.

Passa davanti alla mia stanza per rientrare nella sua e si ferma sotto la cornice della porta. «Tanto valeva non metterla affatto», commenta, gli occhi fissi sul mio seno.

Lo ignoro, prendo una catenina d'oro bianco dal portagioielli e gliela mostro. «Mi aiuti?».

Esita, mi guarda sospettoso, come se gli avessi chiesto di diventare il mio complice nella rapina dell'anno, poi fa un passo avanti ed entra nello studio. Gli do la schiena, mi scosto i capelli, lascio il collo scoperto.

Le sue labbra si posano delicate sul mio tatuaggio, lo lecca con la punta della lingua e mi fa partire un brivido lungo la schiena. Resto immobile e, nonostante il mio intento fosse proprio quello di portarlo a un soffio dal mio corpo, rimango comunque di stucco quando mi ritrovo la sua bocca addosso.

Trattengo il gemito, deglutisco a vuoto. Lucas mi allaccia la catenina, rimane dietro di me. Le sue mani, adesso, mi circondano la vita, io smetto di respirare.

«Non farò tardi nemmeno io», sussurra contro il mio orecchio. Poi se ne va in camera sua.

Recupero la mia borsetta, controllo di averci messo dentro i documenti e soldi contanti per il taxi, e scendo le scale divorando i gradini.

«Vado!», urlo prima di richiudermi la porta d'ingresso alle spalle. Non aspetto la sua risposta, raggiungo il marciapiede il più velocemente possibile.

Fermo un taxi, comunico l'indirizzo e faccio partire una chiamata per Diane.

«Sono in macchina. Sei pronta?».

«Trenta secondi, giuro».

«Di-Di, non farmi aspettare venti minuti sotto casa tua. Sarò lì fra dieci».

«Promesso!», riattacca e io mi metto comoda, chiudo anche gli occhi. *Something worth saving* di Gavin DeGraw fa da colonna sonora a questo breve viaggio da Soho a Chinatown. E Lucas fa da contorno a ogni nota.

Con gli occhi ancora chiusi, gioco con il cellulare, me lo rigiro fra le mani. Ha detto che sarebbe uscito con Bird, per una partita a biliardo e qualche birra. Probabilmente, nel linguaggio segreto di Lucas Henderson, Bird sta per "sventola senza nome", biliardo per "superficie piana dove sbattermi Sventola Senza Nome" e birra... boh, birra forse sta semplicemente per birra.

Scuoto la testa. Sono ridicola, e troppo insicura. Insicura di lui, di me, di tutto. Così terrorizzata al pensiero di lasciarci il cuore che a stento riesco ad ammettere a me stessa che quello gliel'ho regalato tanto tempo fa.

Non so neanche perché ci stia così di schifo. Cos'ha Lucas che non posso trovare in qualsiasi altro ragazzo? Okay, mi fa battere il cuore a un ritmo incessante ogni volta che me lo trovo davanti, e va bene, è esageratamente bello. Poi?

È arrogante, e presuntuoso. È una contraddizione vivente. Vive alla giornata, non gli interessa di niente. Ed è infantile, Dio, quanto è infantile!

E poi mi guarda come se volesse mangiarmi, come se solo lui potesse farlo, come se sapesse di avere il controllo indiscusso sui miei desideri più torbidi. È come se sapesse che dopo di lui c'è stata solo una serie di appuntamenti disgraziati, come li chiama Rob. Ragazzi che hanno tentato in tutti i modi di entrare nelle mie grazie, che quando hanno provato a toccarmi mi hanno fatto chiudere a riccio.

Rob si sbaglia: con Tyle, il ragazzo che mi presentò i suoi genitori al terzo appuntamento, ci sono stata a letto. Ed è stato penoso. Il modo in cui mi toccava mi faceva diventare insofferente. Gli ho permesso di infilarsi nel mio letto al dormitorio solo per dimostrare a me stessa che stavo esagerando, che Lucas Henderson non mi aveva stregata al punto da rovinare per sempre la mia sanità mentale.

Ho perso la scommessa, Lucas ha fatto proprio questo: mi ha rovinato per sempre la possibilità di innamorarmi di chiunque altro.

Morirò sola, mi presenterò al cinquantesimo compleanno dei gemelli Henderson vestita come Tory e dovrò assistere a Robert felice con la sua mogliettina tutta sorrisi – pargoli al seguito – e a Lucas, sottobraccio a una ventenne che, nonostante l'età, sfigurerà accanto a lui.

La portiera si spalanca e io balzo in aria.

«Cristo! Mi hai spaventata!».

«Stavi dormendo?».

No, sarebbe stato meglio, però. Non le dico che stavo rimuginando su Lucas, che la mia testa malata mi stava mostrando i prossimi trent'anni in trenta secondi.

«Ti sei messa il vestito che ti ho regalato», noto.

«E mi sta divinamente, tante grazie!».

«Conosciamo qualcuno a questa festa?».

«Tutti!», ribatte lei, come se fosse ovvio.

Poggio di nuovo la testa contro lo schienale, guardo fuori dal finestrino. «L'1B è pronto. È arrivato anche il letto e Lucas ha imbiancato tutto. Domani mi trasferisco».

«Non sembri contenta», dice distratta mentre scrive un messaggio.

«Lo sono. È stato un mese infinito. Ho bisogno di rimettermi in riga, di andare a dormire a un orario decente, di studiare. Sono indietro con tutto», mi lamento.

Diane mette via il cellulare, mi guarda, ma io non ricambio. «Sei triste».

«Un po'», confesso, anche se mi sforzo di sorridere. «Insomma, sei uscita con Max?».

Cambio discorso e funziona, perché Diane si lancia in un racconto dettagliato su come Max le ha dato buca due volte e, quando ha provato a invitarla fuori una terza volta, è stata lei a dirgli di no.

Mi sforzo di ascoltarla, di sgombrare la mente, ma l'unica cosa alla quale riesco a pensare è che stasera, quando tornerò a casa, Lucas sarà in camera sua, possibilmente ubriaco, a divertirsi un mondo fra le sue lenzuola con la prima ragazza consenziente. È una prospettiva che mi distrugge da dentro, che mi fa mancare il respiro.

Arriviamo davanti all'ingresso della confraternita Pike e mi ritrovo schiacciata come una sardina fra studenti che sgomitano per entrare.

«Siamo in lista!», urla Diane per sovrastare il vociare insistente. «Vieni».

Mi afferra per un braccio e, a gomitate, mi costringe ad avanzare. Dice i nostri nomi, ci fanno passare, ci chiedono se vogliamo lasciare le giacche all'ingresso. Io mi tengo stretta la mia giacca di pelle, Diane si libera dello spolverino.

Intorno a noi la gente si diverte, balla, beve. Su una pedana sospesa a circa un metro da terra, in fondo alla sala, due dj stanno cambiando dischi, fumano fregandosene dei cartelli di divieto, sono concentratissimi.

Drunk in Love di Beyoncé e Jay Z si fonde con un brano che non conosco e cerco di lasciarmi contagiare dal ritmo incalzante. Diane, che mi tiene ancora per mano, raggiunge un gruppo di ragazzi e ne riconosco alcuni che frequentano la *Stern*. Uno di loro, in particolare, non la smette di fissarmi. Dà di gomito al suo amico, faccio finta di non averlo notato e riprendo a guardarmi intorno. Le confraternite della NYU non sono così chic, non se la passano male quelli della Columbia. Mi ritrovo con un bicchiere in mano e Diane mi fa l'occhiolino, quasi a dirmi che posso stare tranquilla. Ne assaggio un sorso, sa di menta e qualcosa che mi pizzica la lingua. Persino l'alcol è decente.

Il ragazzo che mi stava fissando adesso mi è davanti.

«Ciao. Cybil, giusto?».

Annuisco, mi porto la cannuccia alle labbra e butto giù un sorso di questo intruglio improbabile ma delizioso. «Non ricordo il tuo nome», gli dico.

«Alex».

Alex è carino. Niente di eccezionale ma carino.

«Balli?».

Ballo? Bella domanda. Sì, al diavolo, ballo.

«Dopo di te», gli dico. Passo il bicchiere a Diane e lei mi rifila un'occhiata compiaciuta.

D'altronde, se Lucas può portarsi a letto chiunque, io posso ballare con Alex il ragazzo carino della *Stern*, a una festa della Columbia.

Non sto facendo niente di male, giusto? Poi, però, le sue mani mi circondano la vita ed eccolo là il primo campanello d'allarme, il fastidio alla bocca dello stomaco.

Lo posso gestire. Basterà sorridere ad Alex e andrà tutto bene. Solo che la sua presa si intensifica, le sue mani scendono di qualche centimetro, mi sfiorano il sedere. Il fastidio diventa nausea; la sua bocca che cerca la mia un malessere fisico.

Chi cazzo cerca di baciarti a una festa dopo tre secondi che ti conosce?

Lucas… Lucas lo farebbe.

Mi volto in tempo e le labbra di Alex finiscono sulla mia guancia. Lo sposto delicatamente in avanti, metto una distanza accettabile fra noi.

«Troppo diretto?», urla, ridacchiando.

Sto per mentirgli, per dirgli che ho un ragazzo, poi mi ricordo che non sono una ragazzina, se non voglio essere baciata, non lo farà e basta. Non devo giustificarmi, non ho bisogno di accampare scuse. «Sì», ribatto seccata.

Alex, se ci rimane male, rimane stoico di fronte al mio rifiuto. Gli concedo il resto della canzone, poi gli dico che voglio tornare da Diane. Lui non protesta, è chiaro che ho appena rovinato il momento. Torniamo dal nostro gruppo, lui si va a sistemare accanto al suo amico, gli dice qualcosa all'orecchio che lo fa ridere e io muoio dalla voglia di tirargli un bicchiere in faccia.

Uomini, tutti uguali. Non sanno accettare un rifiuto per quello che è, devono accampare scuse, giustificarsi, magari facendo passare te per una cretina. E Alex lo sta facendo. Continua a ridere di me con il suo amico, che non la smette più di sbirciarmi da sotto le lunghe ciglia scure e ridacchia alle battute di Alex.

Mi spazientisco in tempo zero. Mi riprendo il mio bicchiere e poggio la spalla contro il muro. Diane è accanto a me, sta chiacchierando con una ragazza con la quale ho frequentato un paio di lezioni il primo anno di università. Due divanetti più giù incrocio lo sguardo di Keira e Marianne, le mie ex amiche del dormitorio. Quelle che, lo scorso marzo, si sono offese a morte con me per aver rifiutato un paio di inviti e non mi hanno mai più cercata. Le becco a fissarmi, sollevo il bicchiere nella loro direzione. In risposta ottengo una ghigno che sa di presa per il culo.

Non mi sento me stessa, stasera. Sono qui e non vorrei esserci. Recupero il cellulare dalla borsetta e ci rimango male nel constatare che non ci sono messaggi, da parte di nessuno. Da parte di *lui*.

Per una frazione di secondo penso di scrivergli, di chiedergli cosa sta facendo, se si sta divertendo. Rimetto via il telefono, la parte della patetica magari stasera me la risparmio.

Diane cerca in tutti i modi di farmi partecipare alla conversazione con la sua amica, ne escono tre parole in croce da parte mia: un "certo", un "benissimo" e infine un "già". Ormai rassegnata all'idea che mi toccherà rimanere qua tutta la sera ad annoiarmi a morte, mi guardo intorno distratta. Fisso la folla, studio i loro movimenti rallentati sotto le luci stroboscopiche e poi lo vedo.

O forse me lo sono solo sognato.

L'effetto della luce che va e viene mi manda in confusione. Un secondo prima vedo Lucas, quello dopo è sparito.

Che cazzo c'era dentro quel bicchiere? Il solo pensiero mi fa accelerare il battito del cuore. Mi hanno drogata?

E poi lo vedo di nuovo, più vicino.

Sì, mi hanno drogata per forza, perché Lucas Henderson non può essere qua.

Non può essere qua, giusto?

Mi sposto da una parte all'altra, lo cerco ovunque. Adesso è sulla mia destra, accanto a Bird. Okay, posso impazzire al punto di vedere Lucas ovunque, ma Bird? No, lui è qui per forza.

Lucas sta parlando con una ragazza, ma guarda me. Si avvicina al suo orecchio, continua a guardare me. Poi fa un passo in avanti, la lascia lì. Ne fa un altro, si infila le mani nelle tasche posteriori dei jeans e mi sorride.

Butto la cannuccia a terra, mi attacco al bordo del bicchiere e mando giù finché non rimane niente.

Chiudo un secondo gli occhi, li riapro e... porca miseria, è ancora qua! Mi fa cenno con la testa di seguirlo, il cuore precipita nello stomaco; lo stomaco, al contrario, mi arriva in gola.

«Torno subito», dico a Diane, ma non sono sicura mi abbia sentita. Poso il bicchiere sul primo piano che trovo e avanzo a passi incerti verso Lucas. Lui è fermo immobile, mi sta aspettando.

Come quella sera di tanto tempo fa, mi guarda e non mi leva gli occhi di dosso. Sorride a mezza bocca, aspetta che lo raggiunga. Come quella sera, allunga una mano e mi trascina via dalla festa, dai corpi sudati che ballano, dall'odore stantio di alcol e troppi profumi mescolati insieme.

Non ci diciamo niente, imbocchiamo il corridoio e lui inizia ad aprire porte a caso. Sono tutte chiuse a chiave, tranne l'ultima.

Non sembra uno sgabuzzino delle scope, forse solo un vecchio ripostiglio polveroso. Cerca l'interruttore al buio, andando a tentoni. Sono io ad accorgermi del filo che penzola al centro del soffitto. Tiro la corda e una lampadina minuscola si illumina.

Vorrei chiedergli cosa diavolo ci fa qui, come ha fatto a entrare visto che c'è una lista all'entrata, invece gli salto al collo. Non aspetto nemmeno che abbia chiuso la porta che sono già avvinghiata al suo corpo bellissimo.

Lucas mi fa camminare all'indietro finché la mia schiena non va a posarsi contro un muro. Ci baciamo come se fosse la prima volta, come se fosse un sapore tutto nuovo.

«Aspetta», mugugna, bocca contro bocca.

«Che ci fai qua?», domando senza fiato. Ho l'impressione che dopo stasera non tornerò più a respirare come prima.

«Cambio il finale», dice e faccio fatica a stargli dietro. I suoi occhi mi raccontano una storia che non conosco, mi scavano dentro.

«Cosa significa?».

«Ogni volta che ripenso a quella sera, so che farei tutto allo stesso modo», la sua voce è un soffio, più roca del solito, ed è solo per me. «Ti scosterei i capelli, ti bacerei proprio qua». Mi costringe ad abbassare il collo, a spostare la testa di lato, posa le labbra sul mio tatuaggio. «Ti abbasserei la zip del vestito, rimarrei a fissarti la schiena per qualche secondo. Penserei di nuovo che sei la donna più bella che abbia mai visto, ti bacerei, ti toccherei, ti scoperei esattamente come quella sera: su una pila di scatole traballanti. La fantasia rimane sempre la stessa, ma non è mai paragonabile alla realtà».

Non so come, ma mi ritrovo seduta su quella che sembra una vecchia scrivania di legno massiccio. Il rumore dei jeans che ci strusciano sopra copre quello della musica che proviene da fuori, per un attimo copre anche il respiro trafelato che mi fa formicolare il petto.

«E allora cosa cambieresti?».

«Te l'ho detto, il finale». Mi sorride, mi fa diventare gelatina. «Tornassi indietro, dopo il sesso spettacolare, dopo essere morto dentro di te, ti impedirei di scappare. Non ti direi mai che è bastata un'occhiata per farmi perdere la testa, o che dal momento che ho incrociato il tuo cammino ho pensato: "È lei! Cazzo, è *lei*!"». Mi regala un bacio umido, intimo. Un incontro di labbra e desiderio. Mi accarezza il viso, mi guarda dritto negli occhi. «Ti direi semplicemente: "Piacere, Lucas"».

Mi si inumidiscono gli occhi, i suoi bellissimi lineamenti diventano sfocati, stavolta ci perdo il cuore.

«E tu mi diresti: "Piacere, Cybil". Io farei una cazzata, mi allontanerei di scatto, rimarrei una manciata di secondi a contemplare il vuoto. Tu inclineresti la testa di lato, lo fai sempre. Mi rivolgeresti una di quelle tue occhiate che mi fanno sempre vacillare, non mi chiederesti se va tutto bene. Sono certo che ti rivestiresti alla velocità della luce. Ma ti impedirei di uscire dallo sgabuzzino. Ti direi qualcosa tipo: "Cybil? Conosci un certo Robert?". I tuoi occhi si spalancherebbero e io mi farei prendere dal panico perché… quante possibilità c'erano al mondo che tu fossi proprio *tu*? Che fossi la *sua* Cybil, quando io vorrei che fossi solo mia?».

Mi porto una mano sul cuore. Ha ragione lui, stasera possiamo cambiare il finale, così smetto di combattere, lascio che ridefinisca i contorni di questa storia, che regali a entrambi il lieto fine.

«Una. Al massimo due», sussurro.

«Esatto. Allora mi schiarirei la voce, ti guarderei dritto negli occhi e sono sicuro, al mille per mille, che me ne uscirei con qualcosa tipo: "Okay, Cybil, non farti prendere dal panico, ma io e te abbiamo un problema. Non mille, solo uno: io e Robert siamo gemelli. Lo so, è assurdo. E lui è pazzo di te, ma io di più. Lui parla di te da mesi, io ti aspetto da sempre. Io ero già innamorato di te prima ancora di incontrarti. Quindi non c'è storia. Non ci saranno scontri, non ci butteremo addosso valanghe di insulti, usciremo da questa stanza mano nella mano e passeremo i prossimi due anni e mezzo a fare l'amore. E poi i due e mezzo successivi, poi lo moltiplicheremo per cinque, per dieci, fino alla fine. Ci stai, Cybil?"».

Mi scappa una lacrima dagli occhi, l'asciuga lui prima che possa farlo io. «Mi ami?».

Lucas si morde il labbro superiore, sporge all'infuori quello inferiore. Non sembra neanche lui in questo momento. Così pacato, così in pace con il mondo. «Abbastanza», conferma.

«Il tuo finale mi piace». Gli circondo il collo con le braccia, me lo trascino addosso. «Il tuo finale sembra troppo bello per essere vero».

«Beh, sono solo due anni che ci rimugino sopra. Ne ho studiato ogni minuscolo dettaglio, ho la risposta pronta a ogni possibile obiezione o domanda. Io e te, quella sera, dovevamo finire insieme».

«Ma abbiamo due caratteri impossibili», finisco la frase al posto suo.

«Perché tu sei troppo orgogliosa e io permaloso fino all'inverosimile».

«E adesso che facciamo?».

«Andiamo a casa. Insieme». Le sue labbra trovano di nuovo le mie, il suo corpo slanciato si appiattisce contro il mio, diventa uno scudo dietro al quale mi proteggo. «E lo facciamo su uno stramaledetto letto! E se qualcuno proverà a interromperci, commetterò un omicidio!».

Tornare a Soho ancora vestita si rivela un'impresa titanica. Le mani di Lucas mi finiscono ovunque e più di una volta devo schiaffeggiarlo – forte – per farlo smettere.

Ma quando ci chiudiamo alle spalle il pesante portone del palazzo, credo che mi strapperà i vestiti di dosso. Saliamo tutti e cinque i piani baciandoci, inciampando a ogni gradino, ridendo in modo sguaiato, ignorando i rumori che provengono da dietro le porte chiuse degli altri appartamenti.

Ci mettiamo un secolo ad aprire la porta di casa, io sono già in reggiseno, lui ha i jeans e la camicia sbottonati.

Chiude la porta, mi ci ferma contro, la schiena contro il suo petto, la fronte contro il legno duro. Con un gesto animalesco si avvolge i miei capelli intorno al polso, me li scosta dalla nuca, si accanisce sul tatuaggio.

Il *suo* tatuaggio.

«Mi fa impazzire questa scritta. Mi fa impazzire il modo in cui inarchi il culo verso di me quando ti bacio proprio qui», ansima.

«La prima volta che mi hai baciato... l'hai fatto lì», confesso, a corto di ossigeno.

Lucas smette di martoriarmi la pelle del collo, la sua mano, al contrario, si insinua dentro i miei jeans, implacabile, supera la barriera del perizoma, mi tocca tutta, mi spinge le dita dentro la carne umida.

«Quando cazzo lo hai fatto?».

Il movimento ritmico e sensuale delle sue dita mi fa perdere l'equilibrio. «Due giorni dopo...», boccheggio. «Due giorni dopo la festa».

Cerca le mie labbra, le trova, si lascia sfuggire un rantolo di pura impazienza, come se baciarmi in questo modo selvaggio non bastasse. Come se a gesti non riuscisse a farmi capire fino in fondo cosa prova. «Perché?».

Provo a placare la sofferenza nella sua voce con le labbra, con la lingua, con la mia mano che scivola fra i nostri corpi e supera l'elastico dei boxer per prenderglielo in mano. Ma neanche questo gli basta.

«Perché non facevo altro che pensare a te».

La verità, a volte, è l'unica cosa che ti può salvare. E dirla mi fa sentire leggera, ammettere che c'è sempre stato lui dentro di me mi libera da mille catene che non sapevo di essermi attorcigliata intorno al corpo.

Lucas trattiene il fiato per un secondo, mi spinge ancora di più contro la porta, slaccia il reggiseno. Libera entrambi dai nostri vestiti, lasciandoci nudi dalla vita in giù. Scarta un preservativo, lo indossa, si immobilizza dietro di me.

«Cazzo, Cybil. Guardami». Giro la testa, ho il fiato corto. Lui si lascia andare a un lungo sospiro, come se avesse trattenuto l'aria per tutta la vita e ora potesse finalmente svuotare i polmoni. I nostri sguardi si incatenano, rimangono lì, sospesi fra mille parole invisibili e un sentimento impossibile da ignorare oltre.

«Mi sa che non ci arriviamo al letto», ironizzo. Lucas mi regala quel suo mezzo sorriso storto, mi bacia piano, gioca con la mia lingua, mi scivola dentro.

Diventiamo un unico corpo. Un corpo bellissimo che si muove a un ritmo esasperante, troppo veloce, troppo intenso, perfetto.

Poggio entrambe le mani contro la porta, lascio che mi afferri dai fianchi, che conduca il gioco. E lui sa come prendermi, come farmi sciogliere di piacere. Dietro di me, dentro di me, mi riporta in quello stanzino dal quale le inibizioni rimangono fuori, dove c'è spazio solo per noi due, dove io mi sento libera di lasciarmi andare completamente. Solo con lui.

Le sue labbra si piazzano di nuovo su quella minuscola scritta, non la abbandonano mai.

Al sicuro nel suo appartamento, circondati dai nostri odori che si rincorrono e dai lamenti insaziabili, fa l'amore con me, ma soprattutto con il tatuaggio che ho fatto per lui.

lucas

Un temporale impossibile si è abbattuto sulla città. La pioggia sferza con violenza i vetri della porta-finestra e una serie di lampi, a cadenza regolare, rischiara la mia camera da letto. E quando lo fa io trattengo il fiato, perché mi mostra una Cybil nuda e bellissima, addormentata fra le mie lenzuola. Mi siedo sul letto e poggio la schiena contro la testiera. Una versione che non riconosco di *The Sound of Silence* culla il respiro di Cybil.

È uno spettacolo. Nel mio letto, lo è mille volte di più.

Vorrei alzarmi, fare una doccia, fumare una sigaretta, ma ho una paura fottuta di allontanarmi da lei, di rientrare in stanza e non trovarla qui, al suo posto: accanto a me.

Il ricordo di quello che abbiamo fatto al piano di sotto e poi in questa stanza, la passione che ci ha messo, me lo fanno diventare di nuovo duro. Il viaggio in taxi dalla Columbia a casa è stato infinito, io che provavo a toccarla, lei che mi scansava per non rischiare di essere scoperti dall'autista. Solo quando siamo entrati nell'appartamento mi ha permesso di metterle le mani addosso come stavo sognando da anni.

Non ci siamo mai arrivati al letto, ci siamo fermati all'ingresso. E prenderla così, in piedi, da dietro, è stato perverso. Inevitabile.

Lei è inevitabile, perché riesce a trasformare il sesso in qualcosa che va oltre la bellezza di corpi nudi e il piacere che sprigionano. Lei riesce a fare l'amore anche quando sembra che l'amore non c'entri niente.

La bacio su una guancia, vorrei svegliarla, ricominciare da capo per la terza volta. Vorrei che sentisse il mio cuore in questo momento. La voglia pazza che ho di lei, spiegarle a parole quello che ho provato entrando dentro di lei dopo due anni e mezzo di attesa. Di quanto abbia cercato quell'alchimia spontanea in tutte le donne che sono venute dopo di lei, di come abbia fallito miseramente nell'impresa. Del suo sguardo lussurioso che morivo dalla voglia di rivedere. Le confesserei che pensavo di averla idealizzata, uno stupido ricordo distorto nella mia mente, giustificato dal fatto che sapevo di non poterla più avere, e invece mi ritrovo in questo letto, con un'erezione persistente e la smania di sentirla di nuovo calda e stretta sopra di me. Di prenderla in tutti i modi che conosco, di inventarne di nuovi solo per lei.

Il rumore di una porta che si apre, al piano di sotto, mi fa balzare giù dal letto. Mi infilo un paio di boxer e afferro la mazza da baseball che tengo nascosta nella cabina armadio.

Il rumore soffocato di passi sul parquet mi fa schizzare il cuore in gola. Mi avvicino con cautela alla ringhiera, sbircio di sotto e quasi mi prende un colpo quando vedo un corpo aggirarsi in cucina.

Poi la luce si accende e mi ritrovo quello stronzo di mio fratello che barcolla fra la penisola e il frigorifero.

«Cristo!», strepito e Rob balza in aria, quasi cade a terra dallo spavento. «Ma sei scemo? Entri in casa come un ladro?».

Robert alza lo sguardo di qualche centimetro, rivelando un occhio tumefatto che sta iniziando ad annerirsi. È fradicio dalla testa ai piedi e il giubbotto è strappato.

Mi precipito giù e lo afferro prima che si accasci sul pavimento.

«Oh! *Che cazzo è successo?*».

Mio fratello è sporco di sangue, tiene un pugno dentro l'altro, e perdo la testa.

«Tory... scopa con un altro», farfuglia.

«Ma che dici?».

«Scopa con un altro. Con il suo ex».

Lo aiuto a raggiungere il divano, puzza di alcol e vomito.

Rob si tiene la testa, ondeggia da quanto è sbronzo. Mi tremano le mani, non so cosa fare. L'istinto di protezione che nutro per lui mi fa ribollire il sangue nelle vene, mi fa venir voglia di uscire da questo appartamento, scalzo e in mutande, per cercare lei, cercare lui e dargliene tante, fino a cambiargli i connotati.

Stende le mani, ha le nocche della destra insanguinate e gonfie.

«Ti prendo il ghiaccio». Mi vibra la voce, mi sento debole sulle ginocchia. Recupero una bottiglia d'acqua, due buste di ghiaccio istantaneo dal mobiletto delle medicine e inzuppo un canovaccio di acqua fredda per aiutarlo a ripulirsi dal sangue. «Hai guidato in queste condizioni?». Avvampo.

«No, fino a quando non sono tornato in città ero okay».

«E dove cazzo sei stato?»

«Sul pianerottolo. Ho comprato una bottiglia di whiskey all'emporio cinese e volevo entrare in casa, ma stavate facendo un casino assurdo. Non potevo...».

Cosa, interromperci? Che cazzo gli viene in mente!

«Sei un coglione. Dovevi entrare subito».

Rob fa spallucce. «No, non potevo. Non stasera», sbiascica. «Perché... beh, sei con Cybil e io...». Scuote forte la testa.

Il suo sguardo mi annienta, mi fa partire una serie di film dell'orrore in testa. «Rob».

«Va tutto bene».

«Non prendermi per il culo! Che c'entra Cybil?».

«Niente», si affretta a dire. Prova a sorridermi, quel tanto che gli permette il labbro spaccato. Si porta una delle due buste sull'occhio viola, fa cadere la testa all'indietro e sospira. Io, al contrario, trattengo il fiato. «Avevo solo bisogno di lei, e non è giusto. Tutto qua».

Come se fosse stata evocata dallo Spirito Santo, Cybil scende le scale e i suoi passi rimbombano nel silenzio assoluto di questo appartamento.

«Robby?», lo richiama. Ci raggiunge correndo, la mia maglietta dei Miami Dolphins non la copre abbastanza. Le sue gambe nude mi sfrecciano davanti, si inginocchia davanti a mio fratello. «Robby, che hai fatto?». Vede il sangue e gli occhi le si riempiono di lacrime.

«Ehi, nanerottola. Va tutto bene. Sì, a parte il fatto che Tory è una grandissima stronza». Si sforza di ridacchiare.

Lei si siede sul divano, mi fa scansare. Scosta il ghiaccio dall'occhio e trattiene un singhiozzo. «Chi ti ha ridotto così?».

«Il suo ex. Con il quale scopa, a quanto pare. Si è presentato alla sua casa al mare, non è finita bene».

«Figlio di puttana», mi sento dire.

«Quanto hai bevuto?». Cybil storce il naso, non le sfuggono la maglietta sporca di vomito, il giubbotto strappato, il tanfo rancido. «Ti porto a fare una doccia».

Si comporta come se non ci fossi, come se fosse un suo dovere occuparsi di Rob. E mi fa ingelosire. Per l'ennesima volta mi sento escluso, messo da parte. E se fossi un pochino più lucido, mi renderei conto che si sta solo comportando da amica fedele, che vuole aiutarlo, invece ripiombo nelle mie paure, in quella strana sensazione di non essere mai abbastanza per lei. In confronto a lui, perdo sempre.

«Mi viene da vomitare», sbiascica mio fratello.

«Aiutami ad alzarlo», mi implora Cybil. E lo faccio, metto da parte il malessere alla bocca dello stomaco, quella fitta atroce che non riesco a gestire, e tiro su mio fratello dalle ascelle.

Cybil mi è dietro, mi aiuta a stenderlo sul letto. Rob è fuori di testa, alterna risatine fuori luogo a lunghi silenzi e sguardi persi nel vuoto.

Cybil lo spoglia con amore, gli slaccia le scarpe da ginnastica, le sistema ordinatamente ai piedi del letto. Poi procede con il giubbino ormai da buttare, con la camicia, i pantaloni. E io li guardo. Osservo mio fratello che si perde nei suoi occhi, che riemerge solo sotto il suo tocco, e studio lei, che nemmeno per un secondo si fa problemi a svestirlo.

«Preparagli una camomilla calda», ordina.

Aiuta Rob a sedersi sul letto, lo convince ad alzarsi e lo trascina in bagno. Io rimango immobile mentre loro spariscono, abbracciati, oltre la porta. E Cybil se la richiude alle spalle.

L'acqua ci mette una vita a bollire e non ho idea di dove siano le bustine di tisana. Ne trovo una sgualcita in fondo a uno dei pensili e la infilo nella tazza. Quando torno in camera da letto, il rumore della doccia sovrasta ogni altro suono. Poso la tazza fumante sul comodino di Rob ed esito prima di entrare. Perché ho una paura fottuta di quello che mi troverò davanti. Di loro due, insieme.

Ed è un pensiero assurdo. Cybil è solo mia. O almeno lo era fino a mezz'ora fa, nuda fra le mie lenzuola, con me dentro di lei, con le mie mani addosso mentre ripeteva all'infinito il mio nome.

Ho ancora il suo odore fra le dita, la sensazione dei suoi capelli sul petto.

E mio fratello sta male, ha scoperto che la sua ragazza lo tradisce, se le merita le attenzioni di Cybil. Se le merita più di me, che sono qui a comportarmi come un ragazzino viziato che non vuole condividere il suo giocattolo.

Solo che Cybil non è un giocattolo. Lei è *"Lei."*!

Entro in bagno senza bussare e me ne pento subito. Rob è nudo, seduto nella vasca, e Cybil lo sta lavando. Lo aiuta a insaponarsi, risciacqua lo shampoo dalla testa, lo accarezza con una spugna gialla.

«Va un pochino meglio». Non so con chi stia parlando, se stia cercando di rassicurare me o lui. Una cosa è certa, non mi guarda mai.

«Lo aiuto io», dico con un tono aspro che a stento riesco a mascherare.

«Abbiamo fatto. Prenderesti il suo accappatoio?». Indica con il mento l'asciugamano blu appeso al muro. Mi sposto con cautela, non li perdo di vista. Rob tiene gli occhi chiusi, ha abbastanza pudore da coprirsi i genitali con le mani, anche se Cybil non sembra turbata dal fatto che sia nudo.

Non turbata come lo sono io, comunque.

Si sposta di lato e mi fa cenno di aiutare mio fratello. Quando Rob, a fatica, riesce ad alzarsi in piedi, lei si volta di schiena, poi esce dal bagno.

«Ti senti meglio?», domando.

Annuisce, fatica a tenere l'occhio sano aperto. L'altro è diventato un tutt'uno di pelle gonfia e violacea.

«Se lo trovo, lo ammazzo».

«Non ne vale la pena», sussurra. «Non valeva la pena nemmeno il primo pugno che gli ho mollato sul naso, o le urla di Tory alla vista di tutto quel sangue. Ci credi?», sospira. «Io coinvolto in una rissa».

«Non molto». Lo aiuto a infilarsi l'accappatoio. «Ce la fai?».

«Credo di sì».

Lo riporto in camera da letto, Cybil ha scostato le lenzuola e recuperato un paio di mutande pulite e una t-shirt. Io non so dove lui tenga la biancheria intima, lei sì…

Il fastidio diventa un pugno, la rabbia mi monta dentro e mi gioca brutti scherzi. Esploderò se non la porterò subito via di qua.

Aiuto Rob a vestirsi, ancora una volta Cybil ci dà le spalle. E già solo questo dovrebbe darmi la misura della sua lealtà nei miei confronti, farmi razionalizzare e rendere conto che abbiamo ruoli diversi nella sua vita.

Robert è il suo migliore amico.

Io sono di più. Io e lei, insieme, siamo molto di più.

Ma non sono mai stato bravo a razionalizzare. Il mio cervello troppe volte prende decisioni che non condivido, mi spinge a fare cazzate che poi fatico a sistemare. E lo faccio di nuovo, la allontano.

Quando entriamo in sala, mentre lei cerca di pulire la macchia di sangue dal divano, in silenzio, io mi preparo a esplodere.

Ma sono le sue parole che fanno detonare la bomba, è lei che mi dice "stasera dormo con lui" che mi fa perdere del tutto la ragione.

«Che cazzo vuol dire che dormi con lui?», le ringhio addosso, al punto da farla indietreggiare.

Si innervosisce, si impettisce, è pronta allo scontro tanto quanto lo sono io. «Ha bisogno di me. Non voglio lasciarlo da solo».

«No, *io* ho bisogno di te».

«Come cavolo fai a pensare al sesso in questo momento!». Non è una domanda, è l'ennesima accusa. È lei che non capisce un cazzo di me, di *noi*.

«Il sesso? Sei seria? Non voglio che tu dorma con lui. Anzi, tu *non* dormi con lui. Tu ora sali in camera da letto e rimani con me».

«Mi stai dando ordini?».

Mi mordo la lingua, ma non abbastanza. «Sì. Ti sto *ordinando* di tornare al piano di sopra e rimetterti a letto».

Cybil scuote la testa, delusa. «Non posso crederci. Ancora dubiti di me? Di lui?».

Dentro urlo un "no" così violento da sfondarmi lo sterno, fuori rimango impassibile. «Perché non dovrei? Cosa cazzo mi hai dimostrato, tu, finora?».

«Niente», risponde scoraggiata. «Io, a quanto pare, non ti dimostro mai niente. Vengo a letto con te, ma non basta. Torno a casa da te, ma neanche questo basta. Ti confesso che il tatuaggio che mi sono fatta dietro la nuca è dedicato a te, perché è stato il primo punto che hai baciato della mia pelle, ma neanche questo basta. Così non andiamo da nessuna parte. Io non so come dimostrarti quello che provo, non mi dai il tempo».

«Torna in camera da letto con me e io mi fiderò di te. Lascia perdere Rob una stramaledetta volta e scegli me», le dico tutto d'un fiato, con la gola che mi pizzica e le parole che faticano a uscire.

«Sei ingiusto, e scorretto. Metti sulla bilancia due cose che non c'entrano niente l'una con l'altra. Mi costringi a fare una scelta che non voglio». Abbassa lo sguardo sullo straccio macchiato di rosso che tiene in mano.

«Quindi?». Mi va a fuoco il petto. La sto perdendo di nuovo e non riesco a fermare gli eventi.

«Rob ha bisogno di me. Che tu lo capisca o no, io glielo devo».

«Cosa? Che gli rimbocchi le coperte? Che dormi con lui dopo essere stata a letto con me? Che gli tieni la fronte mentre vomita?».

«Come diavolo fai a essere così meschino?!», mi urla addosso. «Come ci riesci? Tu non sai niente di me e Rob. Lui c'era nel momento peggiore della mia vita. E tu dov'eri? A scoparti una ragazza dopo l'altra, ecco dove. A fregartene, a trattarmi di merda. A umiliarmi a ogni occasione. Invece lui era accanto a me, lui mi ha… protetta. E quando ho passato sei mesi a piangere, c'era lui accanto a me. Tory l'ha tradito, si è ridotto uno straccio, ha il viso tumefatto, quindi io vado da lui».

Le sue parole mi si piantano nel petto come un pugnale, che rigira mille volte finché non perdo del tutto il contatto con la realtà.

Ha ragione lei. E io la odio per questo.

«Mi sa che alla fine questo finale non possiamo proprio cambiarlo», sibila, seria.

Si allontana come una furia, non mi lascia il tempo di metabolizzare le sue parole, di dirle che ha ragione lei, che sono solo uno stupido egoista, innamorato perso e terrorizzato all'idea di perderla.

E invece lo faccio, la perdo un'altra volta.

Domenica mattina mi sveglio con un cerchio alla testa e la sensazione di aver dormito solo un paio d'ore. Quando scendo al piano di sotto, la prima cosa che noto è che Cybil se ne è andata di nuovo. Stavolta definitivamente.

Rob è sdraiato sul divano, si copre il viso con un braccio e dondola il piede oltre il bracciolo.

«Ehi, come va?».

Solleva appena la testa e rimango di sasso quando mi ritrovo davanti il suo occhio tumefatto. Non riesce ad aprirlo. Cristo, lo ha preso proprio bene. Il labbro, al contrario, sembrava messo peggio stanotte.

«Quel figlio di puttana», sibilo. Mi siedo sul tavolino da caffè di fronte al divano. «Si può sapere cos'è successo?».

«Ma che ne so!? Stavamo guardando un film, il cellulare di Tory ha iniziato a squillare senza sosta. Le ho chiesto chi fosse a tempestarla di chiamate e ha inventato una scusa. Era nervosa, non l'avevo mai vista così. Alla fine hanno bussato alla porta, lei è scoppiata a piangere e mi sono ritrovato in casa il suo ex. Ha iniziato a urlare contro di lei, e io l'ho pure difesa, quella stronza. Poi, non lo so, la situazione è sfuggita di mano, lui mi ha dato un pugno sull'occhio e io gli ho sfondato il naso. Cazzo!».

«Forse è il caso che lo denunci, nel caso faccia lo stesso anche lui».

«No, non serve. Tory se ne è andata con lui in ospedale, mi ha detto che lo stronzo ha raccontato ai medici di essere rimasto coinvolto in una rissa fuori da un bar». Robert sospira, si accarezza con la punta delle dita l'occhio gonfio, poi scuote la testa. «Come ho fatto a farmi fregare così? Io… Che coglione!».

Mi passo una mano sulla ricrescita della barba, stamattina non ho le forze per radermi. «Ti sei innamorato, tutto qua».

«Tutto qua? Cybil me lo ha detto in tutti i modi che era una stronza. E aveva ragione lei, avrei dovuto capirlo da come trattava la mia migliore amica che era una perdita di tempo, quella donna. Nemmeno a te andava a genio. Mi sono fatto fregare». Il tono avvilito che usa Rob mi provoca un buco allo stomaco.

«Come cazzo ci vai da mamma e papà, stasera?».

«Non ci vado». Solleva le braccia in aria. «Avrei dovuto portare Tory. È evidente che non succederà. Spero solo che il livido passi entro venerdì. Papà mi uccide se mi presento alla cena della NYU conciato così».

«Beh, fratellone, mettiti l'anima in pace, quel livido te lo porterai dietro per un mese!».

«Cazzo! Pensi che ci sia qualche possibilità che trasformino la cena in una festa in maschera?».

«Nemmeno una su un milione».

Rob si tira su e si mette a sedere. «Lo sospettavo. Vabbè, scendo a dare una mano a Cybil. Vieni?».

«Non credo voglia vedermi». Mi alzo in piedi e sfuggo al suo sguardo indagatore.

«Ma che dici? Non state insieme, ora?».

«Mi sa di no. Ho fatto un casino». Gli do le spalle, mi verso il caffè in una tazza. Sempre di schiena, davanti al lavandino, lo sorseggio.

«Sì, ma, ieri sera… voi due… vi ho sentiti. Vi ha sentito tutto il palazzo, a dire il vero».

«Ma poi lei ha dormito con te e io mi sono fatto prendere dal panico e l'ho trattata di merda. Di nuovo».

«Ha dormito con me?».

Mi volto a guardare Rob, sembra sorpreso. «Già. Mi ha detto che non poteva lasciarti solo, che avevi bisogno di lei. Ho dato in escandescenze».

Robert si accomoda su uno degli sgabelli, le mani giunte abbandonate sul bancone in granito della penisola. «Tu non ti fidi. Né di me né di lei, cazzo! Non c'è niente di romantico fra me e Cybil, quante volte te lo dovrò ripetere ancora?».

«Cambiamo discorso, per favore». Apro un'anta del frigorifero e recupero una scatola di uova. «Omelette?», propongo.

«Sì, ma cucino io».

«Ma se non ci vedi!».

«Anche con un occhio solo, cucino meglio di te. E poi ho mal di testa, devo mangiare qualcosa di decente visto che ho cenato con una bottiglia di whiskey scadente».

«Sto per farti una domanda schifosa. Dove hai vomitato?».

L'occhio sano di Rob si spalanca, il sopracciglio sparato verso il soffitto. «Merda! Sul pianerottolo».

«Beh, vedi di pulire».

Rompo sei uova in una terrina, le sbatto energicamente, poi inizio a buttarci dentro tutto ciò che di commestibile trovo in frigorifero: cipolle, carote, formaggio, wurstel, pomodori e una cosa strana che sembra bacon ma che non è bacon.

«Cybil ha detto che ha passato un brutto periodo, che tu l'hai consolata per sei mesi». Faccio la domanda con una certa disinvoltura, mentre affetto un pomodoro. «Cos'è successo?».

«Lucas, non mettermi in mezzo. Se vuoi sapere qualcosa, vai da lei».

«Non posso andare da lei!», protesto. «C'entra Halbert Roys?». Stavolta lo guardo in faccia, perché se c'è una cosa che non sa fare mio fratello è mentirmi. Nemmeno se ne andasse della vita di Cybil riuscirebbe a rifilarmi una bugia.

Ed eccola lì, la risposta che aspettavo. Rob si irrigidisce, tende le labbra. «Te l'ha detto?».

«Non mi ha detto niente. Ma mercoledì mattina ho assistito a una scena assurda al terzo piano. Roys la stava tenendo contro un muro e lei era terrorizzata. E quando l'ho affrontato, insultato in faccia, lui non ha fatto una piega».

«Quel bastardo». Rob scuote la testa, stringe i pugni. «Non posso credere che si sia riavvicinato a lei».

«Cosa le ha fatto?». Rob esita, io lo guardo in tralice. «Fratello, non ho voglia di giocare».

«Nessuno sta giocando, Lucas. Proprio nessuno. Mettiamola così, è meno grave di quello che pensi».

«Questo me lo ha detto anche lei», sbuffo.

«E non ti ha detto altro?».

«No, cazzo. No!».

Le uova si stanno seccando nella padella. La tolgo dal fuoco e divido questa orribile omelette in due. Poi la servo sui piatti.

«Parlale. Non posso dirti altro. Solo che... Lucas, devi davvero trovare il modo per comunicare con quella ragazza. Come fai a non capire che è pazza di te? Siete due imbecilli».

Non mi siedo a mangiare, mi porto una forchettata alla bocca, rimanendo in piedi dall'altra parte del bancone, di fronte a mio fratello.

«Forse fra noi deve andare così. Certe volte ho l'impressione che mi stia impuntando a tutti i costi per far funzionare le cose, quando poi, alla fine dei conti, non funziona mai».

È strano parlare con Rob di certi argomenti, è strano parlare di Cybil in questi termini. Per anni è sempre stato il contrario: lui che cercava consigli da parte mia su come comportarsi con lei, io che glissavo abilmente e gli ripetevo all'infinito che quella ragazza era una stronza.

«O più semplicemente devi accettare il fatto che ti sei innamorato e che tanto vale provarci e vedere come va a finire».

Scuoto la testa. «Così poi potrai staccarmi le palle quando la farò soffrire?».

«Non sono affari miei quello che fate. A questo punto, devo fare un passo indietro e accettare le cose come stanno».

«E come stanno le cose?», domando con un mezzo ghigno sulla faccia.

«Me la ritroverò come cognata!».

Strabuzzo gli occhi. «Come cognata? Tu sogni, fratello».

«E tu sei più cotto di questa omelette. Che fa schifo, comunque».

«Vai da lei?».

«Sì, dovrebbe essere già con Di-Di a sistemare casa. Tu non vieni?».

«Magari passo più tardi».

Magari, prima, mi faccio un bell'esame di coscienza e mi ripeto in testa mille volte le parole che le devo dire. Magari me le scrivo, così non rischio di fare altre cazzate.

Magari, stavolta, glielo dico che sono cotto...

cybil

Diane alza il volume delle casse. «Adoro 'sto pezzo!», dichiara mentre cerca di far entrare tutte le mie scarpe nel piccolo armadio.

«Gli All Good Things spaccano», dichiara Robert che con molta pazienza le sta passando una décolleté alla volta. «Bella *Invincible*, ma la mia preferita rimane *Fight*».

«Preferisco questa», ribatte Diane. «Cioè, senti che sofferenza!».

Vanno avanti a discutere dei brani degli All Good Things per un po', io sono impegnata a svuotare stoviglie e pentole dai sacchetti blu di Ikea, dove sono stata con Rob. Lucas ha insistito per buttare tutto quello che si trovava nel monolocale e Rob non ha voluto sentire ragioni: hanno pagato tutto loro.

Mi piacciono i piatti azzurri che ha scelto Rob, ma avrei preso quelli bianchi. Il cellulare vibra e mi informa di un messaggio in entrata. Mi avvicino con cautela, neanche fosse un ordigno nucleare. Gli unici a scrivermi, di solito, sono Rob e Diane, e loro sono entrambi qui. Per un attimo il cuore pulsa più velocemente e la delusione è cocente quando leggo il mittente: Prada, che mi informa della nuova collezione natalizia di borse Limited Edition e mi ricorda che non posso permettermele.

«Nanerottola, qui abbiamo finito. Mettiamo le lenzuola sul letto?».

Annuisco, a malapena lo guardo. Mi spaventano il suo occhio pesto, le nocche distrutte, il labbro spaccato a metà. Robert Henderson che fa a botte, mi viene la pelle d'oca.

E Tory marcirà all'inferno, me ne assicurerò personalmente.

Bussano alla porta, né Rob né Di-Di sembrano accorgersene, stanno ancora discutendo di musica. Li sento dire che sarebbe un sogno andare al Coachella Festival, in California, la settimana prossima. Diane si lamenta di non aver abbastanza soldi per permetterselo, Rob che ha degli esami e quest'anno salterà per forza... ma magari l'anno prossimo potrebbero andarci insieme.

Li becco a scambiarsi uno sguardo strano. Beh, mezzo sguardo da parte di Robert.

Mi avvicino alla porta d'ingresso, ancora con la mente a quello scambio di battute surreali fra i miei due migliori amici, e apro senza chiedere chi è. Lucas è davanti a me, pronto per una partita di basket. Tiene due caffè in mano.

«Ciao», saluta, un po' impacciato. Non pensavo volesse vedermi, o parlarmi, ancora meno mi capacito del fatto che mi stia porgendo un caffè.

«Per me?».

«Sì. Non credo tu abbia fatto in tempo a comprare il bollitore».

«Pensavo non sapessi cosa mi piace».

«Sì, beh, non dirlo a nessuno». Mi rivolge una smorfia sexy che mi manda in poltiglia il cuore.

«Okay. Grazie».

Diane e Robert, nascosti dietro la nicchia che ospita il mio letto, ridono per qualcosa. Lucas guarda nella loro direzione, io mi concentro su di lui.

«Che combinano?».

«Non ne ho idea». Il rumore di un corpo che salta a ripetizione sul letto mi fa sorridere. «Probabilmente tuo fratello ha deciso di rompersi anche l'osso del collo».

Diane ride a crepapelle, poi i salti diventano due, quattro, sei... Ma che cavolo stanno facendo?

«Vuoi entrare?», gli domando, facendomi da parte.

«No. Sto andando al campo da basket, Bird mi aspetta. È venuto bene l'appartamento», dice, guardando le pareti e ignorando il caos che regna sovrano sul pavimento.

«Benissimo».

«Io vado. Buon primo giorno nella casa nuova». Scende un gradino, poi un altro.

Mi richiudo la porta alle spalle e mi avvicino alla scala. «Aspetta!». Lucas volta solo la testa, è da perdere il sonno con quell'accenno di barba sul viso bellissimo. Mi fa comprimere lo stomaco, e qualcos'altro in mezzo alle gambe. «Mi dispiace per ieri sera. Mi dispiace davvero. Non avrei dovuto risponderti così, mi sarei dovuta spiegare».

Lucas mi guarda sorpreso, e so che si sta mordendo la lingua per non commentare con qualcosa tipo: "La fantastica Cybil MacBride che chiede scusa. Quale onore!". Risale di un gradino, ora siamo faccia a faccia.

«Dispiace anche a me. Ho fatto un casino».

«Ti va di passare, più tardi? Magari quando sarò da sola».

«Sì. Mi va. Dobbiamo parlare».

Okay. Dobbiamo parlare. E il tono con cui lo dice mi fa presagire il peggio. Non è mai un buon segno quando qualcuno esordisce con un "dobbiamo parlare". Che dico, è una merda quando qualcuno ti dice che ti deve parlare.

Annuisco. «Non credo uscirò, oggi. Passa quando vuoi».

Per un attimo penso di baciarlo, per un attimo penso che sarà lui a baciare me. Invece fa "sì" con la testa e se ne va.

Dio, quanto è stronzo!

Torno nell'appartamento con la testa sottosopra.

«Potreste evitare di rompere il letto, per favore?», rimprovero Diane e Robert, che stanno ancora saltando come due cretini da una parte all'altra. La mia amica balza sul materasso col sedere, Rob salta un'ultima volta. Poi ricade accanto a lei, con il fiatone. «Quanti anni avete?».

«Dovresti provarlo, nanerottola. È liberatorio».

«Per uno che le ha prese mi sembri in gran forma», lo stuzzico e lui mi fa una mezza specie di versaccio. Se ne pente subito, si porta la mano alle labbra e mugugna un "ahi".

«Che voleva Lucas?», mi interroga Diane, mettendosi su un fianco.

«Mi ha portato il caffè». Lo mostro a entrambi e loro sorridono.

«Probabilmente è avvelenato», mi prende in giro Diane.

«Sicuro», le dà man forte Robert. Questa nuova coalizione non mi piace. Si conoscono da anni, si saranno scambiati cento parole in tutto. E adesso fanno fronte comune.

«Ha detto che mi deve "parlare"», metto un chilo di enfasi sull'ultima parola. «Credo voglia lasciarmi, e non stiamo neanche insieme. Che giornata del cazzo», commento.

«Mi ha chiesto di Halbert», dice Rob, senza guardarmi negli occhi.

«Ah», mi lascio sfuggire dalle labbra. «E tu?».

«Cosa dovevo dirgli?! Gli ho detto di chiedere a te».

«Cybil, diglielo e basta», rincara Diane.

«E mi ha detto che mercoledì, all'università, ti stava addosso. Perché lo vengo a sapere da lui? Cos'è successo?», mi rimprovera Robert.

«Ti stava addosso?», salta su Diane. «Cybil!».

«Non volevo farvi preoccupare, okay?! Non è successo niente. Ha ricominciato con la storia che dobbiamo uscire insieme, poi è intervenuto Lucas. È tutto sotto controllo». O almeno credo che lo sia.

Rob scuote la testa. «Cyb, Lucas non ti vuole lasciare. Credo voglia l'esatto opposto. Ma tu devi tirare giù 'sto cazzo di muro. Adesso basta».

«Sono d'accordo con Rob».

Ma guarda un po'… lei è d'accordo con Rob!

«Lo farò. Ma faccio parlare prima lui. Che magari gli dico che mi piace e lui invece vuole solo ribadire che sono una stronza e ci faccio pure la figura della perdente». Mi stendo sul letto fra di loro. «Ha detto che più tardi passerà».

«Fatti trovare nuda», suggerisce Rob, poi ridacchia.

«Che stupido!».

«Era solo un suggerimento». Mi dà di gomito e io mi accoccolo contro il suo petto.

«Mi date una mano a finire, vero?».

Sbuffano entrambi, ma poi si alzano dal letto.

L'appartamento è ordinato, nemmeno un calzino fuori posto. Mi guardo ancora una volta davanti allo specchio del bagno, sono un fascio di nervi. Tiro su i capelli, poi li sciolgo, non riesco a decidermi. Mi sono infilata un paio di jeans larghi a vita bassissima e una maglietta anonima. Non voglio che si faccia strane idee o che creda che mi sono tirata a lucido per lui. Poi penso che forse sta venendo qui per mandarmi al diavolo e allora mi convinco che non va bene il mio abbigliamento.

Chi mai vorrebbe farsi scaricare conciata così? Non io! Torno in sala e spalanco le ante dell'armadio a muro. Se proprio deve spezzarmi il cuore, che lo faccia mentre sono vestita come una che vale un milione di dollari. Recupero una gonna nera di taffetà, a campana, una camicia bianca molto avvitata – e molto scollata – e concludo il look con dei tacchi vertiginosi.

Sono ridicola!

Mi cambio sei volte, il pavimento è nuovamente un campo minato di vestiti. Alla fine indosso un paio di shorts inguinali di tessuto felpato, una canottiera bianca e una maglia larga a maniche lunghe, che mi lascia scoperta una spalla. Sono sexy ma allo stesso tempo comoda, come se non mi fossi nemmeno sforzata di sembrare irresistibile. Potrei essere appena ruzzolata giù dal letto.

Sì, giro sempre così per casa, Lucas. Qualche problema?

Bussano alla porta e mi arriva il cuore in gola. Recupero tutti i vestiti e li lancio nell'armadio, poi mi affretto a richiudere le ante e prego non ci esplodano in faccia.

Un bel respiro e sono pronta. Lo accolgo in casa e, no, non ero pronta. *Lui* è irresistibile senza neanche sforzarsi. Lucas sta bene con tutto. Sia con quell'orribile canotta che usa per giocare a basket che con la polo blu che gli mette in risalto gli occhi. Al diavolo gli occhi, gli mette in risalto tutto: il petto scolpito, le spalle larghe, il viso da infarto, le braccia muscolose.

«Ciao. Vieni». Gli sorrido, lui mi squadra dalla testa ai piedi. Tiene in mano due grossi sacchetti, entra in casa e li posa entrambi sul tavolo della cucina. «Cos'hai portato?».

«Regali».

«Per me?».

«Beh, sì. Ovvio».

Ovvio…

Estrae dalle buste un pezzo per volta. «Due scatole dei tuoi cereali preferiti. Una confezione di caffè macinato di Starbucks, quello colombiano che ti piace. Filtri per la macchina del caffè. La macchina del caffè».

«Oh! Non dovevi, l'avrei comprata io, domani».

«E invece ci ho pensato prima io. Diventi insopportabile quando non ti fai di caffeina».

Il primo insulto è blando, posso starci senza ribattere.

«Poi?», gli domando sbirciando nei sacchetti.

«Batterie. Rob le stava cercando a casa, ha detto che ti servono per le lucine di Natale che hai messo sul balcone». Ne posa due scatole da dieci sul tavolo. «Vediamo un po'… ah, sì. Rum. E sei bicchieri da shot».

«Il rum?». Non lo sa che il rum è l'elisir del diavolo? Che la gente fa cose assurde quando lo beve? «Che ci dobbiamo fare?».

«Un gioco, ma più tardi». La sua occhiata mi agita. Non credo esistano giochi divertenti che contemplino il rum. «Succo alla pera. Per il rum, chiaramente. Abbonamento a Netflix per un anno».

«Lucas, ma quanta roba hai preso?».

«Sono regali di benvenuto, lasciami fare». Infila la testa nel sacchetto. «Uno spazzolino». Ne ha preso uno di quelli sofisticati, ed è blu.

«Ce l'ho lo spazzolino».

«Non è per te».

Qualcuno versi il rum. Subito!

Annuisco. Glielo prendo dalle mani, lo scarto dalla sua confezione e senza aggiungere alcun commento lo vado a mettere in bagno, accanto al mio. Mi guardo di sfuggita allo specchio, sto sorridendo senza neanche accorgermene.

«Okay. Ho finito con i regali».

«Grazie», sussurro. «Volevi parlarmi, giusto?».

Martorizzo le unghie, le mani nascoste dietro la schiena.

«Già. Ci sediamo?».

Merda! Mi deve parlare *e* vuole che mi metta seduta. Per un attimo mi aveva illusa con la storia dello spazzolino, ora sento che sta per darmi il colpo di grazia. Mi accomodo senza battere ciglio, raddrizzo la schiena, divento di ghiaccio.

«Vuoi qualcosa da bere? Ho solo acqua», lo avverto.

«Sto bene così». Temporeggia, ci gira intorno, guarda ovunque, tranne me. «Ti devo delle scuse. Parecchie. Ieri sera, cazzo, ho esagerato. Divento iperparanoico quando si tratta di te e Rob, ci sto lavorando sopra».

Scuse? È questo che mi voleva dire? Sono stata tutto il giorno a farmi mille film in testa e lui si voleva solo scusare? No, impossibile.

«Poi?», domando, con i polmoni al limite del collasso.

«Basta. Solo questo. Cioè, non solo questo. Sono arrivato alla conclusione che così non può funzionare». *Ah, ecco. Forse vuole che lo spazzolino glielo ficchi giù per la gola, per questo lo ha comprato!* «O ci fidiamo l'uno dell'altra o ci faremo male. Quindi io propongo di fidarci e di smetterla con tutte queste cazzate. Se vuoi dormire con mio fratello, puoi farlo».

Sollevo entrambe le sopracciglia. «Davvero?».

«Sì. Certo, se non lo facessi mi fiderei ancora di più, ma la scelta è tua».

«Non ti seguo».

Lucas si alza in piedi, porta in cucina la scatola con i bicchierini che mi ha regalato, poi li sciacqua sotto l'acqua corrente del lavandino. Li asciuga alla buona e ne posiziona tre davanti a me e tre davanti al suo posto. Poi prende due bicchieri da acqua e li riempie con il succo alla pera.

«Ci conosciamo da due anni e mezzo, ma non ci conosciamo affatto, quindi ti propongo un gioco. Venti domande a testa, possiamo decidere di non rispondere solo a tre. Come penitenza, uno shot di rum».

«Non ho niente da nascondere», gli faccio presente.

«Non sai le domande che voglio farti…». Il suo ghigno mi fa sudare i palmi delle mani. Mi sto mettendo nei guai.

«Ci sto. Chi comincia?».

«Io. Cos'è successo con Roys?», va dritto al punto. Mentre me lo domanda riempie il primo bicchierino con il rum, poi gli altri cinque. Valuto se rispondere oppure no. Ma ha ragione lui, così non può funzionare, si merita un po' di fiducia.

«L'ho conosciuto a una festa, lo scorso marzo. Abbiamo parlato per tutta la sera, mi ha chiesto il numero e gliel'ho dato. Rob mi ha quasi costretta a uscirci insieme, continuava a dire che vostra nonna ha una vita sociale più movimentata della mia. Alla fine ho ceduto, l'ho chiamato e l'ho invitato fuori».

Lucas gioca con l'accendino, mi guarda di sottecchi. Poi tira fuori una sigaretta dal pacchetto.

«Non si fuma in casa mia!».

«Non è casa tua». Mi sorride. «Non hai neanche un regolare contratto d'affitto», dice, poi mette via la sigaretta. Prende uno dei bicchierini e butta giù il rum in un sorso. «Brrr». Rabbrividisce, scuote la testa.

«Stai barando!».

«Stai per dirmi una cosa che mi farà incazzare e non posso fumare, quindi bevo».

«Insomma», proseguo, «lo invito a uscire. Mi viene a prendere, mi porta a cena fuori. E fin qui tutto bene. Solo che, tornati al dormitorio, cerca di baciarmi in macchina e di infilarmi le mani ovunque».

Lucas si scola il secondo rum.

«Ehi!», protesto.

«Vai avanti. Fallo in fretta o finirò la bottiglia».

«Okay, è stato… pressante. Più gli dicevo di no, più lui se ne fregava e diventava insistente. Sono scesa dall'auto come una furia, gli ho detto di andarsene al diavolo. Ho bloccato il suo numero e sono corsa via».

«Tutto qua?», sembra sollevato.

Scuoto la testa. «Quando è iniziato il nuovo semestre me lo sono ritrovato in aula… come assistente di Genkins. Ho provato a cambiare corso, ma era troppo tardi, quindi sono rimasta. Lui ha iniziato a tormentarmi. Mi dava dei voti bassissimi, mi costringeva ad andare nel suo ufficio tre volte a settimana. Non mi ha mai toccata, mai sfiorata, eppure mi sembrava che mi strisciasse sulla pelle. Sono andata da Genkins, non gli avrei detto che aveva un collaboratore maniaco, volevo solo che verificasse i miei compiti, che mi desse il voto che meritavo. Quel pallone gonfiato maschilista mi ha trattata come una stupida. Ha chiamato Halbert nel suo ufficio, mi ha fatto una piazzata assurda e Roys se l'è legata al dito. Lo avevo esposto, anche se Genkins non mi aveva creduto. Da quel momento ha iniziato a molestarmi di brutto. A pedinarmi, a chiamarmi a tutte le ore con numeri di telefono sempre diversi. Me lo ritrovavo al dormitorio, in biblioteca. Era diventato un incubo».

Il terzo bicchiere viene svuotato, io ne afferro uno dei miei. Lo butto giù e lascio che l'alcol mi bruci la gola, anestetizzi i ricordi.

«Avresti dovuto lasciare che lo uccidessi, mercoledì mattina».

Già, sarebbe stato bello.

«Verso fine marzo, Halbert mi consegna l'ennesima verifica con l'ennesima F. Sul foglio c'era scritto: "Nel mio ufficio, alle due". Mi guardava come se volesse farmela pagare. Avevo una paura fottuta». Immetto aria nei polmoni, cerco di calmarmi, di far uscire la voce il più cristallina possibile. «Rob sapeva che mi stava dando il tormento, ma non sapeva quanto. Solo Diane conosceva i dettagli».

«Perché non glielo hai detto?».

«Lo sai com'è tuo fratello quando gli toccano le persone a cui tiene. Perde la ragione, gli si annebbia il buonsenso. Guarda come si è fatto conciare ieri sera!». Gioco con il bicchierino vuoto. «Solo che quel pomeriggio, per la prima volta, ho avuto la sensazione che Roys non si sarebbe limitato a tenermi in ostaggio nel suo ufficio per mezz'ora. Sapevo che non sarei dovuta andare. Avevo appuntamento con Rob alle due, per pranzare insieme. Gli ho detto di accompagnarmi al quarto piano, di aspettare fuori dall'ufficio. Che se non fossi uscita nel giro di quindici minuti, allora avrebbe dovuto buttare giù la porta. Tuo fratello, ovviamente, ha iniziato ad agitarsi. È entrato nell'ufficio di Roys dopo soli sette minuti». Mi fermo a guardare Lucas. «Posso dirti tutto senza rischiare che tu esca di qua con la mazza da baseball in mano?».

«Non lo so, Cybil. Non mi piace dove sta andando a parare questa storia. Hai detto che era meno grave di quello che stavo immaginando, eppure a me sembra gravissimo quello che mi stai raccontando».

«Lo è», confermo. «Mi ha braccato contro la scrivania, mi ci ha stesa sopra, mi ha spinto la faccia contro il legno e mi teneva le mani legate dietro la schiena. Mi ha dato della puttana, una di quelle che si fanno offrire la cena e poi non la danno perché si credono troppo speciali». Scuoto la testa. «Forse si sarebbe fermato lì, magari voleva solo spaventarmi, farmi capire che lui era il pesce grosso e io il verme attaccato all'amo. Che poteva fare di me ciò che voleva. Voleva farmela pagare per averlo scavalcato ed essere andata dal professor Genkins. Sono riuscita a liberarmi e Rob è entrato proprio in quel momento, non ha visto cosa mi stava facendo. Ma non è stupido, ha capito che qualcosa non andava, io ero sconvolta. Lo ha minacciato di non avvicinarsi più a me, mi ha presa per un braccio e trascinata fuori dalla Stern. Ecco, ora sai tutto».

«Perché non hai detto niente?». La sua domanda è un sussurro e ci leggo dentro solo tanto biasimo. Mi fa sentire una scolaretta senza carattere, una che scappa dalle situazioni. Ma non è così.

«Perché sarebbe finita male. Rob non ha visto niente, era la mia parola contro quella dell'assistente della NYU. E io stavo prendendo un voto di merda dopo l'altro. Avrei dovuto raccontare tutto a mio padre, si sarebbe alzato un polverone difficile da gestire. Non sapevo neanche se mio padre mi avrebbe creduto. Sarei passata per la ragazzina che cerca di irretire l'assistente universitario per passare l'esame. Lo sai meglio di me come funziona, Lucas».

Non mi crede. Lui è abituato ad affrontare il mondo di petto, a prescindere dalle conseguenze. Io, al contrario, vivo la vita per quello che è: una merda colossale dalla quale guardarmi le spalle a ogni passo.

«Ti sta di nuovo addosso?».

Scuoto la testa. «No. Non mi ha più cercata, parlato, seguita. Non so cosa gli sia preso mercoledì mattina. Sono arrivata in ritardo a lezione e me lo sono trovato davanti. Erano mesi che non mi rivolgeva la parola». Lucas soppesa le mie parole, riempie i bicchieri fino all'orlo, e io proseguo: «Rob mi è stato vicino come nessun altro. Mi ha sentita piangere per sei mesi, mi ha tirato su il morale quando mi sono chiusa a riccio. Ho lasciato il dormitorio dalla mattina alla sera, mi sono trasferita da mio padre, ho smesso di frequentare l'università. È stato lui, con tutta la pazienza di cui è dotato, a farmi uscire dal buco nero nel quale ero finita. Mi ha convinta a seguire le lezioni estive per recuperare i crediti. Se non ci fosse stato lui, sarei sotto un ponte a piangermi addosso. Capisci cosa sto dicendo? Capisci perché, ieri sera, lui aveva bisogno di me e io di stargli accanto?».

Lucas annuisce, chiude gli occhi. «Sono un idiota».

«No, non lo sei. E le scuse valgono solo se a doppio senso. Siamo solo amici, Lucas. E avrei dovuto dirtelo, rassicurarti. Mi dispiace. Mi dispiace davvero per come mi sono comportata ieri sera». Riprendo fiato. «E perché il mio orgoglio ha sempre la meglio su di me. Quando l'ho visto conciato così, ieri sera, mi è mancato il respiro. Lui è l'uomo più buono e generoso che abbia mai conosciuto, uno che si fa in quattro per tutti, e io mi sono sentita impotente».

«Lo so, ti capisco». Abbassa lo sguardo, poi lo solleva e mi investe con tutto quel blu notte.

«Ora, però, cambiamo discorso», lo imploro con gli occhi. «Tocca a me farti una domanda».

«Spara».

«Hai davvero detto a tua madre, al telefono, che hai un Grosso Pene?».

Lucas scoppia a ridere. «Merda! Questa storia mi perseguiterà fino alla morte». Solleva un bicchierino, me lo mostra. «Passo».

«Che stronzo! Io ti dico di Halbert e tu non vuoi raccontarmi questa storia?».

«È imbarazzante. E credimi, non la vuoi sapere. Sono coinvolti una cosa a tre e io che chiamo mia madre nel cuore della notte per ringraziarla... del mio Grosso Pene. Una caduta di stile senza precedenti. Ce l'ha ancora con me».

Rido e mi scolo il secondo shot. Questa serata finirà male!

«Tocca a te», dico.

«Vediamo un po'... L'hai mai fatto in piscina?».

«No. L'hai mai fatto con una donna sposata?».

«È capitato. Quanti tatuaggi hai?».

«Quindici».

«Ieri sera ne ho contati solo dodici», mi fa notare.

«Si vede che non hai contato bene», lo prendo in giro. «Tre sono dedicati a te».

Lucas si morde gli angoli della bocca. «Tre?».

«Uh-hum», confermo. «*Kiss me here*, *No regrets* e questo lucchetto a forma di cuore».

Lucas si sporge in avanti, per esaminare meglio il tatuaggio all'interno del braccio. Lo fissa un po' disgustato, io devo trattenermi dal ridere.

«Il lucchetto?».

«Sì, perché tu hai sempre avuto la chiave del mio cuore». A malapena riesco a finire la frase e, incredibile, lui ci rimane di sasso.

«Ma sei sicura? Perché io potrei mettere la mano sul fuoco di avertelo visto già quella prima sera, quel coso. Lo so perché ricordo di aver pensato che eri bella da star male, ma che il tatuaggio sfigato ti faceva perdere un paio di punti».

«Ehi!», protesto. «Non offendere il mio gesto d'amore per te!».

«Certo, certo. Per chi lo hai fatto?».

Gli sorrido a mezza bocca, afferro l'ultimo bicchierino a mia disposizione e butto giù il rum che inizia a farmi contrarre lo stomaco.

«Passo», gli dico scandendo le sillabe a una a una.

«Sei una stronza!».

«Okay. Diciamo solo che era uno con un Grosso Pene». Non faccio in tempo a finire la frase che Lucas si alza di scatto, facendo cadere la sedia all'indietro. Mi è addosso in un secondo scarso. Mi solleva dalla sedia e mi prende in braccio.

Io rido, lascio che mi trascini sul letto, che si stenda sopra di me. Mi accarezza le gambe con impeto, mi solleva la canottiera, lascia un succhiotto delle dimensioni di una prugna accanto all'ombelico.

«Un Grosso Pene, eh?!».

I pantaloncini sono così corti che sembrano un paio di mutande e lui si accomoda fra le mie gambe. Me le allarga, ci si tuffa sopra con la bocca. Passa la lingua sul suo tatuaggio preferito, mi fa arricciare le dita dei piedi. Non contento di quel contatto, con un unico gesto veloce sfila via gli shorts, si trascina dietro gli slip. Mi fa impazzire il modo in cui mi guarda, come se non riuscisse a capacitarsi di poterlo fare davvero. Come se avesse paura di toccarmi. Ma quando lo fa, il respiro rallenta, per poi accelerare tutto insieme.

Si prende il suo tempo, sa di averne. Sa che non scapperò più, che siamo al sicuro nascosti nella nicchia del mio monolocale.

«E questo?», domanda con le labbra premute contro il mio inguine. Con la punta della lingua mi accarezza l'interno coscia, si prende tutto. Ha scoperto il mio punto debole, lo ha realizzato ieri sera non appena la sua bocca è finita in mezzo alle mie gambe che, in questa posizione, può fare di me ciò che vuole. Lui mi tocca e io perdo l'equilibrio.

«Storia interessante…», comincio a dire, ma i suoi baci si intensificano, le sue labbra mi infiammano di piacere. «L'ho fatto pensando a… *Dio*!», ansimo.

Lucas solleva la testa, contrariato. Mi costringe a guardarlo a mia volta.

Perché diavolo si sta fermando?

«Dio?! Il massimo che hai detto a me è stato "Gesù"!».

«Sei un cretino. E non ti fermare».

Ci pensa su, storce la bocca. «Per chi lo hai fatto?». Il tono è scherzoso, ma la gelosia non riesce a nasconderla. E io cedo.

«Per nessuno! L'ho fatto a sedici anni, per far incazzare mio padre. Che comunque non l'ha mai visto, nel caso te lo stessi domandando».

Lucas sembra soddisfatto della mia risposta, tanto che si impegna fino a farmi venire usando solo la lingua. E non ci mette molto.

Io sono a corto di ossigeno, senza forze, sdraiata sul letto a gambe aperte. Lui è un sogno. Si sfila la polo, si slaccia i jeans e li abbandona ai piedi del letto. Mi guarda per tutto il tempo, si passa una mano fra i capelli, come se stesse cercando di prendere tempo. Ieri notte è stato brutale il modo in cui mi ha presa contro la porta, prima, e nel suo letto subito dopo.

Ma qualcosa è cambiato nel suo sguardo, adesso. È diverso il modo in cui si stende sopra di me, come mi tocca con amore, mentre mi spoglia del tutto e affonda le labbra nel mio collo. Mi passa un preservativo, che a quanto pare teneva in tasca, mi fa capire che vuole che sia io a metterglielo. Lo accontento, mi concentro sull'operazione, ma lui continua a martoriarmi di baci e mi distrae.

Alla fine ci deve mettere le mani lui, io chiudo gli occhi.

A Lucas Henderson piace il sesso, ma è quando fa l'amore che ti incasina del tutto la testa. Il modo in cui mi tocca mi ricorda che sono viva, fatta di carne, e ossa, e sangue bollente che scorre a fiotti nelle vene. Riesce a toccarmi in mille modi diversi, usando solo le mani. Mi entra dentro, ci rimane per sempre.

Le sue labbra trovano le mie, e il bacio che mi regala sa di amore. Prende la forma del mio cuore e del suo, insieme. Mi respira sulla bocca, mi sento osservata. Apro gli occhi e lui mi sorride, mi implora di non richiuderli, di farlo mentre ci perdiamo nei nostri sguardi.

Si muove sinuoso dentro di me, un ritmo cadenzato che non cambia mai. È lento, ingestibile, carnale. Una spinta dopo l'altra, mentre io inarco la schiena e mi godo lui che affonda dentro di me.

«Sei bella», mormora.

Poteva dirmi qualunque cosa, una frase sconcia, una parola volgare, invece ne sceglie una che, come per magia, mi fa esplodere di piacere, senza preavviso. Aumenta il ritmo, prolunga il piacere che tuona da dentro, all'infinito. Si accascia su di me, sfinito, tremante, gli occhi lucidi, la bocca avida che cerca la mia, la trova e la divora.

Io sono su un altro pianeta, incapace di parlare, di muovermi o anche solo di dirgli che anche lui è bello. Che il modo in cui mi tocca è bello. La naturalezza con cui ama il mio corpo è bella. E vorrei digli che sono innamorata persa di lui, che dopo stasera, se possibile, bisognerà trovare una nuova definizione alla parola "amore", perché quello che provo per lui in questo preciso istante va oltre.

E vorrei dirgli di non andarsene mai, di provarci fino alla fine, anche quando le cose si metteranno male.

Si stende accanto a me, fatica a riprendere fiato. Mi incanto a guardare il suo tatuaggio: una bussola fra i fiori. E poi fisso quella parola tatuata al posto del Nord.

"*Her.*".

Lei. Ma non è solo "lei", è Lei, punto.

E quel punto mi destabilizza per un attimo. È così definitivo. Così risoluto. Così categorico.

«Chi è lei?», gli domando, con un filo di voce. Non so se stiamo ancora giocando, se può decidere di non rispondere.

«Lei chi?», domanda a corto di ossigeno.

«*Lei*!». Sfioro quelle tre lettere con la punta del dito, mi fermo sul punto. «Non sapevo avessi avuto una storia importante, in passato. Certo, non so molto di te…».

«Non ho avuto una storia con "lei". Cioè, non nel senso che pensi tu. *Lei* continua a scapparmi dalle dita. Ogni volta che credo di averla trovata, di averla raggiunta, la perdo di nuovo». Si corica su un fianco, mi accarezza il collo, scende sul seno, mi tocca appena.

«Devi amarla proprio tanto», dico e me ne pento subito. La mia frase esce flebile e patetica. Sono certa che si sia accorto della gelosia che mi corrode lo stomaco, della voglia esasperante che ho di alzarmi dal letto e chiudermi in bagno pur di non guardarlo negli occhi.

«La amo al punto che la odio. La *odiavo*. Ora la amo e basta. Forse stavolta resta».

È più forte di me, lo spirito di conservazione vince su tutto. Provo ad alzarmi dal letto, ma lui mi blocca con un braccio e mi ributta giù. È di nuovo sopra di me.

«Davvero te lo devo spiegare? Sul serio vuoi farmi credere che non ci sei arrivata?».

Strabuzzo gli occhi. «Io?».

«Ma va?!», mi fa il verso. «Smettila di combattere, smettila di scappare. Io sono qua, non vado da nessuna parte, non ho intenzione di prendermi gioco di te».

Preme le sue labbra sulle mie, con una tale forza da farmi male. Eppure non mi scanso, non lo spingo via, gli restituisco il bacio, gli avvolgo entrambe le braccia intorno al collo e non lo lascio andare.

Stavolta me lo tengo stretto.

«Dormi con me?», riesco a domandargli quando mi lascia quei due centimetri di spazio che mi servono per articolare una frase di senso quasi compiuto.

«Secondo te perché ho comprato quello spazzolino?».

Perché sei solo mio... e sei qui per rimanere.

Perché alla fine bastava poco fra di noi, giusto un paio di muri da buttare giù, una confessione scomoda, un tatuaggio che ridefinisce il significato di un pronome personale banalissimo e tutto quel cuore che non pensavo di avere.

E che adesso è solo suo.

lucas

M i sistemo la cravatta davanti allo specchio, mi pettino i capelli da "bravo ragazzo responsabile", indosso i gemelli di Cartier che mi ha prestato Robert.

Mio fratello è già pronto, è al piano di sotto a fissare il vuoto da mezz'ora. È stata una settimana strana, durante la quale l'ho visto alternare momenti di totale smarrimento a una rabbia che non pensavo fosse capace di provare.

Tory si è presentata a casa nostra, mercoledì sera. Purtroppo per lei Rob non era qui, ma Cybil sì, e non gliel'ha mandata a dire. L'ha minacciata di renderle la vita un inferno se avesse anche solo provato a contattare Robert.

Era terribilmente seria.

Quando lo ha detto a Rob, lui è sprofondato in un mutismo che mi ha spaventato a morte. Si è chiuso in camera, Cybil con lui.

Pensavo avrebbe dormito con lui, ero pronto a ingoiare il rospo e passare oltre, d'altronde una promessa è una promessa. Invece, nel cuore della notte, si è intrufolata nel mio letto e mi ha svegliato come ogni uomo sogna di essere svegliato. Lo abbiamo fatto per ore, senza sosta, senza dirci niente.

Le parole, con lei, spesso sono superflue.

Due giorni dopo mi sto preparando per la cena con i vecchi *alumni* della *Stern*, organizzata dalla NYU al Ritz. Cybil è nel suo appartamento, si sta finendo di truccare, me lo ha scritto due minuti fa.

Quando le ho detto che l'avrei presentata come la mia ragazza ai miei si è irrigidita, ha anche cercato di dissuadermi. Dice che è troppo presto, che siamo due mine vaganti, io e lei. Che saremmo capaci di rovinare tutto nel lasso di tempo di un battito di ciglia e poi sarebbe davvero difficile tornare indietro.

Non posso darle torto, abbiamo la capacità bellica della Russia quando ci scontriamo. Non esistono guerre fredde fra di noi, solo due caratteri di merda che si scontrano fino a perdere tutto. Ma non stavolta.

Scendo al piano di sotto, mi fermo una manciata di secondi a contemplare Rob. Il livido è evidente, ma quantomeno riesce ad aprire l'occhio tumefatto.

Cybil è stata qui venti minuti a cercare di attenuare il viola con i suoi trucchi. L'ha chiamato "correttore", quella schifezza beige con la quale gli ha pasticciato la faccia. Nemmeno una maschera riuscirebbe a nascondere lo scempio che ha sul viso, ma devo ammettere che questo correttore ha fatto il suo dovere.

«Sono pronto», lo richiamo.

«Non mi sento molto bene. Forse dovrei saltare».

«Papà non ti dirà niente, vedrai che sarà solo preoccupato. E al resto degli invitati diremo che ti ho dato una gomitata in uno scontro uno-a-uno durante una partita di basket. Tanto lo sanno tutti che sei scarsissimo in campo», minimizzo.

Rob scuote la testa. «Non è solo quello. Mi sento un imbecille. Mi sono fatto prendere a cazzotti da uno che si è presentato a casa della sua ex – beh, mia di sicuro – con un paio di infradito, una fascetta dei Metallica in testa e l'orecchino al naso».

«Cosa vuoi fare? Con lei, intendo».

«Niente!», salta su. «Proprio niente. Per me è morta. Non mi interessano le sue scuse, i vocali strappalacrime che mi manda. Solo che mi sento tradito e fa schifo questa sensazione. Fa schifo tutto».

Mi piazzo davanti a lui, incrocio le braccia al petto. «Se pensi che ti lascerò qui a piangerti addosso, non hai capito proprio un cazzo. Andiamo a questa cena, conosciamo un po' di gente influente, ci ammazziamo di alcol... hanno l'open bar», cerco di convincerlo.

Mi vibra il cellulare nella tasca interna della giacca elegante.

CYBIL: *DOVE SIETE? HO PRENOTATO UN UBER E SARÀ QUI FRA QUATTRO MINUTI.*

CYBIL: *TRE MINUTI...*

«Dai, andiamo. L'Uber sta arrivando e Cybil mi ha già mandato due messaggi».

Il cellulare vibra di nuovo.

CYBIL: Due minuti e mezzo...

«Tre», mi correggo.

«Che palle!», commenta mio fratello, ma non credo l'imprecazione sia rivolta a Cybil. Nel dubbio, non domando. Approfitto del fatto che si sia schiodato dal divano – dove ha lasciato il segno del suo culo, visto che è seduto nella stessa posizione da una settimana – e mi affretto ad aprire la porta di casa. Prendo le chiavi e aspetto che esca, prima di chiudere tutto.

Scende, si ferma davanti all'appartamento di Cybil, bussa alla porta, ma lei non risponde.

«Sarà già in strada», ipotizzo.

Cybil sta tenendo la portiera dell'auto aperta, chiacchiera con l'autista, gesticola anche un po'. Io mi fermo un attimo a guardarla, mi destabilizza. Indossa un vestito lungo, nero, senza spalline e dallo spacco generoso. Quello che voleva mettersi per la prima cena con Rob e quella stronza di Tory.

È uno schianto, tanto bella da ammutolirmi. Si è arricciata i capelli, li tiene legati in una coda laterale, fermati da un fermaglio che luccica quando acciuffa la luce dei lampioni sul marciapiede.

Rob la saluta con un bacio, poi si va a sedere accanto all'autista. Io trattengo il fiato, lei mi sorride, complice.

«Bel vestito», commento.

«La prima cosa che mi è capitata sotto mano...», ribatte ironica.

L'aiuto a salire sulla Lexus nera, lucidata a specchio, si sistema sui sedili di pelle, io mi accomodo accanto a lei e le prendo la mano.

«Lo vedi, Rob? A malapena si vede l'occhio nero». Cybil si sporge fra i due sedili anteriori. «Lei lo vede l'occhio nero?», domanda al povero conducente, che si sente chiamato in causa.

«Non me ne ero accorto», mente, ma Cybil non coglie il tono. Si rimette seduta, soddisfatta, intreccia le sue dita alle mie.

«Sei di buon umore».

«Macché! Sono nervosissima. L'idea di vedere James e Leslie mi sta facendo sudare». Si riprende la mano, asciuga i palmi contro il tessuto liscio della gonna del suo vestito.

«Ma se ti adorano!», commenta Robert, che non pensavo stesse seguendo la nostra conversazione.

«Sì, come tua amica! Non è la stessa cosa quando vai a letto con uno dei loro figli». Strabuzza gli occhi, incrocia lo sguardo dell'autista nello specchietto retrovisore. «Mi scusi. A lei non interessa».

Rob ridacchia, io faccio di meglio: le passo un braccio intorno alle spalle e l'abbraccio.

«Andrà benissimo», sussurro contro il suo orecchio, poi la bacio sulla tempia.

Arriviamo al Ritz in perfetto orario, aspettiamo i miei genitori a pochi passi dall'entrata, ci informano tramite messaggio che sono a un isolato dall'hotel. Mamma arriva sorridendo, sembra una regina nel suo vestito blu, con gli orecchini di diamanti e una collana di perle intorno al collo. Cybil fa un passo indietro, io me la riprendo prima che possa scappare.

Papà è troppo agitato per vedere il mio braccio che circonda la vita di Cybil, mamma invece ci scopre subito.

Faccio appena in tempo a presentarla come la mia ragazza, che papà strizza gli occhi e si accorge dell'occhio nero di Rob.

«Ma che hai fatto?», gli domanda, preoccupato.

«Gomitata», intervengo io. «Stavamo giocando a basket, ma Rob è una schiappa e io *per sbaglio* l'ho colpito».

Mamma si porta una mano alla bocca, si avvicina al figliol prodigo, sta per accarezzarlo, poi ritrae la mano.

«Lucas! Mio Dio! Possibile che tu non sia in grado di giocare senza uccidere nessuno?!».

Quanto è tragica!

«Colpa mia», mi giustifica Rob. «Avrei dovuto lasciarlo passare, era in vantaggio. Io gli sono finito addosso. Poi lui ha alzato il braccio per tirare. Un tiro da tre, niente meno. Ma sapete quanto divento competitivo».

«Sappiamo anche quanto sei scarso a mentire, figliolo», lo riprende mio padre, poi guarda me dritto negli occhi. «Tu invece sei un maestro, eh? Dopo mi raccontate cos'è successo». Ci tratta come due ragazzini di undici anni, ci sgrida davanti a tutti, davanti alla mia ragazza. E noi abbassiamo lo sguardo, inutile continuare la sceneggiata.

«Dov'è Tory? Non è venuta?», domanda mamma, ma non aspetta davvero la risposta, prende mio padre sottobraccio e si avviano insieme all'entrata del Ritz.

«All'inferno, spero», borbotta Cybil accanto a me, a beneficio solo delle mie orecchie. La bacio di nuovo, un contatto di labbra veloce, un riflesso che non riesco a controllare.

«Hai visto? È andata bene», le faccio notare.

«Benissimo», ironizza.

Una volta entrati nel foyer si rilassa, scherza con Rob, sparisce venti minuti con mia madre che insiste per presentarle delle persone. Quando gli passo davanti le sento dire: «Lei è Cybil. È la figlia del vice procuratore generale di New York, Andrew MacBride. Ed è la ragazza di mio figlio Lucas». L'orgoglio che trapela dalle sue parole mi chiude lo stomaco. Cybil sorride, si muove a suo agio, è così diversa quando si cala del tutto nei panni della figlia di uno degli uomini più influenti di New York, così diversa da come è con me la mattina, mentre siamo a letto e nessuno dei due ha voglia di alzarsi.

Le fanno i complimenti per il vestito "di classe", per il trucco leggero ed elegante che mette in risalto i suoi occhi azzurrissimi, per i successi universitari. Mamma la guarda come se fosse una figlia di cui andare fieri e sono certo che Cybil ricambi l'affetto. Proprio lei che una madre non ce l'ha mai avuta. Mamma le circonda le braccia con una delle sue, se la tiene stretta come se volesse proteggerla, e io per un attimo penso che sia troppo. Un unico istante in cui penso che stiamo correndo *troppo*.

Ma poi Cybil mi cerca con gli occhi, mi trova appoggiato al bancone del bar, con una flûte stracolma di champagne in mano a fissarla, e il suo sorriso placa tutte le paure.

Va bene così. Io e lei, ce la possiamo cavare.

«Mamma lo sapeva già, vero?», domando a Rob, accanto a me, senza perdere il contatto visivo con Cybil.

«Cosa?», farfuglia mio fratello infilandosi un'oliva in bocca.

«Di me e Cybil».

«Potrei essermi lasciato sfuggire qualcosa», ammette.

«Quindi non le dici di Tory ma le racconti i fatti miei».

«Non c'è niente da dire su Tory. Su voi due, molto».

Papà si avvicina come un falco che ha puntato la preda. L'istinto è quello di scappare, questo casino non mi riguarda. Poi mi ricordo di tutte le volte che Rob si è preso dei cazziatoni insieme a me, quando poteva levarsi dai piedi e lasciarmi da solo sul patibolo, così rimango.

Non ci va giù delicato, nostro padre. Gli dice che è un irresponsabile, che ha rischiato una commozione celebrale, che poteva finire male. Poi si schiarisce la voce e lo afferra dalle spalle, si avvicina al suo viso e gli chiede come sta. Gli dice che non doveva tenere per sé una cosa del genere, che può sempre contare su lui e nostra madre.

Fanno pace, io ho perso di vista Cybil.

Nel vano tentativo di cercarla, mi ritrovo a un paio di metri da quella faccia da culo di Halbert Roys. Lo fisso, lui se ne accorge, ma fa finta di niente.

Aspetto che papà se ne sia andato prima di parlare con Rob. «Cybil mi ha raccontato cos'è successo con quel *pezzo di merda*».

Rob scatta sull'attenti, si libera del suo bicchiere poggiandolo non so dove. «Lucas, non fare cazzate. Sono serio».

«Ho voglia di frantumargli la faccia».

«Lo so, ma lascia perdere».

Come faccio a lasciar perdere? Se sapesse quello che so io, che quell'essere insignificante ha provato a metterle le mani addosso nel suo ufficio, che l'ha costretta a sdraiarsi di pancia sulla scrivania mentre la teneva bloccata sotto di lui, mi darebbe una mano a nascondere il corpo, mi fornirebbe un alibi.

«Aiutami a tenerlo d'occhio», dico. Cybil sta ancora parlando con delle signore che sembrano uscite da una pellicola hollywoodiana, non credo abbia visto Roys e mi riprometto di fare in modo che non se lo trovi davanti.

«Certo. Non si avvicinerà». Lui ne sembra convinto, io fremo di rabbia.

La cena è lunga e noiosa, e non ho accesso allo spacco vertiginoso della gonna di Cybil. Più di una volta cerco di intrufolarci la mano sotto, tutte le volte mi becco uno schiaffo e uno sguardo di ammonimento.

«Ti ricordi cosa ti ho detto in merito a questo abito?», le domando contro l'orecchio.

«No», mente lei.

«Dopo dovrò fartelo vedere, allora».

«Stai buono», ridacchia. «Dormi da me?».

«Sempre», le rispondo. Nonostante siamo seduti a tavola con dei pezzi grossi di Wall Street, me ne frego e la bacio.

Lei si imbarazza, io mi impongo di staccarmi dalla sua bocca.

«Devo andare in bagno», dice. «Da sola!».

«Hai poca fantasia», la prendo in giro.

«Vestito oro, sveltina in bagno», mi ricorda. «Vestito nero... devi aspettare che torniamo a casa».

«Lo vedi, allora, che te lo ricordavi?».

«Torno subito». Recupera la sua borsetta nella quale dubito entri anche solo il cellulare e lascia la sala.

«Quanto ancora dobbiamo rimanere?», domando a Rob, seduto composto accanto a me. Io mi sono allentato la cravatta, levato la giacca. Sto per sfilarmi persino i gemelli così da arrotolarmi le maniche della camicia. Fa un caldo pazzesco in questa stanza, non si respira.

Rob mi fa cenno di stare buono, inizia una conversazione con un tipo grassoccio che sta sudando più di me, io gioco con il coltello.

Cybil ci mette una vita a tornare. Alzo lo sguardo e mi manca il respiro quando mi accorgo che Roys non è seduto al suo posto, a tre tavoli rotondi di distanza. Lo cerco con gli occhi, mi faccio fregare dall'ansia.

«Vieni con me», interrompo Rob e mi alzo dalla sedia facendo stridere le gambe sul marmo. Non mi serve una mano per spaccare la faccia a Roys, nel caso sia andato a cercare Cybil, mi serve mio fratello per impedirmi di ammazzarlo a mani nude.

È solo una coincidenza, mi ripeto in testa all'infinito. E se riesco a placare i pensieri che si annidano nella testa, l'istinto, al contrario, mi dice di cercarla. Di trovarla, subito.

«Che succede?», mi domanda Rob, alla spalle, che tenta di tenere il passo.

«Cybil. Non lo so, è andata in bagno quindici minuti fa. Roys è sparito». Mi mangio le parole, mi soffocano nel vano tentativo di lasciare la mia bocca.

«Di qua», dice Rob, la voce urgente, e quasi mi supera tanto ha allungato il passo.

Spalanco la porta del bagno delle donne e la maniglia si va a schiantare contro la parete. E quando entro, rimango di sasso.

Dura un secondo: Cybil che fa una torsione su se stessa, Halbert Roys che vola per aria e finisce con il culo e la schiena per terra. Il tonfo è così lacerante che penso gli abbia spezzato la spina dorsale.

«Cristo!», impreca Rob accanto a me, portandosi le mani ai capelli. Io ammutolisco.

Cybil solleva lo sguardo da terra, incrocia il mio. Mi spaventano i suoi occhi spiritati, iniettati di sangue.

Halbert sta piangendo, cerca di rialzarsi, a malapena respira.

«Te l'avevo detto di non toccarmi. Stronzo!», sbraita Cybil.

Come se niente fosse si aggiusta il vestito, si sistema i capelli, riprende la sua borsetta caduta a terra.

«Che cazzo è successo?». Rob, con le mani ancora nei capelli, si avvicina a Cybil.

Io? Io sono pietrificato.

Cybil MacBride è pericolosa. Pericolosa sul serio!

«Mi ha seguita in bagno». Cybil gli affonda il tacco nella pancia, Halbert non riesce a riprendere fiato, si lamenta come un animale agonizzante. «Lo avevo avvertito. E stammi bene a sentire, feccia umana, stavolta ti denuncio».

«Andiamo». Il tono di Rob è urgente, la prende sottobraccio, mi superano entrambi. «Lucas! Cazzo, andiamo!».

Andiamo... *dove*? Lancio un'ultima occhiata a Halbert e scoppio a ridere. «Non c'è nemmeno gusto a infierire. Alzati e sparisci, o si metterà male per te».

Raggiungo la mia ragazza e mio fratello che la sorregge. L'adrenalina comincia a defluire dal suo corpo, gli occhi le si riempiono di lacrime e le mani tremano violentemente.

«L'ho ammazzato?», sussurra. Mi avvicino con cautela, aspetto che mi metta a fuoco, che avverta la mia presenza. I suoi occhioni azzurri si sollevano al rallentatore, trovano i miei e una lacrima le riga il viso.

Io non riesco a fare altro che sorriderle. «Nah, ma hai spaventato a morte me e Rob. Che cavolo era quella mossa?».

L'intento è quello di tranquillizzarla, una volta tanto ci riesco. Mi sorride, si copre il viso con le mani, si asciuga un'altra lacrima.

«È questo che vi hanno insegnato al corso di autodifesa?», le domanda Rob.

Io cado dalle nuvole, aspetto come sempre che qualcuno si degni di rendermi partecipe, di riempire i buchi.

«Già».

«Lo voglio provare!», insiste Rob e lo so che sta cercando di minimizzare l'accaduto per non vederla crollare. «Mettimi K.O.!».

«Non funziona così. Se te lo aspetti, non riesco a buttarti a terra. Dio, non posso credere di averlo fatto». Posa le dita sulle guance, le trascina verso il basso, è buffa.

Rob fa un passo indietro, si accorge che sono a un passo da loro, con le mani in tasca e il cuore che pulsa attraverso la camicia.

«Accompagnala a casa. Ti porto le tue cose all'ingresso, ci penso io a mamma e papà». Forse capisce che voglio rimanere da solo con lei, che abbiamo bisogno di abbracciarci, di rassicurarci.

Cybil fa un passo verso di me, io elimino quella poca distanza che ci separa. Me la stringo addosso, la stritolo, la bacio sulla testa scompigliando la sua acconciatura sofisticata.

«Te l'avevo detto che mi sapevo difendere da sola», mugugna contro il mio petto.

«Ho visto!».

«Mi denuncerà?», domanda ancora, il volto sfigurato dalla preoccupazione che le esplode addosso.

«Non lo so, ma tu dovresti farlo».

Si stacca lentamente, annuisce. «Devo parlare con papà. Devo raccontargli tutto, solo lui mi può aiutare».

«Okay».

«Domani mattina andrò da lui». Si accoccola di nuovo contro il mio petto, riesco a farla avanzare fino al foyer.

«Se ti faccio incazzare tantissimo, farai anche a me quella cosa?», l'intenzione è quella di scherzare, ma poi neanche tanto.

«Probabile», conferma.

«Hai frequentato un corso di autodifesa?». Le scosto una ciocca di capelli dalla fronte, le sono davanti.

«A giugno, insieme a Diane. È stata lei a convincermi».

«È una brava amica... un po' strana».

Cybil ridacchia. «È la migliore in assoluto. E anche la più strana in assoluto».

Rob torna con la mia giacca, io la poggio sulle spalle di Cybil. «Ho detto a mamma che Cybil non si sentiva bene perché le sono venute le sue cose». Cybil ride, io scuoto la testa, esasperato. «Che c'è? Non mi è venuto in mente altro».

Gli mollo una pacca sulla spalla. «Torna dentro. Ci vediamo domani».

Cybil lo saluta con un abbraccio infinito, io penso di voler staccare la testa a mio fratello.

«Ciao, Karate Kid», la saluta lui.

«È una mossa di judo!», lo corregge Cybil, ma se ne è già andato.

«Stai bene?», le chiedo mentre usciamo all'aria aperta. C'è una temperatura fantastica stasera, si vedrebbero milioni di stelle in cielo se non fosse per le luci infinite dei grattacieli di Manhattan. Cybil mi cammina accanto, aggrappata al mio avambraccio.

«Sì. Non lo so. Sono uscita dalla toilette e me lo sono trovato davanti. Per un attimo mi sono sentita impotente, schiacciata. Secondo me era fatto di coca, aveva gli occhi di fuori, era troppo agitato. Mi ha urlato in faccia che se mi trovavo in quella situazione la colpa era mia, perché ti ho raccontato cose che erano solo nostre».

Mi impongo di mantenere la calma, di mettere un piede davanti all'altro senza guardarmi indietro. *La tua priorità è Cybil*, mi ricorda una voce nella mia testa.

«Ti ha fatto… qualcosa? Ti ha… toccata?».

«No. Mi ha messa spalle al muro, ma una volta tanto ho usato l'adrenalina a mio vantaggio. Il Maestro Joe me lo aveva detto che sarebbe successo. Che se mi fossi trovata in una situazione di vero pericolo, avrei reagito. Certo, un conto è provare certi meccanismi di difesa con il tuo maestro, consenziente a farsi catapultare in aria, un altro è tentare di buttare giù un uomo che avrà venti chili più di te».

«Mi fai un po' paura», ridacchio. «Non bastava un calcio sui testicoli?».

«Prevedibile», commenta lei, con un tono da superiore che mi fa ridere ancora di più. «Infatti, quando ho alzato la gamba, lui, istintivamente, si è coperto i genitali e ha sbilanciato il peso. E io ho avuto la meglio. Ha ragione Diane, il mio *Ashi Guruma* è micidiale!».

«Sono senza parole», ammetto.

«Magari quando arriviamo a casa ti faccio vedere la posizione dell'Indra».

«Judo?», domando.

«Kamasutra», mi risponde lei, con naturalezza. Mi spinge via con una manata, ride in modo esagerato. L'adrenalina fra poco lascerà del tutto il suo sistema nervoso e quello che è appena successo le piomberà addosso come un temporale estivo: violento e implacabile.

«Sono familiare solo con la posizione dell'antilope», sto al gioco.

«Sembra interessante».

«Oh, non sai quanto. E con quel vestito addosso sarà indimenticabile». Le afferro una mano e la costringo a fermarsi.

«Che c'è?», mi domanda. Sorride appena, curiosa. La ciocca sfuggita dall'acconciatura le ricade sul viso, la infila dietro l'orecchio con un gesto automatico.

«Dovevo esserci. Non dovevo mandarti da sola».

«Ma tu c'eri! Sei venuto a cercarmi subito. Non posso pensare di non poter andare in bagno senza essere tenuta per mano. Mi so difendere, e adesso so che tu, comunque, sei sempre a portata di mano. Se allungo un braccio, tu ci sei». Me lo dimostra, mi sfiora il busto, sale fino ad accarezzarmi la pelle del viso.

Sospiro. Mai come stasera ho avuto paura di perderla, mai come adesso mi rendo conto di quanto sia fottutamente innamorato di lei.

L'abbraccio così forte che soffoco entrambi. «Andiamo a casa?», mormoro contro i suoi capelli che profumano di fiori d'arancio.

«Sì, per favore».

cybil

Lucas sta dormendo come un sasso quando mi sveglio, sabato mattina. Siamo entrambi vestiti. Tornati a casa mia, ieri sera, mi ha spogliato con amore e infilato la maglietta dei Miami Dolphins che mi ha regalato. Vabbè, che mi sono portata via settimana scorsa quando ho fatto le valigie e sono scappata per la milionesima volta da lui e dalla sua testardaggine.

Se ci ripenso, mi prenderei a schiaffi da sola.

Non ho dormito un granché, continuavo a sognare di essere aggredita, di urlare senza che nemmeno un suono mi uscisse dalla gola. Avevo la sensazione che mi avessero strappato le corde vocali e che l'uomo nero mi avrebbe privata anche della mia dignità.

Recupero il cellulare sul comodino e scrivo un messaggio per il Maestro Joe.

CYBIL: GRAZIE!

Mi alzo dal letto e chiudo le porte *shoji* senza fare rumore. Sono le nove passate e io ho bisogno di andare da mio padre e raccontargli tutto. Non so come la prenderà e il pensiero di rivederlo dopo così tanto tempo mi agita.

Ho provato a chiamarlo solo una volta nelle ultime due settimane, non mi ha risposto. Non ha richiamato.

Più passano i minuti, più l'angoscia si amplifica e mi chiude la gola. Metto su il caffè, mi faccio una doccia veloce, indosso un paio di pantaloni neri e una camicetta elegante con il colletto alla coreana. Mi trucco poco, mi lego i capelli. Riesco a mettere nella pancia un paio di biscotti al cioccolato, rinuncio a mangiare il terzo e lo ripongo nella scatola.

Dovrei svegliare Lucas, mi ha chiesto di farlo. Non vuole che vada da sola, ma io non sono sicura di volerlo con me, stamattina. Sarà già abbastanza penoso affrontare mio padre, senza dovermi preoccupare anche di lui.

Sto per uscire di casa, poi mi fermo davanti alla porta, con la mano sulla maniglia.

Ci siamo fatti una promessa: niente più sparizioni. Non si scappa, si affrontano i problemi insieme.

Ritorno sui miei passi, schiudo le porte scorrevoli e mi avvicino al letto.

«Ehi», sussurro. «Svegliati».

Lucas borbotta qualcosa contro il cuscino.

«Sto andando da papà. Mi aspetti qui?».

Si mette seduto di colpo, ha i capelli schiacciati da una parte e un meraviglioso accenno di barba sul viso assonnato.

«No. No, vengo». Si stiracchia, sbadiglia, fatica a tenere gli occhi aperti.

«Sei sicuro? Perché posso andare da sola. Non sei obbligato».

«Vengo», sentenzia.

Smetto di insistere, mi lascio stampare il bacio del buongiorno sulle labbra e lo vedo sparire in bagno. Apro la piccola finestra sulla vetrata e rifaccio il letto, poi gli verso una tazza di caffè.

Esce dal bagno con i capelli bagnati e con solo i boxer indosso. «Devo andare su a vestirmi. Non posso presentarmi con il vestito elegante da tuo padre».

«Ti aspetto».

«Chiedo le chiavi della macchina a Rob».

Stavolta il bacio del buongiorno mi fa formicolare la spina dorsale. Sa di acqua e dentifricio, e di un profumo familiare.

«Ti sei messo la mia crema per il viso?».

Lucas si accarezza la mascella. «Mi lascia la pelle morbidissima», mi fa notare.

«Devo iniziare a nascondere i reggiseni?», domando con tono ironico.

«Nah, ho i miei. Vado e torno».

Lucas si presenta dopo neanche dieci minuti... in tuta.

«Vieni così?», gli domando, contrariata. Era meglio l'abito elegante, seppur stropicciato!

Si guarda i vestiti, la maglietta anonima e spiegazzata, le scarpe consumate. «È sabato mattina», protesta.

«Vabbè, andiamo. Tanto non ti faccio salire in casa. A mio padre verrebbe un infarto». *O magari lo faccio salire...*

Una volta in auto, trovata una canzone che gli piace – *Over the Hill* di Wax/Wane – parte. Non ci credo quando imposta il navigatore per arrivare su Madison Square Park, ma non commento, sono troppo agitata.

«Sei preoccupata. Hai paura che si incazzi?», mi domanda.

«Uhm?». Prendo tempo, formulo la risposta nella mia testa.

«Hai paura che si incazzi?», ripete.

«Forse».

«Perché non gli hai detto niente lo scorso marzo?».

Perché non sono abituata a dirgli niente. Lui non c'è mai stato per me, sono sempre stata un peso nella sua vita.

Faccio spallucce. «Non ho un buon rapporto con lui. Non ce l'ho mai avuto. E poi...».

Lascio la frase in sospeso, il mio cervello corre troppo stamattina. Forse sto accusando lo shock di ieri sera, o forse sto realizzando quello che so da tutta la vita: a mio padre non interessa un bel niente di me e io sto andando a casa sua, senza preavviso, a chiedergli aiuto.

«Poi?», insiste Lucas.

«Posso dirti una cosa che non ho mai detto a nessuno?».

«Cioè? Una cosa che non sa nemmeno Robert?», mi domanda frastornato. Per un attimo distoglie lo sguardo dalla strada, io alzo gli occhi al cielo.

«Sì, una cosa che non sa neanche Rob. E nemmeno Diane».

«Mi sento speciale», mi prende in giro.

«Sono seria». Mi guarda di nuovo, stavolta almeno siamo fermi a un semaforo. «Ho sempre avuto l'impressione di... non essere sua figlia».

Le parole esplodono come un ordigno. È un pensiero che ho messo a tacere per troppo tempo, una sensazione strisciante che provo a ignorare da tutta la vita e, quando si materializza nella mia testa, mi fa tuonare il cuore.

Non so cosa sia scattato, quale sia stato il pensiero autodistruttivo che ha azionato gli ingranaggi arrugginiti nel mio cervello, ma qualcosa è successo. Qualcosa si è spento dentro, stamattina. Più pensavo che gli avrei dovuto raccontare tutto, più una vocina nella mia testa mi convinceva che tanto a lui non sarebbe importato. I pensieri sono diventati storie e le storie si sono susseguite come scene di un film nella mia testa. Ho rivisto i compleanni ai quali non si è presentato, il matrimonio al quale non sono stata invitata, la consegna dei diplomi alla quale non ha partecipato.

«Ma di che parli?».

«Lascia stare, mi sto angosciando senza motivo».

«Perché non dovresti essere sua figlia, scusa?».

Guardo fuori dal finestrino. «Non lo so. Te l'ho detto, è un pensiero stupido. È che ho bisogno di lui e non so se ho il diritto di chiedergli niente».

Frammenti di conversazioni strampalate che ho origliato negli anni mi incasinano la testa. Parole che non hanno senso, o forse ce l'hanno ma io non riesco a coglierlo.

Vengo catapultata nel passato, sono dietro la porta socchiusa dello studio di mio padre, sta parlando con un uomo. Io ho sette anni, forse otto. Sto girando per casa con il monopattino, sono bravissima e corro più veloce del vento.

Papà alza la voce contro questo signore, gli dice che non è possibile che quella *truffatrice* sia sparita nel nulla. La deve trovare. Deve venirsi a riprendere il pacco che si è lasciata dietro. Dice che gli darà il doppio, stavolta.

Io non capisco di cosa stiano parlando, mi allontano di un passo dalla porta del suo studio perché papà adesso sta urlando. Sta dicendo che si è fatto fregare.

«Ehi». Lucas trova la mia mano, la stringe. Mi piace questa versione tutta nuova di lui, tutta mia. È così pacato, così sereno. E lo sarò anch'io dopo stamattina. Denuncerò Halbert, costringerò mio padre a dirmi la verità su mia madre, mi butterò tutto alle spalle.

E poi mi impegnerò a essere felice.

«Grazie per aver insistito. E puoi salire a casa del vice procuratore generale di New York City… anche se sei vestito come un barbone!».

Si porta il mio palmo alle labbra, lo bacia, ci gioca. «Siamo arrivati», mi informa.

Mi scoppia il cuore, mi rimbomba nelle orecchie, mi stritola la gola.

Poggio una ballerina sul marciapiede e non credo che riuscirò a ripetere l'operazione anche con l'altra. Così rimango con un piede nella BMW e uno fuori, un braccio ancorato allo sportello aperto, l'altro che stritola la pelle scura del sedile. Il cielo è nero come la pece, stamattina, e i rumori della città sono assordanti.

Mi faccio annunciare, saliamo al dodicesimo piano in silenzio.

«Che ci fai qua?». È papà ad accogliermi. Indossa un paio di pantaloni blu che di sportivo hanno ben poco e una polo bianca. Sempre impeccabile, anche per stare dentro casa. Non credo di averlo mai visto in pigiama ed è l'ennesimo particolare che mi sconvolge. Com'è possibile che in ventun anni non abbia mai visto mio padre in pigiama? Guarda oltre le mie spalle e si accorge di Lucas.

Mi aspetterei di vedere il mio ragazzo appena imbarazzato, invece fissa l'uomo di mezz'età davanti a sé con un'espressione impassibile. Potrebbe avere davanti a sé il presidente degli Stati Uniti e se ne fotterebbe altamente.

«Ho bisogno di parlarti. E scusa se non ho preso un appuntamento con la tua segretaria, ma è piuttosto urgente».

Papà fa rimbalzare lo sguardo da me a Lucas, che adesso mi sta accanto nella sua posa preferita: mani in tasca e gambe appena divaricate.

Daisy si materializza nel grande salone avvolta in una vestaglia di seta bianca. È patetica con le sue pantofole con il tacco e i capelli sistemati in uno chignon intricato. Chi diavolo si crede di essere?

«Caro, cosa succede?».

«Ci lasci sulla porta?», domando a papà, e lo sfido a cacciarmi via.

«Entrate». Si fa da parte e mi fa cenno di accomodarmi sulla poltrona Luigi XVI, ma io scuoto la testa.

«Ho bisogno di parlarti da sola. Nel tuo studio».

«Cosa devi dirgli che non posso ascoltare?», si intromette la vipera. «Io e tuo padre non abbiamo segreti».

Non le presto attenzione.

«Vieni», borbotta mio padre e non posso fare a meno di pensare che è la prima volta che mette me davanti a tutto.

Lucas è dietro di me, lo sento agitarsi, ma non posso occuparmi di lui adesso. Papà passa davanti a Daisy, che prova di nuovo a protestare, e poi la supera. Io continuo a non guardarla, vado dritta come un bulldozer contro il muro. Vedo l'ostacolo e so che lo prenderò in pieno, ma non provo neanche a decelerare.

«Accomodati». Papà indica la sedia davanti alla sua scrivania. Mi aspetto che vada a sedersi al suo posto, sul suo trono di pelle dove si sente forte e potente, da dove emette le sue sentenze, invece poggia un fianco sulla scrivania e si accomoda in modo scomposto di fronte a me. Ero seduta proprio qui quando lo scorso marzo gli ho chiesto di riprendermi in casa. Mi ha guardata con tale sdegno da farmi sentire sporca. Ed ero sempre seduta qui quando, a nove anni, gli chiesi per la prima volta dov'era mia madre. Quella volta mi aveva risposto che era morta. Solo qualche anno dopo mi aveva detto la verità: mi aveva abbandonata per stare con un altro uomo.

«Ti devo parlare di una cosa seria», annaspo. «Una cosa che è successa l'anno scorso, a marzo».

Papà è impassibile, mi guarda come se fossi un impegno di lavoro, una collaboratrice che arriva con l'ennesima pratica fastidiosa che non riesce a risolvere da sola.

«Ti ascolto».

«C'è un assistente della NYU, Halbert Roys, che... che...».

«Smettila di balbettare. Arriva al dunque». Il suo tono è severo, ma l'espressione sul suo viso cambia. Mi sta ascoltando, ascoltando davvero. Aggrotta la fronte, si sporge appena in avanti.

«Mi ha molestata». Papà si irrigidisce e io mi sbrigo a raccontargli tutta la storia dall'inizio, senza tralasciare alcun dettaglio. Gli dico delle chiamate insistenti, di come mi abbia reso la vita un inferno, dei pomeriggi che mi costringeva a passare nel suo studio, delle volte che me lo ritrovavo davanti alla porta della mia camera al dormitorio, dei pessimi voti che mi metteva a ogni compito e di quando mi ha stesa a pancia in giù contro la scrivania. Concludo raccontando quello che è successo ieri sera.

Parlo senza guardarlo in faccia, non mi azzardo a incrociare i suoi occhi grigio fumo. Da giovane erano di un blu splendente. Non so come sia possibile, ma negli anni quel colore vivace si è spento del tutto. Più avanzava con la sua carriera, più i suoi occhi si intristivano, diventando glaciali e inespressivi.

«Perché lo scopro solo ora?».

«Perché non sapevo come parlartene. Pensavo di poter risolvere la questione da sola. È evidente che non è così».

«È una cosa grave, Cybil», mi ammonisce. «Qualcosa che non può essere risolto confidandosi con l'amichetta del cuore, come se fosse un diverbio fra adolescenti. Stiamo parlando di responsabilità penale. Quando sei tornata a casa, lo scorso marzo, mi hai detto che stavi pensando di lasciare l'università. Sei rimasta impassibile quando ti ho accusata di essere una ragazzina viziata e un'incosciente», alza la voce, ma non è arrabbiato. Forse, per la prima volta, inizia a capire, a vedermi. «Mi hai guardato in faccia e non hai detto niente».

«Perché io non so come parlarti!», sbotto. «Non ci sei mai stato per me, mi hai insegnato dal primo giorno a cavarmela da sola. Non volevo il tuo aiuto, non pensavo volessi aiutarmi».

«Sono tuo padre!», tuona.

«Lo sei? Lo sei davvero?», domando senza dare alcuna intonazione particolare alla voce. Solo indifferenza, solo un buco nella pancia.

«Ma che razza di domanda è, questa?».

«È una domanda semplice. Sono tua figlia?».

«Certo che lo sei!».

Riprendo fiato, non mi basta. «Sono sangue del tuo sangue?».

«Sì». La freddezza con cui pronuncia quell'unica parola sembra voler dire l'esatto contrario. Ci fissiamo, poi mi alzo dalla sedia senza dire una parola, non ne ho. Mi sta mentendo? «E se anche non lo fossi, non cambierebbe niente», dice lui con il solito tono severo che mi accompagna da quando sono nata, e io perdo terreno.

Non capisco più nulla.

«E cosa dovrebbe cambiare?». Mi lascio sfuggire una risatina ironica. «Il nostro rapporto è chiarissimo. Sono una ragazzina sfortunata che ti sei ritrovato a crescere anche se non volevi».

Dovrebbe lasciarmi andare, invece mi inchioda al pavimento con un unico sguardo. Dovrebbe fare come ha sempre fatto: lasciar cadere il discorso e ognuno per la sua strada.

«Ho scelto io di crescerti».

«No, non l'hai fatto. Ti è stato imposto. Lei dov'è? Chi è?».

«Non so dove sia», ribatte. Sa che sto parlando di mia madre e stavolta mi darà le risposte che voglio. «L'ho cercata per anni».

«Perché volevi restituirmi», lo anticipo.

«Perché volevo guardarla in faccia e dirle quale essere spregevole fosse». Alza la voce di un paio di decibel, boccheggia dalla rabbia, perde del tutto il suo innato autocontrollo. «Volevo urlarle addosso che si era presa gioco di noi, che non l'avremmo mai perdonata, che ce la stavamo cavando benissimo anche senza di lei».

Non mi piace che parli al posto mio, ma non lo contraddico. «Cos'è successo?».

«Cybil, non è importante. Quella donna era feccia, e tu sei mia figlia».

«Non mi hai mai trattata come una figlia. Mai! Mi hai cresciuta, non mi hai fatto mancare niente, ma sei stato solo un benefattore che si è preso cura per finta di una ragazzina che non voleva».

Papà si porta una mano al petto. «Ti proibisco di parlarmi così! Ti proibisco di mettere in dubbio il mio affetto!».

Combatto contro l'istinto di ribaltare la sedia sulla quale ero seduta fino a pochi istanti fa, combatto con tutte le mie forze per domare il mio carattere impulsivo.

«Perché se ne è andata?».

«Perché era una ragazzina, Cybil. Aveva diciannove anni, è rimasta incinta e io non ero di certo il compagno che poteva starle accanto. È stata un'avventura, la nostra. Era giovane, inesperta, innamorata dell'amore».

«Perché non è più tornata?».

«Non avrebbe potuto. Abbiamo firmato un accordo, lei si è presa i soldi che le ho offerto e ti ha lasciata qua». Mentre lo dice penso che crollerò, invece non provo niente. Solo un'infinita pena per una donna così avida da lasciarsi alle spalle una neonata in cambio di qualche soldo in tasca.

«Quanto? Diecimila dollari?». Papà trattiene il fiato. «Venti?».

«Duecento».

Mi aggrappo con entrambe le mani allo schienale della sedia e chiudo gli occhi. «Ho sentito una conversazione quando ero piccola. La stavi cercando». Papà ci pensa, annuisce lentamente. «Hai detto a un uomo che non poteva essere sparita, che doveva tornare a riprendersi il pacco che aveva lasciato dietro. Che gli avresti dato il doppio».

Papà vacilla per un attimo, si morde le labbra, ho anche l'impressione che i suoi occhi si siano appannati.

«L'ho fatto. Non ne vado fiero». La voce esce strozzata, fa venire un groppo in gola anche a me.

«Se fosse tornata a prendermi… mi avresti lasciata andare?».

«Non le avrei permesso di sfiorarti nemmeno con un dito. Quella non è una madre, non è niente. Non se lo merita il tuo dolore, non si è mai meritata nemmeno il mio».

Mi avvicino al suo tavolino bar, nell'angolo dello studio. Riempio un bicchiere d'acqua fino all'orlo. Le mani tremano al punto che, nel maldestro tentativo di portarlo alle labbra, mi bagno la camicetta. Bevo tutto d'un fiato. Papà è ancora seduto sulla sua scrivania, tiene le mani giunte sulle cosce, guarda a terra.

«Mi sento come se mi avessero preso a pugni», mormoro, di spalle. «Cosa succede, adesso, fra di noi? Come ci guardiamo in faccia?».

«Non succede niente, non cambia niente. Tu sei una MacBride. Ti porterò sottobraccio all'altare il giorno del tuo matrimonio, vizierò i miei nipoti con regali eccessivi per compensare i compleanni che mi dimenticherò, farò finta di andare d'accordo con tuo marito – che spero non sarà quello scapestrato che hai portato in casa mia stamattina – e sarò sempre orgoglioso di te per quello che sei diventata, anche se non te lo dirò apertamente».

Gli occhi si riempiono di lacrime senza il mio permesso. Mi volto al rallentatore. «Non ci sei mai stato per me, perché dovresti iniziare adesso?».

«Io ho il mio carattere, tu hai il tuo. E il mio fa schifo, sono anaffettivo di natura, dimostro il bene alle persone a modo mio. Bada bene, bambina mia, che sarei stato un pessimo padre anche se fossimo stati una famiglia "normale". Non ne vado fiero, ma non posso cambiare chi sono».

Un pessimo padre.

E lo è stato, in mille modi diversi, ma in qualche modo le sue parole le sento vere. So che è sincero, adesso.

Mi accarezzo le labbra con l'indice. Avrei mille domande da fargli, ma ho la sensazione che il mio tempo con lui sia scaduto. Questa è la prima volta che ci parliamo in questo modo, e forse per il grande Andrew MacBride non cambia nulla, è convinto di aver fatto del suo meglio, che tutto sommato sia stata una bella vita, la nostra, ma si sbaglia. Mi guarda in faccia e mi dice che non può darmi più di quello che mi ha concesso in questi anni. E ha ragione, non può darmi niente.

E io ho smesso di aspettarmi qualcosa da lui tanto tempo fa.

«Voglio denunciare Roys».

«Quel figlio di puttana pregherà di essere deportato quando avrò finito con lui. Adesso andiamo da un mio amico, gli raccontiamo tutto, procederà lui».

Liscio la camicia bagnata sul davanti. Mi sistemo i capelli, stringo forte la bretella della borsetta che non mi sono neanche sfilata di dosso.

«Stasera ceniamo insieme?», mi domanda papà, senza guardarmi in faccia.

«Solo io e te?». Il cuore batte appena più forte, l'aspettativa diventa ingestibile.

«Certo».

Si alza dalla scrivania e fa un passo in avanti, verso di me. Rimango a fissarlo, lo sfido con gli occhi ad abbracciarmi, a dirmi che pensa ogni singola parola che ha detto, ma lui rimane immobile e io lo levo dall'imbarazzo: mi avvicino alla porta del suo studio, pronta ad andarmene.

«Solo un'ultima cosa. Mia madre, mi ha mai cercata?».

Papà stringe le labbra fra i denti. «No, Cybil. Non l'ha mai fatto». Annuisco. «Chiamo il mio autista e avverto Rogers che stiamo andando da lui».

«Vorrei che venisse anche Lucas».

Papà mi guarda di sfuggita. «Lo scapestrato con la tuta che stamattina non si è neanche pettinato?».

Per la prima volta mi fa ridere. «Proprio lui. E comunque i suoi capelli sono così quando se li pettina».

«Va Bene». Sto per uscire dal suo studio, ma mi richiama. «Cybil. Mai più mi terrai all'oscuro di una cosa così grave. Mai. Più. Sarò anche un pessimo padre, ma ci sarò sempre quando avrai bisogno di me. Sono stato chiaro?».

«Cristallino», cito Tom Cruise in *Codice d'onore* e forse, sì, è del tutto impazzito, perchè anche lui si lascia andare a una risatina.

È il suo film preferito. Uno che abbiamo visto insieme mille volte, l'unico ricordo decente che ho con lui.

«Aspettami in sala con lo scapestrato. Arrivo subito».

Rientro a casa alle undici passate, Lucas ha detto che mi avrebbe aspettata nel mio appartamento. La cena con papà è stata strana. Per la prima mezz'ora ci siamo sforzati entrambi di fare conversazione, mi ha chiesto come procedono gli studi, quali sono i progetti per il futuro.

Gli ho detto che ci ho pensato e che vorrei comunque tentare la strada della finanza. Lui ha detto che ha delle ottime conoscenze, che può raccomandarmi in qualche studio importante. Io l'ho ringraziato, poi ho declinato educatamente la sua offerta.

Lui ha sorriso, ho scorto un barlume di fierezza nel suo sguardo. L'ora successiva è stata un disastro, dove il silenzio imbarazzante ha fatto da padrone.

Mi ha riaccompagnata con l'autista al mio appartamento e mi ha invitata a casa per il giorno del Ringraziamento. Manca un mese e mezzo al Thanksgiving.

Per quanto riguarda Halbert Roys, ho il vago sospetto che passerà il resto della sua vita a raccogliere banane in Costa Rica. Mentre parlavamo con Rogers – il commissario del New York City Police Department, il più grande dipartimento di polizia degli Stati Uniti – papà continuava a imprecare, a dire che lo voleva vedere alla gogna, strisciare e implorare pietà. Ha ribadito un paio di volte il concetto "davvero pensava di potersi approfittare di *mia* figlia?", seguito da tre o quattro "non lo sa chi sono io? Chi è lei? Noi siamo MacBride!", come se il nostro cognome fosse un lasciapassare per le porte dell'universo. Io sono rimasta in silenzio ad ascoltare, un unico pensiero: Lucas fuori dalla porta dell'ufficio del commissario Rogers ad aspettarmi.

E adesso è steso sul divano, la televisione è accesa e lui dorme profondamente. Non so come faccia a girare costantemente senza maglietta e con i pantaloncini corti, io sto morendo di freddo. Fuori piove e sembra che l'autunno si sia abbattuto su di noi con largo anticipo.

Mi siedo accanto a lui, lo sveglio con un bacio.

Lucas, ancora con gli occhi chiusi, mi trascina contro il suo petto e mi avvolge in un abbraccio surreale.

È stata una settimana pazzesca, la nostra. Una settimana nella quale non ci siamo mai scontrati, fatti dispetti, e non abbiamo litigato per ogni cretinata. È un po' come se tutti i tasselli fossero andati al loro posto nel momento in cui abbiamo deciso di amarci e basta.

Io non sento più il bisogno di alzare il muro, di trincerarmi dietro le mie stupide convinzioni, mentre lui è di una dolcezza a tratti imbarazzante. Mi mette a disagio con le sue attenzioni, ma allo stesso tempo non posso farne a meno.

Se non mi sta addosso, sento che non respiro allo stesso modo. Quando se ne va, mi sento mancare il cuore.

«Ehi», mi saluta, senza staccare la bocca dalla mia.

«Ehi».

«Com'è andata?».

«È stato pietoso», ridacchio. «Mi sembrava di essere a cena fuori con il padre di una conoscente, invece che con il mio».

«Mi sei mancata». Struscia le labbra contro le mie, mi mordicchia quello inferiore.

«Anche tu».

«Mi ha chiamato mia madre, prima. Ci ha invitati a pranzo, domani».

Rimango immobile, conscia del fatto che sto per aprire bocca e rovinare tutto. «Non credi che… stiamo correndo un po' troppo?».

«No», ribatte lui, pacifico. Le dita scorrono sui bottoni della mia camicetta di seta, slaccia il primo, poi il secondo. Si alza quel tanto che basta per baciarmi sotto il collo, poi scende di qualche centimetro. «Credo che stiamo andando anche troppo piano. E tu non sei ancora nuda».

«Ah, ma a quello possiamo rimediare».

Mi alzo in piedi e improvviso un piccolo striptease per lui, mi impegno persino a sembrare sexy. Lucas mi sorride a mezza bocca, poi gli angoli delle labbra ritornano al loro posto.

«Non l'ho fatto bene?», lo provoco, nuda davanti a lui.

«L'hai fatto benissimo», conferma, ma rimane comunque accigliato.

«Che succede?». Stavolta la voce non esce suadente. Al contrario, mi si incastra in gola sull'ultima sillaba.

Scuote la testa, si sforza di sorridere e io mi agito. «Pensi davvero che stiamo correndo troppo? Perché io sento che vorrei bruciare tutte le tappe, recuperare tanto di quel tempo perso da avere la sensazione che, se mi fermassi, imploderei. Non riesco a pensare di dormire in un letto dove non ci sei tu, di svegliarmi e non trovarti abbracciata a me».

«No, Lucas. Stavo solo… facendo quello che faccio sempre: la stronza», ammetto.

«Vieni qua». Allunga una mano e io l'afferro, mi ritrovo di nuovo accoccolata contro di lui. «Quando penserai che stiamo andando troppo veloce, promettimi che me lo dirai. Io andrò al tuo passo, mi fermerò se è quello che vuoi. Non sono mai stato così convinto di volerti nella mia vita come stasera. E quando rivedrò tuo padre, giuro di mettermi una camicia. Sarò il fidanzato perfetto, mi adorerà».

Ridacchio. «Fidanzato? Mi sposerai, Lucas Henderson? Farai di me una donna onesta, un giorno?», uso un tono scherzoso, il cuore non ne vuole sapere di darsi una calmata.

«Ci sono buone probabilità che succeda». Mi bacia sulle labbra pianissimo, chiude il mio viso fra le sue mani e lo lascia premuto contro il suo.

«E saremo come i tuoi genitori? Felici, complici? Cresceremo i nostri figli con amore?».

«Di più».

«E non li abbandoneremo alla prima difficoltà?».

«Mai, bambolina. Proprio mai».

«E posso metterti K.O. se mi chiamerai di nuovo "bambolina"?».

«No…». Il bacio diventa intenso, un miscuglio di promesse e troppi sentimenti che si rincorrono. «Ma possiamo provare la posizione della foglia, se vuoi».

«Che diavolo è la posizione della foglia?».

Lo sguardo di Lucas diventa impertinente, mi incendia lo stomaco. «Oh, bambolina… ora sì che ci divertiamo».

FINE

epilogo

CYBIL

Avete presente quei viaggi on-the-road dove guidi per chilometri e chilometri nel bel mezzo del nulla? Quelli che si fanno in gruppo? Dove si passa da uno Stato all'altro, si dorme in posti di merda e si mangiano schifezze dalla mattina alla sera?

Ecco, ora immaginatevi me, seduta sul sedile davanti di una Jeep a noleggio, con una cartina stradale degli Stati Uniti in mano – perché a quanto pare il navigatore fa troppo snob, "ammazza l'atmosfera" – che imbocco il mio ragazzo con caramelle gommose e gli ripeto, per la trecentesima volta, che deve seguire la Route 66 finché non sentirà l'odore del fottuto mare, e forse, *forse*, inizierete a comprendere perché mi girano le palle dalla bellezza di cinquecento miglia. E ne mancano altrettante, prima di arrivare alla destinazione finale: il Coachella Festival.

Come se non bastasse, i miei due migliori amici si sono del tutto estraniati sui sedili di dietro. Dormono. Mi hanno fatto una testa quadrata per un mese cercando di convincermi che un viaggio on-the-road tutti insieme sarebbe stato *stupendo*, che avremmo visto posti *fantastici*, che non potevamo perderci questa occasione *unica*, e loro cosa fanno? Dormono.

Dormono da quando, stamattina, siamo partiti da Gallup, e sono certa che non si sveglieranno finché non ci troveremo davanti al cartello di benvenuto del Grand Canyon National Park, ammesso e non concesso che ne abbiano uno. Non so perché, ma mi immagino una cosa alla *Jurassic Park*.

"Benvenuti al Grand Canyon National Park". Seguito da un: "Lasciate ogni speranza, voi ch'entrate".

Ah, sì, il Grand Canyon? Piccolo *d-tour* voluto fortemente dal mio ragazzo, al quale verrà un attacco fulminante di colite se non la smetterà di ingurgitare orsetti gommosi.

«Mi passi l'acqua, per favore?».

In testa gliela passerei, l'acqua!

Va bene, passo indietro.

C'è un motivo se sono così scontrosa. Oggi è il nostro anniversario. Mio e di Lucas. E lui se ne è completamente dimenticato. Quando gliel'ho fatto notare, mi ha presa in giro. Davanti a Rob. *Con* Rob che, per inciso, non è più il mio migliore amico. L'ho sostituito con il tizio che vende hot-dog all'angolo fra Wooster e Prince.

Lucas mi ha guardata dritta in faccia, stamattina a colazione, e ha avuto il coraggio di dirmi che questa dell'anniversario è una stronzata. Parole sue.

Una. Stronzata.

Mi ha stampato un bacio sulla fronte, neanche fossi sua nonna, ed è tornato in camera a fare la valigia.

Gli passo l'acqua perché, nonostante spero che passi il resto della giornata sul cesso dello schifoso motel che avrà sicuramente prenotato Diane "per risparmiare", non ho voglia di guidare e se morisse di sete in questo preciso istante, sarei costretta a mettermi al volante.

Incrocio le braccia al petto, metto il muso. Lui non fa una piega. Accentuo il muso lungo. Niente da fare, non mi considera.

«Ti va di cambiare musica?».

«No!».

«Daiii!», insiste lui con quel tono infantile che usa sempre per convincermi a fare cose di cui non ho minimamente voglia.

«Hai i comandi sul volante, cambiatela da solo».

«Ma sei arrabbiata con me?».

Arrabbiata? No, arrabbiata non arriva nemmeno lontanamente allo stato d'animo che provo in questo momento. Sono delusa, umiliata, incazzata nera!

«No».

«Secondo me un po' lo sei. Vabbè, dimmi cosa ho fatto».

«Non hai fatto niente». Stringo ancora di più le braccia al petto, guardo fuori dal mio finestrino. La famosa Route 66 è una noia mortale, tutta uguale.

E per fortuna siamo partiti da Santa Fe, nel New Mexico. Questi tre pazzi volevano prendere un aereo da New York City fino a Chicago, Illinois, e percorrere tutte e duemila le infinite miglia di questa vecchia strada. In quattro giorni.

Ringrazio Dio che almeno uno di noi quattro – io – abbia un po' di buon senso.

È stato un casino prendermi tre giorni di ferie dalla società per la quale ho iniziato a lavorare ad agosto, poco dopo la laurea, non avrei potuto chiedere nemmeno un'ora in più di permesso, e farmi duemila miglia in auto in soli tre giorni era fuori discussione.

Rob, dietro di me, sta russando. Diane dorme sulla sua spalla, ogni tanto solleva la testa, controlla dove siamo, poi si riaddormenta di nuovo.

«Bambolina, mi tieni il muso il giorno del nostro anniversario?». Trattiene una risata da presa per il culo quando pronuncia l'ultima parola.

«Fottiti», ribatto, piccata.

«Scommettiamo che mi farò perdonare?».

Impossibile! «Sì, sì. Come no».

«Mettimi alla prova».

«Tu sei *sempre* in prova. Non dimenticartelo mai, Henderson».

Lucas ride, cerca di prendermi la mano, scanso via la sua con un gesto di stizza. E lui ride di nuovo.

È stato un anno incredibile, il nostro. Fatto di amore e sesso ai limiti della decenza. Limiti che ogni tanto abbiamo anche superato. Ha preso un po' troppo sul serio la storia del kamasutra, il mio ragazzo.

Ha comprato uno di quei libri cretini con le figure e le spiegazioni passo passo. *Kama-sutra for dummies*. Il kamasutra per i rimbambiti, per intenderci. E ha indetto il giovedì come "giornata mondiale del sesso sporco". Tutti i giovedì, neanche dovessimo timbrare il cartellino, lo trovo a casa quando rientro dal lavoro a sfogliare quel dannato manuale in cerca della posizione perfetta. Dopo averla sperimentata, mette un timbro sulla pagina. Ne ha comprati tre diversi con la scritta *"quality control: approved"*. Uno verde, uno giallo, uno rosso. I rossi sono il male, e non possiamo più ripeterli. Questa è la regola.

E oggi è giovedì. E lui lo sa. E spero che sul quel dannato libro ci siano un sacco di consigli sul *fai-da-te*!

Ma perché sto ancora insieme a 'sto cretino?!

«Vuoi che ci fermiamo a prendere un caffè?», mi domanda.

«No».

E okay, lui è infantile, ma io di più.

La verità è che questa storia della data dimenticata non mi va giù. Come fa a non ricordarsi che proprio oggi, un anno fa, dopo essere stati a pranzo a casa dei suoi genitori – per la prima volta come coppia – mi ha portata a Central Park e mi ha fatto una dichiarazione d'amore da manuale?

Mentre passeggiavamo intorno al lago mi ha presa per mano e la conversazione è andata più o meno così:

«Solo per essere sicuri che io non abbia capito male... stiamo insieme, giusto? Cioè, io sto con te, e tu stai con me. E abbiamo l'esclusiva. Perché io penso che dovremmo formalizzare la cosa. Insomma, se stiamo insieme e non posso più scopare con altre donne, dovremmo trovare un modo per renderlo ufficiale. Questa data è importante. Perché io ti amo davvero. Io ti amo e basta».

«Non creeremo un account Facebook in comune», lo avevo avvertito, con la voce tremante, dopo le sue parole.

«Facebook? C'è gente che ancora lo usa?».

«Come ufficializziamo la cosa?», avevo riportato alla svelta il discorso sull'unica cosa che mi interessava: la promessa di non scopare in giro. Da parte sua, ovvio. Per me non c'erano pericoli.

«Non lo so, ci devo pensare. Magari ti regalo qualcosa. Sì, mi sembra una buona idea. Andiamo da Cartier e ti compro un regalo. Un paio di orecchini, una collana, una penna».

«Una penna?».

«O una collana», mi aveva corretta lui.

Alla fine da Cartier mi ci aveva trascinata davvero, nonostante le mie proteste. Non mi serviva una collana... o una penna. Mi bastava la sua promessa, mi bastava che lui mi guardasse in quel modo assurdo, come se fossi il fulcro di tutta la sua esistenza. Lui, di sicuro, lo era della mia.

E lo è ancora. Nonostante la dimenticanza.

«Dai, Cyb. Mi dispiace di essermene dimenticato. Con tutta 'sta storia del viaggio e dei preparativi mi è sfuggito. Fossimo rimasti a New York, me lo sarei ricordato sicuramente».

«Sì, sì».

La "storia del viaggio e dei preparativi" equivale a lui che ieri mattina, mezz'ora prima che il taxi ci venisse a prendere per portarci in aeroporto, con tutta la calma di questo mondo ha raccolto le prime quattro magliette e i primi quattro pantaloncini che ha trovato nell'armadio e li ha ficcati nella sua sacca da viaggio.

Fine.

Ah, no, giusto, ha messo dentro anche lo spazzolino, il deodorante e il profumo.

Stavolta riesce ad afferrare la mia mano, se la porta alle labbra, l'accarezza con la bocca. «Mi perdoni?».

Respiro a pieni polmoni. Gli dico "sì", ma dentro penso "vaffanculo, Lucas!".

Cerco di farmi passare il malumore, mi sforzo di sorridere, scherzo anche con Rob e Diane quando si degnano di svegliarsi.

Nell'ultimo anno è successa un'altra cosa stranissima: Lucas è diventato orgoglioso da morire e io disperatamente permalosa. Ci siamo scambiati i ruoli.

Di comune accordo decidiamo di fermarci al motel – che, come prevedevo, fa cagare – prima di avventurarci nel parco del Grand Canyon.

Robert e Diane dormono nella stessa stanza, sempre per il discorso che Diane deve risparmiare. Letti singoli, chiaramente. Stavolta ci danno due stanze comunicanti e Lucas è felice come un bambino.

Adora le stanze comunicanti… vabbè!

Mentre io e Diane andiamo a prendere possesso delle nostre camere, loro dicono che devono fare benzina, comprare qualcosa da mangiare per pranzo, perlustrare la zona.

Insieme sono sempre pericolosissimi, si spalleggiano, tramano alle nostre spalle.

«Sei ancora arrabbiata, eh?», mi domanda Diane entrando nella mia stanza tramite la porta comunicante. Stasera dovrò ricordarmi di chiuderla a chiave. Ci siamo fatte una doccia, io sono riuscita persino ad arricciarmi i capelli.

«Sì», sospiro. «Non posso credere che se lo sia dimenticato. Gli ho anche preso un regalo». Il nuovo modello di quelle orribili cuffie che usa per fare sport. Mi sono costate un occhio della testa.

«Magari te ne ha preso uno anche lui…», suggerisce Di-Di.

«Ma se è caduto dalle nuvole, stamattina!».

«Il tuo ragazzo è un bugiardo patologico e ha la faccia da culo più grande che abbia mai visto. Cerchiamo nella sua valigia», suggerisce.

«*Cosa?!*». La guardo come se fosse impazzita, ma sotto sotto ci sto pensando seriamente. Non faccio niente di male, in fondo… solo una sbirciatina. E poi a lui converrebbe. Insomma, do un'occhiata, se c'è un pacchetto mi metto l'anima in pace e la smetto di fare la stronza. Certo, se non ci fosse…

«Dai, che lo so che vuoi guardare».

«No, non voglio!», mento.

«*Cybillllll*…», cantilena lei.

«Okay, ma guarda tu. E sbrigati che stanno tornando».

Diane si fionda sul letto, dove Lucas ha lasciato il suo bagaglio. Improvvisa un balletto stupido, si comporta come una di quelle vallette da quiz televisivo.

«Smetti di fare la scema». Mi porto un'unghia alla bocca, la mangiucchio dal nervoso.

Di-Di infila dentro solo la mano, sembra che stia ravanando nella borsa di Mary Poppins.

«Spazzolino», dichiara, tirandolo fuori e posandolo sul letto. «Deodorante. Una maglietta. Altre magliette. Uh, sento qualcosa di interessante».

«Cosa? Cosa?».

«Ah, no. Profumo». Infila di nuovo la mano nella sacca, i suoi occhi si spalancano. «Merda».

«Cos'è?».

«Ehm… okay, al tatto non promette niente di buono. O meglio, promette un sacco di cose fantastiche, ma non so come la prenderai».

«Cazzo, Di-Di! Cos'è?».

Lo chiedo e lei, porca puttana, estrae una scatolina a forma di cubo. Rossa. La scritta dorata di Cartier scintilla tanto che mi copro gli occhi con le mani.

«Oh, cazzo!», sussulta Diane. La lancia sul letto, neanche si fosse bruciata.

«Oh, mio Dio! È un anello?», boccheggio. «*È un anello?!*», sbraito poi, istericamente.

«Non lo so, cazzo!».

«Aprila».

«Cosa? No!!!».

La porta d'ingresso della camera che condividono Rob e Diane si apre e io e la mia migliore amica entriamo in modalità "allarme".

Diane si lancia sul letto e recupera la scatola incriminata, la butta nella borsa di Lucas, io ci ficco dentro alla rinfusa tutte le altre cose.

«Ehi, ci siete?», domanda Rob.

Lanciamo la sacca a terra, ci catapultiamo sul letto e rimaniamo immobili a fissare il soffitto. Ho il cuore in gola, Di-Di non riesce a respirare.

«Ma che fate?», ci domanda Lucas.

«Riposiamo», riesce a dire Diane, e sinceramente non so dove diavolo abbia trovato la voce.

«Va tutto bene?», chiede Rob, dietro di lui.

«Benissimo», diciamo entrambe, allo stesso momento. La voce così acuta che mi sorprendo non indaghino oltre.

«Abbiamo preso il pranzo. Però sarebbe il caso di darci una mossa se vogliamo visitare tutto».

Lucas si stende accanto a me, non so come sia possibile che non senta il frastuono del mio cuore che rimbomba nella cassa toracica, io lo sento persino nelle orecchie.

«Ho una sorpresa per te...», mi sussurra fra i capelli, mandando in pappa il mio sistema nervoso. «Sono sicuro che mi perdonerai. E poi oggi è giovedì...».

«Uhm-hum», mi lascio sfuggire dalle labbra. «Andiamo», scendo dal letto con una tale foga che, se non ci fosse Rob a prendermi al volo, mi schianterei di faccia sulla moquette puzzolente.

E sarebbe davvero un peccato immortalare questa giornata con un livido sul naso.

Okay. Stiamo calmi. Magari sono orecchini. Magari è una penna... una penna piccolissima, di quelle che userebbero i Puffi, per esempio. O magari è un anello.

Un anello.

Un *cazzo* di anello!

Mi guardo la mano sinistra. Ci starebbe davvero bene un diamante su quell'anulare.

È troppo presto?

Nah...

Entriamo in macchina in silenzio. Io e Diane insistiamo per sederci sui sedili di dietro, ci scambiamo messaggi per tutto il tempo.

DIANE: *Ti sei fatta la manicure?*

CYBIL: *Non stamattina.*

DIANE: *Fatti una foto alle unghie, voglio vedere!*

CYBIL: *Guardale e basta, no!?*

DIANE: *È troppo sospettoso se ti guardo le mani!*

CYBIL: *Okay, Tenente Colombo.*

Senza farmi notare mi scatto una foto e gliela invio.

CYBIL: CHE NE DICI?

DIANE: DOVEVI PROPRIO METTERTI LO SMALTO VERDE?

CYBIL: È CARINO!

DIANE: Sì... SE HAI DODICI ANNI. TRANQUILLA, HO UN ROSSO FANTASTICO NELLA TROUSSE, AL MOTEL, E ANCHE IL DILUENTE.

CYBIL: E SE MI CHIEDESSE DI SPOSARLO ADESSO?

DIANE: ALLORA PER TUTTA LA VITA TI RICORDERAI CHE AVEVI UNO SMALTO VERDE PISELLO IL GIORNO DEL TUO FIDANZAMENTO!

CYBIL: STIAMO CORRENDO TROPPO! MAGARI NON È UN ANELLO. ANZI, SICURAMENTE NON LO È. AVRÀ PRESO UN PAIO DI ORECCHINI.

DIANE: LO UCCIDO SE SI PRESENTA CON UNA SCATOLINA CHE GRIDA ANELLO DI FIDANZAMENTO E POI TI REGALA DEGLI STUPIDI ORECCHINI!

CYBIL: METTITI IN FILA. LO UCCIDO PRIMA IO!

Invece di seguire le indicazioni per una delle entrate del parco – che scopro essere tantissime – Lucas svolta su una strada che ci informa che l'eliporto dista appena cinque miglia.

«Dove stiamo andando?», domando, infilando la testa fra i due sedili anteriori.

«È una sorpresa!», dice Lucas, eccitatissimo.

Ci ritroviamo in un grande parcheggio, almeno una decina di elicotteri parcheggiati poco distanti da noi. Uno ha le eliche in movimento.

«Ti prego, dimmi che non è per noi, quel coso». Lo indico. Sono certa di essere impallidita, mi *sento* impallidita.

«*Sorpresa!!!*», grida Robert.

«Ma voi siete matti!», sbraita Diane. «Io non ci salgo manco morta! Mi dovrete imbavagliare e legare!».

«Legata e imbavagliata... interessante», commenta Rob e si becca un'occhiataccia dalla sottoscritta.

Deve solo azzardarsi a toccare la mia migliore amica, lo castro nel sonno!

«Dai, non fate le femminucce paurose. Sarà divertente, e abbiamo già pagato, quindi non potete rifiutarvi».

Se stamattina avevo il muso lungo, adesso è arrivato alle dita dei piedi. Io e Di-Di scendiamo dall'auto a braccia conserte, strusciando i piedi, sbuffando a ogni passo, lamentandoci fino a un secondo prima di salire su quel mostro che a quanto pare ci porterà sopra il Grand Canyon.

Siete mai saliti su un elicottero?

Appunto!

Il rumore del motore è assordante, nonostante le cuffie giganti che una hostess ci ha infilato a forza, e se proviamo a parlarci tramite i microfoni il suono buca i timpani.

«Ma vi rendete conto? Il nostro elicottero si chiama Maverick! Come quello di *Top Gun*!», si esalta Rob.

«In realtà questo elicottero si chiama Gus. Maverick è quello accanto, da otto posti», lo corregge il pilota.

«Non può essere un buon segno», borbotto nel microfono. Lucas I il Bastardo, davanti a me, ride.

Il velivolo si alza da terra, a me viene da vomitare. Diane, accanto a me, inizia a piangere in modo ambiguo: un mix di disperazione, adrenalina mal riposta e tanto "*fatemi scendereee!*".

«Cazzo!», mi lascio sfuggire dalle labbra quando questo ammasso di ferraglia prende quota. Mi manca la terra sotto i piedi, letteralmente.

«Ti piace?», mi domanda Lucas. Nonostante sia imbragato al sedile, riesce ad allungarsi tanto da sfiorarmi il viso.

Mi sento un po' in colpa. Lui ha organizzato questa gita – terrificante – e io vorrei strozzarlo. Annuisco, provo a guardare giù, ci ripenso immediatamente.

«Ti devo chiedere una cosa», dice Lucas.

Diane urla un "oh, mio Diooo!" nel microfono che ci fa sobbalzare tutti e si becca un'occhiata in tralice da parte del mio ragazzo.

Vuole chiedermelo qua? Adesso? Davanti a Rob e Diane? Mentre stiamo rischiando la vita?

«Stavo pensando, cioè... vuoi passare il resto della» *muoio!* «giornata a fare cose folli?».

«Cosa?», domando io, sorpresa.

«*Cosa!?*», grida Diane. Stavolta l'occhiataccia se la becca pure dal pilota.

Cosa diavolo mi ha appena chiesto? Sono sotto shock!

«No, ma, voglio dire... che?».

«Sì, bungee jumping, rafting, scalata. Una cosa semplice, giuro».

«Ti sembra una che vuole fare *bungee jumping*? No, sul serio, Lucas, cosa ti fa pensare che voglia spezzarmi l'osso del collo il giorno del nostro anniversario? Giorno che ti sei dimenticato, fra l'altro».

Rob se la ride, persino il pilota scuote la testa, divertito.

«Sarà divertente», insiste Lucas.

«Mai quanto te! Ah ah ah, guarda un po' quanto rido. Sei davvero uno spasso!».

Lucas ci rimane male, io avrei voglia di buttarlo giù dall'elicottero.

«Allora facciamo così», continua, incurante del fatto che sto perdendo del tutto la pazienza. «Stasera ti porto a cena in un posto speciale, super elegante. A festeggiare, io e te. Vabbè, io, te, Robert e Diane».

«Nel bel mezzo del Grand Canyon?».

«Ci sarà un ristorante stellato da queste parti, no?!».

Io credo proprio di no, ma lo lascio parlare.

«Non ho portato niente di elegante».

«Fa niente, andiamo a fare shopping... dopo l'arrampicata».

«Scordatelo».

«Almeno il rafting». Unisce le mani a mo' di preghiera, sbatte le ciglia.

Lo odio quando mi guarda come un cucciolo abbandonato. Non riesco neanche a mandarlo a quel paese e mi costringo a dirgli di sì.

Non può essere così male il rafting, giusto!?

Il rafting è il male! Va a braccetto con il rum. Sono amici per la pelle.

E Lucas è uno sconsiderato. Io e Diane non la smettiamo più di urlare, schiacciate fra lui e Rob. Loro si stanno divertendo un mondo, noi siamo fradice dalla testa ai piedi. I miei bellissimi boccoli sono diventati un ammasso di nodi e l'acqua puzza di salmone.

Sì, lo so, non ci sono salmoni da queste parti, ma puzza lo stesso di pesce!

E se il viaggio in elicottero è stato un incubo – anche se la vista, devo ammetterlo, è stata imparagonabile –, il rafting è un gradino sopra. La paura di affogare batte dieci a zero la paura di precipitare nel vuoto.

Lucas mi abbraccia, io mi concentro sull'immagine meravigliosa della scatolina di Cartier che io e Di-Di abbiamo trovato nella sua sacca da viaggio e cerco di pensare positivo.

Questa giornata finirà come nelle migliori favole: lui inginocchiato che mi prega di sposarlo e io con un diamante al dito delle dimensioni di un posacenere di cristallo.

Deve finire così!

Scendiamo dal gommone zuppe e incazzate nere. Quei due imbecilli si battono il cinque, non la smettono più di ripetere che è stato *spet-ta-co-la-re*!

«Mi fa male la schiena», si lamenta Diane.

«Mi fa male anche il culo», commento io, sempre più acida.

È un riflesso incondizionato: più passano i minuti, meno il mio ragazzo mi chiede di sposarlo, più divento insopportabile.

Parcheggiamo davanti a una boutique che dovrebbe essere di lusso, io non ci penso neanche a entrare lì dentro con il fango fino alle caviglie, persino dentro le mutande, sospetto.

«Ma che te ne frega?! Dai, dobbiamo festeggiare», cerca di intenerirmi Lucas. «È un giorno speciale, uno di quelli che ci ricorderemo per tutta la vita...». Mi fa l'occhiolino, riporta i miei battiti cardiaci a centoventi al minuto.

Dubito che sopravvivrò a questa giornata.

Mi lascio addolcire, di nuovo. Scelgo un vestito nero, non proprio il mio stile, ma mette in risalto il mio minuscolo seno come se portassi una taglia in più, quindi lo prendo.

Diane, invece, opta per una gonna svasata e una maglietta piena di strass. I ragazzi comprano una camicia bianca a testa e una giacca elegante, blu.

«Che carini che siete», commenta Diane, con un lecca-lecca in bocca. «Siete proprio due gemellini! La vostra mamma sarà tanto orgogliosa».

Rob le fa il verso, lei lo stuzzica ancora di più. Io assisto alla scena con la bocca aperta.

Dio, fa' che quei due non finiscano insieme, prego.

Tornati al motel, aspetto che Lucas si chiuda in bagno ed è più forte di me, e infrange almeno dieci regole di fiducia fra una coppia, ma cerco comunque quella dannata scatolina.

È colpa sua se mi comporto da pazza. Fino a stamattina andava tutto bene. Avrebbe dovuto svegliarmi con un bacio e un "buon anniversario, amore mio", e io non mi sarei trasformata nell'ultima delle malate di matrimonio.

Che poi non ci stavo neanche pensando al matrimonio, finché lui non ha messo questa possibilità sul piatto. Okay, magari non l'ha fatto. Magari non c'è nessun piatto e io vaneggio.

Non avevo preso in considerazione l'idea di diventare sua moglie – non a breve termine, almeno –, ma ora il tarlo mi sta mangiando i neuroni. Davanti alla concreta possibilità di diventare la signora Henderson, non ci capisco più niente.

E la scatolina di Cartier è sparita. Frugo meglio nella sacca, nelle tasche dei suoi pantaloncini, nei cassetti del comodino, nell'armadio. Niente. Scomparsa.

Forse vuole darmelo a cena, l'anello... forse lo metterà in una flûte stracolma di champagne, come in una commedia romantica. Un po' banale, ma ho visto di peggio.

«Ehi», mi richiama dal bagno. «Non vieni?».

Mi scrollo di dosso questa stupida sensazione di aspettativa e raggiungo il mio uomo sotto il getto dell'acqua.

Lo spazio è insufficiente per starci comodi entrambi, ma Lucas si inventa una posizione che, in qualche modo, ci permette di farlo avanzando anche un po' di spazio nell'angolo.

Vuoi vedere che alla fine quel dannato libro sul kamasutra torna utile?

«Posizione del moscerino?», lo prendo in giro.

«Sai, mi offende che tu pensi che non possa scoparti in modo originale senza affidarmi a un libro illustrato!». Lo guardo di traverso. «Sì, okay. È la posizione dell'altalena. Pagina settantadue».

Mi risciacqua con amore, mi accarezza la spalla, scende con la spugna sul braccio, mi afferra la mano sinistra. «Ho un'altra sorpresa per te, stasera. Una di quelle che ti ricorderai per sempre».

«Lancio col paracadute?». Mi do fastidio da sola, sul serio.

Lucas ridacchia, si infila il mio anulare sinistro in bocca, lo succhia forte e infine ne bacia la punta. «Molto meglio». Ed ecco un altro occhiolino. Ed ecco un altro neurone che muore nel mio cervello.

E io? Io sono certa che lo sto guardando come se non aspettassi altro che la sua proposta da tutta la vita.

Mi lascia nella doccia, non prima di avermi dato il colpo di grazia con un bacio da pelle d'oca, e io mi ritrovo a sospirare.

I segnali sono chiari. Inutile girarci intorno.

Mi chiederà di sposarlo!

CYBIL: *PORTA LO SMALTO ROSSO IN CAMERA MIA... MI SA CHE CI SIAMO!*

LUCAS

Poggio l'orecchio contro la porta che divide la camera di mio fratello e Diane dalla nostra. Non capisco una parola, quelle due stanno bisbigliando da venti minuti.

«Che fai?», mi domanda Rob quando esce dal bagno, a petto nudo e con un minuscolo asciugamano intorno alla vita.

«Ti si vede l'uccello!», lo rimprovero. «Se ci fosse stata Di-Di in camera?».

«Ne sarebbe uscita una serata intrigante», ribatte lui.

«Te la scopi?», domando, sorpreso.

«No. Non ancora. Ci sto pensando».

«Cybil ti ammazza», sentenzio, accostando di nuovo l'orecchio alla porta. Continuano a ridacchiare, a parlare talmente piano che tutto quello che sento è una serie di "ppsss pss pppsspsp ppspsp". È esasperante.

«Cybil ha troppa voce in capitolo per i miei gusti. Dov'è il problema? Io sono single, lei è single. E siamo in viaggio. E quello che succede sulla Route 66 rimane sulla Route 66».

«Era Las Vegas, ma fai come ti pare. E sta' zitto che non sento niente».

«Ma che succede? Che fanno?».

«Ha capito», ammetto, sconfitto. E anche un po' incazzato.

Non so come ci sia arrivata, ma mi ci gioco le palle: lo sa!

«E come cavolo ha fatto?».

«Non lo so, cazzo! Ma ne sono certo. Ho fatto un test. Le ho preso l'anulare sinistro, l'ho baciato e ci è mancato poco che mi svenisse fra le braccia. Poi ho insinuato il fatto che sarebbe stata una serata indimenticabile, aveva gli occhi lucidi».

«Oh, cazzo! Ha capito».

«Esatto, e adesso si aspetta la proposta». Quella strega è riuscita a rovinarmi i piani. «Ho lasciato l'anello nella sacca da viaggio, quando siamo andati all'ufficio turistico. Mi sa che l'ha trovato».

«Sì, ma anche tu! Te l'avevo detto che avrei dovuto continuare a tenerlo io!».

«Lo so, lo so, ho fatto una cazzata. E adesso?».

«Adesso ci divertiamo un po'». Il ghigno di mio fratello mi piace un sacco, vedo le rotelline nel suo cervello girare all'impazzata alla ricerca del piano B. E ci avrei dovuto pensare io, al piano B. Con Cybil non si può mai stare tranquilli!

Si avvicina al suo trolley, recupera due custodie di Cartier dalla tasca interna. Una rossa, la mia, e una nera, che non so di chi sia.

«Allora, adesso mettiamo l'anello nella scatolina nera e i miei gemelli in quella rossa».

«Hai portato i gemelli di Cartier?».

«Sì».

«In viaggio?».

«Certo».

«Ma per metterli quando?».

«Beh, stasera, per esempio. Li porto sempre con me».

«Ma se non avevi neanche una camicia fino a oggi pomeriggio!».

«Ora ce l'ho. E, guarda un po', ho due bellissimi gemelli di Cartier da abbinarci».

Lascio cadere il discorso, è inutile discutere con Rob. «Li scambiamo, e poi?».

«Adesso vai di là, fai finta di prendere la scatolina rossa dal tuo borsone, tiri fuori i gemelli e te li metti. Senza dire nulla. Se ha visto *solo* la scatolina rossa, hai vinto. Se invece l'ha aperta, molto probabilmente te la farà pagare. Ma sono fiducioso».

Il suo piano fa acqua da tutte le parti, ma è l'unico che abbiamo.

«C'è solo un problema. Sui polsini della mia camicia ci sono i bottoni, non posso mettere i gemelli».

Rob alza gli occhi al cielo. Apre l'anta dell'armadio e mi passa la sua, nuova di zecca. «Metti questa».

«Okay, quindi vado di là e, come se niente fosse, tiro fuori la scatolina dal bagaglio e mi metto i gemelli?».

«Esatto».

«Non funzionerà».

«O magari sì».

Nascondo la scatola quadrata nella tasca dei pantaloncini, faccio un bel respiro ed entro in camera. Rob mi segue. Sono agitato.

«Posso cambiarmi?», domando, e mi stupisco del contegno che riesco a mantenere.

«Sì, amore». Cybil usa un tono da micetta in calore. Cristo, è peggio di quanto pensassi! «Puoi fare tutto quello che vuoi».

Che stronza!

«Nel limite della decenza, per favore. Che ci sono anch'io in camera», si intromette Diane.

Mi accovaccio a terra. Con una mossa da maestro riesco a infilare la scatolina rossa nella mia sacca senza farmi vedere. Mi alzo in piedi, la porto sul letto dove sono sedute Cybil e Diane. Diane le sta mettendo lo smalto rosso. Cybil mi mostra la mano sinistra.

«Che te ne pare?», ammicca.

«Cosa?».

«Il mio smalto».

«Non ce l'avevi anche prima?».

«Era verde!», ribatte lei, acida.

«Ah. Okay!». Lo so che aveva lo smalto verde vomito. Sarebbe stato impossibile non notarlo, tanto era brutto.

Rob rimane sotto la cornice della porta comunicante. Continua a massacrarsi il labbro superiore con le dita.

Prendo un bel respiro, mi stampo un'espressione neutra sul viso. Faccio finta di cercare qualcosa nella mia valigia, poi tiro fuori la scatolina rossa.

E quelle due cosa fanno? Trattengono il fiato... rumorosamente. Diane, addirittura, si porta una mano al petto.

«Che c'è?», domando, pacifico. Dentro mi sto consumando dall'ansia, ma fuori sono un pezzo di ghiaccio.

Non mi rispondono. Rob, dietro di loro, si copre la bocca con le mani per non ridere.

Faccio scattare la custodia, regna un silenzio di tomba in questa stanza minuscola con il condizionatore scassato.

Cybil mi sta fissando, io guardo i gemelli di mio fratello, ne tiro fuori prima uno, poi l'altro. Li poso sul comodino.

Alzo di poco lo sguardo. Cybil è bianca come un fantasma, la delusione scritta a caratteri cubitali in fronte.

«No, scusa, fammi capire. Sono gemelli, quelli?», mi domanda con voce roca.

«Sì», rispondo, come se fosse ovvio.

«Hai portato un paio di gemelli di Cartier in viaggio?».

«Sì. Qual è il problema?».

«Scusa, ma quando pensavi di usarli?», si intromette Diane, più che altro perché la mia ragazza è talmente sconvolta da essere rimasta con la bocca aperta a mo' di pesce.

«Stasera, per esempio?!».

«Ma se fino a oggi pomeriggio non avevi neanche una camicia!», protesta Diane.

«Ora ce l'ho. E, guarda un po', ho due bellissimi gemelli di Cartier da abbinarci», rubo la battuta a mio fratello e lui è costretto a rientrare di corsa in camera sua per non scoppiare a ridere. «Cyb, amore, va tutto bene?».

«No! Cioè, sì. Certo, tutto *benissimo*, guarda!».

«Vabbè, mi vado a vestire di là con Rob. Voi fate con calma. Non troppa calma, che abbiamo la prenotazione al ristorante per le otto ed è lontanissimo».

Mi riprendo i gemelli, i jeans, la giacca nuova, la camicia ed esco dalla stanza, a testa alta e con la consapevolezza che Cybil non sa proprio un bel niente!

"Cazzo!", mima mio fratello, con un sorriso che va da orecchio a orecchio. «Te l'ho detto che avrebbe funzionato! Ha visto solo la scatolina».

Mi butto sul letto di schiena, mi copro il viso per smorzare il rumore della risata. «Hai visto la sua faccia?».

«Sì. È stata epica».

«Mi sento un po' in colpa», dico, poi rido di nuovo. «Non è vero, non mi sento per niente in colpa. Okay, ora che si fa?».

«Ora la facciamo diventare matta. È un solitario di Cartier, se lo dovrà pur guadagnare».

Mi metto a sedere sul materasso, ci scambiamo uno di quei saluti da deficienti usando pugni, cinque a mezz'aria e un altro paio di gesti da quindicenni.

***

Il primo ristorante stellato è a Las Vegas. Circa centotrenta miglia da qua. Quindi, impossibile da raggiungere per cena. Siamo riusciti a scovare un locale "elegante" appena fuori la cittadina dove alloggiamo. Trip Advisor lo posiziona al primo posto nella classifica dei ristoranti di lusso.

Mi allontano dal tavolo, parlo con la cameriera, le spiego il piano.

Cybil è un fascio di nervi. E io sto esagerando. Le prendo di nuovo la mano sinistra, la bacio appena sull'anulare, dico per l'ennesima volta che ci ricorderemo questa serata per sempre. Lei mi rivolge un'occhiata carica di un sentimento che conosco bene: odio!

Anche Diane, stranamente, è silenziosa. E si stanno scambiando messaggi da quando ci siamo messi seduti. Lo so perché, con molta nonchalance, ho allungato il collo e sbirciato lo schermo del suo cellulare.

Per tutta la cena esagero con le dimostrazioni di affetto. Ha visto la scatolina rossa, ha capito che dentro c'erano i gemelli, ma continuo a provocarla, a farle venire il dubbio che forse – *forse* – 'sto dannato anello spunterà fuori. E lei è fuori fase.

«Prendiamo il dolce?», suggerisce Robert.

«Io non ne ho voglia», risponde Cybil.

«Devi!», le dico e mi guadagno l'ennesima occhiata di sfida. Mi ucciderà prima che possa darglielo sul serio, l'anello. «Ho letto su Trip Advisor che questo ristorante è famoso per la sua mousse al cioccolato bianco e fondente. Va prenotato con almeno ventiquattro ore di anticipo, ma sono riuscito a convincere lo chef a fare un'eccezione per te. Gli ho spiegato che sono un pessimo fidanzato, che mi sono dimenticato il nostro anniversario e sono così stronzo da non averti preso nemmeno un regalo. Ti prego, assaggia la mousse. L'hanno preparata solo per te».

Cybil sospira. «Va bene, amore. Grazie».

Dice "amore" con la stessa intonazione con la quale pronuncerebbe un insulto. Uno di quelli che le brave ragazze non dovrebbero nemmeno pensare, figuriamoci dire.

E poi la mousse arriva, e gliela servono sotto una cloche d'acciaio, come ho richiesto. Non c'è nessuna "mousse speciale" che va ordinata con ventiquattro ore di anticipo, ovviamente.

Cybil trattiene il fiato, mi guarda con due occhi a forma di cuore. Diane scalpita sulla sua sedia.

«Una mousse speciale, eh?!». Sorride tanto da diventare rossa.

Cazzo, ora sì che mi sento in colpa. Pensavo che sarebbe stato divertente farle credere di aver nascosto l'anello sotto la cloche. Mi sa che non lo è. Sto tirando troppo la corda, probabilmente mi pianterà un coltello affilato nella giugulare dopo questa.

«È solo un dolce», minimizzo. «Non aspettarti chissà cosa», provo ad avvertirla, ma è troppo tardi.

Riconosco in sottofondo *A Monster Like Me* di Mørland. *È il karma*, penso.

Allungo una mano per bloccare quella di Cybil, ma non faccio in tempo. Lei è più veloce e quando scoperchia la cloche si trova sul piatto un dolce dall'aspetto orribile e una scritta grossolana fatta con il cioccolato liquido: Buon Anniversario.

Guardo Rob di sfuggita, ci è arrivato anche lui: mi staccherà le palle.

«Sembra buono», minimizzo, ormai nel panico più totale.

«Questo sarebbe il dolce speciale?». Ci affonda dentro il cucchiaino, ne tira su una schifezza liquida con un milione di minuscoli grumi dentro.

«Davvero, *davvero*, pessimo, Henderson. Pessimo!», commenta Diane, se possibile più delusa di Cybil.

«Invece sembra proprio buono. Posso assaggiare?». Rob si sdraia sul tavolo, recupera il cucchiaino di Cybil e se lo ficca in bocca. «Mhmm», rumoreggia.

Io non so se scoppiare a ridere o a piangere. Robert manda giù a fatica, tira fuori la lingua con fare schifato. Si prende il mio bicchiere d'acqua e se lo scola in un sorso.

«Buona?», gli domando, e devo seriamente trattenermi dal ridere.

«Buonissima! Assaggia, va'».

«Sì, Lucas, assaggiala», insiste Cybil.

Mi viene il vomito solo a guardarla, quella porcheria, ma non posso tirarmi indietro. Afferro, riluttante, il cucchiaino. Tiro fuori solo la punta della lingua. 'Sta cosa è una merda! Poi trattengo il fiato e butto giù il boccone.

«Gnam!», commento e mi preparo a dormire con Rob, stasera.

«Avete finito?», domanda Cybil.

«Sì, okay, la smettiamo». Io e mio fratello abbassiamo lo sguardo sui nostri piatti.

Ci facciamo portare il conto, paghiamo, torniamo al motel. E nessuno parla per una ventina di minuti.

Sono sorpreso quando Cybil mi lascia mettere piede nella nostra stanza. Mio fratello mi saluta con una pacca sulla spalla, poi, senza farsi vedere, mi fa l'occhiolino.

Entro nella tana del lupo con la coda fra le gambe. Sfioro l'interno della giacca, l'anello è lì. L'ho tolto dalla scatolina, non so come le farò la proposta a questo punto, ma non lascerò che si metta a letto finché non avrà il solitario al dito.

«Vado a struccarmi», mi informa.

Rimango con la giacca, mi avvicino al bagno. «Sei strana, stasera».

«Sì. Ho mal di testa».

Il mal di testa... certo...

«Vuoi un'aspirina?», le domando.

«No. Voglio solo andare a dormire. Forse sono state tutte le emozioni *spet-ta-co-la-ri* di oggi», mi fa il verso.

«Sì, hai ragione. Andiamo a dormire, sono stanco anch'io». Sbadiglio pure.

Mi siedo sul letto, recupero la scatolina rossa di Cartier dal comodino, me la rigiro fra le mani. Quando torna in camera mi trova così: seduto a fissare i gemelli che ho rimesso al loro posto.

Il suo sguardo si incendia.

«Ho l'impressione che tu ci sia rimasta male per qualcosa», la provoco. Poso la scatolina, aperta, sul comodino.

«Ci sono rimasta male perché non ti sei ricordato del nostro anniversario», conferma.

«No, non è solo quello», insisto.

Cybil, bella più che mai, incrocia le braccia al petto. Fisso il suo nuovo tatuaggio sul polso, lo ha fatto due settimane fa. Una scritta minuscola che recita "*Him.*". Lui, punto.

Io…

Mi alzo in piedi, mi avvicino.

«E per cosa ci sarei rimasta male, allora?».

«Mi sa che ti aspettavi questo…». Infilo la mano nel taschino della giacca, recupero l'anello e mi inginocchio davanti a lei.

«Oh, porca puttana!», esclama, portandosi entrambe le mani al petto.

«Cybil MacBride, sei una strega di proporzioni megagalattiche, ma ti amo. Anche se hai rovinato la proposta di matrimonio del secolo, costringendomi a inginocchiarmi su questa lurida moquette, alle undici e cinquantasette del giorno del nostro primo anniversario, io ti amo alla *follia*. E ho solo una certezza nella vita: voglio stare per sempre con te. Mi sposi?».

Cybil boccheggia, piange, fa "sì" con la testa. «Sì», riesce a dire. Mi si butta addosso e ricadiamo entrambi a terra. Dopo un bacio che dura un'eternità riesco a infilarle l'anello… e le va un po' largo!

Il karma…

Si asciuga le lacrime, se lo guarda in estasi. «Ora mi sento un po' in colpa». Tira su con il naso, mi guarda di sottecchi.

«Vabbè, non era *davvero* la proposta del secolo! Era solo un po' più romantica».

«Non è per quello. Non ci avevo creduto alla storia della "proposta del secolo"». Un po' mi offendo. «È che io ti ho preso un regalo stupido!».

«Mi hai preso un regalo?».

«Le cuffie della Beats. Quelle nuove che c'erano in vetrina all'Apple Store la settimana scorsa, quelle sulle quali stavi sbavando».

«Non stavo sbavando!».

«Sì, lo stavi facendo».

«È un regalo bellissimo, invece». *Tu, sei un regalo bellissimo.* «Ma sai cosa sarebbe ancora meglio?».

Cybil alza le sopracciglia. «Meglio delle Beats? Meglio di me che ti dico di sì?».

Annuisco, convinto.

«Cosa?», domanda con un certo terrore nella voce.

«Se riprovassimo di nuovo la posizione di pagina quarantasette!».

«No!», salta su. «Piuttosto ti ridò l'anello». Fa finta di sfilarselo.

«Mi ridai l'anello? Seria?».

«Abbiamo messo il bollino rosso su quella posizione», mi ricorda.

«Sì, è vero, ma secondo me non abbiamo seguito alla lettera le istruzioni».

«Dici?! Mi hai fatto sbattere la testa contro il lavandino!», mi ricorda.

«Infatti stavolta pensavo di provarla in camera da letto, così se cadrai ci sarà il materasso ad attutire il corpo».

Cybil sbuffa, si guarda l'anulare. «Mi servirà un diamante più grosso», sospira. «Se mi farai male...», mi avverte.

«Mi ucciderai», finisco io al posto suo.

«E mi terrò l'anello».

«Affare fatto». Sono emozionato come un bambino. Perché ha detto che mi sposerà... ovvio!

«Lucas...», mi richiama Cybil quando siamo entrambi in piedi e mi sto finalmente liberando della giacca elegante. «Anch'io ti amo alla follia».

RINGRAZIAMENTI

Ogni romanzo è un'avventura, che sai dove inizia, ma non sai dove ti porterà. Cybil e Lucas mi hanno riportato a New York City, mi hanno fatto ritrovare Mason, Nikky, Erin, Evan e Max, hanno permesso di farmi ritornare nel mondo che preferisco: quello del New Adult.

Ogni pubblicazione è più emozionante della precedente, ma anche più faticosa. L'aspettativa – soprattutto quella che io ho verso me stessa – si moltiplica, le notti insonni anche. Eppure arrivo ai ringraziamenti con il cuore gonfio di gioia e la voglia pazza di mettervi in mano i miei personaggi. Come dico sempre, sono "miei" mentre li scrivo, ma sono ancora più felice quando diventano anche vostri.

Le persone da ringraziare sono tante.

Stavolta inizio con la mia bambina, Mia. È a te che devo tutto. Sei tu che mi spingi a fare sempre meglio, a fare di più. E lo so che ora non lo capisci, che il tempo per stare insieme non basta mai, che te ne levo tanto, tantissimo, troppo, ma io sono fiduciosa: ci guarderemo indietro e sapremo di aver fatto del nostro meglio, che insieme abbiamo trovato il nostro equilibrio. Un domani vorrei che tu fossi orgogliosa di me. Spero che diventerai una donna forte e indipendente, che seguirai i tuoi sogni e manderai platealmente a quel paese chiunque proverà a dirti "non ci riuscirai mai". Non farti fermare da niente e da nessuno!

Francesco… levo un bel po' di tempo anche a te. E sono insopportabile sotto pubblicazione, e cammino con la testa fra le nuvole, e mi dimentico spesso e volentieri di preparare la cena. Eppure tu sei sempre accanto a me. Camminiamo insieme noi tre, ed è un viaggio bellissimo.

A Veronica Pigozzo. Scrivo questi ringraziamenti post venerdì 17… io e te ci siamo capite! Grazie di tutto, sei stata una professionista fino all'ultimo. Grazie per le dritte, per avermi accontentata con le tempistiche, per esserci sempre. Inizia una nuova e meravigliosa avventura per te, e io sono felice di farne un pochino parte. Un bacino a M.

Ad Alessandra, sei una grande amica, con una pazienza infinita e un carattere di ferro. Sono stata davvero fortunata a incontrarti. Grazie per tutto quello che fai per me, ti devo molto.

Erika, nascono delle amicizie stratosferiche grazie ai libri. Il modo pacato e dolcissimo che hai di rassicurarmi a ogni nuovo romanzo mi permette di rimanere lucida. Ti voglio bene.

A Silvia, che meglio di chiunque altro sa cosa vuol dire mettersi al computer e perderci il sonno. Non rinuncerei mai ai nostri deliri mattutini. Grazie.

Ad Alessia e Denise. Grazie per esserci a ogni nuova avventura, per i consigli e per la vostra amicizia sincera.

A Bianca Ferrari che a ogni pubblicazione viene costretta dalla sottoscritta e dalla Signora Pigozzo a leggere il file in anteprima alla ricerca dei refusi perduti. Il tuo contributo è immenso. Grazie!

Alle mie colleghe. Ho conosciuto tantissime brave autrici in questi quattro anni e stretto rapporti di stima e fiducia reciproca che vanno ben oltre la semplice cordialità. Il Romance è un mondo bellissimo, non dimentichiamocelo mai.

A Tiziana… che ti devo dire che non ti ho già detto in privato?! I tuoi vocali, i tuoi messaggi, il tuo entusiasmo mi fanno arrivare la pressione alle stelle dalla felicità. Grazie, perché so che credi davvero in me, e me lo dimostri a ogni uscita. Sei una bellissima persona, spero di ricambiare con la mia amicizia.

A Silvia Carbone, per le dritte sul judo… e che dritte!

Alle ragazze (e i ragazzi) del gruppo *Matching Scars Series: Storie Segrete Di Una Sognatrice*. Siete uno spettacolo!

Ringrazio le lettrici che mi conoscono, quelle che mi daranno una possibilità, quelle che tornano a ogni storia e mi danno così tanta carica da spingermi a voler fare sempre meglio. Grazie di cuore.

Grazie a chi leggerà la storia di Cybil e Lucas e a chi vorrà lasciarmi un messaggio, un commento, una recensione, un pensiero su Facebook alla pagina ufficiale della serie: Valentina Ferraro Autore - Matching

Scars Series (https://www.facebook.com/matchingscars/) o sul gruppo Matching Scars Series - Storie Segrete Di Una Sognatrice (https://www.facebook.com/groups/371800786502372/) o tramite email: contact@valentinaferraro.com

Vi aspetto sul mio sito internet www.valentinaferraro.com

.

ALTRI ROMANZI DI VALENTINA FERRARO

Matching Scars Series

#1 – Scegli Me

#1.5 – The Other Side

#2 – Quanto Dura Per Sempre

#2.5 – Solo Una Volta

#3 – Fino Alla Fine Del Mondo

#3.5 – Come Un Uragano

Natale dai Carter

Secret Life Series

#1 – Naked Truth

#2 – Never Ever

#2.5 – Naked Truth: The Wedding

Standalone

Sempre Lei

Libri in Inglese

Choose Me (Matching Scars Series #1)

BIOGRAFIA

Valentina Ferraro, classe 81, è nata a Roma ma, per esigenze lavorative del padre, ha vissuto gran parte della sua infanzia e adolescenza in giro per il mondo. Si è laureata in Giurisprudenza a Roma per poi trasferirsi di nuovo all'estero per nuove esperienze lavorative. Dal 2014 vive a Verona con il marito Francesco, che ha conosciuto a Dubai e sposato nel 2013, e la loro bambina, Mia.

Ha pubblicato con Les Flâneurs Edizioni la trilogia Matching Scars Serie – un New Adult ambientato fra gli Stati Uniti e il Canada – e la Secret Life Series, Contemporary Romance.

INDICE

NOTE

Capitolo 6

1. *NFL: "La National Football League è la maggiore lega professionistica nordamericana di football americano" (Wikipedia)*

Capitolo 11

1. Personaggio chiave nella Serie TV "La casa di carta".

Capitolo 16

1. *Il Canadian Sphynx è una razza di gatto, originata da una naturale mutazione del gatto domestico. La sua principale caratteristica è quella di non presentare alcun pelo sul suo mantello.*

Printed in Poland
by Amazon Fulfillment
Poland Sp. z o.o., Wrocław

36435183R00233